O INCÊNDIO DE TROIA

MARION ZIMMER BRADLEY

O INCÊNDIO DE TROIA

Tradução
Marina Della Valle

Planeta minotauro

Título original: *The Firebrand*

Preparação: Ligia Alves
Revisão: Algo Novo Editorial e Mariana Gomes
Projeto gráfico e diagramação: Márcia Matos
Capa: Fabio Oliveira
Ilustração de capa: Amanda Brotto
Ilustração de miolo: Freepik

Dados Internacionais de Catalogação na Publicação (CIP)
Angélica Ilacqua CRB-8/7057

Bradley, Marion Zimmer
O incêndio de Troia / Marion Zimmer Bradley ; tradução de Marina Della Valle. – São Paulo : Planeta do Brasil, 2025.
544 p.

ISBN 978-85-422-3919-5
Título original: The Firebrand

1. Ficção norte-americana I. Título II. Valle, Marina Della

25-4518 CDD 813

Índices para catálogo sistemático:
1. Ficção norte-americana

MISTO
Papel | Apoiando o manejo florestal responsável
FSC® C112738
FSC www.fsc.org

Ao escolher este livro, você está apoiando o manejo responsável de florestas do mundo

2025
Todos os direitos desta edição reservados à
EDITORA PLANETA DO BRASIL LTDA.
Rua Bela Cintra, 986 – 4º andar
Consolação – 01415-002 – São Paulo-SP
www.planetadelivros.com.br
faleconosco@editoraplaneta.com.br

Alguns elementos desta obra, ainda que inseridos em contextos históricos ou ficcionais, podem ser considerados perturbadores por alguns leitores. Recomenda-se a leitura com cautela e discernimento.

PARA MARY RENAULT

"Ó, cidade de Troia! A grande cidade de
Troia está em chamas!"
— ROSSETTI

"Antes do nascimento de Páris, Hécuba,
rainha de Troia, sonhou que tinha dado à luz um
archote que queimaria as muralhas de Troia."

PRÓLOGO

A CHUVA CAIU O DIA TODO; ORA PESADA, ORA DIMINUINDO PARA PANcadas, mas sem nunca parar totalmente. As mulheres levaram seus trabalhos de fiar para perto da lareira, e as crianças se aglomeraram sob os beirais dos tetos no pátio, aventurando-se para fora por poucos minutos entre as pancadas de chuva, a fim de correr pelas poças ladeadas de tijolos e levar lama para o lado da lareira. Quando anoiteceu, a mais velha das mulheres ao lado da lareira achou que iria enlouquecer com os berros e os espirros d'água, os ataques dos pequenos exércitos, as batidas de espadas e escudos de madeira, os sons de estalos e das brigas sobre brinquedos quebrados, as mudanças de lealdade de um líder para outro, os gritos dos "mortos" e "feridos" quando eram colocados para fora do jogo.

Ainda caía chuva demais pela chaminé para cozinhar direito na lareira; conforme o dia de inverno escurecia, fogueiras eram acesas em braseiros. À medida que a carne e o pão assados começavam a cheirar bem, uma após a outra, as crianças vinham e se curvavam como cachorrinhos famintos, farejando alto e ainda discutindo em voz baixa. Pouco antes do jantar, um hóspede chegou à porta: um menestrel, um andarilho cuja lira amarrada ao ombro lhe garantia boas-vindas e alojamento em todo lugar. Depois de receber comida, banho e roupas secas, o menestrel sentou-se no lugar reservado aos convidados mais bem-vindos, perto do fogo. Ele começou a afinar o instrumento, inclinando o ouvido perto dos pinos de casco de tartaruga e testando o som com o dedo. Então, sem pedir licença – até naqueles dias um bardo fazia o que queria –, ele dedilhou um único acorde alto e declamou:

> Vou cantar sobre batalhas e os grandes homens
> que lutaram nelas;
> Sobre os homens que permaneceram dez anos
> diante das muralhas de Troia erguidas por gigantes;

E sobre os deuses que por fim derrubaram aquelas muralhas, Apolo, Senhor do Sol, e Poseidon, o poderoso Sacudidor da Terra.

Vou cantar a história da raiva do poderoso Aquiles,

Nascido de uma deusa, tão poderoso que nenhuma arma poderia matá-lo;

Até a história de seu orgulho presunçoso, e daquela batalha

Em que ele e o grande Heitor lutaram por três dias nas planícies diante das muralhas altas de Troia;

Do orgulhoso Heitor e do galante Aquiles, de centauros e amazonas, deuses e heróis,

Odisseu e Eneias, todos os que lutaram e foram mortos nas planícies diante de Troia...

— Não! — a velha exclamou com rispidez, deixando cair o fuso e levantando-se. — Não vou aceitar! Não vou ouvir essa bobagem cantada no meu salão!

O menestrel deixou a mão cair nas cordas com uma dissonância desarmônica; seu olhar era de consternação e surpresa, mas seu tom era educado.

— Minha senhora?

— Digo que não aceito essas mentiras estúpidas cantadas aqui na minha lareira! — ela disse com veemência.

As crianças fizeram sons de decepção; a mulher gesticulou imperiosamente para que se calassem.

— Menestrel, você é bem-vindo à refeição e a um assento perto da minha lareira; mas não vou deixar que encha os ouvidos das crianças com essas mentiras sem sentido. Não foi nada disso que aconteceu.

— É mesmo? — o harpista perguntou, ainda com educação. — Como sabe disso, senhora? Canto a história como aprendi de meu mestre, como é cantada em todo lugar, de Creta até a Cólquida...

— Pode ser cantada daqui até o fim do mundo — a velha disse —, mas não aconteceu assim de jeito nenhum.

— Como sabe disso? — perguntou o menestrel.

— Porque eu estava lá e vi tudo — a mulher respondeu.

As crianças murmuraram e gritaram.

— A senhora nunca nos contou isso, avó. Conheceu Aquiles, Heitor, Príamo e todos os heróis?

— Heróis! — ela respondeu com desdém. — Sim, eu os conheci. Heitor era meu irmão.

O menestrel se curvou e olhou para ela com intensidade.

— Agora reconheço a senhora — ele disse por fim.

Ela assentiu e curvou a cabeça branca para a frente.

— Então, talvez *a senhora* devesse contar a história; eu, que sirvo ao Deus da Verdade, não vou cantar mentiras para todos os homens ouvirem.

A velha ficou em silêncio por um longo tempo. Por fim, disse:

— Não. Não posso viver aquilo tudo de novo.

As crianças reclamaram, desapontadas.

— Não tem outra história para cantar?

— Muitas — disse o harpista —, mas não quero contar uma história da qual a senhora zomba como mentira. Não vai dizer a verdade, para que eu possa cantá-la em outros lugares?

Ela balançou a cabeça com firmeza.

— A verdade não é uma boa história.

— Não pode ao menos me dizer onde minha história sai da linha, para que eu possa corrigi-la?

Ela suspirou.

— Houve um tempo em que eu teria tentado — ela disse —, mas nenhum homem quer acreditar na verdade. Pois sua história fala de heróis e de reis, não de rainhas; e de deuses, não deusas.

— Não é assim — respondeu o harpista —, pois boa parte da história fala da bela Helena, que foi roubada por Páris; e de Leda, a mãe de Helena, e de sua irmã Clitemnestra, que foi seduzida pelo grande Zeus, que tomou a forma do marido dela, o rei...

— Eu sabia que você não entenderia — disse a velha —, pois, para começar, no início não havia reis nessa terra, só rainhas, as filhas das deusas, e elas tomavam consortes como queriam. E então os adoradores dos deuses dos céus, o povo do cavalo, os que usavam ferro, vieram para nosso país; e quando as rainhas os tomaram como consortes, se chamaram de reis e exigiram o direito de governar. E assim os deuses e as deusas estavam em discórdia; e chegou um tempo em que levaram suas disputas a Troia...

Ela parou bruscamente.

— Basta — disse. — O mundo mudou; já percebo que me considera uma velha com o juízo afetado. Este sempre foi meu destino: falar a verdade e nunca ser acreditada. Assim foi, assim sempre será. Cante o que quiser, mas não zombe da minha verdade em meu lar. Há histórias suficientes. Conte-nos sobre Medeia, senhora da Cólquida, e do velo de ouro que Jasão roubou do santuário dela – se roubou. Ouso dizer que há alguma outra verdade nessa história também, mas não a conheço, nem me importo com a verdade; não ponho os pés na Cólquida há muitos e longos anos.

Ela pegou seu fuso e começou a fiar em silêncio.

O harpista curvou a cabeça.

— Que assim seja, senhora Cassandra — ele disse. — Todos achamos que tivesse morrido em Troia, ou em Micenas logo depois.

— Então isso deve provar que ao menos em alguns pontos a história não conta a verdade — ela observou, mas em voz baixa.

Ainda meu destino: sempre falar a verdade, e somente ser considerada louca. Até agora o Senhor Sol não me perdoou…

VOLUME UM

Chamado de Apolo

UM

NAQUELA ÉPOCA DO ANO, HAVIA LUZ ATÉ TARDE, MAS O ÚLTIMO brilho do pôr do sol já havia desaparecido no oeste, e a névoa começava a vir do mar.

Leda, senhora de Esparta, levantou-se da cama onde seu consorte, Tíndaro, permanecia imóvel. Como de costume após a união, ele caiu em sono pesado e não percebeu quando ela saiu da cama. Jogando uma vestimenta leve sobre os ombros, Leda caminhou para o pátio dos aposentos das mulheres.

Os aposentos das mulheres, pensou a rainha, com raiva, *quando é meu próprio castelo; alguém poderia pensar que eu, não ele, é o intruso aqui, que ele, não eu, tem direito à terra em Esparta. A Mãe Terra não sabe nem o nome dele.*

Ela estivera disposta quando ele veio e pediu sua mão, embora fosse um dos invasores do norte, adorador do trovão, do carvalho e dos deuses do céu, um homem rude e peludo que carregava o odiado ferro preto na lança e na armadura. E, no entanto, agora a espécie dele estava em todos os lugares, e eles exigiam casamento por suas novas leis, como se seus deuses tivessem derrubado de seu trono celestial a deusa que possuía terra, colheita e pessoas. Esperava-se que a mulher casada com um desses portadores de ferro se juntasse à adoração de seus deuses e entregasse seu corpo somente àquele homem.

Um dia, pensou Leda, a deusa puniria esses homens por impedirem as mulheres de prestar a devida homenagem às forças da Vida. Esses homens diziam que as deusas eram subservientes aos deuses, o que parecia a Leda uma blasfêmia horrível e uma inversão louca da ordem natural das coisas. Os homens não tinham poder divino; não criavam nem davam à luz; ainda assim, de alguma forma, sentiam ter algum direito natural sobre o fruto do corpo da mulher, como se acasalar com uma mulher lhes desse algum poder de propriedade, como se as crianças não pertencessem naturalmente à mulher cujo corpo as abrigara e nutrira.

No entanto, Tíndaro era seu marido e ela o amava; e, por amá-lo, estava até mesmo disposta a ceder à loucura e ao ciúme dele e correr o risco de irritar a Mãe Terra deitando-se somente com ele.

E ainda assim ela desejava poder fazê-lo entender como era errado que ela ficasse trancada nos aposentos das mulheres e que, como sacerdotisa, deveria ficar ao ar livre pelos campos para ter certeza de que a deusa receberia o devido serviço; que ela devia o dom da fertilidade a todos os homens, não apenas ao seu consorte; que a deusa não poderia restringir seus dons a nenhum homem, mesmo que ele se chamasse de rei.

O murmúrio distante de um trovão reverberava lá de baixo, como se tivesse surgido do mar, ou como se a Grande Serpente, que de vez em quando fazia a terra tremer, pudesse estar se mexendo em suas profundezas.

Uma rajada de vento agitou as vestes leves sobre os ombros de Leda, e seu cabelo voou descontroladamente como um pássaro solitário no ar. Um relâmpago fraco de repente iluminou todo o pátio, e, contra a luz quadrada do batente da porta, ela viu a silhueta do marido indo em busca dela. Leda se encolheu por dentro; ele a repreenderia por deixar os aposentos das mulheres, mesmo àquela hora da noite?

Mas ele não falou nada. Apenas se moveu em direção a ela, e algo no passo, na maneira deliberada como ele se movia, disse à mulher que, apesar da forma bem conhecida e das feições agora claramente visíveis ao luar, aquele não era seu marido. Como poderia ser, não sabia, mas ao redor dos ombros dele parecia brincar um lampejo de relâmpago errante, e, enquanto ele caminhava, seus pés batiam nas pedras com um som bem fraco de um trovão distante. Ele parecia ter ficado mais alto, a cabeça jogada para trás contra a luz de relâmpagos que crepitava em seu cabelo. Leda sabia, com um estremecimento que arrepiou os pelos de seu corpo, que um dos deuses estranhos estava agora dentro da aparência de seu marido, montando-o como ele montaria e cavalgaria um dos próprios cavalos. O brilho de relâmpago disse a ela que era o Zeus do Olimpo, controlador dos trovões, Senhor dos Relâmpagos.

Isso não era novidade para ela; conhecia a sensação de quando a deusa enchia e transbordava seu corpo quando abençoava as colheitas ou se deitava nos campos, atraindo o poder Divino do crescimento para o grão. Ela se lembrava de como parecia ficar distante de seu eu familiar, e era a deusa quem se movia através dos ritos, dominando todos os outros com o poder dentro dela.

Tíndaro, ela sabia, agora devia estar observando de dentro enquanto Zeus, o mestre de seu corpo, movia-se na direção de sua esposa. Ela sabia, porque Tíndaro uma vez lhe dissera que, dentre todos os seus deuses, era pelo Senhor do Trovão que sentia mais devoção.

Ela se encolheu; talvez ele não a notasse, e ela pudesse permanecer invisível até que o deus se afastasse de seu marido. A cabeça que agora era a cabeça do deus se moveu, aquele lampejo de relâmpago seguindo o movimento solto e voador de seus cabelos. Ela sabia que tinha sido vista, mas não foi a voz de Tíndaro que falou, mas uma voz mais profunda, mais suave, um estrondo baixo e profundo, cheio de trovões distantes.

— Leda — disse Zeus Trovejante —, venha para mim.

Ele estendeu a mão para pegar a de Leda, e, obedientemente, dominando o súbito medo interior – se esse deus carregava os relâmpagos, seu toque a atingiria com o golpe do trovão? –, ela colocou a mão na dele, cuja carne estava fria, fazendo-a estremecer um pouco com o toque. Olhando para ele, Leda percebeu em seu rosto a sombra de um sorriso totalmente diferente do olhar severo e inflexível de Tíndaro, como se o deus estivesse rindo – não, não dela, mas com ela. Ele a puxou para seu braço, lançando a ponta de seu manto sobre ela, para que a mulher pudesse sentir o calor de seu corpo. Ele não falou mais, mas a puxou para dentro do quarto que ela havia deixado momentos antes.

Então a puxou para perto de si, dentro do manto, para que ela pudesse sentir sua masculinidade subindo junto ao corpo dela.

As leis contra se deitar com qualquer outro homem proíbem um deus na forma exata do meu marido?, ela se perguntou desenfreadamente. Em algum lugar lá dentro, o verdadeiro Tíndaro devia estar olhando para ela. Com ciúme ou satisfeito que sua mulher fosse favorecida por um deus? Leda não tinha como saber, pela força com que ele a segurava, sabia que seria impossível protestar.

No começo, ela sentiu a carne estranha dele como gelada; agora parecia agradavelmente quente, como se febril.

Ele a levantou e a deitou; um só toque rápido e de alguma forma ela já estava aberta, pulsante e ansiosa. Então ele estava em cima e dentro dela, e o relâmpago brincava ao redor de sua forma e seu rosto, o eco profundo nos ritmos pulsantes de seu toque. Por um momento pareceu que aquele não era um homem, que na verdade não era nada humano, mas que ela estava sozinha em uma grande altura varrida pelo vento, cercada por asas que batiam, ou por um grande anel de fogo que girava, ou como se alguma fera a envolvesse e a arrebatasse com confusão e êxtase – asas batendo, trovão, enquanto uma boca quente e exigente tomava posse da dela.

Então, de repente, tudo acabou, como se tivesse acontecido há muito tempo, uma lembrança esmaecida ou um sonho, e ela estava deitada sozinha na cama, sentindo-se muito pequena, gelada, abandonada e solitária enquanto o deus se elevava sobre ela – até o céu, parecia. Ele se curvou e a beijou com grande ternura. Ela fechou os olhos, e, quando acordou, Tíndaro dormia profundamente ao seu lado, e ela não tinha certeza se já havia saído da cama. Era Tíndaro. Quando estendeu a mão para ter certeza, a carne dele estava morna – ou fria –, e não havia o menor estalo de relâmpago no cabelo que estava no travesseiro ao lado dela.

Tinha apenas sonhado, então? Enquanto o pensamento cruzava sua mente, ela ouviu de longe, do lado de fora da casa, o ribombar de um trovão; para onde quer que tivesse ido, o deus não a havia abandonado completamente. E agora ela sabia que, por mais tempo que vivesse com Tíndaro como sua esposa, nunca mais olharia para o rosto do marido sem procurar nele algum sinal do deus que a visitara.

DOIS

A RAINHA HÉCUBA NUNCA SAÍA DOS MUROS DE TROIA SEM OLHAR para trás com grande orgulho daquela fortaleza de cidade, erguendo-se, terraço após terraço, acima da planície fértil do Escamandro verdejante, além da qual ficava o mar. Ela sempre se maravilhava com a obra dos deuses que lhe deram o governo de Troia. Ela, a rainha; e Príamo, como seu marido, guerreiro e consorte.

Ela era a mãe do príncipe Heitor, herdeiro do reino. Um dia seus filhos e filhas herdariam aquela cidade e as terras além, até o alcance da vista.

Mesmo que a criança que logo daria à luz fosse uma menina, Príamo não teria motivos para reclamar. Heitor tinha sete anos, idade suficiente para aprender a usar armas. Sua primeira armadura já havia sido encomendada ao ferreiro que servia a casa real. A filha deles, Polixena, tinha quatro anos e um dia seria bonita, com longos cabelos ruivos como os de Hécuba; um dia seria tão valiosa quanto qualquer filho, pois uma filha poderia se casar com um dos reis rivais de Príamo e cimentar uma aliança firme. A casa de um rei deveria ser rica em filhos e filhas. As mulheres do palácio deram a ele muitos filhos e algumas filhas. Mas Hécuba, como sua rainha, estava encarregada do berçário real, e era seu dever – não, seu privilégio – dizer como cada um dos filhos do rei deveria ser criado, fosse nascido dela ou de qualquer outra mulher.

A rainha Hécuba era uma mulher bonita, alta e de ombros largos, o cabelo ruivo puxado para trás da testa com suavidade e arrumado em longos cachos na linha do pescoço. Ela andava como a deusa Hera, carregando seu bebê (baixo e próximo do nascimento) orgulhosamente diante de si. Usava corpete decotado e saia em camadas com estampa de listras brilhantes, que era o traje comum das nobres de Troia. Uma gargantilha de ouro, tão larga quanto a palma da mão, brilhava em seu pescoço.

Enquanto ela caminhava por uma rua tranquila perto do mercado, uma mulher do povo, baixa, morena e vestida de linho grosseiro cor de terra, correu para tocar a barriga dela, murmurando, como se assustada com a própria temeridade:

— Uma bênção, ó rainha!

— Não sou eu — respondeu Hécuba —, mas é a deusa quem a abençoa.

Ao estender as mãos, ela sentiu acima de si a sombra da deusa, como um formigamento no topo da cabeça; e podia ver no rosto da mulher o reflexo infalível de admiração e espanto pela mudança repentina.

— Que você tenha muitos filhos e filhas para nossa cidade. Eu oro para que você me abençoe também, filha — disse Hécuba, séria.

A mulher olhou para a rainha – ou ela viu apenas a deusa? – e murmurou:

— Senhora, que a fama do príncipe que carrega ofusque até mesmo a fama do príncipe Heitor.

— Que assim seja — a rainha murmurou e se perguntou por que sentiu um pequeno arrepio premonitório, como se a bênção tivesse sido de alguma forma transmutada, entre os lábios da mulher e seus ouvidos, em uma maldição.

Deve ter sido visível em seu rosto também, ela pensou, pois sua dama de companhia se aproximou e disse em seu ouvido:

— Senhora, está pálida. É o início do trabalho de parto?

Tamanha era a confusão da rainha que por um momento ela realmente se perguntou se o estranho suor frio que a tomou era, na verdade, o primeiro toque do processo de nascimento. Ou era apenas o resultado daquele breve ofuscamento da deusa? Não se lembrava de nada parecido com o nascimento de Heitor, mas era uma garota jovem naquela época, pouco ciente do processo que acontecia dentro dela.

— Eu não sei — ela disse. — É possível.

— Então a senhora deve retornar ao palácio, e o rei deve ser informado — recomendou a mulher.

Hécuba hesitou. Não queria retornar para dentro dos muros, mas, se estivesse realmente em trabalho de parto, era seu dever – não apenas com a criança e o marido, mas com o rei e todo o povo de Troia – proteger o príncipe ou a princesa que nasceria.

— Muito bem, vamos voltar ao palácio — ela disse, e se virou na rua.

Uma das coisas que a perturbavam quando andava na cidade era que um aglomerado de mulheres e crianças sempre a seguia pedindo bênçãos. Desde que a gravidez ficara evidente, imploravam pela bênção da fertilidade, como se ela pudesse, como a deusa, conceder o dom de ter filhos.

Com sua criada, ela caminhou sob as leoas gêmeas guardando os portões do palácio de Príamo e atravessou o enorme pátio atrás deles, onde os soldados se reuniam para o treinamento de armas. Uma sentinela no portão levantou a lança em saudação.

Hécuba observou os soldados, pareados em equipes e lutando com armas sem fio. Sabia tanto sobre armas quanto qualquer um deles, pois nascera e fora criada nas planícies, filha de uma tribo nômade cujas mulheres cavalgavam e treinavam como os homens das cidades, com espada e lança. Sua mão coçava por uma espada, mas não era costume em Troia, e, embora a princípio Príamo tivesse permitido que ela manuseasse armas e praticasse com seus soldados, quando ela engravidou de Heitor ele a proibira. Dissera-lhe em vão que as mulheres de sua tribo cavalgavam e trabalhavam com armas até alguns dias antes de darem à luz seus filhos; ele não a ouvira.

As parteiras reais disseram a ela que, se tocasse em armas afiadas, isso machucaria seu filho e talvez os homens que eram donos das armas. O toque de uma mulher, disseram, especialmente o toque de uma mulher em sua condição, tornaria a arma inútil em batalha. Isso soou para Hécuba como a mais solene tolice, como se os homens temessem a noção de que uma mulher pudesse ser forte o suficiente para se proteger.

"Mas você não precisa se proteger, minha querida", dissera Príamo. "Que tipo de homem eu seria se não pudesse proteger minha esposa e meu filho?" Isso havia encerrado o assunto, e daquele dia em diante Hécuba nunca havia nem tocado no punho de uma arma. Imaginando o peso de uma espada na mão agora, ela fez uma careta, sabendo que estava fraca pelo trabalho feminino em ambientes fechados e mole pela falta de treinamento. Príamo não era tão ruim quanto os reis argivos que mantinham as mulheres confinadas dentro de suas casas, mas ele realmente não gostava quando ela ia muito longe do palácio. Havia crescido com mulheres que ficavam dentro de casa o tempo todo, e uma de suas descrições mais críticas de uma mulher era "queimada de sol por andar por aí".

A rainha passou pela pequena porta para as sombras frescas do palácio e os corredores com piso de mármore, ouvindo no silêncio o som leve de suas saias arrastando-se no chão e dos passos suaves de sua dama de companhia atrás dela.

Em seus aposentos ensolarados, com todas as cortinas abertas como preferia, suas mulheres tomavam sol e arejavam lençóis, e, quando Hécuba passou pelas portas, elas pararam para cumprimentá-la. A mulher que a acompanhava anunciou:

— A rainha está em trabalho de parto; mande chamar a parteira real.

— Não, espere. — A voz suave, mas definitiva, de Hécuba cortou os gritos de empolgação. — Não há tanta pressa; não é nenhuma certeza. Eu me senti estranha e não sabia o que me afligia, mas isso não significa que certamente seja *aquilo*.

— Ainda assim, senhora, se não tem certeza, deve deixá-la vir — a mulher persuadiu, e a rainha por fim concordou.

Certamente não havia necessidade de pressa; se estivesse em trabalho de parto, logo não haveria dúvidas sobre isso; mas, se não estivesse, não faria mal nenhum falar com a mulher. A sensação estranha havia passado como se nunca tivesse existido, e não retornou.

O sol baixou, e Hécuba passou o dia ajudando suas mulheres a dobrar e guardar os lençóis branqueados pelo sol. Ao anoitecer, Príamo mandou dizer que passaria a noite com seus homens; ela deveria jantar com suas mulheres e ir para a cama sem esperar por ele.

Cinco anos antes, ela pensou, isso a teria deixado consternada; não conseguiria dormir a menos que estivesse envolta nos braços fortes e amorosos do marido. Agora, especialmente tão tarde na gravidez, estava satisfeita com a ideia de ter a cama só para si. Mesmo quando lhe passara pela cabeça que ele poderia estar dividindo a cama com uma das outras mulheres da corte, talvez uma das mães das outras crianças reais, isso não a havia incomodado; sabia que um rei deveria ter muitos filhos, e seu próprio filho, Heitor, estava firme no favorecimento do pai.

Ela não entraria em trabalho de parto naquela noite, pelo menos; então chamou suas mulheres para deixar que a colocassem na cama com a cerimônia esperada. Por algum motivo, a última imagem em sua mente antes de dormir foi a da mulher que lhe pedira uma bênção naquele dia na rua.

***

Pouco antes da meia-noite, o vigia do lado de fora dos aposentos da rainha, cochilando em serviço, foi acordado por um grito assustador de desespero e pavor que pareceu ecoar por todo o palácio. Reanimado até a plena consciência, o vigia entrou nos aposentos, gritando até que uma das mulheres da rainha apareceu.

— O que aconteceu? A rainha está em trabalho de parto? A casa está pegando fogo? — ele perguntou.

— Um mau presságio — a mulher gritou —, o mais maligno dos sonhos...

E então a própria rainha apareceu na porta.

— Fogo! — ela gritou, e o vigia olhou consternado para a figura normalmente digna da rainha, o longo cabelo avermelhado solto e caindo desgrenhado até a cintura, a túnica desabotoada no ombro e solta, de modo que estava seminua da cintura para cima. Ele nunca havia notado que a rainha era uma mulher bonita.

— Senhora, como posso ajudá-la? — ele perguntou. — Onde está o fogo?

Então ele viu uma coisa espantosa. Entre uma respiração e outra, a rainha se alterou: num momento uma estranha perturbada, e no outro, a dama real que conhecia. Sua voz tremia de medo, embora ela conseguisse dizer baixinho:

— Deve ter sido um sonho. Um sonho de fogo, nada mais.

— Diga-nos, senhora — a mulher que a servia a encorajou, indo para mais perto da rainha, os olhos alertas e cautelosos ao fazer um gesto para o vigia. — Vá, não deveria estar aqui.

— É meu dever me certificar de que tudo está bem com as mulheres do rei — ele informou com firmeza, os olhos fixos no rosto agora calmo da rainha.

— Deixe-o, ele não está fazendo mais do que seu dever — Hécuba disse à mulher, embora sua voz ainda estivesse trêmula. — Eu lhe asseguro, vigia, não foi mais do que um sonho maligno; mandei as mulheres revistarem todos os cômodos. Não há fogo.

— Precisamos mandar buscar uma sacerdotisa no templo — instou a mulher ao lado de Hécuba. — Precisamos saber que perigo é indicado por um sonho tão maligno!

Um passo firme soou e a porta foi aberta; o rei de Troia estava na porta, um homem alto e forte na casa dos trinta anos, musculoso e de ombros largos, mesmo sem sua armadura, com cabelos escuros e cacheados e uma barba escura e encaracolada bem aparada, exigindo saber, em nome de todos os deuses e deusas, o que era toda aquela comoção em sua casa.

— Meu senhor…

Os servos recuaram quando Príamo entrou pela porta.

— Está tudo bem contigo, minha senhora? — ele perguntou, e Hécuba baixou os olhos.

— Meu senhor marido, lamento esta perturbação. Tive um sonho sobre um grande mal.

Príamo acenou para as mulheres.

— Vão e certifiquem-se de que tudo está bem nos aposentos das crianças reais — ele ordenou, e as mulheres saíram correndo.

Príamo era um homem gentil, mas não era bom contrariá-lo nas raras ocasiões em que ele estava de mau humor.

— E você — ele disse ao vigia —, ouviu a rainha; vá imediatamente ao Templo da Grande Mãe: diga a eles que a rainha teve um sonho de mau agouro e precisa de uma sacerdotisa que possa interpretá-lo para ela. Imediatamente!

O vigia desceu as escadas apressado, e Hécuba estendeu a mão para o marido.

— Então, não foi realmente mais do que um sonho? — ele perguntou.

— Nada mais do que um sonho — ela disse, mas mesmo a lembrança dele ainda a fazia tremer.

— Conte-me, amor — ele pediu, e a levou de volta para a cama, sentando-se ao lado da mulher e inclinando-se para apertar os dedos dela – pouco menores que os dele – entre as palmas calejadas.

— Eu me sinto uma idiota por perturbar todo mundo com um pesadelo — ela disse.

— Não, você estava completamente certa — ele assegurou. — Quem sabe? O sonho pode ter sido enviado por algum deus que é seu inimigo – ou meu. Ou por um deus amigo, como um aviso de desastre. Conte-me, meu amor.

— Eu sonhei... eu sonhei... — Hécuba engoliu em seco, tentando dissipar a sensação sufocante de pavor. — Sonhei que a criança tinha nascido, um filho, e, quando olhava enquanto o enfaixavam, de repente algum deus estava no quarto...

— Que deus? — Príamo interrompeu bruscamente. — Em que forma?

— Como eu poderia saber? — Hécuba perguntou, com razão. — Eu sei pouco sobre os olimpianos. Mas tenho certeza de que não ofendi nenhum deles nem os desonrei.

— Conte-me sobre a forma e a aparência dele — Príamo insistiu.

— Era um jovem imberbe, não mais do que seis ou sete anos mais velho que nosso Heitor — disse Hécuba.

— Então deve ter sido Hermes, o Mensageiro dos Deuses — apontou Príamo.

Hécuba gritou:

— Mas por que um deus dos argivos viria até mim?

Príamo disse:

— Não cabe a nós questionar os caminhos dos deuses. Como posso saber? Continue.

Hécuba falou, a voz ainda incerta.

— Hermes, então, ou qualquer deus que tenha sido, inclinou-se sobre o berço e pegou o bebê. — Hécuba estava branca, e gotas de suor escorriam por sua testa, mas ela se esforçou para firmar a voz. — Não era um bebê, mas... uma criança... uma criança nua, queimando... quero dizer, estava tudo em chamas e queimando como uma tocha. E, enquanto ele se movia, o fogo invadiu o castelo, queimando por toda parte e atingindo a cidade...

Ela desabou e soluçou.

— Ó, o que isso pode significar?

— Só os deuses sabem disso com certeza — Príamo disse e segurou a mão dela com firmeza.

Hécuba vacilou:

— No meu sonho, o bebê correu diante do deus... um recém-nascido, correndo todo em chamas pelo palácio, e atrás dele, quando ele passava, todos os cômodos pegaram fogo. Então ele correu pela cidade... eu estava na sacada com vista para a cidade, e o fogo o seguia enquanto ele corria, ainda em chamas, de modo que Troia ardia, toda em chamas, da alta cidadela até a costa, e até mesmo o mar estava em chamas diante dos passos dele...

— Em nome de Poseidon — murmurou Príamo —, que mau presságio... para Troia e para todos nós!

Ele ficou sentado em silêncio, acariciando a mão dela, até que um leve som do lado de fora da sala anunciou a chegada da sacerdotisa.

Ela entrou na sala e disse com uma voz calma e alegre:

— Paz a todos nesta casa; alegrem-se, ó senhor e senhora de Troia. Meu nome é Sarmato. Trago-lhes as bênçãos da Santa Mãe. Que serviço posso prestar à rainha?

Era uma mulher alta e robusta, provavelmente ainda em idade fértil, embora seu cabelo escuro já mostrasse mechas grisalhas. Ela disse a Hécuba, sorrindo:

— Vejo que a Grande Deusa já a abençoou, rainha. Está doente ou em trabalho de parto?

— Nenhum dos dois — disse Hécuba. — Eles não lhe contaram, sacerdotisa? Algum deus me enviou um sonho maligno.

— Conte-me — pediu Sarmato —, e não tema. Os deuses nos querem bem, disso tenho certeza. Então fale e não tenha medo.

Hécuba contou seu sonho novamente, começando a sentir, enquanto o contava, agora que estava completamente acordada, que não era tão horrível quanto absurdo. No entanto, ela estremeceu com o terror que sentira no sonho.

A sacerdotisa escutou com um leve franzido formando-se entre as sobrancelhas. Quando Hécuba terminou, ela disse:

— A senhora tem certeza de que não havia mais nada?

— Nada que eu possa lembrar, minha senhora.

A sacerdotisa franziu a testa e, de uma bolsa amarrada em sua cintura, tirou um pequeno punhado de pedrinhas; ajoelhou-se no chão e as lançou como ossos de juntas, estudando e murmurando sobre seu arranjo, lançando-as novamente e ainda uma terceira vez, finalmente juntando-as e devolvendo-as à bolsa.

Então ela levantou os olhos para Hécuba.

— Assim fala o Mensageiro dos Deuses do Olimpo para a senhora. A senhora carrega um filho com um destino maligno, que destruirá a cidade de Troia.

Hécuba prendeu a respiração em consternação, mas sentiu os dedos do marido apertando os dela, fortes, quentes e reconfortantes.

— Alguma coisa pode ser feita para evitar esse destino? — Príamo perguntou.

A sacerdotisa deu de ombros.

— Ao tentar evitar o destino, os homens muitas vezes o trazem para mais perto. Os deuses lhe enviaram um aviso, mas escolheram não lhe dizer o que fazer para evitar essa desgraça. Pode ser mais seguro não fazer nada.

Príamo franziu a testa e disse:

— Então a criança deve ser abandonada ao nascer. — E Hécuba gritou horrorizada.

— Não! Não! Foi apenas um sonho, um sonho…

— Um aviso de Hermes — disse Príamo, severo. — Exponha o menino assim que ele nascer; ouça-me!

Ele acrescentou, na fórmula inflexível que dava às palavras a força de leis esculpidas em pedra:

— Eu disse, que seja feito!

Hécuba se encolheu chorando em seus travesseiros, e Príamo declarou ternamente:

— Eu não teria lhe causado essa dor por toda Troia, minha querida, mas não se pode zombar dos deuses.

— Deuses! — gritou Hécuba, frenética. — Que tipo de deus é esse que envia pesadelos enganosos para destruir uma criança inocente, um bebê recém-nascido no berço? Entre meu povo — ela acrescentou, ressentida —, uma criança é da mãe, e ninguém além dela, que a carregou por quase um ano e a trouxe ao nascimento, pode dizer seu destino; se ela se recusa a amamentá-la e criá-la, é escolha dela. Que direito tem um *homem* sobre as crianças?

Ela não disse um *mero homem,* mas seu tom de voz deixou isso óbvio.

— O direito de um *pai* — respondeu Príamo, severamente. — Sou o mestre desta casa, e, como eu informei, assim será feito… ouça-me, mulher!

— Não diga *mulher* nesse tom de voz — gritou Hécuba. — Sou uma cidadã livre e uma rainha, e não uma de suas escravas ou concubinas!

No entanto, apesar de tudo isso, ela sabia que Príamo teria o que queria. Quando escolheu se casar com um dos homens que moravam em cidades e assumiam direitos sobre suas mulheres, sabia que havia consentido nisso. Príamo se levantou do lado dela e deu uma peça de ouro à sacerdotisa, que se curvou e foi embora.

Três dias depois, Hécuba entrou em trabalho de parto e deu à luz gêmeos: primeiro um filho, depois uma filha, tão parecidos quanto um botão de rosa com outro no mesmo galho. Ambos eram saudáveis e bem formados, e choravam vigorosamente, embora fossem tão pequenos que a cabeça do menino cabia na palma da mão de Hécuba, e a menina era ainda menor.

— Olhe para ele, meu senhor — ela disse ferozmente a Príamo quando ele chegou. — Ele não é maior que um gatinho! E teme que *isso* tenha sido enviado por algum deus para trazer desastre à nossa cidade?

— Há algo no que diz — admitiu Príamo. — Sangue real é, afinal, sangue real e sagrado; ele é filho de um rei de Troia...

Ele pensou por um momento.

— Sem dúvida, seria suficiente que ele fosse criado longe da cidade. Tenho um servo velho e de confiança, um pastor nas encostas do Monte Ida, e ele vai criar a criança. Isso a deixará satisfeita, minha esposa?

Hécuba sabia que a alternativa era abandonar a criança em uma montanha, e ele era tão pequeno e frágil que morreria rapidamente.

— Que assim seja, então, em nome da deusa — ela disse com resignação, e entregou o menino a Príamo, que segurou a criança desajeitadamente, como alguém que não era acostumado a lidar com bebês.

Ele olhou nos olhos da criança.

— Saudações, filhinho.

Hécuba suspirou de alívio; depois de ter reconhecido formalmente uma criança, um pai não poderia matá-la, ou abandoná-la à morte. Heitor e Polixena tinham sido autorizados a vir e falar com a mãe. Heitor disse então:

— Vai dar um nome real ao meu irmão, pai?

Príamo fez uma careta, pensando. Então declarou:

— Alexandros. Que a menina se chame Alexandra, então.

Ele foi embora, levando Heitor com ele, e Hécuba se deitou com a menina de cabelos escuros na curva do braço, pensando que poderia se confortar com o conhecimento de que seu filho vivia, mesmo que não pudesse criá-lo, enquanto tinha a filha para cuidar. *Alexandra*, ela pensou. *Vou chamá-la de Cassandra.*

A princesa permanecera no quarto com as mulheres e agora se aproximava de Hécuba, que perguntou:

— Gosta de sua irmãzinha, minha querida?

— Não. Ela é vermelha e feia, não é nem tão bonita quanto minha boneca — disse Polixena.

— Todos os bebês são assim quando nascem — tranquilizou-a Hécuba. — Você era vermelha e feia do mesmo jeito; em breve ela será tão bonita quanto você.

A criança franziu o cenho.

— Por que a senhora quer outra filha, mãe, quando me tem?

— Porque, querida, se uma filha é uma coisa boa, a pessoa com duas filhas é duplamente abençoada.

— Mas papai não achou que dois filhos eram melhores do que um filho — argumentou Polixena, e Hécuba lembrou-se da profecia dita pela mulher na rua.

Em sua própria tribo, gêmeos eram considerados, em si mesmos, um mau presságio, e eram invariavelmente mortos. Se tivesse permanecido com eles, teria que ver ambos os bebês sacrificados.

Hécuba ainda sentia um resíduo de medo supersticioso: o que poderia ter dado errado para enviar dois filhos num parto, como um animal dando cria? Era isso que as mulheres de sua tribo acreditavam que deveria ser feito; no entanto, ela tinha sido informada de que a verdadeira razão para o sacrifício de gêmeos era porque era quase impossível para uma mulher amamentar dois filhos em uma única estação. Seus gêmeos, pelo menos, não tinham sido sacrificados à pobreza da tribo. Havia muitas amas de leite em Troia, poderia ter ficado com os dois. No entanto, Príamo havia decretado o contrário. Ela havia perdido um filho – mas, pela bênção da deusa, apenas um, não os dois.

Uma de suas mulheres murmurou, quase fora do alcance da audição:

— Príamo é louco! Mandar embora um filho e criar uma filha?

Entre meu povo, Hécuba lembrou, *uma filha não é menos valorizada que um filho; se esta pequena tivesse nascido em minha tribo, eu poderia criá-la para ser uma mulher guerreira! Mas se ela tivesse nascido em minha tribo, não teria vivido. Aqui ela será valorizada apenas pelo preço de noiva que terá quando se casar, como eu me casei, com algum rei.*

Mas o que seria de seu filho? Ele viveria na obscuridade como pastor por toda a vida? Era melhor do que a morte, talvez, e o deus que havia enviado o sonho e, portanto, era responsável por seu destino, ainda poderia protegê-lo.

TRÊS

O MAR E AS PEDRAS BRANCAS REFLETIAM A LUZ EM RAIOS DE FERIR O olhar. Cassandra apertou os olhos contra a luz e puxou com leveza a manga de Hécuba.

— Por que vamos ao templo hoje, mãe? — ela perguntou.

Secretamente ela não se importava. Era uma aventura rara ter permissão para sair dos aposentos das mulheres, e mais raro ainda sair completamente do palácio. Qualquer que fosse o destino, a excursão era bem-vinda. Hécuba disse com suavidade:

— Vamos rezar para que a criança que vou ter neste inverno seja um menino.

— Por quê, mãe? A senhora já tem um filho. Achei que a senhora fosse preferir ter outra filha; só tem duas meninas. Eu gostaria mais de ter outra irmã.

— Tenho certeza de que sim — disse a rainha, sorrindo —, mas seu pai quer outro filho. Os homens sempre querem filhos para que possam crescer e lutar em seus exércitos e defender a cidade.

— Há uma guerra?

— Não, não agora; mas sempre há guerras quando uma cidade é tão rica quanto Troia.

— Mas se eu tivesse outra irmã ela poderia ser uma mulher guerreira, como a senhora era quando menina, e aprender a usar armas e defender a cidade tão bem quanto qualquer filho. — Então ela parou para considerar. — Acho que Polixena não poderia ser um soldado; ela é mole demais e tímida. Mas eu gostaria de ser uma mulher guerreira. Como a senhora.

— Estou certa de que sim, Cassandra, mas não é costume das mulheres de Troia.

— Por que não?

— O que quer dizer com por que não? Os costumes *existem*. Não há razão para eles.

Cassandra lançou um olhar cético para a mãe, mas já havia aprendido a não questionar aquele tom na voz dela. Ela pensava secretamente que a mãe era a mulher mais majestosa e bela do mundo, alta e de aparência forte, com seu corpete decotado e saia de babados, mas não acreditava mais em sua onisciência como a deusa. Nos seus seis anos de vida, tinha ouvido algo semelhante quase todos os dias e acreditava menos a cada ano; mas, quando Hécuba falava assim, Cassandra sabia que não receberia mais explicações.

— Fale de quando a senhora era guerreira, mãe.

— Eu sou da tribo nômade, das mulheres que montam — começou Hécuba.

Ela estava quase sempre disposta a falar sobre sua infância – mais ainda, pensou Cassandra, desde sua última gravidez.

— Nossos pais e irmãos também são do povo dos cavalos, e são muito corajosos.

— Eles são guerreiros?

— Não, criança; entre as tribos dos cavalos, as mulheres são as guerreiras. Os homens são curandeiros e mágicos, e eles conhecem todos os tipos de sabedoria e sobre a tradição das árvores e ervas.

— Quando eu for mais velha, posso ir morar com eles?

— Os centauros? Claro que não, mulheres não podem ser criadas em uma tribo de homens.

— Não, quero dizer com sua tribo, as mulheres que montam.

— Acho que seu pai não gostaria disso — disse Hécuba, pensando que essa filha pequena e solene poderia muito bem ter se tornado uma líder entre o próprio povo nômade —, mas talvez um dia isso possa ser arranjado. Na minha tribo, um pai tem autoridade apenas sobre seus filhos homens, e é a mãe quem decreta o destino de uma filha. Você teria que aprender a cavalgar e a usar armas.

Ela pegou a mão pequena e macia da menina, pensando que dificilmente seria a mão de uma mulher guerreira.

— Que templo é aquele... lá em cima? — Cassandra perguntou, apontando para o mais alto dos terraços acima delas, indicando um edifício que brilhava intensamente branco ao sol.

De onde estavam, Cassandra, encostada no muro que guardava a escadaria em caracol para cima, podia olhar para baixo e ver os telhados do palácio e as pequenas figuras das mulheres estendendo roupas para secar, pequenas árvores em tinas, as cores brilhantes das roupas e as esteiras onde elas se deitavam para descansar ao sol; e, bem abaixo disso, as muralhas da cidade de frente para a planície.

— É o Templo de Palas Atena, a maior das deusas do povo de seu pai.

— Ela é a mesma que a Grande Deusa, aquela que você chama de Mãe Terra?

— Todas as deusas são uma, assim como todos os deuses são um; mas elas se mostram com diferentes faces para a humanidade, em diferentes cidades e em diferentes épocas. Aqui em Troia, Palas Atena é a deusa como Donzela, porque em seu templo, sob os cuidados de suas donzelas, é guardado o objeto mais sagrado de nossa cidade. É chamado de Paládio.

Hécuba fez uma pausa, mas Cassandra, sentindo uma história, ficou bem quietinha, e a mãe continuou em um tom reminiscente.

— Dizem que, quando a deusa Atena era jovem, ela tinha uma companheira mortal, a donzela líbia Palas, e quando Palas morreu, Atena lamentou tanto que acrescentou o nome dela ao próprio nome e passou a ser conhecida como Palas Atena; Ela moldou uma imagem de sua amiga e a colocou no Templo de Zeus no Olimpo. Naquela época, Erecteu, que era rei em Creta – o antepassado de seu pai antes que seu povo viesse para esta parte do mundo –, tinha um grande rebanho de mil belos bovinos, e Bóreas, o filho do Vento Norte, os amava e os visitava como um grande touro branco; e esses bovinos sagrados se tornaram os deuses-touros de Creta.

— Não sabia que os reis de Creta eram nossos antepassados — disse Cassandra.

— Há muitas coisas que você não sabe — apontou Hécuba em reprovação, e Cassandra prendeu a respiração – a mãe ficara irritada demais para terminar a história?

Mas a carranca de Hécuba foi passageira, e ela continuou.

— Ilo, o filho de Erecteu, veio para estas praias e entrou nos jogos sagrados aqui. Ele foi o vencedor nos jogos e, como prêmio, ganhou cinquenta jovens e cinquenta donzelas. E, em vez de torná-los seus escravos, disse: "Eu os libertarei, e com eles fundarei uma cidade". E então ele partiu em um navio pela vontade dos deuses… e fez um sacrifício ao Vento Norte para que o enviasse ao lugar certo para sua cidade, que ele pretendia chamar de Ílion; que é outro nome para a cidade de Troia.

— E o Vento Norte o soprou para *cá*? — perguntou Cassandra.

— Não; ele foi soprado de seu curso no mar por um redemoinho, e, quando veio descansar perto da foz do nosso santo Escamandro, os deuses enviaram uma dessas vacas, uma bela novilha, uma filha do Vento Norte, e uma voz veio a Ilo, gritando: "Siga a vaca! Siga a vaca! Onde a vaca se deitar, ali estabeleça sua cidade!". E dizem que a vaca foi até a curva do rio Escamandro e lá se deitou; e nesse lugar Ilo construiu a cidade de Troia. E uma noite ele acordou ouvindo outra voz do céu, dizendo: "Preserve a imagem que lhe dou, pois, enquanto Palas habitar sua cidade, ela nunca cairá". E ele acordou e viu a imagem de Palas, com uma roca em uma mão e uma lança na outra, como a própria Atena. Então, quando a cidade foi construída, ele ergueu esse templo primeiro, num lugar alto, bem aqui em cima, e o dedicou a Atena. Ela era uma nova face da deusa, uma das grandes olimpianas, adorada até por aqueles que honram os deuses do céu e do trovão. Ele a fez a padroeira da cidade. E ela nos trouxe as artes da tecelagem e os presentes da videira e da azeitona, vinho e azeite.

— Mas não vamos ao templo dela hoje, mãe?

— Não, meu amor, embora a Deusa Donzela seja patrona do parto e eu deva fazer sacrifício também a ela. Hoje buscamos Apolo, o Senhor do Sol. Ele é o Senhor dos Oráculos também e matou a grande Píton, a Deusa do Submundo, e se tornou Senhor do Submundo também.

— Diga-me, se a Píton era uma deusa, como poderia ser morta?

— Ah, imagino que seja porque o Senhor do Sol é mais forte do que qualquer deusa — disse a mãe, enquanto começavam a subir a colina no centro da cidade.

Os degraus eram íngremes, e as pernas de Cassandra cansaram enquanto ela lutava para subir. Uma vez ela olhou para trás; estavam tão alto, tão perto da casa do deus, que se podia ver por cima do muro da cidade os grandes rios no ponto em que fluíam pela planície e se juntavam em uma grande inundação prateada em direção ao mar.

Então, por um momento, pareceu-lhe que a superfície do mar estava sombreada e que via navios borrando o brilho das ondas. Ela esfregou os olhos e perguntou:

— Esses são os navios do meu pai?

Hécuba olhou para trás e perguntou:

— Que navios? Não vejo navios. Está brincando comigo?

— Não, eu realmente os vejo. Olhe ali, um tem uma vela cinza... Não, era o sol nos meus olhos; não consigo vê-los agora.

Seus olhos doíam, e os navios tinham sumido – ou tinham sido mais do que o brilho na água?

Tinha a impressão de que o ar estava tão limpo, cheio de pequenas faíscas, como um véu fino, que a qualquer momento poderia rasgar-se ou deslizar para o lado, revelando um vislumbre de outro mundo além deste. Não conseguia se lembrar de ter visto algo assim antes. Sentia, sem saber como, que os navios que tinha visto estavam naquele outro mundo. Talvez fossem algo que veria algum dia. Ela era jovem o suficiente para não achar isso estranho de forma alguma. A mãe tinha ido na frente, e por alguma razão pareceu a Cassandra que perturbaria a rainha se falasse de novo sobre os navios que tinha visto e não podia ver agora. Ela correu atrás da mãe, as pernas doendo enquanto subia os degraus.

O Templo de Apolo Hélio, o Senhor do Sol, ficava além da metade do caminho até o topo da colina sobre a qual fora construída a grande cidade de Troia. Era superado apenas pela grande altura do Templo da

Donzela Atena, muito acima; mas era em si o mais belo dos templos da cidade. Era construído de mármore branco brilhante, com colunas altas de cada lado, sobre uma fundação de alvenaria erguida – assim Cassandra ouvira mais de uma vez – por titãs antes mesmo que os homens mais velhos da cidade nascessem. A luz era tão forte que Cassandra protegeu os olhos com as mãos. Bem, se aquela era a própria casa do Deus Sol, qual seria sua natureza senão uma luz forte e perpétua?

No pátio externo, onde mercadores vendiam todo tipo de coisa – animais para sacrifício, pequenas estátuas de argila do deus, vários alimentos e bebidas –, sua mãe comprou para ela uma fatia de melão doce. Deslizou deliciosamente pela garganta, seca pela subida longa e empoeirada. A área sob o pórtico do pátio seguinte estava fresca e sombreada; ali, vários sacerdotes e funcionários reconheceram a rainha e acenaram para que ela se aproximasse.

— Bem-vinda, senhora — disse um deles —, e também a princesinha. Gostaria de sentar-se aqui e descansar um pouco até que a sacerdotisa possa falar com a senhora?

A rainha e a princesa foram levadas a um banco de mármore na sombra. Cassandra sentou-se calmamente ao lado da mãe por um momento, feliz por estar longe do calor; terminou seu melão e limpou as mãos na saia de baixo, então olhou ao redor em busca de um lugar para colocar a casca; não parecia muito certo jogá-la no chão sob os olhos de sacerdotes e sacerdotisas. Ela deslizou para baixo do banco e achou uma cesta em que havia uma quantidade de cascas de frutas, e colocou a dela com as outras.

Então andou lentamente pela sala, imaginando o que veria, e o quanto a casa de um deus seria diferente da casa de um rei. Aquela, é claro, era apenas a sala de recepção, onde as pessoas esperavam por audiência; havia uma sala assim no palácio, onde os peticionários esperavam quando queriam pedir um favor ao rei ou levar um presente. Ela se perguntou se ele tinha um quarto ou um lugar onde dormia ou tomava banho. E Cassandra espiou pela sala principal que, pensou, deveria ser a câmara de audiência do deus.

Ele estava lá. As cores com que fora pintado eram tão realistas que Cassandra não percebeu por um momento que o que via era uma estátua. Parecia razoável que um deus fosse um pouco maior que a vida, rigidamente ereto, sorrindo um sorriso distante, mas acolhedor. Cassandra entrou furtivamente na sala, até o pé do deus, e por um momento pensou que realmente o tinha ouvido falar; então soube que era apenas uma voz em sua mente.

— *Cassandra* — ele disse, e parecia perfeitamente natural que um deus soubesse seu nome sem que lhe contassem —, *será minha sacerdotisa?*

Ela sussurrou, sem saber nem se importar se falava em voz alta:

— Senhor Apolo, me desejas?

— *Sim; fui eu quem a chamou aqui* — ele disse.

A voz era grandiosa e dourada, exatamente como imaginava que seria a voz de um deus; e ouvira que o Senhor do Sol também era o deus da música e do canto.

— Mas eu sou só uma garotinha, ainda não tenho idade para deixar a casa do meu pai — ela sussurrou.

— *Ainda assim, peço que se lembre, quando esse dia chegar, que você é minha* — disse a voz, e por um momento as partículas de pó dourado no sol inclinado se tornaram todas um grande raio de luz, dando a impressão de que o deus estendera a mão e a tocara em um gesto ardente... e então o brilho se foi, e ela pôde ver que era apenas uma estátua, fria e imóvel, e nem um pouco parecida com o Apolo que havia falado com ela.

A sacerdotisa veio para levar sua mãe até a estátua, mas Cassandra puxou a mão dela.

— Está tudo bem — ela sussurrou com insistência. — O deus me disse que lhe daria o que pediu.

Ela não tinha ideia de quando tinha ouvido isso. Simplesmente *sabia* que o filho de sua mãe era um menino, e se havia passado a saber, quando não sabia antes, então deve ter sido o deus que lhe contou; assim, embora não tivesse ouvido a voz do deus, sabia que o que dissera era verdade.

Hécuba olhou para ela com ceticismo, soltou sua mão e foi para a sala interna com a sacerdotisa. Cassandra olhava ao redor da sala.

Ao lado do altar havia uma pequena cesta de junco, e dentro, quando Cassandra espiou, uma sugestão de movimento. A princípio pensou que fossem gatinhos, e se perguntou o motivo, pois gatos não eram sacrificados aos deuses. Olhando mais de perto, notou que havia duas pequenas serpentes enroladas na cesta. Serpentes, ela sabia, pertenciam a Apolo do Submundo. Sem parar para pensar, estendeu os braços e as pegou, uma em cada mão, levando-as em direção ao rosto. Pareciam macias, quentes e secas, levemente escamosas sob seus dedos, e não conseguiu resistir ao ímpeto de beijá-las. Sentiu uma euforia estranha e um leve enjoo, o pequeno corpo tremendo inteiro.

Nunca soube quanto tempo ficou agachada ali, segurando as serpentes, nem poderia dizer o que elas lhe disseram; só sabia que as escutara com atenção por todo esse tempo. Então ouviu a voz da mãe em um grito de pavor e reprovação. Ela olhou para cima, sorrindo.

— Está tudo bem — ela disse, olhando além da mãe para o rosto preocupado da sacerdotisa atrás de Hécuba. — O deus me garantiu que eu poderia.

— Coloque-as de volta, rápido — pediu a sacerdotisa. — Não está acostumada a lidar com elas; bem poderiam tê-la mordido.

Cassandra deu a cada uma das serpentes uma carícia final e as colocou gentilmente de volta na cesta de junco. Teve a impressão de que elas relutavam em deixá-la, e se curvou e prometeu que voltaria para brincar com elas.

— Menina desgraçada, desobediente! — Hécuba gritou enquanto se levantava, agarrando-a pelo braço e beliscando-a com força, e Cassandra se afastou, preocupada; não se lembrava de ter visto a mãe brava com ela antes, e não conseguia imaginar por que ela fazia um alvoroço por algo assim. — Não sabe que cobras são venenosas e perigosas?

— Mas elas pertencem ao deus — Cassandra argumentou. — Ele não deixaria que elas me picassem.

— Você teve muita sorte — disse a sacerdotisa, com a voz grave.

— A *senhora* mexe com elas e não tem medo — Cassandra observou.

— Mas eu sou uma sacerdotisa e fui ensinada a lidar com elas.

— Apolo disse que eu seria sacerdotisa dele, e disse que eu poderia tocá-las — ela argumentou, e a sacerdotisa olhou para ela franzindo o cenho.

— Isso é verdade, criança?

— Claro que não é verdade — Hécuba respondeu bruscamente. — Ela está inventando uma história! Está sempre imaginando coisas.

Aquilo era tão injusto e injustificado que Cassandra começou a chorar. A mãe a pegou com força pelo braço e a puxou para fora, empurrando-a para a frente e descendo os degraus íngremes com tanto ímpeto que ela tropeçou e quase caiu. O dia parecia ter perdido todo o seu brilho dourado. O deus se fora; ela não conseguia mais sentir a presença dele, e poderia ter chorado por isso ainda mais do que pelo aperto dolorido da mãe em seu braço.

— Por que foi dizer uma coisa dessas? — Hécuba repreendeu novamente. — Você é tão bebê que não posso deixá-la sozinha por vinte minutos sem que faça travessuras? Brincando com as serpentes do templo... não sabe que elas poderiam machucá-la?

— Mas o deus disse que não deixaria que me machucassem — Cassandra declarou com teimosia, e a mãe a beliscou novamente, deixando um hematoma no braço dela.

— Você não deve dizer uma coisa dessas!

— Mas é verdade — insistiu a garota.

— Bobagem! Se disser uma coisa dessas de novo — ralhou a mãe, irritada —, vai levar uma surra.

Cassandra ficou em silêncio. O que tinha acontecido tinha acontecido; não desejava apanhar, mas sabia a verdade e não podia negá-la. Por que a mãe não confiava nela? Sempre dizia a verdade.

Não suportava que a mãe e a sacerdotisa pensassem que estava mentindo, e, enquanto descia silenciosamente, sem mais protestos, os longos degraus, a mão presa com firmeza na mão da rainha, ela se aferrou ao rosto de Apolo, a voz gentil em sua mente. Sem que percebesse, algo muito profundo dentro dela já esperava o aviso.

QUATRO

Na lua cheia seguinte, Hécuba deu à luz um filho, que seria seu último. Eles o chamaram de Troilo. Cassandra, de pé ao lado da cama da mãe no aposento do parto, olhando para o rosto de seu irmãozinho, não ficou surpresa. Mas, quando ela lembrou à mãe que sabia desde o dia de sua visita ao templo que a criança seria um menino, Hécuba pareceu descontente.

— Ora, então sabia — ela disse com raiva —, mas realmente acha que um deus falou com você? Está apenas tentando dar importância a si mesma — ela repreendeu —, e não vou ouvir isso. Você não é tão pequena assim. Isso é uma coisa infantil de se fazer.

Mas isso, Cassandra pensou com raiva, era o importante: ela *sabia*; o deus tinha falado com ela. Ele falava com bebês, então? E por que isso deveria deixar sua mãe com raiva? Sabia que a Deusa falava com a mãe; e tinha visto a Senhora descer sobre Hécuba quando ela a invocava na época da colheita e em bênção.

— Escute, Cassandra — disse a rainha, séria —, o maior crime é falar qualquer coisa que não seja a verdade sobre um deus. Apolo é o Senhor da Verdade; se falar o nome dele falsamente, ele vai puni-la, e a raiva dele é terrível.

— Mas estou dizendo a verdade; o deus *falou* comigo — Cassandra repetiu seriamente, e a mãe suspirou em desespero, pois isso também não era algo desconhecido.

— Bem, suponho que você deva ser deixada para ele, então. Mas eu a aviso, não fale disso com mais ninguém.

Agora que havia outro príncipe no palácio, outro filho de Príamo com sua rainha, havia alegria pela cidade. Cassandra era deixada muito sozinha, e se perguntava por que um príncipe deveria ser muito mais importante do que uma princesa. Não adiantava perguntar à mãe por que era assim. Poderia ter perguntado à irmã mais velha, mas Polixena parecia não se importar com nada, exceto fofocas com as damas de companhia sobre roupas bonitas, joias e casamentos. Aquilo parecia maçante para Cassandra, mas elas lhe garantiram que quando fosse mais velha se interessaria mais pelas coisas importantes da vida de uma mulher. Ela se perguntava por que isso deveria ser tão importante. Tinha disposição para olhar roupas bonitas e joias, mas não tinha desejo de usá-las; ela as veria em Polixena ou na mãe. As damas de companhia de sua mãe a achavam tão estranha quanto ela as achava. Uma vez Cassandra se recusou com teimosia a entrar em uma sala, gritando: "O teto vai cair!". Três dias depois, houve um pequeno terremoto e ele caiu.

***

Conforme o tempo passou e as estações se seguiram, Troilo começou primeiro a engatinhar e depois a andar e falar; mais cedo do que Cassandra pensara ser possível, ele estava quase tão alto quanto ela. Enquanto isso, Polixena ficou mais alta que Hécuba e foi iniciada nos Mistérios das mulheres.

Cassandra ansiava intensamente pelo momento em que também seria reconhecida como uma mulher, embora não achasse que isso tornaria Polixena mais sábia. Quando tivesse sido iniciada nos Mistérios, o deus falaria novamente com ela? Por todos esses anos nunca mais ouvira a voz dele; talvez a mãe estivesse certa, e ela tivesse apenas imaginado. Ansiava ouvir aquela voz novamente, mesmo que apenas para se certificar de que era real. No entanto, seu desejo era temperado com relutância; ser uma mulher, parecia, era mudar de modo tão irrevogável a ponto de perder tudo o que a tornava ela mesma. Polixena estava agora presa à vida dos aposentos das mulheres e parecia bastante contente com isso; nem parecia mais se ressentir da perda de sua liberdade e não conspirava mais com Cassandra para fugir para a cidade.

Logo Troilo teria idade suficiente para ser mandado para os aposentos dos homens para dormir, e ela mesma tinha doze anos. Naquele ano, ela ficou mais alta, e, por certas mudanças em seu corpo, sabia que logo ela também seria contada entre as mulheres do palácio e não teria mais permissão para correr por onde escolhesse.

Cassandra permitiu obedientemente que a velha ama de sua mãe a ensinasse a fiar e tecer. Com a ajuda de Hesíone, a irmã solteira do pai, ela se deixou persuadir a fiar e tecer um manto para sua boneca de barro, que ainda estimava. Odiava o trabalho penoso, que fazia seus dedos doerem, mas ficava orgulhosa quando estava pronto.

Ela agora ocupava um quarto nos aposentos das mulheres com Polixena, que tinha dezesseis anos e idade suficiente para se casar, e Hesíone, uma jovem animada na casa dos vinte, com os cabelos escuros e cacheados de Príamo e olhos verdes brilhantes. Sob as regras de conduta aparentemente sem sentido estabelecidas por sua mãe e Hesíone, Cassandra deveria ficar dentro de casa e ignorar todas as coisas interessantes que pudessem estar acontecendo no palácio ou na cidade. Mas havia dias em que conseguia escapar da vigilância das mulheres, quando fugia sozinha para um de seus lugares secretos.

Uma manhã, saiu do palácio e pegou a rota pelas ruas que levavam ao Templo de Apolo.

Ela não tinha desejo de subir até o templo propriamente dito, nenhuma sensação de que o deus a tinha convocado. Disse a si mesma que, quando esse dia chegasse, ela saberia. Enquanto subia, na metade do caminho, virou-se para olhar para o porto e viu os navios. Estavam exatamente como os vira no dia em que o deus falou com ela; mas agora sabia que eram navios do sul, dos reinos insulares dos aqueus e de Creta. Tinham vindo para negociar com os países hiperbóreos, e Cassandra pensou, com uma empolgação quase física, que chegariam ao país do Vento Norte, de cujo sopro nasceram os grandes deuses-touros de Creta. Desejou poder navegar para o norte com os navios; mas nunca poderia ir. As mulheres não tinham permissão para navegar em nenhum dos grandes navios mercantes que, quando passavam pelos estreitos, deviam pagar tributo ao rei Príamo e a Troia. E, enquanto olhava para os navios, um arrepio, diferente de qualquer sensação física que já conhecera, percorreu seu corpo…

Ela estava deitada em um canto de um navio, subindo e descendo ao movimento das ondas, enjoada, doente, exausta e aterrorizada, machucada e dolorida. No entanto, quando olhou para além da grande vela brilhante de luz solar, o céu estava azul e brilhava com o sol de Apolo. O rosto de um homem olhou para ela com um sorriso feroz, odioso e triunfante. Em um momento de terror, aquilo ficou impresso para sempre em sua mente. Cassandra nunca na vida conhecera o medo ou a vergonha de verdade, apenas um constrangimento momentâneo com uma repreensão leve da mãe ou do pai, e agora conhecia o máximo de ambos. Com uma parte da mente, sabia que nunca tinha visto aquele homem, mas sabia que nunca na vida esqueceria o rosto dele, com o grande nariz adunco como o bico de alguma ave de rapina voraz, os olhos brilhando como os de um falcão, o sorriso cruel e feroz e o queixo áspero e saliente, um semblante de barba preta que a enchia de pavor e terror.

Em um momento entre uma respiração e outra, ele se foi, e ela estava de pé nos degraus, os navios distantes no porto abaixo. No entanto, pouco antes, ela sabia, estava deitada em um daqueles navios, uma cativa – o convés duro sob o corpo, o vento salgado sobre ela, o som da vela batendo e o ranger das tábuas de madeira do navio. Sentiu de novo o terror e a alegria curiosa que não conseguia entender.

No momento não tinha nenhuma maneira de saber o que tinha acontecido com ela, ou por quê. Virou-se e olhou para cima, para onde o Templo de Palas Atena se erguia branco e alto sobre o porto, e rezou para a Deusa Donzela para que o que tinha visto e sentido não fosse mais do que algum tipo de pesadelo acordado. Ou realmente aconteceria um dia... que seria aquela cativa machucada no navio, presa daquele homem feroz com cara de falcão? Ele não se parecia com nenhum troiano que já vira...

Afastando deliberadamente o horror congelado de... seu pesadelo? sua visão?, Cassandra se virou e olhou para o interior, para onde, numa grande altura, se erguia o sagrado Monte Ida. Em algum lugar nas encostas daquela montanha... Não, havia sonhado, nunca tinha pisado nas encostas do Ida. Bem acima estavam as neves que nunca derretiam, e abaixo as pastagens verdes onde, tinha ouvido dizer, os muitos rebanhos e manadas de seu pai pastavam sob os cuidados de pastores. Ela esfregou os olhos com as mãos, aflita. *Se pudesse ver o que havia ali, além de sua visão...*

Nem mesmo anos depois, quando tudo que dizia respeito à profecia e à visão era uma segunda natureza para ela, Cassandra teve certeza de onde viera o conhecimento repentino do que deveria fazer em seguida. Nunca alegou ou pensou ter ouvido a voz do deus; *isso* ela teria percebido e reconhecido imediatamente. Estava simplesmente *lá*, uma parte de seu ser. Ela se virou e correu rapidamente de volta para o palácio. Passando por uma rua que conhecia, olhou quase com desejo para a fonte; não, a água não estava parada o suficiente para isso.

No pátio externo, viu uma das mulheres de sua mãe e se escondeu atrás de uma estátua, temendo que ela pudesse ter sido enviada para procurá-la. Agora sempre havia um rebuliço quando saía dos aposentos das mulheres.

Que bobagem! Ficar dentro de casa não ajudou Hesíone, ela pensou, e não sabia o que queria dizer com isso. Pensar em Hesíone a encheu de um medo repentino, e não sabia o motivo, mas ocorreu-lhe que deveria avisá-la. *Avisá-la? Do quê? Por quê? Não, não adiantaria. O que deve vir, virá.* Algo dentro dela a fez desejar correr para Hesíone (ou para a mãe, ou Polixena, ou para a ama, qualquer uma que pudesse aliviar esse terror sem nome que fazia seus joelhos tremerem e seu estômago se revirar). Mas, fosse qual fosse sua missão, era mais urgente para ela do que quaisquer perigos imaginados ou previstos para qualquer outra pessoa. Ainda estava agachada, escondida, atrás do pilar; mas a mulher estava fora da vista. *Eu estava com medo de que ela me visse.*

Com medo? Não! Não conheço o significado da palavra! Depois do terror daquela visão no porto, Cassandra sabia que nada mais a faria sentir medo. Ainda assim, não queria ser vista com essa compulsão; alguém poderia impedi-la de fazer o que *precisava* ser feito. Ela correu para os aposentos das mulheres e encontrou uma vasilha de barro que encheu com água fresca tirada da cisterna e se ajoelhou diante dela.

Olhando fixamente para a água, a princípio viu apenas o próprio rosto olhando de volta, como um espelho. Então, quando as sombras se moveram na superfície da água, soube que era o rosto de um garoto que olhava, muito parecido com o dela: o mesmo cabelo escuro, liso e pesado, os mesmos olhos fundos, sombreados sob cílios longos e grossos. Ele olhou além dela, encarando algo que ela não conseguia ver...

Preocupado com o cuidado com as ovelhas, conhecendo o nome de cada uma, cada passo dado com tanto cuidado; o conhecimento interior de onde estavam e o que deveria ser feito por cada uma delas, como se dirigido por alguma sabedoria secreta. Cassandra se viu desejando com paixão que pudessem lhe confiar um trabalho tão responsável e significativo quanto esse. Por algum tempo, permaneceu ajoelhada perto da vasilha, imaginando por que fora levada a vê-lo e o que isso poderia significar. Não sabia que estava com cãibra e frio, nem que seus joelhos doíam pela postura imóvel; observava com ele, compartilhando seu aborrecimento quando um dos animais tropeçava, compartilhando seu prazer com a luz do sol, a mente apenas tocando e passando por cima dos medos ocasionais – de lobos ou animais maiores e mais perigosos... ela *era* o garoto estranho cujo rosto era o próprio reflexo. Perdida nessa identificação apaixonada, ela foi despertada por um grito repentino.

— Ei! Socorro, ei, fogo, assassinato, estupro! Socorro!

Por um momento, ela pensou que fora ele quem havia gritado, mas não, era de alguma forma um tipo *diferente* de som, ouvido com seus ouvidos físicos; isso a tirou do transe.

Outra visão, mas sem dor nem medo. Elas vêm de um deus? Ela voltou com um choque doloroso à consciência de onde estava: no pátio dos aposentos das mulheres.

E de repente sentiu o cheiro de fumaça, e a tigela para a qual ainda olhava ficou turva, inclinou-se para o lado, e a água correu pelo chão. A quietude visionária foi com ela, e Cassandra descobriu que podia se mover.

Passos estranhos ecoaram no chão; ouviu a mãe gritar e correu para o corredor. Estava vazio, exceto pelos gritos de mulheres. Então viu dois homens de armadura, com grandes capacetes de crista alta. Eram altos, mais altos que seu pai ou Heitor, que ainda crescia; grandes homens peludos e de aparência selvagem, ambos com cabelos louros caindo por baixo dos capacetes; um deles carregava sobre o ombro uma mulher aos gritos. Em choque e horror, Cassandra reconheceu a mulher: sua tia Hesíone.

Cassandra não tinha ideia do que estava acontecendo ou do motivo; ainda estava no meio da separação de sua visão. Os soldados passaram correndo por ela, tão perto e tão rápido que um deles quase a derrubou. Ela começou a correr atrás deles, com uma vaga noção de que poderia de alguma forma ajudar Hesíone, mas eles já tinham ido embora, descendo correndo a escada do palácio; como se sua visão interior a seguisse; viu Hesíone sendo carregada, ainda gritando, escada abaixo e pela cidade. As pessoas se dissiparam diante dos intrusos. Era como se o olhar dos homens tivesse a qualidade da cabeça da Górgona para transformar as pessoas em pedra – eles não apenas deveriam evitar olhar para os aqueus, mas também não deveriam ser olhados por eles.

Houve uma gritaria terrível vinda da cidade baixa, e parecia que todas as mulheres no palácio, como um coro, tinham tomado para si os gritos.

Os berros continuaram por algum tempo, então morreram num lamento de tristeza. Cassandra saiu em busca da mãe – de repente assustada e culpada por não ter pensado antes que Hécuba também poderia ter sido levada. Ao longe, ouvia vagamente sons de choques de guerra; ouvia os gritos de guerra dos homens de seu pai, que lutavam contra os intrusos em seu caminho de volta para os navios. De alguma forma, Cassandra estava ciente de que a luta deles seria em vão.

O que vi, o que senti, é o que vai acontecer com Hesíone? Aquele homem terrível com cara de falcão... vai tomá-la como cativa? Eu vi – e pior, senti – o que vai acontecer com ela?

Não sabia se esperava que ela mesma não precisasse sofrer aquilo ou se sentia vergonha de ter desejado aquilo para a jovem tia amada.

Entrou no quarto da mãe, onde Hécuba estava sentada, branca como a morte, segurando o pequeno Troilo no colo.

— Aí está você, menina levada — disse uma das aias. — Estávamos com medo de que os invasores aqueus tivessem pegado você também.

Cassandra correu até a mãe e caiu de joelhos ao lado dela.

— Eu os vi levarem a tia Hesíone — ela sussurrou. — O que vai acontecer com ela?

— Vão levá-la de volta para o país deles e vão mantê-la lá até que seu pai pague o resgate — disse Hécuba, enxugando as lágrimas.

Ouviram passos altos na porta, que Cassandra sempre associava ao pai, e Príamo entrou no recinto, preparado para a batalha, mas com algumas das tiras da armadura presas pela metade, como se tivesse se armado rápido demais.

Hécuba levantou os olhos e viu atrás de Príamo a figura armada de Heitor, um guerreiro esguio de dezenove anos.

— Está tudo bem com você e as crianças, meu amor? — perguntou o rei. — Hoje seu filho mais velho lutou ao meu lado como um verdadeiro guerreiro.

— E Hesíone? — perguntou Hécuba.

— Foi levada. Eram muitos para nós e chegaram aos navios antes que pudéssemos alcançá-la — disse Príamo. — Sabe muito bem que eles não se importam com a mulher, é porque ela é minha irmã, então acham que podem exigir concessões e liberdade de pedágios do porto – isso é tudo.

Ele colocou sua lança de lado com uma expressão de desgosto.

Hécuba chamou Heitor para perto dela, cheia de preocupações com ele até que o rapaz se afastou e disse, irritado:

— Chega, mãe... não sou um menino pequeno ainda na barra das suas saias!

— Devo mandar buscar vinho, meu senhor? — perguntou Hécuba, colocando a criança no chão e levantando-se com obediência, mas Príamo balançou a cabeça.

— Não se incomode — pediu ele. — Não a teria perturbado, mas achei que gostaria de saber que seu filho voltou com honra e ileso de sua primeira batalha.

Ele saiu do aposento, e Hécuba disse entre os dentes:

— Batalha de fato! Mal pode esperar para chegar até sua nova mulher, isso é tudo, e ela lhe dará vinho puro, e ele ficará doente! E quanto a Hesíone... ele se importa muito com *ela*! Desde que não perturbem sua preciosa remessa, os aqueus poderiam ficar com todas nós com gratidão!

Cassandra sabia que não deveria perguntar mais nada à mãe naquele momento, mas naquela noite, quando se reuniram no grande refeitório do palácio (pois Príamo ainda mantinha o antigo costume de homens e mulheres jantando todos juntos, em vez da nova moda em que as mulheres faziam suas refeições separadamente nos aposentos femininos – "para que as mulheres não precisassem aparecer diante de homens estranhos", como diziam os escravos aqueus), esperou até que Príamo estivesse de bom humor, compartilhando seu melhor vinho com a mãe e acenando para Polixena, que sempre fora sua queridinha, para ir sentar-se ao seu lado. Então Cassandra se esgueirou para a frente, e Príamo fez um gesto indulgente para ela.

— O que quer, Olhos Brilhantes?

— Apenas fazer uma pergunta, pai, sobre algo que vi hoje.

— Se é sobre a tia Hesíone… — ele começou.

— Não, senhor. Acha que os aqueus vão pedir resgate por ela?

— Provavelmente não — disse Príamo. — Provavelmente um deles vai se casar com ela e tentar reivindicar direitos em Troia por causa disso.

— Que terrível para ela! — Cassandra sussurrou.

— Não é tão ruim, no fim das contas. Ela terá um bom marido entre os aqueus, e isso talvez adie a guerra sobre direitos comerciais por *este* ano — disse Príamo. — Antigamente muitos casamentos eram feitos assim.

— Que horrível! — Polixena lamentou timidamente. — Não gostaria de ir tão longe de casa para me casar. E preferiria ter um casamento de verdade, não ser levada assim!

— Bem, tenho certeza de que podemos providenciar isso mais cedo ou mais tarde — disse Príamo, com indulgência. — Há o parente de sua mãe, o jovem Aquiles… Ele mostra sinais, dizem, de ser um guerreiro poderoso…

Hécuba balançou a cabeça.

— Aquiles foi prometido a sua prima Deidâmia, filha de Licomedes, e eu preferiria que minha filha não entrasse nunca para aquela família.

— Mesma coisa, se ele ganhar fama e glória… Ouvi dizer que o garoto já é um grande caçador de leões e javalis — rebateu Príamo. — Eu o teria de bom grado como genro.

Ele suspirou.

— Bem, haverá tempo suficiente depois para pensar em maridos e casamentos para as meninas. O que você viu hoje, pequena Cassandra, que queria me perguntar?

Ainda enquanto as palavras cruzavam seus lábios, Cassandra sentiu que talvez devesse ficar em silêncio, que o que tinha visto na vasilha de adivinhação não deveria ser falado, mas a confusão e a fome fome por conhecimento eram tão grandes que não conseguia se conter. As palavras dispararam:

— Pai, diga-me, quem é o garoto que eu vi hoje com um rosto tão exatamente igual ao meu?

Príamo a encarou de um modo que a fez tremer de terror. Ele olhou por cima da cabeça dela para Hécuba e disse, com uma voz terrível:

— Para onde você a levou?

Hécuba olhou inexpressivamente para Príamo.

— Não a levei a lugar nenhum. Não tenho a menor ideia do que ela está falando.

— Venha cá, Cassandra — disse Príamo, franzindo a testa de modo ameaçador e empurrando Polixena para longe. — Conte-me mais sobre isso. Onde você viu o menino? Ele estava na cidade?

— Não, pai, só o vi na vasilha de adivinhação. Ele observa as ovelhas no Monte Ida, e se parece exatamente comigo.

Ela ficou assustada com a mudança abrupta no rosto do pai. Ele rugiu:

— E o que você estava fazendo com uma vasilha de adivinhação, pequena desgraçada?

Ele se virou para Hécuba com um gesto de raiva, e por um momento Cassandra pensou que fosse bater na rainha.

— Senhora, isso é obra sua... deixo a criação das meninas para a senhora, e aqui está uma das minhas filhas metendo-se com adivinhações e feitiçarias, oráculos e coisas do tipo...

— Mas quem é *ele*? — Cassandra exigiu.

A necessidade de resposta era maior que o medo.

— E por que ele se parece tanto comigo?

Em troca, o pai rugiu sem palavras e a golpeou no rosto com tanta força que ela perdeu o equilíbrio e deslizou pela escada perto do trono, caindo e batendo a cabeça.

A mãe gritou com indignação, apressando-se para levantá-la.

— O que fez com minha filha, seu grande bruto?

Príamo olhou para a mulher e se levantou com raiva. Levantou a mão para bater nela, e Cassandra gritou em meio aos soluços:

— Não! Não bata na mãe, ela não fez nada!

Pelo canto do olho, ela viu Polixena fitando eles com os olhos arregalados, mas assustada demais para falar, e pensou com mais desprezo do que raiva: *Ela ficaria parada e deixaria o rei bater na nossa mãe?* Cassandra gritou:

— Não foi culpa da mãe, ela nem sabia! Foi o deus quem disse que eu poderia... ele disse que quando eu crescesse seria sacerdotisa dele, e foi ele quem me mostrou como usar a vasilha de adivinhação...

— Fique em silêncio! — Príamo ordenou, e olhou por cima da cabeça dela para Hécuba.

Ela não conseguia imaginar por que ele estava tão bravo.

— Não aceito feitiçarias em meu palácio, senhora... me escutou? — disse Príamo. — Mande-a para ser adotada antes que espalhe essa bobagem para as outras meninas, as donzelas de verdade...

Ele olhou ao redor, e a carranca suavizou quando seus olhos pousaram na afetada Polixena. Então olhou para Cassandra de novo, onde ela ainda estava agachada, segurando a cabeça sangrando. Agora ela sabia que *realmente* havia algum segredo sobre o garoto cujo rosto tinha visto.

Ele não quer falar sobre Hesíone. Ele não se importa. Para ele, basta que ela se case com um daqueles invasores que a levaram. O pensamento, juntamente com o medo e a vergonha da visão – se é que foi isso –, a fizeram sentir um pavor repentino. *O pai não vai me contar. Bem, então vou perguntar ao senhor Apolo.*

Ele sabe ainda mais do que o pai. E ele me disse que eu seria dele; se fosse eu e não Hesíone, ele não teria permitido que eu fosse levada por aquele homem. Para o pai basta que ela se case; se aquele homem me levasse embora, ele me deixaria ir para um casamento como aquele? Sua visão do homem com o rosto de águia nunca a deixaria. Mas, para bloqueá-la, fechou os olhos e tentou invocar novamente a voz dourada do Senhor do Sol dizendo: *Você é minha.*

CINCO

OS HEMATOMAS DE CASSANDRA AINDA ESTAVAM AMARELOS E VERDES, a lua se desvaneceu em um estreito crescente matinal. Ela estava ao lado da mãe, que colocava algumas de suas túnicas em uma bolsa de couro, com suas sandálias novas e uma capa quente de inverno.

— Mas ainda não é inverno — ela protestou.

— É mais frio nas planícies — Hécuba disse. — Acredite em mim, vai precisar dela para cavalgar, meu amor.

Cassandra se inclinou contra a mãe e declarou, quase em lágrimas:

— Não quero ficar longe de você.

— Eu também sentirei sua falta, mas acho que será feliz — disse Hécuba. — Gostaria de ir com você.

— Então por que não vem, mãe?

— Seu pai precisa de mim.

— Não, ele não precisa — protestou Cassandra. — Ele tem as outras mulheres dele, poderia ficar bem sem você.

— Tenho certeza de que sim — disse Hécuba, fazendo uma pequena careta. — Mas não quero deixá-lo com elas, pois não são tão cuidadosas com a saúde e a honra dele quanto eu. Além disso, há seu irmãozinho, que precisa de mim.

Isso não fazia sentido para Cassandra, já que Troilo tinha sido enviado para os aposentos dos homens no ano-novo. Mas, se sua mãe não queria ir, não havia nada que pudesse dizer. Cassandra esperava nunca ter filhos, se tê-los significasse nunca fazer o que queria.

Hécuba levantou a cabeça, ouvindo sons no pátio.

— Acho que elas estão vindo — ela disse, e pegou a mão de Cassandra.

Juntas, desceram correndo o longo lance de escadas.

Muitas pessoas da casa estavam reunidas, olhando para as mulheres que haviam entrado direto no pátio montando seus cavalos, brancos, baios e pretos. A líder delas, uma mulher alta com rosto moreno e sardento, saltou da garupa do cavalo e correu para pegar Hécuba em seus braços.

— Irmã! Que alegria vê-la — ela gritou.

Hécuba a abraçou, e Cassandra se maravilhou ao ver a mãe séria, rindo e chorando ao mesmo tempo. Depois de um momento, a estranha alta a soltou e disse:

— Você ficou gorda e mole com a vida dentro de casa; e sua pele está tão branca e pálida que poderia ser um fantasma!

— Isso é muito ruim? — perguntou Hécuba.

A mulher fez uma careta para ela e perguntou:

— E essas são suas filhas? Elas também são ratos domésticos?

— Isso você terá que decidir por si mesma — disse Hécuba, acenando para as meninas se aproximarem. — Esta é Polixena. Ela já tem dezesseis anos.

— Ela parece frágil demais para uma vida ao ar livre como a nossa, Hécuba. Acho que talvez a tenha mantido dentro de casa por tempo demais; mas faremos o que pudermos com ela e a devolveremos saudável e forte.

Polixena se encolheu atrás da mãe, e a amazona alta riu.

— Não?

— Não. Você ficará com a pequena, Cassandra — disse Hécuba.

— A pequena? Quantos anos ela tem?

— Doze anos — respondeu Hécuba. — Cassandra, criança, venha cumprimentar sua parenta Pentesileia, a chefe de nossa tribo.

Cassandra olhou com atenção para a mulher mais velha. Ela era vários dedos maior que Hécuba, que era alta para uma mulher. Usava um gorro de couro pontudo, sob o qual Cassandra podia ver cachos de cabelo ruivo desbotado, e uma túnica curta e justa; as pernas eram longas e magras em calças de couro que iam até abaixo do joelho. O rosto era fino e enrugado, a pele não apenas queimada pelo sol, mas manchada por milhares de sardas marrons. Ela parecia, Cassandra pensou, mais uma guerreira do que uma mulher; mas seu rosto era tão parecido com o de Hécuba que não teve dúvidas de que era sua parenta. Ela sorriu para Cassandra com bom humor.

— Acha que gostaria de vir conosco, então? Não está assustada? Parece que sua irmã tem medo dos nossos cavalos — ela acrescentou.

— Polixena tem medo de tudo — disse Cassandra. — Ela quer ser o que meu pai chama de uma boa menina.

— E você não quer?

— Não se isso significar ficar em casa o tempo todo — Cassandra declarou, e viu Pentesileia sorrir. — Qual é o nome do seu cavalo? Ele vai morder?

— *Ela* se chama Corredora, e nunca me mordeu até agora — disse Pentesileia. — Você pode fazer amizade com ela se quiser.

Cassandra foi corajosamente para a frente e estendeu a mão como havia sido ensinada a fazer com um cachorro estranho para que ele pudesse sentir seu cheiro. O animal abaixou a grande cabeça e bufou, e Cassandra acariciou o focinho sedoso e olhou nos grandes olhos amorosos. Ela sentiu, retribuindo aquele olhar arregalado, que já havia encontrado uma amiga entre aquelas estranhas.

Pentesileia disse:

— Bem, você está pronta para vir conosco, então?

— Ah, *sim!* — Cassandra respirou fervorosamente.

O rosto magro e severo de Pentesileia parecia mais amigável quando ela sorria.

— Acha que pode aprender a montar?

Amigável ou não, o cavalo parecia *muito* grande e muito alto, mas Cassandra disse com valentia:

— Se a senhora aprendeu e minha mãe aprendeu, imagino que não exista motivo para que eu não aprenda.

— Não vai subir até os aposentos das mulheres e tomar um refresco antes de ir? — perguntou Hécuba.

— Ora, sim, se mandar alguém cuidar dos nossos cavalos — respondeu Pentesileia.

Hécuba chamou um dos servos e lhe deu ordens para levar o cavalo de Pentesileia e os de suas duas companheiras para os estábulos. As mulheres que a acompanhavam, vestidas como ela, foram apresentadas pela líder das amazonas como Charis e Melissa. Charis era magra e pálida, quase tão sardenta quanto a rainha, mas seu cabelo era cor de bronze; Melissa tinha cabelos castanhos cacheados e era rechonchuda, de bochechas rosadas. Elas tinham, Cassandra decidiu, quinze ou dezesseis anos. Ela se perguntou se eram filhas de Pentesileia, mas era tímida demais para perguntar.

Subindo para os aposentos das mulheres, Cassandra se perguntou por que nunca havia notado antes como era escuro lá dentro. Hécuba havia chamado as criadas para trazer vinho e doces, e, enquanto as convidadas mordiscavam, Pentesileia chamou Cassandra e disse:

— Se for cavalgar conosco, deve usar roupas adequadas, querida. Trouxemos calças para você. Charis vai ajudá-la a vesti-las. E precisa de uma capa quente para cavalgar; quando o sol se põe, esfria rapidamente.

— Minha mãe fez uma capa quente para mim — Cassandra disse, e foi com Charis até seu quarto para pegar a bolsa com seus pertences.

As calças de couro eram um pouco grandes para ela – Cassandra se perguntou quem as teria usado antes disso, pois estavam brilhantes na traseira com o uso intenso –, mas eram surpreendentemente confortáveis depois que se acostumou com a rigidez delas nas pernas. Pensou que agora poderia correr como o vento sem tropeçar nas saias. Estava colocando o cinto de couro pelos passadores quando ouviu os passos do pai e sua voz barulhenta.

— Bem, parenta, veio para liderar meus exércitos até Micenas para recuperar Hesíone? E com cavalos tão esplêndidos... eu os vi no estábulo. Como os cavalos imortais do próprio rebanho de Poseidon! Onde os encontrou?

— Nós os negociamos com Idomeneu, o rei de Creta — disse Pentesileia. — Não soubemos de Hesíone; o que aconteceu?

— Os homens de Agamemnon de Micenas, ou assim achamos — respondeu Príamo. — Aqueus, de qualquer forma, invasores. Há rumores de que Agamemnon é um rei cruel e desumano. Nem os próprios homens o amam, mas eles o temem.

— Ele é um lutador poderoso — disse Pentesileia. — Espero encontrá-lo um dia em batalha. Se não liderar seus exércitos até Micenas para recuperar Hesíone, espere apenas até que eu convoque minhas mulheres. Vai precisar nos dar navios, mas eu poderia trazer Hesíone de volta na próxima lua nova.

— Se fosse possível ir contra os aqueus agora, eu não precisaria de nenhuma mulher para liderar meu exército — afirmou Príamo, carrancudo. — Prefiro esperar e ver o que ele exige de mim.

— E o que dizer de Hesíone, nas mãos de Agamemnon? — perguntou Pentesileia. — Vai abandoná-la? Sabe o que vai acontecer com ela entre os aqueus!

— De uma forma ou de outra, eu teria que encontrar um marido para ela — disse Príamo. — Isso pelo menos me poupa um dote, já que, se foi Agamemnon quem a levou, ele não pode ter a insolência de pedir um dote por um prêmio de guerra.

Pentesileia franziu o cenho, e Cassandra também ficou chocada: Príamo era rico; por que deveria negar um dote?

— Príamo, Agamemnon já tem uma esposa — disse Pentesileia. — Clitemnestra, filha de Leda e seu rei, Tíndaro. Ela deu à luz uma filha de Agamemnon que deve ter sete ou oito anos agora. Não posso acreditar que haja tanta escassez de mulheres na Acaia a ponto de precisarem roubá-las... nem que Agamemnon precise tanto de uma concubina a ponto de levar uma embora, quando poderia ter a filha de qualquer chefe em seu reino.

— Então ele se casou com a filha de Leda? — Príamo franziu a testa por um momento. — É aquela que era, eles disseram, tão bonita que Afrodite ficaria com ciúme, e o pai teve que escolher entre quase quarenta pretendentes?

— Não — respondeu Pentesileia. — Elas eram gêmeas, o que é sempre má sorte. Uma era Clitemnestra; a outra filha, Helena, era a bela. Agamemnon conseguiu persuadir Leda e Tíndaro – deus sabe como – a casar Helena com seu irmão, Menelau, enquanto ele mesmo se casava com Clitemnestra.

— Não invejo Menelau — disse Príamo. — Um homem é amaldiçoado por ter uma esposa bonita.

Ele sorriu distraidamente para Hécuba.

— Graças a todos os deuses você nunca me trouxe esse tipo de problema, minha querida. Nem suas filhas são perigosamente bonitas.

Hécuba olhou friamente para o marido. Pentesileia disse:

— Isso pode ser uma questão de opinião. Mas, pelo que sei de Agamemnon, a menos que os rumores sejam mentirosos, ele está pensando menos na beleza das mulheres do que no poder; por intermédio das filhas de Leda, pensa em reivindicar toda Micenas, além de Esparta, e se autodenominar rei. E então, suponho, vai buscar ganhar mais poder ao norte... e fará o senhor olhar para sua própria cidade aqui em Troia.

— Acho que estão tentando me forçar a lidar com eles — disse Príamo — para reconhecê-los como reis... o que farei quando Cérbero abrir suas portas e deixar os mortos saírem do reino de Hades.

— Duvido que eles busquem ouro — retrucou Pentesileia. — Há ouro suficiente em Micenas... embora haja rumores de que Agamemnon é um homem ganancioso. Se eu tivesse que dar um palpite, diria que o que ele vai exigir é que lhe dê direitos de comércio através do estreito ali — ela disse e apontou para o mar — sem o pedágio que cobra.

— Nunca — disse Príamo. — Um deus trouxe meu povo aqui para as margens do Escamandro, e quem quiser passar além para o país do Vento Norte deve prestar tributo aos deuses de Troia.

Ele olhou irritado para Pentesileia e exigiu:

— O que isso tem a ver com a senhora? O que uma mulher tem a ver com o governo de países e o pagamento de tributos?

— Também habito terras aonde os invasores aqueus ousam ir — disse a rainha amazona. — E se eles roubassem uma das minhas mulheres, eu os faria pagar por isso, não apenas com ouro ou dotes, mas com sangue. E, já que não conseguiu impedi-los de levar sua própria irmã, eu repito: minhas guerreiras estão a seu serviço se deseja liderá-las contra aqueles piratas.

Príamo riu, mas mostrou os dentes ao fazê-lo, e Cassandra sabia que ele estava furioso, embora não dissesse isso a Pentesileia.

— No dia em que convocar mulheres, parentas ou não, para a defesa da cidade, Troia estará em apuros, parenta; que esse dia esteja realmente longe.

Ele se virou e viu Cassandra em suas calças de couro e com a capa pesada entrando na sala.

— Bem, o que é isso, filha? Mostrando as pernas como um menino? Decidiu se tornar uma amazona, Olhos Brilhantes?

Ele parecia surpreendentemente bem-humorado, mas Hécuba disse rapidamente:

— O senhor me mandou enviá-la para ser criada longe da cidade, marido, e achei que a tribo da minha irmã era tão boa quanto qualquer outra.

— Descobri que você é a melhor das esposas, não importa de onde veio, e não tenho dúvidas de que sua irmã fará muito bem a ela — garantiu Príamo, e se abaixou para Cassandra.

Ela se encolheu, talvez esperando outro golpe, mas ele apenas a beijou gentilmente na testa.

— Seja uma boa menina e não se esqueça de que você é uma princesa de Troia.

Hécuba pegou Cassandra nos braços e a abraçou com força.

— Sentirei sua falta, filha; seja uma boa menina e volte para mim em segurança, minha querida.

Cassandra agarrou-se à mãe, esquecendo-se da antiga dureza de Hécuba, ciente apenas de que estava indo embora entre estranhas. Então Hécuba a soltou e disse:

— Tenho minhas próprias armas para você, filha. — E tirou uma espada em forma de folha de uma bainha verde e uma lança curta com ponta de metal.

Elas eram quase pesadas demais para levantar, mas, lutando com toda a sua força e seu orgulho, Cassandra conseguiu prender as correias em volta da cintura.

— Elas eram minhas quando eu cavalgava com as amazonas — disse Hécuba. — Leve-as com força e honra, minha filha.

Cassandra piscou para afastar as lágrimas que se formavam em seus olhos. Príamo franziu a testa, mas ela estava acostumada à desaprovação do pai. De modo desafiador, pegou a mão que Pentesileia estendeu para ela. A irmã de sua mãe não podia ser muito diferente de sua mãe, afinal. Quando as amazonas pegaram seus cavalos no pátio inferior, Cassandra ficou desapontada ao ser erguida nas costas de Corredora atrás de Pentesileia.

— Pensei que iria montar um cavalo sozinha — ela disse, o lábio tremendo.

— Vai quando aprender, minha filha, mas não temos tempo para ensinar neste minuto. Queremos estar longe da cidade ao cair da noite; não nos agrada dormir dentro de muros, e não queremos acampar nas terras governadas por homens.

Aquilo fez sentido para Cassandra; seus braços agarraram com força a cintura estreita da mulher, e elas partiram.

Nos primeiros minutos, precisou de toda a sua força e atenção para se segurar, balançando para cima e para baixo pelo andar irregular do cavalo nas pedras. Então começou a sentir como deixar o corpo balançar e se ajustar ao movimento, e começou a olhar ao redor e ver a cidade de sua nova perspectiva. Teve tempo para uma breve olhada para trás, para o templo no topo das alturas da cidade; então estavam fora dos muros e descendo em direção às águas verdes do Escamandro.

— Como vamos atravessar o rio, senhora? — ela perguntou, inclinando a cabeça para a frente, perto do ouvido de Pentesileia. — Os cavalos sabem nadar?

A mulher virou a cabeça ligeiramente.

— Com certeza sabem, mas não precisarão nadar hoje. Há um vau a uma hora de viagem rio acima.

Ela tocou os calcanhares de leve nas laterais do cavalo, e o animal começou a correr tão rápido que Cassandra teve que se segurar com todas as suas forças. As outras mulheres corriam ao lado, e Cassandra sentiu uma espécie de euforia por todo o corpo. Atrás de Pentesileia, ela estava um pouco protegida do vento, mas seu cabelo longo balançava com tanta violência que por um momento ela se perguntou como conseguiria penteá-lo e arrumá-lo depois. Não importava; na excitação da cavalgada, ela se esqueceu daquilo imediatamente.

Tinham cavalgado por algum tempo quando Pentesileia parou o cavalo e assobiou, um grito estridente de algum pássaro estranho. De um pequeno matagal à frente emergiram três cavalos, montados por mulheres amazonas.

— Saudações — gritou uma das recém-chegadas. — Vejo que chegou em segurança da casa de Príamo; estava fora há tanto tempo que estávamos começando a nos perguntar! Como está nossa irmã?

— Bem, mas está ficando gorda, velha e cansada de dar à luz na casa do rei — disse Pentesileia.

— Essa é nossa filha de criação, a filha de Hécuba? — perguntou uma das recém-chegadas.

— É — disse Pentesileia, virando a cabeça para Cassandra. — E, se ela for realmente filha de sua mãe, será mais que bem-vinda entre nós.

Cassandra sorriu timidamente para as recém-chegadas, uma das quais estendeu os braços e se inclinou para abraçá-la.

— Eu era a melhor amiga de sua mãe quando éramos meninas — ela disse.

Então cavalgaram em direção ao brilho do rio Escamandro. O crepúsculo caía quando levaram os cavalos para o vau; no último brilho do dia, Cassandra podia ver o sol refletindo rápido nas ondulações rasas, as pedras afiadas no leito do rio, onde a água corria rápida e rasa. Ela engasgou quando o cavalo pisou na margem íngreme para dentro da água, e foi novamente advertida a se segurar firme.

— Se você cair, será difícil pegá-la antes de sair batendo por aí.

Não tendo nenhuma vontade de cair naquelas pedras afiadas, Cassandra segurou-se com muita força, e logo o cavalo estava subindo na margem mais distante. Elas galoparam durante os poucos minutos de luz restantes; então pararam, reuniram os cavalos em um círculo e desmontaram.

Cassandra observou com fascinação enquanto, sem discussão, uma das mulheres acendeu uma fogueira, e outra puxou uma barraca dos alforjes e começou a desdobrá-la e montá-la. Em pouco tempo, carne-seca borbulhava em um caldeirão e o cheiro era muito saboroso.

Ela estava tão rígida que, quando tentou se aproximar do fogo, cambaleou como uma velha. Charis começou a rir, mas Pentesileia fez cara feia para ela.

— Não zombe da criança; ela não reclamou, e foi uma longa cavalgada para alguém desacostumado a andar a cavalo. Você não estava melhor quando chegou para nós. Dê algo para ela comer.

Charis encheu uma caneca de ensopado e entregou a Cassandra em uma tigela de madeira.

— Obrigada — disse a garota, mergulhando a colher de chifre que lhe entregaram na mistura. — Posso comer um pedaço de pão, por favor?

— Não temos — respondeu Pentesileia. — Não cultivamos plantações, vivendo como vivemos com nossas tendas e rebanhos.

Uma das mulheres derramou algo branco e espumoso em sua xícara; Cassandra provou.

— É leite de égua — disse a mulher, que se apresentou como Elaria, amiga de Hécuba.

Cassandra bebeu com curiosidade, sem ter certeza se gostava do sabor ou da ideia, mas as outras mulheres beberam, então ela imaginou que não lhe faria mal algum.

Elaria riu, observando o olhar cauteloso de desgosto reprimido no rosto de Cassandra. Ela disse:

— Beba e vai ficar tão forte e livre quanto nossas éguas, e sua crina, tão sedosa. — Ela acariciou os longos cabelos escuros de Cassandra. — Você será minha filha adotiva enquanto morar conosco. Em nossa aldeia, vai viver em minha tenda, tenho duas filhas que serão suas amigas.

Cassandra olhou com um pouco de melancolia para Pentesileia; mas imaginava que, se a mulher era uma rainha, estaria ocupada demais para cuidar de uma garotinha, mesmo que fosse a filha de sua irmã. E Elaria parecia gentil e amigável.

Quando a refeição terminou, as mulheres se reuniram ao redor da fogueira. Pentesileia nomeou duas delas para ficarem de guarda. Cassandra sussurrou:

— Por que postamos sentinelas? Não há guerra, há?

— Não como eles usariam a palavra em Troia — Elaria sussurrou de volta. — Mas ainda estamos nas terras governadas por homens; e as mulheres estão sempre em guerra nessas terras. Muitos... a maioria dos homens nos trataria como prêmios dentro da lei, e nossos cavalos também.

Uma das mulheres começou uma canção; as outras se juntaram. Cassandra escutou, sem saber a melodia ou o dialeto, mas depois de um tempo estava cantarolando junto os refrãos. Sentiu-se cansada e deitou para descansar, olhando para as grandes estrelas brancas lá no alto. A próxima coisa que percebeu era que estava sendo carregada pela escuridão. Ela acordou, assustada.

— Onde estou?

— Você dormiu junto à fogueira, vou levá-la para minha tenda para dormir — disse a voz de Elaria, com suavidade, e Cassandra se acomodou e dormiu novamente, acordando apenas quando havia luz do dia na tenda.

Alguém havia tirado suas calças de couro, e suas pernas estavam esfoladas e doloridas. Quando ela acordou, Elaria entrou, passou um pouco de pomada nos lugares doloridos e deu a Cassandra um par de ceroulas de linho para usar sob o couro, o que ajudou muito. Aí pegou um pente esculpido em osso e começou a pentear os emaranhados no cabelo longo e sedoso de Cassandra; então o trançou com firmeza e o prendeu sob um gorro de couro pontudo como aqueles que todas as mulheres usavam. Os olhos de Cassandra lacrimejaram quando o pente desfez os nós, mas ela não chorou, e Elaria deu um tapinha em sua cabeça em aprovação.

— Hoje você vai cavalgar na minha garupa — Elaria disse — e talvez a gente chegue aos nossos próprios pastos e possa encontrar uma égua para começar a ensiná-la a cavalgar. Vai chegar um dia, e não demora muito, em que vai passar o dia todo na sela sem cansaço.

O café da manhã foi um pedaço de carne-seca e coriácea, roído enquanto ela se agarrava à sela atrás de Elaria. Conforme cavalgavam, o caráter da terra mudava gradualmente do verde fértil do leito do rio para uma planície árida varrida pelo vento, erguendo-se cada vez mais acima dos campos baixos. Na borda da planície havia colinas redondas e calvas, marrom por toda parte, com grandes rochas projetando-se de suas encostas, e, além delas, penhascos escarpados. Na encosta de uma das colinas, ela via manchas se movendo, maiores que ovelhas. Elaria se virou e apontou.

— Lá pastam nossas manadas de cavalos — ela disse. — Ao cair da noite, estaremos em casa, em nosso próprio país.

Pentesileia cavalgava ao lado delas. Muito suavemente, ela explicou:

— Não são nossos rebanhos. Olhe para lá e veja os centauros, cavalgando entre eles.

Agora Cassandra conseguia ver mais claramente, distinguia os corpos peludos e as cabeças barbadas dos homens erguendo-se entre as manadas. Como todas as crianças da cidade, Cassandra fora criada com histórias dos centauros – criaturas selvagens e sem lei com partes superiores do corpo de um homem e partes inferiores do corpo de um cavalo. Agora entendia a origem das velhas histórias. Eram homens pequenos e bronzeados pela vida ao ar livre; os pelos longos e despenteados nas costas davam a impressão de uma crina de cavalo, e seus corpos castanhos se misturavam aos corpos das montarias, as pernas arqueadas enroladas em volta do pescoço dos animais: parte superior do corpo de um homem, parte inferior do corpo de um cavalo. Como muitas meninas, Cassandra tinha ouvido que eles roubavam mulheres de cidades e vilas, e tinha sido advertida pela babá: "Se não for uma boa menina, os centauros vão levá-la embora". Ela murmurou, assustada:

— Eles vão nos machucar, tia?

— Não, não, claro que não; meu filho vive entre eles — respondeu Pentesileia. — E, se for a tribo de Quíron, eles são nossos amigos e aliados.

— Pensei que as tribos das amazonas tivessem apenas mulheres — disse Cassandra, surpresa. — A senhora tem um filho, tia?

— Sim, mas ele vive com o pai; todos os nossos filhos vivem — esclareceu Pentesileia. — Ora, garota boba, ainda acredita que as tribos centauros são monstros? Olhe, são apenas homens, cavaleiros como nós.

No entanto, conforme os cavaleiros se aproximavam, Cassandra se encolhia. Os homens estavam quase nus, e pareciam realmente selvagens e incivilizados; ela se escondeu atrás de Elaria em seu cavalo, onde eles não a veriam.

— Saudações, senhora das mulheres-cavalo — gritou o cavaleiro mais à frente. — Como se saiu na cidade de Príamo?

— Bem o suficiente. Como vê, estamos de volta sãs e salvas — Pentesileia gritou. — Como estão seus homens?

— Achamos uma árvore com abelhas no oco hoje de manhã e pegamos um barril de mel — disse o homem, inclinando-se para perto e abraçando Pentesileia do cavalo. — Pode ficar com uma parte, se quiser.

Ela se afastou dele e lançou:

— O seu preço é sempre muito alto; o que quer de nós dessa vez?

Ele se endireitou e cavalgou ao lado dela, sorrindo de um jeito bem-humorado.

— Pode me fazer um favor — ele disse —, se quiser. Um dos meus homens ficou apaixonado por uma garota da aldeia algumas luas atrás e a levou embora sem se dar ao trabalho de pedir ao pai dela. Mas a garota não serve para nada além de dividir a cama com ele. Não consegue nem ordenhar uma égua ou fazer queijo, e chora e lamenta o tempo todo; agora ele está farto da cadela chorona, e…

— Não me peça para tirá-la de suas mãos — interrompeu Pentesileia. — Ela também não seria boa em nossas tendas.

— O que eu quero é que a leve de volta para o pai dela — disse o homem, e Pentesileia bufou.

— E que sejamos nós a enfrentar a ira e as espadas dos homens da tribo dela? Improvável!

— O problema é que a moça está grávida — explicou o centauro. — Não pode ficar com ela até o bebê nascer? Parece que ela pode ser mais feliz entre as mulheres.

— Se ela vier conosco, sem problemas — disse Pentesileia —, ficaremos com ela até a criança nascer, e se for uma menina ficamos com as duas. Se for menino, você o quer?

— Com certeza — disse o homem —, e quanto à mulher, quando a criança nascer, pode ficar com ela ou mandá-la de volta para a aldeia dela ou, pelo que me importa, afogá-la.

— Eu sou simplesmente muito bondosa — reclamou Pentesileia. — Por que deveria tirá-los dos problemas que vocês mesmos criaram?

— Por meio barril de mel?

— Por meio barril de mel — disse Elaria —, eu mesma cuido da garota, faço o parto *e* a levo de volta para a aldeia dela.

— Vamos todas compartilhar — afirmou Pentesileia —, mas da próxima vez que um de seus homens procurar um encontro com uma mulher, mande-o para nossas tendas e sem dúvida uma de nós o satisfará, sem tais complicações. Toda vez que um de seus homens vai atrás de uma garota fora da estação e vai para as aldeias, todas as tribos sofrem a reação; mais histórias sobre o fato de que somos todos sem lei, homens e mulheres.

— Não me repreenda, senhora — disse o homem, ocultando o rosto brevemente com as mãos. — Nenhum de nós é mais do que humano. E quem é essa escondendo-se ali atrás de sua companheira?

Ele olhou ao redor de Elaria e piscou para Cassandra; ele parecia tão engraçado, com o rosto peludo franzido atrás do cabelo emaranhado, que ela caiu na gargalhada.

— Roubou uma criança da cidade de Príamo?

— Não — disse Pentesileia. — É a filha da minha irmã, que vai morar conosco por algumas temporadas.

— Uma coisinha linda — elogiou o centauro. — Logo todos os meus jovens estarão brigando por ela.

Cassandra corou e se escondeu atrás de Elaria de novo. No palácio de Príamo, até mesmo sua mãe admitia livremente que Polixena era "a bonita", enquanto Cassandra era "a inteligente". Cassandra dizia a si mesma que não se importava; ainda assim, era agradável pensar que alguém *a* achava bonita.

— Bem — disse Pentesileia —, vamos ver esse mel e a mulher que quer que tiremos de suas mãos.

— Vai festejar conosco? Estamos assando um cabrito para a refeição da noite — ofereceu o centauro, e Pentesileia olhou para as mulheres.

— Esperávamos dormir esta noite em nossas próprias tendas — ela protestou —, mas o cabrito tem um cheiro saboroso e bem assado; seria uma pena não pegar nossa parte.

E Elaria acrescentou:

— Por que não descansar aqui por uma ou duas horas? Se não chegarmos em casa hoje à noite, amanhã é outro dia.

Pentesileia deu de ombros.

— Minhas mulheres responderam por mim; aceitaremos sua hospitalidade com prazer... ou talvez apenas com gula.

O centauro acenou e cavalgou em direção à fogueira central, e Pentesileia gesticulou para que suas mulheres a seguissem. Uma jovem estava ajoelhada diante do fogo, virando o espeto em que um cabrito assava. A gordura que pingava no fogo tinha um cheiro maravilhoso, e a pele crocante chiava. As mulheres deslizaram de seus cavalos, e depois de um tempo os homens as seguiram.

Pentesileia foi imediatamente até a mulher que girava o espeto. Cassandra notou com horror que ambos os tornozelos dela tinham sido perfurados, e que os pés estavam presos por uma corda passada pelos ferimentos, para que não conseguisse dar passos largos. A rainha amazona olhou para ela, não de forma indelicada, e perguntou:

— Você é a cativa?

— Sou; eles me roubaram da casa do meu pai no verão passado.

— Você quer voltar?

— Quando furou meus pés, ele jurou que me amaria e cuidaria de mim para sempre; vai me rejeitar agora? Meu pai me aceitaria de volta na casa dele, aleijada e com a barriga inchada com o filho de um centauro?

— Ele me contou que você não é feliz aqui — disse Pentesileia. — Se quiser vir conosco, pode morar ém nossa aldeia até que seu filho nasça, e então retornar para a casa de seu pai ou para onde quiser ir.

O rosto da mulher se contorceu de choro.

— Assim? — ela disse, gesticulando em direção aos tornozelos mutilados.

Pentesileia se virou para o líder centauro.

— Eu a levaria de bom grado se ela estivesse ilesa. Mas não podemos devolvê-la assim para a aldeia do pai dela. Não foi o suficiente para seu jovem levá-la embora e tirar a virgindade dela?

O centauro abriu as mãos desoladamente.

— Ele jurou que a queria para sempre, para estimá-la e cuidar dela, e temia apenas que ela escapasse.

— Deveria saber, depois de todos esses anos, quanto tempo esse tipo de amor dura — repreendeu a rainha amazona. — Raramente dura mais que a tomada da virgindade. Um amor eterno às vezes dura até meio ano, mas nunca sobrevive à gravidez. Agora, o que podemos fazer com ela? Sabe tão bem quanto eu que ela não pode ser devolvida à aldeia do pai dessa forma. Dessa vez se meteu em algo do qual não podemos tirá-lo.

— A essa altura, meu homem pagaria para se livrar dela — disse o centauro.

— Assim deveria. O que ele dará, então, para se livrar dela?

— Uma boa égua prenha como indenização ao pai, ou como dote, se ela desejar se casar.

— Talvez por isso possamos conseguir nos livrar dela quando ela puder andar novamente — disse Pentesileia —, mas lhe prometo, é a última vez que resolveremos seus problemas amorosos. Mantenha seus homens longe das mulheres da aldeia e talvez não nos traga descrédito assim. E é melhor que seja uma boa égua, ou não valerá a pena o trabalho.

Ela fungou de modo apreciativo.

— Mas seria uma pena que o cabrito queimasse ou assasse muito enquanto o repreendo. Vamos comer um pedaço, certo?

Um dos centauros pegou uma faca grande e começou a cortar pedaços da carne e da pele crocante do cabrito. As mulheres se reuniram e se sentaram na grama enquanto a comida era distribuída, com vinho em odres de couro e pedaços de favo de mel. Cassandra comeu esfomeada; estava cansada de cavalgar e disposta a reclinar-se na grama enquanto comia e bebia o vinho. Depois de um tempo, sentiu-se tonta e se deitou, fechando os olhos com sono. Em casa, só podia beber vinho bem aguado, e agora se sentia um pouco enjoada. No entanto, parecia que nenhuma refeição feita entre paredes jamais lhe parecera tão boa.

Um dos jovens que cavalgavam ao lado do líder centauro veio encher novamente a taça em sua mão. Cassandra balançou a cabeça.

— Basta, agradeço.

— O deus do vinho vai ficar bravo com você se negar seus dons — disse o garoto. — Beba, Olhos Brilhantes.

Era assim que seu pai a chamava em seus raros momentos de afabilidade. Ela tomou mais alguns goles e balançou a cabeça.

— Já estou tonta demais para montar no meu cavalo!

— Então descanse — disse o rapaz, e a puxou para deitar em seu ombro, os braços ao redor dela.

Os olhos de Pentesileia pousaram neles, e ela falou bruscamente:

— Deixe-a em paz… ela não é para você. Ela é filha de Príamo e princesa de Troia.

O chefe centauro riu.

— Ele não está tão abaixo dela, minha senhora, ele é filho de um rei.

— Eu conheço seus filhos adotivos reais — disse Pentesileia. — Eu me lembro muito bem de quando Teseu tirou nossa rainha Antíopa de nós para viver dentro de muros e morrer lá. Mesmo assim, essa donzela está sob meus cuidados, e qualquer um que a tocar vai precisar lidar comigo primeiro.

O rapaz riu e soltou Cassandra.

— Talvez quando você crescer, Olhos Brilhantes, seu pai pense melhor de mim do que nossa parenta. A tribo dela não gosta de homens nem de casamento.

— Nem eu — disse Cassandra, afastando-se dele.

— Bem, talvez quando for mais velha, você mude de ideia — observou o rapaz.

Ele se inclinou e a beijou nos lábios. Cassandra se afastou e limpou a boca vigorosamente enquanto os centauros riam. Cassandra viu a mulher aleijada da aldeia observando-a, franzindo a testa.

A rainha amazona chamou suas mulheres para seus cavalos, ajudando uma delas a carregar o mel prometido no lombo de sua égua. Então cortou a corda que prendia os tornozelos da mulher aleijada e a ajudou a subir num cavalo, falando com ela com gentileza. A mulher não estava mais chorando, foi de bom grado com elas. O centauro abraçou Pentesileia enquanto ela montava em seu cavalo.

— Não podemos persuadi-la a passar a noite em nossas tendas?

— Outra hora, talvez — Pentesileia prometeu, e retribuiu calorosamente o abraço dele. — Por enquanto, adeus.

Cassandra estava confusa; esses homens e meninos eram os terríveis centauros das lendas? Pareciam amigáveis o suficiente. Mas ela se perguntou quais eram suas relações com as amazonas. Não tratavam as mulheres da maneira como os soldados de seu pai falavam com as mulheres da casa. O belo rapaz que a beijou veio e olhou para ela, sorrindo.

— Eu a vejo talvez no arrebanhamento? — ele disse.

Cassandra desviou o olhar, corando; não sabia o que dizer a ele. Era o primeiro rapaz, além de seus irmãos, com quem havia falado.

Pentesileia fez sinal para que as mulheres a seguissem, e Cassandra viu que elas cavalgavam para o interior, e que as encostas do Monte Ida se elevavam sobre elas. Pensou na visão que tivera do garoto com seu rosto pastoreando ovelhas nas encostas.

Ele pode pastorear ovelhas, mas eu preciso aprender a cavalgar, ela pensou, e, ainda tonta com o vinho pouco costumeiro, inclinou-se para a frente, apoiando-se em Elaria, e adormeceu, embalada pelo balanço do passo do cavalo.

SEIS

O MUNDO ERA MAIOR DO QUE JAMAIS IMAGINARA; EMBORA CAVALGASsem desde a primeira luz do amanhecer até que estivesse escuro demais para enxergar, Cassandra tinha a impressão de que estavam apenas rastejando sobre as planícies. As colinas de Troia ainda podiam ser vistas atrás delas, não mais distantes que antes; no ar limpo, às vezes parecia que ela podia estender a mão e tocar o cume brilhante da cidade.

Em poucas semanas, Cassandra tinha a impressão de que sua vida sempre fora vivida com as amazonas da tribo. Do começo ao fim do dia, não punha os pés no chão, mas antes mesmo de quebrar o jejum já estava na sela da égua castanha que lhe haviam designado para uso, a quem chamava de Vento Sul. Com as outras garotas de sua idade, ela ficava de guarda contra invasores, e à noite mantinha as éguas juntas, observando as estrelas.

Ela amava Elaria, que cuidava dela como cuidava das próprias filhas, meninas de onze e dezessete anos; adorava Pentesileia, embora a rainha amazona raramente falasse com ela, exceto para uma pergunta diária sobre sua saúde e seu bem-estar. Ela ficou forte, bronzeada e saudável. No sol escaldante sem fim nas planícies, via o rosto de Apolo, Senhor do Sol, e tinha a impressão de que vivia a vida sob os olhos dele.

Já estava com as amazonas por mais de uma lua quando um dia, enquanto a tribo desmontava, em vista do agora distante Monte Ida, para sua refeição frugal do meio-dia de pedaços de queijo forte de leite de égua, ela se viu contando a Pentesileia tudo sobre a visão curiosa.

— O rosto dele era tão parecido com o meu quanto meu próprio rosto refletido na água — ela disse —, mas, quando falei dele, meu pai me derrubou e ficou bravo com minha mãe também.

Pentesileia fez uma longa pausa antes de responder, e Cassandra se perguntou se o silêncio de seus pais se repetiria. Então a mulher disse devagar:

— Entendo que sua mãe, e especialmente seu pai, não queiram falar sobre isso; mas não vejo razão para que não seja informada do que metade de Troia sabe. Ele é seu irmão gêmeo, Cassandra. Quando você nasceu, a Mãe Terra, que também é a Mãe Serpente, enviou à minha irmã Hécuba um mau presságio: gêmeos. Vocês dois deveriam ter sido mortos — ela disse asperamente.

Quando Cassandra se encolheu, os lábios tremendo, ela estendeu a mão e acariciou o cabelo da garota.

— Estou feliz que você não tenha sido — ela disse. — Sem dúvida, algum deus colocou a mão em você. Seu pai sentiu, talvez, que poderia escapar do destino abandonando a criança; mas, como um adorador do princípio do Pai – que é, na verdade, uma adoração do poder masculino e da capacidade de gerar filhos –, ele não ousou renunciar totalmente a um filho, e a criança foi criada em algum lugar longe do palácio. Seu pai não queria saber nada dele por causa do mau presságio do nascimento; então ficou bravo quando você o mencionou.

Cassandra sentiu um alívio tremendo. Tinha a impressão de que durante toda a sua vida andara sozinha quando deveria haver outro ao seu lado, muito parecido com ela, mas de alguma forma diferente.

— E não é perverso desejar vê-lo na vasilha de adivinhação?

— Não precisa da vasilha de adivinhação — disse Pentesileia. — Se a Deusa lhe deu a Visão, só precisa olhar dentro do seu coração e o encontrará lá. Não estou surpresa que seja abençoada assim; sua mãe tinha a Visão quando menina e a perdeu quando se casou com um homem da cidade.

— Eu acreditava que a... Visão... fosse o dom do Senhor do Sol — disse Cassandra. — Ela veio a mim pela primeira vez dentro do templo dele.

— Talvez — respondeu Pentesileia. — Mas lembre-se, criança: antes mesmo que Apolo, Senhor do Sol, viesse governar estas terras, nossa Mãe Cavalo – a Grande Égua, a Mãe Terra de quem todos nós nascemos – estava aqui.

Ela se virou e colocou as duas mãos na terra escura com reverência, e Cassandra imitou o gesto, entendendo apenas em parte. Tinha a impressão de que podia sentir uma força escura se movendo para cima da terra e fluindo através dela; era o mesmo tipo de força feliz que tinha sentido quando segurou as serpentes de Apolo nas mãos. Ela se perguntou se estava sendo desleal ao deus que a havia chamado.

— Eles me disseram no templo que Apolo, Senhor do Sol, havia matado a Píton, a grande Deusa do Submundo. É essa a Mãe Serpente de quem fala?

— A Grande Deusa não pode ser morta, pois é imortal; pode escolher se retirar por um tempo, mas ela é e permanecerá para sempre — afirmou a rainha amazona, e Cassandra, sentindo a força da terra sob suas mãos, tomou isso como verdade absoluta.

— A Mãe Serpente é, então, a mãe do Senhor do Sol? — perguntou.

Pentesileia, respirando fundo em reverência, disse:

— Ela é mãe de deuses e homens do mesmo modo, mãe de todas as coisas; então Apolo é filho dela também, assim como você e eu.

Mas... se Apolo, Senhor do Sol, queria matá-la, então queria matar a própria mãe? Cassandra prendeu a respiração com a maldade do pensamento. Mas um deus poderia fazer maldade? E, se certa ação era perversa para os homens, também era perversa para um deus? Se uma deusa era imortal, como então poderia ser morta? Essas coisas eram mistérios, e ela colocou todo o seu ser numa resolução feroz de que um dia as entenderia. Apolo, Senhor do Sol, a havia chamado; tinha dado a ela suas serpentes; um dia ele a levaria ao conhecimento dos mistérios da Mãe Serpente também.

As mulheres terminaram a refeição do meio-dia e se esticaram para descansar na grama verde. Cassandra não estava com sono; não estava acostumada a dormir assim ao meio-dia. Observou as nuvens passando pelo céu e olhou para as encostas do Monte Ida erguendo-se bem acima da planície.

Seu irmão gêmeo. Cassandra ficou furiosa ao pensar que todos sabiam disso quando ela, a quem isso mais interessava, tinha sido mantida na ignorância.

Tentou se lembrar de modo deliberado e consciente do estado em que estava quando viu o irmão pela primeira vez na água da vasilha de adivinhação. Ela se ajoelhou imóvel na grama, olhando para o céu, a mente em branco, buscando o rosto que vira só uma vez, e apenas numa visão. Por um momento, seus pensamentos indagadores se fixaram no próprio rosto, visto refletido como se estivesse na água, e no brilho dourado que ela ainda chamava, em sua mente, de rosto e hálito de Apolo, Senhor do Sol.

Então as feições mudaram e o rosto era de um rapaz, o dela e ainda assim sutilmente *não* o dela, cheio de uma travessura totalmente estranha a ela, e soube que havia encontrado o irmão. Ela se perguntou como ele se chamava e se podia vê-la.

De algum lugar na misteriosa ligação entre eles, a resposta veio: ele poderia, se quisesse; mas não tinha razão para procurá-la, e nenhum interesse particular. *Por que não?*, Cassandra se perguntou, ainda sem saber que havia tropeçado na maior falha no caráter de seu gêmeo: uma total falta de interesse em qualquer coisa que não se relacionasse com ele ou que não contribuísse de alguma forma para o próprio conforto e satisfação.

Por um instante, isso a intrigou o suficiente para que perdesse o fragmento de visão; então se recompôs para chamá-la de volta. Seus sentidos estavam cheios do cheiro inebriante de tomilho das encostas da montanha, onde a luz brilhante e o calor da presença do Senhor do Sol reuniam os óleos perfumados da erva e concentravam seu cheiro no ar. Olhando pelos olhos do rapaz, viu a escova grosseira em sua mão enquanto ele penteava os flancos lisos de um grande touro, alisando os pelos brancos brilhantes em desenhos como ondas. A fera era maior do que ele próprio; como Cassandra, ele era magro e de constituição leve, mais forte que musculoso. Seus braços eram queimados de sol como os de qualquer pastor, os dedos calejados e duros do trabalho sem fim. Ela ficou ali com ele, o braço movendo-se como o dele, fazendo desenhos nos lados do touro, e, quando o pelo estava adequadamente liso e ondulado, colocou a escova de lado. Mergulhou outra escova em um pote de tinta que estava ao lado dele, aplicando a camada de tinta dourada sobre os chifres. Os grandes olhos escuros do touro encontraram os dela com amor, confiança e um toque de perplexidade, de modo que a besta mudou o apoio das patas, inquieta. Cassandra se perguntou se de alguma forma os instintos do animal sabiam o que o irmão não sabia: que não era apenas seu mestre que estava diante dele.

Terminada a escovação e a pintura dourada, Páris (ela não se perguntou como agora sabia o nome dele, mas o conhecia como se fosse o próprio nome) amarrou uma guirlanda de folhas verdes e fitas ao redor do pescoço largo do animal e se afastou para observar sua obra com orgulho. O touro estava realmente lindo, o melhor que ela já tinha visto. Ela compartilhava os pensamentos dele, que podia honestamente considerar esse belo animal, para cuja aparência e condição não tinha poupado esforços em todo o ano passado, o melhor touro da feira. Ele amarrou com cuidado uma corda ao redor do pescoço do animal e pegou um cajado e uma bolsa de couro na qual havia um pedaço de pão, algumas tiras de carne-seca e um punhado de azeitonas maduras. Tendo amarrado a bolsa na cintura, ele se abaixou para calçar as sandálias. Deu ao grande touro enfeitado uma batida suave no flanco com o cajado e desceu as encostas do Monte Ida.

Cassandra se viu, para sua surpresa, de volta ao próprio corpo, ajoelhada na planície, entre as amazonas adormecidas. O sol tinha começado a declinar um pouco de seu zênite, e ela sabia que a tribo logo acordaria e estaria pronta para cavalgar.

Tinha ouvido falar que, nas ilhas dos reinos do mar bem ao sul, o touro era considerado sagrado. Ela tinha visto nos templos pequenas estátuas de touros sagrados, e alguém lhe contara a história da rainha Pasífae de Creta, por quem Zeus se apaixonou. Ele tinha ido até ela como um grande touro branco, e disseram que ela depois dera à luz um monstro com cabeça de touro e corpo de homem. Ele fora chamado de Minotauro, e tinha aterrorizado todos os reis do mar até ser morto pelo herói Teseu.

Quando Cassandra era uma garotinha, acreditava na história; agora se perguntava que verdade, se é que havia alguma, estava por trás dela. Tendo aprendido a realidade por trás da lenda dos centauros, acreditava que deveria haver alguma verdade, por mais obscura que fosse, dentro de todas essas histórias.

Havia homens deformados que eram bestiais tanto na aparência quanto nas maneiras; ela se perguntava se o Minotauro tinha sido um homem assim, com a marca do disfarce animal do pai no corpo ou na mente.

Estava ansiosa para ver o que havia acontecido com Páris e seu lindo touro branco. Mulheres jovens, principalmente da casa real, nunca tinham permissão para comparecer às feiras de gado, realizadas por todo o campo, mas tinha ouvido falar delas e estava intensamente curiosa.

Mas as mulheres estavam se mexendo, e, em poucos minutos, os movimentos e as vozes ao redor dissiparam a quietude de que precisava para permanecer no estado em que poderia segui-lo. Ela se levantou de um salto, com apenas um pouco de arrependimento, e correu para pegar sua égua.

Uma ou duas vezes no dia seguinte ou no outro ela teve um vislumbre do irmão, conduzindo o touro enfeitado, vadeando um rio (onde estragou as sandálias) e encontrando-se com outros viajantes que conduziam gado enfeitado como o dele; nenhum dos animais era tão fino ou tão bonito.

A lua ficou redonda, iluminando todo o céu do anoitecer ao amanhecer. Durante o dia, o sol cegava, a poeira branca brilhava. Cochilando no lombo enquanto as éguas se moviam com firmeza, pastando no cercado bem cuidado, Cassandra observou os demônios de poeira seca erguendo-se e girando pela grama antes de serem levados pelo vento. Pensou no inquieto deus Hermes, senhor dos ventos, do engano e do artifício.

Sonhando acordada, viu um dos pequenos redemoinhos tremer, tremular e se erguer na forma de um homem, e então seguiu o vento inquieto e mutável para oeste através das planícies até o sopé do Monte Ida. Na luz ofuscante do sol, um raio de ouro mudou, alterou-se no brilho e tomou a forma de um homem mais alto e mais brilhante do que qualquer homem, com o rosto de Apolo Senhor do Sol, e diante dos dois deuses caminhava um touro.

Cassandra ouvira a história dos touros de Apolo – grandes bovinos brilhantes, mais belos do que qualquer animal terrestre, e certamente aquele era um deles; de costas largas, com chifres reluzentes que não precisavam de dourado ou fitas para brilhar com luz. Uma das baladas mais antigas cantadas pelos menestréis da corte de seu pai falava de como o bebê Hermes havia roubado o rebanho sagrado de Apolo e então afastado a raiva do deus ao moldar para ele uma lira da carapaça de uma tartaruga. Agora, o brilho dos olhos do touro sagrado e o lustre brilhante de sua pelagem ofuscavam a memória do touro que Páris havia decorado com tanto trabalho. Não era justo; como qualquer touro mortal poderia se aventurar a ser julgado ao lado do gado divino de um deus?

Ela se inclinou para a frente, os olhos fechados; tinha aprendido a dormir montada, entregando o corpo sem ossos ao movimento do animal. Agora cochilava, a mente vagando em busca do irmão. Talvez tenha sido a visão do touro de Apolo que a havia atraído para o animal que Páris levou à feira.

Cassandra olhou através dos olhos do irmão para o grande corpo de animais reunidos e repassou na mente as falhas e virtudes deles. Essa vaca tinha flancos muito estreitos; aquela, um padrão feio manchado de marrom e rosa no úbere; esse touro tinha chifres tortos e inadequados para proteger seu rebanho; aquele, uma corcova acima do pescoço. Perto ou longe, Páris pensou com orgulho, não havia nenhum que se igualasse ao touro do próprio rebanho, que havia enfeitado com tanto orgulho e levado para lá; poderia declarar as honras do dia ao próprio touro de seu pai adotivo. Era o segundo ano em que era escolhido para julgar o gado, e estava orgulhoso de sua habilidade e da confiança que seus vizinhos e companheiros pastores sentiam nele.

Páris se movia entre o gado, gesticulando com gentileza para que um fosse levado à frente para que pudesse vê-lo melhor, ou para que levassem um animal que não considerava com seriedade para fora de seu campo de visão.

Ele havia escolhido a melhor novilha e o melhor bezerro, e então, para murmúrios de aclamação, a melhor vaca; era uma vaca esplêndida de fato: o couro branco claro com manchas cinzentas tão sutis que eram quase azuis, os olhos eram suaves e maternais, o úbere macio e uniformemente rosado como os seios de uma donzela. Os chifres eram pequenos e espalhados, e o hálito perfumado com a grama que cheirava a tomilho.

Agora era hora de julgar os touros. Páris se moveu com satisfação em direção ao Nevado de seu pai adotivo, o animal que tinha criado e decorado com tanto cuidado. Em um dia inteiro julgando gado, ele sabia que honestamente não tinha visto nenhum animal que se igualasse ao dele, e se sentiu justificado em conceder o prêmio ao animal do pai adotivo. Ele tinha de fato aberto a boca para falar quando viu os dois estranhos e o touro deles.

Assim que o mais novo – Páris supôs que fosse o mais novo – começou a falar, Páris soube de alguma forma que estava na presença do mais-que-mortal. Era seu primeiro encontro desse tipo, mas o brilho dos olhos do homem sob o chapéu, e algo na voz, como se viesse de muito longe e ainda assim muito perto, lhe disse que aquele não era um homem comum. Quanto a Cassandra, ela teria reconhecido em qualquer lugar o brilho sobrenatural ao redor dos cachos dourados de seu deus; e, talvez sem que Páris soubesse conscientemente, algo se insinuou da mente de sua irmã desconhecida para ele.

Ele disse em voz alta:

— Estranhos, tragam o touro para mais perto para que eu possa vê-lo. Nunca vi um animal tão belo.

Mas talvez o touro tivesse alguma falha não aparente, pensou Páris, andando ao redor dele por todos os lados. Não, as pernas eram como pilares de mármore; até a cauda se movia com um ar de nobreza. Os chifres eram lisos e largos, o olho feroz, mas gentil; o animal até permitiu, com um olhar de tédio, que Páris abrisse sua boca gentilmente e olhasse para os dentes perfeitos.

Que direito tem um deus de trazer seu gado perfeito para ser julgado entre os homens mortais?, Páris se perguntou. Bem, era o Destino, e seria arrogante se opor a ele.

Ele acenou novamente para o homem que segurava a corda em volta do pescoço do touro e disse com um olhar arrependido para Nevado:

— Sinto muito em dizer isso, mas nunca em toda a minha vida vi um touro tão belo. Estranhos, o prêmio é de vocês.

O sorriso brilhante do imortal se turvou no sol; e, quando Cassandra acordou, ouviu uma voz – nada mais que um eco em sua mente: *Esse homem é um juiz honesto; talvez seja quem vai resolver o desafio de Éris.* E então ela estava sozinha em sua sela e Páris se fora, dessa vez além de qualquer chamado sob seu comando. Ela não o viu novamente por um longo tempo.

SETE

Assim que alcançaram o território das amazonas, o tempo mudou. Um dia havia sol ofuscante da manhã ao anoitecer; no outro, parecia, havia chuva o dia todo, combinada com noites úmidas, gotejantes. Estar a cavalo não era mais um prazer, mas trabalho e exaustão; para Cassandra, todos os dias eram uma batalha constante contra o frio e a umidade.

As amazonas mantinham as fogueiras em seus acampamentos abrigados; muitas moravam em cavernas, outras em tendas de couro com paredes pesadas erguidas em bosques de copas frondosas. Crianças pequenas e mulheres grávidas ficavam dentro o dia inteiro, amontoando-se perto das fogueiras fumegantes.

Havia horas em que o calor a tentava, mas, entre a tribo, garotas da idade de Cassandra eram consideradas guerreiras, então ela se cobria com um manto pesado de lã oleada e aguentava a umidade da melhor maneira que podia.

Conforme a estação chuvosa se arrastava, ela ficava mais alta, e um dia, ao desmontar para uma rara refeição quente no acampamento, em torno da fogueira, percebeu que o corpo estava ficando arredondado, pequenos seios brotando sob as vestes grosseiras e largas.

De vez em quando, enquanto cavalgavam, visões do rapaz com seu rosto entravam em sua mente. Ele estava mais alto agora, a túnica que usava mal cobria suas coxas, e ela estremeceu em empatia quando ele tentou se cobrir com o manto muito curto. Cercado por seu rebanho, ele se deitava nos sopés da montanha, e uma vez ela o viu em um festival, um entre um grupo de meninos usando guirlanda e movendo-se em uma dança. Outra vez sentou-se diante de um fogo ardente enquanto ele recebia um manto quente e seu cabelo era cortado para o altar do Senhor do Sol. Ele também estava sob a proteção de Apolo?

Uma vez, na primavera, quieto em um aglomerado de outros rapazes, ele observou um grupo de menininhas – embora a maioria delas fosse do tamanho dele ou mais altas – envoltas em peles de urso, fazendo uma dança ritual para a Donzela.

Agora ela mal pensava na vida dentro de casa a não ser por uma memória vaga e constante de uma época em que estivera confinada ao palácio e nunca tinha permissão para sair. Sensações curiosas atacavam seu corpo; o tecido grosseiro de lã de sua túnica esfolava seus mamilos, e ela implorou a uma das outras mulheres por uma roupa de baixo de algodão macio. Ajudou, mas não o suficiente; os seios dela ficavam doloridos na maior parte do tempo.

Os dias encurtavam, e uma lua pálida de inverno se erguia no céu. As manadas circulavam sem alvo, procurando comida. Depois, as éguas não deram leite, e os animais exaustos se moviam sem sossego de um pasto esgotado a outro.

A perda do leite de égua, a comida básica das amazonas, significava que havia ainda menos para comer; o que havia era guardado por costume para mulheres grávidas e crianças menores. Dia após dia, Cassandra conhecia pouca coisa além de fome aguda; guardava o pouco que recebia de comida para comer antes de dormir, assim não acordaria sonhando com os fornos do castelo de Príamo e o cheiro rico e quente de pão assando. Nos pastos, enquanto cuidava dos cavalos, buscava sem parar frutas secas ou bagas fibrosas presas a vinhas mortas; como todas as outras garotas, comia qualquer coisa que conseguisse encontrar, aceitando que cerca da metade da comida encontrada assim a deixaria doente.

— Não podemos ficar aqui — as mulheres disseram. — O que nossa rainha está esperando?

— Algum aviso da Deusa — diziam as outras, e as mulheres mais velhas da tribo foram até Pentesileia, exigindo que fossem para os pastos de inverno.

— Sim — disse a rainha —, devíamos ter ido há uma lua; mas há guerra no campo. Se movermos a tribo com todas as nossas crianças e velhas, vamos ser capturadas e escravizadas. Querem isso?

— Não, não — protestaram as mulheres. — Sob sua vontade vivemos livres e, se precisarmos, vamos morrer livres.

De qualquer modo, Pentesileia prometeu que, quando a lua estivesse cheia de novo, ela buscaria o conselho da Deusa para conhecer a vontade dela.

Vendo o próprio rosto na água depois de uma chuva forte, Cassandra mal se reconheceu: tinha ficado mais alta e magra, rosto e mãos escurecidos pelo sol, os traços agudos e mais como os de uma mulher do que de uma menina – ou talvez como a de um jovem rapaz... Havia sardas no rosto dela também, e ela se perguntou se a família iria reconhecê-la se aparecesse sem aviso diante deles, ou diriam: "Quem é essa mulher das tribos selvagens? Botem para fora". Ou se iriam tomá-la, talvez, pelo irmão gêmeo exilado?

Apesar das condições duras, ela não tinha vontade de voltar para Troia; sentia falta da mãe às vezes, mas não da vida na cidade murada.

Certo dia, ao anoitecer, as garotas jovens, voltando ao acampamento para roupas secas e uma divisão da comida que podia ser encontrada – normalmente raízes adstringentes cozidas, ou alguns grãos silvestres duros –, receberam ordens para não sair com os cavalos de novo. Todas as fogueiras no acampamento, a não ser por uma, tinham sido apagadas, e estava escuro e frio.

Não havia mais que um bocado de comida para ser dividida, e Elaria disse à filha de criação que a rainha havia declarado que todas deveriam jejuar antes da súplica à Deusa.

— Isso não é novidade — observou Cassandra. — Deveria pensar que jejuamos o suficiente nesse último mês para satisfazer qualquer deusa. O que mais ela pode pedir de nós?

— Quieta — disse Elaria. — Ela nunca deixou de cuidar de nós. Ainda estamos vivas; houve muitos anos com ataques, e muitos bandidos no campo, quando não saímos de nossos pastos até que metade de nossas crianças pequenas estivessem mortas. Neste ano a Deusa não levou um só bebê de peito, nem um só potro.

— Melhor para ela — retrucou Cassandra. — Não imagino qual a utilidade de mulheres das tribos mortas para a Deusa, a não ser que ela nos queira servindo no Além-Mundo.

Sentindo pontadas de fome, Cassandra tirou as vestes de couro ensopadas e vestiu uma túnica seca de lã de trançado grosseiro. Passou um pente de madeira pelo cabelo e o trançou, enrolando-o na altura do pescoço. Em seu estado exausto e morto de fome, a sensação de roupas secas e do calor do fogo eram prazeres sensuais; ela ficou por algum tempo simplesmente sentindo o calor tomar seu corpo, até que uma das outras mulheres a empurrou para o lado. No ar fechado da tenda, a fumaça tomava gradualmente todo o espaço, e ela tossiu e engasgou até sentir que iria vomitar, se o estômago não estivesse tão vazio.

Começou a sentir, atrás dela na tenda, a pressão de outros corpos, o farfalhar silencioso de mulheres, moças e meninas: todas as mulheres da tribo pareciam estar reunidas no escuro atrás dela. Elas se agachavam ao redor da fogueira, e de algum lugar vinha a batida suave de mãos em couros esticados em torno de um aro, o chacoalhar de cabaças com sementes secas, agitadas e soando como folhas secas, como a chuva batendo nas tendas. A fogueira soltava fumaça com pouca luz, de modo que Cassandra sentia apenas os fluxos fracos de calor desmotivado.

Do silêncio escuro ao lado da fogueira, três das mulheres mais velhas da tribo se levantaram e jogaram o conteúdo de um pequeno cesto no fogo. As folhas secas arderam, então fumegaram, soltando nuvens brancas grossas de fumaça aromática. Ela encheu a tenda com seu perfume seco, curioso, meio doce, e, quando aspirou, Cassandra sentiu a cabeça nadar, e cores estranhas se moviam diante de seus olhos, de modo que ela não sentia mais a dor embotada de sua fome.

Pentesileia disse do escuro:

— Minhas irmãs, sei que estão com fome; não partilho dela? A qualquer uma que não deseje ficar conosco, dou permissão para que siga para as vilas dos homens, onde vão dividir a comida se escolherem se deitar com eles. Só não tragam filhas nascidas assim de volta para nossa tribo, mas deixem-nas para ser escravas, como demonstraram ser. Se há alguém que deseja ir embora agora, que siga, pois não está apta a ficar enquanto suplicamos a nossa Donzela Caçadora, que preza a liberdade para mulheres.

Silêncio. Dentro da tenda cheia de fumaça, nenhuma mulher se moveu.

— Então, irmãs, em nossa necessidade, vamos invocar aquela que se importa conosco.

De novo silêncio, a não ser pelo bater de dedos em tambores. Então, do silêncio, saiu um longo uivo assombroso.

— Oouu... ooouu-ooouuu-uuuuu!

Por um momento Cassandra pensou que fosse algum animal à espreita do lado de fora da tenda. Então viu as bocas abertas, as cabeças das mulheres viradas para trás O uivo veio de novo, e de novo; os rostos das mulheres não pareciam mais totalmente humanos. Os gritos uivantes seguiram, subindo e baixando enquanto elas se balançavam e gritavam, e eram acompanhadas por um curto e breve "ip-ip-ip-ip-ip... ip-ip-ip" até que o barulho tomasse a tenda; aquilo batia e surrava sua consciência, e ela só podia endurecer para ficar fora. Tinha visto a mãe sendo ofuscada pela Deusa, mas nunca em meio a uma comoção louca como aquela.

Naquele momento, pela primeira vez em muitas luas, o rosto de Hécuba de repente estava diante dos olhos de Cassandra, e ela tinha a impressão de que podia ouvir a voz gentil da mãe:

Não é o costume...

Por que não?

Não há razão para os costumes. Eles existem, *só isso...*

Ela não tinha acreditado nisso na época e não acreditava agora. Deveria existir uma razão pela qual esse uivar estranho era considerado uma maneira adequada de invocar a Donzela Caçadora. *Vamos nos tornar como os animais selvagens que ela caça?*

Pentesileia se levantou, esticando as mãos para as mulheres; entre uma respiração e outra, Cassandra viu o rosto da rainha se tornar um borrão, e o brilho da Deusa ardia na pele dela, a voz alterada além de qualquer reconhecimento. Ela gritou:

— Não para o sul, onde vagam as tribos dos homens! Cavalguem para o leste, passando os dois rios; fiquem lá até que as estrelas da primavera caiam!

Então ela caiu para a frente; duas mulheres entre as mais velhas da tribo a pegaram e a apoiaram em um ataque de tosse tão violento que terminou em uma ânsia fraca. Quando se levantou, o rosto era o dela de novo.

Então perguntou em um sussurro rouco:

— Ela nos respondeu?

Uma dúzia de vozes repetiu as palavras que ela tinha dito enquanto estava tomada:

— "Não para o sul, onde vagam as tribos dos homens! Cavalguem para o leste, passando os dois rios; fiquem lá até que as estrelas da primavera caiam!"

— Então saímos ao amanhecer, irmãs — disse Pentesileia, a voz ainda fraca. — Não há tempo a perder. Não conheço nenhum rio a leste, mas, se virarmos nossas costas ao Pai Escamandro e seguirmos o vento leste, certamente chegaremos a eles.

— O que a Deusa quis dizer quando falou "até que as estrelas da primavera caiam"? — perguntou uma das mulheres.

Pentesileia levantou os ombros magros.

— Não sei, irmãs; a Deusa falou, mas não explicou suas palavras. Se seguirmos a vontade dela, ela tornará isso claro para nós.

Quatro das mulheres trouxeram cestos com raízes enroladas e passaram em torno odres de couro cheios de vinho. Pentesileia disse:

— Vamos banquetear em nome dela, irmãs, e sair pela manhã cheias da dádiva dela.

Cassandra percebeu quanto tempo a comida tinha sido guardada para esse banquete de inverno. Atirou-se sobre as raízes cozidas sem gosto como o animal faminto que sentia ser, e bebeu sua parte do vinho.

Quando os cestos estavam vazios e a última gota tinha sido tirada dos odres de vinho, as poucas posses da tribo foram organizadas: tendas desfeitas, poucas chaleiras de cobre de cozinhar, um estoque de mantos usados por líderes anteriores. Cassandra ainda via o rosto da Deusa sobre o rosto de Pentesileia, e ouvia as alterações curiosas na voz de sua parenta. Cassandra se perguntou se um dia a Deusa falaria através de sua voz e seu espírito.

A tribo das mulheres colocou suas éguas em uma fileira de marcha; Pentesileia e suas guerreiras na frente, as mulheres velhas ou grávidas e as meninas menores no centro, cercadas pelas jovens mais fortes.

Cassandra tinha uma lança e sabia usá-la, então tomou um lugar entre as jovens guerreiras. Pentesileia a viu e franziu o cenho, mas não disse nada; Cassandra tomou o silêncio dela como permissão para ficar onde estava. Não sabia se esperava por sua primeira batalha ou se apenas rezava para que a viagem fosse totalmente monótona. O amanhecer estava chegando, e Pentesileia gritou o sinal para cavalgar; uma única estrela ainda pendia no céu escuro. Cassandra tremia na túnica de lã que tinha usado na cerimônia. Esperava que não houvesse chuva naquela noite; tinha deixado os couros de montaria na tenda, e eles tinham sido empacotados em algum lugar entre os sacos de couro e os cestos.

Sua companheira mais próxima, uma menina de uns catorze anos chamada pela mãe de Estrela, cavalgando ao lado dela, não fazia segredo de que esperava por uma luta.

— Um ano, quando eu era pequena, houve uma guerra contra uma das tribos de centauros... não o bando de Quíron, eles são nossos amigos, mas uma das tribos do interior. Eles desceram sobre nós assim que saímos de nosso antigo acampamento e tentaram roubar nossos garanhões mais fortes — Estrela disse a ela. — Mal conseguia vê-los; ainda estava cavalgando com minha mãe. Mas ouvi os homens gritando quando Pentesileia cavalgou por cima deles.

— Nós vencemos?

— Claro que vencemos; se não tivéssemos vencido, eles teriam nos levado para o acampamento deles e quebrado nossas pernas, para que não conseguíssemos fugir — disse Estrela, e Cassandra se recordou da mulher mutilada no acampamento dos homens. — Mas fizemos as pazes com eles, e emprestamos o garanhão por um ano para melhorar as manadas deles. E concordamos em visitar a vila deles naquele ano, em vez da de Quíron; Pentesileia disse que nos tornamos parentas muito próximas do povo dele a essa altura, e deveríamos pular alguns anos porque não é sábio se deitar com nossos próprios irmãos e pais por muitas gerações. Ela diz que quando fazemos isso os bebês são fracos e às vezes morrem.

Cassandra não entendia e disse isso. Estrela riu e falou:

— Não deixariam você ir, de qualquer jeito; antes de ir para a vila dos homens, precisa ser uma mulher, não uma menininha.

— Sou uma mulher — Cassandra alegou. — Tenho idade suficiente para ficar grávida já tem dez luas.

— Mesmo assim, precisa ser uma guerreira experiente; sou adulta há mais de um ano agora, e ainda não tenho permissão para ir à vila dos homens. Mas não estou com pressa; afinal, posso ficar grávida por nove luas e dar à luz só um macho inútil, que precisa ser dado à tribo do pai — disse Estrela.

— Ir à vila dos homens? Para quê? — Cassandra perguntou, e Estrela contou.

— Acho que está inventando — retrucou Cassandra. — Minha mãe e meu pai jamais fariam algo assim.

Ela entendia uma égua e um garanhão, mas o pensamento de seus pais reais realizando tais manobras parecia nojento. No entanto se lembrou, sem desejar, que sempre que o pai convocava uma das várias mulheres do palácio para seus aposentos, cedo ou tarde (geralmente mais cedo que tarde) havia um novo bebê no palácio, e se fosse um filho, Príamo visitava o ourives do palácio e havia belos presentes, anéis, correntes e copos de ouro para a mulher favorecida e para a criança.

Então, talvez o que Estrela estava lhe dizendo fosse verdade, afinal, por mais que parecesse estranho. Tinha visto o nascimento de crianças, mas a mãe lhe dissera que não era digno de uma princesa ouvir a conversa das mulheres do palácio, agora se recordava de certas brincadeiras grosseiras que não tinha entendido na época e sentia o rosto corar. A mãe lhe dissera que os bebês eram enviados para o útero das mulheres pela Mãe Terra, e às vezes ela se perguntava por que a Deusa não lhe mandava um, pois amava bebês.

— É por isso que os moradores das cidades mantêm suas mulheres trancadas em aposentos especiais para mulheres — explicou Estrela. — Dizem que as mulheres da cidade são tão lascivas que não podem ser deixadas sozinhas.

— Não são — disse Cassandra, sem saber direito por que estava tão brava.

— São, sim! Ou por que os homens delas precisariam mantê-las trancadas entre paredes? Nossas mulheres não são assim — Estrela apontou —, mas as mulheres da cidade são como cabras… fornicam com qualquer homem que veem!

Com um sorriso de má índole para Cassandra, ela disse:

— Você é da cidade, não é? *Você* não ficava trancada para ficar longe dos homens?

Cassandra apertou os joelhos na égua, foi para a frente e se jogou em Estrela, uivando de raiva. Estrela a arranhou, e Cassandra puxou o cabelo de tranças grosseiras da garota, tentando derrubá-la da égua. Suas montarias relinchavam e nitriam enquanto elas brigavam, dando tapas, arranhões e gritos; Cassandra sentiu o cotovelo direito da garota acertar seu nariz, e sangue começar a pingar enquanto suas unhas afundavam no rosto de Estrela.

Então Pentesileia e Elaria estavam ambas ali, rindo enquanto enfiavam os cavalos entre as garotas. Pentesileia tirou Cassandra da sela e a abraçou enquanto ela batia os braços com raiva.

— Que vergonha, Cassandra! Se lutamos assim entre nós, como podemos esperar ter paz com outras tribos? É assim que trata suas irmãs? Por que estão brigando?

Cassandra baixou a cabeça e não respondeu. Estrela ainda dava aquele sorrisinho nojento.

— Eu disse a ela que as mulheres da cidade são trancadas porque fornicam como cabras — zombou Estrela —, e se isso não fosse verdade, ela teria se importado em brigar comigo assim?

Cassandra retrucou com raiva:

— Minha mãe não é assim! Diga a ela para retirar o que disse!

Pentesileia se aproximou dela e falou em seu ouvido:

— Sua mãe será diferente por ela ter dito isso, verdade ou mentira?

— Não, claro que não. Mas se ela diz…

— Se ela diz, tem medo que alguém escute e acredite? — Pentesileia perguntou, levantando uma sobrancelha delicada. — Por que dar a ela tanto poder sobre você, Cassandra?

Cassandra baixou a cabeça e não respondeu, e Pentesileia, fazendo cara feia, pousou os olhos em Estrela.

— É assim que trata uma parenta e convidada da tribo, irmãzinha?

Ela se inclinou do cavalo e tocou o dedo no rosto arranhado e ensanguentado de Estrela.

— Não vou puni-la, pois já teve sua punição; ela se defendeu bem. Na próxima vez, mostre cortesia a uma convidada de nossa tribo. A boa vontade da mulher de Príamo é valiosa para nós.

Ela voltou as costas para Estrela e se inclinou para Cassandra, ainda abraçando-a com força junto ao peito. Cassandra sentia o riso na voz dela.

— Tem idade para cavalgar sozinha sem se meter em problemas ou preciso carregar você diante de mim como um bebê?

— Posso cavalgar sozinha — disse Cassandra, emburrada, embora estivesse grata a Pentesileia por defendê-la.

— Então vou colocá-la em sua égua de novo — informou a rainha amazona, e Cassandra sentiu com gratidão o lombo largo de Vento Sul debaixo dela de novo.

Estrela entrou em seu campo de visão e torceu o nariz para Cassandra, e ela soube que eram amigas de novo. Pentesileia foi para a dianteira da fila de marcha e gritou, e saíram cavalgando.

Uma chuva fina e fria caía e gradualmente ensopava tudo. Cassandra puxou o manto de lã listrada sobre a cabeça, mas o cabelo ainda estava molhando e grudento. Cavalgaram o dia todo e seguiram pela noite. Cassandra se perguntou quando alcançariam os novos pastos. Não tinha ideia de para onde seguiam, mas cavalgou na escuridão molhada, seguindo a cauda do cavalo na frente dela.

Ela cavalgava num sonho escuro e experimentava sensações curiosas, que não conseguia identificar, atacando seu corpo. Então o fluxo de um fogo surgiu diante de seus olhos, e ela soube que não via aquilo com os olhos. Em algum lugar, Páris sentava-se diante dessa fogueira, e olhava do outro lado do fogo para uma jovem com cabelo longo e louro preso frouxamente ao pescoço. Ela usava aqueles vestidos longos e presos das mulheres do continente, e Cassandra sentiu o modo como Páris não conseguia tirar os olhos dela, o anseio cortante no corpo dele que a confundiu o suficiente para tirar os olhos da fogueira, e então estava de novo cavalgando, sentindo a umidade do manto pingando água fria por seu pescoço. O corpo dela ainda estava vivo com o puxão do que ela sabia, sem entender, que era desejo. Era a primeira vez que estava tão totalmente consciente do próprio corpo... e, no entanto, não era o dela. A memória dos grandes olhos da garota, a curva terna do rosto dela, o volume dos seios jovens onde o vestido ficava longe do corpo, o jeito como essas memórias causavam sensações totalmente físicas, tudo a perturbava. Logo começou a associá-los com as coisas perturbadoras que Estrela andara dizendo, e então foi tomada de desânimo e algo que ainda era muito inocente para identificar como vergonha.

Mais perto da manhã a chuva parou e as nuvens escuras irregulares foram sopradas para longe; a lua apareceu, e Cassandra podia ver que passavam por um desfiladeiro de pedras estreito, bem alto. Ela olhou para as planícies largas abaixo, cobertas com pequenas árvores retorcidas e campos cuidadosamente arados cercados por muros de pedra. Moviam-se devagar pelo declive escorregadio, e gradualmente os cavalos que iam na frente reduziram o passo e pararam. As tendas foram desempacotadas, e o recipiente do fogo, envolto em um pano úmido, foi colocado em um lugar central. Os primeiros raios de um sol vermelho já brilhavam através do estreito que tinham atravessado durante a noite. Enviaram as garotas mais jovens para procurar lenha seca. Havia pouca para ser encontrada depois de dias de chuva torrencial, mas debaixo de grossas oliveiras retorcidas Cassandra encontrou alguns pedaços secos onde a chuva não havia chegado, e correu de volta com eles para o fogo.

O sol nasceu enquanto se sentavam ali, uma inundação de vermelho que dizia que mais chuva viria, então ficaram desfrutando do calor úmido e secando os cabelos e as túnicas. Então as mulheres mais velhas começaram a supervisionar a montagem da tenda e levaram uma mulher prestes a dar à luz para dentro; as guerreiras disseram às garotas jovens para levar as manadas para pastar, e Cassandra foi com elas.

Ela estava muito cansada e seus olhos ardiam, mas não sentia sono; parte de sua mente estava de volta à tenda onde as mulheres se aglomeravam, encorajando a mulher em trabalho de parto, e parte ainda estava longe, compartilhando com Páris. Ela soube que ele estava nas encostas com seus rebanhos e que seus pensamentos permaneciam na garota cuja memória o deixava obcecado. Ela sabia o nome da garota, Enone, o doce som mortal dele, e soube, assombrada, o quanto Páris se prendia à memória que apagava toda a consciência do que deveria ser seu pensamento principal, sua obrigação com o rebanho. E, mesmo antes que Páris percebesse, ela ouviu – ou sentiu, ou cheirou – a presença da garota indo na direção dele através dos bosques de árvores nas encostas.

O aroma amargo do junípero estava em torno deles. Cassandra mal viu qual dos dois, Páris ou a garota, viu o outro primeiro, ou quem se moveu primeiro para correr e amassar o outro em braços ávidos. O toque de beijos famintos quase a jogou de volta ao próprio corpo e lugar, mas ela agora estava pronta e se prendeu à consciência das emoções e sensações *dele*. A próxima coisa que percebeu foi que Enone estava deitada na grama macia enquanto Páris se ajoelhava sobre ela, puxando suas roupas.

Subitamente consciente de que aquele não era um momento para ser dividido nem com uma irmã gêmea, ela se afastou e estava montada no cavalo com gotas de chuva no rosto. Ansiava pela luz do sol de seu país, a luz do próprio Apolo, e, pela primeira vez desde que saíra com as amazonas, se perguntou se deveria voltar.

Sentia-se enjoada, os olhos ardiam, e um mal-estar a atacou. A memória do que havia compartilhado respondia a algumas das várias questões em sua mente, mas ela não sabia se era com o irmão que compartilhara essa experiência curiosa, ou a garota Enone, se era amada ou amante.

Não tinha certeza agora de que estava dentro do próprio corpo ou se ainda estava deitada na grama macia do Monte Ida com o irmão e a garota, os corpos ainda entrelaçados no arrebol do desejo. A mente não ficava dentro dos limites do próprio corpo, mas se espalhava muito adiante dela, de modo que parte ainda estava ali no círculo de cavalos e jovens, e parte se estendia até a tenda do parto, onde as mulheres ajoelhavam em um círculo observando-a, gritando instruções e palavras de encorajamento. As dores lacerantes pareciam atacar seu próprio corpo inexperiente. Ela estava tomada pela confusão, sentiu o sangue saindo do rosto, ouviu a própria respiração raspando na garganta.

Ela se virou desenfreadamente; puxou tanto as rédeas que sua égua quase tropeçou, e apertou os calcanhares nos flancos do animal, correndo através da planície, como se por um esforço físico feroz pudesse trazer toda a consciência de volta ao próprio corpo. Pentesileia a viu correndo para longe do acampamento e rapidamente pulou sobre o cavalo e correu atrás dela.

Cassandra, esticada sobre as costas da égua tentando desesperadamente bloquear tudo fora de si mesma, sentiu a perseguição e bateu mais forte os calcanhares. De qualquer modo, o cavalo de Pentesileia tinha pernas mais longas, e ela era uma cavaleira muito melhor; a distância entre as duas diminuiu gradualmente e a amazona ficou lado a lado com a garota, vendo com tristeza o rosto avermelhado e os olhos apavorados de Cassandra.

Ela esticou os braços e tirou Cassandra das costas da égua dela, segurando o corpo flácido na sela diante do próprio corpo.

Ela sentia a testa da menina quente como se estivesse febril. Agora quase delirante, Cassandra lutou contra ela, e a mulher mais velha a apertou com mais força nos braços fortes.

— Quieta! Quieta! O que a aflige, Olhos Brilhantes? Ora, sua testa parece queimada do sol, e no entanto não é um dia quente!

A voz dela era bondosa, porém Cassandra sentiu que a mulher mais velha zombava dela, e lutou freneticamente para se livrar.

— Não há nada de errado… não quis…

— Não, tudo está bem, criança. Ninguém vai machucá-la; ninguém está bravo com você — Pentesileia disse enquanto a abraçava, acalmando-a.

Depois de um momento, Cassandra abandonou os esforços e ficou mole nos braços da parenta.

— Conte-me.

Cassandra deixou escapar:

— Eu estava… dentro dele. Meu irmão. E uma garota. E não conseguia afastar aquilo, nada, em nenhum lugar do acampamento…

— Deusa, tenha misericórdia — Pentesileia sussurrou.

Na idade de Cassandra, ela também tivera o dom (ou a maldição) da Visão de olhos bem abertos. Compartilhar experiências sem que a mente ou o corpo estivessem preparados de fato poderia tocar a loucura interna, e nem sempre havia um retorno seguro. Cassandra agora estava em seus braços apenas semiconsciente, e sua parenta não sabia o que fazer por ela.

Primeiro precisava levá-la de volta ao acampamento; longe assim das outras mulheres, ou dos cavalos, era provável que existissem bandoleiros estranhos naquelas matas, e, no estado de Cassandra, tal encontro poderia deixá-la enlouquecida. Ela se virou, segurando as rédeas da égua de Cassandra, para que a seguisse. Aninhou a moça no peito e, quando estavam no círculo do acampamento, a levantou e a levou para dentro da tenda, onde a mãe recente descansava ao lado do bebê adormecido. Pentesileia deitou Cassandra em um cobertor e sentou-se ao lado dela, a mão firme sobre a testa da sobrinha, desejando que ela bloqueasse todas as intrusões na mente.

O soluçar de Cassandra diminuiu e aos poucos ela ficou mais calma, virando o rosto na mão de Pentesileia como um bebê, enrolada junto a ela.

Depois de um longo tempo a rainha amazona perguntou:

— Está melhor agora?

— Estou, mas… vai vir de novo?

— Provavelmente. É um dom da Deusa, e precisa aprender a viver com ele. Há pouca coisa que eu possa fazer para ajudá-la, criança. Talvez a Mãe Serpente a tenha chamado para falar pelos deuses; há sacerdotisas e videntes entre nós. Talvez quando for a hora de você ir para o subterrâneo e enfrentá-la…

— Não entendo — disse Cassandra.

Então ela se recordou de quando Apolo tinha falado com ela e pedido que fosse sacerdotisa dele. Ela contou isso a Pentesileia e a amazona pareceu aliviada.

— É mesmo? Não sei nada do Senhor do Sol; me parece estranho que uma mulher busque um deus em vez da Mãe Terra ou de nossa Mãe Serpente. É ela quem habita o subterrâneo e governa todos os reinos das mulheres – a escuridão do parto e da morte. Talvez ela também a tenha chamado e você não ouviu a voz dela. Soube que às vezes é assim com quem nasce sacerdotisa; que, se não ouvem o chamado, a Deusa coloca a mão sobre elas através da escuridão dos sonhos ruins, para que aprendam a ouvi-la.

Cassandra não tinha certeza; sabia pouco da Mãe Serpente de Pentesileia, porém se recordava das belas serpentes na casa de Apolo e como ela tinha ansiado por acariciá-las. Talvez essa Mãe Serpente também a tivesse chamado, não apenas o amado e brilhante Senhor do Sol.

Ela tinha esperado que sua parenta, que sabia tanto sobre a Deusa, dissesse a ela o que deveria fazer para se livrar dessa Visão indesejada. Agora começava a perceber que ela mesma precisava controlá-la, precisava encontrar um meio dentro de si mesma para fechar as comportas antes das visões que a tomavam.

— Vou tentar — ela disse. — Há alguém que saiba dessas coisas?

— Talvez entre os servos dos deuses. Você é uma princesa de duas casas reais: a nossa, das amazonas, e a do seu pai; não sei nada sobre esses deuses, mas deve chegar um momento em que, como uma de nós, precisará ir ao subterrâneo encontrar a Mãe Serpente, e como ela já a chamou, não pode demorar, talvez na próxima lua. Vou falar com as mais velhas e ver o que dizem de você.

Talvez, Cassandra disse a si mesma, *seja por isso que o Deus me chamou para ser serva dele.* No entanto, ela mesma havia aberto aquelas portas; não deveria reclamar por ter recebido o dom que havia pedido.

***

A tribo cavalgava dia após dia nos ventos ferozes e na chuva gelada. O tempo ficava cada vez mais frio, e à noite as mulheres se enrolavam em todas as roupas de lã e cobertores. Cassandra se enrolava ao lado da égua, abrigando-se no calor do grande corpo esguio. Por fim, os céus ficaram limpos e iluminados, e a chuva parou. A tribo ainda viajava para oeste; quando as mulheres perguntaram às líderes aonde iriam parar e encontrar pastos para os cavalos, Pentesileia apenas suspirou.

— Precisamos primeiro passar dois rios, como a Deusa decretou.

A lua tinha ficado cheia e minguado de novo quando avistaram os primeiros seres humanos que tinham visto durante a viagem: um pequeno grupo de homens vestindo peles com pelos ainda presos, de modo que as mulheres imaginaram que a arte de curtir couros ainda era desconhecida para eles.

Há pastos aqui, pensou Cassandra; *esse poderia ser o lugar para descansar nossas manadas e ficar. Mas não com esses homens…*

Os homens olharam boquiabertos e vulgares para as mulheres, e Pentesileia levou o cavalo para o lado deles.

— De quem são esses rebanhos e essas terras? — ela perguntou, apontando para ovelhas e cabras pastando na vegetação verdejante.

— Nossos. Que tipo de bode estão montando? — perguntou um dos homens. — Nunca vimos bodes tão grandes e saudáveis.

Pentesileia começou a dizer que não eram bodes; então decidiu que na ignorância deles poderia haver alguma vantagem para a tribo.

— São os bodes de Poseidon, Deus do Mar — ela disse, e ele simplesmente perguntou:

— O que é mar?

— Água daqui até o horizonte — ela respondeu, e ele arquejou.

— Nossa! Nunca vimos água além do que está em algum buraco lamacento que seca no verão! Não é de espantar que pareçam tão ricos e gordos!

Então ele sorriu de modo astuto e perguntou em seu dialeto grosseiro se as senhoras gostariam de pastorear seus rebanhos ao lado dos dele.

— Talvez por uma noite ou duas — disse Pentesileia.

— Onde estão seus homens? — ele perguntou.

— Não temos; somos livres de todos os homens — disse a amazona —, mas aceitamos a hospitalidade de suas pastagens pela noite, já que estamos viajando por muito tempo. Nossos animais estão cansados e vão gostar de um pouco da sua grama boa.

— Eles são bem-vindos — respondeu um dos outros homens, que parecia um pouco mais limpo que o resto, e suas vestes pareciam um pouco mais inteiras.

Conforme desmontavam, Pentesileia sussurrou para Cassandra que precisavam ter cautela, e não dormir, mas sim vigiar os cavalos até pela noite.

— Pois não confio nesses homens, nem um pouco — ela sussurrou. — Acho que assim que estivermos dormindo, ou eles acharem que estamos, vão tentar roubar nossos cavalos e talvez nos atacar.

Os homens tentaram entrar no círculo de mulheres e roubar toques furtivos, e Cassandra pensou que se fossem mulheres da cidade, sem experiência em malícia, não teriam percebido o que eles estavam fazendo. Ela se levantou com as outras jovens, e elas começaram a estender os cobertores. Ela colocou peias nas patas de sua égua para que não conseguisse ir longe pela noite e se deitou em seu cobertor, entre Elaria e Estrela.

— Eu me pergunto quanto vamos viajar — murmurou Estrela, passando o cobertor em torno dos ombros magros contra a umidade. — Se não encontrarmos comida logo, as crianças vão começar a morrer.

— Não é tão ruim assim — protestou Elaria. — Nem começamos a sangrar as éguas. Podemos viver do sangue delas por ao menos um mês antes que comecem a enfraquecer. Uma vez houve um ano ruim em que vivemos do sangue das éguas por dois meses. Minha primeira filha morreu, e estávamos tão perto de morrer de fome que, quando fomos para a vila dos homens, nenhuma de nós engravidou por quase metade de um ano.

— Estou com fome o bastante para beber sangue de égua... ou qualquer coisa — resmungou Estrela, mas Elaria disse:

— Isso não pode acontecer até que Pentesileia dê as ordens; e ela sabe o que está fazendo.

— Não tenho certeza — murmurou Estrela. — Permitindo que a gente durma aqui, no meio de todos esses homens...

— Não — disse Elaria —, ela nos pediu para *não* dormir.

A lua subiu lentamente sobre as árvores, indo cada vez mais alto. Então, através das pálpebras fechadas, Cassandra viu formas escuras andando furtivamente pela clareira.

Ela esperava o sinal de Pentesileia quando de repente as estrelas acima foram bloqueadas por uma sombra escura, e o peso do corpo de um homem estava subitamente sobre o dela; mãos arrancavam suas bombachas, procurando seu peito. Ela estava com a mão na adaga de bronze; lutou para se livrar, mas foi jogada e presa de costas. Ela chutou e mordeu a mão que cobria sua boca; seu agressor ganiu – como o cachorro que era, ela pensou ferozmente –, e ela apertou o cabo da adaga e golpeou com força para cima, acertando a boca dele; o homem ganiu de novo e Cassandra sentiu um respingo de sangue e pragas dos lábios partidos dele. Então virou a adaga para o lado certo e golpeou, ele berrou e caiu sobre ela bem quando Pentesileia gritou e as mulheres ficaram de pé por todo o bosque. Alguém jogou uma tocha sobre as brasas que morriam e o fogo subiu, refletindo luz nas adagas de bronze desembainhadas nas mãos dos homens.

— É essa a sua hospitalidade com convidados?

— Dei um jeito em um deles, tia! — Cassandra gritou.

Ela se livrou, empurrando o homem que gemia de cima de seu corpo. Pentesileia foi até ela e olhou para baixo.

— Termine com ele — ela disse. — Não o deixe para morrer devagar sentindo dor.

Mas não quero matá-lo, pensou Cassandra; *ele não pode me ferir agora, e não me causou nenhum dano real.* Do mesmo modo, conhecia a lei das amazonas: morte para qualquer homem que tentasse estuprar uma amazona; e ela não podia violar aquela lei. Sob os olhos frios de Pentesileia, Cassandra se curvou relutante sobre o homem ferido e passou a adaga por sua garganta. Ele gorgolejou e morreu.

Cassandra, sentindo-se enjoada, endireitou-se e sentiu a mão dura de Pentesileia no ombro.

— Bom trabalho. Agora você é verdadeiramente uma de nossas guerreiras — ela murmurou, e foi para a luz das tochas, na direção dos homens reunidos.

— Os deuses decretaram que um hóspede é sagrado — repreendeu Pentesileia. — No entanto, um de seus homens teria desonrado uma de minhas donzelas que não desejava isso. Que desculpa pode dar por essa quebra de hospitalidade?

— Mas quem ouviu falar de mulheres cavalgando sozinhas assim? — perguntou o líder. — Os deuses protegem apenas as mulheres que são esposas decentes, e vocês não são; vocês não pertencem a ninguém.

— Que deus lhe disse isso? — perguntou Pentesileia.

— Não precisamos que um deus nos diga o que é apenas bom senso. E, já que vocês não têm maridos, decidimos abrigá-las e dar a vocês o que mais precisam, homens para cuidar de vocês.

— Isso não é o que precisamos nem o que buscamos — a amazona declarou, e fez um gesto para as mulheres cercando os homens com suas armas. — Peguem-nos!

Cassandra se viu correndo para a frente com as outras, a adaga levantada. O homem que atacou não fez nenhum esforço particular para se defender; ela o empurrou para baixo e se ajoelhou sobre o homem com a faca contra o pescoço dele.

— Não nos mate! — gritou o líder dos homens. — Não vamos machucá-las!

— *Agora* não vão — Pentesileia disse com ferocidade —, mas, quando estávamos dormindo e acharam que não tínhamos defesa, teriam nos matado ou nos estuprado!

Pentesileia segurou o fio da adaga na garganta dele, e ele se encolheu.

— Vai jurar por seus próprios deuses jamais molestar de novo qualquer mulher de nossas tribos – ou qualquer outra – se os deixarmos viver?

— Não, não vamos — disse o líder. — Os deuses as enviaram para nós, e as pegamos, e acho que fizemos o que era certo.

Pentesileia deu de ombros e cortou a garganta dele. Os outros homens gritaram que iam jurar, e Pentesileia fez um gesto para que as mulheres os soltassem. Um a um, eles se ajoelharam e fizeram o juramento como exigido.

— Mas não confio nem na promessa deles — disse Pentesileia —, assim que não virem mais nossas armas.

Ela deu ordens para que as posses delas fossem reunidas e que os cavalos fossem selados, para que pudessem cavalgar ao amanhecer.

Depois da noite sem dormir, os olhos de Cassandra ardiam e sua cabeça doía; parecia que ainda podia sentir as mãos nojentas do homem sobre ela. Quando quis se mover, não conseguiu: seu corpo estava rígido, trancado. Ouviu alguém chamar seu nome, mas o som estava muito longe.

Pentesileia foi até ela, e o toque da mão dela trouxe Cassandra de volta a si.

— Consegue cavalgar? — ela perguntou.

Sem palavras, Cassandra assentiu e se endireitou na sela. A mãe adotiva a alcançou e a abraçou, dizendo:

— Você fez bem; agora matou um homem, é uma guerreira, digna de lutar por nós. Não é mais uma criança.

Pentesileia gritou o sinal para cavalgar, e Cassandra, tremendo, pôs a égua a se mover. Ela envolveu o cobertor nos ombros.

Urgh, ela pensou, *tem cheiro de morte.*

Elas cavalgaram, com a chuva fria nos rostos; ela invejava as mulheres que carregavam potes de argila cheios de brasas quentes. Seguiram para o leste, e mais ao leste, o vento gelado e ficando mais frio. Depois de muito tempo o céu clareou até um cinza pálido, mas não houve um amanhecer verdadeiro. Cassandra ouvia as mulheres resmungando ao redor e sentia dores de fome e frio.

Pentesileia por fim ordenou uma parada, e as mulheres começaram a montar suas tendas pela primeira vez em muitos dias. Cassandra ficou perto da égua, precisando do calor do corpo do animal; o frio dolorido parecia entrar em cada músculo e osso de seu corpo. Depois de um tempo havia fogueiras acesas no centro do acampamento, e ela foi com as outras e se agachou perto das labaredas de calor.

Pentesileia fez um gesto para perto de onde haviam cavalgado e as mulheres viram, com assombro, campos verdes de grãos que amadureciam. Cassandra mal podia acreditar nos próprios olhos: grãos nesta estação?

— É trigo de inverno — disse Pentesileia. — Esse povo planta os grãos antes da primeira queda de neve, e ele fica sob a neve durante o inverno, e amadurece antes da colheita da cevada. Para este clima frio, têm dois cereais, e é o centeio que procuro.

A rainha amazona fez um gesto para a parenta, e Cassandra foi para o lado dela.

— Para que terra viemos, tia? — ela perguntou.

— Esse é o país dos trácios — disse Pentesileia —, e ao norte — acrescentou, com um gesto — fica a cidade ancestral da Cólquida.

Cassandra se lembrou de uma das histórias da mãe.

— Onde Jasão encontrou o velo de ouro, com a ajuda da feiticeira Medeia?

— Essa mesma. Mas há pouco ouro lá nesses dias, embora exista muita feitiçaria.

— Há pessoas morando por lá? — perguntou Cassandra.

Parecia impossível que qualquer um fosse escolher morar naquele lugar desolado.

— Campos de trigo e centeio não se plantam sozinhos — Pentesileia a censurou. — Onde há cereal, sempre há alguém, homem ou mulher, para plantá-lo. E aqui há pessoas, e também — ela apontou — cavalos.

Bem longe no horizonte, quase invisíveis, Cassandra distinguiu pequenas manchas em movimento, que não pareciam maiores que ovelhas; mas, pelo jeito como se moviam, percebia que eram cavalos. Conforme se aproximavam, Cassandra percebeu que eram muito diferentes dos cavalos que ela e as outras amazonas cavalgavam; pequenos e baios, com corpos robustos e pelos grossos e bagunçados que quase pareciam uma pelagem grossa.

— São cavalos selvagens do norte. Eles nunca foram montados ou domados — disse Pentesileia. — Nenhum deus os tocou para marcá-los para os homens ou as mulheres. Se pertencem a qualquer deus ou deusa, são propriedade de Ártemis Caçadora.

Como se movido por um espírito, o rebanho inteiro se virou e saiu correndo, a égua líder fazendo uma pausa para olhar, com narinas dilatadas e olhos brilhantes, para as mulheres.

— Sentiram o cheiro de nosso garanhão — disse Pentesileia. — Ele precisa ser vigiado; se farejar uma manada de éguas, bem pode tentar juntá-las às nossas, e essas éguas não têm utilidade para nós. Não podemos alimentá-las, e não vai haver pasto suficiente.

— O que estão fazendo aqui? — perguntou Cassandra.

— A Deusa é sábia — a parenta respondeu. — Aqui nas terras dos trácios, podemos comprar ferro e reabastecer nossas armas. Haverá cereal à venda na cidade da Cólquida, se não mais perto; e temos itens para negociar: trabalhos em couro... selas, rédeas e mais. Vamos esta tarde para a vila e veremos se conseguimos comprar comida.

Cassandra olhou para o céu cinza e imaginou como alguém poderia saber se era manhã ou tarde. Imaginava que Pentesileia tinha algum modo de saber.

Mais tarde naquele dia, Pentesileia chamou Cassandra e uma das outras moças, Evandre, e elas cavalgaram na direção da vila que ficava no centro dos campos de cereais. Conforme as mulheres entraram na vila – só umas poucas casas pequenas, de pedra, redondas, e uma construção central aberta ao céu onde mulheres trabalhavam fazendo potes –, os habitantes saíram para vê-las.

Muitas das mulheres carregavam fusos com lã ou pelos de cabra em torno deles. Usavam saias longas e soltas de pelos de cabra trançados, tingidas de verde ou azul; seus cabelos eram escuros e irregulares. Algumas tinham crianças nos braços, ou presas às saias.

Cassandra viu, com um leve calafrio de horror, que muitas das crianças eram curiosamente deformadas. Uma menininha tinha uma fissura que parecia em carne viva no lábio, correndo pelo rosto até que a narina parecesse uma ferida aberta; outra tinha apenas um dedão e um dedo deformado na mãozinha, que parecia uma garra. Nunca tinha visto crianças vivas assim; em Troia, uma criança nascida deformada era imediatamente largada nas encostas do Monte Ida para ser destruída por lobos ou outros animais. Mulheres e crianças ficavam atrás sem falar, mas olhando curiosamente para as amazonas e seus cavalos.

— Para onde estão indo?

— Para o norte, pela vontade de nossa Deusa, e no momento para a Cólquida — disse Pentesileia. — Queremos negociar cereal aqui.

— O que têm para negociar?

— Bens de couro — disse Pentesileia, e as mulheres balançaram a cabeça.

— Fazemos nosso couro das peles de nossos cavalos e cabras — explicou a mulher que parecia ser a líder entre elas. — Mas nos venda uma dúzia de suas menininhas e daremos todo o cereal que conseguirem carregar.

O rosto de Pentesileia ficou branco de raiva.

— Nenhuma mulher de nossa tribo é vendida para a escravidão.

— Não as queremos como escravas — disse a mulher. — Vamos adotá-las como nossas filhas. Uma doença atacou aqui, e muitas mulheres morreram no parto, enquanto outras não conseguem parir bebês saudáveis; então, como vê, mulheres são muito preciosas para nós.

Pentesileia estava mais pálida do que nunca. Ela falou baixo para Evandre:

— Passe o aviso que nenhuma mulher deve desmontar do cavalo nem por um instante nesta vila; por nenhum propósito, não importa a necessidade. Vamos seguir cavalgando.

— Qual é o problema, tia? — perguntou Cassandra.

— Não devemos tocar nada do cereal deles — disse Pentesileia, e depois para as mulheres: — Sinto muito por sua doença; mas não podemos fazer nada para ajudá-las. De qualquer modo, se querem se livrar dela, cortem o cereal plantado e queimem; nem mesmo o deixem caído para fertilizar o solo. Consigam sementes novas de algum lugar ao sul daqui. Examinem as sementes com cuidado para qualquer sinal de praga, foi isso o que envenenou o útero de suas mulheres...

Conforme se afastavam da vila, Pentesileia, cavalgando através dos campos de centeio, se curvou e arrancou alguns talos verdes. Ela os levantou, apontando para o lugar onde as sementes estariam em formação.

— Veja — ela disse, indicando as fibras arroxeadas como fios na ponta dos talos enquanto as mostrava a Cassandra. — Cheire; como sacerdotisa, precisa saber reconhecer isso sempre que o encontrar. Não prove, faça o que fizer, nem coma, mesmo se estiver faminta.

Cassandra cheirou e experimentou um cheiro curioso parecido com mofo, lama, quase peixe.

— Essa cevada vai envenenar quem comer o grão fresco ou até o pão que poderia ser feito dela; e a pior forma de envenenamento é a que mata as crianças no útero e pode destruir a fertilidade de uma mulher por anos. Aquela vila pode já estar condenada. É uma pena; as mulheres parecem belas e esforçadas, e o trabalho de fiação e tecelagem delas é notável. Além disso, fazem belos potes e copos.

— Elas vão morrer, tia?

— Provavelmente. Muitas delas vão comer o cereal envenenado e não vão morrer disso, mas nenhuma criança saudável vai nascer naquela vila, e, quando estiverem desesperados o suficiente para decretar, talvez, um ano de fome para seu povo, pode ser tarde demais.

— E os deuses permitem isso? — Cassandra perguntou. — Que deusa é raivosa o suficiente para enviar uma praga para o cereal da vila?

— Não sei; talvez não seja obra de nenhuma deusa — disse Pentesileia. — Só sei que isso vem ano após ano, especialmente quando choveu muito.

Jamais ocorrera a Cassandra duvidar de que o cereal dos campos era cuidado e crescia pela agência direta da Mãe Terra; essa era uma heresia assustadora, e ela a tirou da mente tão rápido quanto possível. Estava de novo consciente da fome – tinha ficado tanto tempo sem comida substancial que quase deixara de ter consciência disso por dias.

Enquanto cavalgavam, começaram a ver pequenos animais correndo para dentro e para fora de tocas no chão. Uma menina rapidamente puxou o arco e soltou uma flecha de caça, feita de madeira endurecida no fogo em vez de metal, e o animal que acertou caiu no chão, batendo as pernas. A arqueira saiu do pônei e bateu na cabeça do animal. Uma revoada de outras flechas seguiu a primeira, mas apenas uma ou duas atingiram seu alvo. Com o pensamento de lebre assada no espeto, a boca de Cassandra se encheu de água.

Pentesileia parou as cavaleiras com um gesto.

— Vamos acampar aqui, e prometo a vocês, não vamos seguir viajando até estarmos alimentadas de algum jeito — ela disse. — Vocês, guerreiras, peguem seus arcos e cacem; quanto ao resto, montem os alvos e pratiquem com suas flechas. Viemos negligenciando nossas habilidades de caça e pesca nesses dias enquanto viajamos. Muitas daquelas flechas caíram longe de seus alvos. Na época da minha mãe, aquele volume de flechas teria derrubado lebres o suficiente para alimentar todas nós.

Ela completou:

— Sei como estão famintas... não gosto mais de jejuar que nenhuma de vocês, e faz tanto tempo para mim quanto para qualquer uma de vocês que não como uma boa refeição. Ainda assim, rogo a vocês, minhas irmãs... se encontraram... ou roubaram... qualquer cereal ou qualquer coisa feita com ele, ou qualquer tipo de comida daquela vila, deixem-me ver antes que comam. O cereal está amaldiçoado, e aquelas que comerem pão feito dele podem abortar, o bebê pode nascer com um olho ou um dedo só.

Uma mulher tirou desafiadoramente um pão duro e um tanto mofado de debaixo da túnica. Ela disse:

— Vou dar isso para alguma mulher que já passou da idade de ter filhos que pode comer em segurança. Não roubei — ela completou —, troquei uma fivela velha por ele.

Uma das mulheres mais velhas da tribo falou:

— Vou aceitar em troca da minha parte na lebre que derrubei com minha flecha; faz muito tempo desde que comi pão, e certamente não vou parir mais nenhuma criança para ser danificada por ele.

A visão do pão deixou Cassandra com tanta fome que ela sentiu que preferiria arriscar um aborto ou dano ao bebê que poderia parir um dia longe no futuro; mas não desobedeceria à parenta. Outras amazonas trouxeram os itens de comida que tinham trocado – ou roubado – na vila, quase todos confiscados por Pentesileia e jogados na fogueira.

Cassandra foi disparar flechas em alvos enquanto as guerreiras experientes saíam para buscar caça e as mulheres velhas se espalhavam pelo campo plano para procurar comida de qualquer tipo. Era inverno muito adiantado para bagas ou frutas, mas poderia haver raízes e fungos comestíveis em algum lugar.

O dia curto de inverno escurecia num crepúsculo quando as caçadoras voltaram, e logo as lebres cortadas fervilhavam em um caldeirão com favas chatas silvestres e algumas raízes; pedaços cortados de um animal maior – tinha tido a pele retirada, mas Cassandra suspeitava de que se tratava de um dos cavalos selvagens de pelos duros, e estava faminta o suficiente para não se importar – assavam sobre uma grande fogueira. Por aquela noite ao menos comeriam à vontade, e Pentesileia tinha prometido que haveria muita comida na Cólquida.

OITO

— Lá está — disse Pentesileia, e apontou. — A cidade da Cólquida.

Acostumada com as muralhas ciclópicas fortificadas de Troia erguendo-se acima dos rios da planície fértil, Cassandra no início não se impressionou pelas muralhas de tijolos cozidos no sol, opacos na luz enevoada do dia. Essa cidade, ela pensou, seria vulnerável a ataques de qualquer lugar. Em seu ano com as amazonas, tinha aprendido um pouco – não formalmente, mas das histórias de cercos e guerras das outras amazonas – sobre estratégia militar.

— É como as cidades do Egito e os hititas — disse Pentesileia. — Eles não constroem fortificações impressionantes; não precisam delas. Dentro dos portões de ferro você vai ver templos e estátuas de deuses deles. Esses são maiores que os templos e estátuas de Troia, como as muralhas de Troia são maiores que as muralhas da Cólquida. A história é que essa cidade foi fundada pelo povo ancestral dos navios bem ao sul, mas eles eram diferentes de qualquer povo aqui, como vai ver quando entrarmos na cidade. Eles são estranhos; têm muitos hábitos e costumes curiosos. — Ela riu. — Mas, até aí, é o que diriam de nós, imagino.

De tudo aquilo, Cassandra ouvira apenas *portões de ferro*. Ela tinha visto o metal poucas vezes; um dia o pai tinha mostrado a ela um anel de metal negro que disse que era ferro.

"É muito caro e muito difícil de trabalhar, para armas", ele tinha dito a ela. "Um dia, quando as pessoas souberem mais da arte de forjá-lo, o ferro pode ser útil para arar, é muito mais duro que bronze." Agora Cassandra, recordando-se, pensou que uma cidade e um povo que sabiam o suficiente sobre o ferro para forjá-lo em portões deveriam de fato ser sábios.

— É porque os portões são feitos de ferro que a cidade não foi tomada? — ela perguntou.

Pentesileia olhou para ela e disse com alguma surpresa:

— Não sei. São um povo feroz, mas raramente se envolvem em guerras. Imagino que seja porque estão muito longe das principais áreas de comércio. Do mesmo jeito, as pessoas vêm dos confins do mundo atrás de ferro.

— Vamos entrar na cidade ou acampar fora das muralhas?

— Vamos dormir esta noite na cidade; a rainha deles é quase uma de nós — disse Pentesileia. — Ela é filha da irmã da minha mãe.

Então, pensou Cassandra, *ela é parenta da minha mãe também, e minha.*

— E o rei?

— Não há rei — disse Pentesileia. — Imandra governa aqui, e ainda não escolheu tomar um consorte.

Atrás da cidade erguiam-se penhascos vermelho ferrugem, apequenando os portões. O caminho até a cidade era calçado com blocos de pedra gigante, e as casas, com degraus e arcos de pedra, eram feitas de madeira e ripas e rebocadas e pintadas de cores vivas. As ruas da cidade não eram pavimentadas, mas barrentas e pisoteadas, e estranhos animais de carga, com chifres e pelos longos, moviam-se entre as casas, carregados com grandes cestos e jarros. Seus donos os colocavam lado a lado conforme as amazonas, em formação quase militar, andavam pelas ruas. Cassandra, consciente de todos os olhos sobre ela, apertou a lança contra o cansaço de cavalgar e sentou-se ereta, tentando parecer uma guerreira.

A cidade era muito diferente de Troia. Mulheres iam livremente a todos os lugares nas ruas, carregando jarros e cestos nas cabeças. As vestes femininas eram longas, grossas e pesadas, mas com todas as suas saias desajeitadas e pinturas nos olhos, as mulheres pareciam fortes e competentes. Ela também viu uma forja onde uma mulher, de rosto escuro e manchado de fuligem, com os músculos grossos de um guerreiro, trabalhava. Nua até a cintura para suportar o calor feroz, ela martelava uma espada. Uma jovem, não muito mais que uma menina, trabalhava no fole. Cassandra tinha, em seus meses com as amazonas, visto mulheres fazendo muitas coisas estranhas, mas essa era a mais estranha de todas.

As sentinelas nas muralhas também eram mulheres e bem poderiam ter sido membros da companhia das amazonas, pois estavam armadas com lanças compridas e usavam peitorais de bronze. Conforme as amazonas cavalgavam pelas ruas, as sentinelas soltaram um longo brado de batalha; e logo meia dúzia delas, com as lanças baixadas em sinal de paz, surgiu na rua na frente delas. A líder cavalgou para a frente e abraçou Pentesileia da sela.

— Nós te saudamos em júbilo, Pentesileia, rainha das éguas — ela disse. — A senhora da Cólquida envia suas saudações e dá boas-vindas ao teu retorno para nós. Ela pede que tuas mulheres acampem no campo dentro da muralha do sul, e te convida para se hospedar no palácio com uma amiga, ou duas, se desejares.

A rainha amazona gritou as notícias que a sentinela havia trazido.

— E mais — disse a mulher da Cólquida —, a rainha envia de presente para tuas mulheres duas ovelhas e um cesto de pães assados hoje nos fornos reais; que tuas mulheres se banqueteiem aqui enquanto estiveres com ela no palácio.

As amazonas fizeram uma grande celebração com o pensamento em toda essa comida que havia muito não comiam.

Pentesileia acompanhou suas mulheres até que estivessem acampadas no campo, as tendas levantadas e as ovelhas mortas. Cassandra, de lado enquanto uma boa porção da anca era queimada para a Caçadora, notou que as ovelhas pareciam um tanto comuns, como as ovelhas de Troia. Pentesileia, observando-a, disse:

— O que foi? Estava esperando que as ovelhas da Cólquida tivessem pelegos de ouro? Elas não crescem assim; nem os rebanhos de Apolo Senhor do Sol nascem assim. Mas os cólquidas usam seus pelegos para pegar o ouro que ainda corre pelos rios; e, embora haja menos ouro que, talvez, nos dias de Jasão, antes de ir embora da Cólquida vai ver esses pelegos de ouro. Agora vamos nos vestir para jantar à mesa da rainha!

A rainha amazona foi para a própria tenda, tirou as roupas de montaria, vestiu sua saia mais refinada e calçou botas de pele de cervo branca, com uma túnica deixando um seio nu como era o costume ali. Tendo sido avisada para vestir seu melhor, Cassandra pôs seu vestido troiano – estava curto demais para ela agora, ia só até a metade das canelas – e suas sandálias.

Pentesileia tinha tirado um toco de khol da bagagem e estava esfumando os olhos; ela se virou e disse:

— É o único vestido que tem, criança?

— Temo que sim.

— Isso não vai servir — disse Pentesileia. — Você cresceu mais do que tinha pensado.

Ela fuçou no próprio alforje e puxou um vestido desgastado tingido de açafrão claro.

— Vai ficar grande demais para você, mas faça o melhor que puder.

Cassandra puxou o vestido sobre a cabeça e o prendeu com os velhos alfinetes de bronze. Sentia-se tão desajeitada e atrapalhada pelas saias em torno do joelho que era difícil lembrar que um dia tinha usado aquele tipo de roupa todos os dias.

Juntas, andaram pelas ruas da Cólquida. Fazia tanto tempo que Cassandra estivera entre muralhas que sentia que olhava de boca aberta para as casas altas, como uma bárbara.

O palácio era construído de modo semelhante ao de Troia, com o mármore cinza local. Ficava na região alta no centro da cidade, e nem mesmo um templo ficava acima; Cassandra, criada no costume de sua terra de que as moradas dos homens não deveriam ser tão altas quando os templos dos deuses, ficou um pouco chocada.

De pé nos degraus do palácio, podiam ver o mar. *Como em Troia*, pensou Cassandra; só que esse mar não tinha a cor azul intensa de que se lembrava de casa, mas era cinza escuro e oleoso. Homens carregavam e descarregavam pacificamente os navios ancorados no porto; não eram piratas ou saqueadores, mas mercadores. Tantos navios assim perto de Troia seria um sinal de desgraça ou de guerra.

No entanto, ela os via perto de Troia, tantos navios que o azul do mar escureceu...

Com um esforço, ela se trouxe de volta ao presente. Não havia perigo ali...

Pentesileia tocou o braço dela.

— O que foi? O que viu?

— Navios — murmurou Cassandra. — Navios... ameaçando Troia...

— Sem dúvida, se Príamo continuar como começou — a parenta disse, seca. — Seu pai tentou tomar um poder que não é forte o suficiente para manter, e um dia aquele poder será testado. Mas, por ora, não podemos deixar a rainha Imandra esperando por nós.

Cassandra jamais tinha pensado em questionar as políticas de seu pai; porém, percebia que o que Pentesileia dissera era verdade. Príamo cobrava impostos de todos os navios que passavam pelo estreito até esse mar; até agora, os aqueus tinham pagado porque era um problema menor do que reunir uma marinha para contestá-los. Ela olhou para os portões de ferro e percebeu que eles significavam todo um novo modo de vida, cedo ou tarde.

Ela disse a si mesma que era pouco realista; o pai era forte, com muitos guerreiros e muitos aliados; poderia manter Troia para sempre. *Talvez um dia Troia também tenha portões de ferro, como esta cidade da Cólquida.* Enquanto passavam pelos corredores largos, guardas mulheres usando peitorais de bronze e capacetes de couro incrustrados com metal levantaram os punhos em sinal de saudação. Agora entravam em um cômodo de teto alto com uma claraboia cravejada de pedras verdes translúcidas, e no centro um assento de mármore alto onde uma mulher estava sentada.

Ela mesma parecia uma guerreira, com um peitoral de prata surrado, mas debaixo dele usava uma túnica fina de brocado do extremo sul, e uma camisa leve de gaze egípcia, do tipo que era conhecida como "ar tecido". No rosto usava uma barba falsa, pintada de dourado e amarrada como uma peruca cerimonial: sinal, sentiu Cassandra, de que ela não governava como mulher, mas como rei da cidade. No cinto em torno de seus quadris pendia uma espada. Ela usava botas de couro, bordadas e tingidas, que chegavam às panturrilhas. Bem abaixo do peitoral, na altura da cintura, havia um cinto curioso que parecia subir e descer com a respiração dela; quando se aproximaram, Cassandra percebeu que era uma cobra viva.

Conforme se aproximaram, a rainha se levantou e disse:

— Eu a cumprimento em júbilo, prima. Suas guerreiras foram recebidas e alimentadas de modo adequado? Há algo mais que eu possa fazer para recebê-la, Pentesileia, rainha das mulheres-cavalo?

Pentesileia sorriu e disse:

— Realmente fomos bem recebidas, senhora; agora me diga o que quer de nós. Pois eu a conheço desde que éramos meninas e sei bem que quando não só eu, mas todas as minhas guerreiras são bem recebidas e alimentadas, não é apenas por cortesia. Somente o parentesco exigiria que eu me colocasse, com minhas mulheres, a seu serviço, Imandra; peça livremente o que deseja de nós.

— Como você me lê bem, Pentesileia; realmente, não preciso de guerreiras amigáveis — disse Imandra com sua voz rouca e agradável —, mas primeiro vamos compartilhar nosso jantar. Diga-me, prima, quem é a moça? Ela é um pouco jovem para ser qualquer uma de suas filhas.

— Ela é a filha de nossa parenta Hécuba, de Troia.

— Ah? — As sobrancelhas delicadamente pintadas de Imandra foram para cima em um arco elegante.

Ela fez um gesto para uma atendente e estalou de leve os dedos; era o sinal para que uma série de escravas trazendo pratos encrustados de joia cobertos com uma variedade de comidas se aproximasse: carne e aves assadas em vários molhos deliciosos, frutas no mel, doces com temperos tão ricos que Cassandra nem conseguia adivinhar do que eram feitos.

Tinha sentido fome por tanto tempo que toda aquela comida a deixou levemente enjoada; comeu com parcimônia a ave assada e alguns pedaços duros de pão; então, a pedido da rainha, experimentou um doce rico com canela. Ela notou que Pentesileia também comeu pouco, e, quando as travessas tinham sido levadas embora e água de rosas fora derramada em suas mãos, a rainha da Cólquida disse:

— Prima, pensei que Hécuba tinha esquecido há muito seus dias como guerreira. E no entanto a filha dela cavalga com vocês? Bem, não tenho rixas com Príamo de Troia. Ela é bem-vinda. É ela que deve se casar com Aquiles?

— Não que eu saiba — disse Pentesileia. — Acho que Príamo vai descobrir, quando tentar encontrar marido para ela, que os deuses a reclamaram para eles.

— Talvez uma das irmãs dela, então — apontou Imandra, com indiferença. — Se tivermos a necessidade de um rei na Cólquida, talvez case uma de minhas próprias filhas com um dos filhos de Príamo; tenho uma na idade de se casar. Diga-me, filha de Príamo, seu irmão mais velho está comprometido em casamento?

Cassandra disse com timidez:

— Não que eu saiba, senhora, mas meu pai não revela seus planos para mim. Ele bem pode ter feito algum arranjo anos atrás e eu não soube.

— Dito com sinceridade — disse Imandra. — Quando voltar para Troia, meus enviados irão com você, oferecendo minha Andrômaca para o filho de seu pai; se não o mais velho, então outro... ele tem cinquenta, creio, e vários são filhos de sua mãe real, não são?

— Não creio que sejam tantos quanto cinquenta — retrucou Cassandra —, mas são muitos.

— Que assim seja, então — disse Imandra, e, quando ela estendeu a mão para Cassandra, a serpente enrolada em sua cintura se agitou; subiu pelo braço dela e, conforme Cassandra estendeu a mão, a criatura esticou o focinho, e suas espirais se seguiram; começou a se enrolar em torno do pulso de Cassandra como um bracelete esguio.

— Ela gosta de você — observou Imandra. — Aprendeu a lidar com cobras?

Cassandra disse, recordando-se das serpentes do Templo de Apolo Senhor do Sol:

— Elas não são desconhecidas para mim.

— Tome cuidado; se ela picar você, vai deixá-la muito mal — alertou Imandra.

Cassandra não sentiu medo, mas sim uma sensação de júbilo, enquanto a serpente se enrolava em seu braço, o deslizar macio e seco das escamas distintamente agradável à sua pele.

— E agora um assunto sério — disse Imandra. — Pentesileia, viu os navios no porto?

— Quem poderia não ver? São muitos.

— Estão carregados de ferro do norte, do país dos hiperbóreos — ela disse —, e naturalmente são cobiçados por meus companheiros reis. Já que eu, dizem eles, não vendo estanho suficiente para o bronze deles – dizem que temo as armas que farão, quando na verdade tenho pouco, o suficiente para mim mesma, e eles não têm nada que eu deseje –, começaram a atacar minhas caravanas de estanho e a levá-las sem pagamento. Nesta cidade há poucos guerreiros treinados. Que pagamento deseja para levar suas guerreiras para guardar meus carregamentos de estanho?

Pentesileia levantou as sobrancelhas.

— Seria mais simples – e barato, imagino – vender a eles o que querem.

— E deixar que se armem contra mim? Melhor que meus ferreiros façam armas e os deixem pagar em ouro pelas armas como quiserem. Mando um pouco de estanho, chumbo e ferro para o sul, para os reis hititas – os que sobraram. Aquelas caravanas também são roubadas. Há ouro para você nisso, então, e para suas mulheres, se elas desejarem.

— Posso guardar suas caravanas — disse Pentesileia —, mas o preço não será pequeno. Minhas mulheres viajaram até aqui sob um presságio, e não estão ávidas de guerra, tudo o que queremos é voltar para nossos pastos na primavera.

Cassandra perdeu o fio da conversa; estava absorta na cobra que se enrolava em torno de seu braço, deslizando para a frente de seu vestido, enrodilhando-se morna entre os seios. Ela olhou de lado para uma das escravas fazendo malabarismos com três bolas douradas, e imaginou como ela conseguia. Quando voltou a prestar atenção ao que acontecia, Pentesileia e Imandra se abraçavam, e Imandra disse:

— Espero suas guerreiras até depois de amanhã; a essa altura as caravanas estarão carregadas, e os navios terão partido de novo para as minas secretas nos países nortenhos. Minha guarda vai escoltá-las de volta ao campo onde suas mulheres estão acampadas. Que a Deusa lhe dê uma boa noite, e para você também, pequena parenta. — Então ela estendeu a mão. — Minha serpente me abandonou. Peça a ela para voltar para mim, Cassandra.

Com certa relutância, Cassandra enfiou a mão no busto do vestido e tirou a serpente, que se enrolou frouxamente em sua mão, girando em torno do pulso. Ela a soltou desajeitadamente com a outra mão.

— Precisa voltar e brincar com ela de novo; normalmente, se peço para alguém segurá-la para mim, ela costuma morder — disse Imandra. — Mas ela gostou de você como se fosse uma sacerdotisa. Vai vir?

— Seria um prazer — murmurou Cassandra, enquanto Imandra puxava a cobra de seu pulso; ela subiu pelo braço dela com rapidez e deslizou para dentro do vestido da rainha.

— Então a receberei outro dia, filha de Hécuba. Adeus.

Conforme voltavam, com guardas mulheres andando dois passos atrás delas, Cassandra pensou que eram mais como prisioneiras escoltadas do que convidadas honradas sendo protegidas. De qualquer modo, enquanto andavam pelas ruas cheias, ouviu lutas em vielas e um grito abafado, e sentiu que aquela cidade estranha poderia não ser, por fim, totalmente segura para mulheres que não eram parte da Cólquida.

NOVE

Dez dias depois, Pentesileia saiu da Cólquida com um grupo seleto de guerreiras amazonas, Cassandra entre elas. Acompanhariam as caravanas de estanho, descarregadas dos navios no porto, a caminho da terra distante dos reis hititas ao sul.

Cassandra se recordava em segredo das palavras ditas em profecia: "Fiquem lá até que as estrelas da primavera caiam!". Sua parenta estava, então, desafiando a ordem da Deusa? Mas não era seu lugar fazer perguntas. No ombro carregava o arco cita, formado por dois pedaços de chifre amarrados com o pelo trançado do rabo de sua égua. A seu lado estava a zagaia curta de ponta de metal das guerreiras amazonas. Cavalgando ao lado de Estrela, ela se recordou de que a amiga já tinha lutado em batalha.

No entanto, a manhã parecia tão pacífica, o ar claro iluminado com a luz pálida do sol, poucas nuvens voando acima. Os cascos dos cavalos faziam um som abafado na estrada, um contraponto ao rumor pesado das carroças, cada uma puxada por dois grupos de mulas, empilhadas com embrulhos e lingotes grosseiros do metal opaco e coberto com pano preto tão pesado quanto uma vela de navio.

Na noite anterior tinha ficado com as outras guerreiras guardando o carregamento das carroças; lembrando-se do negrume denso dos lingotes de ferro, da opacidade dos pedaços de estanho, ela se perguntou por que aquela coisa feia era tão valiosa. Certamente deveria ter metal suficiente nas profundezas da terra para que todos os homens pudessem ter seu quinhão; por que homens – e mulheres – deveriam guerrear por essa coisa? Se não havia o suficiente para aqueles que desejavam, certamente seria fácil trazer mais das minas. No entanto, parecia que a rainha Imandra se orgulhava do fato de que não havia o suficiente para todos que queriam um pouco.

Aquele dia foi tranquilo; as amazonas cavalgaram em uma fileira única pela grande planície, reduzidas à velocidade das carroças que avançavam com dificuldade. Cassandra seguia ao lado de uma das ferreiras da Cólquida, conversando com ela sobre sua profissão curiosa; descobriu, para sua surpresa, que a mulher era casada e tinha três filhos adultos.

— E nunca uma filha que pudesse treinar na minha profissão!

Cassandra perguntou:

— Por que não pode ensinar a seus filhos a profissão de ferreiro?

A pequena mulher musculosa franziu o cenho.

— Achei que vocês mulheres das tribos das amazonas entenderiam — ela disse. — Vocês nem criam seus filhos homens, sabendo como são inúteis. Veja, menina: o metal é arrancado do útero da Mãe Terra; qual seria a raiva dela se qualquer homem ousasse tocar ou moldar sua dádiva? É tarefa de uma mulher moldá-la na forma terrena para que os homens usem. Nenhum homem deve seguir a profissão de ferreiro, ou a Mãe Terra não perdoará sua intromissão.

Se a Deusa não quer que essa mulher ensine sua profissão aos filhos, pensou Cassandra, *por que não deu filhas à mulher?* Mas estava aprendendo a não falar todo pensamento que passasse por sua cabeça. Ela murmurou:

— Talvez ainda tenha uma filha. — Mas a ferreira resmungou:

— O quê? Arriscar parir de novo quando vivi quase quarenta verões?

E Cassandra não respondeu.

Em vez disso, fez a égua ir para a frente para cavalgar ao lado de Estrela. A moça mais velha estava limpando as unhas com uma faquinha de osso.

— Você realmente acha que vamos precisar lutar?

— O que eu acho importa? A senhora acha que sim, e ela sabe mais do que eu.

Rechaçada de novo, Cassandra se retirou para os próprios pensamentos. Estava frio e ventava; ela puxou o manto pesado sobre os ombros e pensou em lutar. Desde que começara a viver entre as amazonas, havia treinado todos os dias com o arco e tinha alguma habilidade com a zagaia e até com a espada. Seu irmão mais velho, Heitor, tinha sido treinado como guerreiro desde a idade que em conseguia segurar uma espada nas mãos; sua primeira armadura fora feita quando ele tinha sete anos. A mãe dela também tinha sido uma donzela guerreira, porém em Troia jamais ocorrera a alguém que Cassandra ou a irmã, Polixena, deveriam aprender qualquer coisa sobre armas ou guerra. E, embora, como todos os filhos de Príamo, ela houvesse sido criada com histórias de heróis e glória, houve vezes em que tivera a impressão de que guerra era uma coisa feia e que estava melhor fora dela. Mas, se a guerra era uma coisa muito maligna para mulheres, por que, então, deveria ser boa para homens? E se era uma coisa boa e honrosa para homens, então por que seria errado que as mulheres dividissem a honra e a glória?

A única resposta que ela podia invocar para sua perplexidade era o comentário de Hécuba: "Não é o costume".

"Mas por quê?", ela havia perguntado, e a única resposta da mãe fora: "Os costumes simplesmente existem. Não há razão para eles".

Ela não acreditava nisso agora mais do que tinha acreditado na época.

Retraindo-se em si mesma, viu-se procurando internamente o irmão gêmeo. Troia, e as encostas ensolaradas do Monte Ida, pareciam muito distantes. Ela pensou no dia em que ele perseguira e pegara a garota Enone, e as curiosas sensações apaixonadas que a união deles havia despertado dentro de si. Ela se perguntou onde ele estava agora, e o que estava fazendo.

Mas, exceto por um vislumbre breve e neutro das ovelhas e cabras pastando nas encostas do Monte Ida, não havia nada para ver. Normalmente, ela pensou, são os homens que viajam e as mulheres que ficam em casa; aqui estou muito distante, e é meu irmão que permanece nas encostas do monte sagrado. Bem, por que não poderia ser assim uma vez no mundo?

Talvez ela fosse o herói, então, em vez de Heitor ou Páris?

Mas nada aconteceu; as carroças seguiam lentamente e as amazonas cavalgavam atrás delas.

Quando o pôr do sol antecipado do inverno esticou as sombras em formas irregulares que se agitavam, e as amazonas reuniram os cavalos em um círculo apertado em torno das carroças, Pentesileia deu voz ao que estivera nas mentes de todas.

— Talvez, com a caravana protegida assim, não ataquem; talvez simplesmente desperdicemos uma viagem longa e cansativa.

— Isso não seria a melhor coisa que poderia acontecer? Que não ataquem e que a caravana chegue ao destino em paz? — perguntou uma das mulheres. — Então isso estaria resolvido sem guerra...?

— Não estaria resolvido; saberíamos que ainda estão à espreita, e, no momento em que a escolta se retirasse, iriam atacar de novo; poderíamos desperdiçar todo o inverno aqui — disse outra. — Quero que esses piratas sejam descartados de vez.

— Imandra quer que aprendam a lição de que não devem atacar as caravanas da Cólquida — uma das mulheres apontou ferozmente. — E essa lição será uma coisa boa.

Elas cozinharam um guisado de carne-seca sobre as fogueiras e dormiram em um círculo em torno das carroças; muitas mulheres, Cassandra notou, convidaram os homens das carroças para seus cobertores. Sentiu-se solitária, mas nunca lhe ocorreu fazer o mesmo. Pouco a pouco ouviu o acampamento caindo em silêncio, até que não havia som além do vento externo das planícies, e todos dormiam.

Parecia que o mesmo dia se repetia de novo; elas se arrastavam como uma lagarta cruzando uma folha, mantendo o passo com as carroças pesadas, e, no fim daquele tempo, Cassandra, olhando para trás para a vasta planície, achava que não pareciam estar a mais de um bom dia sobre um cavalo veloz da cidade de portões de ferro da Cólquida e de seu porto de navios.

Ela perdeu a conta dos dias tediosos que não traziam mais aventura do que um pacote caindo de uma carroça e fazendo a fileira inteira parar enquanto ele era recolhido e levantado de volta com esforço.

No décimo primeiro ou décimo segundo dia – tinha perdido a conta, já que não havia nada para marcar o tempo –, observava um dos pacotes indo lentamente para trás sob o encerado que cobria a carga. Sabia que deveria ir para a frente e avisar o mestre da caravana, ou ao menos o condutor da carroça, para que fosse amarrado mais firme, mas quando caísse seria ao menos uma quebra da monotonia. Ela contou os passos até que o pacote desequilibrasse e caísse.

— Guerra — ela resmungou para Estrela. — Isso mal é uma aventura, proteger as caravanas; vamos viajar todo o caminho até o país dos hititas? E vai ser mais interessante que isso?

— Quem sabe? — Estrela deu de ombros. — Sinto que fomos enganadas... nos prometeram batalha e bom pagamento. E até agora só houve essa cavalgada chata.

Ela tremeu os ombros.

— Ao menos o país dos hititas será algo para ver. Soube que nunca chove lá; todas as casas são feitas de tijolos de barro, de modo que, se *houvesse* uma boa chuva um dia, casas, templos e palácios e tudo mais seriam levados embora, e todo o império cairia. Mas aqui há tão pouca coisa para pensar que quase me sinto tentada a convidar o cuidador de cavalos bonito para minha cama.

— Você não faria isso!

— Não? Por que não? O que tenho a perder? Exceto que é proibido para uma guerreira — disse Estrela —, e se eu tivesse uma criança passaria meus próximos quatro anos amamentando a pirralha e lavando panos de enfaixar em vez de lutar e conquistar meu lugar como guerreira.

Cassandra estava um pouco chocada; Estrela falava com tão pouca seriedade de tais coisas.

— Não o viu olhando para mim? — insistiu Estrela. — Ele é bonito, e os ombros dele são muito fortes. Ou vai ser uma daquelas donzelas que fazem voto de permanecer casta como a Donzela Caçadora?

Cassandra não tinha pensado a sério sobre isso. Tinha imaginado que permaneceria ao menos por anos com as guerreiras amazonas que tomavam a castidade como algo natural.

— Mas toda a vida, Cassandra? Viver sozinha? Pode ser bom para uma Deusa, que pode ter qualquer homem que desejar — disse Estrela —, mas até a Donzela, dizem, olha do céu de vez em quando e escolhe um belo jovem para compartilhar sua cama.

— Não acredito nisso — respondeu Cassandra. — Acho que os homens gostam de contar essas histórias porque não gostam de pensar que uma mulher consegue resistir a eles; não querem pensar que até uma Deusa poderia escolher permanecer casta.

— Bem, acho que eles estão certos — disse Estrela. — Deitar-se com um homem é o que toda mulher deseja… só entre nós, não somos obrigadas a permanecer com nenhum homem e cuidar de sua casa e cumprir seus desejos; mas sem homens não temos crianças, também. Estou ansiosa para escolher meu primeiro, e, apesar de toda a sua conversa, tenho certeza de que não é diferente de nenhuma de nós.

Cassandra se recordou do pastor grosseiro que queria violentá-la e ficou enjoada. Ao menos entre as amazonas ninguém insistiria que ela se entregasse a qualquer homem a não ser que quisesse; e ela não conseguia imaginar por que qualquer mulher escolheria algo assim.

— É diferente para você, Cassandra — disse Estrela. — Você é uma princesa de Troia, e seu pai vai arranjar um casamento com qualquer homem que desejar, um rei, príncipe ou herói. Não há nada assim em meu futuro.

— Mas, se você quer um homem — perguntou Cassandra —, por que cavalga com as amazonas?

— Não tive escolha — respondeu Estrela. — Não sou amazona porque desejei, mas porque minha mãe, e a mãe dela antes dela, escolheram esse tipo de vida.

Cassandra disse:

— Não consigo imaginar vida melhor que essa.

— Então sua imaginação é curta — respondeu Estrela —, pois quase qualquer outra vida que consigo imaginar seria melhor que isso; prefiro ser uma guerreira a ser uma mulher da vila com as pernas quebradas, mas preferiria morar em uma cidade como a Cólquida e escolher um marido a ser guerreira.

Aquilo não parecia com o tipo de vida que Cassandra desejaria, e ela não conseguiu pensar em mais nada para dizer. Voltou a observar os pacotes da carroça pesada enquanto eles se moviam, e estava semiadormecida na sela quando um grito alto a acordou e o condutor da carroça caiu de cabeça na trilha, uma flecha atravessada na garganta.

Pentesileia gritou para suas mulheres, e Cassandra puxou o arco rapidamente para o peito, colocou uma flecha e a soltou sobre o mais próximo dos homens esfarrapados que de repente enxameavam a planície, como se tivessem brotado da areia como dentes de dragão. A flecha voou diretamente para o alvo; o homem que havia brotado ao lado do condutor caiu gritando, e no mesmo momento o pacote pesado bateu no caminho de pedras, esmagando um dos agressores que tentava subir na carroça. Homem e metal rolaram juntos encosta abaixo, e uma das guerreiras pulou do cavalo e correu na direção dele, jogando rapidamente a zagaia.

Um dos homens que corriam pegou as amarras da sela de Cassandra e saltou sobre sua perna; ela chutou, mas ele a agarrou, e ela lutou para tirar a faca.

Ela deu um golpe para cima e ele caiu sobre ela, o sangue correndo da boca; outro golpe, dessa vez com a zagaia, e ele caiu sem vida sobre seu corpo. Ela lutou para se livrar do peso dele. Então havia uma zagaia apontada para sua garganta; ela golpeou com a faca para jogá-la para o lado e sentiu uma dor lacerante no rosto.

A mão de um homem agarrava seu cotovelo; ela bateu o cotovelo na bota dele e sentiu sangue e um dente espirrarem sobre seu rosto. Sobre o ombro, podia ver muitos homens pegando os pacotes de metal, jogando-os para baixo na estrada; ouvia Estrela gritando em algum lugar e o som das flechas zunindo em voo. Em torno dela havia o guincho agudo do grito de batalha das amazonas. Cassandra enfiou a zagaia e o homem que a atacava caiu morto; ela arrancou a arma e a viu coberta de sangue e entranhas. Empunhando o arco de novo rapidamente, ela começou a atirar contra os invasores, mas, a cada flecha que voava, tinha medo que fosse atingir uma de suas companheiras.

Então havia acabado; Pentesileia correu na direção da carroça, fazendo um gesto para que suas mulheres chegassem perto. Cassandra correu para pegar sua égua, que, para seu espanto, havia passado ilesa pela revoada de flechas. O condutor da carroça estava morto, deitado na estrada. Estrela estava meio esmagada sob o cavalo caído; o animal tinha sido morto por uma dúzia de flechas dos estranhos. Chocada, Cassandra correu para tentar levantar o cavalo de cima do corpo da amiga. Estrela jazia imóvel, a túnica rasgada, a parte de trás da cabeça amassada em uma sujeira avermelhada, os olhos mirando adiante.

Ela queria uma batalha, pensou Cassandra. *Bem, teve uma.* Ela se curvou sobre a amiga e fechou os olhos dela com gentileza. Só então percebeu como estava machucada: a bochecha aberta, sangue pingando da pele e carne pendurada.

Pentesileia foi até ela e se curvou sobre o corpo de Estrela.

— Ela era jovem demais para morrer — disse a rainha amazona, com gentileza. — Mas lutou com bravura.

Aquilo não fazia, pensou Cassandra, muito bem para Estrela agora. A rainha amazona olhou diretamente no rosto dela e apontou:

— Mas você também está ferida. Aqui, deixe-me cuidar de seu machucado.

Cassandra disse, apática:

— Não é nada, não dói.

— Vai doer — alertou sua parenta, e a levou para uma das carroças, onde Elaria lavou a bochecha aberta com vinho e a cobriu com azeite.

— Agora é uma guerreira de verdade — disse Elaria, e Cassandra se recordou de ter ouvido isso na noite em que havia matado o homem que tentou violentá-la.

Mas ela imaginava que uma batalha real a tornara mais verdadeiramente uma mulher lutadora. Ela levava a ferida com orgulho, a marca de sua primeira batalha.

Pentesileia, com o rosto coberto de sangue, se curvou para examinar a ferida limpa e franziu o cenho.

— Enfaixe com cuidado, Elaria, ou vai ficar uma cicatriz feia – e não podemos ter isso.

— Isso importa? — perguntou Cassandra, com cautela. — A maioria das guerreiras amazonas tem cicatrizes.

A própria Pentesileia perdia sangue de um corte aberto no queixo. Cassandra tocou o queixo dela com dedos cuidadosos.

— Quando sarar, mal vai aparecer. Por que fazer um estardalhaço sobre isso?

— Você parece se esquecer, Cassandra, de que não é uma amazona.

— Minha própria mãe foi guerreira um dia — protestou Cassandra. — Ela vai entender uma cicatriz honrosa de batalha.

— Ela não é mais guerreira — disse Pentesileia, sombria. — Ela escolheu o que seria há muito tempo; que iria viver com seu pai, cuidaria da casa dele, teria os filhos dele. Então se o seu pai ficar bravo – e ele vai ficar bravo, acredite em mim, se a mandarmos de volta com sua beleza maculada –, sua mãe vai ficar muito aborrecida, e a boa vontade dela é muito valiosa para nós. Vai voltar para Troia quando formos para o sul na primavera.

— Não! — protestou Cassandra. — Só agora estou começando a ser útil para a tribo em vez de um fardo. Por que deveria voltar a ser um camundongo doméstico — ela pronunciou as palavras com desdém — bem agora que demonstrei ser digna de me tornar guerreira?

— Pense, Cassandra, e vai saber por que deve partir — respondeu Pentesileia. — Está se tornando uma guerreira; o que seria muito bom se fosse passar o resto da vida conosco. Eu a receberia em nossa tribo, uma guerreira de verdade e uma filha para mim enquanto vivesse. Mas isso não vai acontecer porque, cedo ou tarde, vai precisar voltar para sua vida em Troia... e, já que precisa ser assim, então, para seu próprio bem é melhor que seja logo. Você tem idade suficiente para se casar agora; na verdade, seu pai pode já ter escolhido um marido para você. Não vou enviá-la de volta tão mudada que seria infeliz por toda a vida se precisar passá-la entre as muralhas da cidade.

Cassandra sabia que isso era verdade, mas tinha a impressão de que estava sendo punida por se tornar uma delas.

— Não fique tão abatida, Olhos Brilhantes; não vou mandá-la de volta amanhã — a parenta disse, e puxou a moça para o peito, acariciando o cabelo dela. — Vai ficar conosco por pelo menos mais uma lua, talvez duas, e voltar conosco para a Cólquida. Também não me esqueci da promessa que lhe fiz. A Deusa a convocou para o serviço dela, colocou a mão dela em você como nascida para ser sacerdotisa; não poderíamos reclamá-la como guerreira de qualquer modo. Antes de partir de nosso meio, vamos cuidar para que seja apresentada a ela.

Cassandra ainda sentia que tinha sido trapaceada; tinha trabalhado tanto e com tanta bravura para ser aceita como guerreira amazona, e aquele mesmo esforço e aquela mesma bravura em batalha tinham tirado dela o objetivo desejado.

O cenário da batalha estava sendo limpo; os corpos das amazonas – além de Estrela, duas outras mulheres haviam sido mortas por flechas, e uma fora esmagada debaixo de um cavalo caído – eram arrastados para serem queimados. Pentesileia puxou Cassandra para baixo com gentileza quando ela ia se levantar.

— Descanse; está ferida.

— Descansar? O que as outras guerreiras estão fazendo, feridas ou não? Não posso cumprir o papel de guerreira ao menos enquanto permaneço entre vocês?

Pentesileia suspirou.

— Como quiser, então. É seu direito ver os que matou enviados para o Senhor do Submundo.

Ela tocou a bochecha ferida da moça com ternura.

Deusa, Mãe das Éguas, Senhora que molda nossos Destinos, ela pensou, *por que não enviou essa aqui, filha verdadeira do meu coração, para meu útero, em vez do da minha irmã, que escolheu entregá-la ao domínio de um homem? Ela não será feliz lá, e só vejo escuridão diante dela, escuridão e a sombra do destino de outro.*

O coração dela ansiava por Cassandra como jamais fizera pelas próprias filhas; porém, percebia que a filha de Hécuba precisava carregar o próprio destino, que não poderia amainar, e que a Deusa Sombria havia colocado a mão na moça.

Nenhuma mulher pode escapar de seu Destino, ela pensou, *e é malfeito querer privar a Mãe Terra de seu sacrifício escolhido. Porém, por amor a ela, eu a enviaria para servir a Mãe Terra abaixo, em vez de sentenciá-la a servir a Deusa Sombria aqui em terras mortais.*

DEZ

CASSANDRA VIU SUAS COMPANHEIRAS SEREM ENTREGUES ÀS CHAMAS sem nenhuma demonstração visível de emoção. Quando acamparam naquela noite, por insistência delas, estendeu seus cobertores entre os de Pentesileia e Elaria.

Passou pela mente dela que, sem que a consultassem, uma decisão tinha sido tomada. Agora que o pior do perigo havia passado, pareciam ter subitamente se lembrado de que ela era uma *princesa de Troia*, e agora precisava ser protegida com cuidado. Mas não era mais ou menos princesa do que fora dois ou três dias antes.

Ela sentia falta de Estrela, embora não tivessem sido, imaginava, amigas de verdade. No entanto, havia um horror calado em Cassandra com o pensamento de que em todas as noites naquela viagem ela havia estendido os cobertores na trilha ao lado daquela moça cujo corpo agora tinha sido queimado até as cinzas depois de ser esmagado até a ruína e furado por flechas.

Um pouco menos de sorte, um oponente um pouco mais hábil, e a zagaia que rasgara sua bochecha teria passado por sua garganta; teria sido o copo dela queimando à noite naquela pira. Sentia-se vagamente culpada, e era nova demais no mundo das guerreiras para saber que cada uma das mulheres deitadas em torno dela sentia-se exatamente da mesma maneira: culpada e perturbada por estar viva enquanto a amiga havia morrido.

Pentesileia tinha falado sobre a Deusa ter colocado a mão sobre ela como se isso fosse um fato como qualquer outro, e Cassandra se viu imaginando se tinha sido poupada porque a Deusa tinha algum uso para ela.

A bochecha rasgada coçava com uma ferocidade enlouquecedora, e quando levantou a mão para tentar aliviar coçando ou esfregando, uma dor aguda a impediu de tocá-la. Ela mudou o manto que havia enrolado sob a cabeça e tentou encontrar uma posição confortável para dormir. Que deusa havia colocado a mão nela? Pentesileia lhe dissera uma vez, casualmente, que todas as deusas eram a mesma, embora cada vila e tribo tivessem o próprio nome para ela. Havia muitos: a Senhora da Lua, cujas marés e ritmos que mudavam diariamente colocavam a compulsão dela em cada animal fêmea; a Mãe das Éguas, invocada por Pentesileia; a Donzela Caçadora, cuja proteção estava em cada donzela e todos os que disparavam o arco, guardiã dos guerreiros; a Mãe Sombria de debaixo da terra, a Mãe Serpente do Submundo... mas ela, pensou Cassandra em confusão conforme seus pensamentos começavam a se embotar em sono, tinha sido morta pelas flechas de Apolo...

Como fazia com frequência antes de dormir, ela procurou com a mente o toque familiar dos pensamentos do irmão gêmeo. Havia o folhear de um vento de casa, e o ar com aroma de tomilho do Monte Ida atravessou seus sentidos; a escuridão da cabana de pastor na qual nunca havia entrado em seu próprio corpo estava em torno dela. Ela se perguntou o que ele teria achado da batalha. Ou isso teria parecido lugar comum para ele? Não, pois agora ela, uma mulher, tinha mais experiência de batalha que ele. Numa sombra escura ao lado ela podia ver – ou sentir – uma forma adormecida que identificou como a mulher Enone, que havia tanto tempo era o centro de suas... das fantasias *dele.* No último mês ela tinha se acostumado com essa divisão curiosa dela e do irmão gêmeo, até não ter mais certeza de quais sensações e emoções eram dela e quais eram de Páris. Ela dormia e sonhava? Ou era ele?

A luz da lua iluminava a forma de brilho suave de uma mulher de pé na porta sombreada da cabana de pastor, e ela soube que olhava para a forma da Senhora, uma rainha, majestosa e brilhante. Agora, o brilho tinha mudado, e a luz saía da vasilha de prata, com flechas de luar enchendo o pequeno cômodo.

O luar parecia atravessar o corpo dela – ou o dele –, correndo pelas veias, ondulando em torno dela como uma rede, puxando-a na direção da figura na porta. Ela teve a impressão de que estava de pé diante da Senhora, e que uma voz falou de trás de seu ombro esquerdo...

— Páris, demonstraste ser um juiz justo e honesto.

Cassandra viu de novo, por um instante, o touro que Páris havia premiado na feira.

— Então julgues entre as deusas qual é a mais bela.

— De verdade — ela sentiu a resposta de Páris vir como se saísse de sua própria boca —, a Senhora é a mais bela em todos os seus aspectos...

Um riso juvenil ecoou em seu ombro.

— E não podes adorá-la com igualdade perfeita em todas as deusas sem preferir uma a outra? Até o Pai do Céu reluta de um equilíbrio difícil como esse!

Algo liso, frio e muito pesado foi colocado nas mãos de Páris, e a luz dourada brilhou no rosto dele.

— Toma esta maçã e a ofereças para a deusa mais bela.

A figura na porta mudou levemente; a lua cheia a coroava com um halo de luz, e seus mantos brilhavam como mármore polido. A rainha do Pai do Céu estava ali, Hera, régia e majestosa, enraizada na terra, mas reinando sobre ela.

— Serve-me, Páris, e serás grandioso. Irás reinar sobre todos os países conhecidos, e a riqueza do mundo será tua.

Cassandra sentiu Páris curvar a cabeça.

— Tu és verdadeiramente bela, Senhora, rainha mais poderosa.

Mas a maçã permanecia pesada nas mãos dele.

Ela levantou os olhos com cautela, temendo a ira da Senhora, mas agora a lua parecia brilhar por uma névoa dourada, refletindo no capacete e no escudo que a Senhora trazia. A luz dourada radiava dela também, e até a coruja no ombro direito dela brilhava com glória refletida.

— Terás muita sabedoria, Páris — disse Atena. — Já sabes que não podes governar o mundo sem antes governar a ti mesmo. Eu te darei conhecimento do ser, e sobre ele todo o resto do conhecimento. Terás sabedoria para viver bem e conseguirás vitória em todas as tuas batalhas.

— Agradeço, Senhora, mas sou um pastor, não um guerreiro. E não há guerra aqui; quem ousaria desafiar o governo do rei Príamo?

Cassandra achou ter visto um olhar de desdém no rosto da Senhora, mas então ela se moveu, chegando perto o suficiente para que Cassandra sentisse que poderia esticar o braço e tocá-la. O escudo e o capacete haviam desaparecido, como os mantos pálidos, e a luz radiava do corpo perfeito dela. Páris levantou as mãos, ainda apertando a maçã, para proteger os olhos.

— Senhora Brilhante — ela murmurou.

— Há outras batalhas que um pastor pode vencer com facilidade – e que vitória pode existir sem amor e uma senhora para compartilhá-la? Tu és belo, Páris, e muito agradável a todos os sentidos.

O hálito dela roçou a bochecha de Páris, que se sentiu zonzo, como se a montanha inteira girasse em torno dele. O ar em volta era morno; ele brilhava com intensidade, banhado na luz dourada da Senhora.

A voz dela continuou, suave e sedutora, atraindo-o.

— Tu és um homem que qualquer mulher teria orgulho de tornar marido – até uma mulher como Helena de Esparta, a mulher mais linda do mundo.

— Com certeza nenhuma mortal poderia se comparar a ti, Senhora.

Páris olhou dentro dos olhos de Afrodite, e Cassandra teve a impressão curiosa de que os dois se afogavam juntos, levados na maré de luz que brilhava dos olhos da Rainha do Amor.

— Mas Helena não é totalmente mortal, é filha de Zeus, e sua mãe era bela o suficiente para tentá-lo. Ela é quase tão bela quanto eu, e também detém Esparta. Todos os homens a desejam; todos os reis entre os argivos solicitaram a mão dela, que escolheu Menelau, mas te asseguro que um olhar para ti a faria esquecer essa escolha. Pois tu és belo, e a beleza atrai tudo para si.

Cassandra pensou em Enone, deitada em transe ao lado de Páris – *Que necessidade ele tem de uma bela mulher? Ele já tem uma* –, mas ele parecia inconsciente da presença dela. A maçã parecia leve como pluma na mão dele quando a passou para a deusa Afrodite, e o brilho dourado aumentou como se fosse consumi-lo...

O sol brilhava em seus olhos através da porta da tenda que Elaria havia acabado de abrir.

— Como se sente esta manhã, Olhos Brilhantes?

Cassandra se espreguiçou, exausta, apertando os olhos contra a luz – apenas luz do sol, afinal, não o luar brilhante de flechas da Deusa. Tinha sido uma visão ou só um sonho? E tinha sido um sonho seu ou do irmão? Três deusas – mas nenhuma delas era a Donzela Caçadora. Por que não? *Talvez Páris não tenha interesse em donzelas*, ela pensou de modo irreverente. Mas também não houvera sinal da Mãe Terra – ou a Mãe Terra era a mesma que Hera? Não, pois a Mãe Terra é deusa por seu próprio direito, não é nem mesmo esposa de um deus, e aquelas deusas eram todas definidas como esposa ou filha do Pai do Céu. Aquelas são, então, as mesmas que as deusas de Troia?

Não, não poderiam ser; por que uma deusa concordaria em ser julgada por qualquer homem – ou mesmo por qualquer deus?

Nenhuma dessas deusas é a Deusa como eu a conheço – a Donzela, Mãe Terra, Mãe Serpente –, nem mesmo a Mãe das Éguas de Pentesileia. Talvez em uma terra onde o Pai do Céu reina, somente as deusas percebidas como servas do deus possam ser vistas? Isso a deixou ainda mais confusa que nunca.

Não pode ter sido meu *sonho, pois, se tivesse sonhado com deusas, teria sonhado com aquelas que venero e honro. Ouvi falar dessas deusas; mamãe me contou sobre Atenas e seu presente de azeitonas e uvas, mas elas não são as minhas, nem as das amazonas.*

***

— Cassandra! Ainda está dormindo? — perguntou Elaria. — Vamos voltar para a Cólquida, e Pentesileia está perguntando por você.

— Estou indo — disse Cassandra, puxando as bombachas.

Conforme ela se moveu, a tensão do sonho – ou visão – parecia desaparecer, de modo que em sua mente havia apenas a memória curiosa das deusas estrangeiras.

A visão é de meu irmão, não minha.

— Diga à minha parenta que estou indo — disse Cassandra. — Deixe-me escovar o cabelo.

— Deixe-me ajudá-la — ofereceu Elaria, ajoelhando-se ao lado dela. — Sua cabeça dói? O curativo saiu do seu rosto. Ah, ótimo... não há sinal de cicatriz; a ferida está sarando limpa. A Deusa foi bondosa com você.

Para si mesma, Cassandra perguntou: *Que deusa?*, mas não fez a pergunta em voz alta. Em poucos minutos estava na sela, e, quando viraram na direção da Cólquida, Cassandra viu diante de si no sol brilhante os rostos e formas de todas as deusas do mundo. *Mas o que essas deusas dos aqueus querem com meu irmão, ou comigo? Ou com Troia?*

ONZE

GALOPANDO NO PRÓPRIO RITMO E NÃO MAIS PRESAS AO MOVIMENTO lento das carroças desajeitadas cheias de estanho, Pentesileia, Cassandra e as outras que voltavam para a Cólquida deixaram a caravana que seguia para o país distante dos hititas. O rosto de Cassandra doía, e o balanço da montaria deixava a dor pior. Ela imaginava qual sorte o resto das guerreiras teria no resto da viagem e quase desejou que pudesse cavalgar com elas para aquela terra desconhecida, mesmo se apenas para se juntar a elas em batalha ou morte.

Mas não deveria reclamar, viajei para mais longe de minha casa do que qualquer mulher de Troia já viajou, mais longe que qualquer um de meus irmãos, ou até mesmo que o próprio Príamo.

Pentesileia parecia despreocupada com ataques enquanto retraçavam o caminho até a cidade; talvez não valesse a pena atacar amazonas sem o metal que protegiam. *E quem*, pensou Cassandra, *guardaria a próxima caravana, com tantas amazonas longe protegendo esta?* Mas ela sabia que não era de sua alçada.

Agora que pensava nisso, estava ansiosa para ver mais da cidade da Cólquida; o oráculo de Pentesileia havia ordenado que ela permanecesse ali um tempo. Tudo o que tinha a esperar depois disso era um retorno a Troia. Agora entendia o que a parenta quisera dizer quando falara que ela deveria voltar antes que estivesse totalmente inadequada para a vida comum de uma mulher em Troia. Mas, pensou Cassandra, já era tarde demais para isso.

Vou ficar louca aprisionada entre as paredes de uma casa pelo resto da vida.

E então ela se recordou de sua visão das deusas e do irmão. Com esse dom, ela sempre teria uma maneira de sair de seu entorno imediato, e assim era mais afortunada do que muitas outras mulheres.

Mas isso era algum substituto para a mudança de fato? Ou apenas escárnio que sua mente pudesse escapar das muralhas aprisionantes que seu corpo não podia?

Ela sentiu que gostaria de conversar a fundo sobre isso com a mãe, que vivera as duas vidas e poderia entender. Mas a mãe estaria disposta a falar livremente disso, tendo feito sua escolha irrevogável? O que a mãe tinha ganhado por tudo do que havia aberto mão? Ainda faria a mesma escolha?

Mas Cassandra sabia que jamais teria de fato essa oportunidade. Para Hécuba, era importante que fosse vista como poderosa, e para esse fim jamais admitiria a Cassandra – ou a qualquer outra pessoa – que poderia ter feito uma escolha menos que perfeita.

Quem mais havia para falar? Havia alguém a quem pudesse confessar sua confusão e seu desespero? Não conseguia pensar em ninguém. Era improvável que Pentesileia fosse estar pronta para tal conversa; Cassandra tinha certeza de que a parenta a amava, mas que a considerava uma criança, não uma igual com quem pudesse falar livremente.

Embora estivessem viajando na melhor velocidade dos cavalos, a viagem até a Cólquida parecia quase sem fim. Embora no fim do primeiro dia avistassem as muralhas altas da cidade de portões de ferro, ainda havia um longo caminho a seguir: dias na sela desde as primeiras luzes da manhã, interrompidos ao meio-dia para o queijo ou coalhada de costume. Ao menos era melhor que a fome nos pastos do sul. Era o anoitecer do terceiro ou quarto dia quando as cavaleiras cansadas por fim passaram pelos grandes portões e torres. Fizeram uma celebração à qual Cassandra se juntou, mas abrir a boca para celebrar fez o corte sob o curativo em seu rosto doer. Estava ficando frio, e ameaçava chover.

Dentro das sombras das muralhas, um mensageiro do palácio foi falar com Pentesileia. Depois disso, ela fez um gesto para Cassandra.

— Você e eu fomos convidadas para o palácio, Cassandra; o resto de vocês, juntem-se às outras no acampamento.

Cassandra se perguntou o que a rainha queria delas. Trotaram devagar pelas ruas de pedras, entregaram os cavalos nos portões do palácio e foram conduzidas até a presença real pelas mulheres da rainha Imandra.

A rainha esperava por elas no mesmo cômodo em que as recebera antes. Uma jovem com cachos negros que desciam até o pescoço estava estirada diante dela em um tapete.

— Saíram-se bem — disse Imandra, fazendo um gesto para que fossem para a frente; tomando a mão de Pentesileia, deslizou nela um bracelete de folhas de ouro esculpidas, engastado com pedaços de pedras verdes. Cassandra jamais vira nada tão belo.

— Não vou tomar muito de seu tempo — informou a rainha. — Vão querer um banho e jantar depois da longa viagem. Ainda assim, quis falar um pouco com vocês.

— É nosso prazer, parenta — disse Pentesileia.

— Andrômaca — chamou a rainha Imandra, virando-se para a garota no tapete ao lado dela —, essa é sua prima Cassandra, filha de Hécuba de Troia. Ela é irmã de Heitor, seu marido prometido.

A moça de cabelos escuros sentou-se, jogando os cachos compridos para um lado.

— Você é irmã de Heitor? — ela perguntou, ansiosa. — Fale-me sobre ele. Como ele é?

— Um intimidador — Cassandra disse, direta. — Precisa ser muito firme com ele, ou ele vai tratá-la como um tapete e andar sobre você, e não será mais que uma coisinha tímida eternamente lhe dizendo sim, como minha mãe faz com meu pai.

— Mas isso é adequado para um marido e uma mulher — observou Andrômaca. — Como queria que um homem se comportasse?

— É inútil falar com ela, Cassandra — disse a rainha Imandra. — Ela deveria ter nascido de uma de suas mulheres moradoras das cidades. Queria que fosse guerreira, como pode adivinhar pelo nome que dei para ela.

— É inútil dizer isso a Cassandra — retrucou Pentesileia. — Ela não fala outra língua além da própria.

— É horrível — disse Andrômaca. — Meu nome significa "que luta como homem"... Quem iria querer?

— Eu iria — garantiu Pentesileia —, e eu luto.

— Não quero ser mal-educada com a senhora, parenta — disse Andrômaca —, mas não gosto de lutar. Minha mãe não consegue me perdoar por não ter nascido para ser uma guerreira como ela, para trazer a ela todos os tipos de honras em armas.

— A garota desgraçada — reclamou Imandra — não quer nada com armas. Ela é preguiçosa e infantil, só quer ficar dentro de casa e usar roupas bonitas. E a mente dela já está cheia de homens. Quando tinha a idade dela, mal sabia que existiam homens no mundo a não ser por meu mestre de armas, e só queria que ele se orgulhasse de mim. Cometi o erro de deixá-la ser criada por mulheres, dentro de casa. Devia tê-la entregado a você, Pentesileia, assim que ela conseguiu sentar em um cavalo. Que tipo de rainha é essa para a Cólquida? Boa para nada, a não ser para se casar... e que bem isso faz?

— Ah, mãe — disse Andrômaca, contrariada. — Precisa aceitar que não sou como a senhora. Quem a ouve falar pensa que não há nada na vida além de guerra e armas e o governo de sua cidade, e, além disso, comércio e navios além das fronteiras de seu mundo.

Imandra sorriu.

— Não achei nada melhor. Você achou?

— E quanto ao amor? — perguntou Andrômaca. — Ouvi mulheres falando... mulheres de verdade, não mulheres fingindo ser guerreiras...

Imandra a fez parar de falar curvando-se e estapeando o rosto dela.

— Como ousa dizer "fingindo" ser guerreiras? Eu sou uma guerreira, e não sou menos mulher por isso!

O sorriso de Andrômaca era perverso, embora ela colocasse a mão na bochecha, que ficava vermelha.

— Os homens dizem que mulheres que tomam armas estão fingindo ser guerreiras só porque são incapazes de fiar e tecer, fazer tapeçarias e parir filhos...

— Não a encontrei debaixo de uma oliveira — interrompeu Imandra.

— E onde está meu pai para dizer isso? — perguntou a moça, com imprudência.

Imandra sorriu.

— O que nossas convidadas dizem? Cassandra, você viveu das duas maneiras...

— Pela cinta da Donzela — disse Cassandra —, preferiria ser guerreira a ser esposa.

— Isso me parece tolice — respondeu Andrômaca —, pois não trouxe felicidade para minha mãe.

— E, no entanto, não trocaria com nenhuma mulher, casada ou não, nas costas do mar — disse Imandra. — E não sei o que quer dizer com felicidade. Quem colocou essas noções sentimentais na sua cabeça?

Pentesileia falou pela primeira vez:

— Deixe-a em paz, Imandra; já que decidiu que ela deve se casar, é bom que ela esteja contente nessa condição. Uma menina dessa idade não sabe o que quer, nem por quê; é assim com nossas meninas, assim como com a sua.

Cassandra olhou de cima a baixo para a garota de pele macia e bochechas rosadas ao lado dela.

— Acho que você é perfeita como é; é difícil imaginá-la de outro modo.

Andrômaca levantou a mão na direção da bochecha com curativo de Cassandra.

— O que fez consigo mesma, prima?

— Não vale a pena mencionar — disse Cassandra. — Não é mais que um arranhão.

E de fato, diante dos olhos suaves de Andrômaca, ela sentiu que era de fato nada, um incidente trivial que teria vergonha de mencionar.

Imandra se curvou para a frente, e, ao fazer isso, Cassandra viu a pequena cabeça quadrada deslizando para fora do corpete. Ela estendeu a mão.

— Posso? — pediu, suplicando, e a serpente escorregou para deslizar em torno do pulso dela.

Imandra guiou a serpente para a mão de Cassandra.

— Ela vai falar com você?

Andrômaca olhou com uma careta.

— Urgh! Como pode tocar essas coisas? Tenho pavor delas.

Cassandra levou a serpente até a bochecha, acariciando-a.

— Mas isso é bobagem — ela disse. — Ela não vai me picar, e se picasse me causaria pouco dano.

— Não tem nada a ver com medo de ser picada — retrucou Andrômaca. — Não é certo, não é *normal* não ter medo de serpentes. Até um macaco que passou a vida toda na gaiola, e nunca viu uma serpente viva, vai chorar e tremer se jogarem um pedaço de corda na gaiola, achando que é uma serpente. E acho que os homens também foram feitos pela natureza para ter medo de serpentes.

— Bem, talvez, então, eu não seja normal — explodiu Cassandra.

Ela curvou a cabeça para perto da serpente, cantarolando para ela.

Imandra disse com gentileza:

— Não é para todo mundo, Cassandra. Só para aqueles como você, que nasceram com a ligação com os deuses.

— Não entendo isso — disse Cassandra, sentindo-se amuada e inclinada a contradizer tudo o que lhe diziam.

Acariciando a serpente, ela contou:

— Sonhei na outra noite... ou talvez fosse um tipo de visão... com as deusas. Mas a Mãe Serpente não era uma delas.

— Você sonhou? Conte-me — disse Imandra, mas Cassandra hesitou.

Em parte, sentiu que contar o sonho poderia diluir a magia; ele tinha sido enviado a ela como um segredo sagrado, e não era para mais ninguém. Ela lançou um olhar de súplica para Pentesileia, porque também não queria ofender a rainha, que tinha sido tão boa com elas.

— Eu a aconselho a contar para ela, Cassandra — disse a rainha amazona. — Ela mesma é uma sacerdotisa da Mãe Terra, e talvez possa lhe dizer o que isso significa para seu destino.

Encorajada, Cassandra começou a falar, detalhando cada momento de sua visão, terminando com sua confusão porque nem a Donzela, nem a Mãe Terra ou a Mãe Serpente tinha aparecido entre as deusas. Imandra escutou com atenção, mesmo quando Cassandra, tomada pela memória por um momento, deixou que a voz soasse como um sussurro.

Quando ela terminou, Imandra perguntou em voz baixa:

— Esse foi seu primeiro encontro com qualquer um dos imortais?

— Não, Senhora; vi a Deusa Mãe de Troia falar pela boca de minha mãe, embora devesse ser bem pequena na época. E uma vez — ela engoliu em seco, baixou a cabeça e tentou firmar a voz, sabendo que, se não fizesse isso, começaria a chorar desenfreadamente sem saber por quê —, uma vez... no templo dele... Apolo Senhor do Sol falou comigo claramente.

Ela sentiu os dedos gentis de Imandra pousarem em seu cabelo.

— Foi o que pensei quando falei com você pela primeira vez; foi chamada para ser sacerdotisa. Sabe o que isso significa?

Cassandra balançou a cabeça e tentou adivinhar.

— Que preciso morar no templo e cuidar dos oráculos e ritos?

— Não, não é assim tão simples, criança — Imandra disse a ela. — Significa que a partir deste dia deve ficar entre os homens e os imortais, para explicar os costumes de uns para os outros... Não é uma vida que teria escolhido para minha própria filha.

— Mas por que fui escolhida?

— Somente aqueles que a chamaram têm a resposta para isso, pequena — respondeu Imandra, e a voz dela era muito gentil. — Em alguns de nós eles pousam a mão de um modo que não podemos confundir. Eles não explicam seus costumes para nós. Mas, se tentamos escapar da vontade deles, têm maneiras de nos forçar ao serviço deles, não se esqueça... Ninguém quer ser escolhido; são os deuses que nos escolhem, não somos nós que buscamos dar nosso serviço a eles.

No entanto, pensou Cassandra, *acho que teria buscado esse serviço. Ao menos não entro nisso sem desejar.* A serpente parecia ter adormecido em um amontoado pesado em seu braço; Imandra se inclinou e a pegou ainda adormecida, deixando-a deslizar como se derretesse a parte da frente do vestido dela.

— Quando a lua ficar cheia novamente, vai buscá-la — ela disse. E Cassandra sentiu uma premonição no modo como ela falou.

DOZE

— Sei tão pouco sobre ser uma sacerdotisa — disse Cassandra. — O que preciso fazer?

— Se a Deusa a chamou, ela vai deixar claro para você — apontou Pentesileia —, e, se não chamou, não importa o que você faz ou não faz; será tudo a mesma coisa.

Ela deu tapinhas na cabeça de Cassandra e disse:

— Precisa conseguir uma serpente e um pote para guardá-la.

— Preferiria deixá-la dentro do meu vestido, como faz a rainha.

— Aquilo está muito bom — observou Pentesileia —, mas qualquer animal precisa ter um lugar que é só dele, como refúgio.

Cassandra entendia muito bem aquilo. E então foi ao mercado com a parenta, buscando um pote para sua cobra; disse a si mesma que, no dia seguinte, iria para o campo procurar uma serpente para ela. Não parecia adequado comprar uma no mercado em troca de dinheiro, embora imaginasse que poderia falar com as pessoas que criavam serpentes para o templo. Talvez Imandra pudesse ser convencida a dizer o que deveria saber.

Ela procurou entre os vendedores de potes no mercado e finalmente encontrou um recipiente pintado de azul-esverdeado e decorado com criaturas do mar; de um lado estava uma sacerdotisa oferecendo uma serpente para alguma deusa desconhecida. Cassandra teve a impressão de que era o pote perfeito para guardar a serpente, e comprou sem pestanejar com o dinheiro que Pentesileia lhe dera. Havia muitos potes decorados exatamente como esse, e ela imaginou se eram todos usados para o mesmo propósito.

Naquele anoitecer, enquanto o sol se punha, ela ficou com Andrômaca no telhado do palácio, olhando para a escuridão enquanto, uma a uma, as luzes eram acesas na cidade abaixo.

— Não pode ir diante da Deusa com bombachas de couro de amazona — disse Andrômaca. — Vou lhe emprestar uma túnica.

Cassandra franziu o cenho.

— A Deusa é uma tola? Eu sou o que sou; acha que posso enganá-la mudando minhas vestes?

— Você está certa, é claro — disse Andrômaca, tranquilizadora —, isso não pode importar para a Deusa. Mas outros adoradores podem ver e ficar escandalizados, sem entender.

— Essa é outra questão — concordou Cassandra —, e entendo o que quer dizer; vou usar uma túnica, se tiver a bondade de me emprestar uma.

— Certamente, minha irmã — disse Andrômaca, então hesitou, quase de modo defensivo. — Você vai ser minha irmã se me casar com seu irmão, e quando for para Troia terei uma amiga em sua cidade estranha.

— É claro. — Cassandra passou o braço em torno da garota mais jovem, e elas ficaram juntas no escuro. — Mas Troia não é mais esquisita que a *sua* cidade.

— Estranha para mim, porém — disse a jovem. — Estou acostumada com uma cidade em que a rainha governa. Sua mãe, Hécuba, realmente não governa a cidade?

Cassandra soltou uma risadinha com o pensamento de Hécuba governando no lugar do pai severo.

— Não, ela não governa. E sua mãe... ela não tem marido?

— O que ela faria com um marido? Duas ou três vezes, desde que meu pai morreu, ela tomou um consorte por uma estação e o mandou embora quando se cansou dele. Isso é certo para uma rainha fazer, se ela tem desejo por um homem, ao menos em nossa cidade.

— E ainda assim você quer se casar com meu irmão e se sujeitar a ele como nossas mulheres se sujeitam a seus homens?

— Acho que vou gostar — disse Andrômaca, com um risinho, e então gritou: — Ah, olhe!

Uma linha de luz brilhante cruzou o céu e desapareceu.

Outra seguiu-se rapidamente, e outra, tão brilhante que por um momento pareceu que a terra em si cambaleava enquanto o céu se mostrava. Estrela após estrela parecia perder o ancoradouro e cair, enquanto as duas moças assistiam. Cassandra murmurou:

— "... fiquem lá até que as estrelas da primavera caiam."

Na escuridão, uma sombra se separou, se tornou duas, e a rainha Imandra e Pentesileia apareceram no telhado.

— Ah, achei que talvez estivessem aqui, meninas. É como ela nos falou — disse Pentesileia, olhando para os céus fervilhantes, enquanto estrela após estrela parecia se destacar do céu e brilhar para baixo —, uma chuva de estrelas que caem.

— Mas como as estrelas podem cair? Vão cair todas do céu? — perguntou Andrômaca. — E o que vai acontecer quando todas tiverem caído?

Pentesileia soltou um risinho.

— Não tema, criança. Vi chuvas de estrelas todos os anos por muitos anos; sempre restam muitas no céu.

— Além disso — completou Imandra —, não vejo como isso nos afetaria aqui na Terra se todas elas caíssem… a não ser que fosse sentir por não ter a luz delas.

— Uma vez — disse Pentesileia —, quando eu era uma mulher bem jovem, estava com a minha mãe e a tribo dela – estávamos cavalgando nas planícies longe, ao norte daqui, entre as montanhas de ferro –, e uma estrela caiu perto de nós, com um grande estrépito, um barulho fervilhante e luz. Procuramos a noite toda, no cheiro do ar queimado, e por fim encontramos uma grande pedra negra, ainda brilhando vermelha; é por isso que muitos acreditam que as estrelas são fogo derretido que esfria até virar rocha. Minha mãe me deixou essa espada, que vi ser forjada com o metal do céu.

— Ferro do céu é melhor que ferro arrancado da terra — confirmou Imandra —, talvez porque não esteja sob a maldição da Mãe – não foi arrancado da terra, mas é um presente dos deuses.

— Queria poder encontrar uma estrela caída — murmurou Andrômaca. — São tão lindas.

Ela ainda estava cercada pelo braço de Cassandra, e o tom dela era tão melancólico que a outra moça murmurou:

— Gostaria de encontrar uma e lhe dar como um presente digno de você, irmãzinha.

Pentesileia disse:

— Então estamos livres para retornar para nossas próprias planícies e pastagens; ainda não sabemos por que a Deusa nos mandou aqui.

— Seja qual for a razão — respondeu Imandra —, foi sorte minha; talvez a Deusa soubesse que eu precisava de vocês aqui. Quando for para o sul, vai viajar com meus presentes. E, se algumas de suas mulheres escolherem permanecer e instruir as mulheres da minha guarda, serão bem pagas.

Ela olhou para cima, onde as estrelas ainda caíam e dançavam pelo céu, e murmurou:

— Talvez a Deusa tenha mandado isso como um presságio para sua viagem diante dela, Cassandra. Não houve um presságio assim para mim quando busquei a terra distante dela para oferecer meu serviço — ela completou, quase com inveja.

— Para onde devo ir? — perguntou Cassandra. — E preciso viajar sozinha?

Imandra a tocou gentilmente no escuro.

— A jornada é do espírito, parenta; não precisa viajar um só passo. E, embora vá ter muitas companheiras, cada candidata viaja sozinha, já que alma sempre está sozinha diante dos deuses.

Os olhos de Cassandra foram ofuscados pelas estrelas que caíam, e, na atmosfera curiosa da noite, parecia que as palavras de Imandra tinham algum significado profundo mais forte do que as próprias palavras subentendiam.

— Conte-me mais sobre o metal do céu — disse Andrômaca. — Não deveríamos procurá-lo, já que está caindo em torno de nós? Então não precisaríamos extraí-lo, nem mandar navios buscá-lo nas terras do norte.

Imandra respondeu

— Os astrólogos de minha corte previram essa chuva de estrelas e estarão observando de um campo fora da cidade com cavalos velozes, de modo que, se uma estrela cair perto, vão sair e procurá-la. Seria ímpio deixar um presente dos deuses assim sem ser reivindicado, ou deixar que caia nas mãos de outros que não o tratariam com a devida reverência.

Cassandra teve a impressão de que centenas de estrelas tinham caído, mas, olhando para o escuro salpicado de luz acima, viu tantas quanto sempre. Talvez, pensou, novas estrelas nasçam enquanto essas caem. O espetáculo começava a parecer um tanto comum, e ela tirou os olhos do céu, suspirando.

— Você deveria ir para a cama — falou Pentesileia —, pois amanhã vai ser levada com as outras que vão buscar a Deusa no país dela. E coma bem antes de dormir, porque amanhã vai precisar jejuar o dia todo.

— Ela vai dormir no meu quarto esta noite — disse Andrômaca —, porque prometi emprestar a ela uma túnica para amanhã, mãe.

— Isso foi um pensamento bondoso com sua parenta — elogiou Imandra. — Vão para a cama, então, garotas, e não fiquem muito tempo acordadas conversando e rindo juntas.

— Prometo — disse Andrômaca, e puxou Cassandra para a escadaria escura que descia para o palácio.

Ela levou Cassandra a seus aposentos, onde chamou uma de suas criadas para banhá-las e trazer pão, frutas e vinho. Quando tinham se banhado e comido, Andrômaca se inclinou sobre o parapeito.

— Olhe, prima, as estrelas ainda estão caindo.

— Sem dúvida vão cair a noite toda — disse Cassandra. — A não ser que uma caia pela janela dentro dos nossos aposentos, não vejo que diferença isso faz para nós.

— Imagino que não — apontou Andrômaca. — Se uma cair aqui, Cassandra, pode ficar com ela para uma espada como a de Pentesileia; não tenho desejo por armas.

— Imagino que eu também não tenha uso para elas, já que parece que não vou ser uma guerreira, e sim uma sacerdotisa — disse Cassandra, suspirando.

— Preferiria ser uma guerreira por toda a vida, Cassandra?

Mas Cassandra apertou os dentes e lançou:

— Acho que não faz diferença o que eu preferiria; minha sina foi traçada, e ninguém pode lutar contra o Destino, não importa que armas possa carregar.

Quando as duas garotas estavam deitadas lado a lado na cama de Andrômaca, e até mesmo a luz intermitente das estrelas que caíam havia diminuído perto da manhã, Cassandra sentiu através do sono agitado que alguém estava de pé na porta. Ela quase acordou para murmurar uma pergunta, mas ainda estava presa no sono e sabia que não tinha feito nenhum som. Sonolenta, soube que era Pentesileia quem tinha entrado em silêncio no quarto e ficara olhando para elas sob o luar por um longo tempo, e depois esticara a mão para tocar seu cabelo por um instante como se numa bênção. Então, embora Cassandra não a tivesse visto sair do cômodo, ela havia sumido e havia apenas luar ali.

TREZE

A AURORA COMEÇAVA A EMPALIDECER NO CÉU QUANDO UMA MULHER entrou nos aposentos sem aviso e abriu os cortinados. Andrômaca afundou a cabeça nas cobertas contra a luz, mas Cassandra sentou-se na cama e olhou para ela. Era uma mulher da Cólquida, morena e robusta, com o ar confiante de uma das guerreiras de Pentesileia; usava uma túnica longa de linho alvejado, totalmente branca e sem adornos. No pulso se enrolava uma pequena serpente verde, e Cassandra percebeu que era uma sacerdotisa.

— Quem é a senhora? — perguntou Cassandra.

— Meu nome é Evadne, e sou uma sacerdotisa enviada para prepará-la — ela disse. — É você ou sua companheira que vai enfrentar a Deusa hoje? Ou talvez as duas?

Andrômaca descobriu um olho.

— Fui iniciada no ano passado; é só minha prima.

Ela fechou os olhos e pareceu dormir novamente. Evadne deu um sorriso divertido para Cassandra, então ficou de novo muito séria.

— Diga-me — ela disse —, todas as mulheres devem serviço aos imortais, e todos os homens também; deseja de fato servir a eles quando pedirem, ou devotar sua vida ao serviço deles?

— Estou disposta a devotar minha vida a esse serviço — informou Cassandra —, mas não sei o que eles pedem de mim.

Evadne deu a ela a túnica que Andrômaca tinha colocado sobre um banco.

— Vamos para a sala externa para não perturbar a princesa — ela disse.

Quando estavam no outro cômodo, ela perguntou:

— Agora me diga, por que deseja se tornar uma sacerdotisa?

Cassandra então contou novamente a história do que havia acontecido com ela na casa do Senhor do Sol, falando pela primeira vez sem um instante de hesitação; aquela mulher conhecia os imortais, e, se alguém vivo conseguiria entender, seria ela. Evadne ouviu sem comentários, sorrindo levemente no fim.

— O Senhor do Sol é um mestre ciumento — ela por fim disse —, e percebo que ele a chamou. Ao mesmo tempo, a Mãe é dona de todas as mulheres, e não posso negar a você o direito de ficar diante dela.

Cassandra disse:

— Minha mãe me contou que a Mãe Serpente e o Senhor do Sol são inimigos ancestrais. Diga-me, senhora — o termo de respeito brotou naturalmente de seus lábios —, ela disse que Apolo Senhor do Sol lutou com a Mãe Serpente e que ele a matou; é verdade? Serei desleal ao Senhor do Sol se servir à Mãe, então?

— Ela que é Mãe de Tudo nunca nasceu, e assim nunca pode ser morta — explicou Evadne, fazendo um gesto reverente. — Quanto ao Senhor do Sol, os imortais entendem uns aos outros, e não veem essas coisas do modo como poderíamos ver. A Mãe Terra, dizem, primeiro teve seu templo onde Apolo construiu seu oráculo, e dizem que quando o templo estava sendo construído, uma grande serpente ou dragão saiu do umbigo da terra, e o Senhor do Sol – ou talvez seu sacerdote, não faz diferença – matou o animal com flechas. E assim, acho, algumas pessoas ignorantes espalharam que ele tinha uma disputa com a Mãe Serpente, mas o Senhor do Sol, como todos os outros seres criados, é filho dela.

— Então, embora tenha sido o Senhor do Sol quem me chamou, posso responder ao chamado da Mãe?

— Todos os seres criados devem serviço a ela — disse a sacerdotisa, repetindo o gesto reverente —, e mais que isso não posso dizer a alguém não iniciado. Agora, acho, deve se lavar e se preparar para encontrar as outras que farão essa viagem com você. Mais tarde, se quiser, posso contar algumas histórias da Deusa sobre como ela é adorada aqui.

Cassandra se apressou para obedecer, arrumando com esmero a túnica que tinha colocado tão rápido. A túnica de Andrômaca era comprida demais para ela e pendia em torno de seus tornozelos; ela a prendeu no cinto para poder andar com facilidade. Então penteou os cabelos e os deixou soltos, como lhe disseram que era adequado para virgens naquela cidade, embora fosse incômodo senti-lo solto e soprando no vento em vez de bem trançado.

Ela ouvia, lá fora na rua, os sons do festival; mulheres saíam das casas e corriam levando galhos verdes e buquês de flores. Evadne apareceu e a levou para a sala do trono, onde várias moças da idade dela estavam reunidas. O trono estava vazio, coberto por um tecido de ouro, no qual a serpente de Imandra se enrolava.

— Olhem — sussurrou uma das garotas. — Dizem que a rainha também é uma sacerdotisa que pode se transformar em serpente.

— Que bobagem — disse Cassandra. — A rainha está em outro lugar e deixou sua serpente no trono como símbolo de seu poder.

Pentesileia estava entre as mulheres que esperavam. Cassandra foi para o lado da parenta, e a rainha amazona pegou sua mão e a apertou firme; embora Cassandra não estivesse exatamente assustada, ficou grata pelo reconforto do toque. Imandra também estava entre elas, mas no começo Cassandra não a reconheceu, pois a rainha usava o vestido comum de uma sacerdotisa. Isso pareceu razoável – também era comum em Troia que a rainha fosse a representação mortal da Grande Deusa.

Ela ficou surpresa ao encontrar Andrômaca também entre elas; se a prima tinha sido iniciada no ano anterior, por que não se juntara às outras sacerdotisas? Ainda assim, parecia que Andrômaca não estava particularmente envolvida em religião; era essa, ela imaginou, outra razão pela qual Imandra hesitava em tê-la como sucessora? Ela não sabia que era assim que Imandra se sentia, mas estava se acostumando a saber ou ouvir o que não fora dito e ver o invisível.

Imandra fez um gesto para silenciar as garotas que conversavam; as mulheres que já eram sacerdotisas iniciadas se reuniram em torno dela. Cassandra percebeu que era a mais velha das candidatas que restavam; provavelmente era costume na cidade iniciar mulheres mais jovens. Ela se perguntou se todas aquelas garotas iam dedicar a vida para a Deusa, ou apenas "oferecer serviço quando fosse exigido delas", o que era a alternativa que Evadne havia sugerido. De qualquer modo, era uma iniciação preliminar e subestimada, parecia, como um primeiro passo para servir aos imortais.

As mulheres mais velhas reuniram as garotas não iniciadas em um círculo no meio delas, com Imandra no centro. Atrás delas, Cassandra ouvia em algum lugar a batida de um tambor, um som suave e incessante como a batida do coração.

— Nessa época do ano — entoou Imandra —, celebramos a volta da Filha da Terra do subterrâneo, onde ela foi aprisionada durante o frio da estação do inverno. Nós a vemos chegar conforme o verde da primavera se espalha sobre as terras estéreis, vestindo as campinas e as florestas com a luz das folhas e flores.

Silêncio, a não ser pela batida sem fim dos tambores tocados pelas mulheres atrás delas.

— Aqui nos sentamos na escuridão, esperando pelo retorno da Luz; aqui vamos descer, cada uma de nós, para buscar a Filha da Terra nos reinos da escuridão. Cada uma de nós será purificada e aprenderá os caminhos da Verdade.

A história seguiu no mesmo tom, contando a lenda da Filha da Terra, como ela tinha sido atraída para os reinos subterrâneos e como as serpentes a confortaram e juraram que nenhuma delas jamais lhe faria mal. Cassandra tinha ouvido apenas trechos da história antes, porque não era conhecida pelas não iniciadas ou não era considerada adequada de ser ouvida por gente de fora. Ela ouviu intensamente, fascinada, a cabeça doendo com o som dos tambores que seguia e seguia, sem jamais parar, atrás das vozes.

Começava a parecer que estava presa em um sonho que durava muitos dias, sabendo que estava acordada, mas jamais totalmente consciente. Algum tempo depois ela se deu conta, sem a menor ideia de como ou quando isso havia acontecido, de que não estavam mais na sala do trono, mas em uma grande caverna escura, com água pingando de paredes úmidas que se erguiam muito acima em grandes espaços ecoantes que faziam as vozes soarem ocas e afogavam até o som dos tambores.

Em algum lugar havia uma flauta de junco sussurrando música fina e a chamando numa voz que ela quase conhecia. Então ela sentiu – pois estava escuro demais para que visse qualquer coisa – uma vasilha chata de cerâmica com um desenho em relevo sendo passada de mão em mão, cada garota por sua vez levantando a vasilha até os lábios, bebendo e a passando. Ela jamais conseguiria se recordar depois do que tinham dito quando pediram que bebesse. Ela pensava, até tocar os lábios na bebida, que era vinho.

Provou um amargor lodoso curioso que a fez pensar no cheiro do centeio com praga que Pentesileia pedira a ela para se recordar; enquanto bebia, pensou que o estômago iria se revoltar, mas com um esforço feroz controlou a náusea e voltou a atenção aos tambores. A história tinha terminado; não conseguia se recordar de jeito nenhum como tinha acabado, ou qual fora o destino da Filha da Terra.

Depois de um tempo, sua desorientação era tão grande que não estava mais dentro do círculo de mulheres na caverna; não tinha ideia de onde estava, mas não se perguntou sobre isso. Passou por sua mente que talvez a bebida tivesse sido algum tipo de droga, mas não se perguntou sobre aquilo também. Tocou o chão frio e úmido e ficou surpresa por parecer pedra de calçamento comum; ela não tinha se movido? Cores estranhas rastejavam diante de seus olhos, e por um momento ela teve a impressão de que andava em um grande túnel escuro.

Compartilhe com a Filha da Terra a descida à escuridão, uma voz a guiou de longe; se era uma voz real ou não, nunca soube. *Uma a uma, devem deixar para trás todas as coisas deste mundo que lhe são caras, pois agora não têm parte nelas.*

Ela descobriu que usava suas armas; teria jurado que as tinha deixado para trás naquela manhã. Através do som dos tambores veio a voz de novo:

Este é o primeiro dos portões do Submundo, aqui precisa desistir do que a prende à Terra e aos reinos da Luz.

Cassandra se atrapalhou com a faixa desconhecida da túnica que usava e abriu o cinto encrustado de joias que segurava sua espada e lança. Ela se recordou de Hécuba ralhando para que as usasse sempre com honra; mas isso havia sido há muito tempo e não tinha nada a ver com essa câmara escura. Pentesileia também tinha vindo para essa porta escura e entregado suas armas? Ouviu a espada e a lança deslizarem para o chão e caírem ali com um som metálico dentro do som dos tambores.

Por que suas mãos se moviam tão devagar – ela as tinha mexido? Era tudo uma ilusão dos tambores ou ainda estava agachada imóvel no círculo escuro, mesmo enquanto caminhava com ousadia pelo túnel escuro, vestida com a túnica longa de Andrômaca sem cinto, que de algum modo não a fazia tropeçar?

Em algum lugar havia um olho de fogo. Chamas abaixo dela? Ou estava olhando para o olho entreaberto da serpente?

Ele a observou sem piscar, e uma voz exigiu.

Este é o segundo portão do Submundo, onde precisa deixar seus medos ou o que a impede de viajar por este reino como um daqueles cujos pés conhecem e andam no Caminho de minhas próprias pegadas.

O olho da serpente estava fechado agora; movia-se, acariciando-a, e, num lampejo de memória – séculos antes, em outra vida talvez? –, recordava-se agora de como tinha acariciado as serpentes na casa do

Senhor do Sol e as abraçara sem medo. Era como se ela as abraçasse de novo, e o olho chegou cada vez mais perto; o mundo se estreitou cada vez mais até que não havia nada no escuro com ela a não ser o abraço da serpente. A dor passava por ela até que teve certeza de que estava morrendo, e afundou na morte quase com alívio.

Mas não estava morta; ainda se movia sozinha pela escuridão feroz; porém, havia uma voz ouvida através do pulsar dos tambores que seguia até que sua cabeça ecoasse com eles.

Agora você está em meu reino, e este é o terceiro e último Portão do Submundo. Aqui não lhe resta nada além de sua vida. Vai desistir disso também para me servir?

Cassandra pensou, raivosa: *Não imagino que bem minha vida faria para ela, mas cheguei tão longe, não vou voltar agora.* Pensou que falava em voz alta, mas uma parte de sua mente insistia que ela não fazia nenhum som, que a fala era uma ilusão, como tudo mais que havia acontecido com ela nessa jornada – se fosse de fato uma jornada e não um sonho curioso.

Não vou voltar agora, mesmo que isso signifique minha vida. Eu desisti de tudo mais; tome isso também, Senhora Sombria.

Ela pendia sem sentidos no escuro, atravessada por fogo, cercada pelo som farfalhante de asas.

Deusa, se vou morrer pela Senhora, ao menos me permita ver uma vez tua face!

Houve um pequeno clareamento na escuridão; diante de seus olhos, viu um redemoinho de palidez, do qual emergiu gradualmente um par de olhos escuros, um rosto pálido. Ela tinha visto o rosto antes, refletido em um riacho… era o próprio rosto. Uma voz muito perto dela sussurrou através do som dos tambores e das flautas lamentosa:

Ainda não sabe que você sou eu, e eu sou você?

Então as asas que farfalhavam a tomaram, borrando tudo. Asas e ventos escuros de furacão, jogando-a para cima, para cima em direção à luz, protestando: *Mas há tanta coisa mais para saber…*

Os ventos a rasgavam em pedaços; um clarão de relâmpago revelou olhos e bicos cruéis, rasgando, destroçando – era como se algo estranho fluísse por ela, enchendo-a como água funda e escura, tomando todo o pensamento e a consciência. Ela olhou para baixo de uma grande altura para alguém que era, e ao mesmo tempo não era, ela mesma, e soube que olhava para o rosto da Deusa. Então seu laço tênue de consciência se rendeu, e, ainda protestando, caiu em um abismo infinito e silencioso de luz ofuscante.

***

Alguém tocava gentilmente o rosto dela.

— Abra os olhos, minha criança.

Cassandra sentia-se enjoada e fraca, mas abriu os olhos para o silêncio e um ar fresco e úmido. Estava de volta à caverna... havia chegado a sair dela? Sua cabeça estava aninhada no colo de Pentesileia, o rosto da mulher mais velha estava borrado por um halo de luz tão forte que Cassandra protegeu os olhos com as mãos e soltou:

— Mas você... *você* é a deusa... — E então ficou em silêncio, pasma diante da parenta.

Seus olhos doíam, e ela os fechou.

— É claro — a mulher mais velha sussurrou —, e você também é, minha criança. Nunca se esqueça disso.

— Mas o que aconteceu? Onde estou? Eu estava...

Pentesileia cobriu os lábios de Cassandra rapidamente com uma mão de aviso.

— Quieta; é proibido falar do Mistério — ela disse. — Mas você de fato foi longe; a maioria das candidatas não passa do primeiro portão. Venha — murmurou Pentesileia. — Venha.

Cassandra se levantou, tropeçando, e a parenta a firmou.

Os tambores estavam em silêncio, apenas o fogo e um lamento fino restavam. Agora ela conseguia ver a tocadora de flauta, uma mulher magra ao lado da fogueira. Os olhos dela estavam vagos, e ela balançava levemente, como se em êxtase; mas a fogueira e a flauta ao menos tinham sido reais. Em um círculo em torno delas, metade das donzelas ainda jazia em transe, cada uma sendo vigiada por uma das sacerdotisas mais velhas. Havia espaços vagos no círculo. Pentesileia a encorajou a andar com cuidado, sem tocar ninguém, na direção da entrada da caverna. Lá fora chovia, mas pelo lusco-fusco escuro podia dizer que o dia tinha quase acabado. As gotas de chuva pareciam geladas e limpas em seu rosto. Sentia-se enjoada e com uma sede feroz; tentou pegar chuva nas mãos para beber as gotas, mas Pentesileia a levou por uma porta que mal se recordava de ter visto, e então estava no salão do trono iluminado por lamparinas de Imandra, onde a viagem mágica havia começado. Ela ainda andava com cuidado, como se fosse um jarro frágil cheio até a boca com vinho estranho que iria derramar se fizesse um movimento descuidado. A rainha Imandra saiu de algum lugar e a abraçou, apertando-a firme nos braços.

— Bem-vinda de volta, irmãzinha, dos reinos onde a Sombria andou com você. Sua viagem foi longa, mas me alegro com sua volta em segurança — declarou a rainha. — Agora você é uma com todas nós que pertencemos a ela.

Pentesileia disse:

— Ela passou por todos os três portões.

— Eu sei — respondeu Imandra. — Mas essa iniciação foi muito atrasada. Ela nasceu sacerdotisa, e é tarde para ela.

Ela se ergueu e pegou Cassandra pelos ombros como a mãe dela poderia ter feito.

— Criança, você está pálida; como está se sentindo?

— Por favor — pediu Cassandra —, estou com tanta sede.

No entanto, quando Pentesileia quis servir um pouco de vinho, o cheiro a deixou enjoada, e ela pediu água. Estava limpa e fria e aliviou sua sede, mas, como tudo que fosse comer ou beber por muitos dias, tinha um gosto penetrante entre lodo e peixe.

Imandra disse:

— Certifique-se de notar o que sonhar esta noite; será uma mensagem especial da Filha da Terra.

Então ela perguntou a Pentesileia:

— Vai voltar logo para o sul agora que tem a palavra dela?

— Assim que Cassandra puder montar, e Andrômaca estiver preparada para voltar com ela para Troia — disse a rainha amazona.

— Que assim seja — declarou Imandra. — Deixei pronto o dote de Andrômaca, e muitos para viajar com ela. E para nossa jovem parenta, a sacerdotisa, tenho um presente.

O presente era uma serpente; uma pequena e verde muito parecida com a de Imandra, mas não mais comprida que seu antebraço, e da grossura do seu polegar. Cassandra agradeceu sem palavras.

Imandra disse com suavidade:

— Um presente adequado, de sacerdotisa para sacerdotisa, criança. Ela nasceu de um ovo das minhas próprias serpentes, além disso, o que mais eu faria com ela? Dá-la para Andrômaca, que fugiria dela? Acho que ela vai ficar feliz viajando com você naquele pote lindo e servindo com você no templo em Troia.

Naquela noite Cassandra ficou muito tempo acordada, perturbada com o pensamento do que poderia sonhar; mas, quando adormeceu, viu apenas as encostas lavadas pela chuva do Monte Ida, e as três deusas estranhas; e parecia que elas disputavam com as outras não o favor de Páris, mas o dela, e Troia.

CATORZE

SAÍRAM EM CARRETAS TÃO DESAJEITADAS E LENTAS QUANTO TINHAM sido as carroças levando estanho, carregadas com presentes de noiva, o dote de Andrômaca e presentes dos tesouros da Cólquida, da rainha para seus parentes troianos: armas de ferro e bronze, rolos de tecido, cerâmicas, ouro e prata e até joias.

Cassandra não conseguia imaginar por que a rainha Imandra queria tanto ter a filha aliada a Troia, e muito menos imaginar por que Andrômaca concordava – não, ansiava – em obedecer. Mas, se deveria voltar a Troia, estava feliz em levar com ela algo do grande mundo que havia descoberto ali.

Além disso, tinha começado a amar Andrômaca, e, se precisava se separar de Pentesileia e das mulheres da tribo, ao menos teria nela uma amiga verdadeira e uma parenta em Troia.

A jornada parecia infinita, as carroças arrastando-se dia a dia em passo de lesma através das planícies largas, lua após lua minguando e crescendo enquanto não pareciam estar mais perto das montanhas distantes. Cassandra ansiava por montar e cavalgar com rapidez ao lado das guardas amazonas, deixando as carroças para seguirem da melhor maneira que pudessem; mas Andrômaca não sabia, ou não queria, cavalgar, e ficava aflita se deixada sozinha nas carroças. Ela queria a companhia de Cassandra; então, relutantemente, Cassandra aceitou o confinamento e viajou com ela, jogando partidas intermináveis do jogo cães e chacais em um tabuleiro entalhado em ônix, ouvindo a conversa simplória da parenta sobre roupas, joias e ornamentos de cabeça e o que faria quando fosse casada – um assunto que Andrômaca achava infinitamente fascinante (ela tinha até decidido os nomes dos primeiros três ou quatro filhos), até que Cassandra achou que fosse ficar louca.

Na viagem de ida (tinha a impressão de que era imensamente mais jovem então), Cassandra não tinha percebido as distâncias enormes que haviam atravessado; só quando o verão chegou de novo e apenas começavam a ver as colinas distantes atrás de Troia tomou plena consciência de como a viagem tinha sido longa. Em Troia, a Cólquida era popularmente considerada a metade do caminho de volta ao mundo. Agora tinha idade suficiente para contar os muitos meses de viagem; e é claro que, com as carroças, viajavam mais devagar que os grupos montados.

Não tinha pressa para o fim da viagem, sabendo que sua chegada a Troia fecharia as paredes dos aposentos das mulheres em torno dela de novo, mas se perguntava como as coisas estavam na cidade, e uma noite, enquanto Andrômaca dormia, estendeu o pensamento para ver, se não Troia, ao menos a mente do irmão gêmeo a quem não visitava havia tanto tempo. Depois de um tempo, imagens começaram a se formar em sua mente, no começo pequenas e distantes, gradualmente aumentando e se tornando toda sua consciência…

***

Bem ao sul nos declives do Monte Ida, onde o jovem de cabelos escuros chamado Páris seguia os touros e o gado de seu pai de criação, em um dia no fim do outono, um grupo de jovens bem-vestidos apareceu na encosta, e o pastor, alerta a qualquer perigo para o rebanho que guardava, se aproximou deles com cautela.

— Saudações, estranhos. Quem são vocês, e como posso servi-los?

— Somos os filhos e servos do rei Príamo de Troia — respondeu um deles — e viemos buscar um touro; o melhor do rebanho, pois é o sacrifício para os Jogos Funerários de um dos filhos de Príamo. Mostre-nos seu melhor.

Páris ficou um pouco perturbado pela maneira arrogante deles; de qualquer modo, seu pai de criação, Agelau, o ensinara que os desejos do rei eram lei, e não queria que achassem que lhe faltava cortesia.

— Meu pai é servo de Príamo — ele disse —, e tudo o que ele tem está à disposição do rei. Ele não está em casa hoje; se for de seu agrado esperar sua volta, ele pode mostrar o que temos. Se quiser descansar do calor do sol do meio-dia na minha casa, minha mulher trará vinho ou leitelho fresco; ou, se preferirem, hidromel do mel de nossas próprias abelhas. Quando ele voltar, vai mostrar os rebanhos e podem pegar o que desejarem.

— Agradeço, um pouco de hidromel será bem-vindo — respondeu um dos recém-chegados da cidade, e, conforme Páris os levava para a casinha onde vivia com Enone, ouviu outro sussurrar:

— Um belo camarada, não achei que encontraria tais modos tão longe da cidade.

Enquanto Enone, alegre e bonita em sua túnica de trabalho, com o cabelo amarrado sob o pano que usava pelas manhãs para varrer a casa, trouxe hidromel em copos de madeira, ele ouviu o outro murmurar:

— Se ninfas tão belas como essa abundam nas montanhas, porque qualquer homem fica dentro das muralhas da cidade?

Enone olhou de lado para Páris, como se perguntando quem eram aqueles homens e o que eles queriam, mas ele sabia pouco mais que ela, embora não tivesse desejo de dizer isso perto dos ouvidos deles.

— Esses homens têm negócio com meu pai, querida — ele disse. — Agelau vai voltar antes do meio-dia, e podem arranjar as coisas com ele, seja lá o que for.

Se quisessem cabras ou até mesmo ovelhas, teria se sentido qualificado para lidar com eles sozinho, mesmo se quisessem especialmente para um sacrifício; mas o gado era o orgulho e a alegria especial do pai. Então ele deu um gole no hidromel que Enone havia servido e esperou, por fim perguntando:

— Os senhores são todos filhos do rei Príamo?

— Somos — respondeu o mais velho. — Sou Heitor, filho mais velho de Príamo com sua rainha, Hécuba; e esse é meu meio-irmão Deífobo.

Heitor era incomumente alto, quase uma cabeça mais alto que o próprio Páris, que não era um homem pequeno. Ele tinha os ombros largos de um lutador natural, e um rosto de traços fortes e belos, com olhos castanhos afastados sobre maçãs do rosto altas e uma boca e um queixo teimosos. Levava na cintura uma espada de ferro que Páris imediatamente cobiçou, embora até recentemente tivesse achado que não podia existir uma arma melhor que a adaga de bronze que Agelau lhe dera como presente especial quando saíra em uma nevasca no fim do inverno e trouxera de volta uma dúzia de ovelhas fracas que teriam morrido de outro modo.

— Conte-me sobre esses Jogos Funerários — ele disse por fim.

Ele notou o modo como Heitor olhava para Enone e não gostou daquilo. Mas também notou que Enone não estava prestando atenção nenhuma ao estranho. *Ela é minha*, ele pensou, *é uma mulher boa e modesta, não uma que ficaria olhando para homens estranhos.*

— Eles são disputados todos os anos — respondeu Heitor —, e são diferentes de qualquer outro jogo em festivais. Você parece forte e atlético; nunca competiu em jogos assim? Tenho certeza de que poderia levar muitos prêmios.

— O senhor se engana comigo — disse Páris. — Não sou um nobre como vocês, com tempo para esportes; sou um pastor humilde e servo de seu pai. Jogos e coisas assim não são para mim.

— Dito com modéstia — falou Heitor. — Mas os jogos são abertos a qualquer homem que não tenha nascido escravo. Você seria bem-vindo.

Páris pensou a respeito.

— O senhor falou de prêmios...

— O prêmio principal é um tripé e um caldeirão de bronze — informou Heitor. — Às vezes meu pai dá uma espada para coragem especial.

— Gostaria desse prêmio para minha mãe — disse Páris. — Talvez, se meu pai me der permissão, eu vá.

— Você é um homem adulto; deve ter quinze anos ou mais — observou Hector —, idade suficiente para ir sem permissão.

E Páris, enquanto ouvia as palavras, pensou que de fato deveria ser assim; mas nunca tinha ido a lugar nenhum sem a permissão de Agelau e nunca pensara que faria isso. Ele notou que Heitor olhava fixamente para ele e levantava as sobrancelhas em questionamento.

Heitor tossiu nervosamente.

— Estou me perguntando se já o vi antes — ele comentou. — Seus olhos... eles parecem me recordar de alguém que conheço bem, mas não consigo me lembrar de onde.

— Às vezes vou ao mercado para fazer tarefas para meu pai ou minha mãe — Páris disse, mas Heitor balançou a cabeça.

Para Páris, parecia que uma sombra curiosa pairava sobre ele; sentiu uma aversão instintiva por aquele grande jovem. No entanto, Heitor não fora ofensivo de modo algum, mas o tratara com perfeita cortesia, então não entendeu.

Ele se levantou inquieto e foi para a porta da casa, olhando para fora. Depois de um momento, avisou:

— Meu pai de criação chegou em casa. — E, depois de alguns momentos, Agelau, um homem baixo e esguio que se movia rapidamente apesar da idade, entrou no cômodo.

— Príncipe Heitor — ele disse, numa mesura —, estou honrado; como está meu senhor, seu pai?

Heitor explicou a incumbência deles, e Agelau respondeu:

— É meu menino que pode ajudá-lo com isso, meu príncipe; veja, ele conhece o gado melhor que eu, faz todo o julgamento de gado em feiras e coisas assim. Páris, leve os cavalheiros para nosso campo de gado e mostre a eles o melhor que temos.

Páris escolheu o melhor touro do rebanho, e Heitor olhou para o rosto do animal.

— Sou um guerreiro e entendo pouco de gado — ele disse. — Por que escolheu esse touro?

Páris apontou para a largura dos ombros do touro, a extensão de seu flanco.

— E o pelo dele é macio, sem cicatrizes ou imperfeições; adequado para um deus — ele descreveu, e pensou: *Ele é bom demais para sacrifício; deveria ser poupado para reprodução. Qualquer touro velho serve para ter a cabeça arrancada e sangrar em um altar. E esse príncipe arrogante vem e abana a mão e pega o melhor do gado do meu pai, e eu trabalhei duro por muito tempo para criá-lo. Mas ele está certo: todo o gado pertence a Príamo, e somos servos dele.*

— Você sabe mais que eu dessas questões — repetiu Heitor. — Então aceito sua palavra de que esse touro é o mais adequado para sacrifício ao Senhor do Trovão; agora preciso de uma novilha virgem para a Senhora, consorte dele.

Páris instantaneamente viu na mente a deusa bela e majestosa que lhe oferecera riqueza e poder. Ele se perguntou se ela guardava rancor dele por não ter lhe dado a maçã; talvez, se escolhesse para ela a criatura mais bela de todo o rebanho, ela o perdoasse.

— Essa novilha — ele disse — é a melhor de todas; veja o pelo marrom macio dela, e o rosto branco, veja como seus olhos são bonitos; eles parecem quase humanos.

Heitor deu tapinhas no ombro macio do animalzinho e pediu uma corda de amarrar.

— Não precisa de uma, meu príncipe — garantiu Páris. — Se vai levar o touro do rebanho, ela vai segui-lo como um cachorrinho.

— Então vacas não são diferentes de mulheres — Heitor disse com um riso grosseiro. — Eu lhe agradeço, e gostaria que reconsiderasse ir aos jogos. Tenho certeza de que poderia levar a maioria dos prêmios; você parece um atleta natural.

— É bondade sua dizer isso, meu príncipe — respondeu Páris, e observou Heitor e seu séquito descendo a montanha na direção da cidade.

Mais tarde, quando foi com o pai de criação pegar as cabras para ordenhar, ele mencionou o convite de Heitor. Não estava preparado para a resposta do velho.

— Não, eu proíbo! Nem pense nisso, meu filho, algo horrível certamente aconteceria!

— Mas por quê, pai? O príncipe me assegurou que não importa que não tenha nascido nobre; que mal poderia haver? E gostaria de ganhar o tripé e o caldeirão para a mãe, que vem sendo tão boa comigo e não tem essas coisas.

— Sua mãe não quer nenhum caldeirão; queremos nosso bom filho em segurança aqui, onde nada pode acontecer com você.

— O que possivelmente poderia me acontecer, pai?

— Fui proibido de lhe dizer isso — o velho respondeu, sério. — Certamente deveria bastar que proíbo; você sempre foi um filho bom e obediente antes disso.

— Pai, não sou mais criança — disse Páris. — Agora, quando me proíbe alguma coisa, tenho idade suficiente para saber a razão.

Agelau apertou a boca com severidade.

— Não vou aceitar nenhuma imprudência e não tenho que dar nenhum motivo; vai fazer como eu mando.

Páris sempre soubera que Agelau não era seu pai de verdade; desde seu sonho com as deusas, tinha começado a suspeitar de que sua ascendência era mais alta do que jamais ousara acreditar. Agora começava a pensar que a proibição de Agelau tinha algo a ver com isso. Mas, quando ele fez a pergunta, Agelau pareceu mais teimoso que nunca.

— Não posso lhe dizer nada sobre isso — ele respondeu, e saiu pisando duro para ordenhar as cabras.

Páris, seguindo o exemplo dele, não disse mais nada; mas por dentro estava furioso.

Não sou mais que um servo contratado para ser mandado aqui ou ali? Até um servo contratado tem direito a seu feriado, e meu pai nunca me negou permissão para sair antes. Vou aos jogos; minha mãe ao menos vai me perdoar se trouxer para ela um caldeirão e um tripé. Mas, se ganhar o prêmio e ela não quiser, vou dá-lo a Enone.

Ele não disse nada naquela noite, mas cedo na manhã seguinte vestiu sua melhor túnica de feriado (na verdade, era um pouco áspera, embora Enone tivesse tecido com a melhor lã deles e tingido com suco de frutas silvestres num vermelho-claro) e foi se despedir dela. Ela olhou para ele, a boca contorcida em angústia.

— Então você vai? Apesar do aviso de seu pai?

— Ele não tem o direito de me proibir — Páris respondeu de modo defensivo. — Ele nem é meu pai, então desobedecê-lo não é impiedade.

— Ainda assim, ele vem sendo um pai gentil e bondoso para você — ela disse, os lábios tremendo. — Isso não é bom, Páris. Por que quer ir aos jogos deles, de qualquer jeito? O que o rei Príamo é para você?

— Porque é meu destino — ele retrucou, calorosamente. — Porque não acredito mais que seja a vontade dos deuses que eu fique aqui sentado todos os meus dias cuidando de cabras nas encostas. Vamos, garota, me dê um beijo e me deseje boa sorte.

Ela ficou na ponta dos pés e o beijou, obediente, mas disse:

— Eu lhe aviso, meu amor, não há boa sorte para você nessa viagem.

Ele zombou:

— Ora, agora vai falar como profetisa? Não gosto desse tipo de aviso.

— Ainda assim, preciso dá-lo — disse Enone, e se jogou chorando nos braços dele. — Páris, eu imploro, por amor a mim, fique. — Ela colocou a mão timidamente em sua pequena barriga inchada e rogou timidamente: — Por *ele*, se não por mim?

— É por ele que preciso ainda mais buscar boa sorte e fama — disse Páris. — O pai dele vai ser algo mais que um pastor de Príamo.

— O que há de errado em ser filho de um pastor? — perguntou Enone. — Tenho orgulho de ser esposa de um pastor.

Páris fez uma careta para ela.

— Amada, se não me der sua bênção, preciso ir mesmo sem ela; vai me desejar mal?

— Nunca, meu amor — ela disse, séria —, mas tenho o sentimento mais horrível de que você vai e jamais retornará para mim.

— Ora, essa é a maior bobagem que já ouvi — ele retrucou, e a beijou de novo.

Ela ainda se prendeu a ele, então, por fim, Páris tirou gentilmente as mãos dela e desceu a montanha, mas sabia que ela ainda o observava, mesmo quando havia saído de vista.

***

Cassandra lentamente se deu conta de novo de onde estava: na escuridão da carroça, não no sol brilhante de outono no Monte Ida. E mal estavam no verão; chegariam a Troia no outono, talvez. Ao seu lado, Andrômaca dormia em silêncio; apertada e fria, Cassandra foi para as cobertas ao lado dela, grata pelo calor do corpo da prima.

Ele está em Troia. Talvez esteja em Troia quando eu chegar lá, vou vê-lo por fim. O pensamento era quase empolgante demais para suportar; Cassandra não dormiu mais naquela noite.

QUINZE

FOI ANDRÔMACA, EM VEZ DE CASSANDRA, QUEM VIU PRIMEIRO AS grandes muralhas altas de Troia erguendo-se a distância. Ela parecia sobrepujada quando ponderou:

— É realmente maior que a Cólquida.

— Eu lhe disse — retrucou Cassandra.

— Disse, mas não acreditei em você; não podia acreditar que qualquer cidade poderia *realmente* ser maior que a Cólquida. O que é o prédio brilhante bem no topo da cidade? É o palácio?

— Não, é o Templo da Donzela. Em Troia, os lugares mais altos são reservados aos imortais. E Ela é nossa deusa padroeira, que nos deu azeitonas e vinho.

— O rei Príamo não pode ser realmente um grande rei — disse Andrômaca. — Na Cólquida é proibido que qualquer casa – até a casa de uma deusa – seja mais alta que o palácio real.

— E, no entanto, sua mãe é uma mulher devota que respeita a Deusa — lembrou Cassandra.

Ela se recordou de que, quando chegara à Cólquida, sentira que era blasfêmia construir a casa de um mortal tão alta. Seus olhos buscaram a casa do Senhor do Sol com seus telhados dourados, erguendo-se um terraço acima do palácio; ela apontou o palácio para Andrômaca.

— Não é construído tão alto, mas é um palácio tão belo quanto qualquer um na Cólquida — ela disse à prima.

Agora que estavam de fato com a cidade à vista, Cassandra examinou os próprios sentimentos com cautela, como morder com um dente dolorido: não sabia como se sentia sobre voltar para Troia depois de sua temporada de liberdade. Percebeu que ansiava quase dolorosamente por ver a mãe e a irmã Polixena, e, sem tentar, sentiu a mente se esticar para aquela ligação insubstancial e confusa com o irmão gêmeo que às vezes era mais real que seu próprio eu.

Não vou ser enjaulada de novo. Então ela emendou um pouco: *Nunca vou permitir que me enjaulem de novo. Ninguém pode me aprisionar a não ser que eu deseje ser aprisionada.*

Ela olhou para sua escolta, quase desejando que pudesse voltar para a terra das amazonas com elas. Pentesileia não estava entre elas; tinha dito que, depois da longa ausência delas, precisava ficar para colocar os negócios da tribo em ordem. Cassandra sabia que, se estivesse morando com as amazonas agora, seria enviada com outras mulheres com idade de ter filhos para a vila dos homens a fim de parir uma criança para a tribo. Ela sentiu que até concordaria em seguir aquele costume, se era o preço de permanecer com a tribo de Pentesileia; mas isso não estava entre as opções que lhe foram oferecidas.

— Mas o que está acontecendo? — perguntou Andrômaca. — É dia de festival?

Procissões se aproximavam vindas dos portões, longas filas de homens e mulheres em roupas de festa, animais com guirlandas de flores e fitas, se para exposição ou sacrifício ela não sabia. Então ela viu Heitor e alguns de seus outros irmãos usando apenas a tanga leve com que competiam no campo e percebeu que deveriam ser os jogos. Não eram coisa de mulher – embora a mãe tivesse lhe dito um dia que nos tempos antigos mulheres competiam nas corridas a pé, no arremesso de lança e no arco também. Cassandra, que era boa de mira, queria que ainda tivesse os seios pequenos o suficiente para poder fingir que era menino e competir com os arqueiros; mas, se um dia fora capaz de se disfarçar assim, não o era agora. Resignadamente, pensou: *Bem, um dia minha habilidade com armas ainda pode ser útil para minha cidade – em guerra, se não nos jogos* –, e então viu, perto do fim da procissão, uma carruagem levando a figura encolhida, mas ainda impressionante, de seu pai, Príamo. Estava a ponto de se jogar de cabeça da carroça e abraçá-lo, mas o sinal do cabelo grisalho a chocou; aquele homem velho era quase um estranho para ela!

Cassandra viu a mãe atrás dele, em uma carruagem menor, usando a insígnia da Deusa; Hécuba não parecia ter mudado um fio de cabelo. Cassandra desceu da carroça e se aproximou, fazendo uma reverência profunda diante do pai em sinal de respeito, então correndo para se jogar nos braços da mãe.

— Você chega em boa hora, querida — disse Hécuba. — Mas que mulher você se tornou! Mal teria reconhecido minha filhinha nessa amazona alta!

Ela puxou Cassandra para cima da carruagem ao lado dela.

— Quem é sua companheira, criança?

Cassandra olhou para Andrômaca, ainda sentada no assento da frente da carroça. Ela parecia muito sozinha e fora de lugar. Não era assim que tinha desejado apresentar a amiga a Troia.

— Ela é Andrômaca, filha de Imandra, rainha da Cólquida — Cassandra disse devagar. — Imandra, nossa parenta, a enviou para ser esposa de um dos meus irmãos. Ela tem uma carga de carroça de tesouros da Cólquida como dote — completou, e conforme falava, suas palavras pareciam grosseiras, indicando uma mera questão de compra e vantagem real, como se Imandra tivesse enviado a filha como suborno para Príamo. Andrômaca merecia coisa melhor que isso.

— Agora vejo que ela se parece com Imandra — disse Hécuba. — Quanto a um casamento, isso seu pai deve decidir; mas ela é bem-vinda, havendo casamento ou não, como minha parenta.

— Mãe — Cassandra chamou, séria; depois de toda essa viagem, Andrômaca não deveria ser rejeitada —, ela é a única filha da rainha que governa a Cólquida; meu pai tem filhos o bastante, e, se não puder encontrar um de meus irmãos para se casar com ela em uma aliança assim, não é tão inteligente como pinta sua reputação.

Ela correu para pegar Andrômaca, ajudando-a a descer da carroça e apresentando-a a Príamo e Hécuba; Hécuba a beijou, e Andrômaca abriu um sorriso com covinhas ao fazer uma mesura submissa diante deles. Príamo deu tapinhas no rosto dela e a fez subir no lugar ao lado dele, chamando-a de filha, o que parecia um bom começo. O rei a sentou entre ele e Hécuba enquanto Cassandra se perguntava por que Andrômaca estava sendo tão submissa. Ela perguntou:

— Onde está minha irmã Polixena?

— Ela ficou em casa como uma garota modesta — Hécuba reprovou em um sussurro. — Naturalmente, ela não tem interesse em ver homens nus competindo em armas.

Bem, pensou Cassandra, *se tivesse qualquer dúvida, agora sei que estou em casa de novo. Vou passar o resto da vida como uma garota modesta?* O pensamento a deprimiu.

Cassandra assistiu à primeira disputa, que era uma corrida a pé, com interesse morno, tentando identificar os filhos de Príamo que reconhecia de vista. Ela reconheceu Heitor imediatamente, e Troilo, que deveria agora, ela pensou, ter ao menos dez anos. Conforme saíram, Heitor rapidamente tomou a liderança e ficou lá na primeira volta; então, atrás dele, um jovem mais esguio, de cabelos escuros, começou a ganhar. Ele o ultrapassou quase com facilidade e passou correndo, tocando a marca um instante antes da mão esticada de Heitor.

— Boa corrida! — gritaram os outros competidores, reunindo-se em torno dele.

— Minha querida — disse Príamo para Hécuba, esticando-se sobre Andrômaca —, não conheço aquele jovem, mas, se ele consegue correr mais que Heitor, é um competidor de valor. Descubra quem é, sim?

— Certamente — respondeu Hécuba, e fez um gesto para um servo. — Desça e descubra para o rei quem é o jovem que venceu a corrida a pé.

Cassandra fez sombra nos olhos com a mão para procurar o vencedor, mas ele tinha desaparecido em meio à multidão. Os competidores agora colocavam as cordas nos arcos. Cassandra, que tinha se tornado uma arqueira exímia, observava com fascinação, e de repente, ofuscada pelo sol, sentiu-se confusa: com certeza era ela mesma no campo, colocando uma flecha na corda do arco – *Meus pais vão ficar tão bravos...* Então, olhando para o braço forte nu, tão mais musculoso que o dela, soube o que havia acontecido: seus pensamentos haviam se emaranhado de novo com os do irmão gêmeo. Agora sabia por que o jovem vencedor da corrida a pé lhe parecera quase dolorosamente familiar: era seu irmão gêmeo, Páris, e, como ela tinha previsto, ele de fato estava presente em sua volta a Troia.

Com aquela visão dupla curiosa, parecia que ela estava de uma vez só no campo e em seu assento acima dele, olhando para Príamo como se fosse a primeira vez, vendo-o de uma só vez como seu pai e um velho estranho e assustador com a aparência majestosa pouco conhecida da realeza. Havia também velhos cujos nomes nenhum deles sabia – Páris deduzira, corretamente, que aqueles deveriam ser os conselheiros do rei troiano; uma velha de rosto belo que sabia que era a rainha; e um bando de garotos jovens em roupas vibrantes caras, que ele imaginava – corretamente – serem os filhos mais jovens de Príamo, ainda jovens demais para tomar parte nas disputas, e algumas meninas bonitas que atraíram seu olhar principalmente porque eram tão diferentes de Enone. Ele se perguntou o que elas faziam ali – talvez as mulheres do palácio tivessem permissão para assistir aos jogos. Bem, daria a elas algo para assistir. Agora faziam um sinal para que ele fosse para frente a fim de disparar na marca.

O primeiro disparo de Páris foi para longe porque ele estava nervoso, e o segundo voou bem além do alvo.

— Deixe o estranho disparar de novo — disse Heitor. — Você não está acostumado com nossos alvos; mas, se pode disparar tão alto e tão longe, certamente não pode ser incapaz de um disparo certo.

Ele apontou para o alvo e explicou as regras.

Páris se preparou para disparar de novo, muito surpreso com a cortesia de Heitor. Deixou a flecha voar, dessa vez diretamente no centro do alvo. Os outros arqueiros dispararam um a um, mas nem Heitor conseguiu um disparo melhor. Heitor não sorria mais, parecia irado e emburrado, e Cassandra sabia que se arrependia de sua generosidade impulsiva.

Houve outras disputas, e Cassandra, puxando-se de volta para o próprio corpo e a própria mente com um esforço feroz, observou com interesse e prazer enquanto seu gêmeo ganhou todas. Ele derrubou Deífobo quase sem esforço na luta, e, quando Deífobo se levantou e correu para cima dele, colocou-o no chão sem sentidos, para não se levantar até o fim dos jogos. Ele arremessou a zagaia mais longe que Heitor, ouvindo gritos de "Ele é forte como Héracles!" com sorrisos ingênuos de prazer.

Um serviçal chegou até o rei e a rainha com uma mensagem, e Cassandra ouviu o pai repetir em voz alta:

— Ele diz que o jovem estranho se chama Páris; é filho adotivo de Agelau, o pastor.

Hécuba ficou branca como osso.

— Eu deveria saber; ele tem a sua aparência. Mas quem teria acreditado? Faz tanto, tanto tempo…

As disputas agora haviam terminado, e Príamo fez um gesto para que Páris, como vencedor, fosse à frente. Então ele se levantou.

— Agelau — ele chamou alto —, seu velho tratante, onde você está? Você trouxe meu filho de volta.

O velho servo avançou, parecendo pálido e desconfortável, se curvou diante do rei e murmurou:

— Não disse a ele que poderia vir hoje, senhor; ele veio sem minha permissão, e entendo bem se estiver bravo comigo… com os dois.

— Não, de fato — Príamo respondeu, com graça, e Cassandra viu os nós dos dedos da mãe relaxando no aperto doloroso sobre o coração. — Ele é um crédito para você, e para mim também. É minha culpa ter dado ouvidos a besteiras supersticiosas; só tenho a lhe agradecer, velho amigo.

Ele tirou um anel de ouro do próprio dedo e o colocou no dedo torto pela labuta de Agelau.

— Você merece mais que isso, meu velho amigo, mas é tudo que tenho para você agora. Antes que volte para seus rebanhos terei um presente melhor.

Cassandra observou pasma enquanto o pai, que a estapeara até derrubá-la por ter perguntado da existência do irmão, abraçou Páris e deu a ele todos os prêmios do dia. Hécuba chorava enquanto avançava para abraçar o filho perdido.

— Nunca pensei que veria esse dia — ela murmurou. — Prometo uma novilha sem mácula para a Deusa.

Heitor franziu o cenho com a visão de seu pai concedendo presentes luxuosos a Páris: o tripé prometido (que Páris disse que queria mandar para a mãe de criação); um manto vermelho com bordados tecido pelas mulheres do palácio; um belo capacete de bronze trabalhado; uma espada de ferro.

— E é claro que vai voltar para o palácio e jantar comigo e com sua mãe — ele por fim convidou, com um sorriso largo.

Conforme Príamo se levantou, colocando o manto sobre o braço, um dos velhos no círculo em torno dele se aproximou e sussurrou para ele com urgência. Cassandra reconheceu o homem como um antigo frequentador do palácio, um dos sacerdotes profetas do círculo dele.

Príamo fez uma careta e acenou para afastar o homem.

— Não me fale de presságios, velho grasnador! Lixo supersticioso, jamais deveria ter dado ouvidos a eles.

Cassandra conseguiu sentir o choque – em parte medo – que passou por Páris com aquelas palavras. É claro, ele deveria saber dos presságios que o exilaram do palácio e de seus direitos de nascimento – ou só agora ficara sabendo deles?

Heitor disse no ouvido do pai – mas claramente audível para Páris.

— Pai, se os deuses decretaram que ele é um perigo para Troia...

Príamo interrompeu:

— Os deuses? Não, uma sacerdotisa, uma leitora de entranhas de galinhas e de sonhos, só um tolo teria se privado de um filho tão bom por causa do falatório de alguém assim. Um rei não dá ouvidos aos presságios de uma mulher que reproduz, ou a suas fantasias...

Cassandra sentiu-se dividida, metade em empatia pelo gêmeo cujo medo e cuja insegurança não conseguia deixar de sentir como se fossem dela, metade pelo medo da mãe. Ela queria ir para a frente e atrair a raiva do pai para si mesma, mas, antes que pudesse falar, os olhos de Príamo pousaram de novo em Andrômaca.

— E agora vou consertar meu velho engano e trazer meu filho perdido para casa. O que diz, Hécuba: devemos casar a filha da rainha da Cólquida com nosso novo filho maravilhoso?

— Não pode fazer isso, pai — disse Heitor, enquanto Cassandra sentia os olhos de Páris pousarem com avidez em Andrômaca. — Páris já tem uma esposa; eu mesmo a vi na casa de Agelau.

— Isso é verdade, meu filho? — perguntou Príamo.

Páris parecia taciturno, mas entendeu a ameaça implícita. Ele falou com educação:

— É verdade; minha esposa é uma sacerdotisa do Deus Rio Escamandro.

— Então precisa mandar buscá-la, meu filho, e apresentá-la à sua mãe — disse Príamo, e se virou para Heitor. — E para você, Heitor, meu filho mais velho e herdeiro, eu lhe dou a mão da filha da rainha Imandra; nesta noite vamos celebrar o casamento.

— Não tão rápido, não tão rápido — ponderou Hécuba. — A criança precisa de tempo para preparar suas roupas de casamento como qualquer moça; e as mulheres do palácio precisam de tempo para se preparar, pois é a festa mais importante na vida de uma mulher.

— Bobagem — disse Príamo. — Desde que a noiva esteja pronta e o dote arranjado, qualquer roupa pode ser usada para um casamento. As mulheres estão sempre preocupadas com coisas tão triviais.

Tudo isso pode ser uma coisa tola, pensou Cassandra, *mas é falta de educação de Príamo desconsiderá-las. O que a rainha da Cólquida acharia de ter o casamento da filha atado ao fim do festival?*

Ela se curvou para perto de Andrômaca e sussurrou:

— Não deixe que a apressem assim. Você é uma princesa da Cólquida, não um manto velho para ser dado como um prêmio a mais dos jogos ou um consolo para Heitor porque ele não ganhou!

Andrômaca sorriu e sussurrou para Cassandra:

— Acho que gostaria de ter Heitor antes que seu pai mude de ideia de novo ou decida que pode me usar como prêmio para outra pessoa.

Ela levantou o olhar e murmurou em uma vozinha tímida que Cassandra nunca a tinha ouvido usar, tão falsa que Cassandra não entendia por que Príamo não riu dela:

— Meu senhor Príamo... pai de meu marido... a senhora da Cólquida, minha mãe, a rainha, enviou comigo todo tipo de tecido e linho. Se o senhor quiser, podemos fazer o casamento quando achar adequado.

Príamo sorriu e deu tapinhas no ombro dela.

— Esta é uma bela garota — ele disse, e Andrômaca corou e olhou timidamente quando Heitor a examinou – exatamente como tinha olhado a novilha virgem que Páris tinha escolhido para o sacrifício, pensou Cassandra.

— Ficarei muito contente em tomar a filha da rainha Imandra como esposa.

***

O longo dia estava chegando ao fim. Príamo e Hécuba subiram em suas carruagens para a volta ao palácio. Cassandra se viu andando ao lado de Páris; estava profundamente perturbada porque até o momento ele não tinha dito nem uma palavra a ela, nem reconhecido de nenhuma maneira o laço entre eles, que para ela era tão importante. Como ele poderia ignorar isso?

Ela imaginou se ele também estava sob a proteção especial do Senhor do Sol, para que viesse enfrentar o pai que tivera a intenção de largá-lo para morrer ao nascimento, e agora o reconhecia e tinha intenção de restaurar seu lugar de direito na família.

Heitor andava perto de Andrômaca, então se virou e pousou a mão no ombro de Cassandra, então lhe deu um abraço grosseiro de boas-vindas.

— Bem, irmã Cassandra, como está morena e queimada do sol – embora, depois de todos esses anos com as amazonas, não devesse ficar surpreso. Por que não pegou seu arco e foi para o campo disparar com os arqueiros?

— Ela teria feito isso, não duvide — disse Andrômaca —, e faria um disparo melhor que o seu.

— Sem dúvida — respondeu Heitor. — Não estava no meu melhor dia; e — ele tossiu e baixou a voz, olhando rapidamente sobre o ombro para Páris — preferiria ser vencido por uma garota do que por aquele arrivista.

Ele se virou para Deífobo, que ainda segurava a cabeça como se doesse.

— Diga-me, irmão — ele disse —, o que vamos fazer com esse camarada? Soube daquela velha história de que nosso pai o deixou para morrer porque ele era uma ameaça a Troia. Devo fechar os olhos para isso porque nosso pai achou por bem me subornar com uma bela esposa?

Deífobo observou:

— Parece que nosso pai já está encantado por ele. Pois deveria aprender com o rei Pélias, quando foi confrontado com seu filho perdido, Jasão; eu me lembro de que ele enviou Jasão para uma missão nos confins do mundo, para buscar o Velo de Ouro…

— Mas não há mais ouro na Cólquida — disse Andrômaca.

— Bem, precisamos pensar em um jeito de nos livrarmos dele — ponderou Heitor. — Talvez possamos persuadir nosso pai a enviá-lo para usar um pouco daquele encanto sobre Agamemnon e persuadi-lo a devolver Hesíone.

— Uma boa ideia, essa — disse Deífobo. — E, se isso der errado, podemos enviá-lo… ah, para convencer as sereias a entregarem seus tesouros submarinos, ou para ferrar os centauros onde eles moram… ou para laçá-los para puxar nossas carruagens…

— Ou qualquer coisa que o leve para léguas de distância de Troia — concordou Heitor. — E, para o próprio bem de nosso pai, se os deuses decretaram que ele não é uma bênção para Troia…

— Nem, certamente, para nós — disse Deífobo.

Mas Cassandra tinha ouvido o suficiente. Ela saiu do caminho e esperou para andar ao lado de Páris.

— Você — ele exclamou, olhando para ela de modo agressivo —, você… achei que você fosse um sonho.

Conforme os olhos deles se encontraram pela primeira vez, ela sentiu a ligação entre eles se restabelecer de novo; ele também tinha consciência de como estavam ligados, dentro da alma?

— Achei que você fosse um sonho — ele repetiu —, ou talvez um pesadelo.

A grosseria das palavras dele era como um golpe, ela tinha esperado que ele a abraçasse em boas-vindas.

Ela disse:

— Irmão, sabe que estão planejando contra você? Você não tem as boas-vindas de seus irmãos em Troia.

Ela esticou o braço para contato novamente, apenas para ver o irmão se encolher com raiva.

Ele respondeu:

— Sei disso, acha que sou tolo? Depois disso, irmã, mantenha seus pensamentos para você mesma e fique longe dos meus!

Ela se encolheu em dor com a dureza de ser expulsa da mente dele. Desde que tinha descoberto a existência do irmão e o laço entre os dois, havia imaginado que quando se encontrassem ele a receberia com alegria, e depois disso seria especial, até preciosa para ele. Agora, em vez disso, ele a rejeitava, pensava nela como uma intrusa. Não percebia que ela era a única pessoa ali pronta para recebê-lo com aceitação e amor ainda maior que os do próprio Príamo?

Ela não iria chorar e implorar o amor dele.

— Como desejar — rosnou. — Nunca foi meu desejo ser ligada a você dessa maneira. Então pensa que nosso pai talvez tenha abandonado o gêmeo errado?

Ela saiu num ímpeto de perto dele, apressando-se pelo caminho para se juntar novamente a Andrômaca, toda a alegria de sua volta para casa arruinada.

DEZESSEIS

Durante a noite, Cassandra achou que fosse mais uma celebração da recepção de Páris pela família do que uma festa de casamento para Heitor e Andrômaca, embora, uma vez que Príamo tinha decidido celebrar o casamento, fez tudo a seu alcance para não deixar nada por fazer. Mandou buscar os melhores vinhos na adega real, e Hécuba foi às cozinhas ordenar iguarias para serem adicionadas à refeição da noite: frutas, favos de mel, todo tipo de doce. Músicos, malabaristas, dançarinos e acrobatas foram chamados para o entretenimento.

Uma sacerdotisa do Templo de Palas Atena foi chamada para supervisionar o sacrifício, que era uma parte muito necessária para um casamento real. Cassandra ficou perto de Andrômaca, que, agora que estava de fato na hora, parecia pálida e assustada – ou talvez, pensou Cassandra, fosse essa a ideia de Andrômaca de como uma mulher adequadamente modesta deveria se comportar no dia de seu casamento.

Enquanto estavam juntos no pátio assistindo solenemente aos sacrifícios sendo reunidos, Andrômaca se inclinou para Cassandra e sussurrou:

— Eu acharia que os deuses tiveram sacrifícios suficiente por um dia. Acha que eles ficam entediados vendo as pessoas matarem animais para eles? Um matadouro não *me* divertiria.

Cassandra precisou engolir um risinho que teria sido escandaloso; mas era verdade, já tinham recebido muitos sacrifícios nos jogos. O casal ficou lado a lado, mãos apertadas na faca sacrificial, e Heitor se curvou e sussurrou para Andrômaca. Ela balançou a cabeça, mas ele insistiu, e foi a mão dela que passou a faca sem hesitação pela garganta da novilha branca. Para Cassandra, que não tinha comido nada desde a manhã, o aroma de carne assando era como ambrosia.

Depois disso passaram-se apenas minutos até que entrassem, e Hécuba mandasse criadas até Andrômaca e Cassandra para vesti-las para o banquete. Estavam no quarto que Cassandra dividia com Polixena quando eram pequenas; mas não era mais um simples quarto de criança. As paredes tinham sido pintadas à moda de Creta, com murais de criaturas do mar, lulas estranhas e curvadas e polvos de tentáculos enrolados em espirais de algas marinhas, e nereidas e sirenas. As mesas eram feitas de madeira talhada, lotadas de cosméticos e garrafas de perfumes de vidro azul sopradas nas formas de peixes e sereias. Havia cortinas de algodão egípcio nas janelas, tingidas de verde, pelas quais o sol da tardinha entrava nos quartos como se através de ondas, dando uma curiosa luz subaquática.

A carroça cheia de presentes da Cólquida tinha sido descarregada e levada ao palácio, e Andrômaca mexia nas caixas à procura de um vestido de casamento adequado ao novo marido. A rainha enviara para Cassandra um vestido fino de gaze egípcia, e Andrômaca encontrara entre as arcas da Cólquida um vestido de seda, de saia rodada, mas tão fino que poderia ser passado por dentro de um anel, e tingido com o vermelho inestimável de Tiro.

A rainha também enviara as próprias criadas, que arrumaram as banheiras de água aquecida e banharam e perfumaram as duas garotas. Elas enrolaram seus cabelos com correias aquecidas, depois as sentaram e pintaram seus rostos com cosméticos. Colocaram nos lábios unguento vermelho que cheirava a maçãs frescas e mel, então aplicaram khol do Egito para escurecer as sobrancelhas e traçar os olhos, e pintaram as pálpebras com uma pasta azul que parecia calcário em pó, mas cheirava como o azeite mais fino. Andrômaca aceitou toda essa atenção como se estivesse acostumada por toda a vida, mas Cassandra fez brincadeiras nervosas enquanto as mulheres cuidavam dela.

— Se eu tivesse chifres, certamente os pintariam de dourado — ela disse. — Sou uma convidada ou um dos sacrifícios?

— A rainha ordenou, senhora — apontou uma das criadas.

Cassandra imaginava que Hécuba tinha ordenado aquilo tudo para que uma princesa da Cólquida não achasse que Troia era menos luxuosa do que sua própria cidade distante.

A criada disse:

— Ela ordenou que a senhora não estivesse menos refinada que ela mesma; e está certa, pois a velha canção diz que toda senhora é uma rainha quando anda na carruagem de noiva. E foi assim que vesti a senhora Polixena para todos os festivais desde que ela cresceu.

Ela franziu o cenho enquanto esfregava as mãos de Cassandra com óleo aromático com cheiro de lírios e rosas.

— Suas mãos estão calejadas, senhora Cassandra — ela observou, em tom de reprovação. — Jamais vão ser macias como as mãos da princesa, que são como pétalas de rosa, como a de uma senhora deveria ser.

— Lamento. Não há muita coisa que eu possa fazer sobre isso — disse Cassandra, girando as mãos caluniadas.

Foi naquele momento que ela percebeu pela primeira vez como sentiria falta da vida ao ar livre, como já sentia falta de seu cavalo. Pentesileia lhe dera uma bela égua como presente de despedida; mas o último ato de Cassandra na viagem fora enviar o animal de volta com a guarda de amazonas. Sabia que não teria permissão para cavalgar com liberdade, e não queria ver sua nobre companheira confinada nos estábulos, ou pior, dada a um de seus irmãos para puxar uma carruagem.

O sol estava se pondo, e as criadas acenderam tochas. Então colocaram um broche de ouro no ombro da túnica de Cassandra e pousaram um novo manto de lã listrada em seus ombros. Andrômaca colocou os pés em sandálias douradas.

— E aqui está um par para você, iguaizinhas — ela disse, curvando-se para colocá-las nos pés de Cassandra.

— Vai estar tão bela quanto a noiva — garantiu a criada; mas Cassandra sentiu que Andrômaca, com seus cachos escuros brilhantes, estava mais bonita do que qualquer outra mulher em toda Troia.

As duas moças desceram as escadas com pressa; mas Cassandra não conseguia correr com as sandálias elaboradas, e precisaram descer o longo lance de escadaria com cuidado, degrau por degrau.

***

O grande salão de banquete brilhava com muitas tochas e lamparinas. Príamo já estava sentado no trono alto, e parecia desgostoso porque estavam atrasadas. Mas, quando o arauto gritou "a senhora Cassandra e a princesa Andrômaca da Cólquida", Príamo estendeu a mão, bonachão, para que as garotas se aproximassem. Ele sentou Andrômaca na posição favorecida ao lado dele, dividindo o próprio prato e o cálice de ouro.

Hécuba fez um sinal para que Cassandra se sentasse ao lado dela e sussurrou:

— Agora você realmente parece uma princesa de Troia, não uma mulher tribal selvagem, minha querida. Como você está linda.

Cassandra achou que devia parecer uma boneca pintada, como as pequenas efígies que vinham do Egito e eram destinadas para as tumbas de reis e rainhas. Era assim que Polixena parecia; mas, se a mãe estava feliz, não iria protestar.

Quando todos estavam sentados, Príamo propôs o primeiro brinde, levantando a taça.

— Ao meu esplêndido novo filho, Páris, e ao destino bondoso que o restaurou para mim e a mãe dele, um conforto em nossa idade avançada.

— Mas, pai — Heitor protestou em tom baixo —, você se esqueceu da profecia no nascimento dele, de que ele traria desastre para Troia? Eu era apenas uma criança, mas me lembro bem.

Príamo parecia descontente, e Hécuba parecia estar a ponto de chorar. Páris pareceu pouco surpreso. Agelau deve ter dito a ele, mas era falta de educação de Heitor mencionar aquilo em um banquete.

Heitor usava suas vestes mais finas, uma túnica elaborada com bordado de ouro que Cassandra reconheceu como o trabalho das mãos da própria rainha; Páris também tinha recebido uma túnica fina e um novo manto como o de Cassandra, e estava esplêndido. Príamo olhou para os dois com satisfação ao dizer:

— Não, meu filho, não me esqueci do presságio, que veio não para mim, mas para minha rainha. Mas a mão dos deuses o restaurou para mim, e nenhum homem pode discutir com o destino ou com a vontade dos imortais.

— Mas o senhor está certo — Heitor insistiu — de que foram os deuses, e não, talvez, o trabalho de um destino maligno decidido a destruir nossa casa real?

O rosto escuro de Páris parecia uma nuvem de tempestade, mas Cassandra não conseguia ler os pensamentos do irmão gêmeo.

Príamo disse, com uma careta de aviso que fez Cassandra se encolher:

— Paz, meu filho! Apenas sobre esse assunto não vou escutá-lo. Preferiria ver toda Troia perecer, se chegar a isso, a ver algum dano feito ao meu esplêndido filho recém-encontrado.

Cassandra estremeceu. Príamo, que desdenhava de profecias, tinha acabado de pronunciar uma.

Ele sorriu com benevolência para Páris, que estava sentado do outro lado de Hécuba, os dedos apertados com força nos dela. O rosto dela estava coroado de sorrisos, e Cassandra sentiu uma pontada de dor; a descoberta de Páris significava que qualquer outra recepção que a mãe pudesse lhe dar estava um tanto perdida. Sentiu-se triste, com o coração dolorido, mas disse a si mesma que, de qualquer modo, Pentesileia se tornara sua verdadeira mãe. Entre as amazonas, uma filha era útil e bem-vinda, enquanto ali em Troia uma filha era sempre vista apenas como não sendo um filho.

Príamo encorajava Andrômaca a beber toda vez que a taça fazia a volta, esquecendo-se de que ela era uma moça jovem que normalmente não teria permissão ou incentivo para beber daquela maneira. Cassandra percebia que a amiga já estava um pouco baratinada e alta. *Talvez seja bom*, ela pensou, *pois ao fim deste banquete ela será enviada um tanto despreparada para a cama de meu irmão Heitor. E ele também está um tanto bêbado.*

Subitamente ocorreu a ela ficar feliz por Andrômaca não estar se casando com Páris como fora sugerido; com a ligação de mentes entre eles, ela provavelmente não poderia evitar partilhar da consumação do casamento. O pensamento a deixou quente e fria em turnos; suas sensibilidades queimavam. Onde estava Enone? Por que Páris não a chamara, como sua esposa, ao casamento?

Heitor, talvez porque estivesse bêbado, escolheu insistir no assunto.

— Bem, meu pai, o senhor escolheu honrar nosso irmão; não vai considerar que ele deveria ter permissão para ganhar a honra que concedeu a ele? Peço que o envie em uma missão aos aqueus; assim, se aquela profecia maligna ainda for válida, pode ser desviada para eles.

— É uma boa ideia — murmurou Príamo, tendo ele mesmo bebido uma grande quantidade de vinho. — Mas você não quer nos deixar já, quer, Páris?

Páris murmurou corretamente que estava eternamente à disposição de seu pai e seu rei.

— Ele seduziu todos nós — respondeu Heitor, não sem malícia. — Então por que não deixar que ele experimente esse charme irresistível em Agamemnon e o convença a pedir resgate pela senhora Hesíone?

— Agamemnon — disse Páris, levantando o olhar rapidamente. — Não é o irmão do mesmo Menelau que se casou com Helena de Esparta? E ele mesmo não é casado com a irmã da rainha espartana?

— É, sim — confirmou Heitor. — Quando os aqueus vieram do norte com suas carruagens, cavalos e seus deuses do trovão, Leda, a senhora de Esparta, casou-se com um desses reis, e dizia-se que, quando ela deu à luz duas filhas gêmeas, uma delas tinha sido gerada pelo próprio Senhor do Trovão. E Helena se casou com Menelau — continuou Heitor —, embora digam que ela era bela como qualquer deusa e que poderia ter se casado com qualquer rei da Tessália até Creta. Houve, ouvi dizer, muita discórdia no casamento de Helena, de modo que isso quase resultou em uma guerra lá. Você não tem má aparência, minha Andrômaca — ele disse, aproximando-se e olhando com atenção para o rosto dela —, mas não é tão bela, acho, que precise mantê-la presa para que todos os homens não me invejem e a cobicem.

Ele pegou o queixo dela nas mãos e a olhou.

— Meu senhor é gracioso com sua humilde esposa — disse Andrômaca, com um sorrisinho que só Cassandra reconheceu como sarcasmo.

Páris observava Heitor com tanta atenção que Cassandra não pôde deixar de notar. O que ele pensava? Poderia estar com ciúme de Heitor, por não ser nem tão belo nem tão inteligente quanto ele? Com uma bela esposa como Enone, ele mal poderia invejar Heitor por Andrômaca só porque ela era uma princesa da Cólquida. Ou ele tinha inveja de Heitor porque era o mais velho e o favorito estabelecido do pai? Ou estava com raiva porque Heitor, afinal, o insultara?

Ela bebeu lentamente o vinho em sua taça, imaginando como Andrômaca realmente se sentia sobre esse casamento; não conseguia imaginá-la em júbilo por ser casada com o intimidador Heitor, mas achava que Andrômaca não estava descontente com a ideia de ser rainha de Troia um dia. Ela olhou furtivamente – a mãe sempre a tinha avisado que não era adequado encarar os homens – em torno do cômodo, imaginando se havia qualquer homem ali com quem se casaria de boa vontade. Certamente nenhum dos irmãos, mesmo imaginando que não era irmã deles; Heitor era grosseiro e briguento; Deífobo era fingido e pouco confiável; mesmo Páris, por mais belo que fosse, já havia negligenciado Enone. Troilo era apenas uma criança, mas quando crescesse poderia ser gentil e bondoso o suficiente. Ela se recordava de que, mesmo entre as amazonas, as garotas falavam o tempo todo sobre jovens rapazes, e lá também ela sentira o peso de ser *diferente* no coração. Por que não se importava com nada do que era tão importante para elas?

Deve haver algo que valha a pena no casamento, ou por que todas as mulheres ficariam tão desejosas por isso? Então ela se recordou das palavras da rainha Imandra: que ela tinha *nascido sacerdotisa.* Ao menos essa era uma razão válida para sua diferença.

As pálpebras de Cassandra estavam caindo, e ela piscou e se endireitou no assento, desejando que aquilo tivesse acabado; havia acordado e começado a viajar antes do nascer do sol, e tinha sido um longo dia.

Príamo tinha chamado Páris ao seu lado, e eles estavam falando sobre navios, a rota para navegar até as ilhas da Acaia e a melhor aproximação ao povo de Agamemnon. Andrômaca estava semiadormecida.

Aquele era, pensou Cassandra, o banquete mais maçante que já vira – embora, enfim, não tivesse participado de tantos.

Por fim, Príamo estava propondo um brinde ao casal e pedindo tochas para acompanhar Heitor e a noiva aos aposentos nupciais.

Primeira entre as mulheres, Hécuba liderou a procissão com uma tocha flamejante em mãos. Ela bruxuleava e brilhava luzes coloridas ao longo das paredes enquanto as mulheres, com Cassandra e Polixena de cada lado de Andrômaca, a acompanhavam escadas acima, seguidas por cada mulher no palácio, as esposas menores e filhas de Príamo, e todas as criadas até as serventes da cozinha. As tochas fumegavam e feriam os olhos de Cassandra. Ela tinha a impressão de que as chamas ardiam alto, que havia um incêndio horrendo além das paredes, mesmo dentro dos aposentos nupciais; que levavam Andrômaca para algum destino horrendo...

Apertando as mãos sobre os olhos como se para bloquear a visão, ela se ouviu gritando:

— Não! Não! O fogo! Não a levem para lá!

— Quieta! — Hécuba apertou os pulsos de Cassandra até que ela se retorceu de dor. — Qual o problema com você? Está louca?

— Não escuta o trovão? — Cassandra sussurrou. — Não, não, há apenas morte e sangue... fogo ali dentro, relâmpagos, destruição.

— Fique quieta! — ordenou Hécuba. — Que presságio na noite de núpcias da noiva! Como ousa fazer uma cena dessas?

— Mas eles não conseguem ouvir, não conseguem ver... — Cassandra teve a impressão de que estava cheia de escuridão e não enxergava nada além de escuro atravessado por fogo.

Ela apertou as mãos contra os olhos para afastar aquilo. Não era mais que as tochas fumegantes, distorcendo sua visão?

— Que vergonha! — A mãe ainda brigava com ela enquanto a arrastava. — Achei que a princesa da Cólquida fosse sua amiga; por que estragaria a noite de núpcias dela com esse estardalhaço? Sempre teve inveja toda vez que outra pessoa estava no centro das atenções, achei que tinha deixado isso para trás...

Elas levaram Andrômaca para os aposentos nupciais. Também tinham sido pintados com criaturas marinhas tão realistas que pareciam tremelicar e nadar nas paredes. Hécuba tinha dito a ela no jantar que trabalhadores de Creta tinham ficado no palácio por um ano, redecorando as paredes ao estilo cretense, e que a mobília entalhada era um tributo da rainha de Cnossos.

Na mesa ao lado da cama havia uma pequena estátua entalhada da Mãe Terra, os seios nus sobre um corpete apertado rendado, uma saia de babado, uma serpente em cada mão. Andrômaca, enquanto as mulheres a despiam dos adornos nupciais e a colocavam em uma camisola de gaze egípcia, sussurrou para Cassandra:

— Olhe, é a Mãe Serpente; ela foi enviada do meu lar para me abençoar nesta noite…

Por um momento as águas escuras dentro de Cassandra ameaçaram subir e tomar conta. Ela se afogava em medo; era tudo o que podia fazer para evitar gritos de terror e apreensão que ameaçavam estrangulá-la: *Fogo, morte, sangue, queda de Troia… para todos nós…*

O rosto de sua mãe, severo e raivoso, segurava o silêncio dela. Cassandra não abraçou Andrômaca com um pavor entorpecido, estendendo a pequena estátua para ela e murmurando:

— Que ela a abençoe com fertilidade então, irmãzinha.

Andrômaca não parecia mais alta que uma criança com sua camisola, o cabelo escovado sem os cachos elegantes caindo sobre os ombros, os olhos pintados e enormes com o khol enfumaçado em torno das pálpebras. Cassandra, ainda submersa nas águas escuras de sua visão, sentiu-se ancestral e murcha em torno de todas aquelas garotas brincando de casamento sem a menor ideia do que estava além.

Agora conseguiam ouvir os cantos dos homens que acompanhavam Heitor pela escadaria para reclamar sua noiva. Andrômaca se agarrou nela e sussurrou:

— Você é a única que não é uma estranha para mim, Cassandra. Eu imploro, me deseje felicidade.

A garganta de Cassandra estava tão seca que ela mal conseguia falar. *Se ao menos fosse assim fácil conceder felicidade como é desejá-la.* Ela murmurou entre lábios secos:

— Eu lhe desejo felicidade, irmã.

Mas não haverá felicidade – somente danação e o maior pesar no mundo… Ela quase podia ouvir os guinchos de angústia e lamento através da cantoria alegre do hino de casamento, e quando Heitor, acompanhado por seus amigos, entrou no quarto, a luz vermelha das tochas deixou os rostos deles vermelhos de sangue… ou eram apenas os ossos dos rostos deles iluminados como caveiras?

A sacerdotisa de pé ao lado da cama deu a eles a taça de casamento. Cassandra pensou: *Aquela deveria ser minha tarefa,* mas seu rosto estava congelado em horror, e ela sabia que jamais teria coragem de colocá-la na mão da amiga.

— Não fique tão desolada, irmãzinha — disse Heitor, tocando o cabelo dela de leve. — Logo será sua vez; no jantar, nosso pai falava de encontrar um marido para você a seguir. Sabia que o filho do rei Peleu,

Aquiles, fez uma oferta por você? Nosso pai diz que há uma profecia de que ele será o maior herói das eras. Talvez um casamento com um aqueu fosse resolver essas guerras estúpidas... embora eu preferisse lutar com Aquiles e ter a glória disso.

Cassandra apertou os ombros de Heitor freneticamente.

— Cuidado com o que deseja — ela sussurrou —, pois algum deus pode atendê-lo! Reze para jamais encontrar Aquiles em batalha!

Ele olhou para ela descontente e removeu as mãos da irmã de seus ombros com firmeza.

— Como profetisa, você é uma ave de mau agouro, irmã, e prefiro não ouvir sua conversa na minha noite de casamento. Vá para sua própria cama e nos deixe na nossa.

Ela sentiu as águas escuras drenando, deixando-a oca, vazia e enjoada, sem a menor ideia do que andara dizendo. Murmurou:

— Perdoe-me; não desejo nenhum mal. Com certeza sabe que não desejo nada a você além do bem, a você e a nossa parenta da Cólquida...

Heitor roçou a testa dela com os lábios.

— Foi um longo dia, e você viajou muito — ele disse. — E só os deuses sabem que maluquice lhe ensinaram na Cólquida. Não é de admirar que esteja alucinando de cansaço. Boa noite, então, irmãzinha e... *isso* para seus presságios.

Ele pegou a tocha ao lado da cama e rapidamente extinguiu a chama.

— Que eles todos terminem em nada, bem assim!

Ela se virou, vacilante, enquanto as mulheres que permaneceram elevaram a voz na última das canções de casamento. Sabia que deveria se juntar a elas, mas sentiu que não conseguia emitir uma só nota para salvar a própria vida. Afastou-se da cama tateando com os pés e saiu dos aposentos nupciais, apressando-se para o próprio quarto. Caiu na cama, sem se importar nem mesmo em tirar os adornos ou limpar os cosméticos manchados do rosto. Ela caiu no sono conforme as águas escuras subiam sobre ela de novo, afogando o eco remanescente dos hinos alegres.

DEZESSETE

POR MUITOS DIAS O PORTO ECOAVA COM O SOM DE MARTELOS E ENXÓS conforme os navios cresciam no suporte em que a quilha tinha sido colocada, e harpistas iam quase toda noite ao grande salão cantar a balada de Jasão e a construção do *Argo*.

Por semanas provisões foram embarcadas para a viagem, enquanto os veleiros costuravam com suas agulhas enormes as velas volumosas colocadas na areia branca da praia; para secar e defumar barris de carne, fogueiras ardiam dia e noite no pátio; cestos de frutas eram trazidos, e grandes jarros de azeite e vinho, e sempre mais e mais armas. As mulheres tinham a impressão de que por meses todos os ferreiros do reino vinham martelando pontas de flecha de bronze, espadas de bronze ou ferro e armaduras de todos os tipos.

Dezenas dos melhores guerreiros de Príamo seguiriam com Páris, não para guerrear, mas para o caso de encontrarem piratas no cruzamento do Egeu, fosse o notório saqueador Odisseu (que às vezes ia ao palácio de Príamo vender sua pilhagem, ou às vezes para pagar a taxa que o rei cobrava de todos os navios que seguiam para o norte pelos estreitos) ou algum outro pirata. A expedição, cheia de presentes para Agamemnon e os outros reis aqueus, não deveria ser pilhada; a missão, ou ao menos assim dissera Príamo, era negociar um resgate honroso para a senhora Hesíone.

Cassandra observou o navio crescendo sob as mãos dos construtores e desejou apaixonadamente que pudesse navegar nele com Páris e os outros.

Em dois ou três dias, quando os guerreiros treinavam no pátio, ela tomou emprestada uma das túnicas curtas de Páris e, escondendo-se sob um capacete, praticou com eles espada e escudo. A maioria achou que fosse Páris lutando, já que ele raramente aparecia no campo de prática, e ela não foi descoberta de imediato. Embora soubesse que era fingimento, gostou imensamente, e por um tempo considerável sua destreza com pernas e braços compridos e a força muscular mantiveram sua identidade desconhecida.

Mas um dia um amigo de Heitor a enfrentou e a derrubou, e a túnica curta voou para cima de sua cintura. O próprio Heitor arrancou o capacete da cabeça dela e, raivoso, arrancou a espada da mão de Cassandra e acertou as costas dela usando a espada virada de lado.

— Agora vá para dentro, Cassandra, e cuide de fiar e tecer — ele rosnou para ela. — Há trabalho de mulher o bastante para fazer, se a pegar mascarada aqui de novo, vou deixá-la coberta de sangue com minhas próprias mãos.

— Deixe-a em paz, seu grande valentão — gritou Andrômaca, que estava assistindo de lado; ela estava adaptando uma almofada vermelha à carruagem de Heitor e prendendo os últimos pedaços de fio de ouro nela. Heitor se virou para ela com raiva.

— Sabia que ela estava aqui, Andrômaca?

— E se soubesse? — exigiu Andrômaca, rebelde. — Minha própria mãe e a sua também lutam como guerreiras!

— Não é adequado para minha irmã, ou minha esposa, ficar aqui fora diante dos olhos dos soldados — disse Heitor, fazendo careta. — Entrem e cuidem do trabalho de vocês, e sem mais conspiração com essa mulher masculina desgraçada ali!

— Imagino que pense que pode me bater até sangrar também — retrucou Andrômaca, atrevida. — Mas sabe o que vai receber de mim se tentar!

Cassandra viu, assombrada, a linha de rubor de vergonha que subiu pelo rosto do irmão.

O cabelo escuro de Andrômaca esvoaçava em torno do rosto dela no vento fresco; ela usava uma túnica larga quase da mesma cor do vestido de casamento e estava muito bonita. Heitor por fim disse, de modo tão rígido que Cassandra percebeu que estava sufocando o que realmente queria dizer por não ser adequado diante de alguém de fora, até uma irmã.

— Isso é como pode ser, esposa. De qualquer modo, é mais decoroso que vá para os aposentos das mulheres e cuide de seu tear; há muito trabalho de mulher a ser feito, e preferiria que o fizesse em vez de sair aprendendo os costumes de Cassandra. Ainda assim, se isso faz com que se sinta melhor, não vou bater nela dessa vez. Quanto a você, Cassandra, entre e cuide de suas próprias questões, ou vou contar a nosso pai, e então talvez ele possa fazer você prestar atenção às palavras dele.

Ela soube que o emburramento no rosto dela o tinha afetado, pois ele disse, com um pouco mais de bondade:

— Vamos, irmãzinha, acha que estaria aqui me cansando com espada e escudo até a exaustão se pudesse ficar fresco e confortável dentro de casa? A batalha pode parecer boa quando é só brincar de espadas e flechas com seus amigos e irmãos, mas olhe. — Ele desnudou o braço rolando a manga de lã da túnica acima do bordado brilhante da barra e mostrou a ela uma grande costura vermelha, ainda soltando líquido no centro. — Ainda me causa dor quando mexo o braço; quando há feridas de verdade a serem causadas e recebidas, uma guerra não parece tão empolgante!

Cassandra olhou para a ferida maculando o corpo macio e musculoso do irmão e sentiu um aperto enjoativo curioso sob o diafragma; ela se encolheu e se recordou de cortar a garganta do homem da tribo que queria estuprá-la. Quase quis contar a Heitor sobre aquilo – ele era um guerreiro e certamente entenderia. Então ela olhou nos olhos dele e soube que ele não entenderia; ele jamais, ela pensou, veria algo além do fato de que ela era uma garota.

— Fique feliz, irmãzinha, por eu ter sido o único que a viu despida daquela maneira — ele disse, não sem bondade —, pois se fosse revelada como mulher no campo de batalha... Vi mulheres guerreiras violentadas e nenhum homem protestar. Se uma mulher recusa a proteção que é legal para esposas e irmãs, não há outra proteção para ela.

Ele tirou o capacete e foi embora, deixando as mulheres a olhar para ele, Cassandra com raiva e sabendo que deveria estar envergonhada, Andrômaca sufocando risinhos. Depois de um momento, os risinhos escaparam.

— Ah, ele estava tão bravo! Cassandra, eu teria ficado apavorada se ele estivesse bravo daquele jeito *comigo*! — Ela puxou o xale em torno dos ombros no vento fresco. — Vamos, vamos sair do caminho. Ele está certo, você sabe, se qualquer outro homem a tivesse visto — ela puxou a boca para baixo em uma careta, com um tremor exagerado —, algo terrível certamente teria acontecido.

Sem ver alternativa, Cassandra a seguiu, e Andrômaca passou o braço no da cunhada.

Pela primeira vez em dias, Cassandra percebeu a escuridão profética enchendo-a por dentro.

Enquanto estivera no campo com uma arma, não estivera consciente da coisa que a fizera gritar na noite do casamento. Agora, através daquela água escura, ela via Andrômaca, e em torno dela algo mais, coberto com um fogo frio e assustador de dor e terror, mas alegria o suficiente antes da tristeza para fazer com que ela colocasse a mão com urgência no braço de Andrômaca e perguntasse em voz baixa:

— Está grávida?

Andrômaca sorriu; não, pensou Cassandra, ela estava radiante

— Acha que sim? Ainda não tenho certeza; achei que talvez pudesse perguntar à rainha como poderia ter certeza. Sua mãe tem sido tão boa para mim, Cassandra. Minha própria mãe nunca me entendeu ou me aprovou, porque eu era mole e covarde e não queria ser guerreira; mas Hécuba me ama, e acho que vai ficar contente se eu estiver grávida.

— Disso, ao menos, estou certa — disse Cassandra, e, porque sabia que Andrômaca estava a ponto de perguntar "como você sabe?", procurou palavras que pudesse usar em vez de explicar sobre as águas escuras e a terrível coroa de fogo. — Tive a impressão, por um momento — ela disse —, que podia ver você com o filho de Heitor nos braços.

O sorriso de Andrômaca era radiante, e Cassandra ficou aliviada por ao menos uma vez dar prazer em vez de medo com seu dom indesejado.

Nos dias que se seguiram, ela não tomou suas armas de novo, mas saiu com frequência, sem repreensões, para ver como estava o progresso do navio. Ele crescia diariamente no grande suporte na areia. Quase antes que a gravidez de Andrômaca estivesse visível para olhos não treinados, o navio estava pronto para sair, e um touro branco foi sacrificado no momento em que deslizou com facilidade pela rampa em direção à água.

Naquele momento, Heitor, de pé entre a mulher e Cassandra, disse:

— Você que profetiza sem pedidos o tempo todo, o que vê para esse navio?

Cassandra disse em voz baixa:

— Não vejo nada. E talvez esse seja o melhor presságio de todos. — Ela via o navio retornando em um brilho dourado como o rosto de algum deus, e nada mais. — Mas acho que é sorte que não esteja navegando, Heitor.

— Que assim seja, então — disse Heitor.

Páris foi se despedir deles, apertando a mão de Heitor calorosamente e abraçando Cassandra com um sorriso. Ele beijou a mãe e saltou para o navio, e sua família ficou junta, observando-o sair do porto, a grande vela inchada pelo vento. Páris estava no remo de direção na parte de trás, reto e esguio, o rosto iluminado pelo sol no oeste. Cassandra soltou o braço da mãe e se afastou através da multidão que celebrava; foi diretamente para onde uma mulher alta estava com os olhos fixos na vela que diminuía até o tamanho de um brinquedo.

— Enone — ela disse, reconhecendo-a do momento em que, com Páris, tinha tomado a garota como se estivesse em seus braços —, o que está fazendo aqui? Por que não veio se despedir dele com o resto da família?

— Quando me apaixonei por ele, não sabia que era um príncipe — disse a moça.

Sua voz era bela como ela, leve e musical.

— Como uma plebeia como eu poderia ir até o rei e a rainha quando estivessem despedindo-se do filho?

Cassandra passou o braço em torno de Enone e disse com gentileza:

— Precisa vir e ficar no palácio. Você é esposa e mãe do filho dele, então vão amá-la como amam o próprio Páris.

E se não amarem, ela pensou, *podem se comportar como se amassem, pela honra da família. E pensar que ele foi embora sem se despedir dela!*

O rosto de Enone estava tomado por lágrimas. Ela apertou o braço de Cassandra.

— Dizem que é uma profetisa, que pode ver o futuro — ela disse, chorando. — Diga-me que ele vai voltar! Diga-me que ele vai voltar para mim!

— Ah, ele vai voltar — disse Cassandra.

Ele vai voltar. Mas não para você.

Ela ficou confusa com a profundidade das próprias emoções. Disse:

— Deixe-me falar com minha mãe sobre você. — E foi, com Andrômaca, até Hécuba.

Andrômaca disse numa reprovação gentil:

— Ah, Cassandra, como pode? Uma camponesa... trazê-la ao palácio?

— Ela não é uma camponesa, é tão bem nascida quanto qualquer um de nós — disse Cassandra. — Só precisa olhar para as mãos dela para ver isso. O pai dela é sacerdote do Deus Rio Escamandro.

Ela repetiu esse argumento para Hécuba, cujo primeiro impulso tinha sido dizer:

— É claro, se ela está grávida de Páris... e como pode ter tanta certeza disso, minha querida? Precisamos verificar se ela tem tudo de que precisa e está bem provida. Mas trazê-la ao palácio?

De qualquer modo, quando conheceu Enone, ficou encantada com a beleza dela e a levou para aposentos bem alto no palácio, iluminados, arejados, com vista para o oceano. Estavam vazios, e cheiravam a camundongos, mas Hécuba disse:

— Ninguém usou esses quartos desde que a mãe de Príamo viveu aqui; vou chamar trabalhadores para redecorá-los para você, minha querida, se conseguir lidar com eles dessa maneira por uma noite ou duas.

Os olhos de Enone estavam arregalados e quase em descrédito.

— A senhora é tão boa para mim... eles são bons demais para mim...

— Não seja tola — Hécuba disse bruscamente. — Para a esposa de meu filho – e em breve o filho dele –, não há nada bom demais, acredite em mim. Vamos trazer trabalhadores de Creta – há trabalhadores aqui pintando afrescos em algumas casas da cidade, e outros pintando vasos e jarros de azeite. Vou enviar uma mensagem a eles amanhã.

Ela cumpriu a palavra, e dentro de um dia ou dois os cretenses foram rebocar os aposentos e pintar cenas de festivais nas paredes, grandes touros brancos e os dançarinos saltitantes de Creta, em cores realistas. Enone estava extasiada com os belos aposentos, e ficou feliz como uma criança quando Hécuba enviou mulheres para servi-la.

— Não deve se fatigar, ou meu neto pode sofrer — Hécuba disse, direta, quando Enone tentou agradecê-la sem jeito.

Andrômaca também era bondosa com Enone, embora de um jeito descuidado, e no começo Cassandra passava muito tempo com elas, confusa pelos próprios sentimentos. Andrômaca agora pertencia a Heitor; Enone, a Páris. Cassandra não tinha amigas próximas e, embora a cada dia Príamo falasse da necessidade de encontrar um marido para ela, não tinha certeza de que era o que queria, ou do que diria se ele perguntasse a ela – o que provavelmente não faria.

Ela não entendia por que a presença de Enone a afetava dessa maneira; imaginava que fosse porque tinha compartilhado as emoções de Páris (mas, se Páris sentia-se assim por Enone, porque estivera disposto a deixá-la?) pela moça quando a tornou sua esposa. Ela sentia um grande desejo de acariciar a outra mulher e confortá-la enquanto, ao mesmo tempo, se afastava dela, autoconsciente até do tipo de abraço descuidado costumeiro entre garotas.

Confusa e assustada, ela começou a evitar Enone, e isso significava que evitava Andrômaca também, pois as duas jovens esposas agora passavam bastante tempo juntas, falando dos bebês que estavam chegando, e tecendo roupas de bebê, um passatempo que não seduzia Cassandra nem um pouco. A irmã dela, Polixena, que nunca fora uma amiga, ainda não era casada, embora Príamo estivesse negociando a melhor aliança possível e ela só falasse e pensasse nisso.

Cassandra imaginou que quando Páris voltasse, poderia ficar menos obcecada com Enone, mas não tinha ideia de quando isso aconteceria. Sozinha sob as estrelas no telhado alto do palácio, enviou os sentimentos procurando o irmão gêmeo, e não conseguiu mais do que brisas marinhas frescas e uma visão cegante da escuridão profunda do mar, tão claro que conseguia ver pedregulhos no leito.

Um dia, escolhendo uma hora em que Príamo estava de bom humor, ela foi até ele e imitou com cuidado o comportamento de gatinho de Polixena, perguntando em voz baixa:

— Diga-me, pai, até onde Páris vai, e quanto tempo de viagem até que ele volte?

Príamo sorriu com indulgência e disse:

— Olhe, minha querida. Estamos na costa dos estreitos. Dez dias navegando nessa direção, para o sul, e há um grupo de ilhas governado pelos aqueus. Se ele evitar naufragar nos recifes aqui — ele esboçou uma costa —, pode navegar para o sul até Creta, ou na direção noroeste para o continente dos atenienses e dos micênicos. Se tiver bons ventos e nenhuma tempestade de arrebentar navios, pode voltar antes do fim do verão; mas ele vai negociar, e talvez fique como hóspede de um ou mais reis aqueus… como eles chamam a si mesmos. São recém-chegados a esta terra, alguns deles não estão aqui há mais tempo que a vida dos pais. As cidades deles são novas, e a nossa é ancestral. Havia outra Troia aqui, sabia, filha, antes que meus antepassados construíssem nossa cidade.

— Verdade? — Ela deixou a voz suave e cheia de admiração como a de Polixena, e ele sorriu e contou a ela sobre a antiga cidade cretense que se erguera a um dia de navegação ao sul da costa.

— Nessa cidade — ele disse — havia grandes depósitos de vinho e azeite, e eles acham que isso pode ter sido o motivo para que a cidade ardesse quando o grande Poseidon Sacudidor da Terra fez o mar se erguer e o chão tremer. Por um dia e uma noite houve uma grande escuridão sobre todo o mundo, tão ao sul quanto até o Egito; e as belas ilhas Kallistos caíram no mar, afogando o Templo da Mãe Serpente e deixando os Templos de Zeus Trovejante e de Apolo Senhor do Sol intocados. É por isso que agora há menos adoração nas terras civilizadas da Mãe Serpente.

— Mas como sabemos que foram os deuses que chacoalharam as ilhas? — perguntou Cassandra. — Eles enviaram mensageiros para nos dizer isso?

— Não sabemos — respondeu Príamo —, mas o que poderia ser? Se não fossem os deuses, não haveria nada além de caos. Poseidon é um dos maiores deuses aqui em Troia, e pedimos a ele para manter terra sólida sob nossos pés.

— Que ele faça isso por muito tempo — murmurou Cassandra, com fervor, e, já que viu que a atenção do pai havia se desviado para a taça de vinho, fez um pedido cortês para sair; seu pai assentiu uma permissão, e ela foi para o pátio, com muito a pensar.

Se de fato havia ocorrido um grande terremoto (sobre o qual havia ouvido quando era criança – tinha sido muitos anos antes do nascimento de Príamo), então talvez fosse motivo suficiente para que a adoração à Mãe Terra tivesse sido descreditada, exceto talvez entre as mulheres das tribos.

O pátio estava cheio; era um dia brilhante. Trabalhadores se moviam para lá e para cá. As pessoas pintando frisos bem no alto nos aposentos designados para Enone e Páris moíam novos pigmentos e os misturavam com azeite; os homens que mantinham registros contavam os jarros de azeite trazidos como dízimo de um dos navios ancorados no porto; alguns dos soldados praticavam com armas. Bem além da cidade, Cassandra via uma nuvem de poeira que provavelmente era Heitor exercitando os cavalos da nova carruagem. Ela andou entre eles como um fantasma despercebido; *é como se eu fosse uma feiticeira e tivesse me deixado invisível*, ela pensou, e imaginou se poderia fazer isso de verdade e se faria alguma diferença.

Sem nenhum motivo, seus olhos pousaram preguiçosamente em um jovem que anotava números de modo responsável com um graveto dentado e apertava cera nas cordas de selagem de grandes jarros, azeite ou vinho, colocando o selo que indicava que aquilo tinha sido tomado para a casa do rei.

Ele pareceu um pouco inquieto sob o escrutínio dela, virando os olhos, e Cassandra, corando – tinha sido ensinada que não era adequado para donzelas ficar olhando para jovens –, desviou o olhar. Então seus olhos foram atraídos de volta. O jovem parecia brilhar. Os olhos dele ficaram muito estranhos, quase vazios; então tomaram foco, e ele se endireitou. Ele pareceu ficar mais alto, assomando sobre ela; sim, era ela, Cassandra, quem ele mirava com os olhos, e num instante ela reconheceu que deus o possuía, pois estava olhando de novo para o rosto de Apolo Senhor do Sol.

A voz dele reverberou como trovão, de modo que ela se perguntou, com um fiapo de consciência errante, como os outros trabalhadores podiam seguir quietos com seu trabalho.

Cassandra, filha de Príamo, me esqueceu?

Ela sussurrou entredentes:

— Jamais, Senhor.

Você se esqueceu de que coloquei minha mão sobre você e a chamei para mim?

Ela sussurrou de novo:

— Jamais.

Seu lugar é no meu Templo; venha, eu lhe peço.

— Eu irei — ela disse, meio em voz alta, olhando para a forma luminosa.

Então o supervisor andou pelo pátio, e o jovem brilhou, ondulou no sol, o que borrou os olhos de Cassandra...

A visão desapareceu, e por um momento Cassandra imaginou se tinha de fato sido chamada para o Templo do Senhor do Sol. Deveria pegar seu manto e sua serpente e ir para o lugar alto dos deuses imediatamente? Ela hesitou. E se tivesse, na verdade, sonhado e aquilo jamais acontecera, o que diria no templo aos sacerdotes e sacerdotisas? Certamente havia penas para blasfêmias desse tipo...

Não. Ela era a filha de Príamo, uma princesa de Troia, e tinha sido tornada sacerdotisa da Grande Mãe. Poderia estar enganada, mas certamente não era nenhuma blasfêmia, nem algo para ser ignorado. Ela foi em silêncio ao palácio, sussurrando entre os dentes:

— Se eu não tiver sido chamada, Senhor do Sol, envie-me um sinal.

Na grande escadaria ela encontrou Hécuba, vestida com uma bata de trabalho, rugas de franzir o cenho entre as sobrancelhas, fazendo com que ela parecesse mais velha.

— Está à toa, filha — Hécuba a repreendeu. — Se não pode encontrar nenhuma maneira de se manter ocupada, eu mesma vou encontrar alguma tarefa para você; de agora em diante, não vai sair dos aposentos das mulheres nenhuma manhã até ter feito sua parte em fiar e tecer. Que vergonha, deixar seu trabalho para sua irmã. Foi só preguiça que aprendeu entre as mulheres da minha tribo?

— Não estou à toa! — Cassandra respondeu, com raiva.

Era esse o sinal que havia pedido?

— Fui procurada pelo deus e chamada ao templo dele.

Hécuba franziu o cenho para ela, apertando os olhos.

— Cassandra, os deuses escolhem as sacerdotisas deles entre o povo simples; eles não chamam uma princesa de Troia.

— Acha que sou menos digna que outra? — Cassandra explodiu. — Sei desde que era criança que Apolo Senhor do Sol me quer para ele, e agora ele me convocou!

— Ah, Cassandra — Hécuba suspirou —, por que você fala essas bobagens?

Mas Cassandra já não a escutava. Ela se virou, correu pelas escadas e atravessou os grandes portões, subindo correndo a colina na direção do Templo de Apolo.

DEZOITO

Cassandra subiu correndo os degraus da via que atravessava a cidade do lugar mais baixo ao mais alto, mal percebendo que as mulheres que viviam nas casas apinhadas ao longo da via íngreme tinham todas saído, num voejar de vestidos tingidos com cores brilhantes, para observar seu voo precipitado. As batidas do coração dela a forçaram a diminuir os passos para uma caminhada, e então para uma parada total.

Ela se curvou, meio enjoada. Tinha sido ensinada com rigidez a sempre manter o decoro na frente de estranhos. Apertou a manga solta do vestido sobre os lábios, tentando controlar a náusea e a dor aguda no peito, e buscou um degrau onde pudesse se sentar e recuperar o fôlego. Não queria aparecer na porta do deus como uma fugitiva desgrenhada.

Uma voz bondosa disse:

— Princesa… — E ela olhou para cima para ver uma mulher de meia-idade curvada sobre ela, segurando um copo de argila nas mãos. — A senhora subiu muito e rápido demais nesse sol. Posso oferecer um pouco de água? Ou posso pegar vinho refrescado, se desejar entrar.

O pensamento de entrar no interior fresco e sombreado era tentador, mas Cassandra teve vergonha de demonstrar ou admitir fraqueza.

Como posso ser exaurida pelo sol? Sou a amada de Apolo Senhor do Sol... Mas ela não disse isso em voz alta, murmurando seus agradecimentos e levando o copo aos lábios. A água tinha certo gosto de argila e não estava muito fresca, mas foi uma boa sensação em seus lábios e garganta ressecados.

— Vai descansar em minha casa por um instante, princesa?

— Não, obrigada. — Ela manteve os olhos desviados. — Não estou muito bem; vou me sentar aqui e descansar por um momento.

A luz feria seus olhos; ela os sombreou com a mão, olhando para o reflexo ofuscante no porto. Por um momento o sol borrou sua visão, então viu claramente, e quase gritou: o azul-claro do mar estava escuro com as velas de muitos navios.

São tantos! De onde vieram?

Não eram navios de seu pai, e, quando tentava focar qualquer um deles, de repente não tinha mais certeza de que estava ali. Depois de alguns momentos disso, o porto ardia vazio com um mar azul ofuscante, quebrado apenas pela forma de um velho navio cretense que estivera descarregando tinta e madeira pelos últimos três dias.

Tinha sido só uma visão, então; uma alucinação.

Ela afastou os olhos doloridos do mar ilusório, levantou-se devagar e começou a subir. Manteve os olhos bem apertados contra o sol, que brilhava como fogo espalhando-se pelas muralhas de Troia, e continuou subindo, lentamente, contra uma sensação crescente de que correr assim era tolice, que ninguém corria para um deus como uma cabra perdida correndo do rebanho. Ela devia ter ido, ah, sim, mas deveria ter ido como uma princesa de Troia, com a escolta adequada, e levando os presentes adequados para a casa do deus.

De qualquer modo, seria errado voltar agora. *A não ser que a visão enganosa dos navios tenha sido enviada como aviso...?* Não, nem assim, ela não podia retirar seu comprometimento com o deus.

Ela continuou subindo, aproximando-se do Templo do Senhor do Sol.

Um clarão, com um halo de relâmpago de verão, atraiu os olhos dela para as alturas, onde ficava o Templo de Palas Atenas, e subitamente a dúvida a tomou. Tinha sido feita sacerdotisa da Deusa, enviada ao Submundo para buscá-la, e tinha sido aceita; não tinha sido a Mãe Terra que a chamara desde a primeira infância e falara com ela com a voz da profecia? Estava, então, abandonando sua lealdade à Mãe Divina, Donzela e protetora das donzelas, abandonando-a pelo belo Senhor do Sol?

Um pânico súbito a tomou, então, por um momento, achou de novo que fosse vomitar, e engoliu num espasmo; todo o seu corpo estava cheio de um medo cujo gosto quase conseguia sentir. Ouviu passos duros perseguindo-a, e por um momento o céu acima estava escuro, e um pensamento tomava sua mente até o topo, submerso nas águas escuras: *Preciso chegar ao Templo da Donzela; somente lá estarei segura… Nenhum homem ousaria colocar as mãos sobre qualquer um que ela protege…*

Cassandra piscou, incrédula. Não havia perigo, nenhuma chama, nenhum perseguidor. O porto brilhava vazio e azul; a rua em torno dela continha apenas umas poucas mulheres, observando-a subir calmamente na direção dos grandes portões do Templo do Senhor do Sol.

Foi o deus quem mandou a loucura sobre mim? Ela fez uma pausa para recuperar o fôlego e pisou sobre a entrada do Templo de Apolo.

Houve uma rajada de vento súbita, como se uma mão gigante a empurrasse pelo limiar. Cassandra, dando palmadinhas distraídas no cabelo para arrumá-lo, olhou ao redor, quase desapontada que ninguém parecesse notar. *O que eu esperava? Que o próprio deus fosse sair e me dar as boas-vindas?*

Uma velha usando o vestido comum de sacerdotisa – uma túnica branca e um véu tingido com açafrão até uma cor dourada ensolarada – levantou a cabeça e olhou para Cassandra, então se levantou, foi até ela e disse:

— Bem-vinda, filha de Príamo. Veio para um oráculo ou um presságio, ou para oferecer sacrifício?

— Nenhuma dessas coisas — disse Cassandra, inibida, sem saber como dizer o que fora fazer. — Eu vim… porque o deus me chamou… para ser sacerdotisa dele…

E ela parou de falar, sentindo-se tola.

Mas a velha sorriu de um jeito bondoso e disse:

— Sim, é claro; eu me lembro de você ter vindo para nós quando era uma menininha, e pareceu tão à vontade aqui, achei que talvez o Senhor do Sol um dia a chamaria. Agora venha para dentro, minha querida, e me conte tudo sobre isso. Primeiro, quantos anos você tem? — ela perguntou. — Você parece já bem adulta.

— Minha mãe me diz que faço dezesseis anos bem depois do Solstício de Verão — Cassandra respondeu ao entrar.

Ela se recordava da sala de espera onde havia muito tempo tinha comido um pedaço de melão doce enquanto a mãe esperava um oráculo, e achou difícil acreditar que havia mudado tão pouco em tantos anos. Ela se perguntou sobre as serpentes que tinha visto e acariciado naquele dia. Elas eram de uma espécie de vida curta; provavelmente estavam mortas fazia muito tempo. O pensamento a entristeceu.

A sacerdotisa fez um gesto para que ela se sentasse.

— Fale-me de você — ela disse. — Conte-me tudo que a faz pensar que recebeu um chamado para nosso templo.

Quando Cassandra terminou, a sacerdotisa falou de novo.

— Bem, Cassandra — ela disse —, se deseja ser uma de nós, precisa viver um ano aqui dentro do templo, para aprender a interpretar os oráculos e os presságios e falar pelo deus.

Cassandra disse, sentindo uma onda de alegria subir:

— Ficarei feliz em morar na casa do deus.

— Então precisa enviar um dos servos do templo para pegar seus pertences; apenas umas poucas mudas de roupa e talvez um manto quente, pois deve usar o vestido comum de sacerdotisa; somos todas irmãs aqui, e não pode usar joias e ornamentos enquanto morar no templo.

— Não me importo com joias — disse Cassandra —, e na verdade tenho poucas. Mas por que não é permitido?

A velha sorriu.

— É uma regra do templo — ela disse —, e não sei por que é assim. Talvez seja porque muitas das pessoas que vêm aqui nos consultar são pobres, e se estivermos cheias de joias podem achar que estamos enriquecendo com as oferendas deles.

"Meu nome é Charis, que é um dos nomes da Senhora da Terra. Moro na casa do Senhor do Sol desde que tinha nove invernos, e agora tenho quarenta e sete. Vivemos bastante aqui, a não ser que sejamos escolhidas para parir um filho para o deus e aconteça de morrermos no parto, mas isso não acontece com frequência, e muitos de nossos irmãos e irmãs são curandeiros. Tem a permissão de sua mãe ou de seu pai para morar na casa do deus?"

Cassandra disse:

— Acho que minha mãe vai concordar. Quanto a meu pai, ele tem tantos filhos e filhas, não acho que vai perceber ou se importar se eu estiver na casa do deus ou na dele. Nunca fui uma das favoritas dele. Mas diga-me — ela perguntou à velha —, posso trazer minha serpente para morar comigo no templo? Foi um presente de Imandra, rainha e sacerdotisa da Cólquida, e ninguém mais em Troia a ama. Temo que seja negligenciada se eu não estiver lá para cuidar dela.

— Ela será bem-vinda — disse Charis. — Pode mandar trazê-la para cá.

A velha sacerdotisa agora chamava uma serva, e Cassandra a instruiu sobre quais de suas posses queria que fossem trazidas do palácio.

— E vá falar com minha mãe, rainha Hécuba — ela disse —, e diga a ela que imploro pela bênção dela.

A serva se curvou e saiu.

— E agora, se quiser — disse Charis —, vou mostrar a você os cômodos onde dormem as virgens de Apolo.

***

Assim começou a época de que Cassandra depois se recordaria como a mais feliz e pacífica de toda sua vida. Aprendeu a consultar os oráculos, a ler os presságios e a servir o templo com as oferendas designadas. Cuidava das serpentes sagradas e aprendeu a interpretar os significados dos movimentos e do comportamento delas.

Como tinha previsto, a mãe não colocou dificuldades; enviou os pertences pedidos pela serva e uma mensagem: "Diga a minha filha Cassandra que eu a abençoo e aprovo o que ela fez. Diga-lhe que mando muitos beijos e abraços".

Logo encontrou muitos amigos no santuário, e depois de apenas alguns meses muitos clientes e suplicantes que iam para lidar com ela e preferiam que fosse ela quem aceitasse suas oferendas e os aconselhasse. Uma vez perguntou a um velho sacerdote:

— Não entendo por que eles vêm ao deus para fazer essas perguntas tolas para as quais não precisam do aconselhamento de um deus, mas só da inteligência normal que nasceu com eles.

— Porque muitos deles nasceram tolos ou pior — disse o velho sacerdote, direto. — Eles pensam que os deuses não têm nada melhor para fazer do que se preocuparem com questões humanas. Acho que os deuses têm preocupações próprias o bastante, na terra dos imortais, para não se importarem muito com os negócios dos homens comuns. Talvez com os atos de reis e dos grandes; mas — ele baixou os olhos e falou quase num sussurro — vi poucas evidências disso, filha de Príamo.

Cassandra ficou um pouco chocada com aquela blasfêmia, mas sentiu que, se o sacerdote tinha pouca fé no deus, mais perdia ele do que qualquer um. Quanto a ela mesma, enquanto morou no templo, teve uma grande e muitas vezes sobrepujante sensação da presença de seu deus, como no momento em que ele a chamara pela primeira vez.

Isso não quer dizer que sua temporada no templo tenha sido totalmente sem preocupações. Algumas das donzelas do santuário tinham uma inveja aberta dela por ser uma favorita entre os velhos sacerdotes e sacerdotisas, e falavam com ela, ou sobre ela, com despeito ou falta de bondade; mas nunca tinha sido popular com as garotas de sua própria idade, nem mesmo com a irmã e as meias-irmãs, exceto entre as amazonas, e tinha se resignado a isso desde que deixara a infância.

Na maior parte do tempo, sentia que estava cercada por atenção amorosa; o que mais poderia ser quando vivia na casa de seu deus? Havia muitas mulheres no santuário que falavam do Senhor do Sol como outras moças falavam de um marido ou amante, na verdade, um dos nomes comuns para as sacerdotisas era "noivas do deus". Uma das mulheres, Phyllida, era considerada como tendo sido a noiva do deus de verdade: tinha dado à luz um filho que fora aceito como filho de Apolo.

Quando Cassandra ouviu isso pela primeira vez, ficou irritada e enojada com o que parecia uma óbvia bobagem.

A garota não passa de uma tola, enganada por algum sedutor bem comum? Ou estava contando uma história para encobrir uma aventura proibida dela mesma?, Cassandra se perguntou, pois as virgens do deus eram proibidas de ter qualquer coisa com homens; eram observadas com cuidado e não tinham permissão para receber visitas nem presentes ou para se encontrarem até mesmo com os irmãos e pais, exceto na presença de uma das governantas, que guiavam e cuidavam das donzelas do Senhor do Sol. *Se quisesse ser a noiva de qualquer homem mortal*, ela pensou, *meu pai ficaria muito feliz em arranjar um casamento para mim.*

Às vezes Cassandra se flagrava semiacordada à noite, ouvindo a voz inconfundível do deus quando ele a chamava, um imortal brilhante que era algo mais que mero homem. Mais de uma vez sonhou que se deitava, desmaiando, nos braços de seu deus, um êxtase mais que humano varrendo todos os seus sentidos; de ouvir a conversa de outras garotas (embora por timidez participasse pouco dessas fofocas), aprendeu que não era a única garota favorecida com tais sonhos.

Uma vez, quando uma das jovens donzelas estava contando seu último sonho, cheio de detalhes eróticos que Cassandra achou que fossem apenas imaginação romântica, ela disse:

— Se sonha tanto em se deitar com um homem, Esiria, porque não manda chamar seu pai e pede que ele lhe encontre um marido? De outro modo, não consegue encontrar outra coisa para ocupar seus pensamentos e algo mais útil para falar?

— Só está com inveja porque ele não tenta se deitar com você nem em sonho — retrucou Esiria. — E se ele tentasse, iria então recusar?

Um calafrio curioso percorreu Cassandra.

— Se ele quisesse se deitar comigo — ela declarou —, eu tentaria ter bastante certeza de que era o deus de verdade, e não algum homem lascivo tentando enganar uma mulher tola e crédula, ou uma menina romântica, que toma um mero libertino por substituto de um deus. Sei que há homens neste templo que não estariam acima de tirar vantagem de uma garota boba desse modo; ou acha que sacerdotes são eunucos porque fizeram voto de castidade?

Esiria não falou mais, e Cassandra ficou quieta; mas no dia seguinte, quando as mulheres foram pegar água no poço, ela foi atrás de Phyllida e pediu para ver o filho dela. Como todas as mães, a jovem (pois ela ainda não tinha a idade de Cassandra) estava ansiosa para mostrar seu menininho.

Ele era realmente bonito, com grandes olhos azuis de cílios longos e uma cabeleira de cachos dourados que tornavam fácil acreditar que ele era de fato um filho do Senhor do Sol. Cassandra o admirou e o beijou, então perguntou a Phyllida, em tom suficientemente espantado:

— Como soube que era o deus que tinha vindo para você?

— No começo eu não sabia — a garota disse. — Achei que fosse um homem com a máscara do deus e abri a boca para gritar para uma das governantas. Mas então... já ouviu a voz do deus, filha de Príamo?

Cassandra sentiu um aperto na garganta, lembrando-se daquela voz. Ela disse:

— Eu ouvi... — E não conseguiu continuar.

— Então, se acontecer com você, vai saber — Phyllida garantiu de modo abrupto, e não falou mais.

Cassandra olhou de novo para o menininho.

— Ele é lindo; posso segurá-lo um pouquinho?

— Claro.

A criança tinha adormecido, embora a boca de bebê, como uma rosa semiaberta, ainda se prendesse ao mamilo da mãe; Phyllida o levantou e o colocou nos braços de Cassandra. Ele se mexeu e gemeu, mas ela o balançou um pouco como tinha visto a mãe fazer, e ele ficou quieto. O peso dele, úmido e suave em seus braços, era diferente de qualquer outra coisa que já sentira; mesmo entre as amazonas nunca tinha segurado um bebê tão jovem. Ela se curvou para perto dele, tocando a pele suave com os lábios, a sensação era exatamente como pétalas de rosa.

Por um momento um grande contentamento desceu sobre ela; então parecia que uma nuvem havia coberto o sol, e um vento frio soprou sobre ela, embora ainda estivesse sentada no pátio quente e iluminado sob um sol que quase a queimava, de modo que puxou a beira do véu sobre o bebê para que ele não tivesse os olhos danificados ou a pele queimada. Ela reconheceu a escuridão da visão e, imóvel, esperou o que não podia evitar.

Sofrimento e dor eram a essência da visão. De algum modo ela deslizou pelo tempo e soube que anos tinham se passado desde aquele momento quieto. A criança que se deitava junto a seu peito era dela, a cabecinha em seu seio tinha cabelos escuros cacheados, e, mesmo quando aquela estranha onda de felicidade interna a tocou, estava obscurecida por desespero, pela memória desse mesmo momento e uma repulsa raivosa. A visão era tão forte que por um momento ela ficou paralisada; então soube de novo onde estava. Mais uma vez tinha conseguido impedir que as águas escuras a afogassem.

Ela viu os olhos grandes e infantis de Phyllida olhando para ela em algo como pavor enquanto colocava o bebê de volta nos braços da mãe. Phyllida sussurrou:

— Você pareceu tão distante e estranha, Cassandra. Dizem que pode ver o futuro. O que viu para meu filho?

E, conforme Cassandra ficou em silêncio, ela suplicou:

— Não iria amaldiçoar meu bebê?

— Não, não, claro que não, pequenino — disse Cassandra.

— Vai abençoá-lo então, filha de Príamo?

Cassandra quis reasseguŕa-la, e procurou dentro de si o toque distante da Deusa, para atrair aquele poder para abençoar. Em vez disso, ouviu-se dizer:

— Ai de mim, não há bênção para nenhuma criança de Troia nascida neste ano nefasto; mas talvez Apolo, o pai dele, possa abençoá-lo quando não posso.

Ela se levantou rapidamente e saiu, deixando Phyllida olhando para ela em uma consternação sem palavras.

DEZENOVE

ALGUNS DIAS DEPOIS, CHEGOU UM MENSAGEIRO DA CASA DO REI Príamo com presentes para o templo e uma mensagem para a própria Cassandra.

"Seu pai e sua mãe pedem que faça uma visita à sua casa para o casamento de sua meia-irmã Creusa."

— Preciso pedir permissão — Cassandra disse a ele, mas a permissão foi dada prontamente – talvez muito prontamente.

Cassandra sabia que a permissão não teria sido dada tão rapidamente para nenhuma das outras jovens sacerdotisas, e realmente gostaria de ser tratada como uma delas. Mas não podia culpar os sacerdotes e sacerdotisas por não desejarem ofender o rei de Troia. Eles apenas insistiram que, já que ela ainda não era totalmente sacerdotisa, e ainda estava no ano de período probatório, se desejasse passar a noite na casa do pai, deveria ser devidamente acompanhada e guiada por uma sacerdotisa experiente.

A sacerdotisa que ouviu o pedido dela disse:

— Está em seu poder conferir um favor, filha de Príamo: quem terá como acompanhante?

Cassandra não era totalmente desconhecida desse tipo de intriga palaciana; quem quer que escolhesse, outras poderiam se sentir desprezadas. Fazendo uma escolha em que ninguém poderia ver defeitos ou sentir inveja, ela escolheu a velha Charis, que primeiro a recebera na casa do deus.

Vestindo o mais festivo dos poucos vestidos simples que tinha com ela, e com a velha ao seu lado, ela passou em silêncio pelas ruas, atendida apenas por um dos escravos do templo.

Charis, que passara a vida na casa do Senhor do Sol, contudo, ficou impressionada quando se aproximaram da Grande Cidadela de Príamo e pouco falou.

Cassandra também estava em silêncio, pois tinha olhado de lá de cima e visto de novo os navios escuros no porto, sem saber se estavam ali de fato ou ainda viriam.

Conforme entraram no átrio, Hécuba fora saudá-las. Cassandra se curvou para abraçar a mãe – Hécuba era uma mulher alta, mas agora Cassandra era ainda maior, e a rainha lamentou ao levantar o rosto para a filha alta:

— Você não pode estar crescendo ainda! Ora, está mais alta que a maioria dos guerreiros, Cassandra! Um homem pode não querer tê-la perto…

— O que isso importa, mãe? Já que não vou me casar e moro na casa do deus…

— Isso jamais vou aceitar — disse Hécuba, com ânimo. — Quero ver seus filhos antes de morrer.

Mas jamais verá, Cassandra soube de repente. Com a memória de segurar o filho de Phyllida no colo veio o conhecimento doloroso de que antes que pudesse segurar o neto – *a amargura, o desespero* – os olhos de Hécuba teriam se fechado para sempre neste mundo.

— Mãe, não vamos falar disso. Se quer um casamento, tem Creusa para casar; e Polixena é mais velha que eu e ainda não se casou. Encontre um marido para ela — disse Cassandra — e não se preocupe comigo. Conte-me sobre o prometido de Creusa.

— Ela vai se casar com Eneias, filho de Anquises — informou Hécuba —, tão belo que dizem que ele é verdadeiramente um filho de Afrodite nascido da espuma.

— Ela é uma deusa de quem não sei nada — observou Cassandra, antes de se recordar da mulher bela no sonho de Páris, a deusa do amor e da beleza. — Se o pai dele disser ser amante de Afrodite, acho que as deusas ficariam bravas com ele — contou. — Preciso ver essa maravilha de homem.

— Bem, Creusa está contente com ele, e seu pai também — disse Hécuba —, e na minha juventude eu estaria mais do que contente com um marido assim.

Ela se virou de um jeito um pouco ansioso para Cassandra.

— Por favor, tente não profetizar danação nesse casamento, querida; isso aborrece tanto as pessoas.

Ela acha que eu profetizo pelo prazer de fazer isso?, pensou Cassandra com uma onda de raiva. Mas a mãe parecia tão perturbada que sua raiva sumiu; ela a beijou de novo e disse:

— Certamente vou tentar não ver nenhum desastre; se os deuses forem bons, posso ser capaz de prever algo melhor.

— Que os deuses concedam isso — murmurou Hécuba, devotamente. — Bem, entre, minha querida, senti muito sua falta.

Depois de uma lua na casa do Senhor do Sol, tudo no palácio parecia menor e berrante, porém querido e familiar. Andrômaca, vestida para o casamento em roupas finas tingidas de chama, correu para cumprimentar Cassandra. A gravidez dela era óbvia agora, e ela andou com o passo típico de uma mulher grávida, inclinando o corpo para trás para se equilibrar. Cassandra, pensando na moça esguia na casa de Imandra, entristeceu, mas Andrômaca a abraçou em júbilo.

— Ah, estou tão feliz por vê-la! Queria que se casasse e voltasse para casa, assim poderíamos ficar juntas! Apenas pense, em mais um mês terei meu filho nos braços!

— Onde está Enone? Ela não deveria estar entre nós? Uma grávida é a convidada de maior sorte em um casamento.

— Ela não está grávida agora — informou Andrômaca. — Não soube? Ela deu à luz um filho de Páris quatro dias atrás e ainda está na cama; teve uma péssima hora, pobrezinha… Sua mãe contou que ela é tão esguia que não deveria ter tido nenhum filho. Mas, quando perguntei como ela poderia ter evitado isso, ela não quis me dizer… disse que Heitor não iria gostar. Enone chamou o filho de Córito… Então, se Creusa quer uma mulher grávida em seu casamento, vai precisar se contentar comigo.

— Creusa tem sorte por você estar entre os convidados dela — assegurou Cassandra.

Andrômaca sorriu como um gatinho bebericando creme.

— Espero que ela pense a mesma coisa.

— Deveria ir ver Enone — disse Cassandra.

Andrômaca pegou a mão de Cassandra e a puxou pelas escadas.

— É melhor não ir — ela ponderou. — Ela anda muito estranha ultimamente. Quando fui vê-la, ela não falou comigo. Disse que eu era inimiga do marido dela porque Heitor o mandou embora.

Elas foram para a suíte no andar de cima onde as mulheres estavam vestindo a noiva. Era um belo quarto com murais cretenses de dançarinos de touro, e Cassandra disse:

— Mas esse é o quarto que minha mãe preparou para Enone.

— Ela não quis ficar nele — explicou Andrômaca. — Disse que não queria ficar aqui dia após dia olhando para o mar que tinha levado Páris embora, então insistiu em se mudar para um quarto no lado de trás do palácio, onde pode olhar para o Monte Ida, sua casa. Mas não se importe com isso agora, venha e ajude a vestir a noiva.

Bem abaixo podiam ouvir os sons dos homens no salão, bebendo e brindando ao casamento.

Creusa estava sendo coberta com um véu bordado, ela o colocou para trás por um momento e se aproximou para cumprimentar Andrômaca com uma mesura, então beijou Cassandra friamente.

— Bem-vinda, irmã.

Ela não era filha de Hécuba, mas de Príamo com a mais importante das mulheres dele no palácio. Estritamente falando, por etiqueta da corte cabia a Cassandra reclamar primeiro irmandade; mas não estava interessada em preservar o protocolo no momento. Ela retribuiu calorosamente o abraço de Creusa.

— Que a Mãe Terra e os Iluminados a abençoem, irmã.

— Pode ver uma boa sorte para mim, Cassandra... você que é uma profetisa?

— Saberei disso quando tiver visto seu marido — disse Cassandra, de modo elíptico.

— Acho que, quando o tiver visto, vai me invejar — retrucou Creusa.

Cassandra sorriu.

— Espero que sim, irmã. Minha mãe me contou que ele é muito belo.

— E ele é rico também, um príncipe no país dele — disse Creusa. — Certamente nenhuma mulher pode ser mais sortuda que eu.

— Não fale essas coisas, para que os imortais não sintam inveja — ralhou Charis. — Recorde-se do destino da mulher que contou que fiava tão bem quanto Palas Atena, e Atena a transformou em aranha, que deveria fiar suas teias para sempre para serem rasgadas por donas de casa!

— Venha, venha — disse Andrômaca, que era a primeira das damas da noiva. — Vamos terminar de vesti-la rapidamente, ou os homens estarão todos bêbados antes que ela chegue. Cassandra, seus dedos são os mais ágeis. Pode colocar as flores no cabelo dela?

Cassandra prendeu rapidamente as flores em uma guirlanda e a colocou nos cachos brilhantes de Creusa.

— Agora ela está pronta, vamos levá-la para baixo.

Tomando-a pelas mãos, as mulheres cercaram a noiva e a levaram para baixo da escadaria íngreme do palácio, segurando-a com cuidado para que não tropeçasse e começasse o casamento com um passo em falso – o pior dos presságios.

Ergueram as vozes no mais antigo dos hinos matrimoniais, o que é para a Mãe Terra, e Cassandra sentiu-se cercada de tanto júbilo e alegria quanto se estivesse no próprio casamento. *Por uma vez,* ela pensou, *posso ser tão despreocupada quanto qualquer outra garota jovem.* Ela se deu conta brevemente de que os outros não observavam a si mesmos dessa maneira; qual é a diferença? Mais uma vez ela não tinha uma resposta para aquela sensação dolorosa de diferença. *Sou uma sacerdotisa e não preciso ser como as outras; se de algum jeito consigo parecer com o resto, basta.*

***

Estavam no limiar do salão de banquetes quando ouviram um grito de surpresa e boas-vindas.

Príamo gritou:

— Odisseu, seu velho trapaceiro! Certo, sabe bem quando vir para experimentar nosso melhor vinho para um casamento! Venha beber, velho camarada!

Cassandra esticou o braço e puxou Creusa para trás.

— Deixe nosso pai receber o convidado primeiro.

Creusa disse, emburrada:

— Não queria aquele velho pirata no meu casamento!

Andrômaca sussurrou:

— Ouvi a vida toda as histórias que ele pode contar; navegou mais longe que Jasão e tem muitas histórias de viajante. Visitou minha mãe na Cólquida e levou para ela um pente de madrepérola que disse ter recebido de uma sereia.

— Talvez ele também tenha trazido um presente de casamento para você, Creusa — observou Cassandra. — De qualquer modo, até os deuses precisam demonstrar hospitalidade. Vamos entrar.

Ela cantou o primeiro verso do hino à Donzela, sempre cantado em casamentos, e as outras garotas a acompanharam. Príamo levantou os olhos e as chamou para entrar. Cassandra viu um jovem belo, alto e esguio, com cabelo castanho-claro cacheado e sardas escuras que douravam seu rosto. Ela imaginou, pela túnica vermelha ornada que ele usava, que aquele era o noivo. Chegando ao assento alto estava um homem de meia-idade baixo, robusto, com cabelo encaracolado e um rosto vermelho, desgastado pelo tempo e de nariz de gancho, com olhos azuis fundos que pareciam olhar para distâncias imensas. Ela imaginou, ainda antes de ver reconhecimento nos olhos de Andrômaca, que aquele era o famoso navegador e pirata Odisseu, o velho amigo de seu pai.

O navegante se virou e gritou:

— Que grupo de belezas, velho amigo. Essas não podem ser todas suas filhas, Príamo? Ou podem? Pareço me recordar de que teve mais que sua parte das mulheres.

Príamo as chamou com um aceno de mão.

Cassandra se viu envolvida em um grande abraço de urso.

— Sua segunda filha, não é? É essa a noiva? Bem, por que não, em nome de todos os demônios?

Ele cheirava a maresia e levemente a vinho. Ela não podia se ofender pelo abraço; era bondoso e entusiástico como uma rajada de vento marinho.

— Iria gostar de uma bonita assim, não iria, Eneias, meu amigo?

Cassandra viu que os olhos de Eneias pousaram nela com apreciação, e que Creusa estava quase chorando.

Ela se afastou de Odisseu com gentileza.

— Não, senhor. Não sou para nenhum homem; sou uma virgem de Apolo Senhor do Sol e contente com isso.

— Fogo do inferno! — O xingamento era enorme como tudo a respeito dele. — Que desperdício, Bela! Eu me casaria com você, exceto que já tenho uma esposa em Ítaca, e Hera, minha deusa protetora, é uma deusa da fidelidade marital, teria problemas com ela se saísse farejando outras mulheres. Não que não tenha tido meu quinhão; mas não poderia me casar com ninguém mais – e além do mais, você quer algum rapaz jovem e bonito, não uma morsa velha como eu.

Ela soltou uma risadinha; com seu bigode imenso, ele realmente parecia uma morsa.

— E essa é a noiva de Heitor? — ele disse, virando-se para Andrômaca. — Heitor, não vai se importar se um velho beijar sua esposa, vai? É costume na minha parte do mundo, você sabe.

Ele pegou Andrômaca pelos braços e deu tapinhas na barriga inchada dela.

— Não consigo chegar perto de você para um beijo de verdade, consigo, garota? Bem, uma outra hora, talvez.

Ele a beijou sonoramente no rosto.

— Trouxe algumas coisas na minha bagagem… pilhagem de um navio cretense: presentes de noiva para sua filha, Príamo, e presentes para o belo neto que essa moça bonita aqui vai lhe dar em alguns dias… não? E, já que essa aqui não vai se casar, vou dar presentes para o Templo do Senhor do Sol para ela.

— Agradeço em nome de Apolo, senhor — disse Cassandra, cortês, mas Odisseu a puxou para sentar-se ao lado dele.

— Aqui, sente-se ao meu lado, beba da minha taça; você é a única garota sem laços aqui, e flertar como posso fazer na frente de seu pai e sua mãe não vai lhe causar nenhum mal, certo?

— Minha irmã, Polixena, não é casada — retrucou Cassandra, com um toque de travessura, e Odisseu respondeu, rindo:

— Não vai demorar muito, se conheço seu pai, minha garota; Polixena é bonita o bastante, mas, aqui entre nós, gosto de uma garota com um pouco mais de carne nos ossos. Você vai servir bem.

Ela pegou a taça dele e misturou o vinho, e, quando os serviçais passaram, encheu o prato dele; ela se viu sentindo um afeto bondoso pelo velho.

Príamo disse:

— Agora você nos conta suas novidades, Odisseu. E eu também preciso de seu conselho, amigo: recebi de Aquiles, filho de Peleu, uma oferta de casamento para Polixena. Se estivesse em meu lugar, aceitaria? Ele é nobre, e ouvi dizer que também é corajoso…

— Corajoso ele é com certeza — retrucou Odisseu —, mas não tem prazer nenhum a não ser matar. Se tivesse uma filha, preferiria cortar a garganta dela antes de casá-la com aquele louco.

— Ele tem a força de Héracles — começou Heitor.

— E muitos dos defeitos dele — interrompeu Odisseu. — Como Héracles, não é homem para mulher, se afeiçoa por uma agora e então é provável que a mate em um momento de loucura. Naveguei com Héracles… uma vez só. Foi o suficiente, me cansei de suas lamúrias sobre namoradas e suas explosões de raiva. Aquiles é parecido demais com ele para meu gosto. Há vários bons jovens em Troia… ou até mesmo aqueus belos e honrados, se é o que você quer para ela. Ela parece ser uma bela jovem; encontre outra pessoa para ela. É meu melhor aconselhamento.

Então ele gritou para um serviçal e pediu que suas arcas fossem trazidas para o salão, e de cada uma delas ele tirou coisas estranhas e lindas, entregando-as de presente de modo extravagante a Príamo e seus filhos e filhas. Para Hécuba havia uma tacinha, menor que um punho fechado, de ouro batido.

— Da Casa dos Touros em Creta — ele disse. — Eu me vi nas ruínas do que um dia foi o Labirinto; os deuses sabem como isso escapou de saqueadores anteriores.

— Talvez algum deus a tenha preservado para você.

— Talvez — concordou Odisseu. — Vê os touros?

Hécuba olhou com admiração para a taça, então a passou pelo círculo de mulheres que a admiravam. Cassandra a examinou em sua vez, exclamando sobre os entalhes refinados: um touro em redes em traços finos como uma linha, com jovens em uma carruagem e uma vaca para atrair o touro.

— Mas isso é um tesouro sem preço — ela disse. — Deveria guardá-lo para a sua mulher.

— Eu tenho muitas coisas finas — garantiu Odisseu, de modo muito amável — para minha esposa e meu filho. Jamais pense que daria embora *tudo* o que tenho de melhor.

Para Andrômaca ele tinha um pente de ouro, e para Creusa um espelho de bronze com contas banhadas a ouro no contorno.

— Um espelho digno da própria Afrodite — ele disse. — Consegui isso quando passei a noite na caverna de uma ninfa do mar. Fizemos amor a noite toda, e, quando fui embora, ela me deu isso alegando que jamais olharia nele de novo se não fosse bela o suficiente para me fazer ficar com ela. — Ele piscou. — Bem, agora você é uma noiva e pode se deixar bela para seu marido.

O presente de Cassandra era um colar de contas azuis que pareciam vidro, de formato oblongo, feito com simplicidade, com um fecho simples de ouro nas duas pontas.

— É uma coisa pequena — ele explicou —, mas eu me recordo de que as sacerdotisas não têm permissão para usar ornamentos elaborados, e isso é simples o suficiente, talvez, para que possa usá-lo em memória ao velho amigo de seu pai.

Tocada pelas palavras dele, Cassandra o beijou no rosto como mal teria ousado fazer com o próprio pai.

— Não preciso de presentes para me recordar do senhor, Odisseu; mas vou usá-lo sempre que tiver permissão. Onde foi feito?

— No Egito, a terra em que o faraó governa e os reis erguem grandes tumbas que fazem a cidade de Troia parecer uma vila — ele disse, e ela já estava tão acostumada com as histórias fantásticas dele que não soube por muitos anos que por uma vez ele falava apenas a verdade.

Com os presentes distribuídos, ele perguntou a Príamo:

— Quando vai me liberar dos estreitos, para que eu possa ir e vir sem pagar impostos como aqueles outros aqueus?

— Você é certamente diferente dos outros — Príamo contemporizou —, e seria ingrato de fato, depois de tantos presentes, que eu arrancasse mais de você, meu amigo. Mas não posso permitir que todo mundo e qualquer um passe pelas minhas águas. O imposto que lhe cobro é apenas me dizer o que está acontecendo no mundo longínquo. Há paz nas terras onde reinam aqueles aqueus?

— Vai haver paz lá, talvez, quando o sol se levantar no oeste — ponderou Odisseu. — Como acontece com Aquiles, os reis pensam que a guerra é seu grande prazer. Vou para a guerra apenas quando minhas próprias terras e meu povo estão ameaçados; mas eles acham que a batalha é um passatempo mais virtuoso que qualquer jogo... o grande jogo no qual passariam o resto de sua vida felizes. Pensam em mim como inviril e covarde por não amar a luta, embora seja melhor lutando que a maioria deles.

— Por anos eles vêm tentando nos provocar a uma guerra — disse Príamo —, mas tenho uma política de ignorar insultos e provocações, mesmo quando roubaram minha própria irmã. Você vive entre os aqueus, meu velho amigo; se eles guerrearem, virá também contra nós?

— Vou tentar não ser recrutado em tal guerra — declarou Odisseu. — Estou preso apenas por um juramento. Quando a mulher que agora é rainha de Esparta se casou, havia tantos pretendentes que nenhum deles cedia diante do outro, e parecia que apenas uma guerra resolveria a questão. Então fui eu quem criou um compromisso, e tenho orgulho disso.

— O que você fez? — perguntou Príamo.

Odisseu abriu um imenso sorriso.

— Imagine isto: talvez a mulher mais bela que já tenha emprestado a cinta de Afrodite, e tantos homens por ali gritando quais presentes dariam ao pai dela e oferecendo-se para lutar por ela, com o vencedor ficando com a noiva e o dote de Esparta... e sugeri que ela mesma escolhesse, com todos os pretendentes fazendo um juramento que protegeriam a escolha dela.

— Quem ela escolheu? — perguntou Hécuba.

— Menelau, irmão de Agamemnon... uma coisa ruim; mas talvez ela achasse que ele era tão forte e sábio quanto o irmão — observou Odisseu. — Ou talvez fosse apenas por amor à irmã, que tinha se casado com Agamemnon no ano anterior. Irmãs se casando com irmãos... cria confusão na família, ou assim acho.

— No entanto, se Eneias tivesse um irmão, eu estaria disposta a me casar com ele — Polixena sussurrou no ouvido de Cassandra —, se o irmão tivesse a metade da beleza e da gentileza dele.

— Eu também — Cassandra sussurrou de volta.

Hécuba murmurou em uma voz exigente:

— É falta de educação cochichar, meninas; falem com todos ou fiquem em silêncio. O que não é apropriado para ser dito em voz alta não é apropriado para ser dito.

Cassandra estava cansada das restrições de cortesia da mãe. Então, falou alto:

— Por mim, não tenho vergonha do que estávamos dizendo; dissemos apenas que qualquer uma de nós estaria disposta a se casar com um irmão de Eneias, se o irmão fosse parecido com ele.

Ela foi recompensada com um olhar ardente de Eneias. Ele disse, sorrindo:

— Ai de mim, filha de Príamo, sou o único filho de meu pai; mas me faz desejar que fôssemos gêmeos, ou trigêmeos, pois estaria disposto a dividir a taça do casamento com todas as três. O que diz, meu senhor? — ele perguntou a Príamo. — É adequado para mim ter tantas esposas quanto o senhor? Se estiver ansioso para casar suas filhas, fico feliz em tomar todas as três, se Creusa me der permissão.

Polixena baixou os olhos e corou; Cassandra se ouviu rir. Creusa ficou vermelha e declarou:

— Prefiro ser a primeira e única esposa, no entanto, a lei permite que tenha quantas esposas desejar, meu marido.

— Basta. Isso não é brincadeira — disse Príamo. — As filhas de um rei, genro, não devem ser esposas menores ou concubinas.

Eneias sorriu de maneira amigável.

— Não quis insultar suas filhas, senhor.

E Príamo respondeu, envolvendo a mão dele num aperto amigável, um tanto bêbado:

— Sei bem disso. No fim de um banquete, quando o vinho foi servido algumas vezes mais do que é sábio, brincadeiras mais inadequadas que essa podem ser perdoadas. E agora talvez seja hora de as mulheres levarem a noiva, antes que a festa fique grosseira demais para ouvidos de donzelas.

Hécuba reuniu as mulheres, que cercaram Creusa com suas tochas, e Cassandra, cuja voz era a mais clara, liderou o hino de casamento. Creusa beijou o pai e ele colocou a mão dela sobre a de Eneias; então as mulheres a levaram pelas escadas. Creusa, perto de Cassandra, sussurrou:

— Pode profetizar boa sorte para meu casamento, irmã?

Cassandra apertou a mão dela e sussurrou:

— Gostei de seu marido, me ouviu dizer que me casaria com ele com alegria. E a boa sorte que pode vir para todo casamento neste ano certamente será sua. Vejo uma vida longa e boa fama para seu marido e para o filho que dará a ele.

Andrômaca tocou o ombro de Cassandra e sussurrou:

— Por que não teve uma profecia assim para mim, Cassandra? Somos amigas, e eu te amo.

Cassandra se virou para a amiga e disse com gentileza:

— Não profetizo o que desejo, Andrômaca, mas o que os deuses me mandam dizer. Se pudesse escolher profecias, desejaria a você uma vida longa e honra, muitos filhos e filhas para cercar você e Heitor em sua velhice honrada no trono de Troia.

E só os deuses sabem quanto queria que essa tivesse sido a profecia que me foi enviada…

Andrômaca sorriu e pegou a mão de Cassandra.

— Talvez, minha querida, sua boa vontade possa contar mais que sua profecia — ela disse. — E consegue ver no futuro o suficiente para saber quanto falta até o nascimento do filho de Heitor… e se é um filho? Minha mãe gostaria que eu desse à luz primeiro uma menina; mas aqui Heitor não fala de nada além de seu filho, então também desejo um menino… e vou sobreviver ao parto para ver o rosto dele?

Com imenso alívio, Cassandra apertou os dedos esguios da amiga nos dela.

— Ah, é um menino — ela disse. — Você vai ter um belo menino forte, e vai viver para guiá-lo até ficar adulto…

— Suas palavras me dão mais coragem — afirmou Andrômaca, e Cassandra sentiu um aperto na garganta, recordando-se dos fogos que foram tudo o que conseguira ver no casamento de Andrômaca.

Talvez, ela pensou, *fosse loucura, por fim, e não uma profecia verdadeira; foi o que minha mãe achou. Preferiria estar louca a acreditar, neste lugar quieto sob essas estrelas pacíficas, que fogo e desastre vão cair sobre todos esses que amo.*

— Cassandra, está sonhando acordada de novo, venha e nos ajude a despir a noiva — Andrômaca exigiu. — Não conseguimos desfazer esses nós que prendeu nos cabelos de Creusa.

— Estou indo — Cassandra disse rapidamente, e foi ajudar as outras garotas a preparar a meia-irmã para a chegada do marido.

Com todo o seu coração, estava feliz por não ter previsto nenhum desastre para eles.

VINTE

Depois de todo o barulho e a empolgação do casamento, a casa do deus pareceu ainda mais silenciosa e pacífica, mais separada das perturbações da vida comum. Dez dias depois do casamento de Creusa, Cassandra foi convocada de novo para uma celebração no palácio: para o nascimento do filho de Heitor e Andrômaca, o primeiro neto de Príamo.

— Mas este não é o primeiro neto de Príamo — disse Cassandra. — Há o filho de Enone e Páris.

— Pode ser — respondeu o mensageiro —, mas Príamo escolheu chamar o filho de Heitor de seu primeiro neto, e, até onde sei, o rei tem o direito de escolher quem vai nomear como próximo herdeiro depois do príncipe Heitor.

Isso era verdade; mas, pensou Cassandra, era difícil para Enone ver o filho deixado de lado como o pai dele tinha sido.

Ela havia começado a apreciar a paz e a calma do templo e se ressentia de qualquer coisa que as quebrasse, mas recebeu permissão para fazer uma visita a Andrômaca. Ela a encontrou na suíte ornada com os murais de criaturas marinhas, sentada apoiada em travesseiros, o pequeno bebê de rosto vermelho em um cesto de vime ao lado. Ela parecia saudável e vicejando, com uma boa cor no rosto, e Cassandra ficou aliviada; tantas mulheres morriam no parto ou logo depois, mas Andrômaca parecia um tanto bem.

— Que é toda essa bobagem sobre o filho de *Heitor*? — ela perguntou, só meio brincando. — Foi você que se deu ao trabalho de carregá-lo por quase um ano, e foi você quem passou por toda a dor e o rebuliço de pari-lo. Eu o chamaria de filho de Andrômaca.

Andrômaca fez uma careta, então riu.

— Talvez você tenha o melhor, sendo prometida ao deus e proibida aos homens! Depois de tudo aquilo, não tenho pressa em receber Heitor de volta em minha cama. Parir é um passatempo muito superestimado; gostaria de esperar alguns anos antes de tentar de novo. E dizem que as mulheres são muito frágeis para usar armas por medo de ferimentos? Eu me pergunto como meu querido Heitor corajoso teria se saído *nessa* batalha!

Então ela soltou uma risadinha.

— Não consegue ouvir agora? Trocamos todos os costumes, e os bardos farão baladas sobre a coragem de Hécuba, mãe de Heitor! Bem, e por que não... ela triunfou nessa batalha ao menos doze vezes, o que significa que ela tem mais coragem do que jamais espero ter! Eles nos contam sobre as delícias do casamento... Toda garota é criada para não pensar em mais nada; mas as delícias do parto precisamos descobrir sozinhas. Ah, bem...

Ela se inclinou, fazendo uma careta com a dor do movimento, e pediu a uma das criadas para colocar o bebê em seus braços; o olhar de deleite no rosto dela ao segurá-lo de perto contradisse as palavras dela.

— Acho — ela observou — que meu prêmio de batalha vale mais que o saque de uma cidade!

— Bem, deveria pensar que sim — disse Cassandra, tocando os pequenos punhos fechados. — Como vai chamá-lo?

— Astíanax — respondeu Andrômaca. — É o que Heitor deseja. Sabia que, quando ele for levado para a festa do nome, será colocado dentro do escudo de Heitor e carregado desse modo? Imagine... que berço!

Cassandra tentou visualizar o bebê colocado no centro do grande escudo de guerra de Heitor. Subitamente ela tremeu e ficou rígida, vendo o grande escudo, e a criança – Quantos anos ele tinha? Com certeza muito jovem para um guerreiro! –, o corpo quebrado estirado para um funeral. Era como uma onda de água gelada, mas Andrômaca, segurando feliz o bebê no peito, não viu.

Cassandra fechou os olhos na esperança de que isso fosse dissipar a visão sangrenta, então perguntou:

— Como vão as coisas com Creusa?

— Ela parece feliz, diz que mal pode esperar para ficar grávida. Devo contar a ela tudo o que a espera?

— Não seja malvada — disse Cassandra. — Deixe-a aproveitar a primeira felicidade; haverá tempo suficiente para tudo mais depois.

— Você está certa. Há muitas bruxas velhas tentando estragar tudo para jovens noivas avisando o que as espera na amplitude dos anos — concordou Andrômaca. — E, não importa o quê, não gostaria de deixar de ter meu queridinho.

Ela afundou a cabeça no pescoço macio do bebê e o cheirou em êxtase. Como quando vira Phyllida segurando o filho, Cassandra ficou tocada e quase sentiu inveja.

— Há alguma outra notícia?

— Há: o navio de Páris foi avistado. Um corredor da vigia da montanha veio dizer isso ao rei — disse Andrômaca. — Páris é seu irmão gêmeo, mas não o acho muito parecido com você.

— Dizem que somos muito semelhantes em aparência — comentou Cassandra, hesitante. — Não acho que há muita semelhança de outro modo. Há quem o ache o homem mais belo de Troia.

Andrômaca disse em voz baixa, acariciando a mão de Cassandra:

— Não estou entre eles, é claro; para mim, nenhum homem se iguala a Heitor, seja em aparência ou de outra maneira.

Isso agradou a Cassandra; ela se sentia responsável por aquele casamento e se rejubilava por Andrômaca estar contente com o marido. E Heitor também não tinha razão para ficar insatisfeito.

— E todos a acham linda — Andrômaca continuou —, mas não acho que seu rosto iria combinar com um homem. É muito delicado. Não me lembro de que vocês fossem assim parecidos; ele é tão afeminado, então?

— Não acho, e certamente ele é másculo o bastante, pois ganhou muitos eventos nos jogos — disse Cassandra. — Ele é um bom arqueiro, atleta e lutador, e um demônio na carruagem. Mas acho — ela completou, com um toque de malícia — que se nos enfrentássemos no campo ele não seria um guerreiro melhor do que eu.

— Minha mãe achava — Andrômaca observou — que você tinha a alma de um grande guerreiro no corpo de um camundongo do campo.

Cassandra riu e aproximou o rosto do bebê Astíanax; sentiu que de algum modo o tinha prejudicado ao abrir caminho para suas visões.

— Que todos os deuses o abençoem, e você também, minha querida — ela disse.

— Não vai ficar para beber pela boa sorte dele na festa do nome?

— Não, acho que não — respondeu Cassandra. — Virei para casa, talvez, por um dia ou dois quando Páris retornar. No momento vou abraçar minha mãe e depois voltar para o templo.

Ela se despediu afetuosamente de Andrômaca, sabendo que era mais próxima dela do que de Polixena ou de qualquer uma de suas meias-irmãs, e foi brevemente até Hécuba pedir a bênção dela. Então foi para os aposentos simples na parte de trás da casa, onde Enone vivia com um par de servas, meninas quietas que tinham sido, ela sabia, devotas do Deus Rio.

Enone estava curvada em uma rede dando de mamar ao filho; Cassandra chegou e a abraçou, consciente da fragilidade da mulher. Era Enone, ela pensou, e não ela, quem tinha o espírito de uma guerreira no corpo de um camundongo do campo. Enone parecia tão delicada que quebraria ao toque.

— Você está bem, minha irmã? — perguntou Cassandra, usando deliberadamente a palavra.

Ela certamente gostava mais de Enone do que de Creusa, ou até mesmo de Polixena. Mas, quando estava perto dela, sentiu de novo o impulso perturbador de acariciar a garota, e porque não sabia se eram suas próprias emoções ou as de Páris, isso a deixava acanhada e tímida com Enone.

— Teria vindo visitá-la quando estive aqui para o casamento de Creusa, minha querida; mas me avisaram que você não estava bem o suficiente para convidados — ela disse.

Enone sorriu.

— Bem, agora que o filho de Andrômaca nasceu e o lugar de Heitor está seguro, não preciso temer pelo *meu* filho.

Cassandra ficou chocada.

— Certamente não há necessidade de temer por ele…

— Para ser certeira, espero que não haja — disse Enone —, mas Heitor conseguiu se livrar de Páris, e não acho que ele dê boas-vindas ao filho de Páris, nem tem nenhum motivo para amá-lo.

— Acho que certamente julga mal Heitor — Cassandra ponderou. — Ele nunca demonstrou nenhum ciúme de Páris, não para mim.

Enone riu.

— Ah, Cassandra, acho que não sabe quanto todos dão valor a sua boa opinião e desejam lhe mostrar apenas seu melhor lado. Se Heitor se sentisse assim, seria a última a saber.

Cassandra corou. Para mudar o rumo da conversa, ela pegou o bebê e o embalou nos braços.

— Ele é lindo — disse. — Ele se parece com o pai, acha, ou com você?

— É cedo demais para dizer — respondeu Enone. — Deveria esperar que ele seja como meu próprio pai, verdadeiro e honrado.

Cassandra sentiu o desapontamento nas palavras, talvez com mais força que a própria Enone soubesse. Ela ponderou:

— Ele bem pode ser como *você*; e então ninguém poderá questionar a bondade dele.

— Só o tempo poderá dizer se ele ou o filho de Heitor seria mais adequado para governar a cidade, mas realmente me alegro que não vá receber tal fardo ou destino.

Cassandra disse rapidamente:

— Enone, jamais inveje o destino do filho de Heitor.

— O que você viu? — Enone perguntou, apreensiva. — Não, não me diga, ouvi o que profetizou no casamento de Andrômaca. Não desejo tal bênção para meu filho… filho de Páris.

— Sim, estava falando sobre isso com Andrômaca — disse Cassandra. — Ao menos entre as amazonas um filho pode levar o nome da mãe; Heitor seria filho de Hécuba…

— E meu bebê, filho de Enone, não filho de Páris da casa de Príamo — acrescentou Enone. — É justo; porém, na sua cidade, somente o filho de uma prostituta leva o nome da mãe e não do pai.

Cassandra disse com gentileza:

— Ninguém a chamaria assim, Enone, e assim eu testemunharia.

No entanto, as palavras não tinham sentido, pois ela não tinha o poder de mudar as coisas. Andrômaca tinha sido comprometida a Heitor na frente de toda a cidade, enquanto Enone, parecia, era esposa de Páris apenas por tê-lo aceitado com a bênção do pai dela.

— Enone, quem era sua mãe?

— Nunca soube o nome dela — disse Enone. — Meu pai me contou que morreu jovem. Ela também era uma das sacerdotisas do santuário do Deus Rio.

Sim. Mulheres que têm filhos de deuses são mais anônimas que os filhos dos homens. Ela beijou Enone e prometeu enviar um presente para o filho dela.

No caminho de volta para a casa do Senhor do Sol, Cassandra tinha muito a pensar. Se havia homens como Eneias no mundo, deveria haver outros com quem estaria disposta a se casar.

***

Em uma manhã, ela estava no quarto de Phyllida, segurando o bebê louro enquanto a jovem mãe dobrava uma braçada de fraldas e cobertores recém-lavados. Ela tinha tirado os panos de enfaixar do bebê, para que ele pudesse chutar livremente, e segurava os pezinhos gorduchos dele nas mãos, admirando a perfeição macia dos dedinhos e das pequenas unhas, colocando o rosto nos pezinhos para beijá-los e acariciá-los com os lábios. Ela soprou no meio da barriga macia dele para fazê-lo rir, e riu ela mesma. Nesse momento quase desejava ter seu próprio bebê para brincar, embora não estivesse nem um pouco interessada em nenhuma das preliminares necessárias para conseguir um.

Phyllida chegou e se curvou para reclamar o filho, mas Cassandra se prendeu a ele.

— Ele gosta de mim — ela disse com orgulho. — Acho que ele sabe quem eu sou... não sabe, lindo?

— Por que não? — Phyllida perguntou. — Você está sempre pronta para aninhá-lo e mimá-lo quando estou ocupada demais para dar toda a atenção que ele quer.

Ouvindo a voz da mãe, o bebê começou a choramingar e se esticar na direção dela.

— Ele está com fome — disse Phyllida com resignação, começando a abrir a túnica no pescoço. — E isso você não pode fazer por mim, temo.

— Eu faria se pudesse — respondeu Cassandra, pouco mais alto que um sussurro.

— Eu sei — respondeu Phyllida, sentando-se com o bebê no peito.

Observando-a com a criança, Cassandra sentiu as águas escuras de uma visão subirem e baixarem.

— Cassandra, por que não me diz o que vê? — Phyllida perguntou, olhando para ela com medo.

Cassandra ficou em silêncio.

Nesta manhã segurei três bebês nos braços e não vi futuro para nenhum deles; o que isso significa? Talvez que eu vá morrer e não posso ver mais futuro porque não estarei aqui para ver nenhum deles crescer até ficar adulto? Se ao menos achasse que era assim tão simples... Se achasse que era apenas isso, me jogaria das alturas da cidade antes do pôr do sol de hoje.

Mas esse não era seu destino; uma sina se aproximava dela, e precisaria viver para olhá-la e suportá-la.

Ela se curvou para beijar Phyllida e o bebê também, sem responder diretamente:

— Todos precisamos suportar nossos destinos; você, eu e o bebê também. Acredite em mim, conhecer uma sina não torna mais fácil suportá-la.

— Não entendo você — disse Phyllida.

— Eu não me entendo — respondeu Cassandra, e saiu para o pátio do templo, de frente para o mar.

Ela viu um navio ali... Sim, Andrômaca dissera que o navio de Páris tinha sido avistado.

Não era parte de sua obrigação receber Páris na cidade, mas algo mais forte que obrigação a atraiu para baixo.

***

Conforme Cassandra andava pela rua comprida, viu procissões formando-se nos navios, preparando-se para se aproximar do palácio, e outra procissão descendo lentamente do palácio para a costa.

Páris conduzia sua carruagem – sem dúvida fizera com que a desembarcassem primeiro para que pudesse fazer uma entrada impressionante na cidade, em contraste com a entrada sem aviso nos jogos. Ao lado dele na carruagem havia uma figura feminina, sua identidade escondida por um longo véu.

Páris tinha tido sucesso, então, em trazer Hesíone de volta a Troia? Cassandra apressou levemente o passo de modo que saiu dos portões da cidade bem quando Páris parou diante deles. Ao mesmo tempo, Príamo e Hécuba, andando na melhor carruagem cerimonial do rei, pararam diante dele. Heitor estava a um passo do pai, parecendo um pouco menos do que feliz, e Cassandra procurou Andrômaca. Com certeza a amiga não gostaria de perder toda aquela empolgação. Ela olhou para a janela de Andrômaca e a viu sentada ali, com Enone ao lado, cada uma delas com o filho nos braços. Mesmo àquela distância percebia que Enone apertava o lado da janela, com os nós dos dedos brancos.

Páris desceu da carruagem e se virou para levantar a mulher velada; então fez uma mesura profunda diante de Príamo, que o levantou e o abraçou.

— Bem-vindo ao lar, meu filho. — Ele estendeu uma mão em boas-vindas para a mulher velada, que estava imóvel ao lado da carruagem. — Teve sucesso em sua missão, meu filho?

— Além de nossas maiores esperanças.

Heitor tentou parecer feliz.

— Então trouxe Hesíone de volta para nós, meu irmão?

— Não — disse Páris. — Meu rei e pai, trago um prêmio muito maior do que aquele pelo qual me enviou.

Ele levou a mulher para a frente e puxou o véu dela para trás. Cassandra arquejou: a mulher era bela além da imaginação.

Era alta e belamente formada, com cabelo fino e amarelo como o melhor ouro batido; seus traços eram como mármore esculpido, e os olhos eram do azul das profundezas de um céu tormentoso.

— Eu lhes apresento Helena de Esparta, que consentiu em se tornar minha esposa.

Cassandra levantou os olhos para a janela, onde Enone pressionava uma mão trêmula sobre a boca, então se virou e sumiu, deixando Andrômaca olhando atrás dela, consternada. Páris olhou para cima; Cassandra não sabia se ele tinha visto a retirada rápida de Enone.

Ele se virou rapidamente de volta para Helena, que o instigou em um sussurro; então ele se virou de novo para Príamo.

— Vai receber minha senhora em Troia, pai?

Príamo abriu a boca, mas foi a voz de Hécuba que se ouviu antes.

— Se ela está aqui pela própria vontade, é bem-vinda — disse a velha rainha. — Troia não lhe dará consentimento para o roubo e a violação de mulheres; ou não seríamos melhores que o homem cruel que roubou Hesíone de nós. E, falando de Hesíone, onde está ela? Sua missão, meu filho, era trazer Hesíone de volta para nossa família; nisso, ao menos, parece que fracassou. Senhora Helena, veio para cá pela própria vontade?

Helena de Esparta sorriu e tocou o cabelo brilhante. Era longo e estava solto, como só as jovens virgens usavam em Troia, como um véu brilhante pouco mais claro que o filete de ouro que o segurava para trás da testa. Ela usava uma túnica do linho mais fino do país dos faraós, e sua cintura, que era fina, estava circundada por um cinto de discos de ouro dourado incrustados com lápis-lazúli, que ecoavam a cor dos olhos dela.

O corpo dela era cheio, com o peito largo e pernas longas cujas formas eram apenas perceptíveis sob as dobras de linho. Quando ela falou, a voz era grave e suave.

— Eu lhe imploro, senhora de Troia, me receba e me dê abrigo aqui; a própria deusa me deu seu filho, e ela mesma não pode conhecer mais amor do que eu tenho por ele.

— Mas você já tem um marido — disse Príamo, hesitante —, ou soubemos falsamente que foi casada com Menelau de Esparta?

Foi Páris quem respondeu:

— Ela foi dada a ele ilegalmente. Menelau foi um usurpador que tomou a senhora por suas terras. Esparta é a cidade de Helena por direito materno; a mãe dela, Leda, a recebeu de sua mãe antes dela, e da avó. O pai dela…

— Não é meu pai — Helena interrompeu. — Meu pai foi Zeus Trovejante, não aquele usurpador que tomou a cidade da minha mãe pela força de armas e se casou com uma rainha relutante.

Príamo ainda tinha suspeitas.

— Sei pouco do Trovejante — ele disse. — Ele não é adorado aqui em Troia. E não somos ladrões de mulheres…

— Meu senhor — Helena o interrompeu, indo até Príamo e tomando a mão dele com um gesto que pareceu ousado a Cassandra —, eu lhe imploro em nome da Senhora para estender a mim a proteção e a hospitalidade de Troia. Por seu filho, me tornei uma exilada entre os aqueus que conquistaram meu lar. O senhor me enviaria de volta para ser uma pária entre eles?

Príamo olhou dentro daqueles belos olhos, e pela primeira vez Cassandra viu o efeito que Helena sempre tinha sobre estranhos; houve um tipo de derretimento no rosto dele. Ele engoliu em seco e olhou para ela de novo.

— Isso parece razoável — ele disse, mas, mesmo em uma frase tão curta, precisou respirar duas vezes. — A hospitalidade de Troia nunca foi pedida em vão. Certamente não podemos devolvê-la a um marido que a tomou por força…

Cassandra não conseguia mais ficar em silêncio. Ela gritou:

— Agora, nisso, ao menos, ela mente; não se lembra de que Odisseu nos contou que ela mesma escolheu Menelau entre mais de vinte pretendentes e fez os outros jurarem que defenderiam o marido escolhido de qualquer um que se recusasse a aceitar a escolha dela? Pai, não tenha nada com essa mulher! É ela quem trará ruína e desastre para nossa cidade e nosso mundo! O que ela realmente quer aqui?

A bela boca de Helena se abriu em surpresa; ela soltou um grito – *como um animal atingido*, pensou Cassandra, endurecendo para não sentir pena da rainha espartana.

Páris olhou para Cassandra com um desgosto raivoso.

— Sempre soube que você era louca — ele disse. — Minha senhora, imploro, não preste atenção nela; é minha irmã gêmea, a quem os deuses atingiram com loucura, e os iludidos pensam que é uma profetisa. Ela não fala de nada além de ruína e morte para Troia, e agora escolheu achar que a causa é a senhora.

Os olhos arregalados de Helena pousaram sobre Cassandra.

— Que pena que alguém tão belo sofra de loucura.

— Sinto pena dela — disse Páris —, mas não precisamos ouvir seus delírios. Pode cantar outra canção, Cassandra? Nós todos já ouvimos essa antes e estamos todos cansados dela.

Cassandra fechou os punhos.

— Pai — ela fez um apelo —, ao menos veja a razão. Se sou louca ou não, o que isso tem a ver com o que Páris fez? Páris não pode se casar com essa mulher, pois ela tem um marido, com quem se casou por vontade própria diante de dezenas de testemunhas, e Páris tem uma esposa. Ou se esqueceu de Enone?

— Quem é Enone? — perguntou Helena.

— Não é ninguém com quem jamais tenha que se preocupar, minha amada — disse Páris, olhando nos olhos de Helena. — É uma sacerdotisa do Deus Rio local, Escamandro, e a amei por um tempo; mas ela saiu para sempre de minha mente no dia em que olhei para seu rosto pela primeira vez.

— Ela é mãe de seu primogênito, Páris — Cassandra lembrou. — Ousa negar isso?

— Não nego — disse Páris. — As sacerdotisas do Escamandro tomam amantes como querem; como vou saber se sou o pai da criança que ela teve? Por que acha que não a tomei em casamento?

— Espere — Hécuba interveio. — Aceitamos Enone porque ela teve seu filho…

Enone era boa o suficiente para esposa de um pastor, filho de Agelau, mas não de família nobre o suficiente para o filho de Príamo, Cassandra pensou. Ele disse em voz alta:

— Se abandonar Enone, você é um tolo e um vilão. Mas, seja lá o que ele faça, pai, eu lhe imploro que não tenha nada com essa mulher espartana. Pois posso dizer agora que isso vai trazer guerra, ao menos, a esta cidade...

— Pai — chamou Páris —, vai escutar essa louca em vez de seu filho? Pois eu lhe digo agora, se o senhor se recusar a abrigar a mulher que os deuses me deram, irei embora de Troia e nunca mais voltarei.

— Não! — gritou Hécuba em desespero. — Não diga isso, meu filho! Eu o perdi uma vez...

Príamo disse, parecendo perturbado:

— Não quero briga com o irmão de Menelau. Heitor — ele apelou —, o que você diz?

Heitor avançou e olhou nos olhos de Helena; e Cassandra viu em desespero que ele também sucumbia à beleza dela. Nenhum homem conseguia olhar para Helena e manter o juízo?

— Bem, pai — disse Heitor —, me parece que o senhor já tem uma briga com Agamemnon; esqueceu-se de que ele ainda está com Hesíone? E sempre podemos dizer que a mantemos como refém pelo retorno de Hesíone. Não somos nada além de um campo de onde esses aqueus roubam mulheres e gado? Eu lhe dou as boas-vindas a Troia, senhora Helena... irmã — ele apresentou, estendendo a mão e segurando os dedos pequenos dela em seus dedos grandes —, e lhe prometo que um inimigo de Helena de Esparta é inimigo de Heitor de Troia e toda sua família. Isso o deixa contente, irmão?

— Se a abrigar nesta cidade, é o senhor o louco, meu pai! — Cassandra gritou. — Não consegue perceber o fogo e a morte que ela traz na cauda do vestido? Verá Troia em chamas porque um homem não tem lealdade e deseja a esposa de outro homem?

Ela havia decidido ficar calma e sensata, mas, ao sentir as águas escuras subirem para tomá-la pela garganta, gritou em desespero.

— Não! Não, eu lhe imploro, pai...

Príamo subiu em sua carruagem.

— Tentei ser paciente com você, garota, mas agora não tenho mais paciência. Volte para a casa do Senhor do Sol, o deus patrono dos dementes, e reze a ele para ter visões mais bondosas. Quanto a mim, que jamais se diga que Príamo de Troia recusou hospitalidade a uma mulher que chegou a ele como suplicante.

— Ah, deuses — ela gritou —, não conseguem perceber? Estão todos enfeitiçados por essa mulher? Mãe, não percebe o que ela fez com meu pai, meus irmãos?

Heitor foi para a frente e puxou Cassandra, protestando, fora do caminho das carruagens.

— Não fique aqui lamentando — ele disse, bonachão. — Acalme-se, Olhos Brilhantes. Suponha que realmente aconteça uma guerra com a equipe de aqueus. Acha que não podemos mandá-los de volta ganindo para aqueles pastos de cabra que chamam de terra nativa? A guerra não significaria desastre para Troia, mas para nossos inimigos.

A voz dele tinha compaixão. Ela jogou a cabeça para trás e soltou um longo lamento de tristeza e desespero.

— Pobre moça — disse Helena, indo na direção dela —, por que escolheu me odiar? Você é irmã do meu amado, estou pronta para amá-la como irmã.

Cassandra se afastou das mãos estendidas de Helena, sentiu que iria cair e vomitar se a mulher de fato a tocasse. Ela olhou para Príamo com angústia.

— Ah, por que não vai me escutar? Não percebe o que isso vai significar? Não é nenhum homem sozinho, mas os deuses que disputam aqui – e nenhum homem pode viver quando há guerra entre os imortais — ela lamentou. — E, no entanto, o senhor diz que a louca sou eu! Sua loucura é pior que a minha, eu lhe digo!

Ela se virou e correu para o palácio.

O coração dela disparou como se tivesse corrido todo o caminho até a casa do Senhor do Sol; sentiu-se enjoada e trêmula, e tinha a impressão de que corria através de chamas que se erguiam ao seu redor, engolfando todo o palácio com o cheiro de queimado, a fumaça... Quando mãos a tocaram, ela guinchou em terror e tentou se afastar; mas as mãos a apertavam com força, e num momento ela foi envolvida em braços amorosos. A escuridão rolou para longe, não havia fogo. Ela olhou em confusão para os olhos escuros de Andrômaca.

— Cassandra, minha querida! O que a aflige?

Cassandra, arrancada do pesadelo, mas ainda não totalmente consciente do que acontecia ou de onde estava, só podia olhar, incapaz de falar.

— Irmã, está exausta, ficou tempo demais no sol — disse Andrômaca.

Ela passou os braços em torno de Cassandra e a levou para um cômodo fresco, com sombra.

— Ah, se não fosse pior que isso. — Cassandra arquejou quando Andrômaca a pousou sobre um banco com almofadas macias e levou um copo de água fresca aos lábios dela. — Não acha que preferiria pensar em mim como louca, ou vítima de insolação, se isso significasse que não precisaria ver o que vi?

— Acredito em você — disse Andrômaca. — Não acho que é louca, mas também não acredito em suas visões.

— Acha que inventaria uma coisa assim? Como você deve achar que sou má! — Cassandra gritou, indignada.

Andrômaca a apertou em um abraço afetuoso.

— Não, irmã. Acredito que os deuses andam lhe atormentando com visões falsas — ela disse. — Ninguém acreditaria que você é maliciosa o suficiente para fingir essas coisas. Mas, minha querida, escute a razão. Nossa cidade é forte e bem defendida; não temos falta de guerreiros ou armas, ou, se chegar a tanto, aliados; se os aqueus forem tolos o suficiente para vir atrás dessa cadela no cio em vez de dizerem "esse pedaço de lixo já vai tarde", por que deveria achar que não receberiam de Troia mais do que a encomenda?

Cassandra via o sentido daquilo; mas gemeu, apertando o coração.

— Sim, Heitor disse algo assim — ela murmurou —, mas...

Ela se ouviu chorar de novo:

— São os imortais que estão bravos conosco! — Ela lutou desesperadamente para sair das águas escuras. — Ao menos você sabe que ela não é mais que uma cadela no cio — disse por fim.

— Ah, sim. Vi o olhar que ela lançou sobre Heitor e até mesmo seu pai — apontou Andrômaca. — E pode bem ser que ela seja uma maldição enviada à nossa cidade por um dos imortais, mas, se é a vontade deles, não temos como evitá-la.

Cassandra se balançou, infeliz; as palavras baixas e a aceitação de Andrômaca a enchiam de desespero.

— Realmente acha que os deuses iriam se rebaixar para lutar contra uma cidade mortal? Que motivos eles poderiam ter? Não somos malignos ou ímpios, não irritamos nenhum deus.

— Talvez — respondeu Andrômaca — os deuses não precisem de motivos para fazer o que fazem.

— E, se os deuses não são justos — disse Cassandra, chorando —, que esperança há para nós?

Como se em uma chama, ela viu o rosto da Bela, a deusa que havia tentado Páris com sucesso.

Eu lhe darei a mulher mais bela do mundo...

Como pensara na ocasião, pensou de novo: *Mas ele já tem uma mulher!* Ela levantou o rosto para Andrômaca.

— Para onde foi Enone?

— Não vi. Achei que talvez tivesse ido cuidar do filho...

— Não, ela viu Páris com Helena e saiu correndo — disse Cassandra. — Vou até ela.

— Não vejo por que Páris a abandonaria, nem mesmo por Helena, bela como é — observou Andrômaca —, a não ser que alguma deusa tenha ordenado.

— Uma deusa injusta assim eu jamais serviria — Cassandra disse com amargura.

Andrômaca cobriu as orelhas com as mãos.

— Ah, não diga isso — ela implorou. — Isso é blasfêmia. Estamos todos sujeitos aos imortais...

Cassandra levantou o copo e terminou de beber, mas suas mãos tremiam e ela quase o derrubou.

— Vou falar com Enone — ela disse, levantando-se.

— Isso — encorajou Andrômaca —, vá e diga a ela que a amamos e nunca vamos aceitar aquela espartana no lugar dela, mesmo se fosse a própria Afrodite.

Embora Cassandra procurasse em todo o palácio, Enone não estava em lugar nenhum e nem foi vista de novo na casa de Príamo. Por fim, ouvindo o grupo real nas escadas – preparando-se, pensou ela, para solenizar o casamento de Páris, o que, já que Enone não estava ali para protestar, não podia ser impedido –, saiu do palácio e voltou em silêncio para a casa do Senhor do Sol. Não tinha vontade de ouvir hinos de casamento cantados para Helena quando tinham sido negados a Enone. Estaria disposta a repreendê-los em nome de qualquer deus se um deus tivesse falado a ela, mas nada aconteceu, e ela não queria dar mais nenhum espetáculo gritando a morte e o desastre que quase podia ver.

[illegible]

[illegible] la medicina [illegible]

[illegible]

[illegible]

[illegible]

[illegible]

VOLUME DOIS

PRESENTE DE AFRODITE

UM

CASSANDRA NÃO FALOU A NINGUÉM, NEM NA CASA DO SENHOR DO SOL nem em qualquer outro lugar, sobre Helena e Páris, mas deveria ter imaginado que notícias assim nunca ficariam em segredo. Antes que três dias tivessem se passado, a história de Helena, e a profecia de Cassandra, estavam em cada língua de Troia.

Havia até aqueles que, vendo a beleza de Helena, acreditavam, ou diziam acreditar, que a deusa do amor e da beleza dos aqueus, Afrodite, viera em pessoa até a cidade. Cassandra, se fosse questionada sobre isso, dizia apenas que Helena era de fato muito bela – bela o suficiente para virar a cabeça de qualquer mortal –, e que no país dela acreditavam que ela era filha de um imortal.

Ela não sabia nem se importava se alguém acreditava nisso, sua preocupação agora era com Enone. Esperava que a garota tivesse simplesmente tomado o filho e voltado para o Templo do Escamandro, mas não acreditava nisso. No fundo de sua mente estava o medo assombroso de que Enone de algum modo tivesse escolhido sacrificar a si mesma e ao filho ao Deus Rio. Se Afrodite fosse de fato uma deusa do amor, por que não escolhera proteger o amor entre Enone e Páris?

Ela se perguntou sobre essa deusa Afrodite, que colocava tanta tentação nos corações dos homens – e mulheres, também: não fora apenas Páris que havia escolhido Helena e não podia resistir a ela, mas Helena, também, embora rainha de Esparta por direito materno, tinha escolhido se entregar a Páris depois de ter escolhido seu marido, como poucas mulheres no mundo aqueu podiam fazer. *Se eu fosse rainha*, ela pensou, *escolheria ser como Imandra e reinar sozinha, sem tomar um consorte.*

As deusas de Troia e da Cólquida eram deusas sensatas, que reconheciam a primazia da terra e da maternidade, mas essa deusa que tumultuava tudo por um capricho que chamavam de amor... Não, não era uma deusa a quem um dia consentiria servir. E então uma noite sonhou que estava em um templo estranho diante dessa deusa acaia que se parecia muito com a rainha espartana.

Então jurou que não vai me servir, Cassandra de Troia? E, no entanto, entregou sua vida ao serviço dos imortais...

Cassandra de certo modo sabia que sonhava; ela olhou para a deusa e viu que era ainda mais bela que Helena de Esparta, e por um momento pareceu que no rosto de Afrodite estava a beleza semiesquecida da visão de Apolo Senhor do Sol. Ela poderia resistir ao chamado do amor?

— Jurei servir à Mãe de Todos — ela disse. — A senhora não é ela, e a senhora não tem parte na adoração dela, pois a senhora a nega, acho.

Um riso longínquo soou como o bater de sinos.

Você também me servirá no fim, filha de Príamo. Tenho mais poder que você, e mais que as deusas comuns de suas cidades. Todas as mulheres aqui vão me adorar, e você também!

Cassandra gritou "não!" e acordou assustada para ver o quarto vazio e apenas o rosto brilhante do sol na janela, como uma zombaria da beleza que tinha visto.

Como esses aqueus eram estranhos. Primeiro escolhiam adorar uma deusa do casamento que pune qualquer um que se desvia dele e, então, escolhem uma deusa de amor apaixonado que tenta uma mulher a esquecer os votos que fez. Era como se os aqueus temessem e também desejassem a infidelidade em suas esposas – ou talvez só quisessem um pretexto para abandoná-las.

Talvez fosse melhor que uma criança pertencesse apenas à mãe. Talvez casamento e paternidade não fossem coisas boas para homens. Uma mulher precisa cuidar do bem-estar da criança que carregou no corpo, mas procriar era muito fácil para os homens; eles eram peões a serem usados para a vantagem do pai. Talvez Phyllida tivesse a melhor barganha, afinal. Um deus podia ter quantas esposas desejasse e não precisava jogar a velha fora quando escolhesse a nova.

Esse pensamento fez Cassandra se lembrar de que tinha obrigações no templo e, enquanto havia prometido jamais servir a Afrodite, tinha feito um juramento de servir ao Senhor do Sol. Deveria descer e se juntar aos outros sacerdotes e sacerdotisas para a saudação do amanhecer.

Eles já estavam reunidos lá, dos veneráveis velhos sacerdotes curandeiros aos noviços mais jovens. Ela foi quase a última a tomar seu lugar, e Charis lançou um olhar paciente e reprovador sobre ela. O sacerdote chefe cumprimentou todos e disse:

— Em nome do Senhor do Sol, peço que deem as boas-vindas a um recém-chegado entre nós. Ele serviu no templo em Delos, a própria ilha do Senhor do Sol. Deem as boas-vindas a nosso irmão, que se chama Crises.

Ele fora bem nomeado como Crises: *dourado*. Era incomumente alto, quase tão alto quanto Heitor, embora não tão musculoso ou bem construído. Seus belos traços eram cobertos por uma fina poeira de sardas; o cabelo brilhava ainda mais claro porque ele estava bronzeado. Seu sorriso era radiante, mostrando dentes brancos alinhados, os olhos de um azul vivo do mar.

Quando falou, a voz dele era forte e vibrante, com ecos ressonantes que recordavam muito Cassandra das vezes que tinha ouvido a voz do deus. *Bem, ele escolheu um deus para servir*, ela pensou. *De um mortal assim, o Senhor do Sol bem poderia sentir ciúme.*

— De quem é hoje a obrigação de receber e registrar as oferendas? — perguntou Charis.

Cassandra, chamada às suas obrigações, se assustou e respondeu:

— É minha.

— Então vai levar nosso irmão para o pátio e lhe mostrar como elas são entregues.

Cassandra baixou os olhos com timidez, quase como se sentisse que Crises podia ler seus pensamentos, os quais, tinha a impressão, eram muito ousados.

— Agradeço pela recepção — disse Crises —, mas, se puder antes lhe pedir um favor, senhora...

— Com certeza pode — retrucou Cassandra bruscamente quando ficou óbvio que Charis não ia responder. — Mas não posso prometer nada até que saiba o que deseja.

Ele levantou os olhos, de modo que falou a todos eles.

— Peço a vocês que abriguem aqui minha filha, que não tem mãe — ele disse, e fez sinal para uma garotinha que estava escondida entre os arbustos na beira do pátio.

No começo Cassandra pensou que ela tivesse por volta de onze anos. Usava uma túnica esfarrapada e pequena que mal chegava abaixo dos joelhos, e o cabelo tinha a mesma cor dourada espantosa do pai, preso em uma massa enovelada até a metade das costas.

— Venho viajando por muito tempo, e é difícil para um homem sozinho cuidar de uma menina — disse Crises, seguindo os olhos de Cassandra. — Ela pode viver aqui na casa do Senhor do Sol?

— Certamente — respondeu Charis —, mas ela é jovem demais para ser escolhida como uma das donzelas de Apolo, haverá tempo suficiente quando ela crescer para escolher esse caminho, se desejar. Por ora... Cassandra, pode levar a criança e certificar-se de que ela receba o cuidado apropriado?

— Então serei duplamente grato à senhora Cassandra — disse Crises, curvando-se e sorrindo para ela.

Tentando não olhar para Crises de novo, ela estendeu a mão para a garotinha.

— Venha comigo, querida. Está com fome?

— Estou, mas meu pai disse que eu não deveria pedir nada.

— Bem, você vai ser alimentada, ninguém fica com fome na casa do deus — garantiu Cassandra, e, levando a menina para o próprio quarto, chamou uma criada e pediu que ela trouxesse pão, vinho e um cesto de frutas.

— Primeiro, precisa tomar um banho e colocar roupas limpas — ela disse, pois as vestes da menina estavam imundas, além de esfarrapadas.

Com a ajuda de uma das governantas, ela banhou a menina. Enquanto ensaboava o corpinho, percebeu que a garota não era tão jovem quanto havia pensado; seus seios já estavam bem formados, e havia um emaranhado de pelos dourados no púbis. Limpa da sujeira das estradas, ela tinha a beleza do pai, e Cassandra, perguntando o nome dela, não ficou surpresa ao ouvir a resposta:

— Minha mãe me chamou de Helike no nascimento, mas meu pai sempre me chamou de Criseida.

Dourada.

— O nome cai bem em você — disse Cassandra —, especialmente se o seu cabelo não estivesse tão emaranhado.

— Imagino que vai ser preciso cortá-lo — apontou Criseida.

— Ah, não, isso seria uma pena — exclamou Cassandra. — É bonito demais para isso.

Ela pegou um pente e soltou com cuidado o pior dos nós; dois ou três realmente não podiam ser desembaraçados, e precisou cortá-los. Escovado até ficar macio e lustroso, o cabelo brilhante se encaracolava sobre os ombros da garota. Quando foi vestida com uma túnica branca das noviças, com um cinto tecido de seda, um dos de Cassandra, preso na cintura, Criseida o tocou com dedos deslumbrados.

— Nunca usei nada tão bonito!

— Agora você parece digna de ser uma das donzelas do Senhor do Sol — Cassandra disse. — O Senhor Apolo vai ficar feliz com você, como não ficaria com uma criança suja.

A garota parecia meio faminta, as mãos dela tremiam enquanto atacava o pão e as uvas, como se não tivesse comido nada por dias, embora Cassandra percebesse que ela estava tentando se controlar e mostrar bons modos. Ela agradeceu a Cassandra com lágrimas nos olhos.

— Enquanto estávamos viajando, meu pai às vezes era alimentado nos templos — ela disse —, mas ele não queria que homens estranhos me vissem.

Então, para que não parecesse criticar o pai, ela completou:

— Ele guardava algo para mim sempre que podia.

Contra a vontade, Cassandra ficou tocada.

— Se a governanta permitir, pode dormir em meu quarto, e vou cuidar de você.

Criseida sorriu com timidez.

— E também vou ter obrigações no templo?

— É claro. Ninguém fica ocioso na casa do deus — respondeu Cassandra —, mas, até descobrirmos o que você tem habilidade para fazer, vamos lhe dar tarefas adequadas para sua idade.

Ela se virou para a governanta:

— Leve-a para Phyllida — ela sugeriu —, e deixe-a ajudar a cuidar do bebê.

Ainda era cedo no dia quando ela voltou para o pátio, onde Charis e Crises esperavam por ela. A velha sacerdotisa o ajudava a contabilizar as ofertas deixadas no pátio do templo durante a noite, ofertas deixadas por pura piedade por cidadãos que não tinham pedidos especiais a fazer. Estavam fazendo marcas nos gravetos de conta: uma marca para um jarro de azeite ou vinho, outra para uma bandeja de bolos, outra ainda para um par de pombos em uma gaiola de vime. Ela disse a eles que arranjos tinha feito para a menina.

— Isso foi sensato — elogiou Charis. — Ela não vai sofrer nenhum perigo embalando o bebê, e isso vai livrar Phyllida para voltar às próprias obrigações.

— Não consigo expressar minha gratidão — disse Crises. — É quase impossível para um homem cuidar de uma filha; se ela tivesse sido menino, eu poderia ter conseguido. Quando ela era bem pequena era mais fácil, mas, agora que está quase crescida, preciso ficar de olho nela dia e noite. Entre as virgens do Senhor do Sol, não preciso temer por ela.

— Certamente vamos proteger a virgindade dela para você — garantiu Charis —, mas isso é tão importante agora? Pensei que ela tivesse apenas cerca de onze anos.

— Eu também — disse Cassandra —, mas quando a banhei vi que era mais velha que isso.

Crises considerou.

— A mãe dela morreu há dez anos — ele informou —, e tenho certeza de que ela ainda não tinha três anos. Há quatro meses ela ficou moça, e eu nem sabia o que dizer a uma menina. Foi então que decidi deixar minha vida errante e assentar em algum lugar para que ela possa receber os cuidados adequados. Na estrada, não conseguia nem mantê-la alimentada, e ela é bonita demais para que eu a deixe sair como pedinte.

— Pobre criança sem mãe — disse Cassandra. — Vou cuidar dela como se fosse minha.

— Não tem filhos seus, senhora?

— Não — respondeu Cassandra —, sou uma virgem de Apolo.

Ela sentiu que corava com o olhar que ele lhe deu e disse rapidamente:

— Estão começando a trazer oferendas e consultar o templo, preciso ir e me preparar para falar com eles.

O primeiro homem tinha trazido um jarro de vinho bom como oferenda e perguntou:

— Sacerdotisa, quero perguntar ao deus como posso casar bem minha irmã. Meu pai está morto e passei muitos anos longe de minha vila servindo no exército de meu rei.

Cassandra recebera perguntas similares várias vezes. Ela entrou no santuário e dedicadamente repetiu a questão. Não achava que fosse importante o suficiente para que o deus respondesse, de qualquer modo, esperou vários minutos para o caso de ele ter algo a dizer. Então ela voltou para o homem que esperava.

— Vá ao amigo mais velho de seu pai e peça um conselho a ele em nome da amizade dos dois, e não se esqueça de dar a ele um presente generoso.

O rosto do homem se iluminou.

— Estou grato ao deus pelo conselho — ele disse, e Cassandra assentiu para ele com cortesia, segurando-se para não dizer: "Se tivesse usado a inteligência que o deus achou por bem lhe dar, teria poupado a si mesmo o esforço de vir até aqui, mas, já que qualquer pessoa sensata poderia ter lhe dado essa resposta, bem podemos receber um presente por isso".

Mais tarde, quando Crises perguntou a ela "Como sabe o que responder? Acho difícil acreditar que um deus fosse se importar com tais questões", ela disse que os sacerdotes haviam composto respostas apropriadas para as perguntas mais comuns.

— Mas não se esqueça de ficar em silêncio por alguns momentos, para o caso de o deus ter outra resposta a ser dada. Até as perguntas mais tolas – do nosso ponto de vista – o deus às vezes resolve responder — ela o avisou.

Depois de um tempinho outro homem entrou, carregando uma grande cesta de melões excelentes, e perguntou:

— O que devo plantar no meu campo do sul este ano?

— Houve fogo, enchente ou qualquer mudança em sua terra?

— Não, senhora.

Ela entrou no santuário, sentando-se por um momento diante da grande estátua do Senhor do Sol, recordando-se de que, na primeira vez que a vira quando criança, tinha pensado que fosse um homem vivo. Quando o deus não falou com ela, voltou e disse:

— Plante o que plantou ali três anos atrás.

Essa resposta não poderia causar mal possível; se ele estivesse alternando as plantações como os chefes da maioria das vilas agora aconselhavam, não entraria em conflito com o conselho deles, e se não estivesse, não deixaria as coisas piores. Enquanto ele a agradecia, Cassandra sentiu a exasperação comum; essa era a resposta segura para qualquer fazendeiro em qualquer ano, e ela sentia que ele deveria saber disso sem perguntar. Mas todos aproveitariam os melões, de qualquer modo.

A manhã seguiu lentamente, com apenas uma pergunta que lhe deu um momento de pensamento; um homem trouxe um belo cabrito como oferenda e disse que a esposa dele tinha acabado de dar à luz um belo filho.

— E deseja agradecer ao Senhor do Sol?

O homem se mexeu sobre os pés desconfortavelmente, como uma criança culpada.

— Bem, não exatamente — ele murmurou. — Quero saber se a criança é minha ou se minha mulher foi infiel.

Aquela era a pergunta que Cassandra sempre temia mais; seu ano entre as amazonas lhe ensinara que a suspeita de um homem sobre uma mulher normalmente significava que ele não se sentia digno da atenção de uma mulher.

No entanto, ela aceitou a oferenda com calma e entrou no santuário. Às vezes essa pergunta era de fato respondida, aparentemente de modo aleatório, "Se não tem certeza, abandone a criança de vez". Mas não houve resposta, então ela deu a resposta adequada para tais casos.

— Se pode confiar em sua esposa de outros modos, não há motivo para duvidar dela nisso.

O homem pareceu imensamente aliviado, e Cassandra suspirou e disse a ele:

— Vá para casa agora, e agradeça à Deusa por seu filho, e não se esqueça de se desculpar com sua mulher por duvidar dela sem motivo.

— Farei isso, senhora — ele prometeu, e Cassandra, vendo que não havia outros suplicantes esperando consulta, virou-se para dizer para Crises:

— A esta hora devemos fechar o santuário e descansar até o sol começar a baixar. É costume comer um pouco de pão e fruta antes de voltar para ver se alguém vem.

Ele agradeceu e completou:

— A senhora Charis me contou que a senhora é a segunda filha do rei Príamo e da rainha dele. A senhora é nobre e bela como Afrodite, como é que serve aqui no templo quando todos os príncipes e nobres desta costa e ao sul de Creta devem ter lhe oferecido casamento?

— Ah, não tantos assim — ela disse, rindo nervosa. — No meu caso, o Senhor do Sol me chamou para o serviço dele quando era mais jovem que sua filha.

Ele pareceu cético.

— Ele chamou a senhora? Como?

— O senhor é sacerdote — ela respondeu. — Certamente ele falou com o senhor.

— Não tive tal sorte, senhora — ele disse. — Acho que os imortais só falam com os grandes. Meu pai – ele era um homem pobre – me prometeu ao serviço do deus quando meu irmão mais velho escapou de uma febre que assolou Micenas vários anos atrás. Ele achou que era uma negociação justa; meu irmão era um guerreiro, e eu, ele disse, não servia para nada.

— Isso não foi certo — Cassandra retrucou, com veemência. — Um filho não é um escravo.

— Ah, eu estava disposto — respondeu Crises. — Não tinha talento para me tornar um guerreiro.

Cassandra riu um pouco.

— Estranho. Certamente o senhor é mais forte que eu, e fui uma guerreira entre as amazonas por um ano.

— Ouvi falar das mulheres guerreiras — ele disse —, e também ouvi que elas matam os amantes e os filhos homens.

— Não é assim — ela respondeu —, mas os homens vivem separados das mulheres lá, meninos são enviados para os pais assim que largam o peito.

— E a senhora teve um amante enquanto vivia entre elas, bela amazona?

— Não — ela disse em voz baixa. — Como expliquei, jurei castidade ao Senhor do Sol.

— Parece um desperdício — comentou Crises — que uma senhora tão bela vá ficar velha sem amor.

— Não precisa sentir pena de mim — Cassandra respondeu, indignada. — Sou muito contente sem amante.

— Isso me parece o desperdício nisso — disse Crises. — A senhora é uma princesa, e bela, e é bondosa também… assim se mostrou à minha filha. No entanto, vive sozinha aqui e se entrega a esses suplicantes desgraçados e serve aqui como qualquer donzela plebeia poderia fazer…

Abruptamente, ele a puxou para perto e a beijou; ela tentou empurrá-lo, mas ele a segurou com tanta força que não podia escapar. A boca dela se surpreendeu com o calor dos lábios dele.

— Não tenho intenção de lhe causar desonra — ele sussurrou. — Eu seria seu amante… ou seu marido, se me aceitasse.

Ela se afastou freneticamente e correu do cômodo, subindo as escadas como se perseguida por demônios, o coração disparado e o som do próprio sangue batendo nos ouvidos. No quarto de Phyllida, encontrou Criseida balançando o bebê e cantando para ele com uma voz baixa e fina. Phyllida dormia, mas sentou-se quando Cassandra irrompeu quarto adentro.

Cassandra estava pronta para contar toda a história, mas, olhando para Criseida, pensou: *Se reclamar dele, vão mandá-lo embora, e aí essa criança estará de novo à mercê dos acasos da estrada.*

Então ela disse apenas:

— O sol me deu dor de cabeça. Phyllida, pode trocar de obrigações comigo hoje à tarde e receber as oferendas no santuário se eu cuidar do bebê? Posso mandar alguém buscá-la quando ele precisar se alimentar.

Phyllida concordou com alegria, dizendo que estava cansada de ficar dentro do quarto com o bebê, e que era realmente a época em que ele deveria ser desmamado, de qualquer modo. Quando ela saiu, Cassandra colocou o bebê para brincar no sol e sentou-se para pensar no que havia acontecido.

Ela havia entrado em pânico tolamente, tinha certeza, nenhum sacerdote de Apolo a estupraria no santuário do deus.

Certamente ele não queria fazer mal de verdade, ela não tinha sentido uma repulsa como a que sentira do homem da tribo que tentara violá-la quando cavalgava com o bando de amazonas. Se ela não tivesse corrido, o que ele *teria* dito ou feito? Ela não iria querer matá-lo, mas ele teria levado as coisas tão longe?

Ela não queria de fato saber; gostava de Crises, e não sentiu raiva real, apenas uma sensação de desamparo. *Aquilo não era para ela.* Ela sentiu dentro de si a subida das águas escuras, e soube que aquilo também não era o que a Deusa queria para ela.

DOIS

Por vários dias Cassandra conseguiu evitar a tarefa de receber as oferendas, mas ela ouviu de outros que Crises estava se tornando popular entre os sacerdotes e sacerdotisas. Não apenas era familiar com o ofício secreto das abelhas e a arte de tirar o mel delas (embora ela tenha ouvido que em Creta esse trabalho era proibido para homens e permitido apenas para sacerdotisas especiais), mas também sabia muitas das artes conhecidas em Creta e também no Egito.

— Ele viajou pelo Egito — Charis disse a ela — aprendeu lá a arte de marcar a contagem, e contou que ensina qualquer um que quiser aprender. Vai simplificar muito os registros, então podemos saber de uma vez o que há em nossos estoques sem contar – nem contar varetas de registro.

Outros falaram da cordialidade dele, de suas muitas histórias de viagens e da devoção à filha, de modo que ela começou a sentir que tinha se comportado como uma tola. Chegou um dia em que ela voltou para suas obrigações comuns, e quando entrou no santuário e encontrou Crises lá para trabalhar com ela, ficou com vergonha de olhá-lo nos olhos.

— Eu me alegro em vê-la de novo, senhora Cassandra. Ainda está com raiva de mim?

Algo na voz dele reforçou sua resolução, disse a ela que ao menos não tinha imaginado o que acontecera entre eles. *Por que deveria ter vergonha de olhá-lo nos olhos? Não fiz nada de errado; se houve qualquer transgressão, foi dele, não minha.*

Ela declarou:

— Não guardo rancor, mas imploro, jamais me toque novamente.

Ela ficou irritada consigo mesma por ter falado como se pedisse um favor, não como se exigisse seu direito de recusar um toque indesejado.

— Não posso dizer quanto lamento ofender a senhora.

— Não há necessidade de desculpas. Não falemos disso de novo.

Ela se afastou, nervosa.

— Não — ele disse. — Não posso deixar isso assim. Sei que não sou digno da senhora: sou apenas um sacerdote pobre, e a senhora é filha de um rei.

— Crises, não é isso — ela retrucou. — Jurei não pertencer a homem nenhum a não ser ao deus.

Ele riu, com um som curto, amargo, e disse:

— Ele nunca vai reclamá-la nem sentir ciúme.

— Quanto a isso, não deveria ser a primeira…

— Ah, Cassandra — ele riu —, acho que é inocente, mas certamente não inocente o suficiente – ou criança o suficiente – para acreditar *naquelas* velhas histórias!

Ela o interrompeu.

— Não vamos falar dessas coisas; mas, seja verdade ou mentira que o deus possa reclamar os seus, não sou para o *senhor*.

— Não diga isso — ele pediu. — Nunca em toda a minha vida desejei uma mulher como desejo a senhora, nem penso que poderia querer tanto qualquer mulher, até vê-la aqui.

— Vou acreditar, se me diz — ela respondeu —, mas, mesmo que seja verdade, jamais fale disso comigo de novo.

Ele baixou a cabeça.

— Como quiser — ele disse. — Nem por mundos a ofenderia, princesa. Estou em dívida com a senhora por sua bondade com minha filha. Porém sinto que Afrodite, que é a senhora do desejo, me pediu para amá-la.

— Uma deusa assim só envia loucura para homens e mulheres — respondeu Cassandra. — Jamais amaria qualquer homem a pedido dela. Pertenço ao Senhor do Sol. E agora não diga mais nada sobre isso, ou vamos brigar de verdade.

— Como quiser — disse Crises. — Digo apenas que, se a senhora negar o poder daquela a quem todas as mulheres devem servir, ela pode puni-la.

Essa nova deusa foi criada pelos homens, pensou Cassandra, *para desculparem a própria lascívia; não acredito no poder dela.* Então ela se recordou de seu sonho, mas deu de ombros. *Fiquei tanto com isso mente, é como sonhar com trovão quando se ouve a chuva no telhado.*

— Há devotos no templo, e precisamos pegar as oferendas. Pode me ensinar seu novo método de registrá-las na escrita? Vi a escrita de imagem do Egito, mas é muito complicada, e uma vez, anos atrás, um velho que morava aqui me disse que os escribas egípcios precisavam estudar por toda a vida para aprender.

— É verdade — concordou Crises —, mas os sacerdotes do Egito têm uma escrita mais simples que não é tão difícil de aprender, e o estilo de Creta é ainda mais simples, pois cada marca não é uma figura ou ideia, como nas tumbas dos reis, mas um *som*, então se pode escrever em qualquer língua.

— Ora, que inteligente! Que deus ou grande homem criou esse sistema?

— Não sei — respondeu Crises —, mas dizem que Hermes do Olimpo, o deus mensageiro que viaja nas asas do pensamento, é o deus patrono da escrita.

Crises tirou suas tabuletas e gravetos de registro.

— Vou lhe mostrar os sinais mais simples e como escrevê-los. Podem ser copiados em tabuletas de calcário, então, quando secam, terão um registro que nunca perece e não depende da memória de nenhum homem.

Ela aprendeu rápido, era como se algo nela estivesse clamando por esse novo conhecimento, e ela o absorveu como o chão ressecado absorvia a chuva depois de uma longa seca. Cassandra aprendeu tão bem a escrita cretense que ameaçou ser mais rápida naquilo que Crises, e depois ele insistiu que ela não devia aprender mais.

— É para seu próprio bem — ele insistiu. — Em Creta, nenhuma mulher aprende essa escrita, nem a rainha. Os deuses ordenaram que as mulheres não devem aprender essas coisas, pois vai danificar suas mentes, secar seus úteros, e o mundo se tornará estéril em todo lugar. Quando as fontes sagradas estão secas, o mundo fica sedento.

— Isso é tolice — ela protestou. — Não me causou dano.

— Vai ser capaz de julgar? Já me recusou, ou qualquer amante; isso não é um insulto à deusa, e um sinal de que já recusou a feminilidade?

— Então me recusa isso por ressentir que o rejeitei?

Ele pareceu amargamente ferido.

— Não sou apenas eu que recuso, é o grande poder da natureza que ordenou que a mulher é feita para o homem. Somente a mulher tem esse poder sagrado e precioso para carregar…

Pareceu tão ridículo que Cassandra riu na cara dele.

— Está tentando me dizer que antes que os deuses e as deusas dessem ao homem sabedoria e aprendizado, homens podiam parir filhos, e que porque o homem criou outras coisas, teve esse poder negado? Até as amazonas sabem que não é verdade. Elas fazem todo tipo de coisa proibida às mulheres aqui, e, no entanto, dão à luz também.

— Filhas — ele disse com desdém.

— Muitas amazonas tiveram belos filhos.

— Ouvi dizer que entre as amazonas elas matam bebês homens.

— Não, elas os enviam para os pais deles. E sabem todas as artes que nas tribos de costumes diferentes são reservadas para os homens. Então, se as mulheres em Creta não têm permissão para ler, o que isso tem a ver comigo? Não estamos em Creta.

— Uma mulher não deveria ser capaz de argumentar assim — protestou Crises. — A vida da mente destrói a vida do corpo.

— O senhor é ainda mais tolo do que pensei — retrucou Cassandra. — Se isso fosse verdade, seria ainda mais importante não ensinar nenhum homem, para que isso não o destruísse como guerreiro. Todos os sacerdotes de Creta são eunucos, então?

— A senhora pensa demais — Crises disse, com tristeza. — Isso vai destruí-la como mulher.

Os olhos dela brilharam de malícia.

— E se eu me entregasse ao senhor, isso me salvaria desse destino horrível? O senhor é de fato bondoso, meu amigo, e sou ingrata por não apreciar o grande sacrifício que está disposto a fazer por mim.

— Não deveria desdenhar desses mistérios — Crises disse sobriamente. — Não acredita que, porque o deus colocou desejo pela senhora em meu coração, é uma mensagem de que eu deveria tê-la?

Levantando as sobrancelhas com desdém, Cassandra disse:

— Todo sedutor declarou isso desde o início dos tempos, e toda mãe ensina suas filhas a não dar ouvidos para tais besteiras falsas. Quer que ensine sua própria filha esse tipo de coisa, que porque algum homem a deseja, é obrigação dela se entregar?

— Minha filha não tem nada com isso.

— Sua filha tem tudo com isso, minha conduta é para ser um modelo de virtude para ela. Quer que ela se entregue ao primeiro homem que disser que a deseja?

— Certamente não, mas...

— Então é um hipócrita, e também um tolo e um mentiroso — disse Cassandra. — Eu gostei do senhor um dia, Crises, não complete o trabalho de destruir toda a minha boa vontade.

Ela se afastou dele e saiu do santuário. Enquanto trabalharam juntos, ele não tinha cessado suas importunações por um só dia. Não iria mais aguentar aquilo, falaria com Charis, ou com o sacerdote chefe, e diria que não trabalharia mais com Crises, pois ele só tinha um uso para ela, e aquilo ela não permitiria.

Seria mais simples eu mesma sair do templo. Mas eu deveria deixar um homem desses me expulsar?

Ao anoitecer, tentando acalmar a própria exasperação, Cassandra desceu a colina na direção da área cercada onde viviam as sacerdotisas. Ao passar pelo prédio, um pequeno som entre os arbustos a perturbou; ela se virou e viu duas figuras, fundidas juntas nas sombras. Foi na direção delas num impulso, e o homem se separou e saiu correndo. Cassandra não o reconhecera e não se importava, mas a segunda figura era outra questão. Cassandra se moveu com rapidez e pegou o braço da jovem Criseida.

O vestido da garota estava amarrotado, puxado para cima até quase a cintura, deixando a virilha nua; a boca estava inchada e machucada; o rosto, avermelhado e sonolento. Chocada, Cassandra pensou: *Mas ela é uma criança, um bebê!* No entanto, estava claro o que andaram fazendo – e certamente não havia dúvida sobre isso, a garota tinha sido uma participante um tanto disposta.

Emburrada, a menina puxou o vestido para baixo e esfregou o braço no rosto. Cassandra finalmente explodiu:

— Sem-vergonha! Como ousa ficar aí assim? Você é uma virgem de Apolo!

Desafiadora, Criseida murmurou:

— Não olhe para mim assim, sua solteirona amarga, seca. Só porque nenhum homem a desejou, como ousa me reprovar?

— Como eu ouso? — Cassandra repetiu, pensando: *E foi porque estava preocupada com essa garota que escondi a ofensa do pai dela! Não há necessidade de especular como ela chegou a esse comportamento.*

Ela disse em voz baixa:

— Não importa o que possa pensar de mim, Criseida, não é minha conduta em questão, mas a sua. Isso é proibido para as donzelas aqui. Você buscou refúgio no Templo do Senhor do Sol, então precisa obedecer às regras sob as quais as outras donzelas vivem.

Talvez, ela pensou, *fosse mais sábio mandar embora pai e filha inúteis juntos da casa do deus.*

— Entre na casa, Criseida — ela disse, com o máximo de gentileza que conseguiu —, e troque de vestido e se lave, ou não serei apenas eu a censurá-la.

A garota tinha sido colocada sob seus cuidados, de algum modo deveria dar um jeito para que Criseida não fosse uma desgraça para a casa do Senhor do Sol, ou para os ensinamentos de Cassandra. Conforme Criseida entrou, ela pensou: *Parece agora que estou à mercê de Afrodite. Criseida também vai reclamar que está sob a influência da deusa cujo negócio é atrair mulheres para o amor desobediente e sem lei?*

Ela levantou os olhos para ficar de frente para o sol alto nos céus.

— Estamos em seu poder, Senhor Apolo — ela rezou. — Certamente está no comando de sua casa e dos corações e mentes daqueles que juraram a vida ao senhor. Não quero desrespeitar nenhum imortal, mas poderia manter a ordem na sua própria casa e no seu próprio santuário?

TRÊS

NÃO HOUVE RESPOSTA IMEDIATA PARA A PERGUNTA, MAS ELA NÃO esperava nenhuma. Por vários dias evitou o santuário, alegando doença. Parecia que a casa do Senhor do Sol, um dia tão feliz, tinha se tornado hostil, pois Crises estava em todos os lugares. Por fim ela subiu a colina até o topo da cidade, e ali ofereceu um sacrifício à Donzela, deusa patrona de Troia. Seus pensamentos estavam em turbilhão, e ela se perguntou se era deslealdade ao Senhor do Sol, de quem era sacerdotisa. Mas ela fora chamada para a Mãe Terra e tornada sacerdotisa lá também.

Quando tinha oferecido seu sacrifício, sentiu-se mais calma, embora a deusa não falasse com ela diretamente. Voltou para a casa do Senhor do Sol e se apresentou para as cerimônias da noite, e, quando viu Crises entre os sacerdotes e ele sorriu para ela, não tentou evitar o olhar dele. Não era ela quem tinha feito algo errado, por que deveria se sentir envergonhada?

Naquela noite seus sonhos foram confusos e horríveis. Tinha a impressão de que uma tempestade rugia sobre Troia, e de que ela estava na parte mais alta da cidade, na cidadela da Donzela, de algum modo tentando atrair os relâmpagos para acertá-la primeiro, para que não caíssem naqueles que amava. O Senhor Trovão dos aqueus andava pelas grandes muralhas construídas por gigantes, balançando os pulsos. O Sacudidor de Terra, Senhor de Troia, que fora invocado para ser consorte da Mãe Terra, lutava e se esforçava para proteger sua cidade. Havia outros imortais, também, e de algum modo ela, Cassandra, os havia irritado. *Mas eu não fiz nada errado*, ela protestava em confusão. Se alguém havia transgredido, fora Páris. Ela invocou o Senhor do Sol para salvar a cidade dele, mas ele franziu o cenho e escondeu o brilho de seu rosto, dizendo "Eles me adoram também entre os aqueus", e ela acordou com um grito de horror. Quando estava totalmente desperta, percebeu o absurdo do sonho – com certeza os deuses, que tudo sabiam, não puniriam uma grande cidade pela transgressão tola de um só homem e de uma mulher.

Depois de um tempo ela dormiu de novo, e de novo começou a sonhar. Ela achou que segurava o bebê de Phyllida contra o peito e sentiu de novo a mistura de grande ternura com repulsa e desespero horrendos. Algo estava errado, terrivelmente errado. Ela lutou pela consciência. O toque no seio ainda estava ali, e uma forma curvada sobre ela, escura a não ser onde a luz da lua cheia brilhava na máscara dourada de Apolo. Mas ela reconheceu o toque da mão em seu seio e abriu a boca para gritar.

A mão se moveu rapidamente de seu seio para cobrir sua boca.

— Você é minha, Cassandra! — uma voz muito conhecida entoou. — Vai se negar a seu deus?

Cassandra mordeu a mão, que foi retirada com um grito pouco divino, e sentou-se, puxando a túnica para o lugar.

— Conheço a voz do deus, Crises — ela rosnou furiosamente para ele —, e não é a *sua* voz! Blasfemo, acha que Apolo não consegue proteger os seus?

A voz dela havia se levantado consideravelmente na última sentença, e ela ouviu no corredor as outras sacerdotisas que vinham investigar a perturbação. Ela se jogou da cama, tentando alcançar a porta, mas Crises bloqueou o caminho dela e a empurrou contra a parede. As tentativas dele de segurá-la ali, embora com sucesso, não eram silenciosas, e logo o quarto se encheu de uma multidão de mulheres, incluindo Charis, Phyllida e Criseida. Crises virou o rosto, de modo que a máscara olhou para o grupo de mulheres.

— Deixem-nos.

A voz dele era profunda e impressionante. Phyllida primeiro arquejou, vendo a máscara do deus, então, reconhecendo a voz do homem, olhou para ele e Cassandra com compreensão horrorizada. Criseida riu; as mulheres restantes pareciam incertas.

Cassandra o acertou com força no estômago e se soltou das mãos dele.

— Sacerdote vil — ela disse em um arquejo. — Ousa usar a aparência do deus para satisfazer suas luxúrias! Você profana o que não entende!

Ela tremia com uma mistura de raiva e horror.

— Pela Mãe de Todos, eu não me deitaria com *você* nem se estivesse realmente possuído por Apolo!

— Não se deitaria, Cassandra?

Um tremor passou pelo corpo de Crises e então, inesperadamente – e inconfundivelmente –, a voz era a de Apolo. *Você, que é minha escolhida... certamente não acha que eu deixaria de protegê-la de um mortal tolo e cruel.*

Cassandra ouviu o grito de reconhecimento de Phyllida, mas a maré escura subiu e a encheu, e ela sentiu a explosão da Deusa subindo dentro dela. A última coisa que ouviu foi a voz da Deusa:

Sua, Senhor do Sol? Ela me foi dada antes mesmo de nascer neste mundo mortal. Ou de sentir seu toque!

Então ela não soube de mais nada.

***

O corpo dela foi apoiado na parede, e tinha a impressão de que cada centímetro da pele tinha sido queimado. Unhas arranharam seu rosto e continuaram a rasgar a túnica no ombro.

— Assassina! — Criseida gritou no ouvido dela. — Você matou meu pai. Você se acha boa demais para ele... acha que por ser uma princesa é melhor que o resto de nós. Você age como se não fosse nem humana! Bem, você não é... você é um animal e uma covarde imunda...

Cassandra abriu os olhos. Crises estava deitado no chão, branco como morto e imóvel. Phyllida estava curvada sobre ele.

— Ele vai ficar bem, Criseida — ela disse em tom reconfortante. — O deus o possuiu, só isso.

Mas Criseida não estava escutando.

— Ela é uma bruxa! Ela lançou um feitiço ruim sobre ele!

Charis empurrou a garota histérica para longe de Cassandra e a enfiou nos braços de duas das outras sacerdotisas.

— Tirem essa pirralha sem sentido daqui!

Os gritos de Criseida ecoavam enquanto ela era arrastada pelo corredor, então misericordiosamente desapareceram ao longe.

Cassandra sentiu o corpo deslizar para o chão, mas não podia fazer nada para impedir. Os olhos estavam abertos, mas tudo parecia longe e não muito real. Só uma parte de seu ser estava em seu corpo; o resto pairava sobre a cena, observando enquanto Charis e a governanta a pegavam e a colocavam de volta na cama. Uma noviça trouxe um caneco de vinho, e Charis derramou um pouco da bebida na garganta de Cassandra. Aquilo a aqueceu brevemente e a puxou um pouco mais de volta ao corpo, mas ela se sentia insuportavelmente fria, como se a maior parte da sua força tivesse desaparecido. Ela via que Charis segurava sua mão, mas não sentia o aperto dos dedos da mulher. De repente sentiu-se tomada de saudade do acampamento das amazonas, e de Pentesileia, que tinha sido mais mãe para ela do Hécuba jamais seria. Lágrimas borravam sua visão e caíam pelos lados do rosto.

— Quieta — Charis a acalmou, puxando o cobertor e ajeitando-o sobre ela. — Descanse agora, e não se preocupe. Há tempo suficiente para resolver as coisas pela manhã.

Atrás de Charis, Cassandra via Phyllida pegar com reverência a máscara de Apolo. Dois dos sacerdotes entraram em silêncio, falaram brevemente com a governanta, então carregaram Crises para fora. Os olhos dele estavam abertos, mas ele parecia zonzo e sem compreensão.

Os sacerdotes conversavam um com o outro ao passarem pela cama dela; Cassandra entendeu as palavras "possessão genuína". Mas de quem? A de Crises ou a dela?

Ela acordou pouco antes do nascer do sol, sentindo que cada músculo e osso em seu corpo tinha sido espancado com porretes, e ficou deitada imóvel, pensando no que tinha acontecido.

Uma coisa era certa: Crises tinha – ilegalmente – usado a máscara do deus e tentado seduzi-la. Não tinha certeza do que acontecera depois daquilo. Ela se recordava de Criseida arranhando-a e gritando, e então se recordou da voz de Apolo, irrompendo pelo barulho e pela confusão do cômodo, e as palavras malfadadas que tinha dito a Crises.

"Eu não me deitaria com você nem se estivesse realmente possuído por Apolo."

Tinha realmente dito aquelas palavras ao deus dela? Crises as merecera, no entanto, seu corpo todo se apertou em dor com o pensamento de que Apolo Senhor do Sol pudesse tê-las tomado para si.

Ainda assim, além de medo ou arrependimento, ela sabia agora a fonte das águas negras; fora a Deusa que a tinha reivindicado. Havia se entregado ao deus em toda sinceridade de seu primeiro amor, no entanto, não estava livre.

A porta se abriu e Charis entrou, curvando-se sobre ela com ternura.

— Vai se levantar, Cassandra? Fomos todos convocados ao santuário para discutir o que realmente aconteceu aqui ontem.

Charis havia trazido um pouco de vinho, pão e mel, mas Cassandra não conseguia engolir; a garganta dela se fechou, e sabia que se tentasse comer ficaria enjoada.

Charis a ajudou a colocar o vestido e escovar o cabelo. Cassandra o prendeu frouxamente em uma trança e seguiu a sacerdotisa mais velha para o santuário, onde sacerdotes e sacerdotisas estavam reunidos.

Um dos sacerdotes mais velhos, que conhecia Cassandra desde a infância, os chamou à ordem, dizendo:

— Precisamos encontrar a verdade desse incidente infeliz. Filha de Príamo, vai nos contar o que aconteceu?

— Estava dormindo e sonhando e acordei para ver um homem no meu quarto. Ele usava a máscara do deus, mas reconheci a voz de Crises. Ele tinha me pedido para ceder a ele antes — ela disse —, e o rejeitei.

Ela levantou a cabeça, olhando nos olhos de Crises.

— Pergunte ao blasfemo lascivo se ele ousa negar!

O sacerdote perguntou:

— Crises, o que tem a dizer?

Crises olhou diretamente para Cassandra. Ele disse:

— Não me lembro de nada, só de que acordei no quarto dela com esse gato selvagem me arranhando!

— Não colocou deliberadamente a máscara do deus para enganar a moça?

— Certamente não! — Crises indignou-se. — Eu chamo o próprio Apolo como testemunha... mas duvido que ele virá me acusar ou me defender.

— Ele mente — Phyllida gritou. — Eu conheço a voz do deus... e vou jurar que era apenas a voz de Crises! Cassandra havia reclamado para mim antes que o que ele pedia a ela não era lícito a nenhum homem mortal! Depois eu o ouvi falar com a voz do Senhor do Sol...

— Todos nós ouvimos aquilo — disse Charis. — A questão agora é qual deles blasfemou, ou ambos, ou nenhum.

— Eu digo que ela é culpada de recusar a palavra de Apolo — acusou Crises. — Ela blasfemou, e em nome do deus que ambos servimos...

— Ela certamente invocou a Deusa no templo do próprio Apolo — disse Charis —, e isso é proibido.

— Acho que ambos devem ser mandados embora daqui — sugeriu o velho sacerdote — por terem criado um escândalo.

— Não vejo por que deveria ser punida — disse Cassandra — por lutar com um sacerdote lascivo que teria estuprado uma mulher que se entregou ao deus a que ele finge servir. Quanto à Deusa, não busquei a proteção dela; ela vai e vem como quer. Não sou parte da disputa dela com Apolo.

— Chamo Apolo como testemunha — Crises começou, inflamado.

Cassandra disse rispidamente:

— E o que vai fazer, blasfemo, se ele vier para responder?

Com arrogância, Crises garantiu:

— É certo que ele não virá. Fui atrás de Cassandra, sim, eu sirvo ao deus, como ela diz que faz…

— Tome cuidado — Charis alertou severamente, mas Crises riu.

— Vou correr esse risco!

Charis disse:

— Devemos proteção a Cassandra: as donzelas do templo são prometidas ao deus e não devem ser abusadas por um mero homem, seja ele sacerdote ou não, e certamente não com um truque desse tipo.

Houve um murmúrio pelo cômodo. Cassandra ficou grata a Charis por falar em sua defesa.

— Uma coisa eu pergunto — disse o velho sacerdote. — Venha cá, filha de Príamo. Ouviram quando alegou que não se entregaria a ele nem se estivesse de fato possuído por Apolo. Quis mesmo dizer isso ou falou com raiva?

— Já que o deus não veio até mim, falei apenas para rejeitar aquele que teria me estuprado em nome de Apolo.

Houve um clarão e Cassandra levantou os olhos para ver o brilho onde Crises estava de pé.

A voz grossa familiar ressoou nos cantos do cômodo.

Cassandra…

Além de qualquer questão, era a voz do deus. Cassandra sentiu os joelhos bambos e deslizou para o chão, sem ousar levantar os olhos ou falar.

Esse meu servo não acreditava que eu poderia usá-lo dessa maneira, mas agora ele sabe. Ele vai aprender meu poder antes de ficar muito mais velho. Deixe-o para mim, eu devo lidar com os meus.

A forma brilhante se virou para Cassandra, que estremeceu e baixou a cabeça:

Quanto a você, Cassandra, a quem amei, você se entregou à minha inimiga ancestral, eu a requisitei, e você é minha. Não vou libertá-la; no entanto, você me ofendeu, e de você retiro meu dom divino da profecia. Ouça minha palavra!

A voz estava cheia de uma tristeza pulsante. Cassandra, ajoelhada com a cabeça baixa, sentiu dentro de si uma onda de protesto e ressentimento.

— Senhor do Sol, apenas desejo que pudesse — ela disse em voz alta. — *Eu* não quero mais nada além de ser libertada desse dom que não busquei!

Ela se curvou, como se golpeada por ventos poderosos; seu corpo era um campo de batalha, os olhos ardiam, as águas negras da Deusa que subiam enfurecidas contra o calor explosivo da raiva de Apolo.

Você também conhecerá meu poder!

A presença se foi abruptamente. Cassandra, solta do controle dos imortais que lutavam, amontoou-se no chão. Percebeu vagamente que Charis se curvou para levantá-la. Como se estivessem flutuando em algum lugar perto do teto, ela viu Crises cair, o corpo sacudindo violentamente, acertando os calcanhares no chão e batendo os dentes. Saiu uma espuma com sinais de sangue de seus lábios, e um grito assombroso esvaziou seus pulmões.

E é bem-feito para ele, ela pensou, *que pensou em falar com o poder de Apolo para enganar um dos devotos dele...*

Como um eco da voz de Apolo, ela ouviu.

Terei uso até mesmo para ele nos dias que virão...

Tremendo de frio, ela sentiu as águas escuras se retirarem, e voltou como se viesse à superfície de um mergulho muito profundo. Ainda não conseguia falar. Os sacerdotes estavam cuidando de Crises, enquanto sua própria cabeça ainda estava no colo de Charis.

Charis a balançou com gentileza e disse:

— Não chore. Ainda que a raiva de Apolo seja terrível, será bom para você se livrar dessa maldição horrível de premonição.

Como posso dizer a ela que não choro pela perda do dom da profecia? Ou que não era a raiva de Apolo que temia, mas o amor dele? Não busquei ser um campo de batalha entre os imortais.

QUATRO

SE CASSANDRA TINHA ACHADO QUE A REPRIMENDA EM CRISES RESOLVERIA alguma coisa, estava enganada. Parecia que a paz dela tinha sido destruída para nada.

Nem ela era a única a parecer perturbada. Crises parecia pálido e exausto. Ele ainda era necessário no santuário, pois não tinha conseguido ensinar a ninguém além dela o suficiente do novo método de registro para tomar seu lugar. Já tinha conseguido se tornar quase indispensável.

A maioria dos sacerdotes estava envelhecendo, não tendo passado dos trinta, ele era o único sacerdote do Senhor do Sol no auge da força.

Não tornava as coisas mais fáceis para Cassandra que toda vez que visse o sol refletindo naquele cabelo dourado brilhante se recordasse do momento em que ele tinha falado com ela com a voz do Senhor do Sol. Que tola tinha sido, por fim, ela pensou com melancolia. Ele certamente era capaz de invocar Apolo... ou fora ela, com seu apelo contra a impostura, quem invocara o Senhor do Sol para protegê-la daquele homem que tanto desprezava? Ele ainda teria sido Apolo, em qualquer forma externa, e, se não o tivesse recusado, agora poderia estar grávida do filho do deus. Mas era o que desejava? Era o destino dela, e ela o recusara?

Era o mesmo, o que estava feito estava feito, e ela só podia se alegrar, ainda que com certa amargura, com a punição da audácia de Crises. *Não se zomba dos imortais*, e agora ao menos Crises sabia disso.

E eu também sei. O Senhor do Sol zomba de mim; eu, que falei em reverência contra o que vi como blasfêmia, infringida nos escolhidos de Apolo. Fui eu quem foi punida, tanto quanto o pecador.

Não era nenhum conforto que Apolo tivesse interferido; agora se dizia (e é claro que a história havia se espalhado, primeiro pelo templo e depois pela cidade) que ela recusara o próprio deus, e que em retorno Apolo a amaldiçoara. Apenas aqueles que estiveram lá naquela noite sabiam a verdade, e, ela pensou quase em desespero, nem mesmo eles sabiam de toda a verdade.

Eles acreditavam que Apolo tinha revogado o dom da profecia dela. Mas a premonição tinha sido dela desde o começo da infância, e o Senhor da Luz não poderia revogá-la, pois não lhe pertencia. Ele apenas se certificou de que jamais acreditassem em suas palavras.

Tampouco era alguma satisfação ver Crises ser olhado com a mesma reverência meio assustada que ela. Ao menos uma vez todos os dias, às vezes duas ou três vezes, ele era tomado e caía no chão nas garras terríveis da doença da queda, para ficar ali chacoalhando com convulsões. Ela havia (embora raramente) visto homens, mulheres e até crianças tomadas dessa maneira, eram normalmente consideradas vítimas ou favoritos do deus. Cassandra começou a imaginar se não era uma doença como qualquer outra. Mas por que, então, Crises não tinha mostrado nenhum sinal antes?

Ela não tinha satisfação com essas dúvidas e questões internas, no máximo sentia falta de seu velho credo infantil. Ainda era constantemente forçada a estar na companhia de Crises. Depois de um tempo, percebeu que o episódio os tinha conectado na mente da maioria dos sacerdotes e sacerdotisas – como se ela tivesse de fato cometido o mau comportamento ao qual Crises tinha tentado seduzi-la, em vez de serem vítimas comuns da ira de Apolo. *Ou malícia*, ela pensou.

O que mais o Senhor do Sol pode fazer comigo? Tenho certeza do amor dele... mas e disso? O amor dele é de algum modo melhor que sua intenção maligna? Devo agradecer a ele por não me tornar também uma vítima da doença da queda?

Um dia ela foi chamada ao pátio por Criseida, que fora encarregada de levar mensagens dentro do templo.

— Cassandra, tem um visitante. Acho que é a princesa da Cólquida.

Ela foi para o pátio e olhou ao redor para ver Andrômaca, a criança no ombro, vestida com as roupas de uma plebeia. Ela correu para abraçá-la.

— O que está acontecendo?

— Ah, minha querida, é pior do que posso imaginar — lamentou Andrômaca. — Todos estão sob o feitiço da mulher espartana, até meu querido marido. Tentei repetir a ele o que você contou sobre Helena, e ele disse que todas as mulheres estão com inveja de uma bela mulher, que era tudo. Acho que você é mais bonita que essa Helena — Andrômaca completou —, mas ninguém concorda!

Cassandra respondeu em tom sóbrio:

— É como se ela usasse o cinturão de Afrodite...

— O qual, como todos sabemos, deixa os homens capazes de pensar apenas com os genitais — Andrômaca respondeu com um sorriso sarcástico. — Mas mulheres também? Você acha que ela é tão linda, Cassandra?

— Acho — Cassandra deixou escapar —, ela é tão bela quanto a própria Bela. — E então ficou chocada consigo mesma.

Ela murmurou para Andrômaca quase como desculpas:

— Desde a infância enxergo através dos olhos de Páris. — E parou.

Ela não podia falar nada sobre a intensidade curiosa com que reagira a Enone, ou a Helena, nem mesmo para Andrômaca, que tinha sido criada entre as amazonas e provavelmente entenderia.

— Um dia — ela disse —, vou lhe dizer tudo – mas, por ora, conte-me o que está acontecendo.

— Não sabe que Menelau veio?

— Não. Como ele é?

— Não mais parecido com o irmão Agamemnon do que me pareço com Afrodite — Andrômaca respondeu. — Ele veio, fraco e gaguejando, e exigiu que entregássemos Helena a ele, e Príamo disse, rindo, que talvez – *talvez*, veja bem – ele devolvesse Helena quando ele trouxesse Hesíone de volta a Troia com um dote para pagar pelos anos que ela permaneceu sem se casar; e Menelau contou que Hesíone tinha um marido, que a tomara sem dote, talvez impressionado pelo fato de que era irmã do rei de Troia, e *ele* ao menos não era nenhum ladrão de mulheres dos seus maridos.

— Isso deve ter deixado nosso pai contente — disse Cassandra, fazendo uma careta.

— Então — Andrômaca continuou —, Menelau informou a ele que Hesíone não iria voltar para Troia e sugeriu que Príamo mandasse um enviado e perguntasse para a própria Hesíone se ela queria voltar – sem o filho dela, é claro, já que o menino era um bom espartano e pertencia ao marido de Hesíone.

— E o que meu pai respondeu a isso? — perguntou Cassandra.

— Disse a Hécuba que Menelau havia caído no jogo dele, mandou buscar Helena e perguntou a ela na presença de Menelau: "Quer voltar para seu marido, minha senhora?".

— E o que ela respondeu?

— Ela disse: "Não, meu senhor", e é claro que Menelau ficou lá, olhando para ela como se ela o cortasse em pedaços.

— Então Príamo disse: "Então, Menelau, aí está sua resposta".

— E o que Menelau respondeu a isso? — perguntou Cassandra.

— Ele piorou as coisas perguntando: "Vai escutar o que uma prostituta infiel quer? Eu lhe digo, ela é minha, e vou levá-la", e tentou pegá-la pelo pulso e arrastá-la.

— E arrastou? — perguntou Cassandra, pensando que, se Menelau tivesse de fato agido com tanta resolução, poderia ter impressionado até Príamo.

— Ah, não — respondeu Andrômaca. — Heitor e Páris pularam para a frente e o pegaram, e Príamo disse: "Agradeça aos nossos próprios deuses, senhor Menelau, por ser meu convidado, ou deixaria meus filhos fazerem o que querem com o senhor, mas nenhuma ofensa será feita a nenhum convidado sob meu teto". E Menelau começou a gaguejar, dessa vez com raiva, e disse: "Cuide da língua, velho, ou não terá um teto do qual eu precise arrastá-la". Então ele falou algo imundo para Helena – não vou repetir dentro deste lugar sagrado — completou Andrômaca, com um gesto supersticioso — e jogou a taça na qual bebia e afirmou que não aceitaria a hospitalidade de um... um pirata que mandava os filhos roubarem mulheres.

Os olhos de Cassandra estavam arregalados: jamais vira ninguém, a não ser os filhos dele, desafiar Príamo.

Andrômaca continuou:

— Então Príamo perguntou: "Não? Então como vocês aqueus conseguem esposas?". Menelau o xingou e disse todo tipo de coisa, gritou para os criados e saiu, dizendo que Príamo talvez escutasse Agamemnon, se não o escutava. E Páris teve a última palavra...

Aqui Andrômaca começou a rir.

— Príamo disse: "Sim, quando eu era um menino, às vezes eu dizia a alguém que me provocava que meu irmão maior iria bater nele". E Páris disse: "Se chegar a isso, Menelau, eu também tenho um irmão mais velho. Você ou seu irmão gostariam de uma palavra com Heitor?". E então Menelau saiu, praguejando por todo o caminho de volta até o navio dele.

Cassandra, sobrepujada, mal tinha ouvido as últimas frases, tudo em que conseguia pensar era: *Chegou.* Já via o porto enegrecido com navios estrangeiros, o mundo que ela conhecia destroçado pela guerra. Ela não conseguiu se impedir de interromper Andrômaca para gritar:

— Rezem aos deuses! Rezem e façam sacrifícios! Eu avisei ao meu pai que ele não deveria ter nada com aquela mulher espartana!

A voz de Andrômaca era muito gentil, ignorando a interrupção.

— Não se perturbe assim, Cassandra, minha querida.

Então até ela pensa que sou louca.

— O que a faz pensar que não vamos expulsar os aqueus de volta para as ilhas que eles governam? Era uma coisa para aquele povo derrotar os pastores simples e homens sem-terra que governavam as ilhas deles... mas é outra bem diferente vir contra todo o poder de Troia! O que digo é: deixe aqueles aqueus olharem para si mesmos! Vamos deixá-los pensar que podem seguir roubando nossas mulheres sem punição, mas se tocamos as deles eles podem nos punir?

— Andrômaca, você também está cega? Não percebe que Helena é apenas a desculpa? Agamemnon vem tentando encontrar um motivo para guerrear contra nós por muitos anos, e caímos direto nas armadilhas dele. Agora vamos ter esses portadores de ferro tentando tomar todas as terras que ficam ao sul daqui. Ele vai reunir todo o poder desses povos guerreiros para... ah, o que isso importa? — Cassandra afundou em um banco. — Você não consegue ver porque é como Heitor... Acha que guerra leva apenas à fama e à glória.

Andrômaca se ajoelhou ao lado de Cassandra e colocou os braços em torno dela, dizendo:

— Deixe isso para lá. Não deveria ter assustado você, deveria saber.

Cassandra quase podia ouvir o pensamento dela: *Pobrezinha, ela é louca; Apolo a amaldiçoou, por fim.*

Não havia como discutir com isso, então ela abandonou os avisos e perguntou a Andrômaca:

— E Enone?

— Ela voltou para a montanha e levou o filho com ela — respondeu Andrômaca. — Páris queria ficar com o bebê – seu primogênito, afinal –, mas Enone disse que ele não poderia ter as duas coisas; se era o filho *dele*, e ele escolhesse reconhecer isso, então ela era a primeira esposa legal dele, e essa mulher estrangeira só uma segunda esposa ou concubina.

— Bem-feito para ele — lançou Cassandra. — Parece que Páris não tinha nem honra nem decência. Meu pai deveria tê-lo deixado no Monte Ida com suas ovelhas, se eles a quisessem.

Ela estava profundamente desapontada com o irmão, queria que Páris fosse visto como o povo da cidade via Heitor: o paladino deles, o herói, tanto por seu comportamento bondoso e honrado quanto por seu belo rosto.

— Preciso voltar para o palácio. Mas diga-me, o que vamos fazer se houver uma guerra, Cassandra? — Andrômaca perguntou.

— Lutar, é claro. Até eu e você podemos ficar felizes por nossas armas, se muitos aqueus se levantarem contra nós como quer Agamemnon — Cassandra respondeu, desesperando-se.

Andrômaca a abraçou e se despediu. Depois que ela estava fora da vista, Cassandra saiu pelo portão mais alto da casa de Apolo, subindo cada vez mais alto, na direção do Templo de Palas Atena. Conforme seguia, o suor ensopando a túnica no calor, tentou desamparadamente formar uma prece. Mas não saía nada, e ela seguiu subindo.

Olhou para baixo, para o porto, negro de navios que tinha visto tantas vezes antes dessa. Não sabia se os navios estavam realmente ali ou não, mas dessa vez não tinha importância. Se não estivessem ali agora, logo viriam.

Senhor Apolo! Senhor do Sol, amado! Se não podes retirar o dom e tirar de mim essa Visão indesejada, ao menos não me amaldiçoes para que jamais acreditem em mim!

Ela foi ao Templo de Palas Atena, no cume da cidade, e ao santuário. Reconhecendo-a ou como filha de Príamo ou como sacerdotisa do Senhor do Sol (ou talvez ambos), os guardiões se afastaram, deixando-a entrar no santuário, diante da grande imagem da deusa, mostrada como uma jovem usando os cachos soltos e a guirlanda de uma virgem.

Donzela, tu que amaste Troia, tu que nos trouxeste teus presentes inestimáveis da uva e da azeitona, tu que estavas aqui antes daqueles adoradores do trovão arrogantes e seus deuses do céu e suas armas, protege tua cidade agora.

Ela olhou para as cortinas fechadas do santuário mais interno, que continha a imagem de Palas, recebida do céu, antiga e grosseira, e se recordou da deusa das mulheres amazonas.

Tu que és virgem como a Donzela Caçadora, venho até ti como uma donzela que recebeu injustiça do Senhor do Sol; devo seguir servindo a ele dessa maneira quando ele me expulsou e me ridicularizou?

Ela não esperava de fato uma resposta, mas no fundo da mente sentiu os movimentos das águas escuras da Deusa.

Obscuramente confortada, ela desceu a colina até o templo para fazer sua obrigação de registrar as oferendas.

Crises estava lá como de costume, marcando seus símbolos em tabuletas de cera, anotando números de jarros de azeite, ou grãos – cevada e milhete; oferendas de vinho ou favos de mel, ou lebres, pombos e cabritos. Ainda não queria olhar para ele, embora dissesse a si mesma que não era ela quem deveria estar com vergonha.

Um jarro carregado por uma das sacerdotisas mais jovens foi derrubado e quebrou outro, de modo que uma pilha de cevada e o conteúdo grudento de um favo de mel estavam misturados, e os esforços da jovem para limpar só tinham feito uma bagunça pior. Cassandra a mandou pegar uma vassoura de gravetos e um jarro de água, e assumiu a tarefa de limpar. Estava pedindo que a garota tirasse uma gaiola de pombos do caminho quando ouviu a voz conhecida e odiada.

— Não deveria estar fazendo isso, senhora Cassandra, é trabalho para um escravo.

— Somos todos escravos aos olhos dos imortais, sabe tão bem quanto eu, Crises — disse Cassandra, os olhos na vassoura.

— Uma declaração correta, mas quando a senhora Cassandra não esteve correta, custe o que custar para ela ou outra pessoa? — observou Crises. — Cassandra, não podemos seguir assim, com você para sempre com medo de olhar para mim.

Irritada, ela olhou com raiva para o rosto dele.

— Quem ousa dizer que tenho medo?

— Se não tem, por que sempre evita meus olhos?

A voz dela era cáustica.

— É um objeto tão belo que acha que deveria encontrar prazer ao olhá-lo?

— Vamos, Cassandra — ele disse —, não pode haver paz entre nós?

— Não tenho nenhuma má vontade particular com você — ela esclareceu, ainda sem olhar para ele. — Fique longe de mim e devolvo a cortesia, se é o que quer de mim.

— Não — disse Crises —, sabe o que quero de você, Cassandra.

Cassandra suspirou.

— Crises, não quero nada de você a não ser que me deixe em paz. Isso está claro o suficiente?

— Não — insistiu o homem, pegando a mão dela. — Quero você, Cassandra, sua imagem está em minha mente noite e dia. Você me enfeitiçou. Se não pode me amar, então ao menos me liberte desse feitiço.

— Não sei o que dizer para você — ela respondeu, consternada. — Não coloquei nenhum feitiço em você. Por que faria uma coisa dessas? Não o desejo. Não gosto nada de você e, se dependesse de mim, estaria em Creta, ou em um dos infernos, ou até mais longe que isso. Não sei como posso deixar isso mais claro para você, mas se conseguisse pensar em um modo mais claro de dizer isso, diria. Isso é compreensível?

— Cassandra, não pode me perdoar? Não quero desonrá-la. Se for sua vontade, irei, sacerdote pobre que sou, pedir sua mão em casamento ao seu pai. Precisa sentir algum tipo de bondade por mim, pois foi boa com minha filha sem mãe...

— Seria boa do mesmo jeito com qualquer gato de rua — Cassandra interrompeu. — Pela última vez, não me casaria com você nem que fosse o último homem que os deuses fizeram. Se a alternativa fosse viver virgem toda a vida ou me casar com um pedinte cego no mercado, ou até um... um aqueu, eu o escolheria antes de você.

Ele se afastou, o rosto branco como as paredes de mármore do santuário. Ele disse entre dentes apertados:

— Um dia vai se arrepender disso, Cassandra. Posso não ser sempre um sacerdote sem poder.

O rosto dele estava exausto; ela de repente se perguntou se ele estivera bebendo vinho sem mistura tão cedo. Mas o vinho na mesa dos sacerdotes sempre tinha bastante água, tampouco ele tinha a aparência vermelha que deveria ter nesse caso. O hálito dele não parecia cheirar a vinho, mas havia um cheiro estranho que parecia se prender às vestes dele. Ela não conseguia identificá-lo, mas imaginou que fosse algum remédio que os sacerdotes curandeiros tinham dado a ele para as convulsões.

Ela se virou, mas ele a pegou pela mão e a puxou para perto, encurralando-a na parede. O corpo dele pressionou o dela, e uma das mãos dele prendia as duas mãos dela com força dolorosa. Com a mão livre ele tentou arrancar o vestido dela, a boca pressionada com força na dela.

— Você me deixou louco — ele arquejou —, e nenhum homem pode ser culpado por punir uma mulher que o levou ao furor!

Ela lutou e gritou até, por fim, morder o lábio de Crises, que se afastou. Ela o empurrou com as duas mãos, de modo que ele tropeçou e caiu, se prendendo a ela e fazendo-a tropeçar também. Cassandra arrancou furiosamente as mãos das dele e correu, chutando-o nas costelas quando ele tentou se levantar. Ela saiu correndo do santuário e não parou até estar em segurança no próprio quarto.

CINCO

CASSANDRA DESPERTOU DE UM SONHO DE FOGO VARRENDO A COLINA de Troia em direção ao palácio para um cheiro de fumaça e barulho de vozes nos corredores da casa do Senhor do Sol. Era a parte mais escura da noite, quando a lua não nasceu e as estrelas estão desaparecendo, mas havia o cheiro de tochas. Pegando um manto para cobrir a túnica curta que usava para dormir, ela correu para o pátio.

Bem lá embaixo no porto, ela via luzes baças de navios, e tochas, supostamente levadas por mãos humanas, subindo a colina.

Tudo o que ela conseguia pensar era: *Chegou*. Ela gritou, e então ouviu o barulho do alarme, um grande chocalho de madeira soou da fortaleza de Príamo. Chamava mulheres, crianças e idosos para se refugiarem na cidadela principal e os soldados para se apresentarem. Ela ficou observando as luzes que se moviam pela cidade abaixo dela e ouvindo o barulho de armas tomadas, e por fim as vozes altas de oficiais ordenando que soldados tomassem seus postos.

Ela sentiu um puxão suave na manga e viu Criseida do lado dela.

— O que é isso, Cassandra?

— São os aqueus. Eles vieram, como previ — ela disse, e ficou pasma com a calma que sentia. — Precisamos nos preparar para nos abrigarmos na cidadela.

— Meu pai…

— Quieta, querida, ele vai precisar ir com os soldados. Vá rápido e vista-se.

— Mas ele tem a doença da queda…

— Se os aqueus o pegarem, ele vai ter algo pior. Rápido, criança…

Ela tomou a mão de Criseida e a levou para dentro, vestindo-a rapidamente com uma túnica pesada contra o frio da noite, prendendo o manto e amarrando sandálias nos pés dela. Assim que Criseida estava vestida, foram para o pátio. Charis reunia as mulheres em torno dela, dizendo a elas para descerem para a torre principal do palácio.

Cassandra, com a mão da garota na dela, desceu rapidamente a rua íngreme. Parecia errado ir *na direção* das tochas e do bater de armas; certamente os aqueus jamais subiriam tão alto assim: o que buscavam estava no palácio, não ali em cima no templo. Agora ela ouvia os gritos de guerra arrepiantes, e os berros de Heitor enquanto juntava seus homens.

As outras mulheres se reuniram em torno delas enquanto Cassandra liderava o caminho até os portões do palácio. Os guardas e soldados apressavam as mulheres para dentro, cada um então pegando uma lança de uma pilha imensa na entrada do arsenal.

Cassandra pensou em pegar uma lança e descer com os soldados, mas Heitor ficaria bravo. *Não faz diferença, pode chegar o momento em que ele não despreze minha habilidade com armas.* No momento, decidiu seguir com as mulheres. Eram um grupo desgrenhado, a maioria semivestida, tendo sido acordada do sono. Muitas não tinham se preocupado em se vestir, ou fazer algo mais que segurar uma coberta sobre a nudez, como os filhos; e os bebês gritavam ou se agitavam nos braços das mães ou amas de leite. Cassandra e as outras sacerdotisas de Apolo eram quase as únicas vestidas de modo apropriado para aparecer em público, ou que tinham mantido a compostura. A maioria das mulheres tinha o rosto molhado de lágrimas ou chorava, pranteando e pedindo aos berros explicações ou ajuda.

Helena também estava entre as mulheres histéricas. Cada cacho do cabelo estava no lugar, e ela parecia ter recebido aquele momento das mãos de sua ajudante de banho. Segurava um menininho de cinco ou seis anos pela mão; ele estava vestido com esmero, o cabelo bem penteado, e, embora os nós dos dedos dele estivessem brancos enquanto ele apertava os dela, o rosto estava limpo e ele não chorava.

Ela olhou através do recinto com grande compostura, e seus olhos encontraram os de Cassandra, então cruzou o cômodo, seguindo seu caminho em silêncio através de mulheres amontoadas e chorando, indo na direção de Cassandra.

— Eu me lembro de você — ela disse. — É a irmã gêmea de meu marido. É bom ver alguém que não ficou tolo de terror. Por que não está chorando e gritando como todo o resto?

— Não sei — respondeu Cassandra. — Talvez não seja fácil me assustar, e talvez prefira não chorar até estar ferida.

Helena sorriu.

— Ah, bom. A maioria das mulheres é tão tola. Acha que há perigo?

— Por que me pergunta? — Cassandra retrucou. — Com certeza não deixaram de lhe dizer que sou louca.

— Você não tem a aparência de uma mulher louca — disse Helena. — De qualquer modo, prefiro decidir por mim mesma.

Cassandra franziu um pouco o cenho e se virou. Não queria gostar daquela mulher ou encontrar nada de admirável nela. Era ruim o suficiente que quando olhasse para ela visse algo do que Páris via.

— Então pode decidir por si mesma se há ou não perigo — ela disse, seca. — Sei apenas que fui acordada pelo chocalho do vigia e desci até aqui para obedecer. Imagino, já que vi navios aqueus no porto, que isso tenha algo a ver com você. Embora possa haver algo a temer para nós, certamente para você não há nada a temer.

— Acha que não? — perguntou Helena. — Agamemnon certamente não é nenhum amigo meu, o único pensamento dele seria me devolver a Menelau, e ele certamente iria se certificar de que não escapei ilesa.

O menininho anormalmente arrumado que apertava a mão de Helena se encolheu. Helena sentiu e olhou para ele com gentileza. Cassandra não sabia por que isso a surpreendeu, por que pensara que a mulher espartana não podia também ser uma mãe terna e preocupada?

Ela perguntou:

— Quantos anos tem seu filho?

— Cinco anos no Solstício de Verão — disse Helena, e chamou do outro lado do recinto uma mulher magra, de aparência aristocrática, usando a saia cheia e o corpete decotado de uma mulher cretense. — Aithra, leve Nikos e o coloque para dormir em algum lugar, minha querida.

Ela beijou a criança, que se prendeu a ela, mas Helena pediu com gentileza:

— Vá agora e durma, como um bom menino. — E ele foi sem protestar, andando com obediência ao lado da mulher alta.

— É filho de Menelau? — perguntou Cassandra.

— Talvez se possa dizer que sim — disse Helena, indiferente. — Eu digo que ele é *meu* filho. De qualquer jeito, não escolhi deixá-lo com o pai, não gosto do jeito como ele trata os filhos. Não vai causar dano à minha filha, Hermione, não ser nada além do brinquedo dourado precioso dele, mas o único pensamento na mente de Menelau é tornar Nikos a imagem dele – ou pior ainda, a imagem de seu irmão maravilhoso. Mandei Nikos embora porque alguém estupidamente comentou de onde ele podia ouvir que, se o pai dele viesse atrás de nós, mataria os dois, e Aithra também tem motivos para temer.

— Aithra parece mais uma rainha do que uma criada — disse Cassandra.

— Ela *é* uma rainha — corrigiu Helena —, é mãe de Teseu, e ele a mandou para mim. Acho que eles brigaram de alguma maneira. Aithra prefere ficar comigo, e trata meu filho como se fosse o próprio neto, o que ela não faz pelo filho da rainha dos cavalos — disse Helena. — Agora que a criança está em segurança, gostaria de saber o que está acontecendo.

Cassandra respondeu

— Não há perigo aqui, não agora. Acho que teria sido mais sensato deixar as mulheres da casa do deus lá em cima. Com certeza os invasores não iriam subir mais que a torre do palácio.

Ao lado de Helena, ela entrou no pátio, que tinha vista de toda a Troia e do porto.

O sol subia. Cassandra via homens lutando pela cidade.

— Veja — disse Helena. — Seus soldados troianos liderados por Heitor cortaram o caminho que sobe para o palácio, e agora os aqueus estão queimando e saqueando a parte baixa da cidade. Aquele é um dos navios de Agamemnon, e não duvido que Menelau esteja com ele.

O tom indiferente com que Helena falava fascinou Cassandra. Ela não tinha nenhum sentimento pelo marido anterior?

Agora subiam chamas das casas ao lado do mar e das construções abaixo; as moradias dos mais pobres, construídas de troncos e madeira, ardiam em chamas. As casas construídas mais alto na colina eram todas de pedra, e não havia como serem incendiadas, mas os soldados aqueus corriam para dentro e levavam tudo o que conseguiam encontrar.

— Eles não vão encontrar muitos tesouros ou pilhagem lá embaixo — Cassandra disse, e Helena assentiu.

Elas se inclinaram sobre o parapeito, observando os homens. Cassandra reconheceu um dos aqueus, um homem grande com quase uma cabeça de altura a mais que seus homens, o capacete com crista brilhando como se banhado em ouro com o sol nascente. Ele tinha invadido o palácio uma vez e levado Hesíone, que se debatia. Aquilo tinha sido... Há quanto tempo? Sete anos antes, talvez? Ainda assim ela estremeceu e sentiu um aperto no estômago.

Helena apontou:

— Aquele é Agamemnon.

Cassandra respondeu, a voz apenas um sussurro:

— Sim, eu sei.

— Veja: Heitor e os homens dele estão tentando bloquear o caminho de Agamemnon de volta ao navio. Você acha que vão queimá-lo?

— Vão tentar — disse Cassandra, observando os soldados troianos tentando separar o líder dos aqueus e fazendo-o lutar a cada passo do caminho até o navio.

O sol estava mais alto agora, e elas não conseguiam ver dentro do clarão de chamas refletido no mar. Cassandra se virou, sombreando os olhos.

— Vamos para dentro, está frio. Não é nas mãos de Agamemnon que Heitor vai encontrar seu destino — ela lançou.

Elas voltaram para o recinto, onde as outras mulheres estavam mais quietas agora. As crianças haviam adormecido sobre cobertas, e meia dúzia de parteiras se reunia em torno de Creusa, que tentava dizer a elas que estava perfeitamente bem e não ia entrar em trabalho de parto apenas para divertimento delas naquela noite.

Hécuba, enrolada em um de seus xales mais antigos sobre um velho vestido esfarrapado de ficar em casa, tinha encontrado pedaços de lã e estava girando a roca de modo indolente. Cassandra estimou, pela irregularidade do fio, que era apenas para passar o tempo.

— Ah, aí estão vocês, garotas… eu estava me perguntando para onde tinham ido. O que está acontecendo lá embaixo, filha? Seus olhos são melhores que os meus. O que foi que disse sobre Heitor, Cassandra?

— Disse que não é nas mãos de Agamemnon que ele vai encontrar seu destino, mãe.

— Espero que não — retrucou Hécuba, irritada. — Aquele grande bruto aqueu faria bem em evitar nosso Heitor!

Algumas das mulheres tinham saído para a sacada, e agora Cassandra as ouvia celebrando.

— Eles estão indo embora, chegaram ao navio deles e estão navegando! Os aqueus foram embora!

— E não podem ter conseguido muita pilhagem nas casas perto da costa, uns poucos sacos de azeitonas, algumas cabras, talvez. Você está segura, Helena — disse Hécuba.

— Ah, eles vão voltar com certeza — garantiu Helena, e Cassandra, que estivera a ponto de dizer a mesma coisa, perguntou-se como ela sabia.

Ela não era tola, essa mulher acaia, e isso perturbava Cassandra. A última coisa que queria era se afeiçoar a Helena ou respeitá-la, no entanto, não conseguia deixar de gostar dela.

Criseida foi até Cassandra e sussurrou:

— Charis disse que podemos voltar para o santuário, está pronta?

— Não, querida, vou ficar um pouco com minha mãe, minhas irmãs e as esposas de meus irmãos, se Charis me permitir — informou Cassandra. — Volto quando puder.

— Ah, eles sempre a deixam fazer o que quer — Criseida disse, com despeito. — Tenho certeza de que não a censurariam se quisesse ficar longe de vez.

Hécuba havia ouvido isso, mas era uma pessoa gentil demais para ouvir malícia na voz da garota. Ela apontou:

— Sim, eles têm sido muito bons a respeito de deixar você voltar para nós, Cassandra. Não se esqueça de dizer a Charis como sou grata. Imagino que, com todas essas pessoas enviadas ao palácio, eu deveria encontrar um desjejum para elas de algum modo. Vai me ajudar, Cassandra, se suas obrigações no templo não precisam de você imediatamente?

— Claro, mãe — disse Cassandra, e Helena se ofereceu imediatamente:

— E eu também vou.

Cassandra ficou pasma ao ver Hécuba dar um tapinha afetuoso no rosto de Helena e informou:

— Vou falar com Charis. — E saiu rapidamente.

— É claro que deve ficar se sua mãe precisa de você — disse Charis —, com Creusa grávida e Andrômaca com um filho ainda no peito. Não se preocupe, Cassandra, fique quanto tempo sua mãe precisar.

— O que é *isso*? — gaguejou Andrômaca, e escondeu a cabeça do filho sob o xale quando um golpe atingiu a porta.

Outras mulheres tremeram e gritaram de medo.

— Não sejam tão tolas — disse Helena, fazendo uma careta de desdém para elas. — Vimos os aqueus indo embora.

Ela avançou e abriu a porta. O rosto dela se iluminou, deixando sua beleza ainda mais radiante, e Cassandra soube quem estava ali antes mesmo de ver o irmão gêmeo.

— Páris!

— Queria ter certeza de que você e o menino estavam bem — disse Páris, examinando o cômodo atrás da criança. — Certamente não o deixou lá embaixo quando veio se refugiar aqui?

— É claro que não, ele está dormindo lá, nos braços de Aithra — declarou Helena, e Páris sorriu – um sorriso, Cassandra pensou, que não deveria ser visto fora dos aposentos deles.

— Ficou assustada, minha querida?

— Não sabendo que estávamos tão bem protegidos, meu querido — ela murmurou, e apertou a mão dele.

— Disse a Heitor que ele deveria vir comigo para certificar-se de que nossas esposas e filhos estivessem em segurança — completou Páris —, mas ele estava ocupado demais preocupando-se com vinho e rações para a guarda da casa.

— Heitor — Andrômaca retrucou rigidamente — jamais negligenciaria sua obrigação com seus homens, e eu não gostaria que ele fizesse isso.

E o que Páris está fazendo aqui entre as mulheres em uma hora como essa? Cassandra sabia que Heitor se comportara de modo apropriado; no entanto, naquele momento ela sabia que todas as mulheres em Troia invejavam o marido de Helena.

— Menelau estava lá? — ela perguntou em tom baixo.

— Se estava, não vi — respondeu Páris. — Eu disse a você que ele era covarde demais para vir em pessoa. E agora nos livramos de Agamemnon.

— Não pense que se livrou — Cassandra explodiu. — Ele estará de volta quase antes de conseguir reunir seus homens, e na próxima vez não vai conseguir se livrar dele com tanta facilidade.

Páris olhou para ela com indulgência amável.

— Ainda está profetizando danação, pobre menina? Você é um menestrel que só sabe cantar uma música e aborrece os anfitriões ao lado de todas as lareiras — ele disse —, mas sinto muito por ter ficado com medo por esses abutres dos aqueus. Vamos esperar ter visto o pior que tinham a oferecer.

Eu também espero; ele não sabe o quanto espero.

— Preciso ir ajudar mamãe a providenciar o desjejum para todas essas mulheres — ela disse, e se virou.

Parecia despropositado que daquele terror e confusão viesse algo como um banquete, mas os homens também banqueteavam, celebrando que Agamemnon – ao menos por ora – tinha sido expulso.

— Preferiria ficar aqui com você — disse Páris —, mas, se não me juntar a Heitor e aos outros homens, nunca mais vão parar de me criticar. Perdoe-me, amor.

Ele beijou a mão de Helena e saiu apressado, e Cassandra ficou imóvel até que Andrômaca a chamasse, e foi ajudar a preparar o desjejum para as hóspedes inesperadas do palácio.

SEIS

AQUELE FOI APENAS O PRIMEIRO DOS ATAQUES. PELO RESTO DO INverno, Cassandra teve a impressão de que toda vez que olhava para o porto havia navios aqueus ali, e normalmente os invasores estavam nas ruas, lutando. Por fim, a maioria dos artigos de valor tinha sido levada para a cidadela do palácio, ou até além, para a casa do Senhor do Sol, e a cidade estava em sítio perpétuo.

Uma vez os aqueus cercaram furtivamente a cidade, saqueando o Monte Ida, e, antes que o exército pudesse ser chamado, capturaram o gado de Príamo e a maioria de suas ovelhas. Na época, Cassandra estava cumprindo suas obrigações no templo, registrando jarros de azeite e notando que a quantidade, se não a qualidade, das oferendas havia diminuído. Do nada ela foi tomada por uma onda de raiva, dor e desespero tão grande que irrompeu em um grande lamento de luto. Não conseguia entender o que havia de errado com ela até reconhecer aquela emoção forte que sempre a levava a uma comunicação íntima com a mente do irmão. Ela – ou melhor, ele – estava de pé na encosta, e diante dela, já coberto com enxames de moscas que zumbiam, estava o corpo do velho pastor Agelau.

— Foi como se ele tentasse colocar o próprio corpo velho, frágil como era, entre os rebanhos de Príamo e os saqueadores de Agamemnon — Páris murmurou, e, embora Cassandra tivesse visto o velho apenas brevemente nos jogos em que o irmão fora recebido na cidade, ela sentiu toda a tristeza e a fúria dele. — Ele não tinha outro filho, deveria ter ficado com ele para proteger sua velhice — Páris, por fim, disse, colocando o próprio manto ricamente tecido sobre o corpo com gentileza.

Com isso, Cassandra conseguiu separar-se do irmão o suficiente para pensar: *Deveria mesmo ter ficado com ele! Melhor para você, para Agelau, para Enone – e melhor para Troia também!*

Páris mandou trazer o corpo para dentro das muralhas de Troia, e Príamo deu ao velho honrado um funeral de herói (de fato ele tivera uma morte de herói protegendo os rebanhos do rei), com banquetes e jogos. Alguns estrangeiros tinham sido pegos no mercado no dia do primeiro ataque. Tinham sido enterrados decentemente no Templo de Hermes, que era o deus dos viajantes e forasteiros, mas não veio ninguém reclamar os corpos, ninguém para lamentá-los e nenhum rito além do que era necessário para aplacar seus fantasmas raivosos. O velho pastor foi o primeiro cidadão troiano a morrer naquela guerra, e Páris, ao menos, jamais se esqueceria. Ele cortou o cabelo em luto, e da vez seguinte que Cassandra o viu, no banquete do nome do primogênito de Creusa, mal reconheceu o irmão gêmeo.

— Isso era necessário? Ele não era mais que um servo — ela disse —, embora velho e honrado. Mesmo assim…

— Ele era meu pai de criação — lembrou Páris. — Não conheci outro por toda a infância.

Os olhos dele estavam vermelhos de choro. Ela não sabia que ele era capaz de tanta dor.

— Que os deuses me esqueçam também se algum dia me esquecer de honrar a memória dele.

— Não quis sugerir que ele não era digno de seu luto — disse Cassandra, e naquele momento ela sentiu que, de certa forma, ele era mais verdadeiramente seu irmão do que jamais fora.

Ela sempre tinha sido a compartilhadora indesejada dos sentimentos dele, uma intrusa, e agora começava a conhecer a pessoa que ele era, defeitos e virtudes também, e a entendê-lo um pouco.

Eles ainda estavam lado a lado quando o alarme soou de novo, e de fora veio a correria de mulheres e crianças atrás de abrigo na cidadela. Cassandra foi cuidar das mulheres que carregavam bebês e crianças de colo, enquanto Páris saiu resmungando para se armar e se juntar aos homens de Heitor na muralha. Ao lado dos portões da cidade havia uma escada interna que levava para dentro da grande muralha, e os homens se reuniam ali. Cassandra, observando-os, sentiu que talvez ela e o irmão ficassem ambos mais felizes se pudessem trocar de posição.

Ela passou o dia todo ocupada ajudando a entreter as mulheres e as crianças e a mantê-las quietas; o confinamento as deixava indóceis, e ela se perguntou se às vezes os homens não tinham um tempo mais simples lá fora com um alvo contra o qual disparar. *Com certeza seria*, pensou, *um prazer alvejar alguns desses fedelhos malditos* – e então ela se interrompeu: as crianças não tinham feito nada além de se comportar como sempre faziam. *Veja como sou desgraçada, ser provocada por esses pequenos inocentes.* No entanto, ela admitia para si mesma que gostaria de pegar uma em cada mão e sacudi-las até que os dentinhos chacoalhassem dentro de suas cabeças.

Criseida estava se comportando muito bem, tinha reunido as crianças em torno de si e as colocara num jogo de brincadeira. E é claro que isso era exatamente o que uma boa mocinha deveria estar fazendo; estava jogando tão bem que as mulheres do palácio a acariciaram e a elogiaram. No entanto, até ela deixou as crianças depois de um tempo e foi para o topo da muralha do palácio, onde Cassandra estava. Dessa vez os saqueadores não tinham se contentado em pilhar a parte baixa da cidade, mas lutavam nas ruas íngremes abaixo do palácio, indo para os armazéns e as tesourarias de Príamo. Logo, ela pensou, deveriam fortificar as muralhas e manter os aqueus longe da cidade baixa.

Se ao menos estivesse com meu arco; estou sem prática, mas ainda conseguiria mandar alguns deles para trás antes que se aproximassem do palácio.

Paciência; esse dia virá. Por um momento Cassandra pensou que alguém havia falado. Criseida tocou o braço dela.

— Quem são os chefes dos aqueus? Conhece algum deles?

— Conheço alguns deles. Agamemnon, aquele grande homem de barba negra ali, é o líder.

Como sempre, a visão dele fez seu estômago se apertar de repulsão. Mas Criseida o observou com admiração aberta.

— Como ele é forte e bonito. Que pena que não é nosso aliado em vez de inimigo.

Tentando não demonstrar repulsa e irritação, Cassandra murmurou.

— Você não pensa em nada além de homens?

— Não muito — Criseida disse em tom despreocupado. — No que mais uma mulher deveria pensar?

— Mas você também é uma das virgens prometidas de Apolo...

— Não para sempre — declarou Criseida —, nem cavalguei com as amazonas, ou jurei odiar os homens. Sou uma mulher. Não pedi que os deuses me fizessem assim, mas já que é o que recebi, querendo ou não, por que não me alegrar com isso?

— Ser uma mulher não precisa significar se comportar como uma prostituta — disse Cassandra, irritada.

— Não acho que saiba a diferença — ponderou Criseida. — Você preferiria ser um homem, não é? Se as leis permitissem, acho que tomaria uma esposa.

Cassandra estava a ponto de dar uma resposta afiada, então se impediu... Talvez Criseida estivesse certa. Ela disse rigidamente:

— Todos nós nos esquecemos do pobre velho Agelau e de sua pira. Ele deve ter sido consumido a essa altura, seus ossos devem ser colocados decentemente em uma urna para o enterro. Eu vou. Páris é meu irmão, e tomarei essa última obrigação de respeito pelo pai adotivo dele.

***

Os saques continuaram pelo resto do inverno até o começo da primavera, dia após dia, e por fim Príamo ergueu acampamentos em cada uma das colinas mais altas ao sul da cidade, de onde seus observadores podiam ver a aproximação dos navios e acender fogueiras de sinalização de aviso. Assim os aqueus, ao desembarcarem, não encontravam nada além de muralhas nuas e lugares altos bem defendidos, e não conseguiam nada além da viagem.

Então os homens de Príamo aproveitaram uma temporada longa de chuvas para consertar as muralhas externas e reforçar os grandes portões; quando os aqueus começaram a tentar lutar para subir até as ruas altas da própria Troia, não conseguiam entrar. A cidade baixa era um labirinto de ruas estreitas construídas em degraus íngremes, onde um defensor conseguia com facilidade derrubar um agressor com um chute.

— Não estão achando que a cidade é a maçã madura para colheita que pensaram que seria — gabou-se Eneias, olhando sobre as muralhas do palácio para as ruas escuras de aqueus correndo para cima e para baixo.

Mesmo Heitor, por uma vez, tinha se contentado em deixar que as muralhas os defendessem, e a maioria das mulheres da cidade, parecia, tinha saído para ver a frustração dos aqueus. Andrômaca estava lá com o filho, que começara a andar, e Creusa estava com a filha bebê enrolada no xale. Esses alarmes tinham se tornado tão frequentes que Hécuba não se importava mais em providenciar desjejum para os hóspedes involuntários na cidadela depois de uma noite de luta, mas, quando Heitor distribuiu punhados de cereais e frascos de azeite para seus lutadores, a regra era que qualquer mulher acompanhando o marido poderia exigir a mesma coisa.

Cassandra ficou observando a distribuição de rações e disse:

— Diga a eles para devolverem os frascos.

Heitor protestou.

— Os frascos não valem muita coisa, por que ser mesquinha?

— Não tem nada a ver com mesquinharia. Os oleiros vão lutar com o resto dos homens. Se isso continuar por muito tempo, não haverá oleiros o suficiente para fazer mais para cada dia de luta.

— Entendo o que quer dizer.

Heitor deu a ordem, e ninguém reclamou. Os armazéns de Troia ainda estavam cheios de cereais, e no momento não havia falta de comida. Cassandra se juntou às mulheres da casa de Príamo no trabalho diário de encher os pequenos frascos de azeite e separar as rações de vinho. Mesmo no fim do inverno, havia muita coisa nos armazéns do palácio, mas Heitor havia começado a franzir a testa de preocupação para eles.

— Como vamos fazer o plantio de primavera se nos atacam todos os dias — ele perguntou um dia durante o jantar no palácio.

— Certamente não virão durante o plantio de primavera — disse Andrômaca. — No meu país, todas as guerras são suspensas no plantio e na colheita para honrar aos deuses.

— Mas esses aqueus não temem a Mãe — observou Eneias —, e talvez não honrem nossos deuses.

— Mas os imortais não são todos um? — perguntou Cassandra.

— Você sabe disso. Eu sei — disse Eneias. — Se aqueles aqueus sabem... isso é outra história. Pelo que sei, não ficaria muito surpreso se eles achassem que a guerra é mais importante para eles que qualquer deus.

Ele sorriu para ela.

— Não se preocupe com isso, Cassandra. É assunto de homem.

— No entanto, se eles vierem — ela respondeu —, são as mulheres que vão sofrer mais que os homens.

Ele pareceu surpreso por um momento. Então disse:

— Ora, é mesmo, nunca pensei nisso antes. Um homem não enfrenta nada pior que uma morte honrada, mas as mulheres precisam enfrentar estupro, captura, escravidão... É verdade: guerra não é para mulheres, mas para homens. Imagino como uma mulher conduziria essa guerra.

Cassandra disse com grande amargura:

— Uma mulher teria dado um jeito de jamais provocá-la. Então, se os aqueus quisessem ouro e bens de Troia, teriam vindo contra nós sabendo que não estavam lutando por "honra", mas por ganância, que os deuses odeiam.

— Lembre-se, Cassandra, há homens que pensam nessa guerra como um grande campo de jogos, um local de disputa em que os prêmios não são mais que coroas de louros e honra.

Cassandra assentiu.

— Heitor corre para cada batalha como se fosse ganhar um caldeirão de bronze e um touro branco com chifres pintados de dourado.

— Não, você está errada — disse Eneias —, não há nada de tolo ou imprudente em Heitor. É apenas que precisamos todos viver sob o governo de nosso deus escolhido, e Heitor pertence ao deus das batalhas. Mas o deus dele não é o meu deus; a guerra pode ser uma parte da minha vida, mas nunca será minha vida de escolha.

Ele tocou o rosto dela com leveza.

— Parece cansada, irmã, não pode haver tanta coisa aqui para que se fatigue... A rainha tem muitas mulheres, e qualquer uma delas poderia fazer esses pequenos serviços. Acho que os deuses ordenaram algo mais importante para você, e nós homens poderemos precisar de seus pontos fortes quando essa guerra acabar – seja qual for o fim que os deuses decretem para nós.

Ele se virou, baixando ao lado da esposa. Ela viu quando ele se curvou para olhar dentro do xale, tocando o rosto do bebê com o dedo; disse algo, rindo, e se virou de volta aos homens.

Como ele é diferente de Crises, pensou Cassandra, olhando-o descer a colina. *Afirmei isso no casamento dele: se meu pai tivesse encontrado um marido assim para mim, teria ficado feliz.*

Em toda a minha vida – e sou quase a única mulher com a minha idade na corte de Príamo que não recebeu um marido –, não vi nenhum homem com quem me casaria por vontade. A não ser esse, e ele é marido da minha meia-irmã e pai da filha dela.

Ela endireitou as costas, exausta, e se curvou de novo para a tarefa de encher os pequenos potes de azeite.

— Cassandra, está derramando azeite pelas beiradas, não encha tanto a concha — reprovou Creusa, indo sentar-se ao lado dela. — O que meu marido estava falando a você por tanto tempo?

— Estava perguntando como eu conduziria essa guerra se fosse soldado — disse Cassandra, sendo sincera com a surpresa.

Mas Creusa apenas riu.

— Bem, não me conte se não quiser — ela desdenhou. — Não sou o tipo de mulher que fica com ciúme se o marido diz duas palavras a outra mulher.

— Eu disse a verdade, Creusa, isso foi uma das coisas que ele falou. Além disso, estávamos imaginando o que deveríamos fazer se os aqueus não respeitarem a trégua de plantio para a semeadura da primavera.

— Ah, imagino que, porque é sacerdotisa, saberia dessas coisas — disse Creusa. — Mas nem Agamemnon poderia ser tão ímpio. Poderia?

Quando Cassandra não respondeu imediatamente, ela exigiu:

— Você, que é profetisa… deveria saber disso. Ele poderia?

Cassandra não podia responder, mas disse:

— Espero que não. Não sei o que eles fazem, ou como servem aos deuses deles.

SETE

Mas ser uma profetisa não era o suficiente. Mais tarde, todo o primeiro ano da guerra tornou-se na mente dela um borrão de incêndios, ataques, homens gritando, queimados vivos por flechas incendiárias. Uma mulher havia entrado sem perceber no acampamento aqueu e sido abusada por uma dúzia de homens. Tinha sido encontrada gritando em delírio; as sacerdotisas curandeiras do Templo do Senhor do Sol lutaram para salvá-la, mas, no primeiro dia em que ela parecera bem o suficiente para ficar sem supervisão por um momento, ela se jogou da muralha alta da cidadela, e alguém de nascimento muito baixo para evitar a tarefa precisou descer e recuperar o corpo espatifado e quebrado dela das pedras lá embaixo.

Poucos dias antes da semeadura de primavera, os sacerdotes e as sacerdotisas se levantaram com um chamado alegre de corneta do palácio abaixo, e viram o porto vazio de navios. Os aqueus tinham ido embora, deixando apenas uma longa faixa negra de praia, suja e fétida, onde as tendas estiveram.

Houve júbilo na cidade, mesmo enquanto todos os homens de Heitor desceram para limpar a sujeira e os detritos deles. O filhinho dele, Astíanax, foi também. Agora correndo e falando, ele era uma grande mascote entre os soldados; a cada minuto ele trazia um pedaço abandonado de lixo que achava ser um tesouro: uma fivela de arreio de bronze brilhante, um pedaço de pente de madeira quebrado, um pedaço de velino usado no qual alguém havia rabiscado um mapa grosseiro da cidade. Cassandra pegou o mapa do menino que protestava e passou um longo tempo olhando para ele, imaginando que inimigo de Troia tinha feito aquilo.

— Devolva! — gritou Astíanax, esticando o braço, e Cassandra disse:

— Não, pequenino. Seu avô precisa ver isso.

— Ver o quê? — perguntou Heitor, pegando o velino da mão dela e devolvendo-o à criança.

Cassandra se curvou e retomou o velino, sem se importar com os uivos da criança furiosa.

— Qual o problema com você, Cassandra? Dê isso para ele. Eles foram embora, não há motivo para se importar com o lixo que possam ter deixado para trás — disse Heitor. — Não. Pare de gritar, filhinho, e pode andar na carruagem de seu pai.

— Não foram embora por muito tempo — garantiu Cassandra —, ou, com *isso*, desistiriam de tal vantagem?

— Está dando muita importância para isso — disse Heitor. — O que quer com essa coisa?

Ela traçou as marcas conhecidas que ainda não conseguia ler totalmente.

— Alguém de Creta o fez, e eu achei que fossem nossos aliados. Preciso mostrar isso a ele…

Então ela pensou melhor e ponderou

— Helena tem cretenses entre as mulheres dela. Vou mostrar isso para Aithra.

Como rainha e sacerdotisa, se qualquer mulher conhecia aquele tipo estranho de escrita, seria ela.

— Bem, se quiser — Heitor disse, dando de ombros. — Nunca conheci uma mulher que faça tanto alarde por ninharias.

Mas Aithra olhou para o velino sem compreensão e afirmou que de fato tinha visto aquelas marcas em Creta, mas que não tinha sido ensinada a lê-las.

— Não consigo nem adivinhar de quem seria a mão — ela disse. — Talvez Crises saiba. — E Cassandra ficou envergonhada de explicar para a mulher digna por que não queria confrontar o sacerdote.

Mas, por fim, ela levou o velino para Charis e explicou. Charis sabia por que ela tinha medo e não gostava de Crises, e concordou em ir com ela consultar o sacerdote.

Crises examinou o velino com cuidado, franzindo o cenho, os lábios movendo-se, traçando os símbolos com o indicador, então ele levantou os olhos.

— Isso não é mais do que um mapa da cidade, mas os nomes estão escritos nele. Vê? Aqui mostra os aposentos da rainha, os armazéns, o grande salão de jantar, cada parte do palácio marcada, veja, e o Templo de Apolo, e aqui o Templo de Palas Atena.

— Achei que fosse isso — disse Cassandra. — Pode me dizer quem escreveu?

— Não consigo dizer quem escreveu, mas não foi nenhum amigo de Troia. Só posso dizer que provavelmente não era um cretense — respondeu Crises —, pois somos ensinados a fazer as letras de um modo diferente, só um pouco, em Creta.

Até aí, pensou Cassandra, ela poderia ter adivinhado. Mais tarde levou o velino a Príamo, que deu pouca atenção, embora tenha reconhecido o que era de imediato.

— Não consigo pensar em uma dúzia de homens fora de Troia que poderiam ter desenhado isso; armados com isso, não seria nenhum problema encontrar qualquer lugar em Troia — ele disse. — Só alguém que conhece muito bem o palácio e a cidade poderia ter feito, e não acho que seja um de nós. Só…

Príamo hesitou, então balançou a cabeça.

— Não, ele é meu amigo de juramento e foi nosso hóspede. Não acredito que ele fosse nos trair.

— Pai, quem? — ela perguntou, e Príamo, balançando a cabeça, respondeu:

— Não. Só… Não.

— Odisseu? — ela perguntou.

— Cassandra, realmente acha que meu velho amigo poderia ser tão falso?

Ela não queria pensar isso de Odisseu, mas a possibilidade estava ali. Ela apenas ponderou:

— Na guerra, os homens se esquecem de juramentos, pai.

— Pode ser. Mas ele me prometeu que não seria enfiado nessa guerra — disse Príamo. — Não vou acusá-lo sem ouvi-lo. Seus pensamentos são cheios de veneno, Cassandra.

— Pai, não fui eu quem pensou em tal coisa — ela apontou —, apenas perguntei se era seu pensamento.

— Ainda tenho certeza de que estou sendo injusto com meu velho amigo com tal ideia — respondeu Príamo —, e vou esperar para perguntar cara a cara se isso foi obra dele.

Em seu coração, Cassandra estava certa: Odisseu, tinha ouvido falar, era cheio de tais astúcias e embustes. No entanto, também não queria pensar que ele fosse trair sua velha amizade com Príamo e Troia.

Não precisaram esperar muito, os aqueus não tinham partido havia dez dias quando o navio de Odisseu foi avistado no porto. Cassandra tinha ido ao palácio para visitar Creusa e fazer um chá curativo para a bebê dela, que estava sofrendo de uma febre de verão, e depois foi chamada para o grande salão. Eneias foi imediatamente cumprimentá-la; como de costume, ele a abraçou e a beijou no rosto.

— Está tudo bem com a criança, irmã?

— Ah, sim, não há nada muito errado com ela, seria melhor fazer uma poção para Creusa curar as ansiedades dela. A cada vez que o vento muda, ela pensa que a pequenina está doente de morte. Ao menos Andrômaca aprendeu que bebês têm pequenos transtornos e que é melhor não os medicar demais: vão melhorar sozinhos, e se não melhorarem, há tempo suficiente para chamar um curandeiro.

— Fico aliviado por ouvir isso, mas seja paciente com Creusa, irmã, ela é jovem e é a primeira criança dela. Venha jantar — disse Eneias, levando-a para a frente.

Odisseu se levantou da cadeira de convidados ao lado de Príamo e foi até Cassandra, ele a abraçou com tanta força que ela se encolheu, e lhe deu um grande beijo sonoro.

— Então é minha melhor garota linda — ele disse —, e o que veio fazendo nesses meses de guerra? Tenho um presente para você: um fio de contas de âmbar da cor exata dos seus olhos; nunca conheci ninguém mais com olhos que são amarelos, só com um brilho de vermelho nas profundezas — ele completou, tirando o colar das dobras da túnica e colocando-a em torno do pescoço dela.

Cassandra suspirou, tirando-o e segurando-o entre as mãos, examinando as contas brilhantes quase com cobiça.

— Eu agradeço, é muito bonito, mas não teria permissão para usá-lo. Não o concederia diretamente como presente ao Senhor do Sol?

Odisseu pegou o colar de volta, franzindo o cenho.

— Fica tão bem em você, e o Senhor do Sol, embora não tenha disputa com ele — ele fez um gesto devoto —, não tem necessidade de presentes como os que eu posso dar.

Ele olhou em torno do cômodo, e seus olhos caíram sobre Helena, sentada modestamente à sombra de Páris.

Helena disse em sua voz gentil:

— Caro amigo, vou guardar o colar para Cassandra, e ela o terá de volta sempre que quiser pedi-lo.

Ela estava obviamente grávida àquela altura, mas Cassandra viu, com um suspiro, que isso parecia torná-la ainda mais bela. Andrômaca tinha sido forte e saudável durante a gravidez, mas parecia pálida e inchada, enquanto Creusa ficara enjoada durante a gravidez inteira, sem conseguir segurar comida nenhuma, e tão devastada que parecia um rato arrastando um pedaço roubado de melão. Helena parecia, pensou Cassandra, uma das deusas grávidas entalhadas que vira na

Cólquida; ou como Afrodite, se a deusa do amor se permitisse ser vista grávida.

Helena pegou o colar das mãos de Odisseu e disse com gentileza, quase afeição, a Cassandra:

— Quem sabe, minha irmã? Pode não estar sempre a serviço do Senhor do Sol. Eu lhe dou minha palavra, esse colar é seu sempre que pedi-lo.

Contra sua vontade, Cassandra foi aquecida pelo brilho da presença de Helena. Ela disse, com mais afeição do que tivera a intenção:

— Obrigada, minha irmã. — E Helena apertou a mão dela e sorriu.

Príamo interrompeu com impaciência:

— É muito bom estar aqui como meu convidado e dar bugigangas para as meninas, Odisseu, mas me diga, não vi seu navio entre os dos saqueadores, e não estava entre os inimigos nas muralhas? Achei que tivesse me prometido que não seria envolvido na guerra daqueles aqueus contra mim.

— Isso é verdade, meu velho amigo — concordou Odisseu, sorrindo e bebendo o vinho de sua taça em um só gole.

Polixena foi encher a taça, e ele sorriu para ela – quase um olhar lascivo – e deu tapinhas no traseiro arredondado da moça.

— Queria que ainda estivesse solteira, coisa linda, se seu pai pudesse ter dado você para mim – mesmo sendo velho o suficiente para ser seu avô, e não sou dado a buscar noivas no berço –, e então Agamemnon não conseguiria me enganar para vir contra velhos conhecidos dessa maneira.

Príamo parecia educadamente cético.

— Confesso, meu amigo, não entendo.

— Bem — começou Odisseu, e Cassandra refletiu que ele certamente tornaria aquilo uma boa história, verdade ou mentira. — Você se recorda de que estava com os pretendentes de Helena quando ela se casou com Menelau. Helena, eu acho, me perdoou por não ser um dos pretendentes... eu queria apenas me casar com Penélope, filha de Icário.

Helena sorriu.

— Que os deuses da verdade o perdoem com a mesma firmeza que o perdoei, meu amigo. Só esperava que pudesse ganhar um marido tão fiel a mim como você à sua Penélope.

Odisseu continuou:

— E, quando todos os pretendentes estavam brigando, fui eu quem criei o compromisso que terminou com o impasse: que Helena escolhesse sozinha e que todos nós fizéssemos uma promessa de defender o marido escolhido por ela contra todos os concorrentes. Então, quando essa guerra estourou, lá estava eu, preso em minha própria armadilha. Agamemnon mandou me chamar para cumprir a promessa que fiz a Menelau.

Príamo fez uma careta, embora Cassandra percebesse que o pai não estava realmente bravo, pois ele queria o resto da história.

— E sua promessa de ser meu convidado e amigo?

— Fiz meu melhor para honrá-la, Príamo, juro — disse o velho marinheiro. — Vi o suficiente do mundo, queria ficar em casa e cuidar da minha própria terra. Então fiz Penélope mandar uma mensagem dizendo que eu estava doente e não poderia ir, que tinha perdido o juízo, que era um pobre louco. E, quando Agamemnon veio, coloquei meu velho chapéu de fazendeiro, coloquei meu cavalo e meu touro na junta e comecei a arar um campo de cardos. E sabe o que — ele hesitou —, bem, há damas presentes... o que *Agamemnon* fez?

Ele deu ao nome a força de uma obscenidade, e olhou em torno para ver o efeito de sua história em sua audiência absorta.

— Ele pegou meu filhinho, Telêmaco – ele estava começando a andar, mais ou menos do tamanho do seu Astíanax, Heitor –, e o colocou no campo bem na frente de onde eu arava. Então o que eu deveria fazer? Passar o arado sobre a criança? Desviei a junta, e Agamemnon riu de rachar dos lados e disse: "Vamos, raposa velha, você não está mais louco que eu!", e exigiu que eu honrasse minha promessa de proteger Menelau. Então eu vim, mas, acredite, fui eu quem os mandou para casa para fazer o plantio da primavera. Eles vão voltar depois disso, vim para avisar todos vocês.

Príamo tinha rido tanto quanto qualquer um, e então ficou sério.

— Percebo que não poderia fazer outra coisa além do que fez, Odisseu. Por tudo isso, ainda é meu amigo.

— Eu sou — confirmou Odisseu, e serviu-se de pão e peixe.

— E que você sempre seja — respondeu Príamo —, como sou seu amigo.

Cassandra apertou os olhos, observando Odisseu como se buscasse a Visão. Por mais que tentasse, viu apenas um velho inofensivo, genuinamente dividido entre velhos amigos e vizinhos indesejados com quem precisava, pela segurança da própria família, manter a paz. Sim, ele seria amigo deles – desde que fosse vantajoso para ele. A não ser que houvesse uma boa piada ou uma boa história a ser tirada da própria inteligência, ou mesmo traição. Nenhuma amizade ficaria no caminho disso, não para Odisseu.

Ela terminou rapidamente a refeição e, levantando-se, pediu ao pai permissão para se retirar. Ele a concedeu distraidamente; ela beijou a mãe e Andrômaca, levantou o pequeno Astíanax nos braços e o beijou também, embora ele se debatesse e insistisse que era grande demais para ser beijado, e saiu do salão.

Depois de um minuto ela percebeu que alguém a seguira. Pensando que fosse uma das irmãs com uma pergunta para ser feita a uma sacerdotisa que era muito privada para ser feita diante dos homens, parou para esperar. Então fortes braços masculinos a envolveram, e por um momento ela estava entre os braços de Eneias, antes de, lamentavelmente, se afastar dele.

— Eneias, não. Você é marido de minha irmã.

— Creusa não se importaria — disse Eneias em um sussurro. — Desde que nossa filha nasceu, ela se encolhe toda vez que vou para a cama dela. Não tem desejo por mim, eu juro. Ela ficaria feliz se eu encontrasse amor em outro lugar.

— Não vai encontrá-lo comigo — garantiu Cassandra, com tristeza. — Eu também sou prometida, meu irmão; prometida ao Senhor do Sol, e seria preciso um homem mais valente que você para disputar uma mulher com ele.

Eneias disse:

— Vou lutar com ele se quiser que eu lute, Cassandra. Por você ousaria até a ira dele.

— Ah, quieto — ela retrucou, segurando os dedos sobre a boca dele. — Você não disse isso. Eu não ouvi. Mas isso vou dizer, meu querido — ela continuou, o afeto escapando de seus lábios quase sem vontade —, se fôssemos os dois livres, eu o receberia por vontade, como marido ou amante, o que desejasse. Mas eu vi a ira de Apolo Senhor do Sol, e não a desafiaria por nenhum homem, certamente não por você, a quem eu bem poderia ter amado.

— Os deuses proíbem — apontou Eneias, devotamente — que eu lute contra um deus, a não ser que você exija isso de mim. Se está contente em ser noiva do Senhor do Sol e de mais ninguém...

Ele deu um passo para trás.

— Seja como desejar. Porém, juro pelo próprio Apolo — disse ele, e levantou a mão esguia dela respeitosamente até os lábios — que serei para sempre seu amigo fiel e seu irmão, e se algum dia desejar minha ajuda, juro que a terá, contra qualquer homem – ou deus.

Ela disse, abalada:

— Fico grata por isso, e serei sempre sua amiga e sua irmã, aconteça o que acontecer.

Ele a segurou pelos ombros com gentileza.

— Cassandra, minha querida, você não parece feliz. Está realmente contente no Templo de Apolo?

— Se estivesse — ela garantiu em um sussurro —, teria fugido de você antes de chegar a isso.

Ela se afastou dele e saiu em silêncio do palácio, o coração ainda batendo tão forte que achou que Eneias tinha ouvido. Enquanto subia a longa colina na direção da casa do Senhor do Sol, sentiu lágrimas não derramadas pressionando os olhos.

Não quero ser falsa aos meus votos. Fiz juramento a Apolo, e foi ele quem me abandonou; jamais o trairia com nenhum homem mortal, porém aquele sacerdote blasfemo me desgraçou no templo. Por causa dele sou suja aos olhos deles quando sou inocente de todos os delitos.

A deusa a quem tinha servido durante sua época com as amazonas teria tomado o lado de um homem contra uma sacerdotisa que fizera juramento a ela? Era apenas que um deus, quando um homem e uma mulher brigavam, não podia tomar partido da mulher, seja quem estivesse certo? Ela era propriedade do deus, como se tivesse se casado com um homem mortal.

No entanto, Crises e eu pertencemos os dois a Apolo, e então deveríamos ter sido iguais na visão dele.

Ela atravessou as grandes portas de bronze, e o vigia noturno se curvou para ela em reverência.

— Está fora tarde, princesa.

— Estive no palácio com meu pai e minha mãe. Boa noite.

— Boa noite, senhora — ele disse, e ela foi na direção dos cômodos da parte de trás, onde dormiam as mulheres. Tirou as sandálias e o vestido e se deitou para dormir.

Seus olhos ainda doíam, e, enquanto relaxava os músculos, sentiu lágrimas escorrendo indesejadas pelo rosto. A memória do abraço de Eneias voltou, e por um momento brincou com ela na mente. Se quisesse, poderia tirá-lo da meia-irmã, e Creusa nem ficaria brava com ela; ficaria feliz por estar livre das obrigações de esposa com ele…

Quem sofreria danos se ela cedesse a Eneias? Deveria realmente se esquecer de seus votos, já que não tivera nada de bom deles? Ou era aquela deusa estrangeira do amor ilícito que lhe mandava uma tentação? Então, diante de seus olhos, o rosto de Eneias se perdeu na memória brilhante do rosto do Senhor do Sol, a música suave, inesquecível da voz dele quando disse: “Cassandra…”.

Enquanto caía no sono, ela se perguntava: como qualquer mulher poderia preferir um mero homem a um deus? Talvez fosse melhor ser esquecida ou ignorada pelo Senhor do Sol do que ser amada ou estimada por qualquer homem vivo.

OITO

COMEÇOU A CORRER UM RUMOR NA CIDADE DE QUE OS AQUEUS TINHAM desistido e não voltariam. Cassandra sabia que não, pois ainda havia momentos em que olhava do alto na casa do Senhor do Sol e via, por um instante, a cidade engolfada em chamas. Por isso sabia que o dom da profecia não a tinha abandonado.

Não havia utilidade para ela ou qualquer um; quando falava disso, ninguém ouvia. *De qualquer modo, ó, Senhor Apolo, seja o que for que tenha sido tirado de mim, virá o dia em que vão se lembrar do que disse e saberão que não menti.*

Ela se perguntava às vezes: *Isso é só uma maldição, já que ninguém acredita no que digo; por que devo sofrer sabendo e sendo incapaz de falar?* No entanto, quando teria rezado para que a Visão pudesse ser retirada, ela pensou: *Ah, não! É tão pior andar cega e sem saber o que as Moiras decretaram.*

No entanto, se esse era o destino de todos os homens, como, então, eles conseguiam suportá-lo?

Dia após dia os mares seguiam livres de navios de guerra ou saqueadores. Outros navios chegavam, indo para a Cólquida e o país do Vento Norte, pagando seu tributo a Troia, e de lá a rainha Imandra enviou presentes e cumprimentos para a filha e para Cassandra também.

Numa manhã, Cassandra encontrou sua serpente morta em seu pote e tomou isso como o pior dos presságios. Tinha pouco tempo livre para a criatura ultimamente, e culpou a si mesma por não ter visto que estava doente. Ela pediu permissão para enterrá-la nas premissas do templo. Quando isso foi feito, Charis mandou chamá-la e a colocou como responsável por todas as serpentes no Templo de Apolo.

— Mas por quê? — perguntou Cassandra. — Não sou digna, cuidei tão mal da minha que ela ficou doente e morreu.

— Por que lhe damos essa tarefa? Porque você não está feliz, Cassandra, acha que somos cegos? Gosto de você – todos nós gostamos. — E, conforme Cassandra fez um gesto de protesto, ela disse: — Não, isso é verdade, acha que não notamos o que Crises fez para você? Se fôssemos livres para mandá-lo embora, creia, há muitos que fariam isso. E agora temos uma desculpa para lhe dar uma tarefa na qual não precisa encontrá-lo a cada hora do dia.

Ela ainda não entendia: por que não eram livres para mandá-lo embora do templo? Ele tinha tentado estuprar uma virgem do deus. Era um enigma que não conseguia decifrar, nem Charis tinha dado qualquer explicação, dizendo mais nada. Evidentemente não eram livres nem mesmo para explicar por que Crises tinha esse poder sobre eles.

Havia uma sacerdotisa muito velha no templo que sabia todas as histórias sobre serpentes, mais velha que Hécuba – ao menos muito mais velha do que a rainha quanto Hécuba era mais velha que a filha. Cassandra, ansiosa para evitar que as outras serpentes do templo tivessem o mesmo destino que a dela, começou a passar muitas horas com a velha. O cabelo dela era branco e a maioria tinha caído, e os olhos eram afundados na cabeça. Ela sofria com paralisia da idade, as mãos tremiam tanto que não conseguia pegar a própria colher para comer; tinha sido essa doença que decretara que ela precisava ser substituída no cuidado das serpentes.

Cassandra passava todas as horas com a velha, levantando-a e alimentando-a, e, quando a sacerdotisa estava forte o suficiente para falar com ela, aprendendo sobre todos os tipos de cobras e serpentes, incluindo muitos que não eram mais criados no templo. Às vezes Cassandra pensava que gostaria de fazer uma longa viagem apenas para conseguir algumas dessas criaturas mais estranhas para a casa de Apolo: as que viviam no deserto bem ao sul, ou uma do tipo chamado píton, mais grossa que uma criança, capaz de engolir uma para a refeição, ou até uma ovelha inteira. Cassandra não tinha certeza de que acreditava totalmente em tal criatura, mas gostava de ouvir essas histórias, e sentava-se ouvindo a mulher o dia todo.

Depois que as serpentes tinham sido alimentadas havia pouco a fazer, a não ser cuidar das necessidades da velha Melianthа, e Cassandra escutava e sonhava acordada, pensando em seu encontro com a Deusa como Mãe Serpente no Submundo e imaginando como havia surgido a história de Apolo Senhor do Sol matando a Píton.

O ano avançava: chuvas de inverno atrasadas vinham suavemente do mar, e em alguns galhos nus era possível ver pequenos caroços onde folhas iriam por fim se desenrolar. Um dia ela estava no alto da casa do Senhor do Sol e ouviu um grito agudo distante.

— Olhem, os grous estão voando para o norte de novo.

Eu me pergunto, ela pensou, *para qual terra distante eles viajam, além do país do Vento Norte.* Mas suas companheiras tinham pensamentos mais práticos na mente.

— Logo será hora do festival do plantio de primavera — disse Criseida, e havia um brilho ávido nos olhos dela. — Estou cansada de ficar trancada com as mulheres.

Cassandra foi tomada pelo medo; com a primavera, certamente os aqueus viriam. A última lua do inverno ficou cheia e minguou, e vieram dias cinzentos com chuvas fracas; e alguns dias depois do voo dos grous para o norte as nuvens clarearam, e a lua nova estreita no céu anunciou a chegada da primavera e do festival do plantio.

No primeiro dia depois da lua nova, Cassandra foi chamada à presença da mãe no palácio. Ela a encontrou com suas mulheres, fazendo implementos para os ritos do plantio, e uma sacerdotisa da Mãe Terra estava lá supervisionando o trabalho.

Cassandra não sabia o que iria dizer até que se ouviu falar:

— Estão planejando o festival para que os aqueus possam desfrutar dele? Com certeza fazer um festival agora é simplesmente convidá-los para vir e saqueá-lo.

A sacerdotisa, uma mulher de meia-idade que Cassandra não conhecia bem, fez uma careta para ela.

— O que sugere como alternativa, senhora Cassandra? Não podemos deixar de plantar os grãos.

— Ah, sei que os grãos precisam ser plantados — disse Cassandra, quase frenética. — Mas precisamos chamar atenção para isso com um festival?

A sacerdotisa perguntou, franzindo o cenho:

— Espera desfrutar dos presentes da Deusa sem honrá-la?

Cassandra, mal sabendo o que dizer, sentiu vontade de chorar. *Se a Deusa é tão grandiosa e benevolente*, pensou, *com certeza nos daria o cereal sem demandar tanto. A Deusa Terra é uma velha mulher do mercado para regatear conosco – tanto cereal por tantas músicas e danças?* Já que não podia dizer isso, não disse nada, e sabia que a sacerdotisa franzia o cenho para ela com desaprovação.

— O que o festival tem a ver com a senhora, que escolheu permanecer virgem na casa do Senhor do Sol e não dar à Deusa o que lhe é devido?

— Não foi totalmente por escolha — ela disse com humildade. — O Senhor do Sol me chamou, e a Mãe Terra não protestou. Se ela tivesse exigido que eu a servisse, teria obedecido.

E por que ela não esticou o arco para me salvar do Senhor do Sol, então? Não sou mais que um animal em fuga diante das rixas desses deuses?

Mas a sacerdotisa ainda fazia cara feia para ela, parecendo exigir uma resposta, e Cassandra disse:

— Já que também sou alimentada pela generosidade dela, não vejo motivos para um festival que inutilizará o plantio. Pois, se os aqueus vierem para destruir nosso festival, vamos colher pouco desse plantio.

— Está dizendo que mesmo os aqueus não honram a Deusa?

— Disse apenas que temo a impiedade deles — respondeu Cassandra. — Se acredita que eles honram a Deusa, por que não pergunta a um dos devotos deles, ou manda um mensageiro negociar uma trégua e uma promessa de que não vão interferir nos ritos da Mãe Terra?

E por esse temor sou tratada como se a impiedade fosse minha; deveria aprender a ficar em silêncio.

Ela se curvou em silêncio para a sacerdotisa, seu aviso dado. Não era parte de sua obrigação dizer mais. A mãe dela estivera olhando sem falar, e Cassandra cruzou o cômodo para se juntar a ela.

— Não consegue entender meu medo, mãe?

— Confio na bondade da Deusa, ela certamente pode levantar a mão se deseja atacar aqueles aqueus — Hécuba disse em tom de reprovação. — Você é muito cheia de medos, Cassandra.

— A senhora serviu à Mãe Terra por todos esses anos. Ela algum dia levantou a mão para protegê-la? — perguntou Cassandra.

A mãe pareceu profundamente descontente.

— Mulheres não devem fazer essas perguntas, e você, que é sacerdotisa, deveria saber que não pode dizer tais coisas. Os deuses não demoram para punir quem fala contra eles ou os questiona.

Deveria ter sido eu quem disse isso, pensou Cassandra. *Moro na casa do Senhor do Sol e vejo como ele ataca – e como ele protege – os seus.* Ela suspirou e não disse mais nada.

A mãe esclareceu com gentileza:

— Não a estou reprovando, Cassandra, mas, se não encontrou felicidade na casa do Senhor do Sol, deveria voltar para nós aqui. Não consigo pensar que é uma coisa totalmente boa para uma garota da sua idade permanecer virgem por tanto tempo. Se voltar para a casa de Príamo, seu pai vai lhe encontrar um marido. Ficaria muito feliz em vê-la casada com uma criança nos braços. E então não haveria mais esses sonhos e profecias malignos para atormentá-la.

Apesar do tom amoroso da mãe, Cassandra sentiu uma onda de raiva tão grande que a sufocou. *Ah, esse é o remédio para todas as coisas erradas com as mulheres. Se uma mulher está infeliz, ou se comete um erro, ou não faz o que todos querem que faça, então é melhor que tome um marido; e se ela tiver um filho, será o remédio para todos os seus males.* Ela disse para a mãe:

— Ah, a senhora também, mãe? Quando cavalgava com Pentesileia e as mulheres delas, pensaria tão rápido que isso é o que me aflige? Arrumaria um marido para mim ou me veria grávida apenas para que eu não falasse a verdade e assustasse as pessoas?

Hécuba ficou consternada com o tom raivoso dela, então deu tapinhas nos dedos nodosos de Cassandra e os acariciou com gentileza, tentando soltá-los.

— Não fique brava, minha querida; não sei por que está sempre tão brava. Só quero vê-la feliz, minha filha.

— Estou brava porque estou cercada por tolos — disse Cassandra —, e sua resposta é me tornar um deles.

Ela ficou de pé e saiu correndo do cômodo. A mãe não tinha jeito. E, no entanto, houve um tempo em que ela era forte e autossuficiente; Cassandra tinha as armas dela para provar. E por que tinha deixado a mãe se desviar da questão real, que era o perigo para o plantio de primavera? A mãe tinha escolhido substituí-la pela velha questão do casamento, como se uma mulher casada automaticamente ganhasse sabedoria. Andrômaca certamente não era mais sábia por seu casamento com Heitor, nem Creusa por ser casada com Eneias.

Se eu achasse que um casamento poderia causar alguma grande mudança em mim, então não estaria apenas disposta a me casar, mas sim ansiosa por isso!

NOVE

Um pouco antes do nascer do dia, Cassandra ouviu o dobrar dos sinos e sons de movimento na cidade abaixo. Ao levantar a cabeça, uma onda de enjoo passou por ela, tinha a impressão de que o quarto quieto estava vivo com gritos e o choque de armas. *Ah, não*, ela pensou, caindo de volta no travesseiro e puxando o cobertor sobre a cabeça. Por alguns minutos, ficou deitada sem se mexer. Tinha jurado que, se houvesse uma catástrofe, estaria longe dela quando acontecesse; tinha dado o aviso, e isso era o suficiente.

Mas, fora do quarto, os sons do festival continuavam. Logo viriam chamá-la, e por fim ela se levantou, se vestiu e foi cuidar das serpentes do templo. De certo modo esperava que, num dia de presságio tão ruim, fosse encontrá-las todas escondidas dentro de seus potes e buracos, mas elas pareciam se comportar exatamente como sempre. Pegou comida das cozinhas e alimentou a velha Melianthha com pão molhado em vinho aguado. Quando tinha feito tudo o que podia encontrar para fazer, olhou sobre a muralha e viu centenas de mulheres descendo pelos portões de Troia para a área fértil entre os rios. Ela não tinha colocado as vestes de festividades, nem parou para fazer uma guirlanda para si mesma, mas trançou os cabelos frouxamente para mantê-los fora dos olhos, então saiu do templo. No caminho abaixo, reconheceu uma figura conhecida e uma cabeça de cabelos dourados avermelhados. Ela se apressou para alcançar a mulher.

— Enone, o que está fazendo aqui? Não há plantações para serem semeadas no Monte Ida, minha irmã?

Encorajada pelas palavras dela, Enone sorriu com afeição para Cassandra, mas ela não falou nada, e depois de um momento Cassandra percebeu, como se a outra mulher tivesse lhe dito, que ela esperava um vislumbre de Páris. Cassandra não poderia dar nenhum encorajamento ou esperança a ela a esse respeito, então levantou as mãos para a criança gorducha no ombro da mãe.

— Como ele está grande! Não é pesado demais para carregá-lo assim no ombro?

— Os olhos dele são escuros, e ele está cada vez mais parecido com o pai — disse Enone, sem responder à pergunta de Cassandra.

De fato, os olhos do menino, azulados no nascimento como o de tantos bebês, haviam escurecido para uma cor de mel não diferente da dos olhos de Páris ou da própria Cassandra.

Muito ele ganha com isso, pensou Cassandra, tão brava que mal conseguia falar. Por não poder repreender Enone por aquela busca absurda e sem esperança, ela disse, irritada:

— Vá para casa, Enone, cuide das plantações do Monte Ida. Não conseguirá muita coisa boa dessa plantação aqui. Os deuses estão com raiva de Troia. Páris não estará aqui; esse festival é para mulheres. Achei que conhecesse nossos costumes bem o suficiente para saber disso.

— Ainda assim, se houver necessidade, virei rezar com os outros para desviar a raiva da Mãe Terra — ofereceu Enone, e Cassandra percebeu que nada que pudesse dizer faria a menor diferença.

Então ela disse:

— Deixe-me carregar o bebê para você. — E estendeu as mãos para a criança.

Ele era realmente pesado, mas ela havia oferecido ajuda e não a retiraria. Uma pena que Páris não viesse carregar o próprio filho, pensou. Agora, entre as mulheres descendo do palácio, viu a mãe e Andrômaca com o filho de Heitor, Astíanax, alto o suficiente para andar ao lado da mãe, segurando as saias dela.

A bebê de Creusa, ainda pequena o bastante para ser amarrada no xale dela, estava pendurada nos ombros da mãe. Polixena liderava o grupo das filhas de Príamo, todas usando a túnica tradicional das donzelas do festival, enfeitada com fitas, com os cachos longos voando na brisa.

Viram Cassandra e acenaram para ela, e ela não se sentiu grosseira o suficiente para não devolver o cumprimento. Se não adiariam o festival nem o fariam discretamente, de um modo que não atrairia a catástrofe que tinha previsto, bem poderiam se divertir enquanto podiam. Acima da colina alguém tinha começado a primeira das canções de plantio:

Traga o grão, escondido pelo inverno,
Traga-o com canções, banquetes e alegria...

Outras mulheres se juntaram à canção. Cassandra ouviu a voz forte e doce de Creusa, e então as das outras, mas, quando tentou cantar, sentiu-se sufocada, e sua voz não se levantava.

— Olhe — disse Enone, apontando. — Os homens estão na muralha olhando para nós. Lá está seu pai, meu tesouro — ela completou, tentando atrair a atenção da criança para onde Páris estava em sua armadura brilhante, o sol pálido da manhãzinha refletindo nele como raios em forma de flecha.

A criança se retorceu nos braços de Cassandra, tentando ver o que a mãe apontava; ele era pesado o bastante para desequilibrar Cassandra, de modo que ela quase caiu.

— É melhor que eu o pegue — disse Enone, e Cassandra não protestou.

Ela via as plumas vermelhas que cercavam o capacete de Heitor, a armadura brilhante de Príamo e Eneias, mais alto que todos os outros homens.

Agora tinham chegado aos campos; o chão fora preparado dias antes. As mulheres baixaram e tiraram as sandálias, pois nenhum pé calçado deveria pisar os seios da Mãe Terra nesse rito. Hécuba, usando uma túnica escarlate, levantou as mãos para a invocação, então parou e fez um gesto para Andrômaca; a mulher mais jovem, usando uma túnica escarlate da Cólquida, foi para a frente para tomar seu lugar.

Cassandra entendeu: Hécuba era uma velha, e, embora tivesse parido dezessete filhos, dos quais mais da metade sobreviveu ao quinto ano – um sinal esplêndido do favor da Mãe Terra –, estava agora além dos anos férteis, e o rito deve ser conduzido por uma mulher fértil, uma mãe. Pelos últimos anos não tinha tido muita importância, mas agora, quando o cereal do ano era crucial para a sobrevivência da cidade, não se poderia correr o risco de que uma mulher infértil pelos anos ofendesse a Mãe Terra com sua presença no maior dos ritos.

Andrômaca fez um gesto, e todas as virgens e todas as outras que jamais tinham parido uma criança viva saíram dos acres cultivados. Cassandra fez um gesto de despedida para Enone e saiu na direção das pequenas cercas de pedra e sebes crescidas de espinheiros e trepadeiras na beira do campo. Estavam longe de serem inférteis, ouvia escondidos nelas o som de pequenos insetos, grilos e besouros, e muitas ervas e plantas cujos usos estava começando a entender cresciam nas margens do campo. Ela observou uma folha estreita, boa para curar irritações na pele de crianças e animais pequenos, parou para cortá-la, murmurando uma prece sussurrada para a Deusa por aquela recompensa mesmo fora das terras dadas à graça dela.

Agora que as mulheres estavam nos campos, os homens desciam. O rei Príamo, o pai de seu povo, em sua tanga ricamente tingida de carmim, sem vestir mais nada além de um colar de pedras roxas no pescoço, tomou nas mãos o arado de madeira e o levantou alto no ar; o apupo que se seguiu foi ensurdecedor. Com as próprias mãos, ele atrelou um burro branco aos cabos do arado. Cassandra sabia que aquele animal tinha sido escolhido entre todos os de Troia para o arado do rei porque não tinha marca, e o dono tinha recebido um valor alto por ele.

Príamo enfiou o arado no campo, e de novo as vozes se levantaram quando ele abriu uma faixa castanho-escura de argila na superfície da terra seca pelo sol. As vozes das mulheres agora se erguiam numa nova canção. Quando Cassandra era bem pequena, ouvira que as canções eram para afogar os gritos da Mãe Terra por ser assim violentada. Durante sua estada com as amazonas, tinha sido ensinada uma teoria mais sofisticada: que a Mãe Terra dava alimento a seus filhos por vontade própria, e as canções eram apenas louvores e agradecimentos, mas mesmo naquele momento ela precisou reprimir um tremor quando o arado rompeu o solo.

Agora todas as mulheres férteis da cidade entravam no campo; todas juntas, retiraram as partes superiores das vestes, expondo os seios, e fizeram gestos simbólicos de dar leite ao solo à espera para nutrir os campos. Mais da metade delas estava grávida, de jovens com a barriga inchada do primeiro filho, seios menores que pêssegos verdes, a mulheres da idade de Hécuba que tinham parido um filho por ano, mais ou menos, por uma geração, os seios longos e flácidos nus para o céu e o sol.

Cassandra se juntou ao grito que se erguia aos céus:

— Mãe Terra, nutre nossas crianças, nós te pedimos.

Cestos de grãos eram repassados para todas as mulheres férteis, e elas começaram a passá-los pelo campo, espalhando as sementes. Príamo, afastado com pressa rude para a beira do campo, tropeçou, e marcou a silhueta no chão, manchando as vestes. Houve arquejos com aquele presságio ruim, e ele foi recolhido e levado com ternura para onde o resto dos homens agora cercava o campo, observando o plantio. O sol estava alto, descendo com força ofuscante.

— Talvez a terra dê frutos não importa o que façamos ou não — sugeriu um homem grande e bruto que Cassandra jamais vira. — Já estive em lugares pagãos onde não sabem nada de nossos deuses, e as plantações crescem lá também, do mesmo jeito que aqui.

— Fique quieto, Ajax, não precisamos de nenhuma de suas ideias tontas — disse uma voz forte e grave que Cassandra identificou como a de Eneias. — Se tem a ver com os deuses ou não, essa é a maneira como as coisas são feitas por decência e costume, e por que não?

Trovões rugiam ao longe, e nuvens se moviam através da face do sol. Cassandra sentiu os insetos nas sebes ficarem em silêncio. Então algumas gotas de chuva batucaram nos galhos secos das cercas vivas, e em momentos as roupas leves das mulheres foram achatadas contra seus peitos. Elas soltaram um grito:

— Agradecimentos para a Mãe Terra, que nos manda chuva para nos nutrir!

As canções tinham cessado conforme a chuva ficou mais forte. Agora as mulheres terminavam o plantio das últimas sementes, e todas, incluindo as menininhas e as mulheres velhas e estéreis, correram para o campo para ajudar a cobrir o resto dos grãos. Cassandra começara a correr para se juntar a Enone quando uma onda escura surgiu diante de seus olhos, e ela fez uma pausa, zonza, sem ter certeza de que o chão não tinha tremido sob seus pés.

Então um grito de guerra soou, e ela viu homens de túnicas escuras correndo para o campo, berrando e gritando. Um homem de armadura pegou Enone e, jogando-a sobre o ombro, correu para a fileira escura de navios que tinha aparecido enquanto todos os olhos estavam na lavoura e no plantio.

Por costumes antigos, os troianos não levavam armas para o campo; a maioria deles agora corria para a muralha da cidade onde as tinham deixado. Páris foi um dos primeiros a reaparecer na muralha, disparando flecha atrás de flecha no grupo de soldados estrangeiros. O homem que segurava Enone caiu debatendo-se, alvejado no coração, e ela se soltou. Houve muitos disparos de flechas e zagaias, e muitos dos aqueus caíram; a maioria dos que tinham tomado mulheres as soltou e conseguiu chegar aos navios antes de ser atingido pela chuva de flechas. Enone foi até o lado de Hécuba e procurou o filho; vendo-o em segurança, ela se juntou ao pequeno grupo de mulheres em torno da rainha. Cassandra ainda estava na proteção da sebe. Viu Helena ao lado de Enone e se perguntou o que, se algo, as duas esposas de Páris tinham para dizer uma à outra. Ela notou, também, o corpo formoso de Helena, obviamente inchado com a gravidez.

Ela se perguntou se Menelau tinha visto. Se tinha, ele agora certamente iria preferir ir para casa e deixar Helena para Páris, não iria continuar lutando pela mãe do filho de outro homem.

Cassandra, escolhendo com cuidado seu momento, saiu da sebe e correu através do campo, aglomerando-se sem fôlego no círculo perto da rainha, tomando seu lugar ao lado de Enone. Todas as mulheres olhavam com medo para os aqueus que se aproximavam de seus navios. Ela seguiu a figura alta e curvada de Agamemnon, que não era nenhum monstro agora, só um homem, mais grosseiro, forte e cruel que a maioria, mas a visão dele ainda gelava seu sangue.

Hécuba olhava em torno contando suas mulheres.

— Estão todas aqui? Alguém foi levada?

Um grupo de mulheres da casa do Senhor do Sol estava aglomerada ao lado das mulheres de Hécuba. Phyllida as contava discretamente; então gritou:

— Ah, onde está Criseida? Ela não estava com você, Cassandra? Achei que a tivesse visto ao seu lado.

— Sim, ela estava comigo, talvez ainda esteja na sebe. Devo voltar para olhar? Todos os... todos *eles* voltaram para os navios, acho.

— Não — Phyllida disse com firmeza —, você não pode se expor, lembre-se, você é filha de Príamo, e seria um grande prêmio a qualquer invasor. Fique aqui perto de sua mãe — ela ralhou, enquanto Hécuba pegava a mão de Cassandra.

— Então está segura? Estava preocupada com você — observou Hécuba. — Como sabia que eles nos atacariam?

— Achei provável — disse Cassandra —, e assim foi.

— Mas eles não tomaram nenhum refém — Hécuba respondeu —, então tiveram todo aquele trabalho por nada.

— Não, não saímos intocados — Cassandra respondeu. — Eles conseguiram pegar uma das donzelas do Templo de Apolo.

— Ah, que horror! — Hécuba disse com um arquejo.

Pessoalmente, Cassandra achava a perda pequena; a menina tinha sido uma encrenqueira desde o início, e não era certeza nem que fosse donzela.

Ficou grata porque o ataque tinha causado tão pouco dano. Decidiu procurar Helena e perguntar quando o filho dela iria nascer. De novo, parecia que Helena estava sob o feitiço da Deusa, até no período menos atraente da gravidez ela estava linda e viçosa. Não eram só os olhos de Páris que a seguiam como fiapos seguem âmbar.

Helena sorriu para Cassandra com boas-vindas tão intensas que ela se sentiu quase de joelhos bambos. O favor da Deusa deveria ser apreciado. Sem ele, as mulheres ali poderiam ter feito a rainha espartana aos pedaços; afinal, ela havia colocado os homens de Troia nos perigos dessa guerra. *Mas não tenho marido ou amante,* pensou Cassandra, *por quem temer.* Helena a abraçou, e Cassandra devolveu o cumprimento com afeição.

Estranho, quando ela chegou aqui, fui eu quem implorou ao meu pai e à minha mãe para que não tivessem nada com ela. Agora eu também a amo, e se tentassem expulsá-la, seria a primeira a falar a favor dela. É a vontade da Deusa que ela encarna? Eu sirvo a ela sendo amiga de Helena? Não, agora, tendo um filho, ela deve buscar o favor da Mãe Terra.

— Quando o bebê chega?

— Na colheita de outono — respondeu Helena.

— E é filho de Páris? Então talvez — sugeriu Cassandra — Menelau vá embora e fique contente em deixá-la aqui.

Helena sorriu com cinismo.

— Se ele dissesse isso, ninguém ouviria — ela respondeu. — Vamos, Cassandra, sabe tão bem quanto eu que meu corpo e meu adultério são apenas um pretexto para essa guerra. Agamemnon vinha buscando uma boa desculpa para atacar Troia por anos. Se eu buscasse voltar para Menelau nessa noite, na escuridão, apostaria qualquer coisa que queira que seria encontrada enforcada na muralha, e que os aqueus continuariam lutando com o pretexto de me vingar.

Aquilo tinha tanta probabilidade de ser verdade que Cassandra não se importou em comentar. Helena disse, irritada:

— Muitas vezes senti que seria melhor se tivesse sido prometida como virgem para a Donzela da Lua. Mesmo agora sou tentada a renunciar aos homens para sempre no templo dela, acha que ela me aceitaria?

— Como eu poderia saber? — Cassandra respondeu, hesitante.

— Bem, você é uma sacerdotisa…

— Tudo o que sei é que ela não renega nenhuma mulher que se coloca diante dela — disse Cassandra —, mas tenho a impressão de que seu destino é se tornar um símbolo de luta entre homens, e ninguém pode discutir com o destino.

— Seria bom demais para ser verdade, imagino, que pudesse buscar a Deusa e na sombra dela evitasse o padrão conhecido do meu destino — ponderou Helena. — Mas como sei que um deus determinou esse destino, e não que simplesmente me enredei entre dois homens obstinados que não dão a mínima para os deuses?

— Acho que é o tipo de coisa que ninguém consegue saber — respondeu Cassandra. — Porém, sinto a mão de algum deus nisso, sei que Páris foi impelido a buscá-la.

— Então quer dizer que essa guerra entre Troia e o meu povo foi determinada pelos imortais? — perguntou Helena. — Por quê? Quero dizer, por que eu e não alguma outra?

— Se eu soubesse disso — disse Cassandra —, então seria a vidente mais favorecida dos deuses. Só posso achar que a deusa que lhe favoreceu com tanta beleza tinha esse propósito em mente.

— E ainda pergunto: por que eu e não alguma outra?

— Pergunte o quanto quiser — respondeu Cassandra —, e, se receber uma resposta, venha compartilhar comigo.

DEZ

CASSANDRA SONHOU QUE OS DEUSES ESTAVAM BRAVOS COM A CIDADE E lutavam sobre Troia. Eles assomavam até o céu, as lanças batendo em raios, e o brilho de suas grandes espadas eram como relâmpagos. Acordou para um dia de chuva pesada, e com uma dor embotada nos olhos.

Surpreendentemente, sentia falta de Criseida; tinha se acostumado com a companhia da menina e não conseguia deixar de pensar com medo e nojo no que deve ter acontecido com ela no acampamento dos aqueus – eles tinham, afinal de contas, estado ali por vários meses sem suas mulheres. Embora soubesse que algumas das mulheres da cidade escapavam através das muralhas até a costa para vender o corpo, não imaginava que fosse a mesma coisa. No entanto, quando pensou em sentir pena de Criseida, se viu pensando que aquilo fora exatamente o que a garota tinha desejado; ela passara alguns meses olhando os estrangeiros sobre a muralha até então.

Tirando a garota dos pensamentos, Cassandra vestiu uma túnica e foi cuidar das serpentes e da velha sacerdotisa.

Quando entrou no quarto reservado para a velha e as serpentes, encontrou confusão: duas ou três estátuas tinham sido viradas e jaziam quebradas pelo cômodo, e não havia uma só serpente em lugar nenhum. Ela chamou – tinha ouvido dizer que as serpentes eram surdas e não conseguiam ouvir nada, mas não tinha certeza daquilo, e chamá-las não faria nenhum mal –, e a voz da velha Melianthа veio de um quarto adjacente:

— É você, Cassandra, filha de Príamo?

Cassandra foi rapidamente para o quarto interno escuro onde a velha estava deitada sobre uma esteira de palha.

— O que a aflige, Meliantha? Está doente?

— Não — disse a sacerdotisa idosa. — Estou morrendo.

Cassandra viu na penumbra que o rosto dela tinha afundado ainda mais, os olhos estavam baços e recobertos por uma película branca.

— Não precisa chamar as serpentes, pois foram embora, todas elas. Elas nos deixaram e se retiraram para o fundo da terra. Aquelas que ainda estão aqui jazem mortas nos potes... olhe e veja.

Cassandra foi investigar, e viu alguns potes intactos no lugar; dentro delas, as serpentes estavam imóveis e frias. Ela voltou para a velha sacerdotisa para perguntar o que havia acontecido.

— Não sentiu a ira do Sacudidor da Terra durante a noite? Não apenas os potes, mas todas as minhas estátuas estão quebradas.

— Não, não ouvi nada, mas tive pesadelos com a raiva dos deuses — respondeu Cassandra. — É a Mãe Serpente que está com raiva de nós?

— Não — disse a velha sacerdotisa, com desdém. — Ela não puniria suas serpentes para demonstrar sua raiva de nós, em vez disso nos mataria pelo bem-estar de seu pequeno povo. Seja qual deus for o autor, a Mãe Serpente não teve nada a ver com isso.

A velha parecia tão agitada que Cassandra quis confortá-la.

— Quer comer pão e vinho, senhora?

— Não, não posso pensar em tais coisas numa hora dessas — a velha respondeu. — Vista-me com a túnica de sacerdotisa e pinte meu rosto, então me leve para o sol no pátio, para que eu possa olhar mais uma vez para o rosto do Senhor do Sol, a quem dei minha vida.

Cassandra fez como ela pediu, ajudando a velha a entrar na túnica elaborada de linho pregueado tingido de amarelo brilhante com açafrão. Ela encontrou um pote de cosméticos e, como a velha queria, pintou hesitante as bochechas e os lábios de vermelho brilhante com tinta, embora achasse que parecia grotesco. Por fim se curvou, pegou a velha sacerdotisa no colo e a levou para a luz brilhante do pátio, onde a deitou sobre algumas almofadas. A velha, exausta, se recostou, e Cassandra via o pulso na veia azul da têmpora batendo forte. Sua respiração era um chiado rouco e exausto.

— Devo chamar um curandeiro, senhora?

— Não, é tarde demais para isso — disse Meliantha. — Estou feliz porque não vou viver para ver os dias que chegam a Troia. Mas você foi boa para meu pequeno povo, e vou rezar em meu último suspiro para que de algum jeito escape do que as Moiras determinaram para esta maldita cidade.

Ela fechou os olhos por um momento, e Cassandra se curvou para ver se ela ainda respirava. Meliantha estendeu uma mão trêmula.

— Mais perto, minha filha, não consigo ver seu rosto — ela disse —, e no entanto ele brilha diante de mim como uma estrela. O Senhor do Sol não a abandonou.

Então ela beijou Cassandra com os lábios enrugados e, abrindo os velhos olhos cobertos de película, gritou:

— Apolo, Senhor do Sol! Permita que eu veja tua face brilhante diante de mim!

Ela tremeu violentamente e caiu sobre as almofadas, e Cassandra soube que estava morta.

Agora ser deixada sozinha não poderia lhe fazer mal, então Cassandra correu para dizer a Charis o que havia acontecido.

— Ela era a mais velha de todos nós — apontou Charis. — Vim para cá como uma criança de nove anos e ela já era velha. Senti o Sacudidor da Terra na noite passada, e devia ter ido vê-la, mas daria na mesma. Não poderia ter feito nenhum bem a ela. Bem, precisamos enterrá-la como cabe a uma sacerdotisa de Apolo — ela disse, e enviou as mulheres para colher flores para guirlandas e para trazer bolos de mel e vinho.

— Não lamentamos quando um dos nossos vai para os reinos eternos — ela repreendeu as mulheres que soluçavam. — Nós nos rejubilamos porque, depois de uma longa vida de serviço, a Mãe Serpente a levou. E veja — ela indicou as serpentes mortas dentro dos potes —, as amiguinhas dela foram antes para recebê-la naqueles reinos; lá ela poderá vê-las de novo e brincar com elas, como sempre amou fazer.

***

Dois dias depois, Cassandra ouviu o alarme na cidade anunciando um ataque dos aqueus, e viu os homens de Troia correndo para encontrar os invasores, seu irmão Páris entre eles. Ficou surpresa com quanto aquilo começava a parecer corriqueiro, não apenas para ela, mas aparentemente para todas as pessoas de Troia. Exceto pelos lutadores, ninguém parecia prestar muita atenção aos ataques. A rotina azeitada do templo não se alterou nem um pouco, e da muralha ela via as mulheres da cidade indo calmamente para as cisternas com seus jarros de água.

Um homem que não lutava, porém, ainda estava interessado nas ações dos aqueus. No fim da muralha mais perto da batalha estava Crises, fazendo careta enquanto observava a luta. Cassandra, sem querer lidar com ele, voltou para os quartos das donzelas. *As pessoas de Troia*, ela pensou, *começam a tratar os aqueus com a mesma preocupação que teriam com uma chuva de granizo repentina. Não percebem que isso será nossa destruição? Mas imagino que ninguém pode viver em um estado de terror por anos sem fim. Não duvido que sentiria a mesma complacência se não tivesse as visões para me perturbar.*

Pouco depois, um mensageiro da cidade a alcançou, dizendo que a senhora Helena estava em trabalho de parto e queria vê-la. Com a morte de Meliantha, Cassandra tinha poucas obrigações ou nenhuma na casa do Senhor do Sol, assim não se importou em pedir permissão, mas desceu imediatamente ao palácio. Encontrou a mãe e as irmãs, exceto Andrômaca, todas reunidas nos aposentos de Helena.

Cassandra perguntou sobre Andrômaca e foi informada de que ela levara todas as crianças menores para o quarto dela para contar histórias e dar doces a elas.

— Pois se há uma coisa de que não precisamos na sala de parto — disse Creusa — é de bebês sob nossos pés.

Cassandra achou que ela provavelmente estava certa, imaginou se aquilo era bom coração da parte de Andrômaca ou se ela quisera evitar a recordação da própria provação. Não importava; de qualquer modo, precisava ser feito, e os motivos de Andrômaca não tinham importância.

A sala de parto estava bastante cheia, e a maior parte das mulheres era mais um obstáculo do qual desviar do que qualquer tipo de ajuda para uma mulher no início do trabalho de parto, mas o costume exigia testemunhas para um parto real. Cassandra se perguntou se os aqueus tinham o mesmo costume, e decidiu perguntar a Helena quando tivessem tempo. No momento, porém, Helena estava cercada de tantas parteiras, aias insistindo em enrolar o cabelo dela ou mostrar uma veste ou joia que ela poderia querer, sacerdotisas com amuletos ou cantando feitiços de cura, cozinheiras com bocados e bebidas para tentar o apetite dela, que Cassandra não conseguia chegar perto da cama e resolveu esperar até que Helena perguntasse por ela.

Creusa tinha trazido sua harpa de mão e sentou-se no canto produzindo um som baixo e calmante. Depois de um tempo, Helena notou Cassandra entre as mulheres e fez um gesto para ela.

— Venha sentar-se ao meu lado, irmã; isso é como um festival... e assim é para a maioria delas, imagino.

— Como um casamento — disse Cassandra. — Uma grande diversão para todos, exceto os mais envolvidos. Tudo de que precisamos aqui é de alguns acrobatas e dançarinas, e alguém mostrando um coelho de duas cabeças por moedas, e um engolidor de fogo e outro de espadas...

— Tenho certeza de que, se eu os quisesse, Hécuba os teria providenciado — Helena disse, levantando as sobrancelhas de um jeito engraçado.

Cassandra notou que mesmo naquelas circunstâncias desafiadoras ela era incrivelmente bela.

— Acrobatas e dançarinas, no mínimo — disse Cassandra. — Príamo tinha vários no palácio. Não tenho certeza a respeito do coelho de duas cabeças.

— Ah, que vergonha, Cassandra, nossa mãe real não faria isso – estaria abaixo da dignidade dela notar as dançarinas ou meninas da flauta de Príamo — apontou Creusa, entre acordes.

Cassandra riu.

— Não acredite nisso. O negócio de Hécuba é supervisionar a comida para cada pessoa debaixo deste teto. Ela provavelmente sabe quantas azeitonas cada uma delas come no jantar, quem é gulosa com mel e bolos, e quais são cuidadosas para não engravidar nunca.

— É claro, uma acrobata pode ficar sem trabalho por um ano, se ficar grávida — disse Helena. — Tive duas garotas, irmãs, em Micenas, que vinham dançar para mim.

Era a primeira vez que ela falava do antigo lar, pelo que Cassandra se lembrava.

— Nenhuma garota que trabalha quer o fardo de ficar grávida e dar à luz. Isso é para senhoras que não trabalham… como nós.

— Talvez nosso trabalho seja o mais difícil de todos — disse Cassandra. — Minha mãe deu à luz e amamentou dezesseis filhos.

Helena estremeceu.

— Já estou com vinte e três anos e só tenho Hermione e Nikos; tenho sorte — ela disse, e então um olhar surpreso passou pelo rosto dela, que fez uma careta e ficou em silêncio por um momento. — Essa foi feroz — apontou. — Acho que agora não vai demorar muito mais.

Ela olhou em torno dos aposentos.

Cassandra perguntou:

— Posso pegar algo para você?

Helena balançou a cabeça, mas parecia triste. *Ela está sozinha aqui,* pensou Cassandra. *Entre tantas mulheres, ela não tem uma amiga de verdade da terra dela.*

— Onde está sua senhora Aithra?

— Voltou para Creta, eu não queria ser o motivo do exílio dela, também — disse Helena, e esticou a mão para Cassandra, que a apertou com força.

Helena pediu quase em um suspiro:

— Fique comigo, irmã. Não conheço essas mulheres… e não confio em nenhuma delas.

Creusa, com a mão livre, puxou um banquinho na direção delas. Cassandra caiu nele, ajeitando a túnica grande em torno dela, e notou que a outra mulher parecia pálida e exausta. Agora que não estava sob a possessão de sua deusa, Cassandra notou, com distanciamento, uma mulher um tanto pequena, cujo cabelo claro era sua maior beleza, mesmo agora ele caía em mechas brilhantes de cada lado do rosto suado dela. Os olhos pareciam cansados e um pouco vermelhos. Cassandra sentou-se no banco ao lado da cama, deixando que Helena apertasse sua mão. Creusa tocava suavemente, e a música parecia ajudar – ou talvez Helena fosse ter uma hora fácil de qualquer modo. Cassandra estava curiosa, mas não se sentia confortável em fazer perguntas, aquela experiência ainda era algo que parecia não ter nada a ver com ela.

Conforme o sol da tarde ficava mais forte no cômodo, Hécuba mandou todas embora, a não ser as duas parteiras mais experientes, uma criada para incumbências e uma sacerdotisa com muitos amuletos, que distribuiu em torno da cama. Ela teria mandado Cassandra embora também.

— Você é uma donzela, Cassandra, uma sala de parto não é lugar para você.

Mas Helena apertou a mão dela.

— Ela é minha amiga, mãe. E não é apenas uma donzela, ela é sacerdotisa. Nenhum cômodo de mulheres é proibido para uma sacerdotisa da Mãe.

— Trouxe as serpentes sagradas? — perguntou Hécuba.

— Não, as serpentes do templo morreram todas no terremoto — respondeu Cassandra.

A sacerdotisa, enfiando um amuleto sob os peitos de Helena com um feitiço murmurado, levantou a cabeça para dizer:

— Não falem de maus presságios aqui.

— Não vejo por que a morte das serpentes no Templo de Apolo deveria ser um presságio, bom ou mau, para meu bebê — disse Helena. — Apolo não é meu deus, não tenho relação com ele, boa ou má. Quanto à Mãe Serpente, ela não é minha deusa.

A sacerdotisa olhou para Cassandra e fez um sinal contra má sorte. Cassandra concordava com Helena, estava acostumada à prática que transformava quase qualquer acontecimento aleatório em um presságio bom ou mau, mas ainda achava despropositado.

A sacerdotisa foi ferver um pote de água no braseiro, e o cômodo se encheu do cheiro de vapor das ervas de cura que ela colocara dentro. Pouco antes do pôr do sol, Helena deu à luz um filho pequeno e enrugado, a quem deu o nome de Bynomos.

Hécuba olhou para a pequena forma que se debatia com um leve franzir de cenho.

— Há quanto tempo está entre nós, Helena? Ele é pequeno... Nunca vi um bebê de nove meses tão pequeno. Ele não pesa mais que um frango amarrado para o espeto.

— Nem eu pesava — disse Cassandra —, como a senhora me falou muitas vezes. É provável que, com todo o problema e a empolgação – a perturbação do festival, o terremoto –, sem dúvida esse pequenino tenha vindo alguns dias ou algumas semanas antes de sua hora. Isso importa, se ele é forte e saudável?

Helena fez uma careta e sussurrou:

— Ela só quer ter certeza de que é filho do filho dela. Pode ser obsceno, mas não tanto assim. Eu sabia que carregava o filho de Páris antes de fugirmos da casa de Agamemnon. Mas não sei como dizer o que ela realmente quer saber sem chocá-la ainda mais.

Cassandra riu, mas também não sabia o que dizer.

Creusa veio para sua vez de segurar o bebê. Ela disse com tato:

— Acho que ele vai ter os olhos do pai. Bebês que vão ficar de cabelos escuros têm olhos de um azul mais baço do que aqueles que vão ter cabelos loiros.

Cassandra estava pasma, não tinha esperado um apoio desses da meia-irmã. Quando eram crianças, Creusa sempre tivera um talento para tornar uma situação ruim ainda pior, assim como uma tendência a ter ataques de histeria se sentisse que era ignorada. Talvez o casamento com Eneias houvesse dado a ela mais maturidade do que qualquer um tinha esperado.

Um passo soou na porta, e Cassandra, reconhecendo-o, foi deixar Páris entrar, dizendo:

— Irmão, você tem outro filho.

— Eu tenho um filho — Páris corrigiu —, e se profetizar alguma coisa ruim sobre ele, Cassandra, vou rearranjar os ossos do seu rosto de um jeito que as pessoas vão fugir de você como fogem da Medusa.

— Não ouse ameaçá-la — gritou Helena. — Sua irmã é minha amiga.

Cassandra pegou a criança nos braços e a beijou. Ela disse:

— Nenhuma profecia me foi dada para essa criança. Ele está bem e forte, e seu destino quando ficar adulto não cabe a mim dizer.

Ela colocou a criança nos braços de Páris, que se curvou sobre Helena, e Cassandra puxou o véu sobre a cabeça.

— Está indo embora, irmã? — perguntou Helena. — Esperava que fosse ficar e partilhar conosco a refeição da noite, já que Páris não vai ficar nos aposentos das mulheres.

— Não, preciso ir ao mercado — disse Cassandra. — Não ouviu? Perdemos todas as nossas serpentes no terremoto. As que não morreram nos abandonaram, entraram fundo no solo e não voltam. O Templo de Apolo não pode ficar sem serpentes, preciso substituí-las.

— Que presságio curioso! — exclamou Creusa. — O que acha que pode significar?

Relutantemente – não queria assustá-los, ou irritar Páris ou a mãe repetindo o que desejavam tão pouco ouvir –, Cassandra disse:

— Acho que os deuses estão bravos com a cidade. Não é o primeiro mau presságio que temos.

Páris riu.

— Não é preciso um mau presságio para fazer as serpentes irem para as profundezas em um terremoto, é apenas o jeito da espécie das cobras. Vi o bastante delas nas montanhas. Mas sinto pela perda de seus animais. — Ele deu tapinhas leves no braço de Cassandra. — Vá ao mercado, irmã, e escolha com cuidado, talvez suas novas serpentes sejam mais fiéis.

— Que os deuses permitam — declarou Cassandra com fervor, saindo rapidamente do quarto.

Ela decidiu parar brevemente para ver Andrômaca antes de ir embora do palácio.

— Cassandra! — Andrômaca a cumprimentou com deleite. — Não sabia que estava aqui. Foi chamada para o parto?

— Fui — Cassandra respondeu, abraçando a amiga. — Helena teve um filho, e ambos estão bem.

— Soube que é um menino — disse Andrômaca. — A ama me contou quando veio pegar as crianças. Mas — ela sorriu com malícia — Helena teve um filho… e Páris não? Que vergonha, Cassandra, dar a entender algo assim!

— Que vergonha, Andrômaca, dar tal sentido às minhas palavras! — retrucou Cassandra. — Quem era seu pai? Você sabe muito bem que vivi entre as amazonas o suficiente para pensar que uma criança é da mãe, particularmente quando acabei de vê-la nascer. Agora, se Páris estivesse deitado ali em trabalho de parto…

As duas mulheres se abraçaram, rindo.

— Isso eu gostaria de ver — disse Andrômaca. — E ele também mereceria!

Cassandra ficou séria de repente, tremendo. Diante dela, viu uma imagem de Páris, deitado em convulsões de dor, em uma esteira na cabana que dividira com Enone. Enone curvada sobre ele, limpando o suor da testa dele com um pano, e um peitoral dourado no chão ao lado deles.

— Cassandra! — Mãos a pegaram pelos ombros e a levaram para um banquinho, e forçaram sua cabeça entre os joelhos. — Sou uma tola por mantê-la aqui de pé quando sem dúvida não come desde o amanhecer! Mantenha a cabeça baixa até a tontura passar, e vou pegar comida para você.

Andrômaca foi para a porta e chamou uma serviçal, então encheu uma taça com o vinho que estava na mesa na ponta do quarto.

— Beba isso — ela ordenou — e coma ao menos um pedaço de fruta seca.

Ela estendeu um prato e Cassandra pegou um punhado de passas, colocou uma na boca e forçou a mandíbula a mastigar.

— Uma vez na vida as crianças não comeram tudo que estava ao alcance da visão.

— Visão — suspirou Cassandra. — Não queria isso.

— Estão trazendo pão e carne das cozinhas — disse Andrômaca. — Isso vai ajudar a passar. Minha mãe sempre comia carne vermelha quente e todo o pão que podia segurar depois de uma grande divinação. E com certeza as sacerdotisas não jejuavam antes dos rituais se não ajudasse a Visão.

— Sem dúvida — concordou Cassandra. — E, a seu modo, o parto é um ritual.

— *Muito* verdadeiro — Andrômaca disse, com emoção. — Helena teve problemas?

Cassandra balançou a cabeça.

— Seria assim para ela. — Andrômaca fez uma careta. — Ah, bem, imagino que, se Afrodite vai levá-la a ter amantes, o mínimo que pode fazer é dar a ela a arte de parir filhos com facilidade. E falando de filhos… Eu vi Enone e o filho no plantio de primavera?

— Viu, e eu também — respondeu Cassandra. — Ela veio dar uma olhada em Páris. Temo que ainda o ame.

— Muito bem isso vai fazer a ela — disse Andrômaca.

Uma criada entrou com comida da cozinha. Quando ela se retirou, Cassandra continuou:

— Enone era minha amiga. Sinto culpa porque não consigo deixar de amar Helena. E agora Páris se esquece até de que tem um filho com Enone.

— Acho que todo mundo ama Helena — disse Andrômaca. — O próprio Príamo nunca é ríspido com ela, e ele é bem versado nas espertezas das mulheres e não se deixa seduzir com facilidade. Quanto a Páris… Bem, o que se poderia esperar? Se tivesse a Deusa do Amor em sua cama, dispensaria uma sacerdotisa do rio – e como a deusa lidaria com você se fizesse isso?

Cassandra estremeceu.

— Não gosto dessa deusa acaia — ela disse. — Que ela jamais coloque as mãos em mim.

Andrômaca parecia muito séria.

— Não desejaria isso — ela garantiu. — Ficaria triste em pensar que nunca vá experimentar o que é amar.

— O que a faz pensar que não experimento? — Cassandra perguntou, com curiosidade. — Amo meus irmãos e minha mãe, minhas serpentes, meu deus...

Andrômaca sorriu com um pouco de tristeza.

— Tenho sorte — ela declarou. — Meu amor é pelo homem que me foi dado como marido, e não consigo imaginar amar outro. Do pouco que conversei com Helena, entendo que foi assim com ela até que a deusa botou as mãos nela, e aí ela só conseguia pensar em Páris.

— Então o amor certamente é uma maldição, e não um presente — disse Cassandra —, e rezo para que ele jamais me atinja.

Andrômaca a abraçou com gentileza.

— Cuidado com as preces que faz, Cassandra. Eu queria viajar para longe da Cólquida, ter um marido de grande honra e renome. E essa prece me trouxe aqui para longe da minha mãe e dos meus deuses, para uma cidade no canto do mundo, nestes tempos sombrios.

Ela pegou um pouco do sal que estava à mão na bandeja com a carne e o jogou para o ar com uma palavra sussurrada que Cassandra não conseguiu ouvir. Cassandra, cortando uma fatia pequena de carne assada e colocando-a num pedaço de pão, levantou as sobrancelhas em questionamento.

— Rezei por você — declarou Andrômaca —, para que suas preces sejam atendidas apenas do jeito que deseja.

Cassandra abraçou a amiga e disse impulsivamente:

— Não sei se os deuses atendem a esses pedidos... mas fico grata.

Quando tinha terminado a refeição noturna com Andrômaca e ajudado a amiga a colocar Astíanax na cama, ela foi embora do palácio. Estava caminhando pelas barracas escurecidas do mercado noturno quando se lembrou que queria ter perguntado a Andrômaca o que significava quando as serpentes abandonavam um templo. Então ela se recordou de que Andrômaca não gostava de serpentes.

Resolveu perguntar a todas as sacerdotisas que encontrava se conheciam um mestre da sabedoria, um sacerdote ou sacerdotisa da Mãe Serpente ou da Píton antes de comprar uma só serpente para a casa do Senhor do Sol. Em algum lugar naquela grande cidade de Troia deveria haver alguém versado em tal conhecimento.

ONZE

Desde o ataque no plantio de primavera Crises havia caído em uma grande depressão, negligenciava suas obrigações no templo, passando muito de seu tempo perto da muralha que dava para o acampamento dos aqueus abaixo.

— Por favor, vá dizer a ele para descer — Charis pediu a Cassandra. — Ele gosta de você, talvez consiga convencê-lo de que a vida não acabou.

— Não é apreço o que ele sente por mim — Cassandra protestou, mas sentia compaixão pelo homem perturbado, e mais tarde naquele dia se juntou a Crises no lugar alto.

— A refeição da noite está pronta — ela disse —, e esperam por você.

— Obrigado, Cassandra, mas não estou com fome — ele declarou.

Ele não tinha se banhado ou se barbeado desde o ataque, parecia desgrenhado e sujo, e cheirava a ervas estranhas.

— Como posso comer e dormir no conforto quando minha filha foi levada? Não suporto pensar na minha pobre menininha entre aqueles soldados selvagens.

— Não vai melhorar o que aconteceu com ela jejuando e negligenciando sua pessoa — Cassandra apontou em tom de enfado. — Ou acha que vê-lo nessas condições vai amolecer o coração dos aqueus?

— Não, mas pode suavizar o coração de algum deus — ele respondeu, surpreendendo-a com a sinceridade na voz.

— Realmente acredita nisso?

— Talvez não — ele disse, suspirando tão forte que o som parecia ter sido arrancado das profundezas de seu corpo. — Mas não tenho coração para comer ou descansar enquanto ela está lá…

— Ela certamente não foi dada aos soldados — disse Cassandra. — Será um prêmio valorizado para um dos líderes, talvez o próprio Agamemnon.

— Acha que isso me traz algum conforto?

Ele soava desesperado. Cassandra teria tentado confortá-lo, mas uma onda de escuridão entrou diante de seus olhos, e por um momento ela não sabia onde estava ou o que estava dizendo.

— Por que guardei a virgindade dela com tanto cuidado por todos aqueles anos apenas para trazê-la aqui? Bem poderia tê-la vendido ao dono de um bordel!

Agora Cassandra estava com raiva.

— Não, você a vendeu para Apolo Senhor do Sol por uma vida de conforto para você. Quanto à menina, se a virgindade não mora na alma, não adianta cuidar do corpo. Se deseja a proteção de Apolo, ou a vingança, não posso aconselhá-lo. Posso apenas dizer que é improvável que ele intervenha quando se tornou inútil para nós todos. Se quer a ajuda – ou a misericórdia – dele, precisa servi-lo bem primeiro; não pode barganhar com um deus.

Ela olhou sobre a muralha para a neblina marinha grossa encobrindo os navios aqueus abaixo. Tinha chegado ao ponto de odiar olhar para o mar por causa daquela franja negra de navios contra a beira do oceano. Crises se virou para ela com tanta fúria que por um momento Cassandra achou que fosse bater nela, então ele se conteve, visivelmente afundando de novo na apatia.

— Você está certa — ele disse devagar. — Vou à refeição noturna… mas primeiro vou me banhar e restaurar a aparência apropriada de um sacerdote do Senhor do Sol.

Ela observou em voz baixa:

— Isso é sábio, meu irmão. — E viu algo aceso nos olhos dele que preferia não ter visto. Amaldiçoando-se por seu impulso momentâneo de empatia, ela seguiu seu caminho.

***

Bem cedo na manhã seguinte houve um som na porta dela, e quando foi atender encontrou um dos jovens sacerdotes que eram usados como mensageiros dentro da casa do Senhor do Sol.

— A senhora é a filha de Príamo? — ele perguntou respeitosamente. — É chamada agora no portão, um homem lá diz que é seu tio e que precisa falar com a senhora imediatamente.

Cassandra se enrolou no manto, imaginando o que – ou quem – poderia ser. Ela não conhecia nenhum dos irmãos do pai, e Hécuba com certeza não tinha nenhum. Tarde demais, ela começou a imaginar se era algum tipo de trapaça, e quando, dentro do cômodo, vislumbrou três homens com mantos argivos, ela recuou, pronta para gritar por socorro.

— Sou eu, Cassandra — disse uma voz conhecida, e o homem puxou para trás o capuz que cobria seu rosto.

— Odisseu! — ela exclamou.

— Não tão alto, minha garota, vai fazer com que matem todos nós! — ele implorou. — Preciso ver seu pai… e, do jeito que as coisas estão agora, não poderia atracar entre esses aqueus e andar através deles na direção dos portões de Troia para uma conversa, eles me linchariam. Meus navios estão escondidos em uma baía que descobri quando estava com os piratas, entrei discretamente ontem à noite sob a cobertura da névoa. Preciso falar com Príamo e ver se ainda há um jeito honrado de evitar essa guerra. Achei que talvez aqui, neste templo, algo poderia ser planejado.

— Mas também não pode simplesmente sair pelo portão da frente e ir ao palácio — ela disse. — Tenho certeza de que há olhos e ouvidos aqueus no mercado, e até mesmo aqui na casa do Senhor do Sol: peregrinos, espiões disfarçados de suplicantes. Seria reconhecido imediatamente. Deixe-me ver primeiro se posso pensar em algo. Para o senhor, tenho certeza, meu pai deixará de lado a promessa que fez de não ter conversas civis com nenhum argivo. Mas quem são seus companheiros?

— Tire o manto, Aquiles — pediu Odisseu, e o jovem ao lado dele puxou o capuz para trás.

Ele não era particularmente alto, mas tinha os ombros com músculos pesados de um lutador. O cabelo ainda era usado longo até os ombros – ele ainda não tinha idade suficiente para ter os cabelos raspados nos ritos de masculinidade; o cabelo era louro turvo, quase prateado. O rosto tinha traços fortemente marcados: ferocidade – mas foi para os olhos que Cassandra se voltou, os olhos cortantes de uma ave de rapina.

Ele se dirigiu a Odisseu:

— Você prometeu que me levaria para essa guerra, com meus soldados; você prometeu, e agora fala de evitá-la como se houvesse qualquer coisa honrada em evitar uma guerra. Isso é conversa de garotas, não de homens, e já ouvi muito disso!

— Fique quieto, Aquiles — disse o outro jovem, que era mais alto, de construção esguia, com os músculos longos e lisos de um corredor ou ginasta.

Ele era alguns anos mais velho que Aquiles, por volta dos vinte.

— Certamente há mais coisas na guerra que honra ou glória, e certamente o que Odisseu pode fazer é guiado pelos deuses. Se quer guerra, isso nunca faltou na vida de nenhum homem. Não precisa acelerar a destruição, mas não é a sua cara correr para uma guerra pela diversão!

Ele sorriu para Cassandra.

— Foi assim que esse pirata velhaco — ele virou os olhos com afeição para Odisseu — conseguiu fazê-lo vir, para começo de conversa.

— Como ousa dizer "velhaco", Pátroclo? — reclamou Odisseu, em tom ofendido. — Hera, Mãe da Sabedoria, foi minha guia a cada passo. Deixe-me contar isso para você, Cassandra.

— Com prazer — ela disse. — Mas devem estar todos com fome e cansados. Deixe-me pedir o desjejum, e pode me contar enquanto comemos.

Ela reuniu serviçais e pediu para trazer pão, azeite e vinho, e Odisseu contou sua história.

— Quando Menelau convocou todos nós para manter a promessa de lutar por Helena — ele disse —, previ essa guerra, assim como outros. Tétis, sacerdotisa de Zeus Trovejante…

— Minha mãe — Aquiles interrompeu entre os dentes.

— Tétis quis saber o destino do filho em uma profecia, e a profecia disse…

— Estou cansado de profecias e histórias de velhas esposas — Aquiles murmurou. — Elas são um devaneio. Amo minha mãe, mas ela não é mais que uma idiota, como todas as mulheres, quando se trata de guerra.

— Aquiles, se parar de me interromper, vamos terminar essa história — lançou Odisseu, mergulhando o pão no azeite com calma. — Tétis, que é quase tão sábia quanto a Mãe Terra, leu os presságios e lhe foi dito que, se o seu precioso filho lutasse nessa guerra, poderia ser morto – o que não exige mais Visão do que prever neve no Monte Ida no inverno. Assim, ela pensou em ajudá-lo a escapar de seu destino: vestiu-o com roupas de mulher e o escondeu entre as muitas filhas do rei Licomedes de Esquiros…

— E ele deve ter sido uma bela donzela! — exclamou Pátroclo —, com esses ombros! Queria ter visto aquela querida com o cabelo enrolado e enfeitado com fitas.

Aquiles deu no amigo um grande tapa entre as omoplatas que o derrubou de joelhos, e ele grunhiu:

— Bem, você deu risada, meu amigo, fale disso de novo e pode rir no Hades! Nem você pode falar isso de mim.

— Não briguem, rapazes — pediu Odisseu, com a suavidade de sempre. — É uma piada infeliz que separa amigos de juramento. Seja como for, eu também procurei presságios, e minha deusa me disse que era destino de Aquiles se juntar a essa guerra, mas pensei que talvez ele tivesse sido transformado em covarde pela criação de mulher, então reuni muitos presentes para as filhas do rei, e os espalhei todos – vestidos, sedas e fitas –, mas entre eles escondi uma espada e um escudo, e, enquanto as outras meninas brigavam por coisas bonitas, Aquiles pegou a espada; e assim é claro que o levei embora.

Cassandra riu.

— Bravo, Odisseu — ela elogiou —, mas seu teste não era totalmente certo, eu também já usei armas… cavalguei com as amazonas, e, se estivesse entre as filhas daquele rei, teria feito exatamente a mesma coisa. Não é preciso ser um herói para se cansar desesperadamente das conversas dos aposentos das mulheres.

Aquiles riu com desdém.

— Pentesileia disse uma vez — ela observou — que só aqueles que odeiam e temem a guerra são sábios o suficiente para lutá-la.

— Uma mulher — desdenhou Aquiles. — O que uma mulher saberia de guerra?

— Tanto quanto você — Cassandra começou, mas Odisseu, parecendo muito cansado, interrompeu:

— Vai nos ajudar, Cassandra?

— Com prazer — ela disse. — Deixe-me ir avisar meu pai para estar pronto para encontrá-lo hoje à noite.

— Você é uma boa menina — afirmou Odisseu, abraçando-a, e ela jogou os braços em torno do velho e beijou o rosto com aparência de couro dele. — Bem, o senhor disse que era meu tio... vão estar esperando isso.

Pátroclo riu.

— Também serei seu tio se me beijar desse jeito, Cassandra.

Aquiles fez cara feia, e Cassandra ficou vermelha. Ela explicou:

— Odisseu é um velho amigo, eu o conheço desde criança. Não beijo assim nenhum homem mais novo que meu pai.

Odisseu advertiu:

— Esqueça, Pátroclo, ela é uma virgem prometida de Apolo. Eu conheço você. Quando encontrar o irmão dela, Páris, vai se esquecer dela: são parecidos como passarinhos da mesma ninhada.

— Um homem com a beleza dela? Gostaria de ver isso — respondeu Pátroclo.

Aquiles disse com raiva:

— Ah, é *aquele* Páris? O grande covarde?

— Covarde? Páris? — perguntou Cassandra.

— Eu o vi na muralha ontem quando Odisseu me colocou em terra com meus soldados — ele contou —, antes de escapar à noite para me juntar a Odisseu onde o navio estava escondido. Então disse: esses troianos são covardes; ficam nas muralhas como mulheres, e atiram com flechas, assim não precisam chegar ao alcance de nossas espadas.

Tudo que Cassandra conseguiu pensar para dizer a respeito daquilo foi:

— O arco é a arma de escolha de Apolo.

— Ainda assim é a arma de um covarde — disse Aquiles, e ela pensou: *Isso é simplesmente como ele vê o mundo, tudo em termos de luta e honra. Talvez, se viver tempo suficiente, possa deixar isso para trás. Mas os homens que veem o mundo dessa maneira não vivem tempo suficiente para aprender a verdade. É quase uma pena, mas talvez o mundo esteja melhor sem homens assim.*

Os visitantes de Cassandra esperavam que ela falasse. Ela sugeriu que eles permanecessem escondidos durante o calor do dia; então, sob a cobertura da noite, ela disse, iria levá-los até o palácio e Príamo.

— Isso me contraria — Aquiles reclamou —, esgueirar-me por aí disfarçado. Não tenho medo de todos os troianos já paridos, ou qualquer um da horda de filhos e soldados de Príamo, luto com eles por todo o caminho até o palácio e de volta.

— Jovem tolo — disse Pátroclo, com afeto, tocando o ombro dele —, ninguém duvida de sua coragem, mas por que se desgastar nisso quando pode esperar a grande batalha e desafiar qualquer um dos líderes dos exércitos de Príamo ou todos eles? Há bastante luta adiante para você, Aquiles. Não seja tão impaciente.

Ele sorriu e passou o braço pelo do amigo.

Pode ser este o maior dos guerreiros, pensou Cassandra, *uma criança orgulhosa da nova espada de brinquedo e da armadura brilhante?*

E a sobrevivência de Troia e de nosso mundo depende dessa criança louca?

***

Ela fechou a porta e os levou para dentro do cômodo, advertindo-os para ficarem escondidos. O sol agora estava alto, e Cassandra jogou um xale sobre a cabeça antes de descer a colina até o palácio. Raras vezes havia buscado deliberadamente a presença do pai, e podia contar nos dedos de uma mão as vezes em que estivera sozinha com ele, e não parte de uma reunião de família.

Odisseu não acreditaria nisso, ela pensou, *mas eu, que sou filha de Príamo, acho mais difícil conseguir acesso à presença dele do que o próprio Odisseu.*

Ela por fim foi até uma velha governanta que lhe disse que o pai estava passando em revista as armas dadas aos soldados, já que os aqueus não tinham decidido atacar naquele dia.

— Depois disso, princesa, ele vai ao banho com os filhos mais velhos, e depois provavelmente vai beber vinho em seus aposentos. Estou certa de que, se fosse encontrá-lo nessa hora, ele estaria disposto a falar com a senhora.

Ela passou as horas intermediárias no quarto de Creusa, brincando com a bebê. Creusa a avisou do horário em que os homens em geral voltavam, e ela foi até a suíte do pai, meio esperando – e meio temendo – encontrar a mãe lá. Seria difícil explicar sua incumbência a Hécuba, que não acharia adequado para uma mulher ter voz ativa naquela guerra

– *apesar de que, se esta cidade de fato cair nas mãos dos aqueus,* pensou Cassandra em desespero, *ela vá sofrer tanto qualquer um, e mais que a maioria.*

Na suíte de Príamo, encontrou o pai sozinho com seu armeiro, que mostrava a ele umas zagaias novas, e ele interrompeu para olhar para ela com desagrado.

— O que está fazendo aqui, Cassandra? Se queria falar comigo, deveria ter dito à sua mãe, e eu teria ido vê-la nos aposentos das mulheres.

Ela não se importou em protestar.

— Seja como for, pai, agora que estou aqui, pode me escutar? Poderia falar com Odisseu se isso fosse ajudar a colocar fim nessa guerra?

— Para isso, falaria com o próprio Agamemnon — disse Príamo. — Mas não vi o navio de Odisseu entre os dos aqueus.

— Não, está escondido em uma baía secreta — explicou Cassandra. — Odisseu está no Templo do Senhor do Sol, e deseja falar com o senhor hoje à noite. Posso trazê-lo, e Aquiles, ao palácio na hora do jantar?

— O quê, Aquiles também? Está com Agamemnon e Menelau escondidos atrás das saias, prontos para caírem sobre nós em traição?

— Não, pai, só Odisseu, Aquiles e o amigo deles, porque Odisseu deve apresentar Aquiles aos líderes aqueus amanhã, mas deseja falar com o senhor antes por causa da velha amizade entre vocês.

— Verdade, ele tem sido um bom amigo por muitos anos — Príamo respondeu, pensativo. — Deixe-o vir, e Aquiles e o amigo também – ouvi dizer que ele nunca dá um passo sem o amigo.

— Direi a eles, pai — prometeu Cassandra, escapando rapidamente antes que Príamo pudesse fazer mais perguntas ou mudar de ideia.

Ela não se importou em informar a mãe ou qualquer mulher do palácio – sempre havia comida suficiente para uma dúzia de bocas a mais na refeição principal, e só o pensamento de entreter Aquiles as assustaria.

Ela voltou para a casa do Senhor do Sol um tanto exausta, e só teve tempo para vestir sua túnica mais fina e colocar o colar de faiança que Odisseu lhe dera antes de ir para o cômodo onde havia deixado seus hóspedes. Pátroclo sorriu para ela de maneira amigável, mas Aquiles andava para lá e para cá, inquieto, e Odisseu parecia aborrecido e impaciente.

— Eu disse, Aquiles, não podemos simplesmente atacar a casa de Príamo, não passaríamos dos guardas. Mesmo se conseguíssemos forçar a entrada, então não seríamos recebidos com a cortesia de embaixadores, e isso é crucial para nossa missão. Confie em Cassandra, ela vai abrir um caminho para nós.

— Não confio em nenhuma mulher — Aquiles disse, emburrado. — Até onde sei, isso pode ser uma armadilha enquanto ela chama os guardas troianos para nos pegar.

— Eu digo que ela tem boa disposição a nosso respeito, pois aqui está ela — disse Odisseu. — Como foi o dia, Cassandra?

— Bem o suficiente. — Ela não elaborou. — Meu pai vai receber vocês três como convidados na hora do jantar.

E agora, ela pensou, o problema era levá-los dali até o grande salão de Príamo sem encontrar os espiões que poderiam estar na cidade.

— Devem todos usar os mantos dos sacerdotes de Apolo Senhor do Sol — ela disse. — Ninguém acharia nada demais nisso, ou perguntaria por que – ou se – Príamo os chamou.

Um grande manto foi trazido para Odisseu; com aquela roupa, ele ficava totalmente diferente do que era. Aquiles resmungou um pouco sobre se envolver no disfarce:

— Como se estivesse com medo de qualquer troiano, de um simples sacerdote ao próprio Heitor!

— Deuses no céu! O homem não pensa em mais nada? — exigiu Cassandra.

Odisseu exclamou:

— Basta, Aquiles! Quando o trouxe nessa missão, você jurou sobre sua linhagem sagrada que seria guiado por mim em todas as coisas, e agora peço que use o disfarce. Mantenha aquela promessa.

Resmungando, Aquiles envolveu o corpo com o manto, e Pátroclo o puxou sobre a cabeça dele.

— Iriam reconhecê-lo num instante pelo cabelo. Cubra-o, agora — ele instigou, colocando o terceiro manto sobre os ombros e puxando-o para cobrir o rosto. — Mas os sacerdotes do Senhor do Sol realmente saem cobertos assim nesse tempo, senhora Cassandra? Vão pensar que estou com dor de dente!

Ela não conseguiu deixar de rir.

— Quem liga para o que pensam? Os sacerdotes fazem o que parece certo aos próprios olhos; podem achar que está no meio de alguma intriga, mas não farão perguntas, e certamente não vão exigir que mostremos o rosto. E isso é tudo o que importa. Venham por aqui, vamos sair por uma porta pouco usada, melhor para dar a noção de que três sacerdotes estão em uma missão que não querem que seja conhecida.

***

Aquiles ainda estava resmungando entre os dentes, mas Cassandra não prestou atenção. Ela os levou rapidamente para baixo, sob a cobertura do anoitecer que se aprofundava. Era um período do ano em que a luz não se prolongava.

Tochas queimavam nos degraus mais baixos do palácio, e a grande muralha ardia em luz. Príamo estava no assento alto, mas desceu alguns degraus e recebeu os três homens cerimoniosamente. Ele ignorou Cassandra, que foi para o assento de costume ao lado de Hécuba, de onde conseguia ver e ouvir bem.

A mãe deu tapinhas em sua mão.

— Não sabia que a receberíamos nesta noite — ela sussurrou. — Aquele é Aquiles? Ele é bonito para um aqueu, mas até aí, minha mãe costumava dizer que bonito é o que bonito faz. Ele é jovem como parece ou só está bem barbeado e parece um menino?

— Não sei, mãe, mas diria que ele é muito novo para os rituais de masculinidade dos aqueus, dezesseis, talvez, no máximo dezessete.

— E esse menino bonito é o maior dos guerreiros deles?

— Assim dizem. Não o vi lutar, mas me disseram que ele é possuído pelo deus da guerra quando luta — murmurou Cassandra.

Odisseu foi beijar a mão de Hécuba para render homenagem.

— E todas as suas filhas mais lindas que nunca — ele observou. — A bela Helena não está à mesa esta noite?

— Ela ainda está de cama depois do parto — Hécuba disse a ele. — E ela não gosta de fato de jantar com homens.

— Ah, é uma perda para todos nós — lamentou Odisseu. — Mas, se ela deseja manter os costumes do povo dela, imagino que deveria ser permitido. Ela teve um filho, então?

— Ah, sim, o menino mais lindo, não grande, mas forte e saudável, um crédito para qualquer avó — disse Hécuba, quase ronronando.

Odisseu sorriu.

— Se eu soubesse, teria trazido um presente para o pequeno. Mas talvez o negócio feito esta noite, se sair como desejamos, seja um presente melhor a todos os seus filhos do que um fio de contas.

Ele se curvou e voltou ao assento enquanto as criadas começavam a passar o vinho e as travessas de comida.

O costume exigia que primeiro a fome de um convidado deveria ser satisfeita. Depois que cabrito assado, aves em espetos, peixe cozido, grandes rodas de pão e frutas com mel tinham sido servidos e os convidados brincavam com nozes e vinho, Príamo se virou para Odisseu e disse:

— É sempre meu prazer tê-lo como convidado em minha mesa, Odisseu, mas hoje entendo que não veio até aqui apenas partilhar da minha comida. Que outros propósitos o trazem aqui, com seus amigos do país dos argivos e as ilhas?

Aquiles tinha comido avidamente, mas estava inquieto; ao terminar, se levantou e começou a andar sem destino pelo salão, examinando umas armas antigas que pendiam nas paredes. Ele parecia especialmente intrigado por um grande machado duplo com um cabo com duas vezes a altura de um homem alto. Parecia ansioso para tirá-lo e experimentá-lo.

— Isso é um machado real que seria usado em batalha ou apenas uma lembrança dos titãs, senhor Príamo?

Cassandra, quando criança, ouvira as histórias fantasiosas de guerras de titãs nas quais tais armas tinham tido um papel; sempre quis saber se eram verdade, mas jamais ousara perguntar. Imaginava que era preciso um Aquiles para fazer essa pergunta ao pai dela e obter uma resposta.

— Não sei — ele respondeu. — Pelo tamanho, bem pode ser uma relíquia da guerra contra os titãs, mas não posso dizer se é ou não.

— Não é uma arma – ao menos não para batalhas entre mortais ou até titãs — disse Hécuba com firmeza. — É um objeto ritual da Casa do Machado Duplo no país dos minoicos, trazido para cá depois que o grande templo caiu no mar. Há machados que não são maiores que meu mindinho, mas há muitos desse tamanho, e até, me disseram, maiores. Ninguém sabe o verdadeiro propósito deles, nem em Cnossos, mas uma vez me contaram que os sacerdotes os usavam no sacrifício, quando a cabeça de um touro deveria ser cortada com um só golpe.

Aquiles olhou, calculando a extensão do grande machado, como se tentasse decidir se poderia ser levantado daquela maneira, pois o cabo tinha mais que o dobro da altura dele.

— Aquele templo deve ter uns sacerdotes grandes e raros — ele disse —, se não titãs, então ciclópicos. Acho que nem seu Heitor poderia arrancar a cabeça de um sacrifício, homem ou touro, com esse machado.

Heitor saiu do assento e se juntou a Aquiles olhando para a arma.

— Sempre quis tentar para ver se conseguia fazer isso — ele admitiu —, mas quando era mais jovem me disseram que pegá-lo seria sacrilégio. Agora que sou adulto, se há um deus para ser ofendido, não sei quem ele é; estou tentado a testar minha força nele. — Ele olhou para Príamo pedindo permissão. — Podemos, pai?

— Não vejo problema nisso — o rei alegou. — Nenhum deus proibiu. Se for sagrado a qualquer deus, ele está em seu templo afundado a cem braças no oceano, e, mesmo se ele fosse se ofender, duvido que quisesse ou fosse puni-lo. Faça como quiser.

Hécuba abriu a boca, indignada.

— Isso é um sacrilégio! A lâmina é sagrada para a Mãe Terra — ela disse, mas não alto o suficiente para que fosse ouvida por Príamo ou Heitor.

Heitor arrastou um banco até o grande machado; precisou de três tentativas, mesmo com seus braços poderosamente musculosos, para levantá-lo dos ganchos. Ele o pegou no centro do grande cabo e desceu do banco, segurando-o com as duas mãos e girando-o sobre a cabeça no espaço aberto.

Aquiles pulou para a frente, mas Heitor gritou:

— Vá para trás! Saiam do chão! — A lâmina girava sobre a cabeça dele cada vez mais rápido; ele gritou: — Tragam seu touro para o sacrifício! — E então deixou-o baixar até o chão devagar.

— Minha vez — gritou Aquiles.

— Não seja tolo — Heitor disse com rispidez. — Tenho certeza de que é forte, menino, mas vai se quebrar ou romper os tendões só tentando levantar isso. Você é nosso convidado e não quero que se machuque.

— Como se atreve a dizer "menino" para mim nesse tom, troiano? Aposto o que quiser que sou mais forte que você, e o que você consegue levantar eu também consigo — gritou Aquiles, pegando o cabo do machado, mas, enquanto Heitor precisou baixá-lo de acima da cabeça, Aquiles precisava levantá-lo do chão. Pátroclo se aproximou e o repreendeu em voz baixa, mas Aquiles o afastou com raiva. As mãos dele eram fortes para o seu tamanho; ele as fechou em torno do cabo e apertou com força, indo para cima. Ele o ergueu, as veias inchando na testa, parou, cuspiu nas mãos para mais aderência e levantou poderosamente de novo. O machado subiu lentamente até que ele o segurou equilibrado a um braço de distância acima da cabeça, então começou a girá-lo no ar até fazer grandes círculos, com um som de velocidade. Um apupo subiu da mesa alta, todos os filhos de Príamo se juntaram, e Heitor generosamente liderou o aplauso.

— Que deus lhe concedeu uma força dessas? — perguntou Heitor, e, sem esperar pela resposta, disse: — Não duvido que seja mais forte que eu! Gostaria de enfrentá-lo um dia em uma luta amigável, prefiro ser seu amigo a ser seu inimigo, aqueu.

Os lábios de Aquiles se curvaram em desdém, mas Odisseu interrompeu:

— Foi para isso que trouxe esses jovens para cá hoje, Príamo. Se Aquiles não entrar nesse combate, então ainda pode alcançar a paz com os aqueus. Assim disseram os oráculos.

— Eu também prefiro tê-lo como amigo a tê-lo como inimigo — garantiu Príamo. — Precisamos lutar, então, jovem? Farei uma oferta: vai se casar com a filha minha que escolher, e será herdeiro desta cidade em igualdade com Heitor; quando eu morrer, o povo vai escolher livremente entre você e Heitor como rei. Vamos, vai evitar essa guerra terrível como meu filho e herdeiro? Pois se não se juntar a eles, os aqueus irão para casa.

— Até mesmo Agamemnon? Até Menelau? — perguntou Hécuba.

— Menelau sabe que Helena não o quer — Páris disse em voz baixa. — Ele vai se render às Moiras e a Afrodite, sabendo que é a vontade da deusa do amor.

— E Agamemnon teve maus presságios — apontou Odisseu. — Ele vai lutar se os deuses assim desejarem, mas em Aulis, onde a frota dele estava parada sem vento, ele foi persuadido a oferecer a filha mais velha como sacrifício para os ventos. Ela era a favorita dele; ele acha que o preço foi alto demais, e a mulher dele jamais o perdoou. Acho que ficará feliz de recuar dessa guerra se puder fazer isso sem vergonha. Essa profecia sobre Aquiles daria a ele a desculpa perfeita, e podemos ter paz. E Aquiles vai governar Troia com Heitor em vez de ambos serem mortos em batalha.

— Não temo ser morto em batalha! — Aquiles disse com raiva. — Mas talvez houvesse renome a ser conquistado como rei de Troia. Quanto a suas filhas, rei Príamo... — Ele parou de falar e buscou Cassandra com os olhos. — Que tal aquela?

Cassandra abriu a boca para protestar, mas Príamo respondeu:

— Aquela não posso dar em casamento; ela é virgem prometida a Apolo, e o Senhor do Sol a reivindicou. Disputaria com Apolo?

— De jeito nenhum — disse Aquiles, com um tremor devoto.

Ele olhou de novo para o banco onde as mulheres estavam sentadas e andou na direção delas, então se curvou diante de Andrômaca.

— Esta certamente é a mais bela.

Heitor interrompeu com um grito:

— Não! Ela é minha esposa e mãe do meu filho!

A boca de Aquiles se repuxou no sorriso sem lábios peculiar dele.

— Eu luto com você por ela — ele ofereceu.

Heitor respondeu:

— De jeito nenhum. Ela é filha da rainha da Cólquida.

— Vamos, vamos — Odisseu ponderou nervosamente. — Essa guerra começou por causa de uma esposa roubada, não podemos seguir com outra. Aquiles, escolha uma das filhas virgens de Príamo, uma que esteja livre para se casar. Polixena, que é bela como a rainha de Esparta...

— A oferta não foi justa — Aquiles disse com desdém. — Escolhi não uma vez, mas duas, e fui informado de que não posso ter nenhuma das que queria. Heitor, não vai lutar comigo de modo justo por sua esposa?

Heitor deu uma risadinha.

— Luto com você por qualquer coisa razoável, quando quiser, mas não vou fazer nenhuma barganha com minha mulher, ela não merece isso de mim.

— Tanto pelas belas ofertas de Príamo — disse Aquiles, com um rosnado de raiva. — Esqueça, então, vou lutar com você no campo de batalha, e quando tomar a cidade vou tomar sua esposa.

Heitor deu um passo à frente com um gesto ameaçador.

— Sobre o meu cadáver!

— Bem, sim, a ideia é essa — disse Aquiles. — E tenho certeza de que ela iria preferir ficar comigo do que com você.

Andrômaca se inclinou para a frente e murmurou para Heitor, que sorriu e deu tapinhas gentis no ombro dela, dizendo:

— Se esse dia chegar, Aquiles, não posso impedi-lo. Mas essa batalha vai levar muito tempo.

— Foi ordenado pelos deuses — disse Aquiles — que se eu me juntar a essa guerra, Troia vai cair.

Príamo perguntou:

— Então recusa minha oferta, Aquiles?

Aquiles rosnou:

— Recuso: prefiro ser seu inimigo a ser seu aliado, velho, e vou tomar eu mesmo esta cidade e governar sem sua ajuda, ou a de Heitor – e com uma, duas ou três de suas filhas de minha escolha.

— Minha irmã Cassandra é uma profetisa — disse Heitor —, e ouso dizer que ela faz melhores profecias do que qualquer uma das suas.

Ele se virou para Cassandra.

— Esse galo garnisé vai tomar a cidade, irmã, em nome de Apolo?

Cassandra sentiu uma raiva imensa de Heitor por atrair todos os olhos para ela daquela maneira. E disse:

— Assim dizem os deuses: Aquiles vai conseguir renome diante de Troia, mas precisa ter cuidado. Aquiles, quando deixar Troia esta noite, jamais entrará nela de novo, nem a governará.

Agora todo o fingimento de cortesia havia desaparecido do rosto de Aquiles.

— Ah, também temos profetisas — ele rugiu. — Por um troco elas lhe dão uma dúzia de profecias – danação ou triunfo, o que escolher; minha própria mãe é uma profetisa tão boa quanto qualquer uma, e dou ouvido às profecias dela antes da de qualquer mulher troiana de Apolo.

Ele arrancou a espada da bainha e gritou:

— Aqui e agora, se quiser, Heitor, eu o enfrento pelo trono de Troia! Por que perder tempo com a guerra?

Pátroclo pegou os braços dele e se esforçou para prendê-los atrás das costas do amigo.

— Seu anfitrião é sagrado! — ele censurou.

E Heitor foi para a frente, dizendo:

— Lutaria com ele aqui e agora se ele quisesse, mas ele é convidado de meu pai.

Príamo rosnou:

— Tire-o daqui, Odisseu, eu o recebi a pedido seu.

Odisseu foi abraçar Príamo.

— Perdoe-me, velho amigo, por ter trazido esse homem selvagem ao seu salão. Eu me arrependo de todo o coração.

Hécuba disse graciosamente:

— Fez o melhor por todos nós, Odisseu. Guerra ou não, sempre é bem-vindo aqui como nosso convidado. Confio que chegará o dia em que poderá vir aqui de novo – e não em segredo.

Ele se curvou de novo e levantou a mão dela aos lábios.

— Senhora Hécuba — ele disse. — Que a senhora Hera seja testemunha de que desejo apenas o melhor a vocês, e, se chegar o dia em que poderei ajudá-los, rezo para ela me mostre como fazer isso.

— Que os deuses permitam que seja assim — declarou Hécuba, sorrindo com bondade para ele.

Cassandra sentiu um tremor, queria gritar para a mãe, mas o momento passou. Odisseu vestiu o manto; Aquiles e Pátroclo já saíam do salão, Heitor olhando para os dois. Cassandra estremecia, pois parecia que a tocha tinha se tornado da cor do sangue, e que sangue rodeava o cabelo louro de Aquiles como um halo.

Príamo chamou Cassandra enquanto os aqueus saíam do salão.

— Recebi esses convidados — ele disse em um tom de reprovação raivosa — porque me pediu. Você não é uma amazona agora, jamais se atreva a falar comigo de novo sobre tais questões.

Cassandra baixou a cabeça. Teve a impressão de que o cheiro de sangue e carniça saía do pai, e de que estava com sangue até os tornozelos. Como ele não via nem sentia o cheiro do sangue? Além disso, havia pedido que ela jamais falasse com ele de novo sobre a guerra.

Jamais. Não enquanto eu viver. Ou depois.

DOZE

Nos dias seguintes, Cassandra observou, das alturas do templo, a chegada dos soldados de Aquiles, que tinham sido apelidados de "mirmidões" – formigas –, e daquela altura de fato pareciam tão feios e numerosos quanto insetos enxameando sobre a praia. Até aquele momento, porém, não tinham tentado se mover para a cidade, e sim marchavam para lá e para cá na planície, correndo, treinando e fazendo exercícios militares. Aquiles era claramente visível entre eles, destacando-se não apenas pelo manto de cores brilhantes, mas pelo cabelo louro prateado e pela postura ereta do corpo.

Poucos dias depois, ela foi visitar a mãe, estava perturbada pelas rugas da idade que se aprofundavam no rosto de Hécuba. Ao se aproximar dos aposentos da rainha, ficou chocada com os sons de briga; não conseguia entender as palavras, apenas ouvia o som de vozes de mulheres erguidas em raiva. Ao chegar ao cômodo principal perto do grande tear, ouviu o som de um tapa, um grito abafado e, então, a voz de Hécuba, gritando:

— Nunca!

— Então — disse uma voz jovem — irei sem sua permissão, senhora, ou a sua bênção.

As mulheres silenciaram conforme reconheceram Cassandra e se afastaram para abrir espaço para ela. Parecia que todas as mulheres do palácio estavam enfiadas ali, em torno de Hécuba, que usava um vestido velho, os cabelos caindo da espiral costumeira em cachos desgrenhados, e uma das suas costureiras, uma moça que Cassandra não conhecia pelo nome, embora sempre admirasse seu trabalho hábil.

— Aqui está a princesa! Ela é sacerdotisa, vai saber o que dizer a ela.

Cassandra entrou no círculo de mulheres, que estavam subitamente quietas a não ser por um ou outro murmúrio.

— Qual é o problema, mãe? — ela perguntou. — O que está acontecendo?

A jovem, o rosto vermelho do golpe, falou com orgulho. Ela era esguia e bonita, com cabelo castanho-claro cuja arrumação tinha sido parada no meio, de modo que caía meio enrolado até quase a cintura. Os grandes olhos escuros eram sombreados por cílios longos.

— O deus falou comigo — ela afirmou —, e eu escolhi meu senhor.

— Essa menina boba — disse Hécuba —, essa criança estúpida colocou na cabeça… Ah, quase tenho vergonha de lhe contar! Que qualquer mulher possa se degradar, se rebaixar… Ela não é criada ou escrava, mas bem-nascida, é uma das minhas melhores bordadeiras, e a tratei como se fosse minha filha aqui no palácio. Sempre teve de tudo…

— Bem, me diga, o que ela fez? — perguntou Cassandra. — Ela abriu os portões para os aqueus invadirem a cidade?

— Não, ainda não chegou a isso — admitiu Hécuba.

— Ela é louca — disse Creusa. — No banquete, alguns dias atrás, colocou os olhos em Aquiles, e desde então não fala de outra coisa, como ele é forte, como é habilidoso com armas, como é belo – se um homem pode ser belo –, e agora pôs na cabeça que vai descer e se oferecer…

— Aos aqueus? — Cassandra perguntou, consternada.

— Não — disse a menina em voz baixa, os olhos brilhantes —, para meu senhor Aquiles.

— Nem mesmo o rei Príamo a enviaria para ele como escrava — ponderou Cassandra.

— Jamais poderia ser escravidão, porque o amo — a garota disse. — Desde que o vi, soube que jamais poderia haver outro homem para mim neste mundo.

— Minha mãe está certa: você perdeu o juízo — declarou Cassandra. — Percebe que animal ele é, que bruto? Ele não pensa em nada além de guerra, não sente prazer em nada além de matar; com certeza não há espaço na vida dele para nenhuma mulher, nem para o amor de uma mulher. Se ele ama alguém, é seu companheiro de armas Pátroclo.

— A senhora está errada — a mulher disse. — Ele vai *me* amar.

— E se ele amar, será pior para você — alegou Cassandra. — Eu lhe digo, o homem é louco, obcecado com o desejo de morte.

— Não, eu vi como ele olhou para mim — disse a jovem. — Como pode dizer uma coisa assim? O homem mais belo já feito pelos deuses, tal beleza deve ser boa, também. Aqueles olhos…

Com um tremor, Cassandra se recordou da mulher na vila dos centauros, os tornozelos furados com uma corda, defendendo sua mutilação como um ato de amor. Era um tanto inútil falar com qualquer mulher naquele estado.

E, no entanto, precisava tentar, ainda que apenas por serem ambas mulheres, e, portanto, irmãs.

— Você… qual seu nome? — ela começou.

— Briseida — disse Hécuba. — Ela é da Trácia.

— Briseida, me escute — chamou Cassandra. — Não consegue perceber como está enganando a si mesma? Isso é uma fantasia maluca enfiada na sua cabeça por um demônio, não por um deus. Você inventou um homem nos seus próprios sonhos e colocou nele o nome de Aquiles. Realmente acha que, se nos deixar e for para o meio dos aqueus, vai ser mais para ele do que qualquer prostituta ou escrava?

— Não é possível que eu o ame tanto sem despertar algum amor em resposta — disse Briseida.

Creusa se aproximou e a chacoalhou.

— *Escute*, coisa maluca! Esse tipo de amor é uma fantasia de menina boba! Só está ansiando por um homem, vou falar com meu pai e ele vai arranjar um casamento para você, há soldados e chefes de todo o mundo aqui, e seu pai é um homem respeitável no país dele. Meu pai vai encontrar um marido digno.

— Mas eu não quero um marido digno — disse Briseida. — Só quero Aquiles, eu o amo. Está com inveja porque o amor não lhe veio dessa maneira. Se tivesse vindo, saberia que não posso fazer nenhuma outra coisa. Não há nada no mundo para mim além de Aquiles, não consigo comer ou dormir pensando nele, nos olhos dele, nas mãos...

O som da voz dela ao dizer o nome convenceu Cassandra de que bem poderiam estar conversando com o vento que soprava.

— Deixem-na em paz — ela disse, sem esperança. — Isso é uma febre como a de Páris por Helena, uma maldição da deusa do amor. Ela vai voltar a si rápido quando o tiver, mas aí será tarde demais.

— Se ao menos puder tê-lo, não me importo com o que acontecer comigo depois — afirmou Briseida, e Hécuba limpou as lágrimas dos olhos.

— Pobre criança — ela disse —, não posso impedi-la. Vá, se quiser, e aguente as consequências de sua tolice. Vou avisar Príamo, e será carregada em uma liteira com a mensagem de que é um presente para Aquiles, e, se ele se dignar a aceitá-la, e não a jogar para os soldados comuns para demonstrar desdém por nossos presentes...

A moça empalideceu por um instante, mas então ela informou:

— Quando ele perceber quanto o amo, vai me amar de volta.

E, se ele fizer isso, você estará pior que antes, pensou Cassandra, mas não disse as palavras em voz alta.

Ela observou as mulheres vestindo e adornando Briseida. Hécuba colocou até mesmo um colar de ouro no pescoço dela. Quando ela estava pronta, Cassandra quase a invejou – ela parecia tão feliz.

Mulheres sonham com esse tipo de amor. E então vem a corda furando os tornozelos, a escravidão, a degradação.

Eu deveria estar no lugar dela, pensou Cassandra. *Aquiles pediu por mim, e certamente me receberia, como condiz com minha posição. E então, enquanto ele dormisse, um punhal para a garganta, e talvez um fim para essa guerra... o grande Aquiles conquistado não por um herói, mas por uma mulher, por sua própria paixão, quando todos os guerreiros de Troia não conseguiam destruí-lo...*

Essa mulher está tendo meu *destino,* minha *sina?*

Não, os deuses às vezes podem nos dar o que pertence a outra pessoa, como Páris tem a mulher de Menelau, mas ninguém deve viver o destino de outro.

Confio que seja assim. Acredito nisso, pois se não for verdade, jamais saberei como aguentar minha culpa.

***

Poucos dias depois Cassandra desceu de novo até o palácio de Príamo e encontrou Helena no pátio, olhando para o acampamento aqueu. O filho mais novo dela, Bynomos, estava correndo, e Cassandra, contando na mente, percebeu que Helena agora tinha passado com eles quase dois anos. Era difícil lembrar dos aposentos das mulheres sem ela, ou de que existira um tempo em que não havia guerra.

Há três anos eu cavalgava com as amazonas, ela pensou, e desejou que estivesse de volta às planícies, livre de muralhas de palácios ou cidades.

Eu deveria deixar a casa do Senhor do Sol? Ele me esqueceu, não fala mais comigo, pensou Cassandra, *não sou diferente de nenhuma mulher. Mas é um deus que amo, não um homem... Imagino que seja melhor amar um deus do que um homem como Páris, ou Aquiles...*

Ela pensou em Briseida, e procurou a tenda de Aquiles abaixo; perto dela via os tecidos coloridos da liteira na qual Hécuba enviara a garota. E agora, de pé perto da entrada da tenda, ela distinguia o corpo ereto e esguio do guerreiro; e do lado a forma menor, mais arredondada, vestida com cores brilhantes de uma mulher. *Briseida?* Então ao menos ele não havia desdenhado do presente, ou a jogado para os soldados comuns. Cassandra se perguntou se ela estava feliz e contente.

— Ao menos ela tem o que mais queria — disse Helena, andando para a muralha e fazendo um gesto para a garota, envolta em seus véus tingidos de açafrão. — Então há ao menos uma mulher em Troia que tem o que mais desejava.

— Além de você, Helena?

— Eu não sei — disse Helena. — Eu amo Páris... Ao menos, sob a bênção da Senhora do Amor, eu o amava, mas quando ela não está comigo... eu não sei.

Então ela também só ama pela vontade de um deus... Por que os deuses se intrometem em nossa vida? Eles não têm o suficiente para fazer em seus próprios reinos divinos, para que venham se intrometer na vida de homens e mulheres mortais? Mas ela apenas perguntou:

— Acha que vai ter um ataque hoje?

— Espero que sim, os homens estão ficando entediados, presos dentro das muralhas — disse Helena. — Se os aqueus não nos atacarem em um dia ou dois, nossos homens vão sair e atacar os aqueus, apenas para ocupar o tempo com algo... Ora, Cassandra, qual o problema? Você ficou pálida.

— Ocorreu-me — apontou Cassandra, falando com dificuldade — que, se essa guerra durar por muito tempo, nenhum filho de Troia vai sobreviver para ser um guerreiro.

— Bem, gostaria que qualquer um dos meus filhos fosse outra coisa além de um guerreiro — ponderou Helena. — Como Odisseu, talvez, viver em paz no país natal e ser um juiz sábio de seu povo... Se você tivesse um filho, Cassandra, o que iria querer para ele?

Ela jamais tinha considerado aquilo.

— Qualquer coisa — ela disse. — O que o tornasse um homem feliz. Um guerreiro, um rei, um sacerdote, um fazendeiro ou pastor... qualquer coisa, exceto escravo dos aqueus.

Helena se virou para o filho e estendeu os braços, e ele veio correndo para ela. Ela refletiu:

— Antes do nascimento deste aqui, ainda tinha em meu poder – e pensei muitas vezes nisso – parar essa guerra. Descer furtivamente até o acampamento de Menelau, acho que então ele teria concordado em voltar para casa, e, quando não houvesse mais nada pelo que lutar – ou ao menos nenhuma outra desculpa para lutar –, os aqueus teriam se virado e voltado para as ilhas deles. Mas agora — ela estremeceu um pouco — ele não me receberia de volta, não com o filho de outro homem no peito.

Cassandra disse em voz baixa:

— Deixe-o aqui, então, em Troia. O pai vai cuidar dele, e eu também, Helena, se for o que realmente deseja.

Depois de dizer isso, percebeu que Helena era quase a única pessoa em Troia com quem conseguia falar naqueles dias; a mãe não a entendia mais, nem as irmãs. Sentiria falta de Helena se ela voltasse para o país de Esparta.

Helena franziu o cenho.

— Por que abriria mão de meu próprio filho porque Menelau é um tolo? — Depois de um momento, ela completou: — Para dizer a verdade, Cassandra... a não ser que esteja sob o feitiço de Afrodite, não há muita diferença entre um homem e outro, mas os filhos não são colocados de lado com tanta facilidade. Não sou responsável por essa guerra, e acho que Agamemnon iria começar uma guerra, cedo ou tarde, seja lá o que fiz ou deixei de fazer.

Ela suspirou e deixou a cabeça pousar no ombro de Cassandra.

— Minha irmã, não sou corajosa como acha que sou. Eu poderia reunir coragem para voltar para Menelau, até para deixar Páris, mas não consigo deixar meu filho.

Ela pegou a criança encostada em seu joelho e o apertou junto ao coração.

— Deixar seu filho? E por que deveria, depois de tudo? — perguntou Andrômaca, a caminho da muralha com Creusa bem a tempo de ouvir as últimas palavras. — Nenhuma mulher consegue deixar um filho que pariu... ou, se conseguir, não seria melhor que uma prostituta.

— Fico feliz em ouvir você dizendo isso — disse Helena. — Estava tentando dizer a mim mesma que é minha obrigação voltar para Menelau.

— Nem pense numa coisa dessas — pediu Andrômaca, abraçando Helena. — Você pertence a nós agora, e não a deixaríamos partir nem por todos os aqueus lá embaixo, mesmo se Páris, Príamo e todos os homens quisessem que fosse – e não querem. Os deuses a enviaram para nós, e vamos ficar com você, não vamos, Creusa? — ela completou para a outra mulher, que assentiu e riu.

— A Deusa a abençoou, e não vamos deixá-la partir.

Helena sorriu fracamente.

— É bom ouvir isso. Por toda a minha vida os homens foram bondosos comigo, mas nunca as mulheres. É bom ter amigas entre vocês.

— Você é bonita demais para ser muito amada pelas mulheres — disse Andrômaca —, mas está aqui há dois anos agora e, diferentemente de muitas mulheres bonitas, não tenta seduzir nossos maridos.

— Por que eu faria isso? Já tenho um marido a mais do que quero, o que iria querer com os de vocês? — Helena perguntou, rindo. — Não tenho muito amor por Troia; na verdade, estaria disposta a ver mais do mundo, mas mulheres não podem viajar...

Sempre que Cassandra ouvia alguém dizer algo como "mulheres não podem...", ficava ansiosa para fazer aquela mesma coisa. Ela informou:

— Mas estou para viajar pela vontade do meu deus, e se quiser vir comigo, Helena, aceitaria com gosto sua companhia.

— E eu a sua, mas, novamente, não posso deixar uma criança tão pequena — disse Helena. — Quando você vai, e por quê?

— Para a Cólquida, procurar a rainha Imandra e perguntar sobre a sabedoria das serpentes — explicou Cassandra. — Há uma lua, nossas serpentes morreram ou fugiram de nós, e não quero substituí-las até estar certa de que nada que fiz ou não fiz foi a causa.

Ela contou a história, e Andrômaca pareceu melancólica.

— Leve meus cumprimentos para minha mãe e diga a ela que estou casada e feliz, e que tenho o filho de Heitor.

— Por que não levar seus próprios cumprimentos? Seu filho tem idade o suficiente para ser deixado com Hécuba e o pai dele.

— Gostaria de poder — disse Andrômaca. — Se tivesse me dito isso há um mês... mas estou grávida de novo. Talvez dessa vez seja uma filha que possa ser uma guerreira de Troia.

— Uma guerreira?

— Por que não? Você é, Cassandra, e sua mãe antes de você.

— Não ouviu o que Páris disse da última vez que quis levar meu arco para as muralhas? — Cassandra perguntou, desgostosa. — Poderia atirar agora – e matar Aquiles – e terminar essa guerra sem afastar Helena de nós. Mas isso não iria agradar aos homens: eles não querem terminar essa guerra.

— Não — respondeu Andrômaca —, querem vencê-la. Heitor reservou Aquiles para si e nunca vai concordar com qualquer outra maneira de terminar a luta. Pode me dizer quando isso vai acontecer e quanto tempo mais precisamos lutar?

Cassandra deu um sorriso amargo.

— Heitor me proibiu de profetizar a ruína — ela disse —, e, creia em mim, não tenho mais nada a dizer.

— Talvez seja bom que viaje para a Cólquida — ponderou Helena. — Cassandra, minha amiga, os deuses falaram comigo e também com você, e não falaram nada de desastre para mim.

— Então que seus deuses falem a verdade e os meus sejam falsos — disse Cassandra. — Nada me deixaria mais feliz do que voltar e encontrar Aquiles morto pelas mãos de Heitor, e todos eles longe de novo.

Mas não será assim, não pode ser assim...

TREZE

CASSANDRA HAVIA ACHADO QUE, ASSIM QUE TIVESSE TOMADO A DECISÃO de viajar para a Cólquida, seria questão de simplesmente receber permissão do sacerdote e da sacerdotisa no comando, reunir as roupas que queria levar consigo, escolher um companheiro de viagem (talvez dois) e seguir adiante.

Mas não foi assim tão fácil. Ela foi lembrada de que havia um estado de guerra oficial entre os aqueus e Troia, então precisaria ser arranjado (por longas mensagens trocadas de um Templo de Apolo ao outro) que ela viajasse sob a Paz de Apolo, sendo mulher e sacerdotisa prometida e não tendo nada a ver com a guerra de nenhum lado, e lhe foi dado a entender que isso era mais difícil porque era filha de Príamo e parenta próxima dos principais combatentes da guerra. Muito antes que os salvo-condutos e permissões oficiais pudessem ser arranjados, Cassandra estava totalmente cansada de toda a ideia e desejava jamais ter pensado nisso. Por fim, fez um juramento sagrado para cada deus de que já tinha ouvido falar (e alguns que não tinha) de que não entregaria mensagens relacionadas à guerra a nenhuma das partes, foi declarada mensageira oficial de Apolo e recebeu permissão para viajar para onde quisesse.

Crises queria viajar com ela, e Cassandra teve alguma empatia com ele, que ainda estava lamentando o destino da filha no acampamento aqueu, e saber que Agamemnon tinha escolhido a garota como amante não ajudava. No entanto, embora Crises jurasse para Cassandra que respeitaria a virgindade dela como se fosse a da própria filha, ela não confiava nessa promessa e se recusou a tê-lo no grupo. Como ele era um sacerdote de Apolo muito respeitado, pareceu por um tempo que ela não teria permissão para viajar sem a escolta dele, mas ela por fim apelou a Charis, dizendo que iria ficar entre as muralhas até ficar grisalha antes de dar um só passo na companhia dele, e por fim a questão foi deixada de lado.

Então Príamo quis mandar mensagens para muitos amigos pelo caminho, e ela precisou jurar que eram questões de família ou religiosas, sem nenhuma relação com a guerra. Ela percebia o motivo disso, porque viajantes sob imunidade religiosa muitas vezes tinham aproveitado isso para espionar um lado ou o outro. E por fim a mãe se recusou a deixá-la viajar sem o acompanhamento adequado, de modo que Cassandra, que teria preferido viajar sozinha ou com um só acompanhante, de preferência uma amazona como Pentesileia, precisou aceitar as duas criadas mais velhas e tímidas da mãe, Kara e Adrea, e prometer que na estrada sempre dividiria a cama com elas.

No que ela pode estar pensando?, ela se perguntou. *Se quisesse me entregar à libertinagem, certamente não iria querer viajar para os confins do mundo e fazer isso no chão duro depois de um dia de cavalgada, quando poderia fazer isso na minha própria cama com a mesma facilidade.*

Mas ela sabia que era o jeito da mãe, e não havia nada que pudesse fazer a respeito, então aceitou a escolha de mulheres de Hécuba.

— Porque, se eu me recusar — ela disse a Phyllida quando por fim parecia que todos os obstáculos tinham sido superados e ela viajaria no dia seguinte —, ela vai achar que quero escapar da supervisão dela de algum jeito e não imagina um motivo pelo qual eu iria querer isso a não ser que fosse para me comportar mal de algum jeito. O que há nas mulheres que as faz suspeitar de coisas assim de outra, Phyllida?

Phyllida suspirou.

— Experiência, suspeito — ela respondeu. — Não me disse que mandou vigiar Criseida dia e noite e ainda assim não podia assegurar a inocência dela?

Cassandra sabia que era verdade, mas aquilo a deixou com raiva. Ela se lembrou de Estrela dizendo que as mulheres da cidade eram tão devassas que precisavam ser trancadas atrás de muralhas.

Mulheres, pensou Cassandra, *exceto as amazonas, passam o tempo sentadas pensando em quem amam porque não têm mais nada para ocupar a mente. Se tivessem um rebanho de ovelhas ou de cavalos para cuidar, estariam melhor.* Mas isso não tinha poupado Enone do sofrimento, ela percebeu, quando Páris a abandonou.

Passou boa parte daquela noite acordada pensando nessa emoção misteriosa que transformava mulheres de outro modo sensatas em tolas capazes de pensar apenas nos homens que as inspiraram a amar.

Tinha sido determinado que ela partiria ao nascer do sol. Cassandra se levantou assim que a luz começou a aparecer no céu, e tomou como desjejum um pouco de pão e um copo de vinho com água. Esperava cavalgar um cavalo rápido, mas suas companheiras eram muito velhas e sérias para isso, então tinha escolhido um velho burro manso e levara as mulheres em cadeiras. Os carregadores de cadeiras e atendentes – quase guardas – eram jovens servos fortes do Templo de Apolo.

Tinha esperado sair sem alarde, mas, ao se aproximar dos portões, viu um grupinho de pessoas reunido ali: Crises, Phyllida e alguns outros que queriam se despedir dela.

Phyllida a abraçou e beijou e desejou uma jornada agradável e um retorno seguro; Crises também a abraçou, um tanto contra a vontade de Cassandra.

— Volte para nós em segurança, minha querida — ele murmurou com os lábios próximos do ouvido dela. — Sentirei sua falta mais do que posso dizer. Diga que sentirá a minha também.

Ela pensou "vou sentir sua falta como a de uma dor de dente", mas era educada demais para dizer isso.

— Que os deuses o mantenham em segurança e tragam Criseida de volta para você — ela disse, pensando que não queria desejar mal a ele, mas gostaria que encontrasse uma esposa e parasse de perturbá-la.

Então ela estalou a língua para o burro e partiram.

Antes de deixarem a costa, precisavam passar pelos navios aqueus; ali a trégua de Apolo seria testada pela primeira vez.

Um vigia do lado de fora do acampamento aqueu se levantou e gritou um aviso, e um dos capitães, com uma bela armadura de metal decorada com dourado, foi na direção deles.

— Quem passa? É o rei troiano tentando escapar da cidade e do cerco? — ele provocou. — Sabia que eram covardes.

— Nada assim — disseram os guardas. — A senhora é sacerdotisa de Apolo e viaja sob a garantia de paz dele.

— É mesmo? — perguntou o capitão, e olhou para o rosto de Cassandra de um modo tão direto e grosseiro que pela primeira vez na vida ela via sentido no costume que obrigava as mulheres acaias a usar véu. — Uma sacerdotisa, hein? Ou a senhora Afrodite? Ela é bela o suficiente para isso.

— Não. Ela é uma das virgens juradas ao Senhor do Sol — disse o líder dos guardas — e é proibida a qualquer homem além do deus.

— Uma virgem, hein? Que desperdício — o homem lamentou. — Mas seria preciso um homem mais corajoso que eu para discutir com o senhor Apolo por causa de uma de suas donzelas. E que belezas se escondem nas cadeiras? — ele exigiu, puxando os tecidos.

Cassandra estava cansada de se esconder atrás dos guardas.

— Duas das aias da minha mãe — ela disse. — Para cuidar de mim e se certificarem de que nenhum homem me cause nenhuma ofensa.

— Estão seguras quanto a mim, e ouso dizer de qualquer homem — garantiu o soldado, afastando-se com respeito.

— Sinto que minhas senhoras não consigam sua aprovação — disse Cassandra —, mas elas são para minha conveniência, não a sua, senhor, e eu me dedico aos assuntos de Apolo, não aos seus, então peço que me deixe passar.

— Para onde está indo? E que assuntos o Senhor do Sol tem fora de seu templo?

— Estou indo para a Cólquida — ela disse. — E de fato viajo por causa dos assuntos do deus. Busco uma mestre na sabedoria das serpentes, para que as serpentes dele sejam cuidadas de maneira apropriada em seu templo.

— Uma mocinha como a senhora indo tão longe sozinha? Se fosse minha filha, não permitiria, mas imagino que o deus saiba que o que pertence a ele está seguro em qualquer lugar — observou o soldado. — Passe então, senhora, e que Apolo a guarde. Dê-me a bênção dele, eu peço — ele completou, com um gesto reverencial.

Aquilo era a última coisa que ela esperava, mas estendeu as mãos em um gesto de bênção e disse:

— Que Apolo Senhor do Sol o abençoe e proteja, senhor. — E saiu cavalgando.

Ela conseguia ver tão longe de cima das muralhas de Troia que tinha se esquecido de quanto tempo levava para viajar. Acamparam naquela noite e em várias noites depois ainda com a visão da cidade, e acordavam vendo o brilho da luz solar na casa do Senhor do Sol. Ela se recordou de sua viagem com as amazonas; mal podia acreditar que daquele momento até esse tinha vivido entre as muralhas aprisionantes de sua cidade. Troia, seu lar e sua prisão. Ela a veria novamente?

***

No longo intervalo entre propor a viagem e por fim conseguir partir, ela tinha tido muito tempo para se preparar e mandara fazer duas tendas:

uma leve de pano de linho oleado e uma de couro como as amazonas usavam em chuva forte. Nos primeiros dias o tempo estava bom, e a tenda sob as estrelas era agradavelmente fresca à noite, embora suas duas acompanhantes, interpretando as instruções da mãe dela, literalmente a fizessem dormir com as cobertas espalhadas entre as duas. Cassandra, sempre de sono inquieto, às vezes ficava acordada por horas, sentindo cada rocha e saliência do solo sob o pano no chão da tenda afundar nos quadris, odiando mudar de posição por temer perturbar uma das companheiras. De qualquer modo, ouvia e sentia a brisa fresca fora da tenda, e ao menos era diferente do vento imutável nas alturas de Troia.

Dia após dia a pequena caravana seguia lentamente sem incidentes através da grande planície. Encontraram poucos viajantes na estrada, exceto por uma grande fila de carroças carregadas com ferro indo para Troia, e quando souberam que a cidade estava sitiada, ponderaram se deveriam retornar e ir para a Trácia, no norte, ou até de volta para a Cólquida.

— Pois os aqueus não farão negócio conosco pelo metal — disse o líder. — Eles preferem os próprios tipos de arma, e é mais provável que não nos deixem chegar até a cidade, então vamos precisar voltar sem nenhum ganho, ou então os aqueus vão tomar a caravana inteira.

Cassandra achou que aquilo era de fato muito provável.

— Conhece alguns dos aqueus que estão lá?

— Aquiles, filho de Peleu; Agamemnon, rei de Micenas; e Menelau de Esparta; Odisseu…

— Ora, isso é diferente — ponderou o líder da caravana. — Podemos fazer negócios com Odisseu assim como faríamos com Príamo, ele é um homem e negociador honesto. — Ele levantou a voz para os condutores. — Parece que por fim vamos seguir para Troia, camaradas.

E então, é claro, ele quis saber o que ela estava fazendo, viajando sem familiares, e quando ela respondeu, deu a resposta esperada de que, se fosse filha dele, não permitiria.

— Mas imagino que seu pai sabe o que faz — ele concluiu, duvidando.

E Cassandra não viu motivo para explicar que não pedira permissão a Príamo e que ele não tivera chance de consentir ou recusar.

— Posso levar qualquer mensagem sua para Troia, senhorita?

— Apenas avise na casa do Senhor do Sol que estou viva e bem. A mensagem será passada de lá para minha mãe e meu pai.

E se despediram com expressões mútuas de boa vontade e bênçãos, separando-se lentamente na grande planície como dois riachos em direções opostas. Depois de mais algumas noites, ela sabia, seu grupo chegaria ao país dos centauros.

— Os centauros? — disse Adrea, uma das acompanhantes.

— Ah, não os centauros! — gritou a outra, Kara.

— Ora, sim, ama… eles vivem neste país, e precisamos passar pelo território deles. É quase inevitável encontrar um ou mais de seus bandos errantes.

Mas as mulheres tinham sido criadas com as velhas histórias infantis.

— Não tem medo dos centauros, senhora Cassandra? — perguntou Kara, e ela respondeu:

— Não, nem um pouco.

Ela imaginou que fosse uma resposta pouco feminina. Kara a encarou como se o fato de que qualquer mulher pudesse escapar do medo que a assustava tanto fosse ofensivo. Cassandra suspirou e terminou o vinho na taça.

— Precisamos terminar de beber isso — ela disse. — Está começando a avinagrar e não vai durar nesse calor. Podemos conseguir mais na próxima vila, em um dia, ou talvez dois. — E o resto da conversa foi sobre coisas mais simples.

CATORZE

Como ela havia previsto, viram os centauros na manhã do dia seguinte. No começo, cavalgando no mar de grama infinita, Cassandra não via nada; então, bem longe, no limite da visão, viu movimentos e sombras, e por fim distinguiu uma pequena forma… não, duas… não, três, cavalgando, escuras contra as ondas douradas da grama. Pareceram ver a pequena caravana dela avançando, então se reuniram, debatendo. Em um momento ela achou que fossem todos fugir. Então eles se viraram e foram na direção dos troianos.

Cassandra parou o burro, mas não fez nenhum movimento de retirada: sabia havia tempos que não deveria demonstrar medo diante de um centauro, ou ele tiraria vantagem cruel disso.

Ela falou baixo entre as cortinas da liteira em que viajavam as senhoras:

— Aias, queriam ver um centauro. Ali está um.

— Eu? — disse Adrea. — Improvável.

De qualquer modo, ela esticou a cabeça e espiou entre as cortinas. Kara a imitou.

— Que homenzinho esquisito e feio — ela sussurrou. — E desavergonhado, nu como um animal.

— Por que deveriam usar roupas se não há ninguém para ver ou se importar? Quando vão para as cidades, têm vestes que podem usar se quiserem — Cassandra disse, e olhou para o bando que se aproximava.

O mais à frente deles era grisalho e rosnava, as pernas eram ainda menores e mais curvadas que as dos outros. Usava um colar de dentes de leão no pescoço. Cassandra o reconheceu, enrugado e velho como estava.

— Quíron — ela disse, e curvou-se sobre o pescoço do burro.

— Parenta de Pentesileia, cumprimentos. Quando nos encontramos pela última vez, tínhamos mel encontrado na selva. Nossa tribo é pobre hoje em dia. Há muitos, muitos viajantes na planície, e eles assustam a caça, amassam as plantas silvestres. Nossas cabras sem leite até para menininhos. Passamos muita fome.

— Estamos viajando para a Cólquida — disse Cassandra. — Pode nos mostrar o caminho?

— Com prazer, se for seu desejo — respondeu o velho centauro, com seu sotaque bárbaro. — Mas por que está se *afastando* de Troia? O mundo inteiro está indo para lá, para essa guerra, parece. Se não para lutar, então para vender alguma coisa para os combatentes, de um lado ou do outro.

Aquilo era tão verdadeiro que pareceu não haver propósito em comentar.

Antes de partir de Troia, ela tinha pedido às cozinhas uma boa meia dúzia de pães, sabendo que os centauros não cultivavam nem moíam cereais, e que isso era um luxo um tanto incomum para eles.

Quando foi desembrulhado e dado, os olhos do homenzinho brilharam – Cassandra achou que fossem de fome real –, e então ele disse:

— A filha de Príamo é generosa. O marido dela luta nas grandes batalhas diante de Troia? Se luta, vou presenteá-lo com flechas mágicas que nunca deixam de derrubar os inimigos, mesmo quando não acertam uma parte vital.

— Não tenho marido — ela disse. — Sou prometida ao Senhor do Sol e não terei ninguém além dele. E não preciso de nenhuma de suas flechas untadas com veneno tirado de rãs.

Por um momento, o homem olhou para ela e fez uma carranca. Então ele se inclinou para trás, soltou a maior gargalhada e fez algo, que Cassandra não conseguiu ver, que fez o cavalo empinar e se curvar.

— Hu hu hu hu — ele riu. — A filha de Príamo é inteligente e boa; nenhum homem de todo meu povo vai causar-lhe dano enquanto ela passa pelo meu país, nem a nada que a ela pertence. Nem mesmo para a velha que espia meus homens com cobiça de trás das cortinas! Mas se não tiver uso para as rãs velhas, entregue-as para meus homens; elas não são boas para bang-bang — ele acompanhou as sílabas sem sentido com um gesto que deixava o significado obscenamente claro —, mas poderíamos cozinhá-las para fazer veneno de flecha, hein?

Cassandra se esforçou para manter a cara séria.

— De jeito nenhum, não quero viajar sem minhas mulheres, elas são boas para mim — ela disse —, e não viajaria pelo seu país com as jovens e bonitas.

— Hum, inteligente — ele ponderou, virando o cavalo e se afastando rapidamente.

Ela levantou a mão para sinalizar que não tinha terminado a conversa, e ele se virou e voltou um pouco. Ela perguntou:

— O sábio líder do povo do cavalo sabe onde as mulheres de Pentesileia vão levar as éguas para pastar este verão?

Ele fez um gesto e falou uma explicação rápida. Já que não significaria sair muito do caminho, Cassandra decidiu que iria para aquela direção. Ela se despediu com cortesia de novo de Quíron, que havia começado a distribuir os pães entre seus homens e já tinha migalhas em torno da boca.

***

Depois de outro longo dia de cavalgada na direção que o centauro tinha apontado, Cassandra viu uma figura montada ao longe. A estranha levava um arco do mesmo jeito que as mulheres de Pentesileia usavam, atravessado nas costas. Cassandra a chamou e a mulher se aproximou.

— Quem viaja em nossa terra com uma escolta de homens?

— Sou Cassandra, filha de Príamo de Troia, e busco minha parenta Pentesileia das amazonas.

A mulher, vestida com a túnica de couro e as bombachas das mulheres da tribo, o cabelo preto comprido e grosso preso sobre a cabeça, olhou para ela com suspeita, e por fim disse:

— Eu me lembro da senhora quando era criança, princesa. Não posso deixar minhas éguas — disse ela, e fez um gesto para os animais magros espalhados pelas gramas esparsas da planície —, e não é meu lugar chamar a rainha. Mas vou mandar um sinal de que a procuram, e, se parecer bom, ela virá.

Ela desmontou e acendeu uma pequena fogueira, jogando algo nas chamas que emitia grandes nuvens de fumaça, então a cobriu e deixou a fumaça subir em nuvens triplas sucessivas. Depois de um tempo, Cassandra viu uma figura alta a cavalo cruzando a planície. Quando a figura se aproximou, ela reconheceu a parenta.

O cavalo de Pentesileia se aproximava, e ela conseguia ver o olhar intrigado no rosto da amazona; depois de um momento Cassandra percebeu que sua parenta não a reconhecera. Quando Pentesileia a vira pela última vez, ela era uma jovem garota. Agora mais velha, com as túnicas e paramentos de princesa, uma sacerdotisa, ela era apenas uma mulher desconhecida.

Ela gritou o nome dela.

— Não me reconhece, tia?

— Cassandra! — O rosto moreno de sol retesado de Pentesileia relaxou, mas ela ainda parecia tensa e velha.

Ela desmontou e abraçou Cassandra com afeição.

— Por que voltou para cá, criança?

— Procurando a senhora, tia.

Quando ela vira a parenta pela última vez, Pentesileia parecia jovem e forte; agora Cassandra se perguntava quanto ela era velha. O rosto dela estava vincado, com centenas de pequenas rugas em torno da boca e dos olhos. Ela sempre tinha sido magra, mas agora estava positivamente esquelética. Cassandra se perguntou se as amazonas, como os centauros, estavam na verdade passando fome.

— Como vai a guerra em Troia? — a mulher mais velha perguntou. — Vai se abrigar conosco esta noite e nos contar tudo?

— Com prazer — disse Cassandra —, e podemos falar bastante da guerra, embora esteja cansada dela.

Ela deu ordens para que os carregadores seguissem a amazona, e cavalgou ao lado de Pentesileia, na direção de uma caverna na encosta da colina, onde havia meia dúzia de mulheres, a maioria idosa, e algumas menininhas. Quando tinha viajado com elas pela última vez, havia pelo menos cinquenta. Agora não havia bebês, e nenhuma mulher na idade de conceber.

Pentesileia viu a direção do olhar dela e disse:

— Elaria e outras cinco estão na vila dos homens. Fiquei com medo, mas sabia que precisava deixá-las ir agora, ou jamais ousaria deixar que fossem de novo. É isso… não sabe o que aconteceu, sabe? Então nossa vergonha ainda não foi contada em Troia…

— Não soube de nada, tia.

— Venha e sente-se. Vamos conversar enquanto comemos, então. — Ela sorriu e aspirou com apreciação. — Não comemos bem assim faz muitas luas. Obrigada.

A refeição delas havia sido suplementada com carne-seca e pão das provisões de Cassandra.

— Ainda assim — disse Pentesileia —, não estamos tão mal quanto os centauros, que estão passando fome e logo vão acabar. Encontrou algum deles?

Cassandra contou sobre seu encontro com Quíron, e a mulher mais velha assentiu.

— Sim, sempre podemos confiar nele e em seus homens. Em nome da Deusa, eu queria. — Ela parou de falar. — No ano passado arranjamos para ir a uma das vilas dos homens e fizemos arranjos para comerciar potes de metal, cavalos e algumas de nossas cabras de leite, também. Bem, fomos como de costume, e tudo parecia correr bem. Duas luas se passaram, algumas de nós estavam grávidas, e estávamos prontas para partir. Eles nos suplicaram para ficar mais um mês, e concordamos. Então, quando estávamos prontas para partir, eles nos fizeram um banquete de despedida e nos trouxeram um novo vinho. Caímos em um sono profundo, e, quando acordamos – tínhamos sido drogadas, é claro –, estávamos amarradas e amordaçadas, e nos disseram que não poderíamos deixá-los, que tinham decidido que queriam viver como homens nas cidades, com mulheres para cuidar deles o ano todo e compartilhar suas camas e vidas…

Ela parou de falar, estremecendo de dor e indignação.

— Todo animal tem uma estação própria de procriação — ela prosseguiu. — Tentamos relembrá-los disso, mas não nos escutavam. Então dissemos a eles que consideraríamos isso se nos soltassem, e eles responderam que deveríamos cozinhar uma refeição para eles, porque os homens nas cidades tinham mulheres para cozinhar para eles, cuidar de suas necessidades. Até forçaram algumas mulheres que já estavam grávidas a ir para a cama com eles! Então cozinhamos uma refeição… você pode imaginar que tipo de refeição foi. — Ela sorriu com ferocidade. — Mas algumas mulheres quiseram poupar o pai de suas crianças – só a Mãe Terra sabe de onde tiraram essas ideias. E então alguns deles tinham sido avisados, e, quando estavam todos cuspindo e purgando, nós nos preparamos para fugir. Bem, não podíamos matar todos eles, e assim perdemos muitos de nossos números: as traidoras ficaram e não voltaram para nós.

— Elas ficaram com os homens que… que fizeram isso a vocês?

— Ficaram. Disseram que estavam cansadas de lutar e pastorear — Pentesileia relatou, com desdém. — Vão para a cama com os homens em troca do pão… não são melhores que as prostitutas em suas cidades. É uma perversão daqueles aqueus, que dizem até que nossa Mãe Terra não é mais do que a esposa de Zeus Senhor do Trovão…

— Blasfêmia! — Cassandra concordou. — Essa era a tribo de Quíron?

— Não, neles podemos confiar, eles se prendem, como nós, aos velhos costumes — disse Pentesileia. — Mas, quando Elaria levou as mulheres para a vila dos homens este ano, nós os obrigamos a fazer um juramento que nem mesmo eles ousaram quebrar, e os fizemos deixar conosco todas as crianças desmamadas. Nós nos escondemos aqui nas cavernas porque, com nossas mulheres jovens e fortes longe, não temos guerreiras para proteger nossos rebanhos…

Cassandra não encontrou nada para dizer. Era o fim de um modo de vida que tinha durado milhares de anos naquelas planícies, mas o que poderiam fazer? Ela perguntou:

— Houve muita seca? Quíron me disse que é difícil encontrar comida.

— Isso também, e algumas tribos foram gananciosas para terem muitos cavalos, e eles pastaram mais do que as planícies podiam alimentar, então os venderam em troca de pano e potes de metal e não sei o quê – e assim os que tratam bem a terra estão morrendo. A Mãe Terra não estendeu a mão para puni-los. Não sei… talvez não existam mais deuses que se importem com o que os homens fazem… — disse ela, o rosto parecendo exausto e velho.

— Não entendo… — disse Adrea. — Por que importa tanto para a senhora que algumas de suas mulheres tenham escolhido viver como todas as mulheres agora vivem nas cidades? Suas mulheres poderiam viver bem, com maridos para cuidar de vocês e dos cavalos, e vocês poderiam manter os filhos assim como as filhas, e não precisariam gastar todo o tempo lutando para se defender. Muitas, muitas mulheres vivem assim e não veem nada de errado com isso. Está dizendo que estão todas erradas? Por que querem viver separadas dos homens? Não são mulheres como qualquer outra?

Pentesileia suspirou, mas, em vez do comentário instantâneo desdenhoso que Cassandra tinha esperado, ela pensou por um momento; Cassandra teve a sensação de que ela realmente queria fazer aquela velha da cidade que a desaprovava tanto entender.

Por fim, ela disse:

— É nosso costume viver entre nosso tipo e ser livre. Não gosto de viver entre paredes; e por que nós mulheres deveríamos fiar, tecer e cozinhar? Os homens não usam roupas, e não deveriam fazer as próprias? E certamente os homens comem carne. Por que as mulheres deveriam cozinhar toda a comida que é consumida? Os homens em suas vilas cozinham bem o suficiente quando não há mulheres à mão para cozinhar para eles. Então por que as mulheres deveriam viver como escravas dos homens?

— Não parece escravidão para mim — a mulher protestou —, só uma troca justa. A senhora diz que os homens são escravos das mulheres quando eles pastoreiam os cavalos e as cabras, também?

Pentesileia respondeu com ardor:

— Mas as mulheres fazem essas coisas como se fosse em troca por dividir a cama com eles e parir os filhos deles. Como as prostitutas em suas cidades que se vendem. Não consegue ver a diferença? Por que as mulheres deveriam viver com os homens quando podem cuidar de seus próprios rebanhos, se alimentar de seus próprios quintais e viver livres?

— Mas, se uma mulher quer um filho, ela precisa de um homem. Até a senhora, rainha Pentesileia…

Pentesileia disse:

— Posso perguntar algo sem causar ofensa, senhoras? Por que não se casaram?

Kara falou primeiro, dizendo:

— Teria me casado com felicidade, mas me comprometi a ficar com a rainha Hécuba enquanto ela quisesse minha companhia. Não senti falta de casamento; os filhos dela nasceram no meu colo, e tomei parte na criação deles. Como a senhora Cassandra, não encontrei um homem que me amasse o suficiente para me separar de minha amada senhora.

— Eu a honro por isso — disse Pentesileia. — E a senhora, Adrea?

— Ai de mim, não era bonita nem rica, então nenhum homem me ofereceu casamento — a velha explicou. — E agora esse momento passou. Então sirvo minha rainha e suas filhas, até seguir a senhora Cassandra nessa vastidão esquecida pela Deusa, cheia de centauros e outros povos selvagens…

— Então há outros motivos além de pura perversidade para que uma mulher possa escolher não se casar — disse Pentesileia. — Se está bem para a senhora não se casar por lealdade à sua rainha, por que Cassandra não deveria permanecer leal ao deus dela?

— Não é que ela não se casa — esclareceu Adrea. — É que ela não deseja se casar. Como alguém pode sentir empatia por uma mulher assim?

Aquilo era demais para Cassandra, que explodiu com palavras que vinha reprimindo há dias.

— Não pedi a empatia de vocês, não mais que sua companhia; não as convidei para se juntarem a mim, e são bem-vindas a voltar para Troia, onde estarão cercadas de mulheres adequadas, e eu vou viajar para a Cólquida com minhas parentas e a escolta delas — ela disse, irritada. — Não tenho necessidade da proteção de vocês.

— Bem, na verdade — observou Adrea, indignada. — Eu a conheço desde que era bebê, minha senhora, e o que digo não é mais que o que a sua própria mãe diria, tudo dito para seu próprio bem…

Pentesileia disse em tom calmo:

— Peço que não briguem, vocês têm um longo caminho diante de si. Cassandra, minha querida menina, mesmo se estivesse livre para viajar com você até a Cólquida, não a manteria em segurança na estrada. Rogo que o nome de Príamo e a paz de Apolo façam isso. Talvez seja essa guerra, talvez sejam os costumes dos aqueus se espalhando agora que o mundo de Creta caiu. Você nem me disse por que está viajando para a Cólquida; é apenas porque a senhora é sua velha amiga ou Príamo decidiu buscar aliados tão longe?

Ela contou a Pentesileia sobre o terremoto e a deserção das serpentes do templo, e a amazona ficou pálida com o presságio.

— Ainda assim vou confiar no Senhor do Sol — afirmou Cassandra. — Não tenho mais ninguém em quem confiar e, se conseguir ir em segurança para a Cólquida sem outra salvaguarda além da bênção dele, vou tomar isso como sinal de sua boa vontade contínua.

— Que ele a abençoe, então, e a guie — respondeu Pentesileia —, e que a Mãe Serpente em pessoa espere por você e a abençoe na Cólquida – e em todos os outros lugares, minha querida.

Bem depois disso, foram descansar, mas Cassandra ficou acordada por um longo tempo.

Quando dormiu, seus sonhos foram intranquilos. Ela buscava algo – uma arma perdida, um arco talvez –, mas, sempre que pensava ter encontrado, não era a que queria, estava quebrada ou tinha uma corda quebrada, ou algo do tipo.

O que os deuses estavam dizendo a ela? Era uma sacerdotisa, tinha sido ensinada que todos os sonhos eram mensagens dos deuses, se pelo menos conseguisse encontrar a mensagem. Que ela não conseguisse interpretar esse sonho significava apenas que era, como havia muito suspeitava, incapaz de receber o favor do Senhor do Sol, que ele tinha tirado dela. Por mais que tentasse, só tiraria disso um leve mau presságio de que, fosse lá o que procurava naquela jornada, não encontraria.

Pela manhã, Pentesileia deu presentes para ela e suas mulheres – novas selas e um robe quente de pele de cavalo.

— Vão precisar, acreditem, na travessia da grande planície — ela disse. — Os invernos estão mais severos recentemente, e pode ainda ter neve.

Ao abraçá-la em despedida, Cassandra sentiu vontade de chorar.

— Quando nos encontraremos de novo, parenta?

— Quando os deuses quiserem. Se for algum dia vontade da Mãe Terra que eu termine meus dias em uma cidade, vou terminá-los em Troia, isso prometo a você, minha criança. Não acho que sua mãe deixaria de receber a última de suas irmãs, nem que Príamo me mandaria embora de sua porta. Talvez devesse ir com minhas guerreiras tentar expulsar alguns daqueles aqueus.

— Quando esse dia chegar, lutarei ao seu lado — prometeu Cassandra, mas Pentesileia apenas a abraçou com grande ternura e disse:

— Esse não é seu destino nesta vida, meu amor, não faça promessas que não pode cumprir. — E se afastou delas cavalgando sem olhar para trás.

QUINZE

O INVERNO DE FATO DURAVA MAIS NAS GRANDES PLANÍCIES, E, quatro dias depois da noite que haviam passado com Pentesileia e o restante de suas amazonas, o céu escureceu, e a neve começou a cair tão forte que Cassandra imaginou como seus acompanhantes conseguiam seguir a trilha estreita e mal sinalizada. Nevou durante todo aquele dia, e no seguinte, e, embora continuassem a viajar, não encontravam quase nenhum sinal de vida humana. Uma vez, longe na neve, viram a silhueta de um centauro que observava contra o horizonte, mas quando iam fazer sinal para ele, o centauro cutucou o cavalo e saiu galopando.

Cassandra não ficou surpresa. Pelo que Pentesileia havia dito, sabia que os habitantes da grande planície, jamais particularmente dispostos a confiar em estrangeiros, estavam ainda menos inclinados a fazer isso agora. Era sorte que não precisasse negociar com eles por comida ou qualquer outra mercadoria. Dia após dia seguiam com dificuldade pela planície, os cascos dos animais cortando a lama encharcada onde antes havia grama congelada, a neve nunca grossa o suficiente para ser um perigo, e as chuvas fracas nunca suficientes para descongelar mais que alguns centímetros do solo. As grandes estepes estavam vazias e estéreis; encontraram pouca comida para suplementar as tristes rações de viagem, e Cassandra ficou cansada de viajar pelas terras vazias, rastejando sob um céu infinito que parecia tão cinza e hostil quanto os rostos de seus companheiros.

Um dia sombrio se seguia ao outro enquanto a lua minguava, desaparecia e enchia de novo. Quanto tempo aquele inverno poderia durar? Então, bem depois da visão errante de uma lua cheia entre nuvens irregulares, ela acordou para ouvir ventos fortes e uma chuva forte e grossa que parecia levar embora a própria terra.

A nova manhã trouxe um campo transformado, com pequenos rios correndo por todo lado na superfície do chão, brilhando em um novo sol forte, e grama brotando em todo lugar sob ventos suaves e quentes. Logo ficou tão quente que Cassandra dobrou sua túnica de pele de cavalo e cavalgou usando sua camisa de pano macio.

Em um daqueles dias de primavera, chegaram a uma vila. Não era mais que um aglomerado de cabanas redondas na planície, mas ao redor havia campos de cereal de inverno descobertos pela neve que sumia rápido. Cassandra se recordou da vila flagelada da jornada com as amazonas anos antes, com tantas crianças deformadas. Mas, se fosse a mesma vila, devia ter sobrevivido à praga de algum modo, pois as crianças que via eram fortes e saudáveis. Mais tarde, porém, ela viu alguns meninos e meninas mais velhos que só tinham dois dedos em uma mão. Antes disso, não tinham visto nenhuma habitação humana por oito ou dez dias, e, quando a líder da vila saiu para cumprimentá-los, pareceu feliz por vê-los também.

— O inverno pousou por um longo tempo sobre a terra — ela disse —, e não vimos nenhum humano na estação além de um pequeno grupo de centauros, tão enfraquecidos pela fome que não fizeram nenhuma tentativa contra nossas mulheres, apenas nos pediram qualquer tipo de comida.

— Isso parece triste — disse Cassandra, mas a chefe enrugou o rosto em desdém.

— A senhora é sacerdotisa, é seu trabalho ter compaixão pelos que são como eles, imagino. Mas eles nos aterrorizaram com frequência demais para que eu tenha qualquer sentimento além de satisfação quando os vejo tão baixo. Com sorte, vão todos passar fome, e aí não precisaremos ter medo deles de novo. Tem metais ou armas para negociar? Ninguém passa por aqui para comércio esses dias, os metais que levam são todos destinados à guerra em Troia, e não conseguimos nada.

— Sinto muito, não temos armas — lamentou Cassandra. — Mas vamos comprar alguns de seus potes, se ainda os faz.

Os potes foram trazidos e longamente examinados, e a noite caiu enquanto o grupo de Cassandra ainda os olhava, então a chefe os convidou para jantar à mesa dela e continuar o negócio pela manhã. Ela colocou uma das cabanas de pedra à disposição deles, e os convidou para o jantar na cabana central. A comida era de fato escassa – carne que parecia ser de algum tipo de esquilo-terrestre, cozida com bolotas amargas e raízes brancas sem gosto – mas ao menos era recém-cozida. Cassandra, recordando-se da praga, estava relutante a comer qualquer coisa ali, mas disse a si mesma para não se perturbar com isso – *pois, embora ainda esteja, imagino, em idade de parir, não sou casada, nem devo ser. E, de qualquer modo, enquanto essas senhoras dormirem uma de cada lado da minha cama, seria bem difícil ficar grávida.*

Se esta vila não tivesse se recuperado de algum modo da praga, ela pensou, *ela teria desparecido quando todas as suas almas morressem.*

***

Poucos dias depois, avistaram os portões de ferro da Cólquida, altos e impressionantes como sempre, e Cassandra não se vestiu em suas roupas de couro para cavalgada e camisa, mas sim suas túnicas mais finas de Troia, tingidas em cores vivas, e fez uma de suas acompanhantes arrumar seu cabelo no penteado elaborado de tranças que usava no templo do Senhor do Sol. Ao menos a rainha Imandra a cumprimentaria como uma princesa de Troia, não como uma suplicante errante.

Foram recebidos nos portões de ferro na cidade como enviados de Troia e convidados a se alojarem no palácio. Cassandra, dizendo que primeiro precisava prestar homenagem no templo do Senhor do Sol, foi até o grande santuário dele bem no centro da cidade, e sacrificou dois pombos a Apolo do Arco Longo. Depois disso, foi levada ao palácio e conduzida a uma grande suíte, onde banhadoras e criadas para vesti-la estavam à disposição. Durante o longo processo de tomar banho – ou melhor, ser banhada –, ela refletiu que durante a longa viagem tinha quase se esquecido do gosto do luxo. Apreciou a água fumegante, os óleos perfumados e a massagem gentil de sua carne com escovas e as mãos suaves das mulheres. Então a vestiram em roupas finas de convidados e a conduziram para a sala de audiências da rainha Imandra.

Tinha esperado que a rainha fosse parecer mais velha; ela mesma não era mais a menina infantil que fora ali, tímida e muda ao lado de Pentesileia. Mas a mudança era maior do que poderia ter imaginado; se tivesse encontrado aquela mulher em qualquer outro lugar a não ser naquela sala do trono, jamais a teria reconhecido como a orgulhosa descendente de Medeia.

Imandra tinha ficado muito mais gorda; era imponente em vez de imensa, coberta de ouro, mas havia deixado de adornar o corpo carnudo com as espirais das serpentes vivas. Suas bochechas e lábios estavam pintados com tinta vermelha, e ela usava túnicas ricamente tingidas de tecido fino que vinha da terra dos faraós pelas estradas orientais. Seu cabelo estava coberto de joias como sempre. Entre todo aquele esplendor, apenas os olhos escuros alegres eram os mesmos, quase perdidos em dobras de pele.

Quando Cassandra entrou no salão e parou para o cumprimento ritual, Imandra se levantou do trono e andou – na verdade, gingou – para a frente.

— Não, minha querida, nada de prostrações de minha parenta — ela disse, tomando Cassandra em um abraço morno e perfumado; o perfume era tão familiar quanto os olhos. — Estou mais feliz do que posso dizer por vê-la, filha de Príamo. Que longa viagem você fez! Sem dúvida traz mensagens de minha filha…

— De sua filha e de seu neto. Andrômaca é mãe, e logo terá – não, a esta altura ela tem mais um filho, se tudo correu bem — revelou Cassandra, e Imandra sorriu.

— Eu sabia, eu sabia. Não disse, meu querido, que passou tempo suficiente para que eu fosse avó duas vezes, se minha filha tivesse cumprido seu dever? — ela perguntou a um jovem de belo corpo vestido em tecido de ouro, como um atleta ou vitorioso dos jogos, que tinha recebido um assento perto dela. — Amanhã vou olhar para a poça de tinta para tentar ver a criança e se está tudo bem com ela.

Então pegou as mãos de Cassandra e a puxou para a mesa alta, sentando-se entre a parenta e o jovem com vestes ricas.

— Agora me conte tudo o que aconteceu em Troia nesses últimos anos desde que se separou de mim, levando junto meu maior tesouro. E o que a traz tão longe sem suas parentas?

— Talvez — disse o jovem — a senhora Cassandra tenha vindo pedir sua ajuda na guerra contra os aqueus.

— Não se ela viajou sob a trégua de Apolo — respondeu a rainha Imandra. — Sei algo disso, caro menino.

Ela se virou de novo para Cassandra.

— Ainda assim, não precisa quebrar seu juramento, se o fez. Sem nenhum pedido, vou enviar a Príamo todos os soldados que puder encontrar, homens ou mulheres, e tantos metais e armas quanto as carroças conseguirem carregar.

— A senhora é muito generosa — disse Cassandra, e explicou sua missão.

Imandra sorriu e a beijou.

— Minhas próprias sacerdotisas e mestres de serpentes serão consultadas amanhã cedo — ela informou —, ou assim que me digam que é um dia auspicioso para tais coisas. Não preciso dizer que toda a sabedoria em nossa cidade está sob suas ordens e sob as ordens do Apolo troiano. Ficará livre para falar com eles a qualquer hora, mas precisa me prometer que vai me fazer uma longa visita.

— Vossa Majestade é graciosa — disse Cassandra, que estava cansada de viajar e não desejava nada mais que uma longa estadia na Cólquida.

— De modo algum, parenta — respondeu Imandra. — Não é minha colega princesa e a mais próxima em parentesco de minha filha? E meus adivinhos me dizem que a criança que carrego agora será outra filha, e acho um bom presságio que esteja aqui para o nascimento.

Cassandra não tinha tido o menor indício de que a senhora estava grávida, na verdade, se tivesse pensado na questão, teria achado que Imandra tinha passado da idade de parir. Mas agora que olhava mais de perto via que a rainha de fato estava no início de uma gravidez. Quando absorveu aquilo, cumprimentou a rainha sobre as expectativas dela, e perguntou:

— Esta será, então, a herdeira da Cólquida no lugar de Andrômaca?

— Será. Andrômaca não se importa com o reinado, deve ter percebido isso a essa altura — ponderou Imandra —, e não é difícil de esquecer de ser rainha quando uma mulher está feliz – mesmo se essa mulher for a rainha. Não disse isso a você antes, Agon? — ela perguntou.

E o belo jovem respondeu:

— De fato, minha senhora.

O rosto largo de Imandra estava cingido por um sorriso que Cassandra só poderia descrever como "tolo" enquanto seus olhos pousavam em seu favorito, e Cassandra, compreendendo abruptamente o estado das coisas, ficou chocada. A independente rainha Imandra, senhora da Cólquida, enamorada de um rapaz belo que não era mais velho que a filha? E ela de fato estava enamorada, o próprio tom da voz dela dizia isso. Ele dividia com ela o prato e a taça, e ela buscava as iguarias mais finas para oferecer a ele.

Quando terminaram de jantar, Cassandra mandou buscar as arcas que tinha levado e trouxe os presentes que Andrômaca tinha mandado para a mãe: tapeçarias bordadas, rolos de tecidos ricamente tingidos, até mesmo espadas e facas de bronze intrincadamente decoradas, várias dessas coisas a rainha, com um gesto indiferente, dava imediatamente ao consorte.

— Mas não me diga que quer ir e lutar em Troia — ela disse a ele com firmeza. — Preciso de você ao meu lado para me ajudar a criar nossa filha, e ainda mais se os adivinhos estiverem errados e for um filho.

— Não pensaria em deixá-la, minha senhora — ele respondeu —, certamente não para lutar em algum país distante. Se Agamemnon ou qualquer um daqueles camaradas viesse aqui para tentar tomar a Cólquida, a questão seria bem diferente.

Imandra se virou para Cassandra.

— Conte-me sobre essa guerra e essa rainha espartana — ela disse. — Distante como estamos, sei algo sobre a família dela, é claro. Que tipo de pessoa ela pode ser, para ter desencadeado uma guerra tão extensa?

Cassandra falou devagar:

— Não tinha esperado gostar dela ou respeitá-la, mas gosto e a respeito. Acho que os deuses a trataram com dureza quando a colocaram no caminho de meu irmão Páris.

— Bem, ela tinha todo o direito de tomar um consorte — disse Imandra, com um sorriso malicioso para o jovem Agon. — Mas o engano dela foi não dispensar Menelau – ou fazer o velho sacrifício! As coisas devem ser feitas em ordem. O engano de Helena, lembre-se, não foi ter tomado um amante; isso era totalmente seu direito, que ninguém poderia negar. A mãe dela era rainha por direito em Micenas, e Esparta deveria ser governada por ela. O crime de Helena – e realmente foi um crime para uma rainha – foi deixar Esparta para que Menelau tomasse, e isso confundiu a questão. Entregaram a cidade para a filha dela governar depois dela? Garanto que não: Hermione é jovem demais para ter consciência de sua realeza. Esses selvagens aqueus que tentam trazer essa conversa de "reis" em nosso mundo civilizado, e a conversa poderosa de *paternidade*... como se qualquer homem pudesse criar vida. Só a Deusa sopra vida nas crianças. No entanto, alguns desses homens são arrogantes o suficiente para dizer que a mulher não é mais que um forno em que o filho deles – filho *deles*, já ouviu tal tolice? – é assado. Aquele Agamemnon... que ele seja amaldiçoado por todas as deusas e todas as fúrias!

— Ele é o líder dos exércitos aqueus da própria Micenas — disse Cassandra.

— Sim; sabia que ele foi casado com a irmã de Helena, que sucedeu a mãe delas em Micenas? Clitemnestra era a gêmea mais velha, e muito bonita, mas nada como Helena. Clitemnestra teve uma filha, Ifigênia – dedicada à Mãe Serpente e, é claro, cuidadora do santuário e grã-sacerdotisa desde que ainda era criança. Bem, quando essa guerra começou, Agamemnon tinha jurado ajudar o irmão em todas as coisas, então precisou deixar Micenas, e teve medo de que Clitemnestra o substituísse como consorte; ela ficou furiosa porque ele tinha ousado fazer tal promessa sem a permissão dela, e então ameaçou levar o primo Egisto para a cama se ele a deixasse. Agamemnon ameaçou levar o filho deles, Orestes; Clitemnestra disse a ele que poderia fazer como quisesse com o menino, mas que, se ele pervertesse qualquer filho dela com os deuses malvados dele, iria expulsar o menino atrás dele. Então ele tornou o rapaz um sacerdote de Poseidon – acho que era Poseidon, o Deus Cavalo – e o enviou para ser criado entre os centauros. Quando os exércitos de Agamemnon se reuniram para navegar para Troia, ele se atrasou na costa por causa de ventos ruins e mandou mensagem a

Clitemnestra dizendo que a filha Ifigênia deveria ir e conduzir os sacrifícios designados para os ventos. Então ela foi, como sacerdotisa, e o que ele fez foi sacrificar a própria Ifigênia por causa de falsos oráculos, de modo que Clitemnestra não poderia tomar outro consorte, pois sua filha mais jovem era nova demais para ser sua sucessora. E ouvi dizer que a filha mais nova, Electra, foi desviada da adoração à Mãe Terra. E quem poderia culpá-la? Se ela se tornasse uma sacerdotisa como a irmã, poderia morrer também. Mas Clitemnestra jurou vingança; e Agamemnon um dia vai enfrentar a vingança da Mãe Terra. E não me entenda mal, ele vai morrer. Não se zomba dos deuses dessa maneira.

— Então, é tudo uma questão de se terra é governada por reis ou rainhas?

— Que mais? Por que os homens deveriam governar o lar ou a cidade, quando as mulheres comandam desde que a Mãe Terra trouxe a vida? O velho modo era melhor, no qual o rei era levado todos os anos para morrer por seu povo e não havia questão de qualquer homem colocar seu filho para segui-lo. Por milhares de anos, até que esses aqueus selvagens viessem para tentar mudar nossos costumes, essa foi a regra da vida... E então, quem sabe? Talvez tenha havido uma guerra e um rei era um líder habilidoso demais para morrer, ou alguma mulher tola como eu não quis perder o amante jovem.

Ela se virou com afeição para o jovem Agon.

— Então esse povo dos cavalos veio, e os primeiros reis, e instalaram seus deuses arrogantes – até o Senhor do Sol, que alegou ter matado a Mãe Serpente. — Imandra bocejou. — O mundo está mudando, lhe digo, mas é culpa das mulheres que não mantiveram seus homens no lugar deles.

— E a senhora acha, então, que esse é o motivo dessa guerra? — perguntou Cassandra.

— Minha querida, tenho certeza disso — disse a rainha. — Jamais teria acontecido na Cólquida.

DEZESSEIS

POUCOS DIAS DEPOIS, CASSANDRA, ACOMODADA NA SUÍTE DO PALÁCIO um dia reservada para as filhas reais, o mesmo cômodo em que ela e Andrômaca uma noite ficaram observando estrelas que caíam, foi acordada pela própria rainha Imandra.

— Minha querida, a grã-sacerdotisa do Templo da Mãe Serpente deseja recebê-la.

Cassandra despertou as criadas e foi vestida com uma túnica simples não tingida, como cabia a uma suplicante. Adrea protestou:

— A senhora é uma princesa de Troia e sacerdotisa por direito, deveria ir até ela como uma igual, minha senhora.

— Mas a procuro para buscar sabedoria que ela tem e eu não — respondeu Cassandra. — Acho mais adequado ir até ela com humildade, suplicando por sua ajuda.

A criada fungou, mas a rainha Imandra disse:

— Acho que está certa, Cassandra. Quando ela me convoca, até eu vou com humildade.

Cassandra suspirou de alívio e prendeu as sandálias macias nos pés. Não gostava de usar as túnicas elaboradas da corte e de ser vestida como uma princesa.

Embora o sol não estivesse muito alto no céu, as nuvens da manhã já haviam se dissipado e o calor era forte sobre sua cabeça e através dos ombros de sua túnica. Pareceu uma longa caminhada através da cidade, e seus pés estavam cansados quando por fim subiram os grandes degraus construídos por titãs em direção ao santuário.

Dentro, para alívio de Cassandra, estava escuro e fresco, e havia o som distante agradável de água caindo. Uma atendente quieta de túnica escura as levou até um pátio ladrilhado sombreado, do outro lado havia um assento elevado formal onde estava uma grande velha gorda de cabelos brancos.

— A sacerdotisa Arikia — murmurou Imandra.

Elas avançaram devagar pelo cômodo. No começo, Cassandra achou que houvesse uma serpente viva enrolada no adorno de cabeça dourado da sacerdotisa, então percebeu que era apenas uma cobra muito realista de cerâmica moldada e pintada, ou talvez de madeira entalhada. A sacerdotisa vestia uma túnica sem mangas de pano vermelho estampado, ricamente ornamentado com desenhos que pareciam escamas de serpentes, e em torno da cintura dela havia de fato uma cobra viva – a maior que Cassandra já vira: tão grossa quanto os braços da sacerdotisa, que eram muito gordos. A serpente estava enrolada duas vezes em torno da cintura de Arikia, e a velha segurava a cabeça do animal na mão, preguiçosamente fazendo cócegas debaixo do queixo.

Ela disse em uma voz suave que, todavia, ressoava com autoridade:

— Meus cumprimentos, rainha Imandra. Essa é a princesa troiana de quem me falou?

— É, senhora — respondeu Imandra. — Cassandra, filha da rainha Hécuba de Troia.

Cassandra sentiu os olhos da velha sacerdotisa pousarem nos dela, escuros e foscos como os da serpente.

— E o que quer de mim, Cassandra de Troia?

Cassandra sentiu-se impelida a se ajoelhar diante da velha.

— Venho de Troia para aprender com a senhora – ou melhor, com a Mãe Serpente — ela informou.

— Bem, diga-me o que busca — disse a velha sacerdotisa. — Para você, filha de Hécuba, farei o que estiver em meus poderes.

Assim encorajada, Cassandra contou a ela da morte ou fuga das serpentes na casa do Senhor do Sol e de sua relutância em substituí-las até que soubesse mais sobre o cuidado delas. A velha sorriu, ainda acariciando a grande serpente sob o queixo – ou o lugar onde teria um queixo. Por fim, ela observou:

— Deveria chamar todas as minhas sacerdotisas, Cassandra, e pedir que venham dar uma olhada em você. Pois em toda a Cólquida não consigo encontrar uma só jovem que queira aprender essa sabedoria, e você veio de lá de Troia buscando-a de mim. Diga-me, então, Cassandra, enquanto estiver no templo da Mãe Serpente, vai dedicar a ela a devida reverência?

— Juro, senhora.

Arikia sorriu e estendeu a mão.

— Então que assim seja — ela disse —, eu a aceito. Pode ficar aqui, e nada de nossa sabedoria ancestral será escondido de você enquanto morar entre nós. Pode deixá-la conosco, Imandra, e você também pode ir — ela declarou, cravando os olhos incisivos em Adrea. — Ela não vai precisar de nenhuma criada no Templo da Mãe, o atendimento de que ela precisar vai ser dado por sacerdotisas.

Adrea disse com firmeza:

— Eu prometi à mãe dela, senhora, que não a deixaria nem um só dia enquanto ela estivesse em terras estrangeiras.

Arikia respondeu com bondade:

— Não posso criticá-la por isso, filha. Mas realmente acha que ela precisa de sua companhia quando ela está nas mãos da Grande Mãe?

— Imagino que não, minha senhora. Quando a senhora coloca dessa maneira, onde ela poderia estar mais segura do que nas mãos da Grande Deusa? Mas não posso quebrar minha promessa à rainha Hécuba — Adrea respondeu, relutante.

— Ainda assim — disse Arikia —, acho que precisa deixá-la comigo e com a Deusa; mas pode vir a cada tantos dias e falar com ela sozinha e sem observadores para se reassegurar de que ela está segura e bem, e aqui por sua própria vontade.

Imandra perguntou:

— Ela precisa ficar no templo, senhora Arikia? Ficaria mais feliz em tê-la no palácio como minha hóspede, e ela poderia vir às cerimônias do templo sempre que a senhora quisesse.

— Não, isso não vai servir, ela precisa viver entre nós e aprender a viver conosco e com nossas serpentes — respondeu Arikia. — Isso é incômodo para você, Cassandra?

— De jeito nenhum — disse Cassandra. — Honro a senhora Imandra como parenta de minha mãe e minha amiga, mas estou mais que disposta a morar na casa da Mãe, como é apropriado a uma sacerdotisa.

Imandra a abraçou, e Adrea, e elas se despediram. Quando tinham saído, a velha sacerdotisa, que havia visto como Cassandra observava de perto a serpente enrolada imóvel em torno do corpo dela, perguntou:

— Tem medo do povo-serpente, Cassandra?

— De jeito nenhum, senhora. — Ela completou, impulsivamente: — Esta é uma muito bonita.

— Ela é uma verdadeira matriarca entre as serpentes — concordou Arikia. — Gostaria de segurá-la?

— Certamente, se ela vier para mim — disse Cassandra, embora jamais tivesse manejado uma serpente tão grande. — Ela não é venenosa, imagino?

— Não consegue saber olhando para ela? Bem, essa é uma das primeiras coisas que precisamos ensinar-lhe. Mas é claro que não é. Não me atreveria a lidar assim com uma cobra venenosa, elas raramente são assim de trato fácil. E quase nunca são tão grandes quanto essa.

Arikia afastou a cauda imensa da serpente de seu corpo.

— Veja, isso fará com que ela se desenrole, já que não consegue se apertar no meu corpo quando a seguro assim. Estenda a mão e deixe que ela a cheire.

Cassandra obedeceu, sem se encolher quando a grande cabeça se aproximou, a língua bifurcada entrando e saindo, apenas tocando sua mão. Então a serpente se moveu, fluiu com a maciez de dobras de seda ao longo dos braços da velha sacerdotisa e para os ombros e em torno da cintura de Cassandra. A grande cabeça em forma de cunha subiu na direção da de Cassandra, que a pegou na mão e começou a esfregar com gentileza sob o queixo. Ela ficou surpresa ao sentir toda a tensão sair do corpo da serpente enquanto o peso surpreendente se acomodava em torno dela.

— Ótimo... ela gosta de você — disse Arikia. — Teria pouco valor para mim aceitá-la aqui se ela não a aceitasse. Do mesmo jeito, mais cedo ou mais tarde, se ela ficar amedrontada ou assustada enquanto a segura, pode picar. Sabe o que fazer se ela picar?

A velha Meliantha na casa do Senhor do Sol havia ensinado isso a Cassandra.

— Sim: não a assuste mais, ou tente puxá-la para longe, mas peça a outra pessoa para desenrolá-la, começando pela cauda — disse Cassandra, e estendeu a mão para mostrar as pequenas cicatrizes onde uma das serpentes do templo a tinha picado durante seu tempo cuidando de Meliantha. Arikia sorriu.

— Ótimo. Mas o que tem para aprender conosco, então?

— Ah, todo tipo de coisa — Cassandra respondeu com entusiasmo. — Quero saber como encontrar e pegar serpentes das matas onde se reproduzem; como tirá-las dos ovos e treiná-las para ir e vir, como vi fazerem; como alimentá-las e cuidar delas para uma vida longa, e como conquistar a confiança delas e mantê-las contentes para que não fujam.

A velha mulher deu uma risadinha, estendendo a mão para envolver a cabeça da grande serpente.

— Ótimo. Acho que aqui podemos ensinar-lhe todas essas coisas. É melhor deixar que eu a pegue agora, estou acostumada com o peso dela, e não acho que uma criatura esbelta como você possa carregá-la muito longe. Você precisa comer bem e ficar gorda, como eu, ou como Imandra, antes que possa ser de fato uma sacerdotisa da Mãe Serpente. Pode chegar o dia em que vai se sentar e mostrá-la ao povo; ela gosta de ser mostrada, ou assim parece. Mais uma coisa: algumas das meninas têm o coração muito mole ou são sentimentais demais sobre os animaizinhos – pombos, camundongos, coelhos – para alimentar as serpentes. Isso vai perturbá-la?

— De jeito nenhum. Não fui eu, e sim os deuses que determinaram que alguns animais devem alimentar outras coisas vivas, não os criei, e não cabe a mim dizer o que deveriam comer — respondeu Cassandra.

Ela tinha ouvido Meliantha dizer isso uma vez quando uma menina jovem no templo tinha tido dificuldade para alimentar as serpentes com camundongos vivos.

— Bem — disse Arikia —, precisamos encontrar um quarto para você e uma sacerdotisa para atendê-la, e apresentá-la ao resto de nós que moramos aqui. Você é uma princesa de Troia, e espero que não seja muito pequeno e pobre.

—Ah, não — negou Cassandra —, estou ansiosa para ser uma de vocês.

Arikia a abraçou com afeto, e a levou para dentro da casa da Mãe Serpente.

DEZESSETE

Então começou para Cassandra uma época como nenhuma outra em sua vida. Como já era sacerdotisa, não havia testes e suplícios cansativos, embora, como a mais jovem (muitas das sacerdotisas do templo eram idosas e frágeis, pois poucas jovens escolhiam servir a Mãe Serpente), recebesse tarefas como cuidar dos animais criados para alimentar as serpentes, limpar potes e aceitar e registrar as oferendas do templo. Foi bem recebida por todos e tratada de acordo com sua posição; a própria rainha Imandra não recebia mais deferência, e logo Arikia começou a amá-la como a uma filha.

De muitas maneiras, sua estada no Templo da Mãe Serpente foi como seus primeiros anos na casa do Senhor do Sol, com uma grande diferença: todas as devotas da Mãe Serpente eram mulheres, e ela não encontrou nada como seus problemas anteriores com Crises. Os únicos homens na Casa da Serpente eram escravos, e nenhum deles ousaria tomar liberdades com uma sacerdotisa.

Ela aprendeu tudo que as sacerdotisas podiam ensinar-lhe sobre os costumes das cobras e serpentes. Em pouco tempo sabia como distinguir uma venenosa de uma sem veneno, e como domar e manejar certas serpentes inofensivas que pareciam idênticas a certas cobras venenosas, de modo que qualquer espectador achasse que desafiava a morte. Ela mesma não tinha medo nem das serpentes maiores, e logo era uma das cuidadoras preferidas delas. Com frequência, quando a enorme matriarca das serpentes era carregada em procissões, Cassandra era uma das escolhidas para levá-la.

Nada da sabedoria das serpentes lhe escapava: como encontrar e capturar cobras na natureza, como alimentá-las e criá-las, como banhá-las e cuidar delas quando trocavam de pele. Ela chegou a chocar um dos ovos, carregando-o entre os seios por mais de um mês, e abrigando a serpente bebê junto ao corpo quando ela saiu do ovo. Por isso ela recebeu o cobiçado título de honra de Mãe Serpente entre as sacerdotisas.

Ela raramente pensava em Troia. Notícias chegavam à Cólquida de vez em quando, talvez distorcidas pela longa viagem, de como a guerra seguia. Idomeneu de Creta e os reis minoicos tinham se tornado aliados de Troia e a maioria dos habitantes do continente estava com os aqueus. Os moradores das ilhas, por causa de alianças forjadas quando Atlântida ainda governava os mares, estavam com Príamo e as deusas de Troia e da Cólquida.

Às vezes, na lua cheia, Cassandra fazia fogo de feiticeira e olhava em sua vasilha de adivinhação sob a luz. Foi assim soube que Andrômaca tinha dado outro filho a Heitor, e que o bebê morrera antes que seu cordão umbilical estivesse cicatrizado. Desejou naquela noite que estivesse em Troia para confortar a amiga em luto.

Também soube quando Helena deu a Páris dois filhos gêmeos, o que não a surpreendeu de todo. Páris, afinal, tinha uma gêmea – e Helena também tinha uma irmã gêmea. Ocorreu-lhe que, se ela mesma tivesse filhos, poderia ter gêmeos, talvez filhas gêmeas. Os gêmeos de Helena eram crianças fortes e saudáveis, embora não tivessem nem a beleza da mãe nem a do pai, e cresciam tão rápido que estavam andando em meio ano.

Antes que os filhos mais jovens de Páris desmamassem, Príamo sofreu uma queda em uma escaramuça na costa, e o derrame de raio, durante a doença que se seguiu, deixou o lado direito do rosto dele torcido e frouxo, e ele mancava do pé direito desde então. Ele tornou Heitor o comandante oficial de seus exércitos – para surpresa de ninguém. Os soldados, embora fossem leais e aplaudissem Príamo nas raras ocasiões em que ele aparecia diante dos exércitos, veneravam Heitor como se ele fosse o próprio Ares.

O tempo na Cólquida passou sem incidentes. Cassandra era sempre bem recebida no palácio, e Imandra sempre mandava chamá-la – às vezes apenas pela sua companhia, ocasionalmente para olhar em uma vasilha de adivinhação e dizer a ela como a guerra seguia, ou às vezes para procurar as amazonas para ter certeza de que as coisas com Pentesileia e seu grupo não estavam muito ruins. Com os dias cheios de estudo e obrigações, Cassandra ficou surpresa ao descobrir que tinha saído de Troia havia mais de um ano. Entre as mulheres, o nascimento era sempre um festival, e alguém no palácio sempre estava tendo um bebê. As mulheres que se comprometiam com a Mãe Serpente, porém, não se casavam, e a maioria tinha feito votos formais de castidade, então não havia nascimentos no templo. Ela imaginava quando a rainha teria seu filho.

Logo ouviu na cidade que a rainha iria caminhar abençoando seus súditos em nome da Mãe Terra. Cassandra se recordava vagamente – era quase sua primeira memória – de que Hécuba tinha feito isso antes do nascimento de Troilo. Em Troia era apenas um velho costume, meio lembrado e observado de modo informal: sempre que a rainha se mostrava nas ruas, as mulheres corriam até ela e pediam sua bênção. Na Cólquida, onde os costumes eram mantidos como antigamente,

Cassandra não ficou surpresa ao descobrir que havia uma procissão formal. Mas certamente tinham esperado até muito tarde, pois a hora do parto deveria ser iminente. Imandra não andaria pelas ruas, mas seria carregada em uma liteira, e Arikia, a representante terrena da Mãe Serpente, seria carregada com ela, as serpentes da sabedoria adornando-a dos pés à cabeça, de modo que todas as mulheres da cidade pudessem buscar a bênção não apenas da rainha grávida, mas da Mãe Serpente.

— Mas por que agora? Querem que a rainha entre em trabalho de parto nas ruas? — ela perguntou.

— Bem, já aconteceu antes — respondeu Arikia. — Não seria o primeiro filho de uma rainha da Cólquida a nascer nas ruas da cidade; haverá muitas parteiras da corte na procissão. Mas os adivinhos da rainha escolheram essa data como um dia auspicioso, e é claro, quanto mais perto estiver da hora do parto de Imandra, mais bênçãos ela pode dar.

— Sim, é claro.

Cassandra conseguia entender aquilo. Era a manhã da procissão, e ela, junto de suas companheiras sacerdotisas, vestia e adornava Arikia, enrolando a serpente matriarca na cintura dela e duas serpentes menores em seus braços. Seria cansativo para a mulher, pois as serpentes deveriam ser seguradas de modo que o povo pudesse vê-las. Cassandra desejou que ela, que era mais jovem e mais forte, pudesse tomar o lugar da sacerdotisa. Ela disse isso, mas Arikia apenas observou:

— É ainda mais difícil para a rainha, minha querida, ela está grande como um píton que engoliu uma vaca. Talvez na próxima vez, minha querida. Imandra é uma velha amiga, e fico feliz em participar da procissão dela. Ela foi mais que bondosa com você também. Um pouco mais de tinta vermelha na minha bochecha esquerda, por favor, e um pouco do pó de ervas para ser queimado no braseiro; as serpentes adoram, e dão bem menos problemas quando sentem o cheiro. Vai comigo, Cassandra? Pode alimentar o braseiro e ficar a postos para tirar as cobras menores se elas ficarem agitadas. Não é provável, mas é claro que qualquer coisa pode acontecer.

Cassandra sabia que esse era um privilégio que seria invejado pelas outras sacerdotisas do templo, mas elas se submetiam a ela como princesa de Troia. Colocou imediatamente sua melhor túnica cerimonial e enrolou nos braços duas ou três das serpentes menores, prendendo mais duas em torno da testa, de modo que formavam uma coroa. Assim vestida (e pensando que talvez as estátuas da lendária Medusa pudessem ter sido inspiradas por uma coroa de serpentes assim), ela saiu para as ruas, e, conforme Arikia foi levantada na cadeira alta carregada, permitiu-se ser levantada atrás dela.

Estava frio, um vento forte soprava pelas ruas entre as construções altas, e todas as folhas tinham sumido das árvores e arbustos. Ela sentou-se segurando as serpentes no alto para que as mulheres nas ruas pudessem vê-las com clareza. A cadeira de Imandra estava na frente; Cassandra via a forma da rainha, bem grávida agora, o cabelo solto caindo pelas costas. As ruas estavam cheias de mulheres, muitas delas grávidas, correndo para as carruagens, empurrando os guardas, esticando os braços para pedir a bênção.

O vento a gelava; ficou feliz pelo peso confortável da serpente em torno da cintura. As cobras estavam letárgicas. *Elas não gostam do frio mais do que eu*, pensou, ansiando pelo sol quente do lar.

Quase entrou em transe olhando a figura alta de Imandra em sua carruagem, sombreada com a mágica poderosa e o feitiço da Deusa. Mulheres corriam para estender as mãos, clamando por fertilidade e apenas a boa sorte de tocar a rainha grávida que personificava a Deusa. Levantando automaticamente suas serpentes, ela ouvia as mulheres gritando para Imandra e a Mãe Terra, para Arikia e a Mãe Serpente, e então, de algum lugar na multidão, ela realmente ouviu alguém gritar:

— Olhem, é a princesa troiana, amada de Apolo!

Aquilo a fez acordar de repente. Ainda era verdade? Ou Apolo tinha se esquecido dela? Talvez fosse a hora, ela pensou, de voltar para Troia, seu próprio povo e seus próprios deuses. Servindo à Deusa, as mulheres eram mais livres ali, mas que bem fazia a liberdade se precisasse viver para sempre entre estranhos? Então seu coração quase a acertou: ela era benquista ali e tinha muitos amigos. Suportaria abandoná-los e voltar para uma cidade em que se esperava que as mulheres se submetessem aos maridos e irmãos?

O sol ficou mais quente, ela puxou o véu sobre a cabeça e mergulhou o lenço em uma tigela de água para umedecer as cabeças das serpentes.

— Logo, pequeninas — ela murmurou —, isso vai acabar e vocês estarão onde é escuro e fresco.

Uma das serpentes tentava rastejar para a escuridão de seu vestido; as multidões estavam diminuindo, então não tentou impedi-la.

Os carregadores das liteiras pararam. Os servos desciam Imandra do assento com cuidado – não com facilidade. Ela andou pesadamente na direção da cadeira em que as sacerdotisas estavam sentadas, cercadas por suas serpentes.

— Cassandra, minha amiga, virá ao palácio hoje à noite para olhar na vasilha de adivinhação para mim?

— Com prazer — respondeu Cassandra. — Assim que tiver cuidado de minhas serpentes – se Arikia me der permissão — ela completou, olhando para a sacerdotisa experiente, que sorriu e assentiu.

No Templo da Mãe Serpente, ela ajudou os carregadores a colocarem Arikia na cama dela em um quarto escurecido, então ajudou a desenrolar as cobras e banhá-las na fonte do pátio interno. Depois de engolir um pouco de pão e frutas, vestiu-se com a túnica mais simples e saiu de novo no frio do começo da tarde. Tinha ficado um pouco menos frio – o calor que havia no sol estava a toda força agora –, e ao meio-dia as ruas estavam cheias de gente, mas ninguém reconheceu a mulher esguia de cabelos escuros numa túnica simples como a sacerdotisa que tinha sido carregada, vestida e coroada com suas serpentes, pelas ruas.

As mulheres da rainha conduziram Cassandra aos aposentos reais. Estava agradavelmente quente ali, com fogo em uma lareira. Imandra estava deitada em uma rede, o cabelo solto e o corpo enorme amontoado sobre as almofadas. Ela havia tirado o encantamento da Deusa e agora parecia cansada e seu rosto exausto estaria pálido, exceto que ela não tinha se dado ao trabalho nem de remover a pintura do rosto.

Ela deveria ter mantido Andrômaca aqui na Cólquida, em vez de mandá-la para Troia, aí não precisaria se expor aos perigos de um parto maduro, pensou Cassandra, surpresa consigo mesma, *agora ela precisa de uma filha para governar depois dela na Cólquida.*

Como se alguma pista do pensamento de Cassandra chegasse a ela, a rainha abriu os olhos.

— Ah, filha, você veio me fazer companhia — ela disse. — Estou feliz, acho que a pequenina — ela colocou a mão sobre a barriga — pode nascer hoje, mas ao menos a procissão foi completa e não foi preciso a rainha deles dar à luz nas ruas. Logo vou convocar as mulheres do palácio – vão ficar bravas se não forem avisadas imediatamente, elas têm direito ao festival delas. Cassandra, quantos anos você tem, minha querida?

Cassandra tentou contar os anos. Em Troia, não mantinham a conta da idade de uma mulher depois que ela entrava na puberdade.

— Acho que vou fazer dezenove ou vinte no verão — ela disse. — Minha mãe me contou que nasci perto do solstício de verão.

— Um ano mais velha que minha Andrômaca — ponderou Imandra. — E você me disse que o filho mais velho de Andrômaca tem idade para o primeiro elmo de bronze e aulas de espada. Não acho que conheço nenhuma outra mulher da sua idade que não seja casada. Às vezes acho que você deveria ter sido minha filha, já que adere aos velhos costumes da Cólquida, e Andrômaca parece feliz em Troia, mesmo como esposa obediente de Heitor.

Os lábios dela se curvaram um pouco, quase em desdém.

— Mas você é filha de Príamo, e uma troiana. É sua vontade permanecer solteira até o fim da vida, minha querida?

— Não tinha pensado em mais nada — disse Cassandra. — Sou prometida a Apolo Senhor do Sol.

— Mas está perdendo tudo o que faz a vida digna de ser vivida — retrucou Imandra, e suspirou.

Ela franziu o cenho e ficou imóvel por um tempo, então disse:

— Vai olhar para a vasilha de adivinhação e permitir que essa velha coloque os olhos no filho de minha filha?

Cassandra objetou.

— Talvez no momento — ela ponderou — a senhora devesse pensar primeiro *nesta* criança. Precisa guardar todas as suas forças e energia até que ela esteja em segurança aqui entre nós, parenta.

— Falou como uma sacerdotisa – e as sacerdotisas são todas cheias de bobagem — Imandra respondeu em tom ríspido. — Não sou uma moça de quinze anos no meu primeiro parto, sou uma mulher adulta e uma rainha, e não sou menos sacerdotisa que você mesma, Cassandra de Troia.

— Não tive intenção de sugerir — Cassandra começou defensivamente.

— Ah, você teve, sim, não negue — disse Imandra. — Faça como peço, Cassandra, se não fizer, há outras que farão, embora não muitas vejam tão longe e tão bem.

Tudo o que Imandra dissera era verdade, e Cassandra sabia.

— Ah, muito bem — ela concordou, adicionando mentalmente "sua velha criatura teimosa". — Chame suas mulheres e deixe que elas a preparem para o parto. Não me culpe se o que digo lhe causar dor ou tristeza, sou apenas o mensageiro, as asas do pássaro nas quais tais cumprimentos voam.

Ela se ajoelhou, fazendo as preparações para o fogo de bruxa para o feitiço da Visão.

As mulheres de Imandra chegaram e entraram no quarto, deixando tudo pronto para o parto. Entre elas estavam as duas aias de Cassandra, que foram cumprimentá-la e perguntar em voz baixa, fora do alcance dos ouvidos da rainha:

— Vamos ficar nesta cidade estrangeira para sempre, princesa? Quando vamos voltar para Troia?

— Isso será como Imandra desejar — Cassandra respondeu. — Não vou deixá-la enquanto ela precisar de mim aqui.

— Como ela pode precisar mais da senhora do que sua própria mãe? Acha realmente que a rainha Hécuba não sente sua falta e sofre por isso?

— Vocês têm minha permissão para voltar para Troia sempre que quiserem — Cassandra disse, com indiferença. — Nesta mesma noite, se assim desejarem. Mas eu fiz uma promessa a Imandra e não vou quebrá-la.

Ela se levantou e foi até a cama alta onde as mulheres tinham colocado a rainha para descansar até chegar a hora do assento de parto. O cômodo se enchia lentamente com as mulheres do palácio, que vinham testemunhar o acontecimento real.

— Eu me pergunto — Imandra matutou, com ansiedade — se a Mãe Terra já enviou o bebê ao útero errado. Do que sei dela, Hécuba teria achado Andrômaca a filha perfeita, e você sempre esteve no lugar errado em Troia...

Ela apertou a mão de Cassandra com força.

— Não, não me deixe — ela disse. — Os deuses farão a Visão esperar até que seus olhos estejam prontos para ver.

— Não sei qual pode ser o propósito da Deusa para me mandar para o útero de Hécuba de Troia em vez de para o de Imandra da Cólquida — respondeu Cassandra, pousando o rosto junto ao da mulher mais velha —, mas, seja lá o que tenha sido, parenta, eu a amo e reverencio como se fosse minha mãe de verdade.

— Acredito que sim, criança — disse Imandra, virando o rosto para beijar Cassandra. — Se a Deusa me levar hoje, como todos nós vamos para baixo das asas dela em momentos assim, prometa que vai ficar na Cólquida e criar minha filha com os velhos costumes.

— Ah, vamos, não deve falar sobre morrer. Vai viver muitos, muitos anos e ver sua filha com seus próprios filhos e filhas nos joelhos — apontou Cassandra.

Uma das criadas passou a ela uma taça de vinho e um prato de bolos de mel; ela bebericou o vinho, distraída, e colocou os bolos de lado.

— Deixe-me olhar na vasilha para a senhora — ela ofereceu, e se ajoelhou de novo nas pedras ao lado do fogo de feiticeira aceso, jogando a mente no dia em que o primeiro filho de Andrômaca tinha nascido, e viu o rosto de Heitor pálido e empolgado, olhando para a criaturinha...

Sombras se moveram na água, fluindo e engrossando no rosto de Heitor... as plumas vermelhas pendiam, sujas com um vermelho molhado mais escuro... Cassandra arquejou conforme uma dor súbita atravessou seu coração. *Heitor!* Ele estava morto, ou ela via o que estava para acontecer? Quando uma cidade estava em guerra, era mais provável que o líder do exército, que era sempre o primeiro entre seus soldados na batalha, caísse nas mãos... nas mãos sangrentas de Aquiles! Aquele rosto desdenhoso, pálido e belo, belo e maligno... Neve passou pela superfície da água, e Cassandra soube que via o que aconteceria em um ano futuro, mas qual ano? Cassandra não tinha como saber.

Imandra, os olhos fixos no rosto de Cassandra como se tentasse desesperadamente tomar parte da visão, perguntou:

— O que viu?

— A morte de Heitor — Cassandra sussurrou. — Para um guerreiro não há outro fim, e há muito sabemos que isso aconteceria, mas ainda não é agora, talvez não por muitos anos…

— Mas a criança — sussurrou Imandra —, conte-me da criança!

— Da última vez que o vi, ele estava saudável e bem crescido, e já tinha uma espada e um capacete de madeira — disse Cassandra, relutando em olhar de novo e ver o desastre, e por algum motivo jamais duvidou de que isso era o que viria. — Os presságios desta noite são malignos para a Visão, Imandra, rogo que me permita não olhar de novo.

— Como quiser — respondeu Imandra, mas o rosto dela se retorceu em desapontamento. — Eu poderia morrer de contentamento se pudesse ver o filho da minha filha, mesmo que pela sua visão em vez da minha…

Pontos de cor fluíam na superfície da água; *luz de fogo, chamas através dos portões de Troia…* e ela se lembrou da voz provocativa de Heitor.

Você só tem uma música, Cassandra: fogo e desastre para Troia, e a canta todas as estações, como um menestrel que só sabe uma música…

Sim, sei que Troia vai cair, mas não ainda… Eu imploro, deixe-me ver outra coisa…

As chamas morreram, houve um clarão, o sol forte refletido nas muralhas brancas de Troia… derretendo no rosto raivoso e sombrio de Crises, distorcido nos traços familiares de luto.

Apolo Senhor do Sol, se vejo tudo isso em tua luz, por que não me mostras nada além do que já sei?

Então luz, como se ela estivesse olhando diretamente para a face do sol; parecia que Crises ficava mais alto, e agora Cassandra via a luz ardente do deus, e soube quem avançava pelas muralhas e fortificações de Troia, terrível em sua ira, empunhando o arco brilhante, disparando flechas douradas… disparadas aleatoriamente entre aqueus e troianos do mesmo jeito, as flechas terríveis de Apolo atingindo…

Cassandra gritou, cobrindo o rosto com as mãos. A visão se borrou e escorreu como água, foi embora.

— Não sobre nós — ela gemeu. — Não sobre teu próprio povo, Senhor do Sol, não a ira, não as flechas de Apolo…

Então estavam todas em torno dela, chacoalhando-a, tentando levantá-la, colocando vinho em seus lábios.

— O que viu? Tente nos dizer, Cassandra.

— Não, não — ela gritou, esforçando-se para impedir que sua voz se tornasse um guincho. — Precisamos ir imediatamente! Precisamos voltar para Troia!

Mas o pavor gelou seu coração ao pensar nas léguas intermináveis da viagem entre a Cólquida e seu lar.

— Precisamos ir imediatamente! Precisamos sair ao amanhecer, ou até mesmo esta noite — ela gritou, estendendo as mãos para suas damas de companhia que as seguravam. — Precisamos partir... Não podemos perder um momento...

Ela ficou de pé com pouco equilíbrio e foi até o lado de Imandra, ajoelhando-se ali, implorando:

— Os deuses me convocam imediatamente para Troia, eu imploro, parenta, que me dê permissão para partir...

— Partir agora? — Imandra, com a mente e o corpo totalmente concentrados nas contrações de parto que varriam seu corpo, a olhou sem compreender. — Não, eu proíbo. Prometeu que ficaria comigo...

Desesperada, Cassandra percebeu que não poderia impor suas próprias necessidades sobre aquela mulher tomada pelo chamado mais imperativo de todos. Simplesmente precisaria esperar. Limpou as lágrimas que não tinha percebido que corriam pelo rosto, e concentrou a atenção na própria Imandra.

— Viu o filho de minha Andrômaca? — implorou Imandra.

— Não — Cassandra disse em tom reconfortante, bloqueando da mente a visão do corpo quebrado da criança diante das muralhas de Troia. *Ela tinha visto aquilo antes...*

— Não, esta noite os deuses não me deram tal visão. Vi apenas como minha cidade andou mal.

O mar negro com os navios dos aqueus, as muralhas de Troia tomadas pelas formigas tempestuosas dos exércitos de Aquiles... muralhas partindo, chamas subindo... Não, ainda não... não aquela destruição total, não ainda... mas pior, as flechas terríveis da ira de Apolo voando contra aqueus e troianos do mesmo modo...

Uma das mulheres começou uma das canções de parto tradicionais. *Como elas podem cantar e se comportar como se fosse uma festa de mulheres comum? Mas não, elas não viram sangue, chamas ou as flechas de um deus raivoso.* Depois de um minuto espantado de silêncio, Cassandra se juntou ao canto, encorajando a alma à espera da criança a vir para o corpo preparado para ela, para que a Deusa libertasse o corpo da criança do útero aprisionante da rainha. Música seguiu-se após música, e mais tarde algumas das sacerdotisas dançaram a curiosa dança da alma passando pelos guardiães do Mundo Anterior. A noite passou lentamente, e quando o céu clareava com o nascer do sol, a rainha, por fim, com um grito de triunfo, deu à luz. A parteira principal do palácio, em cujas mãos a criança tinha nascido, a levantou, gritando:

— É uma filha! Uma filha forte e saudável! Uma pequena rainha para a Cólquida!

As mulheres irromperam em um canto triunfante de boas-vindas para a bebê, levando-a para a janela e levantando-a para o sol nascente, passando o corpinho nu entre o círculo de mulheres de mão em mão, para que cada uma delas pudesse abraçar e beijar a recém-chegada. A rainha Imandra por fim exigiu:

— Deixe-me pegá-la, deixe-me ver que ela é realmente forte e saudável.

— Só um momento, primeiro precisamos enfaixá-la contra o frio — a parteira da corte disse, e envolveu a bebê em um dos xales da rainha.

Elas a colocaram, por fim lavada e enfaixada, nas mãos de Imandra, e a rainha pousou o rosto com ternura no rosto da pequenina.

— Ah, esperei muito para segurá-la, pequenina. É como parir minha própria neta. Não conheço nenhuma outra mulher que tenha parido uma criança na minha idade e vivido — ela disse. — E, no entanto, sinto-me forte e bem como quando colocaram Andrômaca nos meus braços.

Ela desembrulhava a criança do modo compulsivo das mães recentes, contando cada dedo das mãos e dos pés, então contando de novo para o caso de ter deixado de contar um, então dando um beijo separado em cada um deles, como um tributo especial.

— Ela é linda — ela elogiou, sorrindo em êxtase quando tinha terminado de cutucar e aninhar a bebê, e, tirando um anel caro do dedo, deu-o à parteira da corte. — Isso é além de seu preço regular, que minhas camareiras vão lhe dar.

A parteira agradeceu, espantada, e se afastou, sobrepujada por tanta generosidade.

Imandra continuou:

— Vamos batizá-la no primeiro dia auspicioso. Até então ela será minha pequena pérola... já que ela é suave e rosada como as pérolas que os mergulhadores nas ilhas trazem das profundezas do mar. E vou chamá-la de Pérola, minha princesinha pérola.

Todas as mulheres concordaram que era um belo nome. Seria usado até que a princesa recebesse um nome formal das sacerdotisas, e informalmente por toda a vida dela.

A rainha Imandra pediu que Cassandra se aproximasse.

— Seus olhos estão vermelhos, Cassandra, e não parece se alegrar conosco. Viu algum mau presságio para minha filha, para não partilhar da minha alegria?

Cassandra se encolheu. Tinha temido não conseguir esconder seu sofrimento dos olhos astutos de Imandra.

— Não, minha parenta, realmente me alegro com sua felicidade — ela disse, curvando-se e beijando a princesinha —, e não posso lhe dizer quanto estou feliz por estar em segurança e bem. Mas meus olhos sempre ficam vermelhos quando durmo tão pouco como nesta noite, e — ela hesitou, perdendo a voz — os deuses me mandaram um mau presságio de Troia. Precisam de mim lá. Eu lhe imploro, parenta, me dê permissão para voltar imediatamente para casa.

Imandra parecia aborrecida, mas a dor no rosto de Cassandra suavizou sua raiva. Ela disse:

— Neste tempo? O inverno se aproxima, e a viagem seria terrível. Esperava que fosse ficar para me ajudar a criar minha filha. Não tive muita sorte ao criar Andrômaca para ser rainha depois de mim. Não confio muito em oráculos ou presságios, mas não posso lhe negar nada no dia que a Deusa me deu esta filha linda. No entanto, não é minha permissão que precisa obter, mas a da Mãe Serpente. Foi para ela, e não para mim, que fez um juramento aqui. E precisa esperar ao menos até que possa reunir presentes para mandar para Troia, para Andrômaca e o filho, e para minha parenta Hécuba, e não menos para você, filha querida.

Cassandra sabia que aquilo seria exigido, e disse a si mesma que a catástrofe que tinha previsto não podia ser tão iminente que um dia ou mesmo uma semana faria muita diferença. As obrigações de parentesco e cortesia não poderiam ser ignoradas com alguém que fora tão boa com ela como a rainha Imandra. No entanto, seu coração se rebelava: tudo o que a mantinha longe de Troia agora parecia odioso. Estava certa de que Arikia a censuraria pela deslealdade, mas não havia outra coisa honrada a fazer. Elas tinham partilhado a sabedoria e a amizade delas com generosidade; não poderia, afinal, sair da Cólquida nas pontas dos pés como um ladrão.

Então ela se preparou e foi se despedir da Sacerdotisa da Serpente.

***

Durante a noite e no longo dia seguinte, enquanto carroças, animais, presentes e tudo de que iria precisar no longo caminho até Troia eram preparados, Cassandra teve tempo para recuperar certo grau de calma, ainda que apenas porque não poderia continuar naquele frenesi de medo e terror e sobreviver. Enquanto sabia que os deuses a tinham convocado para Troia para encontrar seu destino, fosse o que fosse, nunca lhe ocorrera que permanecer na Cólquida poderia servir para evitá-lo. A história estava cheia de lendas daqueles que pensaram com egoísmo evitar o destino ao negligenciar alguma obrigação, e inevitavelmente causaram o mesmo destino que temiam.

A visão poderia não significar catástrofe, poderia até significar que Apolo não iria tolerar a guerra como era disputada. Talvez o deus fosse forçá-los a algum tipo de paz, e tudo ficaria bem.

Então, por fim, embora realmente triste por deixar a Cólquida e a liberdade e a honra que conhecera ali, ela partiu três manhãs depois com coragem, feliz – ou ao menos não chateada – por estar de novo na estrada.

DEZOITO

A VIAGEM COMEÇOU COM A PRIMEIRA LUZ DO DIA, AS TRÊS MULHERES viajando em uma carroça forte puxada por mulas providenciada pela rainha Imandra. Conforme a carroça atravessava a cidade, tudo era escuro exceto as faíscas de uma forja, onde uma ferreira robusta trabalhava. Adrea e Kara estavam abertamente jubilantes por estarem indo para casa, embora falassem com pavor dos longos quilômetros da jornada, e dos perigos dos bandidos e centauros, além de passagens da montanha afundadas na neve, de homens ou mulheres selvagens que pudessem pensar que levavam riquezas – ou achassem que seus suprimentos simples de comida e roupas eram riqueza suficiente.

Cassandra seguia em silêncio, já com saudade de suas amigas do Templo da Mãe Serpente, tanto humanas quanto répteis, e aborrecida por deixar Imandra. Era pouco provável que fossem se encontrar novamente neste mundo.

Conforme passaram pelos portões de ferro da Cólquida, alguns flocos de neve caíam, e os céus estavam cinzentos e inchados. A luz aumentou, embora o sol não aparecesse, e Cassandra deu uma última olhada para os portões altos da cidade, brilhando vermelhos na luz acinzentada do amanhecer.

Não poderiam existir muitas mulheres da idade dela que tivessem feito uma viagem assim duas vezes na vida. Se ela podia fazer aquele caminho duas vezes, por que não três vezes ou mais? Ainda poderia haver muitas aventuras diante dela, e, mesmo voltando para Troia, não havia necessidade de sentir que as muralhas da cidade se fechavam em torno dela.

Na primeira noite, quando ela e suas mulheres se preparavam para se acomodar e dormir como de costume, Adrea exigiu:

— Vai dormir com essa *coisa* na sua cama, princesa?

Cassandra deixou a mão cair sobre os anéis de uma serpente, quentes e macios em sua camisola.

— É claro. Sou a mãe dela. Choquei esta serpente com o calor do meu corpo, e ela dormiu no meu peito todos os dias de sua vida. Além disso, faz frio à noite, ela morreria se não a mantivesse quente.

— Fiz isso, e fiz muito, para a filha de sua mãe — disse Adrea. — Mas *não* vou dividir a cama com uma cobra! Ela não pode dormir perto do fogo em uma caixa ou pote?

— Não, não pode — retrucou Cassandra, secretamente cheia de alegria. — Asseguro que não vai picar, e é uma companheira de cama melhor que uma criança humana, pois não vai molhar ou sujar as roupas de cama como um bebê costuma fazer. Nunca vai dormir com uma criatura mais limpa.

Ela acariciou a serpente.

— Não precisa se preocupar, ela vai ficar perto de mim. Tenho certeza de que ela tem mais medo de vocês do que vocês têm dela.

— Não — Adrea suplicou. — Não, por favor, senhora Cassandra, não consigo. Não consigo dormir em uma cama com essa serpente.

— Ora, como se atreve? Ela é uma das criaturas da Deusa, assim como você, Adrea. *Você* não vai ser tão tola, vai, Kara?

Kara disse, teimosa:

— Também não vou dormir com uma cobra gosmenta. Com certeza vai subir em mim quando estiver dormindo.

— Ela nem pica – e não iria machucá-las se picasse — Cassandra alegou, contrariada. — Os dentes dela ainda não cresceram. Como vocês são tolas.

Ela ficou deitada, acariciando preguiçosamente a cabeça da serpente, que se erguia a apenas um dedo de sua camisola.

— Se tivessem o bom senso que os deuses deram a uma *galinha* — disse Cassandra — e simplesmente a tocassem, iriam saber que ela não é nem um pouco gosmenta, não mais que um pássaro; ela é muito lisa, macia e quente.

Ela estirou a serpente, enrolada em sua mão, para Adrea, mas a mulher se encolheu com um guincho. Cassandra se deitou, esticando-se sobre os travesseiros. Ela avisou:

— Bem, estou exausta e vou dormir, mesmo se forem tolas o bastante para dormir no chão frio da carroça. Façam as camas que quiserem, mas apaguem as lamparinas e nos deixem dormir, em nome da Deusa. *Qualquer deusa.*

***

Logo estavam fora da vista da Cólquida, viajando pelas colinas sinuosas e passando por uma sucessão de vilarejos. Os dias ficavam progressivamente mais frios, e uma neve fina começou a descer, derretendo ao cair.

Numa manhã, viajando quase antes do nascer do sol, Cassandra ouviu um choro estranho, insistente.

— Ora, é uma criança, e nova pelo som. O que um bebê faz sozinho nessa mata, onde pode haver lobos e até ursos? — ela disse, e desceu da carreta, procurando a fonte do som entre a neve que caía. Depois de um tempo, viu um embrulho de tecido grosseiro na encosta: uma menina pequena, bem-feita, o cordão umbilical ainda não cicatrizado, uma penugem negra cobrindo a cabeça.

— Não a toque, princesa! — alertou Adrea. — É apenas um bebê abandonado por alguém das vilas, alguma meretriz que não pode criar uma criança, ou alguma mãe com muitas filhas.

Cassandra se inclinou e levantou a bebê. Parecia gelada apesar dos embrulhos, mas ainda chutava com força. Conforme Cassandra levou a criança ao peito, o calor a confortou de algum modo, e o choro parou, começou a se remexer querendo mamar.

— Pronto, pronto — Cassandra disse tentando acalmá-la, balançando o embrulho. — Não tenho nada para você, pobre criança. Mas com certeza podemos encontrar alguma coisa para você comer.

Adrea exclamou, horrorizada:

— Por que faríamos uma coisa dessas? Certamente, princesa, não está pensando em ficar com ela.

— Você ficaria feliz em me casar — disse Cassandra — para ter um bebê, e agora posso ter um sem quebrar meu voto de castidade ou sofrer com o parto. Por que não deveria pegar essa filha que a Deusa mandou diretamente para mim?

A bebê estava mais aquecida agora e dormiu encostada no peito de Cassandra.

— Com certeza é um ato virtuoso salvar a vida de uma criança.

Ela tinha dito aquilo primeiro para provocar Adrea, mas agora começava a pensar na inconveniência e no trabalho, quando a mulher disse:

— Como vai alimentá-la, princesa? Não tem idade para mastigar comida dura, e precisaria conseguir uma ama de leite em algum lugar, e arrastá-la até Troia.

— Não mesmo — Cassandra respondeu, pensando no assunto. — Vá até aquela vila ali e consiga uma boa cabra saudável com leite fresco. Os bebês se desenvolvem com leite de cabra.

O rosto de Adrea se contorceu de desânimo, e Cassandra disse:

— Vá de uma vez, esse alimento será bom para todos nós. Ou cuide da minha serpente enquanto eu vou…

Assim advertida, Adrea correu para a vila e voltou com uma bela cabra leiteira preta e branca, forte e saudável, que logo começou uma algazarra com seus balidos. Nenhuma das aias sabia muita coisa sobre ordenhar cabras, mas Cassandra as ensinou, e, quando tinham ordenhado uma boa tigela, ela alimentou o bebê com leite derramado pela ponta do dedo. A criança sugou com entusiasmo e caiu de novo no sono, ainda sugando o dedo de Cassandra, um montinho quente em seus braços. Cassandra pegou um pedaço de tecido e fez uma faixa, de modo que quando cavalgasse no burro a bebê pudesse ir com ela na sela, presa ao pescoço como os bebês das mães amazonas. Decidiu ao menos pelo momento chamar a criança de "Mel", porque, limpa, quente e alimentada, ela tinha um cheiro doce como o de um favo de mel.

Ao menos isso lhe daria algo em que pensar no longo caminho até Troia. E quando chegasse lá, se não fosse adequado a ela ter uma criança para criar, presentearia a menina à rainha, ou para um dos templos; meninas jovens eram sempre úteis para o infinito fiar e tecer que precisava ser feito em todas as casas.

No começo, Adrea e Kara faziam comentários desdenhosos sobre "sua pirralha de beira de estrada", mas logo discutiam sobre quem deveria levar Mel no colo nos grandes trechos na carroça, cantando e contando histórias que ela era jovem demais para entender. Ela ficava robusta e bonita; elas penteavam o cabelo encaracolado dela em anéis e faziam vestidos com as próprias roupas. Cassandra em pouco tempo não conseguia mais se lembrar de como a vida era sem a menininha pendurada em seu pescoço enquanto cavalgavam o burro ou aninhada em seu colo na carroça. Ela parecia ser rápida para saber quem era sua mãe; as mulheres eram bondosas com ela, mas ela sempre as deixava (mesmo se estivessem lhe dando doces) pelos braços de Cassandra. Ela dormia enrodilhada na parte traseira da carroça nos trechos maiores da viagem, com a serpente de Cassandra enrolada ao lado, e sempre a queria levar no próprio vestido. Quando as mulheres protestaram, Cassandra apenas riu.

— Vejam, ela tem mais bom senso que vocês, não tem medo de uma das criaturas da Deusa. Ela nasceu para ser sacerdotisa e sabe disso.

Os dias se transformaram em semanas na estrada enquanto refaziam a longa viagem. Quando chegaram à grande planície, ficaram de olho em bandos de centauros. Cassandra esperava encontrá-los: tinha um fraco pelo povo que cavalgava, embora tanto as aias quanto todos os acompanhantes e condutores esperassem ser poupados de avistá-los.

Mas não encontraram nenhum centauro vivo, embora uma noite vissem um cavalo morto numa vala e, preso a ele, o corpo magro e retorcido de seu cavaleiro, frio e morto; os ossos, quase saindo da pele, diziam a eles que aquele pobre homem tinha morrido de fome e frio.

O coração de Cassandra se torceu de pena, embora seu condutor e as mulheres tivessem dito que já ia tarde e desejassem o mesmo destino a todos os companheiros dele.

Numa noite, enquanto montavam acampamento, Cassandra viu, muito longe, um pequeno grupo de cavaleiros: um velho, gasto e deformado pelos anos na sela, e meia dúzia do que pareciam ser crianças, mas provavelmente eram rapazes malnutridos que cresceram pouco. Cassandra não conseguia saber com certeza, mas pensou que pudesse ser Quíron. Ela fez um gesto para eles, chamou-os na língua deles, mas eles não se aproximavam; circulavam lentamente o acampamento, longe demais para ver claramente ou ouvir o que diziam.

— É melhor organizar uma vigília — um dos condutores observou —, ou eles podem se aproximar do acampamento enquanto dormimos e assassinar todos nós. Não se pode nunca confiar em um centauro.

— Isso não é verdade — disse Cassandra. — Eles não vão nos machucar, têm muito mais medo de nós do que temos deles.

— Eles deveriam sumir todos — desejou Kara. — Não são homens civilizados.

— Estão com fome, só isso — respondeu Cassandra. — Sabem que temos comida e animais, só nossa cabra de leite daria a eles a melhor refeição que tiveram no ano.

Apesar da desaprovação de suas mulheres e da escolta, ainda teria dado a eles presentes e alimentos, e tentou atraí-los para perto por um tempo, mas eles mantiveram uma distância cautelosa, circulando em seus cavalos, e não se aproximaram do acampamento. Então, conforme se ajeitaram para a noite, um ou dois dos homens ficaram de vigia; e Cassandra ficou acordada pensando nos centauros lá fora no escuro com seus cavalos. Pela manhã, deixou alguns pães de centeio e uma ou duas medidas de farinha em um velho pote rachado que seu grupo estava pronto para descartar.

Conforme se afastavam do acampamento, Cassandra viu que os centauros se aproximavam, ao menos pegariam a comida – o que poderia adiar a morte por fome por um pouquinho de tempo. *Para Mel,* ela pensou, *será apenas uma lenda, e todos vão dizer que eles eram maus. Mas havia sabedoria ali, também, e um modo de vida que não veremos de novo. As amazonas também terão esse fim?*

***

Depois do quase encontro com os centauros, a estrada parecia longa e vazia. Dia após dia seguiam através da grande planície, vendo poucos viajantes ou nenhum, os dias se diferenciando apenas pelas fases da lua, as mudanças de tempo bom para neve. Ao passar pela região em que ela teria esperado ver tribos de amazonas, não encontraram nenhuma pessoa a cavalo, nem homens nem mulheres. As amazonas tinham todas morrido, ou sido sequestradas para servir nas vilas dos homens? Ela teria gostado de enviar uma mensagem a Pentesileia, mas não tinha a menor ideia de como fazer isso, ou se ela ainda estava viva. Tentou vê-la na vasilha de divinação, mas não conseguiu encontrá-la.

A neve se empilhava nas estepes, e estava muito frio. Cassandra temia pela vida de suas cobras naquele tempo, e ela e Mel ficavam em seus cobertores, um braseiro mantendo-as aquecidas, dividindo calor com as serpentes. Às vezes a neve era tão funda que a carroça não conseguia viajar, e ficavam presos por dias, sem luz, com pouco calor e sem poderem cozinhar alimentos. Precisavam manter a cabra leiteira na carroça também, pois ela poderia ser perdida nos grandes montes de neve.

Conforme os meses se passavam, havia mudanças, também, em Mel: às vezes Cassandra tinha a impressão de que a menininha podia ser observada crescendo entre o nascer e o pôr do sol. Parecia que a cada dia ela tinha algum novo truque inteligente, ou, ao crescer, havia desenvolvido algo novo para fascinar a mãe adotiva. Poucos dias depois da aparição dos centauros ela desenvolveu o primeiro dente; logo depois, conseguia beber leite de um copo; e logo depois disso comia pão molhado em leite, ou alimentos amassados que lhe eram dados com uma colher. Bem mais cedo do que Cassandra esperava, ela estava com a dentição completa e pegava e mastigava o que podia dos pratos de todos. Cassandra não podia mais colocá-la no chão nas paradas noturnas, pois ela engatinhava para longe e logo inventou uma brincadeira de desaparecer pela diversão de ser chamada e procurada. Por fim chegou um tempo (afortunadamente depois que o pior da neve havia passado) em que precisaram observá-la constantemente para que não engatinhasse para fora da carroça, mesmo quando em movimento, e logo ela estava correndo por aí a cada parada. Ela não era, pensou Cassandra, uma criança particularmente bonita, mas era forte e robusta, nunca ficava doente e raramente ficava agitada, mesmo quando os dentes estavam nascendo.

Conforme o tempo seguia e a viagem consumia o longo caminho, chegaram a uma região com estradas melhores e encontraram mais viajantes. Parecia que o mundo todo seguia para Troia com armas e todos os tipos de mercadorias para serem vendidas aos troianos (ou aos aqueus e parecia que os aqueus agora bloqueavam todas as mercadorias indo para Troia, por terra ou mar). E, por fim, um dia avistaram o contorno familiar do Monte Ida e começaram a viajar ao longo do Escamandro na direção de Troia.

Quando conseguiam ver Troia, Cassandra teve a impressão de que outra cidade, uma cidade de barracas, tendas e abrigos, havia brotado ao pé das grandes muralhas, e o mar estava negro com os navios que se aglomeravam no porto. Havia um forte fedor perto do porto, como se as próprias marés tivessem sido emporcalhadas; as ruas dessa cidade recém-feita estavam entupidas de carroças e carruagens, e, assim que a escolta de Cassandra se aproximou, soldados aqueus vestidos com a armadura que se lembrava de ter visto Aquiles usar foram imediatamente perguntar qual era seu negócio ali.

Sua escolta não conseguiu explicar, então Cassandra, que falava a língua um pouco melhor, desceu da carroça, com Mel enganchada no ombro, e explicou que era a filha de Príamo retornando de uma longa viagem à Cólquida. Essa notícia, que Cassandra não imaginara que fosse particularmente surpreendente, passou de boca em boca até que por fim houve uma comoção geral de que o comandante deveria ouvir aquilo em pessoa.

Ela tinha imaginado que poderia ser Aquiles, mas em vez disso era o homem um pouco mais alto, mais forte e de cabelos escuros que tinha visto na companhia dele. Falavam dele como Pátroclo, e ele se dirigiu a ela com certo grau de educação – mais, de qualquer forma, de que se lembrava no próprio Aquiles.

— Diz que é filha do velho rei, então? Espere um minuto, há uma garota na tenda do senhor Agamemnon que foi criada no palácio lá, ou assim ela diz. Ela pode nos dizer se é ou não quem diz que é. Espere aqui — ele ordenou, e saiu.

Mel parecia pesada no ombro dela, e Cassandra pediu licença para um dos soldados de guarda para baixá-la.

— Fique perto de mim — ela advertiu. Não imaginava que nenhum dos soldados fosse ferir uma criança de modo consciente, exceto talvez no calor da batalha, mas ela não tinha certeza, e não confiava o suficiente naqueles aqueus para testar a teoria.

Depois de um tempo, Pátroclo voltou com uma mulher coberta por um véu; ela afastou o véu e olhou para Cassandra.

— Sim — ela disse —, esta é a filha de Príamo.

Para choque e consternação de Cassandra, ela reconheceu a menina como Criseida.

Por mais que estivesse assustada, ficou aliviada por saber que Criseida estava viva e bem. Ela disse:

— Criseida, minha querida, eu me preocupei com você, e sei como seu pai deve ter ficado perturbado.

Criseida tinha ficado alta e de corpo pesado, mas ainda tinha o cabelo louro espantoso que lhe dera seu nome.

Pátroclo falou com um dos soldados, que pareciam discutir se poderiam prendê-la para pedir resgate ou a troca de um dos prisioneiros aqueus.

— Não pode fazer isso — disse o chefe da escolta dela. — Ela é uma sacerdotisa de Apolo e viaja sob a paz de Apolo.

— Ah, ela é? — Pátroclo indagou. — Talvez possamos fazer algo, então, para silenciar aquele sacerdote de Apolo que nunca para de reclamar ao senhor Agamemnon ou qualquer um que o escute. Nossos próprios sacerdotes ficam pedindo que façamos oferendas a Apolo, talvez devêssemos consultá-la a respeito do sacrifício adequado.

Ele se virou para Cassandra e perguntou:

— Faria um sacrifício para o Senhor do Sol para nós, então?

Ela disse:

— Eu me lembro muito bem do destino da última sacerdotisa que Agamemnon enviou para fazer sacrifícios para vocês, sei quem e o que será sacrificado.

E ela viu nos rostos deles que sua resposta não tinha agradado nem um pouco.

Criseida se dirigiu a ela pela primeira vez:

— Não deveria falar assim de Agamemnon, Cassandra.

— Ele não é meu amigo, nem da minha família — disse Cassandra. — Nem devo nenhuma obrigação a ele como hóspede recebida, vou falar dele como quiser. Por que é tão reverente ao nome dele?

— Por que ele é meu senhor e o homem mais poderoso de todos os aqueus — respondeu Criseida —, e não fará bem em irritá-lo, aqui estamos todos sob o poder dele.

— Devo tentar arranjar sua liberdade quando voltar à cidade? — Cassandra sussurrou.

Criseida balançou. Ela disse com desdém:

— Não pedi isso. Meu pai vem invocando Apolo pedindo meu retorno, mas Apolo não tem poder aqui comparado com Agamemnon, e prefiro pertencer a um homem a pertencer a um deus.

Então Cassandra se recordou de sua visão terrível. Percebeu que tremia, olhou para Pátroclo e disse:

— Não me fez nenhuma descortesia, por isso lhe darei um aviso honesto: vi as flechas terríveis de Apolo caindo nesta cidade, em aqueus e troianos do mesmo modo. — Ela ouviu a própria voz se elevar num grito e sentiu o calor conhecido e a luz do Senhor do Sol. — Ah, cuidado com a raiva dele, cuidado com a ira de Apolo! Não provoquem as flechas terríveis dele!

Pátroclo pareceu encolher levemente, mas franziu o cenho para ela.

— Sim, eu soube que é uma profetisa. Escute-me, mulher: não tenho medo de seu Apolo troiano, mas é sempre imprudente provocar os deuses dos outros. Estaria inclinado a deixá-la ir, nossos sacerdotes provavelmente vão dizer a mesma coisa, e não gosto de guerrear por mulheres. Mas cabe ao próprio Aquiles tomar a decisão final.

Ele falou com um rapazinho que observava e disse a ele para correr e chamar o comandante.

Uma multidão considerável havia se reunido em torno da carroça e olhava para as aias. Pátroclo olhou para as duas velhas e perguntou a Cassandra:

— Quem são essas mulheres?

— São servas da minha mãe, minhas aias.

— Elas também são sacerdotisas prometidas a Apolo?

— Não, não são, mas estão sob a minha proteção e a dele.

Cassandra começou a ficar desconfortável com o modo como olhavam para ela. Pegou Mel, que estava engatinhando em torno de seus pés, e a segurou nos braços. Pátroclo disse:

— Não temos mulheres o suficiente em nosso acampamento para fazer o trabalho feminino. Não vou lutar com o Apolo troiano por você, mas essas mulheres são legitimamente minhas prisioneiras.

Ele foi até a carroça e pegou Kara pelo braço.

— Desça, velha senhora. Vai ficar aqui.

Ela se soltou dele dando de ombros furiosamente.

— Tire suas mãos de mim, animal aqueu sujo.

De modo um tanto deliberado, Pátroclo levantou a mão e deu um tapa, não muito forte, na boca dela.

— Não sei bem o que disse, mas aqui está sua primeira lição, velha: entre nós você não fala assim com homens. Entre ali, encontre algumas roupas para remendar. Se fizer isso bem, poderemos lhe dar comida.

Cassandra exclamou:

— Eu lhe disse que essas mulheres estão sob a minha proteção e a do Senhor do Sol! Solte-a, ou cuidado com a ira dele!

— E eu *lhe* disse — retrucou Pátroclo — que não me importo nem um pouco com o seu Apolo troiano. Vou honrar a trégua dele não insultando sua profetisa, mas essas mulheres são minhas prisioneiras e não há nada que possa fazer sobre isso.

Cassandra notou que na multidão havia várias mulheres, e nenhuma delas parecia surpresa com as palavras ou ações de Pátroclo. Kara gritou e começou a correr, indo na direção dos portões de Troia; Pátroclo fez um gesto para um soldado para trazê-la de volta, e ordenou a Criseida:

— Ei, você, você fala a língua dela, diga a ela o que eu disse. Ninguém vai abusar dela se ela fizer bem o próprio trabalho. E pode repetir o que eu falei para a filha de Príamo, ela também não parece entender muito bem.

Criseida começou a repetir as palavras de Pátroclo para Kara, mas Cassandra interrompeu.

— Diga ao capitão aqueu que entendo o que ele disse perfeitamente, mas essas mulheres são minhas aias, e estão sob a proteção do Senhor Apolo assim como eu mesma. Ele não pode tirá-las de mim.

— Acha que isso vai me impedir, princesa? — o homem perguntou, e arrastou Adrea para fora da carroça. — Clar, esta aqui é muito velha para a cama, mas aposto que sabe cozinhar. Aquiles anda dizendo que quer alguém para servir aquela mulher que ele mantém dentro da tenda dele. Mande-a para Briseida, alguém.

Um dos homens parado de lado disse:

— E a bebê? Ela parece forte e saudável… devo pegá-la?

— Deuses do Hades, não — retrucou Pátroclo, enquanto Cassandra apertava o punhal. — Ela ainda molha as roupas, acha que vamos ficar aqui em Troia até que a pirralha possa ser levada para a cama? Esqueça.

Ele disse a Cassandra:

— Fique grata por estar sob a proteção de Apolo, sugiro que suba na sua carroça e siga seu caminho. Mas não neste momento.

Ele fez um gesto para seus homens:

— Peguem as coisas da carroça, a comida que podemos usar e outras coisas.

Os homens começaram imediatamente a se enxamear sobre a carroça, tirando provisões e jogando-as para baixo. Cassandra não tinha nada a dizer, pois sabia que não a escutariam. Depois de um tempo, como sabia que fariam, chegaram aos rolos de cobertas e começaram a desdobrá-los no chão; então um soldado pulou para trás com um guincho quando a maior das serpentes se desenrolou diante dele, então pegou a lança, mas Cassandra gritou um aviso na língua dele.

— Não! Ela é sagrada ao Senhor do Sol, não ouse tocá-la!

O homem tropeçou para trás, pálido como a morte. Cassandra tinha ficado tanto tempo na Cólquida que tinha se esquecido do terror com o qual as criaturas eram vistas nas ilhas. Ela agora enfiou a mão dentro do vestido e encorajou a serpente a rastejar devagar para fora. Ela circulou a cintura e fluiu para o braço de Cassandra, enquanto os soldados se afastavam um a um, tomados por terror supersticioso.

— A-aaaah! Olhe ali! O que saiu da feitiçaria dela!

— Não sejam tolos — disse Pátroclo. — No nosso país as sacerdotisas também aprendem a lidar com elas, mas não coloque a mão nelas. Não as quero aqui. Vá — ele ordenou para Cassandra — e leve seus malditos bichos de estimação com você.

Cassandra sabia que não conseguiria nada melhor. Kara e Adrea estavam ajoelhadas, chorando. Cassandra foi até elas e disse em voz baixa:

— Não fiquem muito assustadas, façam como eles pedem e não os irritem. Juro por Apolo que venho buscar vocês.

Ela não tinha muito afeto por nenhuma das aias, mas elas estavam sob a proteção dela, e eram queridas para a mãe dela.

Agora ela via o motivo para a raiva de Apolo. Iria falar imediatamente com os sacerdotes dele.

DEZENOVE

Conforme a carroça retinia através do espaço antes das muralhas de Troia, Cassandra percebeu que todas as sentinelas deveriam ter visto o que havia acontecido. O saque de uma carroça não deveria ser uma ocorrência incomum, ou teriam interferido, ao menos disparando flechas no acampamento aqueu. Sem dúvida viajantes mais bem-informados que seguiam para Troia com mercadorias sabiam o suficiente para fazer como ela deveria ter feito, e chegavam pelo lado terrestre.

Cassandra ainda tinha as serpentes destinadas para o Templo do Senhor do Sol. Ela mesma estava ilesa, e os aqueus não tinham ameaçado Mel seriamente. As coisas poderiam ter sido piores. Mas ela percebeu que o nível de hostilidade havia aumentado, e devia ter pensado em se informar sobre como a guerra progredia.

Na frente dos portões, um soldado troiano a parou, e depois de um minuto ela reconheceu Deífobo, filho de Príamo com uma de suas mulheres do palácio.

Ele se curvou.

— A rua principal é íngreme demais para a carroça, princesa — ele disse a ela. — Vai precisar fazer com que ela seja levada pelo lado da terra. Mas para a senhora vão abrir o pequeno portão ao lado do grande.

O portão grande em si quase nunca é aberto agora, por medo de os aqueus entrarem correndo, se ficar fechado não pode ser rompido – a não ser que algum deus ou outro, talvez Poseidon, decida quebrá-lo — ele completou, fazendo um gesto contra má sorte.

— Que esse dia esteja longe — respondeu Cassandra. — Consegue encontrar alguém para levar a carroça até o Templo de Apolo? Há serpentes para a casa do Senhor do Sol na carroça, e não podem ser assustadas, nem ficarem frias demais.

— Vou mandar um mensageiro imediatamente para a casa do Senhor do Sol — Deífobo prometeu, com cortesia. — Já vai para o palácio, irmã?

— Vou, anseio por ver minha mãe — declarou Cassandra. — Ela está bem, espero?

— A rainha Hécuba? Ah, sim, embora, como todos nós, não esteja ficando mais jovem — disse Deífobo.

— E nosso pai? Ainda vive em boa saúde? Soube que ele tinha sofrido alguma doença...

— A notícia chegou até a Cólquida? Ele sofreu o golpe do deus, está manco, e o rosto foi afetado de um lado — explicou o jovem oficial. — E agora o príncipe Heitor lidera os exércitos de Troia.

— Sim, disso eu soube — disse Cassandra —, mas no longo caminho desde a Cólquida não recebi nenhuma notícia, nem a viagem foi favorável à Visão; pelo que eu soube, ele poderia ter morrido desde então.

— Não, me alegro em dizer que ele envelhece, está bem o suficiente para sair todos os dias na muralha para ver o que está acontecendo — respondeu Deífobo. — Enquanto Príamo nos liderar, Heitor não será imprudente. Aquiles — ele fez um gesto desdenhoso na direção do acampamento aqueu — está sempre tentando atrair Heitor para um combate individual, mas meu irmão tem mais bom senso do que isso. Além disso, todos sabemos que Agamemnon pregou uma peça suja na própria filha, então não é provável que respeitem as regras de combate individual; é mais provável que o ataquem em dez ou mais de uma só vez. Não se pode confiar em um aqueu; dizem que, se um deles o beijar, deve contar seus dentes, filhos da puta ladrões. Mas vejo que a deixaram passar em segurança...

— Em segurança, mas conheci seus costumes de ladrões — Cassandra disse a ele. — O que não roubaram, deixaram apenas porque temiam as serpentes de Apolo – e não acho que foi por nenhuma reverência ao deus, mas somente por medo das próprias serpentes. E tomaram as duas aias de minha mãe – que não eram servas de Apolo, mas minhas, ou de Hécuba, na verdade.

Deífobo se aproximou e deu tapinhas no ombro dela.

— Não tema, irmã, vamos trazer suas aias de volta. Mas deixe-me mandar aviso ao Templo do Senhor do Sol pedindo homens para descarregar sua carroça, e para a senhora uma escolta até o palácio, não é adequado a uma princesa andar sozinha pela cidade. Ainda melhor, deixe-me pedir que o palácio mande uma liteira, é o que a senhora Andrômaca usa quando desce para cumprimentar Heitor todos os dias antes que as batalhas comecem.

Cassandra queria protestar que certamente era capaz de andar, mas Mel pesava em seus braços, e ela concordou em usar a liteira.

Não demorou muito para que aparecessem servos com as túnicas distintas da casa do Senhor do Sol, e Cassandra deu instruções cuidadosas sobre as serpentes, prometendo que iria ela mesma supervisionar o cuidado depois que cumprimentasse os pais. Então Deífobo a levou pelo portão lateral para uma pequena guarita, onde pegou um lanche para ela enquanto ela esperava a liteira que a levaria para o palácio.

Estava desacostumada à luz do sol, o calor até aquela estação. Em pouco tempo parecia apavorantemente quente para ela. Além disso, estava preocupada com Kara e Adrea.

Mel engatinhava no chão da pequena guarita, e Cassandra notou que ela estava sujando muito a túnica, e não muito menos os joelhos, mas estava cansada demais para se preocupar.

Deífobo chamou a atenção dela para uma pequena escadaria entalhada na pedra que subia por dentro da muralha.

— Gostaria de dar uma olhada de cima da muralha? Pode-se ver tudo o que acontece no acampamento aqueu dali. O rei está descendo agora para dar uma olhada – ele vem todos os dias nesse horário — disse Deífobo. — Estou ouvindo os guardas dele.

Ele deu uma olhada em Mel.

— A bebê vai ficar em segurança aqui — ele garantiu. — Ela é grande o suficiente para que ninguém pise nela.

Ele pegou uma lança que estava encostada na parede e a prendeu no cinto.

— Pronto… não há mais nada que possa machucá-la. Venha.

Cassandra o seguiu pela escada estreita e íngreme, ele se virou no topo para dar a mão a ela. Era verdade: dali ela conseguia ver o acampamento aqueu inteiro. Ele apontou para a grande tenda ornamentada que era a de Agamemnon, a outra um pouco menor, mas mais ornamental, que era de Aquiles e Pátroclo; os aposentos de Odisseu, que davam a impressão de que ele tinha movido a cabine de um navio para a terra.

— E muitos outros. Há uma longa lista dos navios lá fora que pertencem aos aqueus, algum bardo estava fazendo uma música sobre isso — ele disse. — Do modo como contam, cada herói do continente apareceu para ajudar Agamemnon e sua equipe. Há uma lista de bom tamanho dos nossos aliados também, mas não acho que esteja interessada nisso.

— Não particularmente — confessou Cassandra. — Ouvi o suficiente sobre os dois lados na Cólquida.

— A Cólquida — ele refletiu. — Pensando nisso, a Cólquida não se pronunciou sobre nenhum lado, por que o rei deles não enviou soldados para Troia?

— Porque a Cólquida não tem rei — informou Cassandra. — A Cólquida é governada por uma rainha, e no último ano ela esteve grávida. A herdeira dela – uma filha – nasceu pouco antes da minha partida.

— Não há rei, e uma mulher governa? Parece um modo estranho de governar uma cidade.

Antes que ele tivesse tempo de dizer qualquer outra coisa, o som de soldados que se aproximavam os interrompeu, e Príamo, acompanhado por vários de seus soldados – muitos dos quais Cassandra reconheceu como filhos de suas mulheres do palácio –, chegou ao topo da muralha.

Era bom que ela tivesse sido avisada pela Visão, de outro modo, poderia ter reconhecido o pai apenas pelo manto rico que ele usava. Ele tinha sido um homem são e forte, de cores vivas, beirando a meia-idade; agora ela via um velho, a pele acinzentada e enrugada, o rosto desmanchado de um lado, com uma pálpebra caída, o canto da boca amontoado. A fala dele também era pesada e grossa.

Ele perguntou a Deífobo:

— O que está acontecendo no acampamento aqueu nesta manhã? Aqueles aqueus estavam interceptando armas de novo? Se isso continuar, vamos derreter nossas espadas velhas para fazer novas. Precisamos de um par de carregamentos da Cólquida, mas temos que arrumar escolta especial ou subornar alguém para deixá-los passar…

Ele se interrompeu:

— Quantas vezes disse a você: nenhuma mulher aqui, a não ser que a rainha esteja presente para se assegurar que elas se comportem. Sabe disso tão bem quanto eu, o tipo de mulher que vem aqui olhar para os soldados…

Cassandra respondeu:

— Não, pai, não é culpa de Deífobo, ele me ofereceu abrigo do sol e uma vista da muralha depois que os aqueus capturaram minha carroça…

Ela não terminou, mas não precisou, Príamo a reconheceu:

— Então você voltou como um mau presságio, Cassandra! Achei que tivesse decidido passar o resto da guerra na Cólquida – uma mulher a menos para me preocupar se a cidade cair. Mas sua mãe sentiu sua falta. — Ele se aproximou e a beijou com diligência na testa. — Quer dizer que os aqueus ousaram quebrar a paz de Apolo?

Quando criança pequena, Cassandra achava a ira de Príamo aterrorizante, agora ele simplesmente parecia rabugento, como uma criança mimada que crescera demais. Ela disse com gentileza:

— Não importa, pai, ninguém foi ferido, e a propriedade de Apolo – incluindo eu mesma, imagino – está bem segura. Assim que minha liteira chegar, vou tranquilizar minha mãe.

— Você é forte e saudável. Por que precisaria de uma liteira para carregá-la? — ele perguntou, irritado.

A guerra não está indo como ele quer, ela traduziu para si mesma, e disse modestamente:

— Sim, pai, tenho certeza de que o senhor está certo.

— A liteira está à sua espera — ofereceu Deífobo, e Cassandra a viu parando dentro da muralha.

Ela desceu as escadas e pegou Mel, desejando que pudesse encontrar um jeito de que lavassem e alimentassem a bebê antes de levá-la para sua mãe, mas não havia como acudir isso agora. Ela mesma estava desgrenhada da longa viagem, e do interlúdio no acampamento poeirento dos aqueus, assim como de segurar a criança suja, mas não havia como acudir isso também. *E por que eu deveria colocar minha melhor túnica e arrumar as mãos e o rosto para minha mãe?*, ela se perguntou. Entretanto, quando foi levada à presença da rainha Hécuba e viu o olhar de desaprovação da mãe, ela soube.

— Bem, Cassandra! Minha filha querida, querida! — Hécuba exclamou e foi abraçá-la, então se afastou com uma pequena careta de consternação. — Mas o que andou fazendo consigo mesma, querida? Seu vestido é uma desgraça, e seu cabelo…

— Mãe, depois do meu encontro com os aqueus nesta manhã, é sorte que tenham até me deixado um vestido para usar diante da senhora — ela disse, com um sorriso. — Temo que os presentes que trouxe de nossa parenta Imandra tenham sido deixados no acampamento dos aqueus.

Hécuba pareceu profundamente perturbada.

— Eles não a… insultaram?

— Ninguém me estuprou, se é o que quer dizer — respondeu Cassandra, rindo.

— Como pode brincar com uma coisa dessas? — a mãe perguntou.

Cassandra disse, beijando-a:

— Ora, como posso fazer qualquer outra coisa? Eles são tolos, todos eles, mas há tolice suficiente em Troia, se vamos falar disso.

Os olhos de Hécuba pousaram na criança nos braços de Cassandra.

— Ora, o que é isso? Uma criança, e tão pequena… o cabelo dela… enrola do jeito que o seu enrolava quando tinha essa idade… Ora, o que… quem… como?

— Não, mãe — Cassandra se apressou em dizer —, ela não é minha… ou melhor, eu não a pari, ela é uma criança abandonada.

Hécuba ainda parecia cética, e Cassandra, suspirando – por que a mãe estava sempre tão pronta para pensar mal dela? –, disse:

— Seria fácil encontrar um homem que fosse dividir a cama comigo quando ela era ocupada por uma serpente – mesmo uma pequena assim? Ela enfiou a mão no vestido atrás da que sempre se enrolava ali em suas horas desperta.

Hécuba soltou um gritinho.

— Uma serpente – e bem no seu peito!

— Ela é mais minha filha que a bebê — Cassandra respondeu, rindo —, pois eu mesma a choquei de um ovo, mas qualquer um na minha comitiva pode lhe contar que encontrei Mel em uma encosta durante uma tempestade de neve, deixada para morrer por alguma mãe que escolheu não criar uma menina este ano.

Hécuba se aproximou e olhou a criança de perto.

— Agora que vejo bem, ela não se parece nem um pouco com você.

— Eu lhe disse isso.

— Disse. Sinto muito, não acreditaria de boa vontade…

Não de boa vontade, talvez, mas teria acreditado, pensou Cassandra.

Mas então a mãe fez a pergunta da qual estava se esquivando:

— E onde estão Kara e Adrea?

— Nas tendas de Agamemnon e Aquiles — ela respondeu —, mas não por escolha.

Ela explicou o que havia acontecido com elas.

— Então precisamos dar um jeito de resgatá-las – ou trocar prisioneiros aqueus por elas, talvez — ela disse.

— Arranjar uma troca por elas? Por que deveríamos negociar com os aqueus? — perguntou uma voz conhecida, e Andrômaca entrou no cômodo.

— Ah, Cassandra! Minha irmã querida! — E ela correu para abraçá-la, ignorando a sujeira em sua túnica. — Então você voltou! Sabia que não era traidora o suficiente para ficar na Cólquida por toda a guerra!

Que menininha bonitinha — ela exclamou, olhando para Mel. — Ela é sua? Não? Ah, que pena!

Então ela viu a serpente e se encolheu um pouco.

— Então ainda continua com seu velho jogo de brincar com serpentes! Eu devia ter me lembrado.

Mel, vendo a serpente, começou a chorar e a esticar as mãos para ela. Cassandra, rindo, deixou a menininha enrolar o animal na cintura. Andrômaca se encolheu com um olhar de repulsa, mas o deleite da criança com a serpente era inconfundível.

— Por que não dá um gatinho para ela, Cassandra? — sugeriu Hécuba. — Seria um animal de estimação mais adequado.

Cassandra riu.

— Ela fica contente com os animais que dou a ela, deveria vê-la com a nossa matriarca das serpentes – a que é quase tão grossa quanto ela.

— Não tem medo – serpentes não têm uma visão muito boa – de que a serpente cometa um engano e a engula por desventura? — protestou Andrômaca.

Mas Cassandra disse:

— Elas se conhecem. Mel a alimentou com pombos e coelhos. Mas, mãe, esse não é um assunto apropriado para os seus aposentos.

Hécuba perguntou, rindo:

— A serpente… ou a bebê?

— As duas — Cassandra respondeu, abraçando a mãe de novo. — Deixe-me chamar alguém para levá-la para ser banhada e receber roupas limpas, assim ela vai ficar mais bonita. Além disso, não comeu nada desde a manhãzinha.

Então, com um olhar pedindo permissão para Hécuba, Cassandra chamou uma criada para levar a criança e a serpente para a casa do Senhor do Sol.

— Eu também preciso me apresentar lá logo, temo — ela disse —, embora tenha certeza de que me dariam com gosto permissão para honrar minha mãe e minha família. E gostaria de ver os filhos de Helena — ela completou.

— Ah, os filhos de Helena — retrucou Hécuba, seca. — Há piadas no exército aqueu de que Helena está criando um exército para Troia.

— Como eu não posso fazer por Heitor — disse Andrômaca, e seus olhos se encheram de lágrimas. — Mas aquela mulher aqueia, assim que dá cria, logo está prenha de novo.

— Que coisa para se dizer — protestou Hécuba. — Você teve má sorte, só isso. Deu um belo filho a Heitor, e todos os homens no exército sabem o nome dele e o admiram. O que mais você quer?

— Nada — disse Andrômaca —, e só aqui entre nós, mulheres, estou feliz por ter sido poupada de parir a cada ano ou dois, avisei a Heitor que, se ele deseja cinquenta filhos como o pai, precisa consegui-los como o pai faz. Mas até agora ele só deseja compartilhar a minha cama e até recusou uma das mulheres aqueias capturadas. Talvez eu não goste de tantas crianças como Helena, mas gostaria de ter uma filha antes de ficar velha demais. Falando em filhas, Cassandra, sabia que Creusa batizou a segunda filha dela de Cassandra?

— Não, não soube disso — respondeu Cassandra, e se perguntou se aquilo tinha sido coisa de Creusa ou de Eneias.

— E agora, antes de ir — disse Andrômaca —, me fale de minha mãe.

Cassandra contou a Andrômaca do nascimento da herdeira da Cólquida, e Andrômaca suspirou.

— Gostaria de poder ir para a Cólquida, para que Heitor possa ser rei lá, talvez isso possa ser arranjado quando essa guerra desgraçada terminar.

— Imandra acha que sua princesinha Pérola será criada para ser rainha — disse Cassandra. — E Heitor não ficaria contente em sentar-se ao pé do trono, como faz o consorte de sua mãe, e se divertir caçando e pescando com seus companheiros.

Andrômaca suspirou.

— Talvez não, mas ele poderia se acostumar com isso, imagino, assim como me acostumei a ficar dentro de casa fiando até meus dedos doerem — ela disse, inquieta. — Agora que voltou, Cassandra, talvez possamos organizar algumas excursões para fora das muralhas…

— Se os aqueus permitirem…

— Ou cansarem de ficar sentados do lado de fora das muralhas atirando pedras nos guardas — disse Andrômaca. — Foi o que conseguiram nos últimos meses, embora uma ou duas vezes tenham tentado passar as muralhas, e até trouxeram escadas mais compridas. Mas Heitor teve a ideia de esvaziar o caldeirão grande, fervendo para o jantar dos guardas, em cima da cabeça deles, e eles desceram muito mais rápido do que tinham subido, garanto.

Ela riu com gosto.

— Agora eles têm sempre um caldeirão grande fervendo em algum lugar lá em cima, e, se não é algo pior que sopa, os agressores estão com sorte. Da última vez era azeite, e eles não tentaram de novo desde então; ah, os gritos que ouvimos naquela noite do acampamento aqueu! Todos os sacerdotes curandeiros deles cantavam e faziam sacrifícios a Apolo, até depois do amanhecer. Isso vai ensiná-los a subirem as muralhas quietos, quando pensaram que todos os guardas estavam dormindo!

— Você não porta armas… mas não perdeu seu gosto por guerra — comentou Cassandra.

— Eu tenho um filho para proteger — respondeu Andrômaca, e Cassandra se lembrou de que ela mesma estivera pronta para matar quando os soldados ameaçaram Mel.

— E eu tenho muitos filhos, mas todos com idade para lutar por si — disse Hécuba. — Agora, Cassandra, me diga: quando passou pelo território das amazonas, encontrou nossa parenta? E Pentesileia tinha alguma mensagem para mim?

— Eu a vi somente na viagem de ida — respondeu Cassandra, e contou à mãe sobre o encontro com as amazonas, e que muitas das mulheres haviam escolhido ficar nas vilas com homens.

Então, mais perturbada, ela contou sobre os centauros famintos na viagem de volta, e que não tinha visto sinal de nenhuma mulher das tribos.

— Que a Deusa esteja com ela — disse Hécuba, com fervor. — Não sinto que ela está morta, e acho que poderia saber. Éramos próximas como se fôssemos gêmeas, mas ela é quatro anos mais nova que eu. Não está fora de todas as possibilidades que um dia possamos vê-la em Troia.

— Que este dia esteja muito longe — respondeu Cassandra —, pois ela me contou que, se a guerra ficasse desesperada do nosso lado, ela viria e terminaria seus dias em Troia.

E, com um lampejo curioso da luz, como se o sol tivesse se escondido atrás de uma nuvem, ela viu Pentesileia cavalgando pelos portões de Troia… em triunfo, ou derrota? Ela não conseguia saber, a visão desapareceu, e falaram de outras coisas.

Por fim ela se levantou e se esticou:

— Fico sentada como uma velha fofoqueira entre as mulheres — ela disse —, e tenho obrigações esperando por mim na casa do Senhor do Sol. Mas foi bom conversar e ficar à toa. — E, ela pensou, falar de questões das mulheres, como a criação de crianças.

Um dia tinha achado que deveria ser muito maçante, mas agora, tendo uma criança sua, começava a entender que esse tipo de conversa de mulher podia ser cativante. *Mas falar só disso por uma vida inteira…*

— Não é todo dia que você volta de uma viagem tão longa — disse Andrômaca. — Helena vai querer vê-la, e mostrar os filhos – e Creusa, mostrar sua homônima. Ela é mais parecida com Polixena do que com você, com cabelos ruivos e olhos azuis – e bela como se Afrodite tivesse colocado o dom da beleza no berço dela. Vai se casar com um príncipe, se essa guerra deixar algum de nós vivo para pensar em casamentos.

— Acho que ninguém vai chamar minha pequenina de bela — ponderou Cassandra —, mas, para uma mãe, imagino que até a criança mais sem graça seja encantadora. De qualquer modo, eu tenho a intenção, se os deuses forem bons, de enviá-la para Pentesileia para ser criada como guerreira. Ainda desejo que pudesse ter sido criada assim.

— Ah, não pode estar sendo sincera, Cassandra — disse Hécuba, indo abraçá-la em despedida.

— Não posso? Mãe, se algum dos presentes de Imandra tiver sobrevivido aos aqueus, eu o enviarei para a senhora assim que a carroça puder ser descarregada — ela declarou, e se despediu.

Andrômaca avisou que iria andar com ela um pouco.

— Pois saio tão pouco, e Heitor sempre fica muito perturbado se saio sozinha, mas ele não pode me recusar a companhia da própria irmã — ela disse, descontente. — Ando sempre com Helena, mas ela não veio hoje: Páris sofreu um pequeno ferimento na última luta – nada para preocupá-lo, mas o suficiente para dar a ele uma boa desculpa para ficar em casa e ser bajulado. De outro modo, tenho certeza de que ela teria vindo para cumprimentá-la.

Elas se separaram depois de uma curta distância, Andrômaca voltando para o palácio e Cassandra subindo para a casa alta do Senhor do Sol.

Ela começou a atravessar o pátio para verificar as serpentes quando encontrou Crises. Ele parecia cansado e desgastado: havia mais rugas em seu rosto, que um dia fora belo, e linhas prateadas baças no cabelo claro. Era difícil perceber que houve um tempo em que havia quem o considerasse quase tão belo quanto o próprio Senhor do Sol naquele templo.

Ele a reconheceu imediatamente, e gritou em boas-vindas:

— Cassandra! Todos sentimos sua falta — ele exclamou, e foi rapidamente abraçá-la.

Ela teria se encolhido, mas não era desagradável ver um rosto conhecido e saber que era tão bem recebida, então permitiu o abraço, mas logo se arrependeu, e conseguiu torcer o rosto de modo que o beijo dele atingisse apenas seu queixo.

Desvencilhando-se rapidamente, ela saiu do alcance dele.

— Parece que tudo correu bem com você enquanto estive fora — ela observou. — Parece bem e próspero.

Nem por mundos diria a Crises que tinha sido o rosto dele em um oráculo que a fizera voltar para Troia.

— Mas isso não é verdade — ele respondeu. — Jamais terei de novo saúde ou alegria até que os deuses escolham me devolver minha pobre filha desonrada.

— Crises — Cassandra disse com gentileza —, não faz quase três anos que Criseida está no acampamento dos aqueus?

— Não me importo se for uma vida toda — Crises assegurou, com fervor. — Vou lamentar, protestar e gritar para os deuses…

— Então grite — disse Cassandra —, mas não espere que o escutem. É seu próprio orgulho que lamenta, não sua filha — ela continuou com rispidez. — Eu a vi esta manhã no acampamento aqueu; ela parece bem, feliz e contente, e, quando perguntei se deveria arranjar seu retorno, ela me pediu para cuidar da minha vida. Realmente acho que ela está contente em ser mulher de Agamemnon, mesmo se não pode ser rainha dele.

O belo rosto de Crises escureceu de raiva.

— Cuidado, Cassandra, diz isso para me ferir, e não acredito em uma palavra.

— Por que iria querer feri-lo? — ela perguntou. — Você é meu amigo, e sua filha era como se fosse minha. Pense apenas na felicidade dela, Crises, e deixe-a onde está. Eu o aviso, se insistir mais nessa questão, vai atrair a ira dos deuses sobre nossa cidade.

O rosto dele se retorceu de raiva.

— E devo acreditar que quer o meu bem? Você não se importa comigo – eu, que a amo há tanto tempo…

— Ah, Crises — ela disse, estendendo as mãos para ele em total sinceridade —, por favor, por favor, não comece a falar disso de novo. Por que precisa achar que lhe quero mal por não o desejar?

— Então o que faria se me quisesse mal? Quando destruiu qualquer bondade que eu poderia ter no coração…

— Se tal bondade foi destruída, por que diz que é culpa minha? Um homem não pode levar nenhuma mulher a sério a não ser que ela queira se deitar com ele? — ela perguntou. — Falo com toda a amizade, Crises, não insista nessa questão.

— Está querendo ver minha filha desgraçada, um insulto a Apolo…

— Em nome de todos os deuses, Crises, a questão não é o que você sente, mas o que sua filha sente — ela disse, exasperada, lembrando-se do olhar orgulhoso de Criseida quando Pátroclo a procurou para ajudar na tradução.

Mas ela não queria que a raiva de Crises causasse mais problemas; já havia amargura suficiente, e isso só poderia piorar as coisas. Ela falou com a simpatia que conseguiu reunir:

— Se não acredita em mim, por que não vai até o acampamento dos aqueus – eles vão honrar a trégua de Apolo para um sacerdote dele – e pergunte a ela você mesmo se ela se sente desgraçada. Se ela quiser deixar Agamemnon, juro que irei até Príamo e não deixarei nada impedir que ela seja libertada ou trocada. Mas, se ela estiver feliz com

Agamemnon, e ele com ela... Acredite em mim, ela não é uma prisioneira, eles a chamaram para traduzir quando tomaram minhas aias de mim, e elas são mulheres idosas que realmente não querem ficar no acampamento dos aqueus. Mas prometo: se Criseida quiser voltar, farei tudo que posso junto ao rei e à rainha.

— Mas a desgraça... minha filha ser concubina de Agamemnon...

— Não percebe que não está sendo razoável? Por que é tão vergonhoso que ela seja mulher de Agamemnon? E, se isso o faz tremer de vergonha assim, por que está tão disposto a me convencer de que não faria mal se eu fosse a *sua*? É diferente para sua filha e para uma filha de Príamo? — ela perguntou bruscamente, por fim perdendo a paciência.

Agora ele estava realmente bravo, e ela estava feliz na mesma medida, significava que ela não precisava mais temer que ele fosse tentar agarrá-la.

— Como ousa mencionar minha filha como se ela fosse como você? — ele a atacou, com raiva. — Você não se importa com o que acontece com minha filha. Desde que siga com seus próprios modos antinaturais e se recuse a se entregar, humilhando um homem...

— Humilhá-lo? É isso que acha? — ela disse em tom exausto. — Crises, há centenas de mulheres nesta terra que ficariam felizes em se entregar a você. Por que escolheria uma – talvez a única – que não o quer?

— Eu não escolhi desejar você — ele garantiu, olhando para ela —, mas não desejo mais ninguém. Você me enfeitiçou, por algum desejo maligno de me humilhar; eu...

Ele parou, engoliu em seco.

— Acha, feiticeira, que não tentei quebrar esse feitiço que lançou em mim?

Por um momento, Cassandra quase sentiu pena dele.

— Crises, se estiver sob uma maldição, alguma outra pessoa a lançou, não eu. Juro pela Mãe Serpente, pela Mãe Terra e pelo próprio Apolo, a quem ambos veneramos, não tenho nenhum rancor nem má vontade em relação a você, e suplico a qualquer deus que o livre de tal feitiço. Não quero nenhum poder sobre você, e abençoaria sua virilidade, desde que encontre alguma outra mulher para exercitá-la.

— Então ainda não tem pena de mim? Mesmo sabendo o que me trouxe, ainda se nega a mim?

— Crises — ela disse —, basta. Esperam por mim lá em cima, e preciso encontrar Charis e as sacerdotisas. Desejo-lhe uma boa noite.

Ela se virou, mas ele murmurou entre os dentes:

— Vai se arrepender disso, Cassandra, mesmo que eu morra por isso, juro que vai se arrepender.

Viajei até a Cólquida e de volta para escapar da amargura desse homem, e volto para algo não melhor do que deixei, exceto que a raiva dele teve dois anos para crescer.

Senhor Apolo, é sua vontade que me entregue para esse homem, por quem tenho tanta aversão? E ela se perguntou, quase assustada com os próprios sentimentos: *Mesmo se Apolo exigisse, eu teria me entregado a Crises?*

Mas ele não tinha exigido, e Crises sempre tinha sido um encrenqueiro. Ela precisava ser parte das encrencas dele?

VINTE

CASSANDRA FICOU ACORDADA BOA PARTE DA NOITE, REPASSANDO MENtalmente a discussão com Crises, imaginando o que deveria ter dito. Com certeza ele ao menos teria ouvido a voz da razão se ela tivesse sido capaz de encontrar as palavras certas.

Por fim decidiu que, em seu estado atual, ele provavelmente não era capaz de nenhum bom senso. Algum homem era, quando se tratava de uma mulher? Com certeza Páris não tinha demonstrado muito bom senso quando a questão era Helena… e ele já tinha uma esposa bela e virtuosa que lhe dera um filho, e, pelo que sabia, isso era o que os homens mais queriam.

Mas com certeza não eram apenas homens, as próprias mulheres pareciam perder toda a razão quando se tratava de homens. Até mesmo a rainha Imandra, que era forte e independente, e Hécuba, que tinha sido criada como amazona, tinham demonstrado pouca razão quando se tratava de seus homens. *Quanto a Briseida, ou Criseida,* Cassandra pensou, quase com desdém, *são como filhotinhos de cachorro, rolando com as quatro patas no ar se o dono delas faz um carinho.*

Talvez a questão não seja por que elas fazem isso, mas por que eu não sinto vontade de fazer a mesma coisa.

Ela se ajeitou na cama para dar espaço à serpente que se enrolava devagar em torno de seu braço. Era bom dormir em uma cama em vez de no chão duro da carroça, e, com o último pensamento, ela se recordou de verificar o veículo e certificar-se de quais presentes de Imandra, se algum, tinha sobrevivido aos soldados aqueus. O medo que tinham de serpentes poderia tê-los impedido de explorar o fundo da carroça.

Ela acordou com o nascer do sol. Mel estava brincando ao pé da cama, deixando a serpente fluir em torno da cintura e pelos braços. Ela banhou a criança e achou algo para o desjejum, então foi para o topo do templo, onde os primeiros raios atingiriam as alturas de Troia. Achava que deveria ir para o Templo da Donzela e cumprimentar as amigas entre as sacerdotisas lá, e talvez oferecer agradecimentos por seu retorno a Troia em segurança. No entanto, antes que tivesse a chance, notou Crises entre os sacerdotes reunidos para saudar o nascer do sol. Ele parecia ainda pior do que na noite anterior, os traços inchados e os olhos avermelhados como se não tivesse dormido. *Pobre homem*, ela pensou, *não devo provocá-lo ou esperar que seja razoável quando está tão infeliz. Pode não fazer sentido que ele sofra assim, mas quando isso impediu alguém de sofrer?*

Charis estava conversando com ele, ela viu a sacerdotisa apontar para um, depois para outro dos sacerdotes, dizendo:

— Você, você e você… Não, não você, você não pode ser dispensado.

Conforme Cassandra se aproximou deles, Charis a chamou com um gesto.

— Pelo que Crises diz, entendo que você viu a filha dele no acampamento argivo ontem quando o atravessou. Tem certeza de que era realmente Criseida? Passaram-se alguns anos, e ela era uma menina em crescimento quando… nos deixou.

— Quando ela foi cruelmente roubada de nós, quer dizer — Crises completou, com selvageria.

Cassandra apontou:

— Ora, sim, tenho certeza; mesmo se não a tivesse reconhecido, ela me reconheceu, ela se dirigiu a mim pelo nome e me avisou para não irritar Agamemnon.

— E você disse isso ao pai dela?

— Disse, mas a mensagem o deixou com raiva — respondeu Cassandra. — Ele até me acusou de inventar isso para atormentá-lo.

Crises retrucou, emburrado:

— Sabe que ela sempre teve mágoa de mim.

— Se fosse inventar uma história para irritar Crises, poderia me sair com uma muito melhor que essa — retrucou Cassandra. — Eu lhe digo, aconteceu exatamente como falei.

— Bem, então é melhor ir com eles para o acampamento aqueu — disse Charis. — Ele está resolvido a descer e exigir em nome de Apolo o retorno da filha dos aqueus, eles também têm sacerdotes de Apolo e observam a trégua dele.

Já que isso era exatamente o que ela tinha sugerido que ele fizesse, Cassandra não ficou surpresa, exceto que ele não tivesse feito isso meses ou anos antes. Mas imaginava que ele antes tinha esgotado todos os outros recursos, fossem lá o que fossem.

Eram uns trinta deles usando túnicas cerimoniais e adornos de cabeça do Senhor do Sol quando por fim saíram pelas ruas compridas e chegaram aos grandes portões de Troia. O guarda não queria abrir os portões, mas quando Crises explicou que desejavam conversar com Agamemnon para arranjar a volta de uma prisioneira em nome de Apolo, o guarda mandou um arauto para arranjar um encontro. Então ficaram sob o sol quente por quase uma hora, até que viram um homem alto, de físico forte, de cabelo curto cacheado preto e uma barba elaboradamente enrolada, aproximando-se deles com passos longos e cheios de propósito.

Cassandra nunca tinha ficado tão perto assim de Agamemnon; como sempre, horror e repulsa invadiram seu corpo. Ela olhou para o chão e não levantou os olhos, esperando que ele não a notasse.

Ele não a notou. Olhou com ar beligerante para Crises.

— O que você quer? Não sou sacerdote de Apolo, se quer arranjar uma trégua de festival ou algo assim, seu negócio é com meus sacerdotes, e não comigo.

Crises avançou. Ele era mais alto que Agamemnon, a cabeça imponente mesmo com os cabelos louros apagados, os traços fortemente esculpidos. A voz dele, profunda e forte, soava imponente:

— Se é Agamemnon de Micenas, então meu negócio é de fato com o senhor. Sou Crises, sacerdote de Apolo, e o senhor mantém minha filha como prisioneira em seu acampamento. Ela foi levada três anos atrás na plantação de primavera.

— Ahn? — Agamemnon perguntou. — E qual de meus homens está prendendo essa mulher?

— Senhor Agamemnon, o nome dela é Criseida, e creio que é o senhor quem a prende. Em nome de Apolo, eu me declaro pronto a pagar o resgate que é adequado e de costume. Se não deseja libertá-la, então exijo que me pague o preço de noiva dela e que a vejamos casada com todas as formalidades apropriadas.

— Ah, você exige, você exige? — retrucou Agamemnon. — Eu imaginei o que você queria, todo vestido para cerimônia. Bem, Crises, sacerdote de Apolo, me escute: pretendo mantê-la para mim; e quanto a me casar com ela, não posso, porque já tenho uma esposa.

Ele soltou um grande bramido de risos.

— Então, sugiro que você e seus amigos retornem para dentro de Troia antes que eu decida que posso usar mais algumas mulheres no acampamento. — Os olhos dele passaram pelas fileiras de sacerdotes e sacerdotisas. — A maioria das suas mulheres parece ser velha demais para levar para a cama, parece que tenho a única bonita. Mas temos uso para algumas cozinheiras e lavadeiras.

— Então persiste deliberadamente nesse insulto a Apolo Senhor do Sol? Continua a insultar o grão-sacerdote dele? — exigiu Crises.

Agamemnon falou devagar, como se para uma criança jovem ou um idiota.

— Ouça bem, sacerdote — ele disse. — Eu venero o Trovejante do Céu, Zeus, e o Sacudidor da Terra, Poseidon, Senhor dos Cavalos. Não me meto nos negócios de Apolo, ele não é meu deus. Mas, do mesmo modo, seu Apolo faria bem em não se meter comigo. Essa mulher na minha tenda é minha, e não vou soltá-la nem pagar dote de noiva por ela, e isso é tudo que tenho a dizer. Agora vão.

Controlando sua raiva, Crises retrucou:

— Agamemnon, lanço sobre você minha maldição, você é um homem que quebrou as leis sagradas, e nenhum filho seu vai honrar sua cova. E, se não teme minha maldição, então tema a maldição de Apolo, pois é a maldição dele que lanço sobre seu povo, e não vão escapar. As flechas dele vão cair sobre todos vocês, assim declaro.

— Declare o que quiser — disse Agamemnon. — Ouvi a raiva de meus inimigos antes, e é o som que mais agrada meu coração. Quanto a seu Senhor do Sol, eu desafio a maldição dele, que ele faça seu pior. Agora saiam do meu acampamento ou vou dizer a meus arqueiros para usá-los como alvo de treino.

— Que assim seja, senhor rei — declarou Crises. — O senhor há de ver quanto tempo pode desdenhar da maldição de Apolo.

Um dos arqueiros gritou:

— Devo atirar no troiano insolente, senhor Agamemnon?

— De jeito nenhum — disse Agamemnon em sua voz rica, profunda. — Ele é um sacerdote, não um guerreiro. Não mato mulheres, meninos pequenos, eunucos, cabras leiteiras e sacerdotes.

O riso das fileiras de arqueiro roubou muito da dignidade da saída de Crises, mas ele andou com firmeza sem olhar para trás; um por um, os sacerdotes e sacerdotisas o seguiram. Cassandra manteve os olhos baixos, mas conseguia sentir, por algum motivo, os olhos de Agamemnon sobre ela. Deveria ser apenas porque era a mais jovem das mulheres de Troia, sendo que todas as outras sacerdotisas tinham passado dos cinquenta, mas talvez fosse algo mais. Ela sabia apenas que não queria encontrar o olhar de Agamemnon.

E Criseida foi com esse homem – por vontade própria!

Eles subiram pela cidade até a sacada da casa do Senhor do Sol, que dava para as planícies diante de Troia. Crises havia desaparecido brevemente do grupo. Quando reapareceu, usava a máscara dourada do deus e trazia o arco ritual. Subitamente ele parecia ficar mais alto, mais imponente; os olhos de todos os aqueus lá embaixo se levantaram para onde ele estava. Crises levantou o arco e gritou: "Cuidado, vocês que ofenderam meu sacerdote!". Cassandra percebeu quem estava sob a máscara, e a voz forte, ressonante e mais que humana, ecoou por Troia até o canto mais distante do acampamento abaixo.

Esta é minha cidade, aqueus, eu os aviso solenemente.

Minha maldição e minhas flechas vão atingir cada homem entre vocês, se ao meu sacerdote não devolverem aquela que foi tomada de modo tão ilegal.

Cuidado com minha maldição e minhas flechas, eu os aviso, chefes ímpios!

Até mesmo Cassandra, acostumada com a voz do deus, estava paralisada de terror. Ela não conseguiria ter movido um músculo ou dito uma palavra.

Rapidamente, a forma que era e não era Crises disparou três flechas no ar. Uma delas caiu diretamente sobre o teto da tenda de Agamemnon; outra, diante da tenda de Aquiles; a terceira, bem no centro do acampamento. Cassandra observou, sentindo uma imobilidade apavorante, como se tivesse visto tudo aquilo antes. Era como se estivesse muito longe, e uma muralha grossa de vidro, ou o peso de um oceano, ondulasse diante dela, cortando o que ela via e ouvia.

A maldição de Apolo! Ela desceu sobre nós, ó, Senhor do Sol!

Foi uma maldição apenas sobre os aqueus?

No entanto, ela pensou, *se os aqueus estão amaldiçoados, de algum modo vamos sofrer por isso, estamos à mercê deles. Imagino se Príamo percebe isso. Se não, tenho certeza de que Heitor percebe.*

Então ela começou lentamente a tomar consciência do que acontecia em torno dela: o brilho do meio-dia, a luz refletida nas muralhas da cidade e nas planícies abaixo, o riso e zombarias dos aqueus. Eles pareciam achar que aquilo era uma farsa, um gesto. Jamais lhes ocorreu que talvez o próprio Apolo tivesse amaldiçoado o povo e o exército deles.

Ou eu sonhei isso?

Fosse qual fosse a verdade, havia coisas a serem feitas. Ela foi ao templo e foi colocada na tarefa de aceitar e registrar as oferendas. Depois de uma hora de contar e registrar odres de azeite e pães, sentia-se como se jamais tivesse saído de Troia.

Ela trabalhou até o pôr do sol. Quando tinha terminado as oferendas, foi cuidar das serpentes e ver que lugares tinham sido encontrados para elas. Então ela foi até Charis, a sacerdotisa mais antiga, e disse que sozinha não conseguiria cuidar com facilidade de tantas serpentes se tivesse outras obrigações, ela pediu alguém para treinar como ajudante e aprender a sabedoria das serpentes. Charis perguntou se Phyllida a deixaria satisfeita.

— Sim, ela sempre foi minha amiga — respondeu Cassandra, e Charis manou chamar Phyllida e perguntou se ela aceitava.

— Vou lhe ensinar tudo o que aprendi na Cólquida — prometeu Cassandra, e Phyllida pareceu contente.

— Isso, e se trabalharmos juntas, nossas crianças podem crescer juntas como irmão e irmã — disse Phyllida. — Fui eu que dei banho em sua pequenina ontem, e lhe dei o jantar. Ela é muito rápida e inteligente, e um dia será bonita também.

Cassandra suspeitou que Phyllida tivesse dito aquilo para lisonjeá-la, mas isso não a desagradou totalmente. Quando tudo tinha sido arranjado, saíram de novo para olhar para o acampamento aqueu. A luz e o calor do dia tinham amainado, e soprava um vento suave; viam areia voando no acampamento aqueu, e as formas de várias pessoas, algumas vestidas com as túnicas brancas dos servos de Apolo.

— Então não estavam tão despreocupados como pareciam — comentou Phyllida.

Ela não tinha participado da missão até o acampamento, mas soubera de tudo, e Cassandra via que nada se perdera na transmissão.

— Olhe — ela disse —, estão fazendo rituais para purificar o acampamento e agradar ao Senhor do Sol.

— Devem fazer isso, se desdenham da maldição dele — respondeu Cassandra.

— Não acho que são os soldados que desdenham da maldição dele — ponderou Phyllida. — Acho que só o próprio Agamemnon, e já sabemos que ele é um homem ímpio.

— O que estão fazendo agora? — perguntou Cassandra.

— Estão fazendo fogueiras para limpar o território — Phyllida disse, e então se encolheu do grande lamento de luto que se levantou dos aqueus.

Eles tinham tirado um corpo de uma das tendas e o colocavam nas chamas.

Estava muito longe para ouvir as palavras dos gritos de desespero, mas já tinham ouvido gritos como aqueles antes. Phyllida arquejou:

— A praga atingiu o acampamento deles!

E Cassandra disse, horrorizada:

— Isso, então é a maldição do Senhor do Sol!

***

Todas as manhãs e noites por dez dias observaram enquanto os corpos das vítimas da praga no acampamento eram queimados; depois do terceiro dia, os corpos erram arrastados por um longo caminho até a costa e queimados lá, por medo de contágio. Cassandra, que tinha visto a sujeira, imundície e desordem no acampamento, não ficou surpresa por haver doença, embora não fizesse pouco-caso da maldição do Senhor do Sol, e sabia que os aqueus acreditavam nisso. Ao amanhecer, ao meio-dia e de novo ao anoitecer, Crises andava pelas muralhas de Troia, usando a máscara de Apolo e carregando o arco do deus, e sempre que ele aparecia havia gritos e pedidos de misericórdia no acampamento dos aqueus.

Príamo proclamou que cada soldado e cidadão troiano deveria aparecer todas as manhãs diante dos sacerdotes de Apolo, e que qualquer um que demonstrasse sinais de doença deveria ser confinado sozinho na própria casa. Isso isolou algumas poucas pessoas com resfriados fortes, e um ou dois homens que tinham sido indiscriminados ao explorar o distrito das mulheres. Ele fechou dois ou três bordéis e também um mercado imundo, mas não havia sinais, até o momento, de praga dentro das muralhas de Troia. Ele declarou um feriado para rezas e sacrifícios para Apolo, implorando que a cidade continuasse a ser poupada da maldição. No entanto, quando Crises requisitou uma audiência e pediu a Príamo para também exigir a volta de Criseida, recebeu uma resposta ríspida:

— Você chamou um deus para seu lado, e, se isso não é o suficiente, o que mais acha que um mortal, até mesmo o rei de Troia, poderia fazer?

— Quer dizer que não fará nada para me ajudar?

— Por que deveria me importar com o que acontece com sua filha desgraçada? Poderia ter tido um sentimento camarada de pai, se tivesse me pedido três anos atrás, quando ela foi levada, mas você não apelou a mim antes disso, não acredito que tenha muita necessidade da minha ajuda – exceto talvez para se gabar de que o rei de Troia é seu aliado — disse Príamo.

Crises retrucou, irritado:

— Se joguei a maldição de Apolo sobre o acampamento argivo, posso amaldiçoar Troia com a mesma facilidade...

Príamo levantou a mão para fazê-lo parar.

— Não! — ele trovejou. — Nem uma palavra! Levante um dedo ou fale uma sílaba para amaldiçoar Troia, e, pelo próprio Apolo, juro que vou em pessoa jogá-lo da muralha mais alta da cidade no acampamento dos aqueus!

— Como Vossa Majestade deseja — disse Crises, curvando-se profundamente e saindo.

Príamo fez uma careta, ainda irritado.

— Aquele homem é orgulhoso demais! Vocês o ouviram ameaçando amaldiçoar a própria Troia! — Ele olhou para os conselheiros na sua sala do trono. — Se ele algum dia pedir uma audiência comigo de novo, certifique-se de que eu não tenha tempo para falar com ele!

Cassandra não ficou desgostosa com a conversa. Um velho medo ainda estivera no fundo de sua mente: que se Crises, como havia ameaçado uma vez, fosse até Príamo e a pedisse em casamento, o pai fosse ficar feliz em confiá-la, mesmo sem que ela desejasse, a um casamento – qualquer casamento –, e não visse razão para recusar o pedido de um sacerdote de Apolo aparentemente respeitável. Agora que sabia que Príamo achava Crises quase tão desagradável quanto ela achava, soltou um suspiro de alívio.

VINTE E UM

POR DEZ DIAS OBSERVARAM A PRAGA ASSOLAR O ACAMPAMENTO AQUEU. No décimo dia, os soldados arrastaram um cavalo branco nobre e o sacrificaram a Apolo, e um tempo depois um mensageiro com o cajado de serpente de Apolo foi até a cidade e pediu uma trégua para falar com os sacerdotes do deus.

— Uma delegação vai descer até o acampamento — disseram a ele.

Crises, é claro, era o primeiro entre eles. Cassandra não perguntou se deveria se juntar ao grupo, simplesmente saiu para vestir as túnicas cerimoniais e foi com eles.

Agamemnon, Aquiles e vários outros líderes, entre os quais Cassandra reconheceu Odisseu e Pátroclo, estavam alinhados em fileiras atrás dos sacerdotes de Apolo. O sacerdote principal entre os aqueus, um homem magro, forte, que parecia um atleta, abordou Crises.

— Parece — ele disse — que o imortal está zangado conosco, por fim. Mas eu lhe pergunto, colega, aceitaria presentes de nós?

Crises informou:

— Quero minha filha de volta, ou devidamente casada com o homem que a levou, a quem ela foi como uma donzela inocente…

Agamemnon soltou uma risada, mas não disse nada, aparentemente tinha concordado em deixar que os sacerdotes falassem por ele.

— Não se pode esperar — o sacerdote começou — que o rei de Micenas fosse concordar em se casar com uma prisioneira de guerra, quando ele já tem uma rainha.

— Muito bem — declarou Crises —, se ele não vai se casar com minha filha, então eu a quero de volta, e um dote apropriado, já que ela já não é mais virgem e não posso arranjar um marido para ela sem um dote.

Os sacerdotes conversaram por um momento. Por fim, disseram:

— E se fôssemos oferecer ao senhor uma escolha entre todas as mulheres de todas as cidades que saqueamos no continente, donzela por donzela?

— Acham que sou um libertino? — perguntou Crises, a voz fervilhando de indignação. — Sou um pai que sofre, e invoco Apolo para que o mal que me foi feito seja reparado.

— Bem, Agamemnon — disse o sacerdote argivo —, parece que não há alternativa, devemos agir com simples justiça e devolver a filha do homem.

Agamemnon se endireitou e cruzou os braços.

— Nunca! A garota é minha.

— Mas ela não é — respondeu o sacerdote. — O senhor a levou quando deveria haver uma trégua, no plantio de primavera, e a Mãe Terra está desgostosa com essa impiedade.

— Nenhuma mulher, nem mesmo uma deusa, me diz o que não posso fazer — Agamemnon o contrariou.

Cassandra notou um tremor visível nas fileiras de homens, e Odisseu em particular pareceu desgostoso.

— Os imortais — ponderou Odisseu — odeiam tal orgulho, já que pertence apenas a eles, Agamemnon. Vamos, devolva a garota, e pague ao pai dela o preço de noiva legal dela.

— Se eu abrir mão da garota... — Agamemnon hesitou pela primeira vez, notando que os outros chefes o encaravam com raiva. — Se abrir mão da garota — ele repetiu —, por que vocês todos devem manter os prêmios que conseguiram e rir de mim? Você, Aquiles, se sou forçado a abrir mão da minha, vai abrir mão da mulher em sua tenda?

Aquiles rosnou:

— Não sou tolo o suficiente para roubar a minha de um sacerdote de Apolo e nos colocar sob uma maldição, Agamemnon. Minha mulher veio para mim porque gostava mais de mim do que de qualquer um dos filhos de Príamo dentro de Troia. E, já que vim para Troia para agradá-lo, Agamemnon, quando por direito deveria estar lutando ao lado dos meus parentes troianos, não vejo por que minha mulher deveria entrar nisso. Ela é uma boa menina, veio até mim pela própria vontade, e é habilidosa em todo tipo de trabalho feminino. Tinha pensado em levá-la para casa comigo – se algum dia voltar dessa guerra – e torná-la minha esposa, já que, diferentemente de você, não me casei com alguma rainha velha para governar a cidade dela.

Agamemnon cerrou os dentes. Cassandra percebia que ele fazia um grande esforço para tentar controlar o gênio.

— Quanto a minha rainha — ele disse —, eu o recordo, minha rainha é irmã gêmea daquela Helena que foi considerada bela o suficiente para que sua perda fosse o começo dessa guerra. E se ela também era rainha por seu próprio direito de uma grande cidade, isso a tornava menos digna? Ela me deu filhos nobres, e que isso seja o suficiente sobre ela.

— Sim, suficiente — disse o chefe dos sacerdotes. — Agamemnon, jurou que faria o que fosse necessário para nos salvar dessa praga, então determinamos que a garota Criseida deve ser devolvida ao pai. Vamos todos juntar o dote que ele pede.

Os punhos de Agamemnon estavam fechados, e a mandíbula estava tão apertada que Cassandra se perguntou se os dentes dele iriam se quebrar.

— Todos dizem isso — ele exigiu —, apesar de tudo que fiz por vocês? Seria merecido se eu dissesse: "Arranjem outro para liderar seus exércitos". Você, Menelau… você também fica ao lado dessas pessoas para me roubar?

O homem magro de cabelos castanhos e uma pequena barba encaracolada trocou o peso dos pés, desconfortável. Ele disse:

— Prefiro não sofrer a ira de Apolo por sua impiedade – ou sua má sorte, ou maus modos – ao tomar uma garota que deveria ter sido deixada em paz.

— Como eu poderia saber que o pai da maldita garota era um sacerdote, ou me importar em saber? Acha que passamos nosso tempo falando do pai dela? — Agamemnon enfureceu-se.

A sacerdotisa atrás de Cassandra apertou os lábios para não rir e murmurou baixo:

— Com certeza não passou aprendendo a ter modos. — E foi a vez de Cassandra apertar os lábios para segurar o riso.

A cabeça de Agamemnon virou na direção das mulheres, e ele parecia mais furioso que nunca.

— Muito bem — ele disse. — Já que vocês todos conspiram contra mim para que eu seja roubado, peguem a garota e malditos sejam. Mas então eu serei recompensado com a mulher na tenda de Aquiles.

Aquiles saiu do meio das fileiras de aqueus e gritou:

— Não! Só vai pegá-la por cima do meu cadáver!

— Imagino que possa arranjar isso, se insiste — Agamemnon disse, com enfado. — Pátroclo, não consegue controlar esse rapaz selvagem? Ele mal tem idade para se meter nos assuntos dos homens. Vamos, Aquiles, o que precisa com uma mulher, na sua idade? Vou lhe mandar uma caixa de brinquedos que guardei para meu próprio filho.

Os olhos de Cassandra se apertaram. *Agamemnon não deveria ter dito isso. Aquiles é jovem, mas não jovem o suficiente para ser provocado dessa maneira sem se vingar.*

O chefe dos sacerdotes dos troianos disse:

— Crises, tem um manto para Criseida? Com a praga aqui, ela não deve levar nenhuma roupa para nosso acampamento. O que ela estiver usando deve ser queimado antes de entrar em Troia, e ela deve ter o cabelo cortado.

Crises mostrou uma túnica comprida e um manto.

— Queimem as roupas que essas pessoas deram a ela — ele ordenou. — Mas o cabelo também?

— Sinto muito, esse é o único jeito de ter certeza de que ela não carrega a praga — disse o sacerdote. Agamemnon voltou de sua tenda com Criseida, e Crises se adiantou para abraçá-la, mas o sacerdote o impediu.

— Deixe que as mulheres a dispam e levem as roupas dela para serem queimadas primeiro — ele orientou, e Charis e Cassandra foram até Criseida, as outras mulheres formando um círculo em torno delas para escondê-la enquanto o vestido e o avental eram tirados e jogados no chão.

Com dignidade, Criseida as ignorou. Mas, quando Charis desfez suas tranças e pegou uma faca para cortar o cabelo, ela se afastou.

— Não, suportei todo o resto, mas não vai me transformar em motivo de zombaria pelos cabelos cortados, não sinto necessidade de purificação ou de penitência!

Charis disse gentilmente:

— É apenas por medo da praga, você vem de uma cidade infectada para uma que até agora está limpa.

— Não tive a praga nem estive perto de ninguém que tem — garantiu Criseida, chorando. — Não corte meu cabelo!

— Sinto muito, precisamos — disse Charis, pegando o cabelo e cortando na altura da nuca.

Criseida soluçava inconsolavelmente.

— Ah, veja o que fez! Que figura de zombaria serei, com todos rindo e zombando! Você sempre me odiou, Cassandra! E agora fez isso comigo…

— Que criança tola você é — Charis disse bruscamente. — Fizemos o que os sacerdotes pediram, nada mais. Não culpe Cassandra.

Ela vestiu a túnica que Crises tinha trazido sobre os ombros de Criseida.

— Não tenho alfinete, vai precisar segurá-la sobre os seios.

— Não — Criseida disse, emburrada. — Se não tem um alfinete, pode cair aberta, pelo que me importa.

Charis deu de ombros.

— Se quer cada soldado aqueu olhando para seus seios nus, é problema seu — ela disse —, mas pode perturbar seu pai. Pelo bem dele, segure a túnica para que sua modéstia seja preservada.

Ela fez um sinal para que as mulheres fizessem uma abertura no círculo, a fim de que Criseida pudesse se aproximar do pai. Agamemnon deu um passo em direção dela, mas Odisseu o segurou, falando com ele com urgência em tom baixo.

VINTE E DOIS

No dia seguinte àquele em que Criseida havia voltado para Troia, Cassandra foi convocada para jantar com os pais no palácio e pensou que Príamo queria perguntar a ela como a conversa tinha ocorrido. Além do rei e da rainha, estavam Creusa e Eneias, Heitor e Andrômaca, com o filhinho deles, e Helena e Páris com os filhos. Nikos, um belo menino, era um ano mais velho que o filho de Heitor; os gêmeos estavam correndo pelo lugar, mas não eram nenhum problema em particular, já que cada um tinha sua própria aia para mantê-lo sob controle razoável.

Parecia estranho a Cassandra que os anos de guerra tivessem causado poucas mudanças no salão de jantar do palácio. As pinturas nas paredes estavam um pouco desbotadas e rachadas, imaginava que os servos do palácio que poderiam repintá-las tinham outras obrigações, se não estivessem no exército. Havia muitos tipos de comida, incluindo peixe fresco – embora, de fato, não houvesse muito. Andrômaca disse a ela que os aqueus tinham sujado o porto, de modo que os melhores peixes estavam mais longe no mar, e ninguém poderia sair com os barcos de pesca através do bloqueio dos soldados aqueus.

— E, quando um barco sai — ela completou —, os aqueus o puxam para a costa e pegam a maior parte dos melhores peixes.

Mas havia uma abundância de frutas, pão de cevada e mel, além de vinho das uvas colhidas das videiras que cresciam fartas como ervas daninhas por toda a cidade.

Príamo insistiu que Cassandra repetisse cada palavra trocada nas negociações. Ele balançou a cabeça com raiva quando ouviu sobre a arrogância de Agamemnon, e disse:

— Não vi mais vítimas da praga no acampamento argivo, e que os deuses permitam que nada venha para nossa cidade. Então a garota voltou em segurança para nós. O que o pai dela vai fazer com ela agora?

— Não sei, não perguntei a ele — respondeu Cassandra, pensando: *Nem tenho intenção de fazer isso, e não me importo.* — Imagino — disse — que ele vá encontrar um marido para ela com o dote dado pelos aqueus. Eles pareciam ansiosos para aplacar o Senhor do Sol. E, depois da praga, como deixar de dar razão a eles?

— Nenhum dos líderes aqueus morreu na praga, imagino?

— Nenhum que eu saiba — disse Eneias. — Certamente nem Agamemnon nem Aquiles sofreram, mas quase trocaram socos assim que Criseida deixou o acampamento. No fim, Agamemnon voltou batendo os pés para sua tenda, e Aquiles para a dele, parece que houve uma briga...

— Houve — disse Cassandra, contando a eles que Agamemnon tinha insistido em ser recompensado com Briseida se sua mulher fosse tirada dele, e o que Aquiles tinha dito sobre isso.

— Isso explica o que vi depois, embora não soubesse o que significava, claro — disse Eneias. — Alguns soldados de Agamemnon foram até a tenda de Aquiles, e houve algum tipo de briga entre eles e os homens de Aquiles, então Odisseu veio e falou com todos eles por um longo tempo. Depois disso, os soldados de Aquiles estavam tirando estandartes e decorações, parecia que recolhiam tudo para ir embora.

— Que isso seja a vontade dos deuses — disse Heitor. — Agamemnon é um inimigo honrado, Aquiles é louco. Prefiro lutar com homens sãos.

Cassandra estava com sua homônima, filha de Creusa, no colo. Ela ponderou:

— Acho que nenhum homem que luta nessa guerra é são.

— Todos nós sabemos o que você pensa, Cassandra — rebateu Heitor —, e estamos cansados de ouvir.

— Heitor, realmente acha que podemos vencer essa guerra? Se os deuses estão zangados com Troia...

— Não vi nenhum sinal da raiva deles — disse Heitor. — Agora, parece que o Senhor do Sol, ao menos, está zangado com os aqueus. Com Aquiles indo embora, não temo o resto deles. Vamos lutar com eles e vencer com honra, e então vamos fazer uma trégua e viver em paz com eles – se tivermos sorte, pelo resto de nossas vidas.

— E o que vai acontecer conosco? — perguntou Páris.

Ele estava sentado ao lado de Helena, que dava fruta amassada a um dos gêmeos com uma colher de osso. Helena parecia quieta e pacífica, amável, pensou Cassandra, mas sem nenhum traço da beleza assombrosa que mostrava quando era habitada por Afrodite.

— Se a paz vier para nós — disse Andrômaca —, haverá paz para você também, e poderá viver a vida com seus filhos como desejar.

— Será um mundo tedioso sem guerra — retrucou Heitor, bocejando.

Páris discordou.

— Já tive mais guerra do que me importo em ver. Deve haver coisas melhores para fazer com uma vida.

— Você parece nossa irmã — disse Heitor. — Mas a paz virá, goste ou não; se tudo mais falhar, haverá paz no túmulo, e um fim para toda a luta e conversas de honra.

Cassandra ironizou:

— Parece um céu especialmente feito pelo deus de Aquiles.

— Sem céu para mim, então — disse Páris. — Basta lutar aqui, não pretendo passar a vida no além fazendo isso.

— Quer dizer que não *escolheria* passar a vida no além fazendo isso — Heitor observou. — Não tenho tanta certeza de que teremos escolha.

Naquele momento houve uma comoção alta, as crianças estavam brincando na ponta do salão, e lá havia sons de espadas de madeira e gritos infantis altos. Heitor e Páris viram que o pequeno Astíanax e o filho de Helena, Nikos, estavam deitados no chão, lutando e trocando socos, ambos gritando de modo incoerente, os rostos vermelhos e molhados de lágrimas.

Helena e Andrômaca correram para pegar os filhos, e quando voltaram, cada uma com um menininho uivando debaixo do braço, Heitor fez um gesto para as mulheres colocarem os meninos no chão.

— Aqui, rapazes, o que é tudo isso? Não há guerra suficiente fora dos portões, precisamos ter guerra na hora do jantar também? Astíanax, Nikos é nosso convidado em Troia, um convidado merece nossa hospitalidade. Além disso, ele é menor que você. Por que bateu nele?

— Porque ele é um covarde como o pai dele — Astíanax declarou, com uma careta, enfiando os punhos nos olhos.

Nikos chutou as canelas dele, e Astíanax murmurou:

— Bem, o *senhor* disse isso, pai.

Heitor se esforçou para manter o rosto sério.

— Não, Astíanax, eu disse que o pai dele, Menelau, é um inimigo honrado. Páris não é pai dele, você sabe. Além disso — ele levantou a voz quando os dois meninos começaram a gritar ao mesmo tempo —, seja lá quem disse isso, sempre há trégua na hora do jantar. Se o próprio Agamemnon viesse para esta mesa, seria minha obrigação como homem honrado alimentá-lo se ele estivesse com fome. A primeira obrigação que devemos aos deuses é a hospitalidade. Está me escutando?

— Sim, senhor — murmurou Astíanax, e Heitor se virou para Helena.

— Senhora, peço que mantenha seu filho em ordem durante o jantar, por respeito ao meu pai e minha mãe, ou o mande embora com a babá — ele ordenou.

— Vou tentar — ela murmurou.

Páris parecia ameaçador, mas não ousou contrariar Heitor; ninguém ousava, naqueles dias.

Cassandra se dedicou às frutas com mel que apareceram em seu prato no fim da refeição e perguntou a Príamo:

— Há algum sinal de que as aias de mamãe podem ser trocadas ou devolvidas?

— Ainda não — rosnou Príamo. — A filha daquele maldito sacerdote, uma praga nela, pois Apolo ficou ao seu lado — ele completou, com um gesto devoto —, fez as negociações pararem de modo tão súbito que, se fossem uma carruagem, estaríamos com as rodas para o ar na estrada! Quando pudermos, vamos tentar de novo, mas no momento temo que não haja esperança.

Creusa se levantou, aninhando a filha nos braços.

— Preciso levar a pequenina para a cama — ela anunciou para todos. — Helena, pode vir comigo?

Cassandra também se levantou.

— Eu também digo boa noite — ela disse. — Mãe, pai, boa noite e obrigada, com certeza jantei melhor à mesa de vocês do que no refeitório das sacerdotisas.

— Não vejo por que deveria ser assim — Príamo alegou, com a voz rouca. — Eles recebem o melhor de tudo lá.

Eneias disse:

— Com sua licença, senhor, vou andar pela cidade com a senhora Cassandra, está tarde, e pode haver gentalha por aí, agora que todos os homens decentes e capazes estão com os soldados lá embaixo.

— Eu agradeço, cunhado, mas, de verdade, não é necessário.

— Deixe que ele vá com você, Cassandra — Hécuba ordenou com firmeza. — Vai me deixar mais sossegada. Polixena não está conosco hoje porque o Templo da Donzela não tinha um homem para escoltá-la.

— Ora, onde está Polixena? — perguntou Cassandra.

Ela tinha notado a ausência da irmã, mas, até onde sabia, Polixena poderia ter sido casada com algum rei ou guerreiro no fim do mundo.

— Ela serve à Deusa Donzela, é uma longa história — Hécuba disse em um tom que indicava que, longa ou curta, ela não tinha intenção de contá-la agora.

Cassandra beijou a mãe e as crianças, e deixou Eneias, em vez de um criado, colocar o manto sobre seus ombros. Heitor também se levantou, abraçando a mulher e o filho, e nas portas do palácio se despediu de Eneias e Cassandra.

— Está mais bonita do que quando foi para a Cólquida — ele disse, com bondade. — Há uma balada que diz que você é bela o suficiente para o desejo de Apolo. Se desejasse, tenho certeza de que nosso pai encontraria um marido para você, sem toda aquela bobagem que levou Polixena para o Templo da Donzela.

— Não, caro irmão, estou feliz na casa do Senhor do Sol — ela respondeu, mas retribuiu o abraço dele com afeto real, sabendo que ele lhe queria bem.

Não estava particularmente escuro enquanto subiam as ruas íngremes, pois a lua estava subindo, redonda e brilhante. Eneias fez uma pausa em um momento para olhar para a planície onde estava o exército argivo.

— Se Agamemnon e Aquiles não tivessem brigado, esse seria o tipo de noite na qual não seria sábio que Heitor jantasse em casa com a família — disse Eneias. — Normalmente, nos últimos três anos, nas noites de lua cheia temos um ataque vindo do mar. Mas olhe, tudo está escuro lá embaixo – exceto pela tenda de Aquiles, onde, ouso dizer, ainda estão discutindo e bebendo vinho.

— Eneias, o que é tudo isso sobre Polixena?

— Ah, Senhor — ele disse —, não sei a história inteira, ninguém sabe. Aquiles... bem, Príamo a ofereceu para Aquiles, esperando causar problemas nas fileiras de aqueus. Seu pai... depois disso, ele andou por aí dizendo que ela era tão bela quanto a Helena espartana, e ele a daria para o mais poderoso...

— O quê? Polixena, tão bela quanto Helena? A visão dele está falhando com a idade?

— Acho que ele estava tentando criar problemas com os aqueus, ele a ofereceu ao rei de Creta...

— Idomeneu? Mas ouvi que ele tinha se juntado a Agamemnon do lado dos aqueus. É traição, é claro, o povo minoico tem sido nosso parente e aliado desde antes do afundamento de Atlântida.

— Bem, seja como for, Príamo tentou oferecê-la como esposa para muitas pessoas do povo da ilha, mas todos os que queriam aceitar estavam entre os apoiadores dos aqueus. E por fim Polixena se rebelou...

— Rebelou? Mas Polixena sempre fez o que mandavam — protestou Cassandra.

— E assim ela fez, mas disse que por fim sentia-se como um pote sendo vendido no mercado, e um pote quebrado que ninguém queria comprar – e jurou servir à Deusa Donzela. Onde está até hoje. Príamo ficou mais bravo com ela do que quando você foi servir ao Senhor do Sol.

— Devo achar que sim — disse Cassandra. — Desde que era uma menininha, meu pai sempre me viu como uma rebelde, mas quando Polixena desobedeceu deve ter sido como se o coelho de estimação de uma criança tivesse se virado e a mordido.

— Isso, exatamente assim, acho. Sua mãe ficou muito perturbada.

— Sim — disse Cassandra —, mamãe nos criou para pensarmos sozinhas, e então fica chocada e brava quando fazemos isso. Estou feliz que minha irmã tenha tomado a própria decisão.

Eles andaram em silêncio pela rua íngreme. Cassandra tropeçou no escuro, e Eneias a pegou rapidamente.

— Olhe onde pisa! — ele ralhou. — É uma queda longa!

O braço dele estava em torno dela. Eneias não usava armadura, apenas túnica e manto, e, contra o corpo dela, o dele era quente e forte. Cassandra deixou que ele a segurasse pelos passos seguintes, mas, quando foi se endireitar, ele apertou mais a cintura dela e curvou o rosto para o dela. No escuro, os lábios deles se encontraram antes que ela se afastasse.

— Não — ela disse, suplicante, afastando-se. — Não, Eneias. Não você também.

Ele não a soltou de uma vez, mas levantou a cabeça e sussurrou:

— Desde a primeira vez que coloquei os olhos em você, Cassandra, a desejei. E de algum jeito achei que isso… que isso não era de todo desagradável para você.

Ela falou, descobrindo que a voz tremia:

— Se fosse de outro modo… mas fiz voto de castidade, e você é o marido da minha irmã.

— Não por minha escolha, não pela escolha de Creusa — Eneias disse baixo. — Fomos casados pela vontade da minha família e da sua.

— Ainda assim, está feito — respondeu Cassandra. — Não sou Helena para abandonar um juramento de honra… — Mas ela deixou a cabeça pousar no braço forte dele.

Sentiu-se fraca, como se suas pernas não a sustentassem mais em pé com firmeza.

Eneias falou, ainda em voz baixa:

— Acho que muito se fala em honra e dever. Por que Helena deveria permanecer fiel a Menelau? Ela foi dada a ele sem um pensamento sobre sua felicidade. Somos colocados nesta terra apenas para cumprir nossas obrigações com nossas famílias? Não recebemos vida dos deuses para que possamos criar vida para nós, para algo bom em nosso próprio coração, mente e alma?

— Se você se sente assim — Cassandra perguntou com precisão, endireitando-se um pouco (sentia-se fria longe do braço de Eneias) —, por que concordou em se casar com ela, para começar?

— Ah, eu era mais jovem na época — explicou Eneias —, e por toda a vida me disseram que era minha obrigação me casar com qualquer princesa que encontrassem para mim. Naquele tempo, eu ainda acreditava que uma mulher era muito parecida com a outra.

— E não é?

— Não — Eneias disse com violência. — Não, não é. Creusa é uma boa mulher, mas vocês são tão diferentes quanto água de fonte e vinho. Não digo nada contra a mãe de meus filhos, mas na época nunca tinha visto uma mulher que significasse mais para mim do que qualquer outra, uma que eu realmente desejasse, uma que falasse como um igual, um camarada. Cassandra, eu juro, se antes de me casar com Creusa eu tivesse a oportunidade de conversar com você uma dezena de vezes, teria dito a Príamo e ao meu pai que não me casaria com outra mulher sob os céus, que teria você ou seguiria solteiro para a cova.

Ela sentia-se atordoada.

— Você não pode estar falando sério, está zombando de mim — ela murmurou.

— Por que eu iria querer fazer isso? — ele exigiu. — Eu não quis – não quero – perturbar minha vida, atrapalhar sua paz ou machucar Creusa, mas acho que a deusa do amor que pregou uma peça tão cruel em Páris escolheu jogar a discórdia no meu caminho também, e achei que deveria dizer a você, uma vez, o que sentia.

Ela estendeu a mão, mal percebendo que fazia isso, e tocou a dele; ele apertou os dedos com força sobre os dela e disse em voz baixa:

— Quando vi você pela primeira vez, Cassandra, sentada entre as garotas, com os olhos baixos em modéstia, soube de uma vez que era você quem eu desejava, e que deveria ter me levantado de uma vez e proclamado isso a Príamo e ao meu pai…

O pensamento fez Cassandra sorrir.

— E o que Creusa diria sobre isso?

— Eu não deixaria isso ter importância para mim — disse Eneias. — Era a minha vida que estava sendo colocada na balança. Diga-me, Cassandra, teria me aceitado como marido? Se eu tivesse recusado Creusa e exigido você no lugar dela como preço de minha luta por Troia…

O coração dela batia tão rápido quanto as palavras agitadas dele.

— Não sei — ela por fim disse. — O que eu pudesse ter dito ou feito na época, agora é tarde demais para pensar nisso.

— Não precisa ser tarde demais — ele respondeu, e a puxou para seus braços.

Ela não percebeu que chorava até que o dedo de Eneias limpou uma lágrima.

— Não chore, Cassandra, não quero deixá-la infeliz. Mas não consigo suportar pensar que, agora que descobri que é você quem amo, jamais poderá haver nada mais que isso para nós.

Ele a envolveu em um abraço tão forte, tão totalmente persuasivo, que nada fora parecia existir; ela se afogava, sufocava, apagada até a não existência, incapaz de pensar. De qualquer modo, depois de um tempo que pareceu longo demais – mas muito curto –, ela se endireitou e ficou de pé, limpando os olhos com as vestes. *Então é assim que é.*

Ela sabia que sua voz tremia ao dizer:

— Você é marido de minha irmã, você é meu *irmão.*

— Pela minha própria ancestral imortal! Não acha que pensei nisso até ficar enjoado? — ele murmurou. — Só posso implorar que não se zangue comigo.

— Não — ela disse, e soou tão tolamente inadequado para o momento entre eles que ela começou a rir em desamparo —, não, não estou zangada com você, Eneias.

Ele a puxou de novo para um abraço contra o qual ela não queria e não podia lutar, mas dessa vez havia também cautela, como se ele estivesse tomando muito cuidado para não a ferir ou assustar. Ele disse no ouvido dela:

— Diga-me que você também gosta de mim, Cassandra.

— Ah, deuses — ela respondeu, desamparada —, precisa perguntar? A boca dela estava tão apertada contra ele que ela imaginou como ele poderia entender suas palavras.

— Não — ele disse —, não preciso perguntar, mas preciso ouvir você dizer isso. Acho que não consigo seguir vivendo a não ser que ouça você dizer isso.

De repente Cassandra se encheu com a sensação mais inacreditável de generosidade. Estava em seu poder dar a ele algo que ele queria tanto. Ela se inclinou contra ele de novo e sussurrou:

— Eu gosto de você. Acho… acho que o amei desde a primeira vez que o vi.

E ela sentiu que ele se movia suavemente contra ela, como se fosse onde ele sempre quisera estar. Ele tocava apenas os dedos dela, mas aquele toque era de algum modo mais próximo que um abraço. Ela queria que ele a abraçasse de novo, no entanto, sabia que, se ele fizesse isso, ela, e somente ela, seria responsável pelo que acontecesse.

Ela disse em voz baixa:

— Eneias… — E parou.

— O quê, Cassandra?

— Acho... — Ela sussurrou com uma sensação sobrepujante de assombro. — Acho que só queria me ouvir dizendo seu nome.

Ele apertou os braços em torno dela, mas com gentileza, como se temesse que o mais leve toque fosse quebrá-la. Ele disse:

— Meu amorzinho. Eu não sei... não tenho certeza do que quero, mas não é seduzi-la para minha cama; *isso* consigo de qualquer uma, a qualquer hora. Eu a amo, Cassandra. Queria dizer isso a você, tentar fazê-la entender...

— Eu entendo. — Ela apertou a mão na dele.

Sobre eles, a lua pendia tão brilhante que ela via o rosto dele como se fosse dia.

— Olhe — ele disse —, todas as fogueiras do acampamento dos aqueus estão apagadas. É muito tarde. Deve estar cansada, devo deixá-la ir.

Era tarde. Ela se afastou um pouco, sentindo-se fria fora dos braços dele, e ofereceu a mão. Ele se curvou até bem perto, mas não a beijou de novo. Ele sussurrou:

— Boa noite, meu amorzinho, e que a Deusa a guarde. Vou ficar aqui até que tenha passado em segurança pelos portões da casa do Senhor do Sol.

Ela subiu os últimos degraus sozinha e bateu no portão, que foi aberto por dentro.

— Ah, princesa Cassandra — chamou um dos servos do templo ao abrir o portão —, está voltando de um jantar com seus pais no palácio? A senhora andou sozinha?

— Não, o senhor Eneias me acompanhou — ela disse, e o jovem enfiou a cabeça para fora.

— O senhor Eneias gostaria de uma tocha acesa para o caminho de volta para baixo?

— Não, obrigado — Eneias respondeu, cortês. — A lua está muito brilhante.

Ele se curvou para Cassandra.

— Boa noite, minha irmã e minha senhora.

— Boa noite — ela disse, e quando estava fora do alcance de ouvidos, ela se ouviu murmurar: — Boa noite, meu amor.

Ela estava tomada de consternação. Tinha jurado – sem saber nada sobre isso – que jamais serviria à deusa Afrodite nem sucumbiria a esse tipo de paixão.

E agora ela era como qualquer uma das servas da deusa acaia.

VINTE E TRÊS

Os soldados de Aquiles carregavam seus navios. A briga no acampamento aqueu evidentemente não havia abrandado. Um dos agentes prediletos de Príamo, uma velha que vendia bolos no acampamento aqueu e voltava para dentro das muralhas todos os dias ao meio-dia para um novo suprimento (e uma longa conversa com o capitão da vigia), reportou que Aquiles não havia se mexido em sua tenda. Pátroclo tinha tentado convencer os soldados a não partir, mas sem muito sucesso.

Pátroclo, ela havia dito, era estimado por todos os soldados, mas todos sentiam que a lealdade deles pertencia a Aquiles, e, se ele tinha decidido desistir da luta, também desistiriam.

No meio da manhã, Cassandra desceu até a muralha para ver por si mesma, com a maioria das mulheres da casa de Príamo: Hécuba, Andrômaca, Helena e Creusa.

Elas ouviram o relato da velha dos bolos e se perguntaram o que isso significaria para a causa dos aqueus.

— Não muito — disse Páris, que era capitão da vigia naquela manhã. — Aquiles é maníaco por lutar, mas Agamemnon e Odisseu são os cérebros da campanha. Aquiles é ótimo no combate um a um, é claro, e conduz sua carruagem como um encrenqueiro, aqueles mirmidões dele o seguiriam em uma investida sobre a beirada do mundo.

— Que pena que ninguém consegue convencê-lo a fazer isso — murmurou Creusa. — Isso resolveria a maioria de nossos problemas – com Aquiles, pelo menos. Alguém conhece um imortal amigável que possa aparecer na forma de Aquiles e liderar os homens dele em alguma missão urgente em algum lugar do outro lado do mundo, ou convencê-lo de que precisam dele em casa desesperadamente?

— Mas a questão é — disse Páris, ignorando-a — que isso é tudo que Aquiles tem a seu favor, ele é louco por matança. Não sabe uma maldita coisa sobre estratégia ou táticas de guerra. Perder Aquiles da guerra, ele voltar para casa como um menininho dizendo "não brinco mais", não é um grande golpe para os aqueus. Seria bem pior para eles, e melhor para nós, se perdessem Agamemnon, ou Odisseu, ou até mesmo Menelau.

— Que pena que não conseguimos pensar em um jeito inteligente de nos livrarmos de um deles — disse Hécuba.

— Quase aconteceu — observou Páris. — Essa disputa entre Aquiles e Agamemnon significou que precisariam perder um ou outro. Perder Aquiles frustrou os soldados – é o ídolo deles –, mas os líderes sabiam que não poderiam perder Agamemnon, ou toda a campanha iria abaixo. Por que mais acha que o deixariam tomar a garota de Aquiles? Eles sabem como Agamemnon é importante para toda a campanha. Por que acham que Aquiles está emburrado? Foi demonstrado muito claramente que ele não é nem de perto tão importante – para ninguém – quanto Agamemnon.

— Bem, alguma coisa está acontecendo lá — disse Helena. — Olhem, ali está Agamemnon – com Menelau atrás dele, como de costume – e o arauto dele.

Cassandra já tinha visto o arauto antes: um jovem alto que talvez fosse franzino demais para ter grande utilidade com a espada ou o escudo, mas que tinha uma voz grossa esplêndida que conseguia fazer soar por todo o acampamento. "Desperdício de um belo músico", Crises tinha dito uma vez, e de fato ele teria dado um menestrel ou cantor esplêndido.

Agora Agamemnon dava ordens a ele, e o arauto andava através do acampamento e – sim – na direção da base da muralha. Páris pegou seu escudo alto em forma de laço, colocou o elmo na cabeça e saiu para a muralha. O arauto gritou:

— *Páris, filho de Príamo!*

— Esse eu sou — disse Páris, sua voz parecendo pequena e juvenil depois dos tons treinados e ressoantes do arauto. — O que quer comigo? E se Agamemnon tem uma mensagem para mim, por que não vem para o alcance das muralhas ele mesmo, em vez de – como um covarde – mandar você, que não posso alvejar dentro da lei?

Ele continuou, rindo:

— Quando vão declarar aberta a temporada de caça aos arautos? Acho que deveriam ser todos exterminados, como os centauros.

— Páris, filho de Príamo, trago para o senhor uma mensagem de Menelau de Esparta, irmão de Agamemnon, senhor supremo de Micenas...

— Sei perfeitamente bem quem é Menelau — Páris o interrompeu. — Não precisa explicar nem rediscutir todos os nossos rancores uns contra os outros.

— Ah, deixe o pobre homem entregar sua mensagem, Páris — disse Helena, em uma voz que ressoava com clareza. — Está deixando a pobre criança nervosa. Ele quer ao menos soar como um guerreiro, se não pode lutar como um. Ele pode molhar a túnica se continuar, e pense em como ele ficaria envergonhado diante de todas essas mulheres.

— Bem, se tem uma mensagem de Menelau, siga em frente e a entregue — pediu Páris.

O arauto, corando, visivelmente se recompôs e se endireitou.

— Ouça as palavras de Menelau, senhor de Esparta: "Páris, filho de Príamo, minha disputa é com você, não com Príamo nem com a grande cidade de Troia. Agora proponho que decidamos essa guerra em um desafio de combate um a um diante de todos os soldados aqueus e troianos reunidos. E que, se você me matar ou se eu me render, você fique com Helena e tantos bens meus quantos quiser, e meus homens, incluindo meu irmão Agamemnon, vão prometer não lutar mais, nem mesmo para me vingar, e vão pegar seus navios e partir de Troia para sempre, e seria o fim dessa guerra. Mas, se eu o matar ou você se render, então Helena será devolvida a mim, com seus bens e coisas, e vamos levá-la para casa sem pedir nenhum outro espólio de Troia além disso. O que diz? Qual sua resposta?".

Páris endireitou-se e disse:

— Diga a Menelau que ouvi a oferta dele e vou consultar o rei Príamo e Heitor, o líder dos exércitos troianos. Pois me parece que há muitos motivos para essa guerra além de Helena. Se meu pai e meu irmão desejarem resolver dessa maneira, então concordarei.

Houve uma grande aclamação de ambos os lados enquanto Páris saiu da vista e voltou para o pequeno canto na muralha onde as mulheres estavam assistindo. Helena ficou de pé sem palavras e o beijou.

Páris disse:

— Ufa! Qual o objetivo daquilo? Menelau sabe tão bem quanto eu que há mais coisas envolvidas nessa guerra do que Helena. Como Agamemnon conseguiu atraí-lo para esse arranjo? Ou é uma armadilha para me tirar de trás da muralha?

— Eu creditaria a Menelau despeito suficiente para fazer isso — disse Helena —, mas não com a esperteza de pensar nisso.

— Bem, como acham que Príamo iria querer que eu respondesse? — perguntou Páris. — Ou Heitor? Heitor provavelmente ficaria feliz com a chance de me ter fora do caminho, assim ele pode conduzir a guerra como quer.

— Está sendo injusto com seu irmão, meu menino — ponderou Hécuba.

— Que a senhora sempre pense isso, mãe — respondeu Páris —, e que eu esteja sempre por perto para discutir o assunto.

— O cerne da questão é que não pode lutar com Menelau — disse Cassandra.

— Por que não? Acha que tenho medo dele? — argumentou Páris.

— Se não tem, então é ainda mais tolo do que tinha pensado — retrucou Andrômaca.

— Mas Heitor vai receber tão bem a decisão da guerra em combate um a um — disse Cassandra — que provavelmente vai fazer Páris aceitar, mas apenas com a condição de que desafie Agamemnon.

— Bem, ele pode se oferecer para lutar com Menelau em meu lugar — lançou Páris. — Empresto meu manto para ele, e todos os exércitos vão pensar que sou eu.

— Seja lá o que Heitor vai pensar, pode perguntar pessoalmente, pois ali vem ele — disse Andrômaca.

Heitor e seus guerreiros vinham pelas ruas de Troia em direção às muralhas. Havia cerca de cento e cinquenta soldados de armadura, e outros trazendo as carruagens de Heitor pelas ruas íngremes, para prendê-las aos cavalos nos portões a fim de que ele pudesse montar e sair. Ele os viu de longe na muralha e foi falar com eles.

— O que aconteceu? — perguntou Heitor. — Ouvi gritos nas ruas...

Hécuba contou a ele rapidamente sobre o desafio de Menelau, e Heitor franziu o cenho.

— É provavelmente o melhor que podemos fazer com Aquiles fora de cena — ele disse. — Vai lutar com ele, Páris?

— Prefiro não lutar — respondeu Páris. — Não confio que ele vá me encontrar no combate um a um, acho que é mais provável que ele esteja tentando me atrair para ser alvejado por uma dezena de arqueiros, ou atacado de emboscada.

Heitor fez uma careta.

— Maldito seja, Páris, nunca sei se está falando covardias ou só tendo bom senso.

— Não acho que exista muita diferença — disse Páris. — Entendo que isso quer dizer que quer que eu vá lá fora e lute com ele.

— Há alguma questão a respeito disso?

Cassandra percebeu pela expressão de Heitor que ele não conseguia imaginar por que Páris não estava tão disposto a ponto de já prender as armas no corpo.

— Bem, há — declarou Páris. — Se o matar, vão todos embora e você nunca terá uma chance com Agamemnon ou Aquiles. Isso estragaria sua diversão, não?

— E se ele matar você?

— Estava tentando não pensar nisso — disse Páris. — Duvido que *isso* fosse estragar sua diversão, particularmente, mas eles com certeza vão tripudiar de você enquanto levam embora Helena e qualquer coisa de que gostem em Troia. E, como digo, pode não ser o tipo de luta justa que se sentiria obrigado pela honra a dar a Aquiles caso ele o desafiasse.

— Helena — chamou Heitor —, você conhece Menelau melhor do que qualquer um de nós aqui. Ele costuma cumprir a palavra?

Ela deu de ombros.

— Acho que sim. Duvido que ele fosse pensar em uma armadilha. É claro que não tenho ideia do que Agamemnon possa ter pensado, no entanto; *isso* é outra coisa totalmente diferente.

— Bem, Páris, cabe a você escolher — disse Heitor. — Não posso forçá-lo a lutar com ele, por outro lado, não quero ser responsável por recusar o desafio.

Páris olhou para onde Menelau ainda andava em seu manto vermelho para lá e para cá diante da muralha. Ele perguntou:

— Helena, o que quer que eu faça? Devo lutar com ele por você?

— Heitor não vai lhe dar paz a não ser que lute — ela disse com astúcia —, então acho que é melhor. Mas precisamos dar um jeito de encontrar para você um meio de escapar, talvez possamos persuadir algum imortal a interferir.

— Como vai fazer isso? — ele perguntou.

— Era melhor que não soubesse — ela disse. — Mas acho que a deusa do amor e da beleza não me trouxe para cá para ser arrastada para casa em desgraça atrás da carroça de Agamemnon. No entanto, enquanto luta, fique atento, e de um jeito ou de outro vamos colocar uma escada de corda sobre a muralha. Se a deusa lhe der um momento para chegar lá… Bem, não deixe a oportunidade passar, a não ser que Menelau já esteja morto a seus pés.

Páris deu de ombros, foi até a muralha e gritou para Menelau que o encontraria em uma hora, se ele quisesse.

Então ele vestiu a armadura e voltou para o campo com Heitor. Quando o viram na carruagem, os aqueus irromperam em gritos.

— O que você vai fazer? — perguntou Cassandra, aproximando-se de Helena.

Helena pegou as mãos de Cassandra.

— Você é irmã gêmea dele e uma sacerdotisa — ela disse. — Agora se junte a mim para cantar e rezar para que a Nascida do Mar nos envie uma de suas neblinas marítimas. Hécuba, eu imploro, se ama seu filho, mande buscar uma escada de corda forte, não podemos pedir à deusa para fazer para nós o que qualquer cordoeiro faria por uma moeda de cobre.

Hécuba mandou um mensageiro atrás de uma escada de corda, e, quando veio, Helena foi ficar com Cassandra bem na beira da muralha, observando Páris e Menelau armando-se enquanto seus arautos trocavam insultos.

Menelau e Páris andaram em torno com cuidado, traçando o círculo no qual nenhum outro lutador de nenhum lado poderia entrar enquanto os dois vivessem. Isso feito, curvaram-se cerimoniosamente um para o outro. Soou uma trombeta, e começaram a lutar.

— Cante! — incitou Helena. — Reze! Rogue à deusa para que ela nos mande sua névoa marítima!

As mulheres começaram a cantar. Cassandra estava tão ocupada observando os homens girando suas espadas que mal conseguia formar as palavras da reza, embora aquela fosse uma magia simples. No começo os homens pareciam no mesmo nível. Páris era mais alto e tinha um alcance maior; mas, embora Menelau parecesse ter ficado mole com a inatividade, era rápido como um mangusto. Eles circulavam um ao outro, trocando golpes, medindo cuidadosamente o outro, mas ainda não numa batalha séria.

Os olhos de Cassandra doíam. Era a poeira do círculo de batalha diante deles? Ou era na verdade uma espiral de névoa marítima levantando-se da costa? Ela não tinha certeza. Helena pisou na beirada da muralha e deixou cair a escada de corda, que ela tinha prendido por segurança em torno das beiradas das pedras da muralha. Então ela se endireitou e chamou alto:

— Menelau!

Ele levantou brevemente os olhos e parou no meio de um golpe. Helena abriu devagar a túnica na altura do pescoço e a deixou cair até que os seios estivessem nus.

Conforme ela ficava imóvel, Cassandra tinha a impressão de que o ar se enchia de leves faíscas douradas, como se o véu entre os mundos ficasse mais fino. Helena, tocada por aquele brilho dourado, parecia ganhar altura e majestade e brilhar por dentro com uma beleza além de qualquer coisa humana. Não era uma mulher, mas a própria deusa ali de pé na muralha.

Quanto a Menelau, permanecia parado como se os pés tivessem criado raízes.

Páris não. Conforme seus olhos pousaram em Helena de pé ali na forma da deusa, ele se afastou, correndo para o pé da muralha. Das fileiras dos aqueus veio um grande grito de espanto e anseio, então Páris estava no topo da muralha e puxava a escada. Com todos os olhos em Helena – ou melhor, na deusa –, Cassandra percebeu, provavelmente ninguém o vira subir a escada. Ele a amontoou lá em cima e a jogou para dentro.

Helena ainda estava imóvel, o corpo brilhante de luz. Então, num piscar de olhos, a ilusão – se tinha sido uma ilusão – desapareceu, e era apenas Helena quem estava ali, o rosto um pouco queimado do sol, prendendo o vestido. Ela foi até Páris.

— Você está ferido.

— Nada sério, senhora — ele garantiu, os olhos ainda arregalados, mas a listra vermelha bem na beirada da armadura de couro agora pingava.

Ela disse:

— Venha, vou cuidar disso. — E o levou.

Havia gritos dos aqueus agora.

— Páris! Para onde ele foi? Covarde!

Mas por tudo e além havia gritos de "A deusa! Ela apareceu diante de nós na muralha! A Bela, a Nascida do Mar!".

A carruagem de Heitor voltou rangendo pelo portão, e no minuto seguinte ele subia as escadas dentro da muralha. Ele olhou ao redor e perguntou:

— Onde ele está, então?

Hécuba disse, com a voz trêmula:

— Não viu a deusa levá-lo?

— É o que estavam dizendo nas fileiras dos aqueus — apontou Heitor —, e, quando perguntei ao condutor da minha própria carruagem, ele jurou que tinha visto Afrodite se inclinar das muralhas, jogar o manto dela sobre Páris e levá-lo. Quanto a mim, não sei o que vi, talvez fosse só o brilho do sol em meus olhos. Onde está Helena?

— Quando a deusa trouxe Páris de volta para cá, ela viu que ele estava sangrando — disse Andrômaca — e o levou para os quartos dela para fazer um curativo na ferida; a essa altura, provavelmente estão no banho.

— Não duvido nada — rosnou Heitor —, mas, se as deusas vão interferir, gostaria que esperassem até que as coisas estivessem arranjadas. Se a deusa veio ela mesma levar Páris para a segurança, gostaria que tivesse levado Menelau – e Helena também – até Esparta. Se ela é capaz de uma coisa – e notem, imortais, não sou ímpio de dizer que ela não poderia –, é capaz de outra. Cassandra, o que você viu? *Você* vai me contar histórias fantasiosas sobre a deusa na muralha levando-o para longe?

Por um momento Cassandra ficou feliz: Heitor apelava a ela como se fosse uma testemunha confiável.

— Nem um pouco — ela disse. — Mas para mim pareceu que Menelau teve algum tipo de visão, ele parou de lutar e olhou para a muralha, e Páris correu para salvar sua vida.

Heitor suspirou.

— Bem, é muito tarde para mais lutas hoje, mas espere até isso se espalhar. Porém, é claro, se a deusa interferiu – mesmo dando uma visão a Menelau –, ninguém pode culpar Páris.

Mas ele não parecia totalmente convencido.

VOLUME TRÊS

DESTRUIÇÃO DE POSEIDON

UM

Quando o sol se pôs, todos nos dois exércitos e a maioria dos civis na cidade tinham ouvido a história, que, é claro, não cresceu menos ao ser contada.

De acordo com a maioria das testemunhas, a deusa tinha aparecido na muralha da cidade e tirado Páris de sob a espada de Menelau, livrando-o de um golpe certamente mortal; em uma versão, Menelau tinha cortado Páris do queixo ao quadril com um golpe, e a deusa o tinha curado com um toque. Ela fizera curativos com néctar e ambrosia sobre os ferimentos e o transportara para os aposentos de Helena.

Cassandra, quando questionada, respondia apenas que não tinha certeza do que tinha visto, o sol estava em seus olhos.

Para si mesma, ela estava certa de que a deusa havia interferido de algum modo. Mas já não tinha muita certeza de como isso tinha acontecido, embora estivesse perfeitamente certa de que por um momento, ao menos, Helena tinha usado o semblante da deusa. Não seria, afinal, a primeira vez.

Por dois dias a cidade não falou de nada além do duelo e da suposta intervenção da deusa. Heitor e Eneias voltaram dos conselhos dizendo que os aqueus insistiam que Menelau vencera o duelo porque Páris havia fugido da luta, ferido.

— O que respondeu a eles? — Príamo perguntou, ansioso.

— O que acha? Dissemos que era óbvio que Páris tinha vencido, já que a deusa interferira para salvar a vida dele — respondeu Heitor.

Cassandra, que tinha observado das muralhas durante parte do dia, recordando-se do próprio treinamento com armas e pensando que provavelmente se sairia tão bem quanto a maioria dos soldados aqueus e qualquer um dos troianos, perguntou:

— O que é isso tudo nesta tarde? Vi dois soldados que não conheço saírem para combate, e, antes que começassem a lutar, um deles começou a se desarmar e terminou por despir as roupas até ficar de tanga. Decidiram trocar as espadas por luta corporal?

Eneias riu.

— Ah, não. Conhece Glauco, o trácio?

— Já falei com ele — disse Helena. — Ele era o mestre de navegação de um dos navios que nos trouxeram para cá.

— Bem, ele desafiou qualquer aqueu para uma luta, e Diomedes aceitou. Então começaram a nomear suas linhagens, para descobrir se podiam lutar em combate honrado, e antes que chegassem aos bisavós, descobriram que eram primos.

— Então decidiram não lutar? — perguntou Cassandra.

— Não viu? — perguntou Eneias.

— Não, fui chamada para o templo. Uma das grandes serpentes está a ponto de trocar de pele, e precisa de cuidados especiais. As serpentes são cegas nesse horário e não podem ser manuseadas por estranhos — disse Cassandra.

— Eles concordaram que precisavam lutar pela honra daquilo, mas decidiram trocar de armaduras. Diomedes disse que sua armadura comum não era bela o suficiente para ser um presente honrado, então mandou buscarem no navio dele uma armadura prateada com incrustações de ouro, e então é claro que Glauco precisou negociar com os camaradas uma armadura refinada para dar a ele um presente de igual valor. Eles pareciam uma dupla de velhos no mercado de pulgas regateando sobre o valor de alguma bugiganga, e seguiu por um bom tempo – e é claro que lutaram em suas armaduras velhas e desgastadas, com as duas refinadas penduradas para serem admiradas…

— Quem venceu? — perguntou Helena.

— Não tenho ideia, acho que um derrubou o outro uma ou duas vezes, e então ficou escuro demais para enxergar, então eles se abraçaram, agradeceram um ao outro pelos belos presentes e foram jantar.

Heitor soltou um risinho.

— Nenhuma vantagem para nenhum lado, imagino, mas passou a tarde. É claro que não tínhamos nada melhor para fazer hoje, de qualquer modo, até que os conselheiros de ambos os lados decidam se foi Páris ou Menelau que venceu o duelo *deles*, tudo mais é simplesmente para diversão, de algum modo. Glauco e Diomedes teriam feito melhor se tivessem transformado aquilo numa luta corporal, ao menos poderíamos ter feito apostas. Fiquei tentado a desafiar o Grande Ajax para uma luta corporal – ele é o maior homem entre as fileiras dos aqueus. Não sei se ele sabe lutar…

— Ele sabe — disse o jovem Troilo. — Ganhou a guirlanda por luta corporal nos Jogos Sacrificiais.

— Então eu certamente vou desafiá-lo — anunciou Heitor.

— Cuidado para não levar uma cotovelada no rosto, a especialidade dele é quebrar dentes — disse Troilo.

No jantar, Heitor perguntou a Príamo:

— Senhor, o que vai acontecer se o conselho decidir que Menelau venceu o duelo?

Príamo deu de ombros.

— Nada — ele disse. — Os aqueus vão se recusar a aceitar a decisão e a guerra vai seguir em frente. Eles não querem decidir, não vão desistir até derrubarem as muralhas de Troia e saquearem a cidade.

— Ora, você está parecendo Cassandra, pai.

— Não — disse Príamo —, eu sei o que Cassandra pensa.

Mas, por uma vez, quando Cassandra levantou os olhos, atingida de novo por aquele medo terrível, e a visão de Troia em chamas que se colocava entre ela e o mundo real, Príamo sorriu para ela com bondade, como se para dissipar os medos dela.

— Muitas vezes a ouvi dizer que ela acredita que eles vão nos destruir. Mas isso não é verdade.

— Eles *podem* quebrar as muralhas de Troia, pai? — perguntou Páris.

— Não, a não ser que convençam Poseidon a ajudá-los com um terremoto — declarou Príamo.

Agora Cassandra sentia aquilo em todo o seu corpo: as muralhas iriam cair diante da ira de Poseidon, o terremoto dele. Ela deveria ter sabido desde sempre que nenhum esforço comum dos homens conseguiria derrubar as muralhas de Troia, apenas um deus poderia destroçar a grande cidadela alta.

— Então deveríamos fazer sacrifícios para Poseidon o mais rápido possível — disse Heitor —, pois ele é o único deus que pode nos ajudar.

— Isso — Cassandra sugeriu rapidamente —, vamos fazer imediatamente sacrifícios para Poseidon e rogar a ele que nos ajude em nossa causa! Ele não é um dos deuses guardiães de Troia?

Sem saber o que iria dizer até escutar invadindo sua mente como um berro de angústia, ela gritou:

— Páris! Você… ah, cuidado com o terremoto! Faça sacrifícios para Poseidon! Faça promessas a ele, pois é você que ele vai destruir… destruir… destruir!

Ela se deteve por força maior, na verdade apertando as mãos sobre os lábios. Príamo fez uma careta de raiva e nojo para ela.

— Não tivemos o suficiente disso, Cassandra? — ele perguntou. — Até mesmo na mesa de jantar da sua mãe? Não consegue nem decidir qual deus vai destruir a cidade? Eu realmente acho que você deve ser louca.

Ela não conseguia falar, o nó em sua garganta era tão grande que precisou de toda a sua força para simplesmente respirar. Ela engoliu em seco e sentiu lágrimas molhando o rosto. Helena se aproximou e limpou o rosto dela com o véu, e a ternura do gesto desarmou Cassandra, de modo que ela apenas conseguiu olhar para a mulher do irmão e sussurrar:

— É você que ele vai destruir.

— Minha pobre menina — disse Hécuba —, os deuses ainda a atormentam com essas visões. Deixe-a em paz, Helena, não há nada que possa fazer por ela. Cassandra, volte para o templo, entre seus companheiros lá, tenho certeza de que os sacerdotes têm remédios para convulsões assim.

Príamo a alertou com firmeza:

— Jamais profetize aqui de novo, Cassandra. Eu decretei, que assim seja.

Sem conseguir controlar os soluços, Cassandra se levantou e saiu correndo do salão, saindo para as ruas. Depois de um tempo, percebeu passos que a seguiam pelo caminho e redobrou o ritmo, mas os passos se apressaram para segui-la, e então mãos gentis tomaram as dela e a fizeram parar.

— Qual é o problema, Cassandra? — perguntou uma voz de homem.

Ela arquejou em pânico, e de início se debateu com força contra o aperto; então, percebendo que era Eneias quem a segurava, ela relaxou e ficou em silêncio.

— Não pode me dizer? — ele perguntou. — Qual o problema de fato?

— Sabe o que eles dizem: que eu sou louca — ela disse, apática.

— Não acredito nisso por um momento — respondeu Eneias. — Atormentada por um deus, talvez, mas não louca, nem nada do tipo.

— Não sei a diferença — ela respondeu. — E não consigo ficar em silêncio, quando a Visão vem para mim, preciso falar… — Ela ouviu a própria voz tremular tanto que as palavras eram quase indistinguíveis.

— Talvez — Eneias disse com gentileza, o braço em torno dela — todos aqueles que enxergam mais longe que o resto de nós sejam considerados loucos por aqueles que não veem além do desjejum do dia seguinte. Quando você saiu correndo, tive medo… tive medo de que fosse cair e se machucar. Não acredito por um momento que seu juízo esteja perdido – você me parece perfeitamente sensata, nem vejo por que deveria ser considerado loucura avisar seu povo de que os deuses estão ávidos por nos destruir. Desde que vim para Troia, tive a impressão de que estamos sob a sombra de um imortal zangado ou mais de um, e também pareço sentir o cheiro do perigo de destruição em cada vento.

Ele a beijou com gentileza no rosto.

— Agora, pode me dizer o que vê?

Ela olhou diretamente nos olhos dele, subitamente cheia de certeza.

— Vi que vai sobreviver ao perigo, eu o vi deixando Troia vivo e ileso.

Ele deu tapinhas gentis no ombro dela.

— É bom saber disso, é claro. Mas não foi o que perguntei. Vamos, deixe-me levá-la até a casa do Senhor do Sol.

Eles subiram em silêncio por alguns momentos. Então ele disse:

— Realmente sente que não há esperança para Troia nessa guerra?

— Eu soube disso no momento em que Páris trouxe Helena para cá — ela disse —, e, acredite em mim, isso não é maldade; comecei a amar Helena como se ela fosse minha própria irmã. Soube disso quando Páris entrou pelas muralhas de Troia nos jogos. Heitor estava certo em querer mandá-lo embora, mas pelos motivos errados. Heitor temia que Páris fosse se tornar rei, mas não era esse o perigo...

Eneias acariciou o rosto dela.

— Não partilho de sua Visão, Cassandra, mas confio em você, está falando a verdade. Pode estar enganada, mas não está fazendo isso por maldade ou loucura. E, se isso é o que vê, claro que precisa dizer o que os deuses lhe deram para dizer.

Quando chegaram aos portões do templo, ele a abraçou e disse:

— Quando você falar, eu sempre vou ouvir, prometo.

— Eu acho — respondeu Cassandra — que algum imortal começou essa guerra, mas acho que Afrodite teve sua chance de nos ajudar ou nos destruir, e agora nos parece que não é ela, mas o conflito de outros deuses, que nos ameaça. Quando meu pai disse que nenhum mortal poderia derrubar as muralhas de Troia, eu sabia que ele falava a verdade. Não será pelas mãos dos aqueus que vamos cair, mas pelas mãos dos deuses, e não sei por que eles deveriam destruir nossa cidade.

— Talvez — disse Eneias — os deuses não precisem de motivos para o que fazem.

Ela sussurrou:

— É o que começo a temer.

DOIS

O CLIMA DE TROIA ERA CONSIDERAVELMENTE MAIS QUENTE DO QUE o da Cólquida. As serpentes que Cassandra trouxera da cidade de Imandra eram mais ativas ali, e ela passava muito de seu tempo cuidando delas.

Por essa razão, não ouviu imediatamente quando o conselho determinou que nem Páris nem Menelau tinham vencido o duelo, mas que uma trégua seria proclamada enquanto a questão seguia sendo considerada. Cassandra sabia que isso não faria nenhuma diferença particular – ambos os lados estavam resolvidos a continuar lutando –, então prestou pouca atenção. Ainda estava preocupada com as serpentes quando chegou a notícia de que a luta havia recomeçado. Mais tarde, alguém disse a ela que a trégua fora quebrada quando um dos capitães argivos – que mais tarde alegou que a Deusa Donzela o tinha instigado – atirou uma flecha em Príamo, que furou a melhor túnica dele e quase o matou.

Poucos dias depois, da segurança da muralha, ela e outras mulheres do palácio observaram a reunião das forças de Heitor, as duas carruagens e soldados armados a pé. Ouviu entre as mulheres que Eneias havia aceitado um desafio de Diomedes, o aqueu que lutara com Glauco.

Creusa não levara aquilo muito sério.

— Não ouvi que Diomedes é um guerreiro para causar preocupação — ela disse. — Essa besteira sobre trocar presentes... O que foi aquilo a não ser uma desculpa para falar em vez de lutar?

— Eu não contaria muito com isso — disse Helena. — É verdade que naquele dia estavam ambos jogando um jogo, mas já vi Diomedes quando ele está de fato resolvido a lutar, e acho que talvez ele seja mais forte que Eneias.

— Está tentando me assustar, Helena? — perguntou Creusa. — Está com ciúme?

— Minha querida — pediu Helena —, acredite em mim, não tenho interesse no marido de ninguém além do meu.

— Qual deles? — Creusa perguntou, com maldade. — Dois a reivindicam, e ninguém em Troia fala de nenhuma outra mulher.

— Que culpa tenho eu se eles não têm nada para fazer além de cuidar da vida de gente acima deles? — disse Helena. — Diga-me, há alguma mulher em Troia que afirma que falei uma palavra ao marido dela que não poderia ser repetida diante da minha mãe e da dele?

— Não digo isso — Creusa murmurou —, mas você parece sentir prazer em se mostrar a todos os homens enquanto a deusa...

— Então sua briga é com *ela* e não comigo, Creusa, não tenho culpa do que ela faz.

— Imagino que não... — Creusa disse, mas Cassandra a interrompeu.

— É claro que não! Não seja tola, Creusa. Não é ruim o bastante que os homens lá embaixo estejam em guerra? Se nós, mulheres, também começarmos a brigar umas com as outras, não vai restar bom senso em Troia.

— Se os deuses e as deusas estão brigando, como vamos nos livrar de embaraços? — perguntou Andrômaca. — Acho que talvez os deuses sintam prazer em nos ver lutar, como sentem prazer em lutar entre eles. Sei que o maior prazer de Heitor é a batalha; se essa guerra acabasse amanhã, ele choraria.

— O que me preocupa é que ele parece abraçar isso — disse Helena. — Pode-se dizer que ele busca ser possuído por Ares. Cassandra, você é uma sacerdotisa... É verdade que os homens podem ser possuídos por seus deuses?

Ela pensou em Crises.

— É verdade, mas não sei como ou por que isso acontece. Não é, acho, por simples desejo. Helena, eu a vi ofuscada pela deusa. Como isso pode ser feito?

— Ora, não me diga que quer se mostrar como Afrodite. — Helena riu. — Achei que fosse uma das inimigas dela.

Cassandra fez um gesto piedoso.

— Que esteja longe de mim ser inimiga de qualquer imortal — ela disse. — Eu não a sirvo, pois me parece que a Bela não é uma deusa como a Mãe Terra e a Mãe Serpente, e até a Donzela, são deusas.

— Quando uma deusa não é uma deusa? — perguntou Helena, com um sorriso divertido. — Acho que não a entendo, Cassandra.

— Quero dizer que as deusas do seu povo aqueu são diferentes das deusas de nosso povo — disse Cassandra. — Sua Deusa Donzela – a guerreira, Atena – é uma deusa que um homem inventaria, porque dizem que não nasceu de nenhuma mulher, mas brotou, de armadura completa, da cabeça e da mente de Zeus, no entanto, com todas as suas armas, ela é uma garota com todas as virtudes domésticas, que daria uma boa esposa a um deus. Ela cuida de fiar e tecer e é patrona das videiras, da azeitona e da uva. Um homem não criaria uma donzela guerreira exatamente assim – corajosa e virtuosa, mas ainda obediente aos maiores deuses? E sua Hera... ela é como nossa Deusa Terra, mas as pessoas a chamam simplesmente de esposa de Zeus Todo-Poderoso e dizem que ela é subordinada a ele em todas as coisas, enquanto para nós a Mãe Terra é todo-poderosa em si. Ela gera todas as coisas, mas seus filhos e seus amantes vêm e vão, e ela toma quem quiser; quando o deus da morte tomou sua filha, ela deixou a própria Terra em inatividade, de modo que ela não dava à luz nem dava frutos...

— Mas nós também temos uma Senhora da Terra: Deméter — disse Helena. — Quando Hades tomou a filha dela, ela trouxe, dizem, um inverno de frio e escuridão temerosos, e no fim Zeus declarou que a menina precisava ser devolvida à mãe...

— Exatamente — interrompeu Andrômaca. — Dizem que até mesmo a Mãe Terra está sob a obediência de Zeus. Mas isso não faz sentido. Por que a Mãe Terra, que existia antes de tudo e é todo-poderosa, seria subordinada a qualquer homem ou deus?

— Bem, se vai discutir qual dos deuses é mais poderoso — disse Helena —, não são as forças do amor que podem interromper tudo na vida dos homens – e das mulheres – e torná-los cegos a tudo mais…

— Criar desordem e perturbação, quer dizer — apontou Cassandra.

— Fala dessa maneira apenas porque nunca esteve sob o domínio de Afrodite, Cassandra — retrucou Andrômaca —, e, se a desafiar, ela a fará sofrer por isso.

Isso com certeza era verdade: Cassandra se recordava do conflito chocante que sentira nos braços de Eneias. *Você não sabe que ela já me faz sofrer.* Mas ela não podia falar disso, não a qualquer uma das mulheres ali.

— Que isso esteja longe de mim — respondeu Cassandra. — Não desafio ninguém, certamente nenhum imortal.

No entanto, enquanto falava, ela se lembrava de que Crises dissera que o desafio dela era um desafio ao próprio Apolo. Era assim, ou ele simplesmente – como todos os homens – queria se vingar de uma mulher que não serviria a ele e a sua luxúria? E ela tinha – mesmo que apenas em sonho – desafiado o poder de Afrodite.

— Dizem que até mesmo Apolo Senhor do Sol — ela afirmou, com uma sensação de pavor, como se lançasse um desafio na cara do Senhor do Sol — matou a Mãe Serpente, e tirou dela seu poder. No entanto, dentre todos os homens, com certeza aquele que mata a mulher da qual brotou é o mais maligno – e os imortais permitiriam em um deus o que é mais maligno em um homem? Se isso fosse verdade, Apolo não seria um deus, mas o mais malvado dos demônios, o que ele com certeza não é.

— E quanto à Mãe Terra criando um ano em que nenhuma flor ou fruta nasceu, e nenhuma plantação produziu — disse Helena —, no ano em que Atlântida afundou no oceano, assim contou a mãe do pai do meu pai, houve grandes terremotos, e grandes nuvens de cinza cobriram o sol; naquele ano, pode-se dizer, não houve verão, pois as próprias fundações da terra tinham sido abaladas. Contudo, se isso foi feito por algum deus, quem pode dizer? Não seria surpreendente se os homens pensassem que a Mãe Terra os tinha traído e buscassem acabar com o mau comportamento dando a ela um soberano que a faria servir aos homens como deveria.

— Acho — Creusa interrompeu nervosa — que não é bom para nós ficar aqui questionando as maneiras dos imortais. Eles não querem que os homens contabilizem o que fazem, e, se buscarmos questioná--los, podem nos punir por isso.

— Ah, bobagem — disse Cassandra. — Se eles fossem tão estúpidos e tivessem tanto ciúme do poder deles assim, por que qualquer um os serviria?

— Você, que jurou servir aos deuses, não teme todos eles? — perguntou Andrômaca.

— Eu temo os deuses — disse Cassandra —, não o que os homens dizem que eles são.

***

Na casa do Senhor do Sol, as serpentes – assim Phyllida disse a Cassandra quando ela foi ver seus encargos – pareciam estranhamente perturbadas. Algumas tinham se recolhido e não saíam para serem manejadas ou até mesmo banhadas, outras estavam ensonadas e lentas. Enquanto ia de uma para a outra, tentando decidir o que as perturbava, ela se recordou do terremoto, quando Meliantha morrera. Aquilo era um aviso ou apenas outro golpe da mão de Poseidon?

Eu deveria enviar uma mensagem ao palácio, ela pensou, mas, da última vez que havia profetizado lá, tinha sido alvo de provocações e zombaria, e Príamo a proibira de profetizar de novo. *Não acreditariam em mim se mandasse um aviso*, ela pensou. E então ela soube, sem sombra de dúvida, que não poderia se recusar a ouvir a voz que lhe enviara o aviso. Não que pudesse fazer qualquer coisa para impedir a mão de qualquer fosse o deus que pudesse enviar o terremoto, mas para que algo do pior da fúria dele pudesse ser evitado. Aflita, ela pegou um manto e gritou para que Phyllida tentasse confortar as serpentes de qualquer modo que pudesse. Phyllida tinha colocado o filho e Mel na cama, cada um deles segurando uma serpente irrequieta. Conforme Cassandra se curvou para acariciar cada uma das crianças, sua mente se encheu de imagens do teto desabando; ela rapidamente deu ordens para que fizessem camas para eles no pátio, onde, caso alguma construção caísse, não seriam esmagados.

Então ela correu para o pátio e gritou:

— Ó, senhor Apolo! Segura a mão de teu irmão que chacoalha a terra! Tuas serpentes me deram teu aviso, que todos os teus servos ouçam!

As pessoas vieram correndo com os gritos dela. Crises perguntou:

— O que está acontecendo? Está doente? Foi atingida pela mão do deus?

Cassandra lutou para controlar o tremor intolerável do corpo. Ela se esforçou para falar em tom racional, deixar suas palavras uniformes.

— As serpentes da casa do Senhor do Sol me deram aviso — ela gritou, sabendo que soava aflita, ou pior. — Como fizeram quando Meliantha morreu, estão inquietas e tentam escapar. A terra vai tremer antes da manhã. O que é valioso precisa ser resgatado, e ninguém deve dormir sob um teto esta noite, para que não seja esmagado debaixo dele.

— Ela está louca — apontou Crises. — Sabemos há muitos anos que ela delira em profecia.

— Do mesmo modo — disse um dos sacerdotes mais velhos —, seja lá o que ela possa ou não saber dos deuses, na Cólquida ela aprendeu os costumes da sabedoria das cobras de uma mestra nessa arte. Se as serpentes lhe deram um aviso…

Charis ordenou:

— O aviso foi dado, não podemos ignorá-lo. Façam o que quiserem, ou sofram as consequências. Quanto a mim e aos meus, vou fazer minha cama sob o céu aberto, que ainda não vai cair sobre nós, ao menos.

O céu já estava escuro, tochas foram trazidas, e as sacerdotisas realizaram rapidamente a tarefa de remover para fora das construções qualquer coisa que fosse colocada em perigo pela queda de pedras ou paredes. Crises ainda resmungava; era vantajoso para ele, ela sabia, que achassem que nada do que ela dizia era verdade.

Ela correu na direção dos porões:

— Abram as portas — ela gritou. — Vou avisar o povo da cidade e o palácio de Príamo!

— Não — gritou Crises. — Não deixem!

Ele foi na direção dela e esticou os braços para pegar os dela, para impedi-la à força de sair do templo.

— Se um aviso deve ser dado, soem o alarme, isso vai tirar as pessoas de suas casas sem fazer parecer que fomos todos atingidos pelo deus e incitados sem motivos além dos sonhos de uma garota tola.

— Ponha a mão em mim por sua conta e risco! Vou, como os deuses determinaram, avisá-los!

O grito dela o chocou o suficiente para largá-la, e ela correu pela porta antes que ele pudesse impedi-la. Na rua, ela gritou o mais alto que podia:

— Prestem atenção! As serpentes do Senhor do Sol deram o aviso: a terra vai tremer! Abriguem-se como puderem! Não deixem ninguém dormir debaixo de um teto, pois pode cair!

As pessoas, incitadas por seus gritos, saíram em fluxos pelas portas. Movida por uma urgência terrível, ela seguiu correndo, repetidamente gritando seu aviso. Ouvia gritos e berros atrás dela, alguns dizendo "escutem o aviso da sacerdotisa de Apolo", e outros murmurando "ela é amaldiçoada pelo deus, por que deveríamos acreditar nela?".

Era como se ela estivesse cheia de fogo, era impelida, queimando com o calor do aviso que gritava e se enfurecia dentro dela. Desceu as ruas berrando seu aviso de novo e de novo. Quando tomou consciência de seu paradeiro, estava de pé no átrio do palácio, a garganta em carne viva, e uma dezena ou mais das pessoas do palácio olhavam para ela. Rouca, ela grasnou sua história.

— Não deixem ninguém dormir sob um teto! O deus vai tremer a terra, e construções vão cair… vão cair… Helena, seus filhos… Páris…

Ela agarrou o ombro dele, que a afastou rudemente.

— Basta disso! Eu juro, Cassandra, já ouvi demais suas profecias malignas! Vou silenciá-la com minhas próprias mãos!

As mãos dele apertaram o pescoço dela, a consciência de Cassandra tremulou, e quase com alívio ela sentiu a escuridão que pairava tomá-la numa grande explosão de luz em algum lugar dentro de sua cabeça.

***

Sua garganta doía. Cassandra colocou a mão sobre ela com fraqueza. Uma voz gentil disse:

— Fique quieta. Beba um pouco disso.

Ela bebeu o vinho, tossiu e engasgou, mas a mão insistente ficou até que engolisse de novo. Aquilo clareou sua cabeça. Estava deitada nas pedras do chão, e tinha a sensação de que a cabeça fora aberta com um machado. Eneias se curvou sobre ela.

— Está tudo bem. Páris tentou sufocá-la, mas Heitor e eu o impedimos. Se alguém pode ser chamado de louco…

— Mas eu preciso falar com ele — ela insistiu. — São os filhos dele… Helena…

— Sinto muito — disse Eneias —, Príamo ordenou que todas as pessoas do palácio fossem para a cama, ele diz que você os perturbou muitas vezes e proibiu qualquer um de escutá-la. Mas, se isso lhe traz algum conforto, ordenei que Creusa fosse dormir no pátio com a bebê, e acho que Heitor ouviu você também, pois diz que, conhecendo ou não o comportamento dos deuses, você conhece o comportamento das serpentes. Agora beba um pouco mais disso e me deixe levá-la para a casa do Senhor do Sol. Ou, se quiser, podemos ficar aqui e dividir uma cama com Creusa e o bebê.

Ela teve vontade de chorar pelo amor na voz dele, sabia que era isso, e não algum grande credo em seu aviso, que o tinha motivado a fazer aquela bondade. Ela ficou de pé, com a sensação de que cada osso de seu corpo fora espancado com porretes de madeira.

— Preciso voltar — ela disse — e cuidar das pessoas do templo, e das serpentes, e da minha filha…

— Ah, sim, Creusa me contou que você tinha uma menininha. Uma criança abandonada, suponho?

— Sim, por acaso, mas como sabia?

— Conheço você bem demais para imaginar que fosse desgraçar sua família tendo um filho fora de um casamento honrado — ele ponderou, e ela pensou: *Nem minha mãe confiou em mim assim.*

— Bem, então, vai andar comigo?

— Com prazer — ele disse —, mas você correu sem seu manto. Deixe-me pegar um, ou vai ficar com frio.

Ele trouxe uma veste longa e grossa que ela vira Creusa usar, e Cassandra se envolveu nela. A noite tinha ficado fria, e mesmo com o manto pesado ela tremia, menos de frio do que por algum perigo sutil que permanecia no ar. Era como se bem debaixo do chão ela pudesse ouvir a própria terra gemer, havia um peso intolerável em sua mente e em seu coração. Ela mal conseguia reunir forças e vontade para colocar um pé na frente do outro, e se apoiou no braço dele. Então, quando ele se curvou para beijá-la, ela se afastou.

— Não, não faça isso — ela pediu. — Deveria voltar... tem uma esposa e uma filha em risco para cuidar quando começar...

— Não me lembre disso — ele disse, e a puxou para dentro da curva de seu braço de novo.

Depois de um momento, ele declarou:

— Eu te amo, Cassandra.

Ele a tocava gentilmente daquele jeito que ela achava tão perturbador, e ela se afastou dele.

Ele disse em voz baixa:

— Meu pobre amor. Eu juro, se pelo menos tivesse o direito, bateria em Páris por machucá-la assim. Se ele tocar em você de novo, juro que vai descobrir que foi a coisa mais perigosa que já fez. Não cabe a ele mandar em você.

— Ele não percebe isso — ela disse.

Tinham chegado aos grandes portões de bronze da casa do Senhor do Sol, mas ela não entrou. Sentando-se em um muro baixo, ela declarou:

— Eu não tenho marido, então meu irmão acha que tem o direito de me dar ordens. Imagino que, para aqueles que não veem e ouvem o que vejo e ouço, minha profecia deve parecer loucura. Tentam se proteger dela se recusando a acreditar. Estou tão pronta quanto qualquer um para ignorar o que não quero saber.

— Sim, percebi isso — disse Eneias, em tom gentil e significativo, e puxou Cassandra para ele sob o manto.

Ela deixou que ele a beijasse, mas suspirou de exaustão, então ele a soltou. Ele sugeriu:

— Vamos falar disso amanhã, talvez...

— Se houver um amanhã — ela ponderou, com tamanha exaustão que ele piscou de espanto.

— Se amanhã não vier, vou me arrepender até depois da morte de não ter conhecido seu amor — ele declarou, em tom tão apaixonado que Cassandra sentiu o coração apertar como se um punho o esmagasse.

Ela disse num sussurro:

— Acho que também me arrependeria. Mas estou tão cansada... — E começou a chorar.

Ele a beijou com gentileza.

— Então vamos rezar para que exista um amanhã, meu amor. — E a soltou.

O peso do mundo tremulante pareceu estar a ponto de rachar e cair sobre a cabeça inquieta dela enquanto o via afastar-se.

Dentro da casa do Senhor do Sol, pessoas enroladas em cobertores dormiam nos pátios. Tudo parecia em paz, exceto pelo latejar violento na cabeça de Cassandra, que a fazia ter a sensação de que dava cada passo sobre ondas que rolavam. Ela subiu para o pátio das serpentes, onde as crianças dormiam, e Cassandra se deitou ao lado de Mel, tomando a menina nos braços. Ela imaginou a terra como uma grande serpente enrolada em torno da cintura da Mãe Serpente, a quem via como uma mulher grande e majestosa como a rainha Imandra. O chão parecia balançar gentilmente debaixo dela, e, ao adormecer, de certa forma esperou que os anéis se enrolassem em torno dela também.

Em vez disso, ela parecia deslizar entre nuvens, acres e campos de nuvem, e uma grande extensão de céu, e por fim deslizou sem ser vista para a superfície de uma grande montanha, e soube que estava sozinha no cume do monte proibido onde se reuniam os deuses dos aqueus, e ouviu o som distante de trovão enquanto eles falavam. Ela viu Zeus Trovejante como um homem alto e imponente no ápice da vida, com uma barba cheia que ficava grisalha. Parecia que pequenos clarões de relâmpago se moviam em torno da cabeça dele como uma guirlanda enquanto ele falava.

— Agora que esse absurdo de duelo entre Páris e Menelau acabou, e é obvio que Menelau venceu, sugiro terminarmos com essa guerra tola e voltarmos aos nossos próprios assuntos.

— Como pode dizer que Menelau venceu se ele não matou Páris? — perguntou Hera.

Ela era uma mulher alta, imponente, um tanto robusta, com o cabelo arrumado como uma coroa em torno da cabeça.

— Insisto que Troia deve ser levada à destruição, seus governantes e seu povo não me servem do modo apropriado. Além disso, sou a deusa patrona do

casamento, e Páris me insultou pessoalmente, e fugiu para Troia, onde Helena foi recebida como esposa dele sem nenhum rito ou sacrifício para mim.

— Dá no mesmo, eles me rendem homenagens, e eu abençoei o amor deles — disse outra deusa em vestes brilhantes, o cabelo coroado com rosas.

Cassandra soube pela semelhança dela com Helena que aquela era a dourada Afrodite.

Hera fungou.

— Seus ritos não são os do casamento legal.

— Não, e tenho orgulho disso — disse Afrodite —, pois os seus são apenas os laços cansativos da Lei e do Dever. Páris e Helena honram o amor verdadeiro, e estou do lado deles.

— Você estaria *— retrucou Hera. — De qualquer modo, sou a rainha dos imortais, e é privilégio meu exigir a destruição de Troia.*

Zeus parecia aflito com o tom dela, perturbado como Cassandra tinha visto Príamo ficar quando suas mulheres discutiam. Ele disse:

— Minha cara Hera, ninguém questiona seu direito de exigir isso. Mas deve ser feito de modo apropriado, não podemos simplesmente destruir a cidade. Se os troianos conseguem defendê-la, não podemos simplesmente fazer com que seja tirada deles. Atena…

Cassandra viu a Donzela de Batalha de capacete, com sua lança faiscante como a de uma amazona, conforme Zeus a chamava. Mas foi a majestosa Hera quem falou:

— Vá, minha criança, e aconselhe os aqueus, eles estão desalentados e prontos para partir em seus navios. Peça a eles que recomecem a luta, e diga que eu, Hera, não permitirei que sejam derrotados.

— Isso parece ir contra toda sabedoria — disse com gentileza a alta e solene Atena —, pois os troianos não fizeram nada de errado. E os aqueus são orgulhosos. Se der a eles a cidade de Troia, vão cometer atos tão malignos em seu orgulho e maldade que vão ofender todos os deuses da humanidade. Mas não tenho escolha a não ser obedecer à tua voz, senhora real.

Ela se curvou diante de Hera e saiu voando, e Cassandra, observando a luz flamejante do elmo dela, como um cometa, se viu de pé na planície diante da cidade de Troia, onde Atena parou para descansar. Diante dela, um grande garanhão branco bloqueava o caminho de Atena até o acampamento aqueu. Atena disse:

— Poseidon, Sacudidor da Terra, o que faz aqui?

E a figura do cavalo ondulou como uma imagem sob a água e primeiro se tornou um centauro – meio homem, meio cavalo –, e então um homem alto e forte que tinha algas como cabelos.

Poseidon, irmão de Zeus, parecia falar com a voz trovejante do irmão.

— Você foi enviada para trair minha cidade, não vou deixá-la entrar.

Enquanto ele falava, bateu o pé, um grande ribombar de trovões seguiu-se, e o chão tremeu…

Cassandra acordou no pátio das serpentes, com as duas crianças ainda adormecidas ao seu lado. Mas o chão ondulava como água, e ela ouvia o som de trovão – ou era o pé que Poseidon batia? Ela gritou alto, e Mel acordou e começou a choramingar. Cassandra abrigou a criança nos braços e viu o grande arco sobre os portões balançando para lá e para cá na luz cinza do amanhecer, então ele caiu no chão.

No canto do pátio tinha sido colocada uma lamparina, que balançou e virou, e uma labareda lambeu os panos debaixo dela. Cassandra pulou e apagou o fogo. Havia uivos e gritos de terror por todo o templo. O chão se ergueu e dobrou; uma grande rachadura se abriu na terra, correu pelo pátio e se fechou de novo. Cassandra observou em silêncio, sentindo o grande peso em sua mente se dissolver. Havia chegado, estava livre.

Se tivessem feito sacrifícios para Poseidon, ele teria segurado a mão? Ela não sabia e não conseguia adivinhar. Baixou o jarro d'água com que tinha apagado o fogo e correu pelos pátios. Várias construções de fato haviam caído, incluindo o dormitório onde as sacerdotisas donzelas deveriam ter dormido, assim como o poste que sustentava um dos portões de bronze da casa do Senhor do Sol, que agora pendia retorcido nas dobradiças. O templo estava arruinado. Cassandra olhou para a cidade pela abertura dos portões: casas haviam caído em escombros e incêndios se espalhavam por todos os lugares.

Ela deveria descer até o palácio? Não, tinha dado o aviso lá, e Príamo proibira qualquer atenção a ela, nem ele nem Páris ficariam felizes se fosse dizer "eu avisei". *Mas ela havia avisado. Por que as pessoas relutavam tanto em ouvir a verdade ser dita?*

Ela voltou devagar para o Templo de Apolo. Ao menos seu próprio pessoal havia escutado seu aviso: parecia que todos tinham sobrevivido, e os poucos incêndios tinham sido apagados rapidamente. Ela não faria nenhum bem no palácio de Príamo. Voltou para as crianças. Elas teriam se assustado com o terremoto e precisariam dela.

TRÊS

A RECONSTRUÇÃO DA CASA DO SENHOR DO SOL COMEÇOU QUASE imediatamente. Tantas construções tinham sido destruídas, e em escala tão grande, que na opinião de Cassandra seria necessária a força fabulosa que diziam ter os titãs para levantar as muralhas de novo. Algumas das pedras maiores não poderiam ser restauradas com o trabalho disponível no momento, muitos dos homens capazes da cidade estavam fora lutando contra os aqueus sob o comando de Heitor.

Graças ao aviso oportuno de Cassandra, nenhuma vida foi perdida no Templo de Apolo. Alguns sacerdotes tinham se ferido – pernas quebradas, ombros torcidos, um tornozelo partido – em quedas com pedras que não estavam mais onde deveriam estar, e houve um bom número de queimaduras sofridas ao apagar incêndios. Uma serpente ou duas tinham escapado na confusão, ou se refugiado sob pedras caídas, e ainda não tinham sido encontradas. Uma das sacerdotisas tinha ficado louca de medo e não falava uma palavra racional desde então. Os outros a tratavam com poções de ervas e tocavam música reconfortante, mas os curandeiros mais experientes achavam que era improvável que ela recuperasse totalmente o juízo.

Ainda assim, em comparação, a casa de Apolo tinha escapado com poucos danos. No Templo da Donzela, dizia-se, algumas sacerdotisas haviam morrido quando o teto do dormitório delas desabou. Ninguém sabia quantas, e Cassandra estava desesperada sobre a irmã Polixena, mas não teve tempo para ir atrás de notícias dela. Confortou-se com o pensamento de que, se Polixena estivesse morta, iriam avisá-la.

Como sempre, os distritos mais pobres, com suas casas frágeis de madeira e lareiras abertas sem proteção adequada, tinham sofrido mais. Se o terremoto tivesse chegado algumas horas antes teria sido pior, mas, como era tarde, a maioria dos fogos acesos para cozinhar a refeição da noite tinha sido apagada.

Ainda assim, um número pavoroso de mortos jazia nas ruas, exceto onde as casas em chamas deram a eles piras funerárias. Alguns corpos ainda estavam presos sob construções desabadas que precisariam ser desmontadas para recuperá-los, já que os fantasmas dos mortos insepultos com frequência enviavam pestilência como vingança. Os sacerdotes de Apolo trabalhavam dia e noite, mas levaria tempo, e todos temiam a vingança de tantos corpos insepultos.

O palácio de Príamo tampouco tinha escapado ileso. As construções eram de pedra de titã e tinham resistido até mesmo à força da fúria de Poseidon, mas um cômodo havia desabado – o quarto em que dormiam os três filhos de Páris e Helena. A maior parte da família de Príamo, incluindo os próprios Páris e Helena, não tinham sido feridos.

O filho de Helena com Menelau, o jovem Nikos, estava se escondendo de suas aias com o colega de brincadeiras Astíanax. Os dois meninos estavam dormindo num pátio ao ar livre (o que tinham, na verdade, sido proibidos de fazer), e ambos escaparam ilesos – e sem castigo. Ainda assim, o palácio estava tomado pelo luto pelos filhos de Páris, e a trégua fora brevemente estendida para os ritos e enterros das crianças.

Cassandra desceu para se juntar aos lamentos nas alas das mulheres do palácio – já que nenhum dos meninos tinha atingido os sete anos, os guerreiros não seriam informados oficialmente das mortes, pois crianças pequenas ainda estavam sob os cuidados das mulheres. Páris estava lá, tentando confortar Helena. Ela estava pálida e exausta, e Nikos, que fora colocado oficialmente sob os cuidados do pai apenas alguns dias antes, estava ali também, como se para lembrar a mãe dele de que ela ainda tinha um filho.

Helena foi imediatamente até Cassandra e a abraçou.

— Você tentou me avisar, irmã, e sou grata.

— Eu sinto muito — lamentou Cassandra. — Só queria…

— Eu sei — disse Helena. — Essa dor não é novidade para mim. Minha segunda filha não viveu. Ela era um ano mais nova que Hermione, e dois anos mais velha que Nikos. Ela nunca respirou, e quando Nikos nasceu forte e saudável, de modo que tinha tanto uma rainha para Esparta e um filho para Menelau criar como guerreiro, jurei que não teria mais filhos, mas nada aconteceu como eu tinha decidido.

— Raramente acontece, neste mundo de mortais — respondeu Cassandra.

Páris se aproximou deles a tempo de ouvir isso e disse, com um olhar raivoso para Cassandra:

— Então, veio se gabar para nós?

— Não — ela respondeu, exausta —, apenas para dizer a vocês o quanto eu lamento.

— Não precisamos de sua empatia, corvo de mau agouro! — Páris bradou, com raiva. — Sua presença nos traz mais má fortuna!

— Fique quieto, Páris! Que vergonha — ralhou Helena. — Você se esqueceu de que ela veio tentar nos avisar da ira de Poseidon? Ou qual a recepção que teve por seu esforço?

Páris apenas fez uma careta, mas Cassandra achou que ele parecia de certa forma envergonhado. Bem, ela poderia viver sem a boa opinião dele, preferia ter a de Helena.

As crianças foram devidamente cremadas, e suas cinzas apropriadamente sepultadas. A trégua durou mais dois dias e então foi quebrada por um capitão troiano (ele, como o aqueu que havia quebrado a trégua anterior, alegou que um dos deuses tinha impelido, embora se recusasse a dizer qual), que disparou uma flecha e feriu Menelau de maneira dolorosa, mas não (infelizmente, segundo Príamo) fatal. Se Menelau tivesse sido morto, disse o rei, os aqueus teriam tido uma boa desculpa para terminar a guerra e ir embora. Cassandra não tinha tanta certeza, talvez os deuses estivessem realmente dispostos a destruir a cidade, como vira em seu... tinha sido somente um sonho?

Apenas as mulheres ficaram perturbadas com o fim da trégua. Heitor, pensou Cassandra, tinha ficado feliz por voltar a lutar. Em sua carruagem, ele liderou os exércitos troianos no dia seguinte, andando para um lado e para outro ao longo da longa fileira de soldados a pé, encorajando-os, enquanto os aqueus se reuniam para a batalha. As mulheres, como de costume, observavam da muralha.

— Heitor é certamente o melhor condutor de carruagem — ponderou Andrômaca, e Creusa riu.

— Quer dizer que ele *tem* o melhor condutor de carruagem — ela disse —, e acho que Eneias chega ao menos perto disso. Quem é o condutor da carruagem de Heitor? Ele dirige como o vento – ou um demônio.

— Troilo, o filho mais novo de Príamo — disse Andrômaca. — Ele queria participar da batalha, mas Heitor queria ficar de olho no menino. Ele está preocupado porque o menino não tem mais de doze anos, e ainda não tem experiência em batalha.

— Heitor realmente acha que Troilo vai estar mais seguro na carruagem dele? Tenho a impressão de que é onde a luta vai ser mais pesada, e certamente Heitor não terá tempo de protegê-lo — apontou Cassandra, mas Andrômaca apenas deu de ombros.

— Não me pergunte o que Heitor acha — ela disse.

É claro, pensou Cassandra, Troilo não era nada para ela, apenas o irmão mais novo do marido. Ela lamentaria a morte dele, mas apenas do mesmo modo que tinha lamentado os filhos de Helena, por dever de família, nada mais.

Helena ainda parecia desgastada e exausta de sofrimento, os olhos vermelhos e ardentes, o cabelo sem brilho, ela mal tinha se preocupado em tirá-lo dos olhos, muito menos em perfumá-lo e escová-lo com óleo. Ela usava um velho vestido enlameado; era quase impossível recordar da beleza incrivelmente reluzente que a habitara como a deusa do amor. No entanto, Cassandra se recordava, com a ternura que sempre tivera pela cunhada. Era um sinal de negligência de Páris? Era que ele se importava tão pouco com os filhos? Ela percebia que Helena estava grata porque o primogênito não fora perdido no terremoto, mas sentia que Helena tinha mais afeto pelos filhos de Páris do que pelo filho que tivera com Menelau.

Ela baixou os olhos para o campo de batalha, onde Eneias andava pela fileira com sua carruagem esplêndida, gritando o que ela imaginava que fosse um desafio. Batalhas entre exércitos opositores, ela vira, muitas vezes tomavam a forma de uma série de duelos entre campeões. Não era nem um pouco como as batalhas campais que tinha lutado quando cavalgava com as amazonas, batalhas que eram uma confusão de luta nas quais você matava o máximo que conseguisse, do modo que conseguisse.

— Ali — disse Creusa —, ele encontrou alguém que aceitou seu desafio. Quem é aquele?

— Diomedes — respondeu Helena.

— Aquele que trocou armaduras.

— O mesmo, sim — confirmou Andrômaca. — Mas acho que Eneias é um lutador forte, certamente com aquele carro e aqueles cavalos.

— A mãe dele era sacerdotisa de Afrodite, alguns dizem que a própria deusa — disse Creusa —, e ela o presenteou com esses cavalos quando ele veio para Troia... Olhem, o que está acontecendo?

Abaixo delas, Diomedes tinha ido como um louco na direção de Eneias e conseguido virar o carro com a lança, jogando Eneias no chão. Creusa gritou, mas o marido dela se levantou, evidentemente ileso, a espada em punho e pronta. Mas Diomedes tinha cortado os arreios dos cavalos e tomado as rédeas, era óbvio pelo gesto que ele exigia os cavalos e a carruagem como prêmio. Eneias gritou em protesto e raiva, tão alto que as mulheres escutavam sua voz claramente, mas não as palavras. Ele se virou para Diomedes e, enquanto elas observavam, pareceu ficar mais alto diante de seus olhos, e a cabeça dele começou a brilhar com uma aura reluzente; passou pela mente de Cassandra: *Ora, não sabia que o cabelo dele é da mesma cor que o de Helena!* Então ela soube que via diante de si a bela deusa em pessoa, virando-se para Diomedes na fúria de um imortal. Diomedes se encolheu visivelmente – não estava preparado para isso. Mas a coragem dele não falhou: ele correu para a forma alta de Afrodite e enfiou a espada, ferindo a forma da deusa na mão.

Abruptamente era de novo Eneias quem estava no campo, gritando como uma mulher e balançando a mão, da qual caía sangue. Diomedes não perdeu a vantagem, mas levantou espada e escudo em defesa. Eneias, no entanto, atacou com força, e depois de um momento Diomedes caiu deitado no chão; poucos segundos depois, Agamemnon e quatro de seus homens estavam ajudando Diomedes, afastando Eneias com uma fúria de golpes. O carro de Heitor foi correndo, e ele pulou para o chão, entrou brevemente em uma troca selvagem de golpes de espada com Agamemnon e levantou Eneias para a carruagem. Eles correram em direção aos portões de Troia enquanto um punhado dos soldados de Heitor afastava Agamemnon e seus homens do carro de Eneias e conseguia recapturar os cavalos.

— Ele está ferido — Creusa gritou, e desceu correndo as escadas.

As outras mulheres seguiram apressadas, bem a tempo de receber o carro de Heitor. Ele desceu e fez um gesto para que elas se afastassem.

— Para trás, assim conseguimos fechar os portões, a não ser que queiram Agamemnon e metade do exército dos aqueus aqui dentro — ele disse; as mulheres foram para trás e os homens juntaram as mãos fechando os portões, cortando um soldado aqueu sem sorte que estava preso do lado de dentro.

— Joguem-no sobre a muralha para os amigos dele — ordenou Heitor. — Eles o querem, nós não.

Creusa abraçava Eneias com força, chamando curandeiros para fazer um curativo na mão dele. Ele parecia zonzo, mas, quando Cassandra se aproximou e começou a cuidar do curativo, ele sorriu para ela e perguntou:

— O que aconteceu?

— Se você não sabe — respondeu Heitor —, como vamos saber? Você estava lutando com Diomedes e de repente parou...

— Não era você, mas Afrodite — disse Helena. — Ela lutou através de você.

Eneias soltou uma risadinha.

— Bem, não me lembro de nada além de estar com raiva de Diomedes por tentar tomar meu carro e meus cavalos. A próxima coisa que me recordo é que minha mão sangrava e ouvi alguém gritar...

— Isso foi você — disse Heitor. — Ou a deusa.

Eneias riu.

— A Bela — ele prosseguiu — gritando pelo caminho de volta para o Olimpo, suponho, para se sentar no colo de Zeus Trovejante e contar a ele tudo sobre os homens horríveis em luta. Espero que o Trovejante ordene sem meias palavras que ela fique fora do campo de batalha a partir de agora; não é lugar para mulheres, nem mesmo quando são deusas — ele completou.

Cassandra continuou enfaixando a mão dele.

Os olhos dele sorriam para ela. E, para Cassandra, ele ainda tinha o encantamento da deusa, e o coração dela bateu mais rápido. Se ele a procurasse de novo, sabia que não seria capaz de resistir. *É essa a vingança da deusa porque não a servi? Afrodite me conquistou*, ela se perguntou, *quando Apolo não conseguiu?*

Ela acabara o curativo, e foi com relutância que soltou a mão dele. Havia uma pequena venda por perto onde os soldados compravam pão e vinho ao meio-dia. Heitor foi até lá, trouxe duas taças de vinho e deu uma para Eneias, que recusou. Creusa disse:

— Beba. Você perdeu sangue. — E ele balançou a cabeça.

— Já fiz cortes piores e perdi mais sangue fazendo a barba — ele minimizou, mas por fim deu um gole no vinho e riu. — Eu me pergunto se vão contar as mesmas histórias malucas como fizeram quando a deusa apareceu na luta de Páris com Menelau.

— Sem dúvida — disse Cassandra.

Ele olhava diretamente para ela.

— Os aqueus parecem gostar desse tipo de história.

— Bem, os deuses farão como querem, e não como pedimos a eles — disse Eneias. — No entanto, por minha ancestral divina, queria que eles se afastassem e nos deixassem seguir com a guerra. Não é assunto deles, é nosso.

— Acho que talvez seja mais assunto deles do que nosso — ponderou Helena —, e temos muito pouco a dizer sobre isso.

— Mas por quê? Por que os deuses se importariam com quem vence uma guerra de mortais? — perguntou Andrômaca.

Heitor deu de ombros.

— Por que não?

E a isso nem mesmo Cassandra se atreveu a dar uma resposta.

— Houve um tempo — disse Heitor — em que acreditei que estávamos todos à mercê dos soldados aqueus. Mas agora que Aquiles os abandonou...

— Isso não pode durar muito tempo — observou Helena. — Não posso imaginar o grande Aquiles ficando muito tempo emburrado na tenda como um menininho...

— Mas é exatamente como Aquiles é — apontou Eneias. — Um menino arrogante, cruel. Pode haver algo grande e heroico em cair nas mãos de um louco, mas uma criança com problemas na cabeça é outra coisa.

Heitor falou sem mudar de expressão:

— Não devemos questionar os decretos dos deuses.

— Se os deuses tomam decisões que seriam colocadas de lado como as de um louco — respondeu Eneias —, talvez não devam ser cegamente obedecidos. Talvez — mas ele baixou a voz e olhou em torno com medo enquanto falava — eles estejam nos testando para ver se temos o juízo de ir contra eles.

— Talvez eles sejam teimosos como Aquiles — ponderou Helena —, e, se não podem ter o que querem num jogo, vão quebrar todos os brinquedos.

— Acho que é assim — disse Heitor. — E nós somos os brinquedos.

QUATRO

Nos dias seguintes, Cassandra soube de notícias da guerra pela velha dos bolos. Parecia que Aquiles permanecia em sua tenda, sem mostrar o rosto nem mesmo para encorajar seus companheiros, e a guerra se arrastava sem muita mudança. Heitor lutou um duelo prolongado com Ajax, combateram até que ficou escuro demais para continuar, e nenhum deles estava em vantagem. Agamemnon tentou um blefe, ameaçando sair da guerra também se Aquiles não fosse lutar, mas os aqueus acolheram essa ameaça com tanta alegria, correndo para os navios e começando a recolher equipamentos, que ele precisou passar boa parte do dia seguinte persuadindo seus homens a voltar, oferecendo presentes e subornos para que eles continuassem a lutar.

Cassandra passou aquela noite em sonhos confusos com o Olimpo. Hera, alta e orgulhosa, ficou de pé e exigiu ajuda para destruir a cidade de Troia.

— Zeus nos proibiu de interferir — disse a alta Atena, séria e triste —, embora tenha me permitido aconselhar os troianos, se eles ao menos escutarem minha sabedoria. Por que os odeia com tanto fanatismo, Hera? Ainda está com inveja porque Páris não lhe deu a coroa da beleza? O que esperava? Afrodite é, afinal, a deusa da beleza, aprendi há muito tempo que não poderia competir com ela. E por que se importa com o que um mortal pensa?

— Então você, Poseidon! — A senhora orgulhosa se virou para o peludo deus do mar, atarracado, barbado, musculoso como um nadador. — Ajude-me a destruir as muralhas de Troia. Zeus ordenou, e quando estiver feito ele não vai ficar bravo.

— Eu não — disse Poseidon. — Não até que a hora ordenada chegue. Não vou conspirar com uma mulher contra a vontade do marido dela.

Trovões soaram conforme Hera batia o pé e gritava:

— Vai se arrepender disso!

Mas Poseidon tinha tomado a forma de um grande garanhão branco e galopava para longe pela costa. As batidas de seus cascos soavam como o bater das ondas no quebra-mar que os aqueus tinham construído.

Cassandra acordou tomada de pavor, ouvindo o som da ira de Poseidon, imaginando se era o presságio de outro terremoto, mas tudo estava quieto no templo, e por fim adormeceu de novo. Pela manhã, descobriu que alguns vasos e pratos tinham caído das mesas e prateleiras, e uma lamparina tinha virado, mas havia se consumido no chão de pedra sem colocar fogo em mais nada; se tivesse sido um terremoto, fora um bem pequeno, pouco mais que o deus dando de ombros. Os imortais pareciam ter altercações sem resolução como aqueles duelos inconclusivos entre os soldados, que não resolviam nada. Bem, eles – os soldados – eram apenas humanos e mal podiam ser responsabilizados por se comportarem tolamente, mas Cassandra teria pensado que os deuses teriam algo melhor para fazer.

Ela decidiu que naquele dia ficaria longe da muralha da cidade, tinha visto o suficiente desses duelos, e imaginava que, com Aquiles ainda escondido em sua tenda, não haveria nada acontecendo de novo. Era surpreendente, ela pensou, quanto tempo tinha desperdiçado ultimamente falando com as outras mulheres que observavam das muralhas.

Mel estava maior que os vestidos. Cassandra passou a manhã examinando as próprias posses e perguntando às sacerdotisas, talvez houvesse algo adequado entre as oferendas que pudesse usar para fazer algumas roupas para a filha. Recebeu um pedaço de tecido tingido de açafrão (que achou que ficaria bonito com os cachos e olhos vivos escuros da menina) com o qual poderia fazer um vestido e um lenço. A criança ainda iria precisar de sandálias: ela corria para todo lado agora, e depois do grande terremoto os pátios estavam cheios de detritos que poderiam machucar os pés dela. Cassandra começou a chamar uma criada para ir ao mercado buscar couro para sandálias, então decidiu ir ela mesma e levar a criança.

Agora Mel estava crescida o suficiente para andar ao lado dela, e entender que ia ganhar sandálias como uma menina grande. Cassandra gostou da sensação da mãozinha gorducha na dela. Examinou com sabedoria as sandálias expostas para venda; os preços não eram, parecia, exorbitantes. Ela experimentou um par reforçado na menina, e, achando que eram bem-feitas e serviam de modo satisfatório, deixou Mel escolher qual modelo gostava mais.

— E para a senhora? — perguntou o fabricante de sandálias.

Cassandra começou a dizer não por costume, então seguiu o olhar do homem até seus pés. Suas sandálias estavam muito gastas, afinando na sola, e uma tira estava com vários remendos. Bem, afinal, ela fora com elas até a Cólquida e voltara.

— Bem, essas sandálias estiveram em metade do mundo, suponho que devam ser colocadas para pastar como uma égua velha — ela disse, e permitiu que ele mostrasse vários pares, que eram todos grandes demais.

Por fim ele mediu os pés dela e apontou:

— A senhora tem pés tão pequenos, preciso fazer um par com a sua medida.

— Não desenhei meu próprio pé — respondeu Cassandra —, mas, se me fizer um par com esse modelo — ela indicou a sandália mais próxima de sua medida que ele tinha mostrado —, vai servir bem. Enquanto isso, imagino que possa simplesmente consertar a alça dessas de novo.

— Acho que não vai segurar, foram costuradas muitas vezes — ele protestou. — Se a senhora se contentar em ficar na minha humilde loja por meia hora, as novas ficarão prontas. Posso mandar buscar uma taça de vinho para a senhora? Uma fatia de melão? Algum alimento para a criança?

— Não, obrigada — respondeu Cassandra. — Mel também precisa aprender a esperar com paciência quando é necessário.

Ela ficou olhando o homem aparar as solas que tinham ficado um pouco grandes, reposicionando as tiras e costurando-as com sua agulha de couro pesada e dedal. Ele tinha uma agulha de ferro, ela pensou, que poderia ser o motivo para que fizesse um trabalho tão rápido; agulhas de bronze não conseguiam furar o couro com tanta facilidade. Ficou pensando se a agulha tinha sido contrabandeada através do bloqueio ou se ele fizera negócios com os aqueus. Provavelmente era melhor não saber. Tal comércio era proibido, mas, se as sentinelas da cidade de Príamo fossem jogar na prisão todos que faziam comércio ilegal, não haveria nenhuma negociação, e o comércio na cidade iria parar totalmente.

Muitos alimentos já eram difíceis de encontrar depois do longo sítio, o que salvara a cidade tinham sido as hortas dentro das muralhas, onde videiras e oliveiras eram fontes de vinho e azeite, e era possível plantar vegetais. Muitas casas tinham pombos ou coelhos em gaiolas, que antes eram criados para sacrifício, mas agora eram comidos e mantidos para períodos mais sérios de fome. O pão era escasso, exceto pelas rações dos soldados, embora algumas carroças de cereais tivessem sido trazidas pela terra, evitando os navios argivos, durante a trégua.

Agora que a trégua havia terminado oficialmente, isso significaria um aperto do cerco? Ou os aqueus se cansariam de lutar sem Aquiles e iriam embora? Isso poderia ser o melhor a acontecer.

Mas e se eles achassem que os deuses estavam do lado deles – e aqui os pensamentos de Cassandra se interromperam na velha confusão: por que os deuses precisavam se meter nos assuntos dos homens? Bem, a resposta de Heitor tinha sido simples o suficiente: por que não? De qualquer forma, ela vinha fazendo aquela mesma pergunta desde o começo da guerra, e não tivera resposta – exceto em sonhos. *Sonhos! Para que servem?*

No entanto, seus sonhos a avisaram do grande terremoto; ela deveria, então, confiar neles. De qualquer modo, não tinha escolha. Os sonhos estavam *ali*, ela os ignorava por sua conta e risco – e, até onde sabia, o risco de Troia e seu mundo.

Estava em devaneios quando ouviu uma grande comoção nas ruas; o carro de Heitor corria pela cidade na direção dos portões de baixo. Para Cassandra, observando de seu banco dentro da oficina do fabricante de sandálias, parecia que metade da população de Troia havia saído às ruas para assistir. Depois de tanto tempo, era de imaginar que subestimariam aquilo e continuariam com seus assuntos. Mas havia tanto entusiasmo evidente quanto no primeiro dia em que ele desfilara diante de seus soldados. Bem, aquilo era bom para Heitor, ela pensou, não totalmente sem sarcasmo, e teria se virado, mas o fabricante trouxe suas novas sandálias e ficou observando a carruagem de Heitor em vez de ajudá-la a calçá-las.

— Ele conduz o carro como o próprio deus da batalha — observou. — Princesa, ele é seu irmão?

— É, filho tanto da minha mãe quanto do meu pai — ela respondeu.

— Diga-me, como ele é? É de fato o herói que parece ser?

— Certamente é um lutador corajoso e valoroso — ela disse.

Mas era coragem ou só falta de imaginação? Páris podia imitar coragem, mas só porque tinha mais medo de ser considerado covarde do que qualquer outra coisa.

— Mais que isso — ela disse —, Heitor é um bom homem, além de ser um bom lutador. Ele tem mais qualidades que bravura.

O homem pareceu um pouco desconcertado, como se não conseguisse imaginar nenhuma outra virtude.

— Quero dizer, ele é digno de admiração mesmo se não houvesse guerra.

E isso, pensou ela, não podia exatamente ser dito de qualquer um de seus outros irmãos, pois eles pareciam pouco menos que armas animadas, sem muita consciência do que faziam, ou por quê. Páris tinha algumas boas qualidades, embora raramente as mostrasse a uma irmã: era bondoso com Helena, também demonstrava bondade e respeito aos pais que envelheciam e tinha sido um bom pai para os filhos enquanto viveram. Ele era bondoso até mesmo com o filho de Helena com Menelau. Eneias também tinha esse tipo de caráter – *ou acho isso apenas porque o amo?*, perguntou-se. O fabricante de sandálias ainda elogiava os atributos de Heitor. Cassandra disse:

— Ele vai ficar feliz em saber que pensam tão bem dele na cidade. — (O que certamente era verdade.) Pagou as compras e foi para rua.

Precisou pegar Mel imediatamente dos pés da multidão bloqueando o caminho e voltando das ruas onde quatro carros, conduzidos por Eneias, Páris, Deífobo e o capitão trácio Glauco, trovejavam atrás de Heitor a caminho do grande portão.

Príamo havia decidido enviar seus melhores campeões contra os aqueus, apesar do fato de que Aquiles não estava com eles – ou na esperança de atrair Aquiles? O pensamento reviveu sua curiosidade. Mel já estava tentando correr atrás da multidão, então Cassandra desceu na direção da muralha e, ao chegar ali, subiu as escadas na direção do ponto de observação favorito das mulheres.

Como esperava, ela encontrou Helena, Andrômaca e Creusa ali com Hécuba. Todas a cumprimentaram com afeto. Helena, ela observou, parecia menos cansada. Logo ela confidenciou a Cassandra que achava estar grávida de novo.

Andrômaca disse:

— Não vejo como qualquer mulher poderia em boa consciência colocar uma criança no mundo quando há essa grande guerra. Disse isso a Heitor, mas ele só respondeu que era quando mais precisavam das crianças.

— E as crianças morrem quando não há guerra — disse Helena. — Perdi meu segundo filho pelo descuido de uma parteira, e três de meus filhos morreram num terremoto. Poderiam ter caído e morrido caçando ninhos nas pedras, ou sendo pisados por um touro que escapou nos jogos. Não há segurança para crianças em nenhum lugar neste mundo mortal, mas, se decidirmos todas não ter filhos por causa disso, onde o mundo estaria?

— Ah, você tem mais coragem que eu — disse Andrômaca. — Assim como Páris é mais ousado com a carruagem que Heitor, olhem como ele sai pelo grande portão!

Era difícil dizer qual homem guiava o carro com mais selvageria: todas as cinco carruagens saíram do portão quase ao mesmo tempo, os soldados a pé de Heitor seguindo depois delas. Os aqueus ainda não tinham formado nenhuma linha de batalha. Cassandra viu o caos e a desordem no acampamento argivo enquanto os soldados pulavam entre as tendas, gritando, procurando armas. A fileira de carruagens trovejava em direção ao acampamento, e seguiu atravessando-o. Agora ela via que cada carro levava um braseiro de carvão com alguma coisa – alcatrão? piche? – e um arqueiro preparando rapidamente as flechas, enfiando-as no material em chamas e disparando-as contra a fileira de navios que estava além do acampamento. Por alguns minutos, enquanto tentavam derrubar os carros, os aqueus não perceberam o objetivo dos ataques, então soou um grande grito de raiva – mas dessa vez os carros estavam de fato na praia e vários navios já ardiam.

Os soldados a pé de Heitor eram bem organizados, atacando os guerreiros ainda surpresos de Agamemnon.

Navio após navio, cada um com uma flecha em chamas nas dobras das velas enroladas, pegava fogo, enquanto marinheiros despreparados para combater as chamas pulavam ao mar e aumentavam a confusão. Agora os homens de Heitor voltavam sua atenção dos navios para as tendas dos soldados. Houve gritos e uma confusão imensa por todo o acampamento conforme os homens tentavam, sem ânimo, organizar maneiras de combater o inferno e cuidar dos feridos. Um dos navios (depois ela soube que tinha uma carga de azeite) já havia queimado até a linha da água e afundado. Uma grande celebração se levantou dos homens de Heitor.

Os carros troianos agora estavam cercados por soldados aqueus a pé tentando puxar os combatentes para baixo, mas os arqueiros continuavam a disparar flechas em chamas contra as tendas até que as mulheres na muralha não conseguissem mais enxergar através da fumaça. Outro navio se inclinou e baixou no porto, as chamas descendo na água.

As mulheres celebraram, então houve uma comoção entre os guardas nas muralhas, e soldados troianos correram para um ponto de vantagem onde alguns arqueiros estavam posicionados. Soaram gritos altos, uma combinação de celebrações e vaias e um grande estrondo. Quando o capitão dos arqueiros voltou, Andrômaca perguntou o que havia acontecido. Saudando-a com respeito, ele disse:

— No começo pensamos que era o próprio Aquiles e que ele tinha escolhido o momento para uma distração. Não era ele, porém, era aquele amigo dele… qual o nome… Pátroclo. Ele subiu bem ali na muralha oeste onde há pedras soltas por causa do terremoto.

— Vocês o pegaram? — perguntou Andrômaca.

— Não tivemos chance, senhora, mandamos umas boas flechas zunindo em torno da cabeça dele, porém, e ele perdeu o equilíbrio e desceu deslizando. Então os arqueiros deles revidaram nosso fogo e lhe deram cobertura enquanto ele corria de volta para o acampamento — respondeu o soldado. — Uma pena que não o acertamos, se ele fosse ferido com uma flecha na goela, talvez Aquiles *ficasse* desencorajado e voltasse para casa.

— Deixe para lá — pediu Andrômaca. — Você fez o melhor que podia. E ao menos ele não entrou na cidade.

— Com seu perdão, senhora, "o melhor que podíamos" não será bom o suficiente para o príncipe Heitor — disse o soldado, com pessimismo.

— Mas creio que esteja certa: não há nada a fazer sobre isso agora, e não adianta se preocupar com o que não podemos consertar. Talvez ele nos dê outra chance de novo e um dia vamos pegá-lo.

— Que o deus da guerra conceda isso — declarou Andrômaca.

As mulheres olharam sobre a muralha de novo, os carros agora tinham se retirado do acampamento e corriam de volta na direção dos portões de Troia. Cassandra, embora não pudesse distinguir uma carruagem da outra daquela distância, contou-as e notou que todas estavam lá. O ataque aos navios, então, tinha sido um sucesso total.

Abaixo deles o vigia gritou "Prontos para abrir os portões!", e ouviram o rangido das cordas que abriam o grande portão. Helena e Andrômaca desceram as escadas para cumprimentar os maridos; as outras mulheres ficaram para trás.

Hécuba se aproximou de Cassandra, e ela perguntou:

— O rei não estava com os carros?

— Ah, não, Cassandra — disse a mãe. — As mãos dele não podem mais conduzir. Os sacerdotes curandeiros o trataram com óleos de cura e feitiços, mas a cada dia piora. Ele mal consegue amarrar as tiras das sandálias.

— Sinto muito por saber disso — lamentou Cassandra. — Mas para a velhice, mãe, não há feitiços de cura, nem mesmo para um rei.

— Nem, imagino, para uma rainha — disse Hécuba, e Cassandra, olhando com atenção para ela, percebeu como a mãe estava frágil, com as costas curvadas e tão magra que os ossos pareciam se projetar sob a pele, que sempre tinha parecido fresca e brilhante, mas se tornara acinzentada e pálida, e o cabelo estava raiado de branco amarelado. Até os olhos pareciam ter desbotado.

— A senhora não está bem, mãe.

— Bem o suficiente, estou muito mais preocupada com seu pai — disse Hécuba. — E Creusa, ela está grávida de novo, e é provável que haja uma escassez de comida nutritiva na cidade no inverno. As plantações não foram boas, e os aqueus queimaram tanto do que havia.

— Há comida suficiente na casa do Senhor do Sol — garantiu Cassandra. — O que é partilhado comigo e com Mel é sempre mais do que conseguimos comer, vamos tentar garantir que Creusa tenha o suficiente.

— Você é boa — Hécuba disse com gentileza, esticando a mão para acariciar o cabelo dela. A mãe raramente a acariciava desde que era uma criança bem pequena, e Cassandra ficou enternecida.

— Não temos apenas comida, mas também muitas ervas curativas, a senhora precisa sempre me procurar se qualquer um no palácio estiver doente ou em necessidade — ela explicou. — É tido por certo que vamos dividir o que temos com nossas famílias. Vou enviar algumas ervas para meu pai, e a senhora precisa infundi-las em água quente, molhar um pano e colocar o pano quente nas mãos dele. Pode não curá-lo, mas vai aliviar a dor dele.

Hécuba olhou além dela para Mel, que estava sentada na muralha, brincando com alguns pedregulhos. Cassandra se lembrava de um jogo semelhante quando era muito pequena: ela e as irmãs, outras filhas da casa real, escolhiam pedrinhas redondas bonitas e as colocavam em nichos na muralha para assar, como se fossem pães ou bolos, examinando-as a cada poucos minutos para ver se tinham assado o suficiente. Ela sorriu com a lembrança.

Os carros agora estavam dentro da muralha, e os portões se fechavam. Hécuba perguntou:

— Virá jantar no palácio? Embora com certeza seja mais bem alimentada na casa do Senhor do Sol…

— Acho que hoje não — disse Cassandra —, embora agradeça, vou mandar as ervas agora por um mensageiro. Espero que faça bem para meu pai, não podemos desperdiçar a força dele nesses dias. Nem mesmo Heitor está apto a governar Troia, mesmo que sobreviva ao pai.

Ela parou de falar, mas Hécuba a ouvira e olhava para ela em choque.

Ela não falou. Cassandra sabia o que ela estava pensando:

Então ela acha que Heitor pode morrer antes do pai, velho e doente como está Príamo. O que mais ela viu?

Os condutores deixaram seus carros. Heitor e Páris, acompanhados das esposas, subiram as escadas, e Eneias se juntou a Creusa. Cassandra pegou Mel. Se não tinha a intenção de se juntar a eles naquela noite no palácio, era hora de ir embora.

Creusa foi até ela e disse:

— Vou andar com você até a casa do Senhor do Sol, irmã.

— Ficaria feliz por sua companhia, mas o sol ainda está alto no céu. Não preciso de escolta — protestou Cassandra. — Não deveria se cansar com aquela subida longa.

— Eu vou — Creusa insistiu. — Gostaria de falar com você.

— Muito bem, então, como disse, fico feliz por sua companhia — declarou Cassandra.

Creusa passou a filhinha para uma criada, instruindo a mulher a levá-la para casa e alimentá-la se não tivesse voltado na hora da refeição, então se juntou a Cassandra, que amarrava o chapéu de aba larga contra o sol em Mel.

— Ela é bem crescida para a idade — ela observou. — Quantos anos ela tem agora? Quando nasceu?

— Tenho certeza de que nossa mãe disse que não estou certa — respondeu Cassandra —, mas ela não poderia ter mais que uns dias de idade quando a encontrei, e saí da Cólquida perto da metade do último inverno.

— Quase um ano, então, ela deve ser próxima da minha filha em idade — disse Creusa. — Mas ela é mais alta e mais forte, e já anda ao seu lado como uma menina grande. A pequena Cassandra ainda anda de quatro feito um filhote.

— Bem, os que conhecem bem as crianças dizem que cada uma anda e fala quando a hora for certa para ela, algumas mais cedo, outras mais tarde — respondeu Cassandra. — Mamãe diz que andei e falei cedo, e me lembro de coisas que devem ter acontecido não depois do meu segundo verão.

— Isso é verdade — confirmou Creusa. — Astíanax não andou nem falou até ter mais de dois anos, sei que Andrômaca começava a imaginar se ele tinha o juízo perfeito.

— Isso deve ter sido muito preocupante — concordou Cassandra. Ela se sentia confusa, certamente Creusa não tinha começado aquela grande subida para falar com ela sobre o crescimento e a alimentação de crianças pequenas, quando o palácio estava cheio de tantas aias para consultar.

Fosse o que fosse, Creusa estava achando difícil chegar ao ponto, contudo, bem quando Cassandra começava a imaginar se Creusa de algum modo descobrira o que ela dissera a Eneias (Mas como? Algum servo espião? Ela podia jurar que não tinham sido escutados.) e a sentir uma vaga culpa, Creusa ponderou:

— Você é uma sacerdotisa e dizem que é profeta. Foi você quem deu o aviso do grande terremoto, não foi?

— Achei que estivesse lá quando dei o aviso — disse Cassandra.

— Não, Eneias veio e me falou para não dormir sob um teto naquela noite, e para levar as crianças para fora — a irmã respondeu. — O que previu?

Creusa sabe tão bem quanto eu que vi morte e a destruição de Troia, ela pensou, mas ela estava certa de que a irmã tinha um motivo além do comum para perguntar. Ela disse, hesitante:

— Tem certeza de que quer saber? Príamo proibiu todos de ouvir minhas profecias. Pode ser melhor não o irritar.

— Deixe-me dizer por que pergunto — disse Creusa. — Eneias me contou que você profetizou que ele sobreviveria à queda de Troia.

— Isso — respondeu Cassandra, envergonhada. — Parece que os deuses têm trabalho para ele em outro lugar, pois o vi partindo ileso, e atrás dele Troia em chamas.

As mãos de Creusa foram para o peito em um gesto estranho.

— É verdade?

— Acha que mentiria sobre isso?

— Não, não, é claro que não. Mas porque ele seria escolhido para ser poupado quando tantos vão morrer?

— Não sei. Por que vocês e seus filhos foram poupados quando Helena perdeu três filhos no grande terremoto?

— Porque Eneias deu ouvidos a seu aviso, e Páris, não.

— Não foi o que eu quis dizer — respondeu Cassandra. — Ninguém pode dizer por qual motivo os deuses escolhem um para morrer e outro para viver, e talvez aqueles que vivem não sejam os mais sortudos.

Queria ter certeza de que apenas a morte me esperava, ela pensou, mas não disse isso a Creusa.

— Eneias me mandou ir embora da cidade assim que puder, e levar as crianças — declarou Creusa. — Devo ir, talvez, para Creta ou Cnossos, ou até mais longe. Estava pensando que deveria me recusar a ir, dizer que meu lugar é ao lado dele, venha guerra ou morte; mas, se é verdade que ele vai sobreviver com certeza, então entendo por que ele quer que eu vá... para que possamos nos encontrar em um país mais seguro quando a guerra terminar.

— Tenho certeza de que ele pensa apenas em sua segurança.

— Ele anda estranho ultimamente. Eu me perguntei se ele tinha encontrado outra mulher e me queria fora do caminho.

Cassandra disse, com a boca seca:

— Mesmo se fosse assim, isso teria importância? Já que quase todos na cidade vão morrer quando ela cair...

— Não, imagino que não, se uma delas pode deixá-lo feliz por um tempinho — ponderou Creusa —, e vão todos morrer mesmo... por que deveria me importar? Então acha que eu deveria ir?

— Não posso lhe dizer isso, posso apenas dizer que poucos vão sobreviver à queda da cidade — disse Cassandra.

— Mas é seguro viajar com uma criança tão pequena?

— Mel não poderia ter mais que alguns dias quando a encontrei, e ela sobreviveu e vingou. As crianças são mais fortes do que pensamos.

— Achei apenas que talvez ele quisesse se livrar de mim — refletiu Creusa. — Mas você me fez entender por que é melhor que eu vá. Obrigada, irmã.

Inesperadamente, ela passou os braços em torno de Cassandra e a abraçou forte.

— Você também deveria abandonar a cidade antes que seja tarde demais. Você não criou essa guerra com os malditos aqueus, e não há motivo para morrer com a cidade. Vou pedir a Eneias para arranjar que seja mandada para longe.

— Não — disse Cassandra. — Parece que esse é meu destino, e preciso cumpri-lo.

— Eneias fala bem de você, Cassandra — garantiu Creusa. — Ele uma vez me disse que você era mais inteligente que todos os oficiais de Príamo juntos, e que se estivesse no comando, poderíamos até vencer essa guerra.

Cassandra riu desconfortável e respondeu:

— Então ele pensa bem demais de mim. Mas você precisa ir, Creusa, junte suas posses e esteja pronta para partir quando ele conseguir encontrar um navio para você, ou qual seja o meio que ele possa encontrar para enviá-la com as crianças para um local seguro.

Creusa a abraçou de novo. Ela disse:

— Se devo partir logo, podemos não nos encontrar de novo. Mas para onde o destino possa levá-la, irmã, eu lhe quero bem; e, se Troia de fato cair, rezo para que os deuses a protejam.

— E você também — declarou Cassandra, beijando o rosto dela, e assim se separaram.

Cassandra observou a irmã sair da vista, sabendo em seu coração que jamais veria Creusa de novo.

CINCO

DESDE A BATALHA EM QUE CINCO NAVIOS FORAM QUEIMADOS ATÉ A linha d'água e outros muito danificados, os aqueus tinham apertado tanto o bloqueio que – como disse Heitor – um caranguejo não conseguiria se arrastar até a cidade. Por esse motivo, Eneias não tentou enviar Creusa para longe pelo mar, ela foi enviada em um carro pelo lado da terra, e pela costa muitas milhas depois do bloqueio, onde um navio a levaria primeiro para o Egito e depois para Creta. Cassandra a viu partir, e pensou que, se Príamo tivesse juízo, mandaria todas as mulheres e crianças para fora da cidade. No entanto, não disse nada, tinha feito seu melhor para avisar.

Até o lado da cidade que dava para a terra não era mais totalmente seguro. Uma carga de armas de ferro vinda da Cólquida tinha sido interceptada e levada para o acampamento argivo com grande celebração. Logo depois, um pequeno exército de trácios vindo do continente para se juntar às forças de Príamo foi emboscado por capitães aqueus – dizia-se que por Agamemnon e Odisseu em pessoa, e todos os cavalos foram roubados, e os guardas trácios, assassinados.

— Isso não é guerra — exclamou Heitor —, é uma atrocidade. Os trácios ainda não eram parte dos exércitos de Troia, e Agamemnon não tinha rixa com eles.

— E agora nunca terá — disse Páris, com cinismo.

Isso incitou outro ataque dos aqueus, liderados por Pátroclo, que de novo subiu as muralhas na dianteira de seus homens; os troianos conseguiram repeli-los, e afirmaram que Pátroclo tinha sido ferido, embora não com seriedade.

Após um pedido sério de Cassandra, as pessoas da casa do Senhor do Sol construíram um altar e sacrificaram dois dos melhores cavalos de Príamo a Poseidon. Outro terremoto poderia derrubar todas as muralhas e portões de Troia e deixar a cidade aberta para os aqueus. Esse era agora o único medo de Cassandra; ela sabia que deveria acontecer, mas, se os troianos fizessem todos os esforços para aplacar Poseidon, ele poderia segurar a mão.

As forças acaias lutavam sem seu maior guerreiro, Aquiles ainda permanecia em sua tenda. De vez em quando ele saía – sem as vestimentas de batalha – e andava pelo acampamento, sozinho e taciturno, ou com Pátroclo, mas do que falavam ninguém sabia. Rumores trazidos por espiões diziam que Agamemnon tinha visitado Aquiles e oferecido a primeira escolha de todos os espólios da cidade para ele e seus homens, mas que Aquiles respondera apenas que não confiava mais em nenhuma oferta que Agamemnon pudesse fazer.

— Não o culpo — disse Heitor. — Não confiaria em Agamemnon nem um pouco. Mas é um tanto conveniente para nós essa briga no acampamento inimigo: enquanto estão brigando uns com os outros, temos tempo para consertar nossas muralhas e reunir nossas defesas. Se eles fizerem as pazes e decidirem trabalhar juntos, então que deus ajude Troia.

— Qual deus? — perguntou Príamo.

— Qualquer deus que eles já não tenham subornado para estar do lado deles — respondeu Heitor. — Imagine se Eneias e eu tivéssemos algum tipo de briga e nos recusássemos a trabalhar juntos?

— Espero que jamais venhamos a descobrir — disse Eneias —, pois suspeito que nesse dia estaríamos condenados à ruína mais rápido do que qualquer deus poderia nos condenar.

Príamo empurrava inquieto a comida no prato, que consistia apenas em alguns vegetais e um pouco de pão duro.

— Talvez seja possível fazer uma caça do lado da terra — ele disse. — Eu ficaria feliz com um pouco de carne de veado, ou até de coelho.

— Não tinha pensado que ouviria o senhor dizer isso, pai. Ficamos tão abarrotados de carne por tanto tempo quando as cabras precisaram ser mortas por falta de forragem, deixamos apenas algumas para o leite das crianças pequenas — informou Heitor. — Os porcos podem comer os restos das mesas, e ainda há algumas bolotas nos bosques, mas agora há poucos. Talvez possamos caçar…

— Acho que os porcos deveriam ser mortos também — disse Deífobo. — Nesse inverno vamos precisar das bolotas para fazer pão, deveríamos colocar todos os jovens que ainda não têm idade para lutar para recolhê-las e estocá-las. Vai ser um inverno de fome, não importa o que façamos.

— O que está sendo feito na casa do Senhor do Sol? — perguntou Eneias. — Você está aí sentada tão quieta e sábia, Cassandra. O que diz a sabedoria de Apolo?

— Não importa o que vocês façam — Cassandra falou sem pensar. — No inverno, Troia não vai mais precisar de comida.

Páris deu um grande passo na direção dela e rosnou:

— Eu a avisei, irmã, do que faria se viesse aqui de novo espalhar suas más notícias!

Eneias pegou o braço dele no meio do golpe.

— Bata em alguém do seu tamanho — ele rugiu. — Ou me bata, pois fui eu quem fez a pergunta que trouxe a resposta que não quer ouvir!

Ele completou com gentileza:

— É assim tão ruim, Cassandra?

— Não sei — ela disse, olhando para eles em desamparo. — Pode até ser que os aqueus tenham ido embora e não haverá mais necessidade de guardar comida…

— Mas você acha que não — ele lançou.

Ela balançou a cabeça, estavam todos olhando para ela.

— Mas as coisas não vão continuar como estão agora por muito tempo, isso eu sei. Uma mudança virá logo.

Estava ficando tarde. Eneias se levantou.

— Vou dormir no acampamento com os soldados — ele disse —, já que minha mulher e meus filhos foram embora.

Heitor apontou:

— Suponho que deveria mandar Andrômaca e o menino para longe, se há tanto perigo aqui.

Páris disse:

— Agora percebe por que acho que Cassandra deve ser silenciada a qualquer custo? Ela está espalhando tanta desesperança por Troia que todas as mulheres terão partido quando nos dermos conta; e então, por que vamos lutar?

— Não — retrucou Helena. — Eu não vou. Para o bem ou para o mal, vim para Troia, e não há mais nenhum refúgio para mim. Vou ficar ao lado de Páris enquanto estivermos vivos.

— E eu — disse Andrômaca—, onde Heitor tiver a coragem de permanecer, ali ficarei ao seu lado. E onde eu ficar, meu filho fica.

Cassandra, recordando-se de que Andrômaca tinha sido criada como guerreira, pensou que talvez Imandra ficasse orgulhosa da filha, afinal. *Queria ter a coragem dela*, ela pensou, então se lembrou de que Andrômaca não sabia o que os esperava. Talvez fosse mais fácil ter coragem quando você ainda acreditava que aquilo que temia não iria acontecer. Em seus ouvidos estavam os trovões de Poseidon, e ela mal conseguia ver através do cômodo por causa das chamas que pareciam se levantar.

No entanto, o cômodo estava silencioso e frio, e todos os rostos que a cercavam eram bondosos e amorosos. Quanto tempo mais ela os teria em torno de si? Já tinha perdido Creusa, quem seria o próximo?

Ela sabia que deveria ficar dentro da casa do Senhor do Sol, mas não conseguia ficar longe do palácio, e todos os dias ficava observando da muralha com as outras mulheres, de modo que foi uma das primeiras a ver a explosão de pessoas nos espaços entre as casas, tão rápida que por um momento se perguntou se era outro terremoto. Então o grito se levantou.

— Aquiles! É a carruagem de Aquiles!

Heitor praguejou violentamente e subiu correndo as escadas até os pontos de observação da muralha.

— Aquiles voltou? É a pior notícia que poderíamos ter – ou é a melhor? — ele disse com a voz rouca, correndo para onde as mulheres observavam. — É, é mesmo, aquela é a carruagem dele. — E protegeu os olhos do sol com a mão.

Então se virou, fazendo uma careta.

— Pelo deus da batalha! Aquele não é Aquiles, mas outra pessoa usando a armadura dele! Os ombros de Aquiles são duas vezes mais largos. Talvez aquele namorado dele. A armadura nem serve. Em nome de Ares, o que ele está tentando? Ele realmente acha que pode enganar qualquer um que já tenha visto Aquiles lutar?

— Imagino que seja uma artimanha para encorajar os homens de Aquiles — disse o condutor do carro, o jovem Troilo.

— Seja o que for — declarou Heitor —, faremos um trabalho rápido com ele. Posso hesitar em enfrentar Aquiles, até em um dia propício, mas ainda não nasceu o dia em que terei medo de Pátroclo. Talvez, jovem, eu devesse colocar minha armadura em você, colocá-lo no meu carro e mandá-lo contra ele.

— Farei isso com alegria se me permitir — disse o menino, com entusiasmo, e Heitor riu e o pegou no ombro.

— Sei que faria, menino, mas não subestime Pátroclo tanto assim. Ele não é um mau lutador, não está no meu nível ou no de Aquiles, é verdade, mas você ainda não está pronto para ele, não neste ano e provavelmente também não no próximo.

Ele chamou seu armeiro, que veio e o vestiu com sua melhor armadura, então os outros ouviram o portão ranger quando Heitor saiu.

— Isso me assusta — disse Andrômaca, correndo para o melhor ponto de observação. — Grande Mãe, como esse menino desgraçado dirige aquela carruagem? Heitor não ensinou cautela ou bom senso a ele? Os dois serão jogados para fora em um instante!

Os dois carros corriam juntos como garanhões no cio juntando-se no auge da estação. Troilo se ocupava com os mirmidões que investiam contra a carruagem. Ele lutava com um atrás do outro, enquanto Heitor esperava o campeão. Então ele saltou sobre o eixo da carruagem, deixando Troilo para defendê-la, e enfrentou o homem que usava a armadura brilhante decorada com ouro de Aquiles.

A espada de Heitor girou para encontrar o aqueu, que correu para ele, balançando a arma. Um passo rápido e Pátroclo estava no chão, mas, quando Heitor correu para terminar de matá-lo, o jovem se levantou como se a pesada armadura fosse um manto de plumas, e recuou. Os homens trocaram uma série de golpes tão rápido que Cassandra não conseguia saber se algum deles tinha a menor vantagem. Um gritinho de Andrômaca lhe disse que seu marido tinha sido ferido, mas, quando olhou, viu que Heitor havia se recuperado imediatamente e atacava com tanta violência que Pátroclo recuava para a carruagem dele. A espada de Heitor afundou no lugar em que a armadura encontra a proteção do braço, então saiu livre um esguicho de sangue. Pátroclo cambaleou para trás, um dos mirmidões o pegou pela cintura e o levantou para a carruagem; ele ainda estava de pé, mas cambaleava e estava pálido. O condutor do carro – ou era o condutor de Aquiles? – deu um tapa nos cavalos, e eles galoparam de volta na direção da praia e das tendas dos aqueus, sendo perseguidos por Heitor.

Troilo disparou uma flecha que acertou Pátroclo na perna, e ele perdeu o equilíbrio e caiu. Apenas o movimento rápido do condutor ao pegá-lo o impediu de ser jogado do carro. Heitor fez um gesto para que Troilo abandonasse a perseguição. Pátroclo estava morto ou ferido com tanta gravidade que era questão de tempo até que morresse. O carro de Heitor virou de volta para Troia, Andrômaca começou a descer correndo as escadas ao ouvir o ranger das cordas que abriam o grande portão, mas Cassandra a segurou, e elas esperaram até que Heitor subisse as escadas. Seu carregador de armas veio e começou a ajudá-lo a tirar a armadura, mas Andrômaca tomou o lugar dele.

— Você está ferido!

— Nada sério, eu lhe asseguro, minha querida — respondeu Heitor. — Já me feri mais brincando no campo.

Era um longo corte no antebraço, que não tinha ferido o tendão e poderia ser curado sendo limpo com vinho e azeite e com um curativo apertado. Andrômaca, sem esperar por um curandeiro, começou imediatamente a cuidar dele, e perguntou:

— Você o matou?

— Não tenho certeza de que já esteja morto, mas, garanto, ninguém se recupera de fato de um golpe nos pulmões como aquele — disse Heitor, e quase no mesmo minuto ouviram um barulho do acampamento dos aqueus: um grande uivo de ódio e tristeza.

— Ele está morto — declarou Heitor. — Esse é um golpe duro para Aquiles, ao menos.

— Olhem — disse Troilo —, ali está ele em pessoa.

Era de fato Aquiles em pessoa, usando apenas uma tanga, os grandes ombros nus e o cabelo claro comprido esvoaçando. Ele saiu de sua tenda e foi na direção das muralhas de Troia. Pouco além do alcance de flechas, ele parou, levantou o punho fechado e o chacoalhou para as muralhas. Ele gritou algo, perdido na distância.

— Eu me pergunto o que ele falou— afirmou Hector.

Páris, que estava se desarmando por perto, interveio:

— Imagino que alguma versão de "Heitor, filho de Príamo" – com algumas observações de escolha sobre seus ancestrais e filhos –, "desça aqui e deixe-me matá-lo dez vezes!".

— Ou, mais provável, dez mil vezes — concordou Heitor. — Não entendi as palavras, mas a melodia é bastante clara.

— Então, agora devemos celebrar? — quis saber Páris.

— Não — disse Heitor, sobriamente —, não me alegro, ele era um homem corajoso e, acho, honrado. Ele pode ter sido o único que controlava a insanidade de Aquiles. Tenho certeza de que a guerra vai ficar pior porque ele não está mais entre eles.

— Não o entendo — retrucou Páris. — Eliminamos um grande guerreiro, e você não está feliz. Se eu o tivesse matado, estaria pronto para declarar feriado e oferecer um banquete.

— Ah, se tudo o que quer é um banquete, tenho certeza de que podemos arranjar isso de algum modo — respondeu Heitor. — Tenho certeza de que muitos vão se alegrar, mas, se matarmos os inimigos decentes e honrados entre os aqueus, vamos terminar lutando apenas com loucos e patifes. Não temo nenhum homem são, mas Aquiles... isso é outra história. Provavelmente vou lamentar a morte de Pátroclo tanto quanto qualquer homem, exceto o próprio Aquiles.

Eneias foi olhar sobre a muralha.

— Onde está Aquiles? Ele sumiu.

— Provavelmente de volta à tenda dele tentando fazer Agamemnon interromper a luta por alguns dias de luto.

— Esse seria o momento de atingi-los com força — disse Páris —, antes de Aquiles se recuperar, enquanto ainda estão desorganizados.

Heitor balançou a cabeça.

— Se pedirem uma trégua, somos obrigados por honra a concedê-la — ele respondeu. — Eles nos deram uma trégua para lamentar a morte de *seus* filhos, Páris.

— Não pedi isso — Páris rosnou. — Isso não é guerra, essa troca de honras cuidadosa, é algum tipo de dança!

— Guerra é um jogo com regras como qualquer outro — disse Príamo. — Não foi você, Páris, quem reclamou que Agamemnon e Odisseu tinham quebrado as regras quando tomaram os cavalos trácios?

— Se vamos lutar — ponderou Páris —, vamos tentar vencer. Não vejo por que trocar cortesias com um homem quando estou tentando matá-lo, e ele está fazendo o melhor que pode para retribuir o favor.

Heitor e Páris começaram a falar ao mesmo tempo. Príamo exigiu:

— Um de cada vez.

E Heitor gritou mais alto.

— Essas "cortesias", como as chama, são tudo o que faz da guerra um negócio honrado para homens civilizados; se algum dia pararmos de estender essas cortesias aos inimigos, a guerra não será mais que um negócio imundo, governado por açougueiros e pelo pior tipo de canalha.

— E, se não vamos lutar — disse Páris —, por que não resolvemos nossas diferenças com uma disputa de tiro com arco, ou jogos como pugilato ou luta? Nesse caso, me parece que a competição faria mais sentido que uma guerra, estamos competindo por um prêmio.

— Tendo Helena como prêmio? Acha que ela vai querer ser o prêmio em uma disputa de tiro com arco? — zombou Deífobo.

— Provavelmente não — respondeu Páris —, mas as mulheres normalmente são dadas como prêmio para a cobiça de alguém, e não vejo por que isso deveria fazer tanta diferença.

***

Era bem cedo no dia seguinte quando Agamemnon, usando a túnica branca de um arauto, foi sob uma bandeira de paz até o palácio de Príamo, e levou como oferta de paz as duas aias de Hécuba, Kara e Adrea, que tinham sido tiradas de Cassandra quando ela entrara na cidade. Então Agamemnon pediu a Príamo, em honra aos mortos, para conceder uma trégua de sete dias porque Aquiles queria promover jogos funerários em honra ao amigo.

— Serão dados prêmios — ele disse —, e os homens de Troia são bem-vindos para competir e serão considerados para os prêmios em termos iguais aos do nosso pessoal.

Ele afirmou depois de um momento que Príamo seria bem-vindo para julgar qualquer disputa para a qual se sentisse qualificado – corrida de carros, talvez, ou tiro com arco. Príamo o agradeceu em tom grave e ofereceu um touro como sacrifício a Zeus Trovejante, e um caldeirão de metal como prêmio para a luta.

Depois que Agamemnon tinha aceitado os presentes com sobriedade e partido com expressões educadas de estima, Páris perguntou, com repulsa:

— Imagino que vá competir nessa farsa, Heitor.

— Por que não? O fantasma de Pátroclo não vai se ressentir de mim por um caldeirão ou uma taça, ou uma boa refeição no funeral dele. Nós não temos mais disputa agora, e, se eu for morto no saque final de Troia, se houver um, teremos alguma coisa para conversar no Além-Mundo.

SEIS

Um silêncio mortal pairou sobre Troia durante todo o dia seguinte, e sobre o acampamento aqueu. No meio da tarde, Cassandra desceu até a muralha da cidade, onde conseguia ver o acampamento e até a praia cheia de navios da parte alta dos muros da casa do Senhor do Sol, mas dali ela não ouvia nada, nem sabia o que se passava.

Andrômaca estava na muralha com Heitor e outros da casa de Príamo. Eles receberam Cassandra e abriram espaço para que ela visse o que acontecia.

— Essa seria a melhor hora para atacá-los e queimar o resto dos navios deles — sugeriu Andrômaca, mas, com um olhar feroz de Heitor, ela recuou. — Estava brincando, meu amor, sei que é incapaz de quebrar a trégua.

— *Eles* quebraram — Páris os lembrou. — Se eu estivesse morto e tivéssemos buscado uma trégua para meu enterro, realmente acham que eles não nos atacariam no auge do banquete? Odisseu e Agamemnon provavelmente os encorajam neste minuto a armar um ataque quando menos esperamos.

— O acampamento parece quase deserto — disse Cassandra. — O que eles estão fazendo?

— Quem pode saber? — respondeu Páris. — Quem se importa?

— Eu sei — respondeu Heitor. — Os sacerdotes estão preparando o corpo de Pátroclo para o enterro ou cremação; Aquiles está sofrendo e chorando; Agamemnon e Menelau estão planejando um modo de quebrar a trégua; Odisseu está tentando impedi-los de brigarem alto o suficiente para que possamos ouvir; os mirmidões estão preparando os jogos para amanhã – e o resto do exército está se embebedando.

— Como sabe disso, pai? — perguntou Astíanax.

Heitor respondeu, rindo:

— É o que estaríamos fazendo se fosse conosco.

Naquele momento, um jovem mensageiro, vestido como sacerdote noviço de Apolo, entrou na muralha.

— Perdão, nobres, uma mensagem para a princesa Cassandra — ele disse, e Cassandra franziu o cenho.

Uma das serpentes tinha picado alguém, ou uma das crianças tinha ficado com febre? Ela não conseguia pensar em nenhum outro motivo para ser chamada, suas obrigações do templo para o dia, nunca muito prementes, tinham sido cumpridas, e ela recebera permissão para se ausentar.

— Estou aqui — ela disse. — O que é necessário?

— Senhora, chegaram hóspedes à casa do Senhor do Sol, vieram pelas montanhas para evitar o bloqueio dos aqueus, e estão atrás da senhora. Dizem que a questão é muito urgente e não pode demorar.

Intrigada, Cassandra se curvou para o pai e se retirou. Ao subir para o templo, imaginou quem poderiam ser e por que a procuravam. Foi para o cômodo onde os visitantes eram recebidos; na escuridão do lugar depois do sol, os estranhos eram apenas meia dúzia de formas indistintas.

Um deles se levantou e foi na direção de Cassandra, abrindo os braços.

— Meu coração se alegra por vê-la, criança — ela disse, e Cassandra, os olhos se adaptando à penumbra do cômodo, olhou para o rosto da amazona Pentesileia.

Cassandra caiu no abraço entusiástico dela.

— Ah, como estou feliz em ver todas vocês! Quando voltei da Cólquida não havia sinal de vocês, e achei que estivessem todas mortas!

— Sim, soube que esteve à nossa procura, mas tínhamos ido para as ilhas, procurando ajuda e talvez um novo território — disse Pentesileia. — Não encontramos, então voltamos, e não tinha como mandar avisá-la.

— Mas o que estão fazendo aqui? Quantas de vocês estão aqui?

— Trouxe comigo todas as que não escolheram ir morar nas cidades sob o governo de homens. Viemos defender Troia contra seus inimigos — declarou Pentesileia. — Príamo me contou uma vez, há muitos anos, que, para mandar chamar mulheres para ajudar na defesa de sua cidade, Troia teria de fato caído em tempos muito malignos. Talvez agora eu saiba melhor que ele quanto é maligna a situação em que Troia se encontra.

— Não sei se meu pai concordaria com a senhora — lançou Cassandra. — O exército está feliz porque Heitor acabou de matar o segundo lutador mais perigoso das forças dos aqueus.

— Sim, me disseram isso na casa do Senhor do Sol — afirmou Pentesileia. — Mas não acho que Troia esteja mais segura porque Pátroclo está morto.

— Parenta — Cassandra disse, em tom grave —, Troia vai cair, mas não pela mão de nenhum homem. Acha, então, que podemos lutar contra a mão de um deus?

Pentesileia sorriu de seu jeito antigo.

— Não é com a destruição das muralhas que precisamos nos preocupar, mas com a destruição de nossas defesas. Troia pode ser derrotada e saqueada, e, se é a vontade dos poderes acima, que isso aconteça. — Ela parou de falar e estendeu os braços para Cassandra, que foi para eles como a criança que tinha sido. — Minha pobre criança, há quanto tempo está sozinha nisso? Não há ninguém em Troia, soldado, rei ou sacerdote, para confiar em sua Visão? — ela perguntou, segurando-a como uma criança de novo junto aos pequenos seios velhos. — Nenhum de seus parentes ou irmãos? Nem mesmo seu pai?

— Eles menos que todos — murmurou Cassandra. — Eles se enraivecem quando falo da condenação de Troia. Não querem ouvir. E, talvez, se não posso oferecer uma maneira de evitar esse destino, mas só posso dizer que vai acontecer… talvez estejam certos em não se torturarem por isso.

— Mas fazer você sofrer tudo isso sozinha — começou Pentesileia, então parou de falar e suspirou. — Mas agora preciso me apresentar com minhas guerreiras a Príamo, e cumprimentar sua mãe, minha irmã.

— Vou levá-la ao palácio para que ele lhe dê as boas-vindas — disse Cassandra.

A velha amazona soltou uma risadinha.

— Ele não vai me dar as boas-vindas, minha querida, e, quanto mais desesperadamente ele precisar das habilidades de luta de minhas mulheres, menos bem-vinda serei — ela disse. — O melhor que posso esperar é que ele não nos recuse, talvez tenha esperado o suficiente para que ele perceba que precisa até mesmo de poucas boas guerreiras. As minhas chegam a vinte e quatro.

— Sabe tão bem quanto eu que Troia não pode se dar ao luxo de recusar ajuda de qualquer fonte, mesmo se tivesse trazido um exército de centauros — declarou Cassandra.

Pentesileia suspirou e balançou a cabeça.

— Nunca mais vai existir um exército assim de novo — ela disse, triste. — Os últimos guerreiros deles se foram, acolhemos meia dúzia dos meninos mais jovens deles, depois que seus cavalos morreram. Agora os moradores das vilas que arranham o chão para uma colheita de cevada e nabos colocam suas cabras e porcos para pastar onde um dia os centauros corriam com seus cavalos, nossas éguas também morreram, com exceção dessas pobres últimas. Há poucos cavalos nas planícies perto de Troia, percebi. As manadas selvagens foram capturadas pelos aqueus ou pelos próprios troianos.

— A manada sagrada de Apolo ainda corre livre pelas encostas do Monte Ida, ninguém ousou tocar nela — Cassandra a lembrou. — Nem as sacerdotisas do Pai Escamandro ousaram colocar bridas nas cabeças deles.

Mas isso a fez pensar em Enone, e Cassandra se perguntou como ela estava. Fazia anos que não a via, agora as mulheres do Monte Ida nunca vinham para a cidade, nem para os festivais. Páris jamais falava dela, e, até onde Cassandra percebia, jamais pensava nela, embora, agora que os filhos de Helena tinham sido mortos, a criança de Enone fosse o único filho vivo dele.

Ela disse:

— A senhora e suas mulheres devem estar exaustas da viagem, ofereço a hospitalidade da casa do Senhor do Sol. Deixe-me trazer criados que vão levá-las para um banho, e se desejarem túnicas de hóspedes…

— Não, minha querida — respondeu Pentesileia. — Um banho seria mais que bem-vindo, mas nossas mulheres e eu vamos nos apresentar com armaduras e couros de cavalgada. Somos o que somos e não vamos fingir ser outra coisa.

Cassandra foi fazer os arranjos, depois se preparar para jantar no palácio. Mandou avisar que levaria convidados, mas só contou a identidade para a rainha Hécuba. Como parenta, sabia que elas seriam bem recebidas, mas que Príamo não gostava das amazonas. Mesmo assim, as leis de hospitalidade eram sagradas, e sabia que Príamo jamais as violaria.

Em desafio, ela pensou em se vestir com suas velhas roupas de montaria de couro e portar armas. Príamo ficaria com raiva, mas ela queria se identificar com as amazonas. No entanto, quando ela tirou as velhas roupas da arca, a túnica de baixo macia nem passava por sua cabeça, tinha sido feita para a menina que fora quando cavalgava com as amazonas. Os couros estavam velhos e rachados, e também não serviam. Por que os tinha guardado por todos esses anos? A menina que tinha sido se fora para sempre.

No fundo da arca estava seu arco de chifre e madeira, ainda conseguia usá-lo, imaginava, e tinha mantido a espada e a adaga brilhantes e livres de ferrugem. *Eu ainda poderia cavalgar, e tenho certeza de que posso lutar se precisar*, ela pensou, *mesmo que agora não tenha mais vestes de amazona, talvez antes que minha cidade caia ainda possa empunhar armas em sua defesa, não são as roupas, mas as armas e a habilidade, que fazem a amazona.* Ela se viu e se sentiu – embora não tivesse movido um músculo – encaixando uma flecha no grande arco, puxando a corda para trás, deixando a flecha voar... *Mas contra quem? Ela não podia ser o alvo para onde a flecha voava...*

De qualquer modo, ficou animada ao pensar que não ficaria indefesa na luta final por Troia. Guardou as armas na arca – iria jogar fora os couros, ou, melhor ainda, guardá-los para Mel. Colocou um belo vestido de linho tecido na Cólquida e seus melhores brincos de ouro – em forma de cabeça de serpente – nas orelhas. Acrescentou um bracelete de ouro e o colar de contas azuis do Egito e saiu para encontrar suas convidadas.

Elas haviam se juntado a um homem alto de armadura. Com surpresa, ela reconheceu Eneias.

— Vim acompanhá-la, Cassandra — ele disse —, mas andei conversando com suas convidadas. Ficaremos gratos por ter arqueiras amazonas na defesa da torre principal, vamos colocá-las nas muralhas...

— Estou a seu dispor — respondeu Pentesileia —, e tenho um velho ressentimento do pai de Aquiles, ao menos uma vez vou lutar contra o filho.

Cassandra sentiu de novo a escuridão sufocante apertando o punho em torno de sua garganta, de modo que não conseguia falar ou gritar.

— Não! — ela sussurrou, mas sabia que ninguém conseguia ouvi-la.

Eneias disse, afável:

— Bem, Heitor é nosso comandante, cabe a ele dizer onde quer que lutem. Podemos resolver isso em um dia ou dois. Vamos?

Ele ofereceu o braço com cortesia para a rainha amazona, e eles saíram do cômodo, andando na direção do palácio. Ainda não estava bem escuro, e Pentesileia olhava consternada para os destroços ainda bloqueando as ruas. Alguns poucos abrigos de madeira tinham sido erguidos com pressa, mas a cidade ainda dava a impressão de que uma criança gigante, em um ataque de birra, tinha chutado uma caixa de brinquedos.

Eneias apontou:

— Meu pai me contou muitas histórias sobre as guerras entre os centauros e as amazonas. Havia um menestrel em nossa corte que cantava uma balada sobre elas… — Ele cantarolou algumas frases. — Conhece a música?

— De fato conheço, se seus menestréis não sabem cantá-la, eu mesma canto — disse Pentesileia —, embora minha voz não seja o que era quando eu era menina.

Atravessando os pátios, Cassandra observou o pequeno grupo de amazonas. Pentesileia tinha envelhecido mais que um ou dois anos desde o último encontro delas na estrada para a Cólquida. Ela sempre tinha sido alta e magra, agora estava esquelética, os braços e pernas feitos apenas de tendões enrijecidos, sem um grama restante de maciez em nenhum lugar. Ela ainda tinha todos os dentes, fortes e brancos, mal se podia descrevê-la como uma "mulher velha".

Nenhuma das outras era tão velha quanto Pentesileia: a mais jovem, achava Cassandra, mal tinha entrado na adolescência, uma menina esguia que parecia tão forte e perigosa quanto o próprio arco.

Isso é o que eu poderia ter sido, o que eu deveria ter sido. Cassandra olhou para a jovem guerreira com inveja mal disfarçada. *Ao menos ela não precisa ficar sentada à toa enquanto as defesas da sua cidade desabam.*

— Mas você não estava à toa — disse Eneias, em voz baixa, e ela se perguntou – embora jamais soubesse com certeza – se ele tinha lido seus pensamentos ou se ela os havia murmurado em voz alta. — Você é uma sacerdotisa, uma curandeira. Não são apenas os guerreiros que servem a uma cidade na guerra.

Ele passou o braço em torno da cintura dela, e eles andaram juntos pelo resto do caminho. Quando entraram no grande salão de Príamo, o arauto gritou seus nomes:

— A princesa Cassandra, filha de Príamo; o senhor Eneias, filho de Anquises; Pentesileia, rainha guerreira da tribo das amazonas, e duas dúzias de suas senhoras… ahn — o arauto tossiu para disfarçar sua confusão —, de suas guerreiras – como eu deveria dizer, minha senhora...

— Paz, burro — disse Pentesileia. — Nenhum de nós tem mais juízo do que os deuses nos deram. Seu rei e sua rainha sabem quem eu sou.

Mas ela estava sorrindo e bem-humorada até quando o arauto se remexeu para secar as palmas suadas na túnica.

Hécuba veio de seu assento alto, correndo na direção da irmã, e a tomou nos braços.

— Querida irmã — ela cumprimentou, e Pentesileia retribuiu o abraço.

Príamo também se levantou e deu vários passos adiante do assento alto, abraçando Pentesileia exatamente como sua mulher tinha feito.

— Seja muito bem-vinda, cunhada. Cada mão que pode levantar uma arma é bem-vinda para nós no dia de hoje. Terá sua escolha em toda a pilhagem do acampamento aqueu com os outros guerreiros, isso lhe prometo. Quem desmentir isso não é amigo meu — ele disse, com um olhar agudo e significativo para Heitor.

— Pai, chegamos a isso?

— Eu daria boas-vindas aos próprios centauros para lutar contra o exército de Aquiles — garantiu Príamo. — Diga-me, irmã, que armas trouxe?

— Duas dúzias de guerreiras, e estamos todas armadas com espadas de ferro da Cólquida — respondeu Pentesileia. — Todas nós também somos treinadas para o arco, minhas mulheres acertam o olho de um garanhão correndo a cem passos.

— Uma de vocês vai entrar na disputa de tiro de arco nos jogos funerários amanhã? — perguntou Páris. — Aquiles ofereceu as melhores carruagens capturadas, e, ao melhor arqueiro, o grande arco do próprio Pátroclo.

— Ele não daria isso a uma mulher — disse Heitor. — Nem se ela atirasse melhor que o próprio Pátroclo.

— Ele jurou dar os prêmios ao vitorioso.

— Nada é sagrado para Aquiles — afirmou Pentesileia. — Eu estaria disposta a competir apenas para mostrar isso a todos os homens dele, mas ele pode me surpreender. Porém, não tenho desejo ou necessidade de ter um carro, e meu próprio arco é suficiente para minhas necessidades. — Ela riu. — Não estou nessa guerra por ouro ou espólios. O que eu faria com uma mulher cativa?

— Se conseguir espólio suficiente nessa guerra, poderia reestabelecer suas cidades — disse Andrômaca —, ou ir fundar uma cidade própria em algum lugar, como o povo de minha mãe fez com a Cólquida.

— Há ideias piores — ponderou Pentesileia. — Vou considerar isso. Se eu ganhar essa grande carruagem, então, Príamo, vai trocá-la por ouro?

— Se ele não trocar — disse Hécuba —, eu troco. Vai ser bem paga… você e todas as suas guerreiras.

As taças de vinho foram passadas de novo, todos os homens rindo e brincando, cada um dizendo em qual disputa iria competir, e o que faria com o prêmio se o ganhasse.

— Deveria tentar ganhar uma das mulheres, Eneias — sugeriu Deífobo. — Alguém para esquentar sua cama enquanto Creusa está em Creta.

— Não — disse Eneias, levantando a taça. — Se ganhar uma mulher cativa, vou mandá-la para Creta como criada para servir Creusa e ajudá-la a cuidar das crianças; ela vai receber um salário honesto, para que um dia possa comprar sua liberdade. Não gosto disso de distribuir mulheres como prêmio. Tanto quanto Pentesileia, não desejaria nenhuma mulher se ela não viesse pela própria vontade.

Sobre a borda da taça dourada, os olhos dele encontraram os de Cassandra. Ela sabia o que ele pedia dela e qual seria sua resposta.

***

Cassandra e Eneias subiam devagar a colina na direção da casa do Senhor do Sol. Não havia lua, e as ruas estavam escuras, exceto pela luz ocasional vinda de dentro de uma das casas. Cassandra tropeçou em uma pedra solta, e Eneias colocou o braço em torno dela, equilibrando seus passos – ou talvez, ela pensou, buscando uma desculpa para abraçá-la; ela não tinha certeza de que não tropeçara como desculpa para se prender nele. Embora a noite estivesse quente, ele envolveu o manto em torno do dois, e ela tinha uma consciência avassaladora do calor do corpo dele.

Ela não estava precisamente assustada, mas estava nervosa e um pouco perturbada. Por tantos anos sua vida fora a de uma sacerdotisa, e a virgindade estivera bem no centro dessa vida. Ela se viu recordando todos os argumentos que reunira para Crises e imaginou se agia como uma hipócrita: agora que havia decidido se render, se rendia ao marido da irmã. Mas tinha a palavra da própria Creusa de que isso não importava, não precisava ter escrúpulos por causa dela.

E por causa do deus? Havia muito tinha perdido a crença de que Apolo Senhor do Sol se importava com o que fazia. Ele a abandonara fazia muito tempo; mas, se tivesse falado para proibir esse passo, mesmo agora, sabia que não o desafiaria. Dentro dela havia um pequeno centro brilhante de desamparo raivoso: o deus não dava a mínima, não se importava que uma de suas escolhidas estivesse para abandonar a promessa que fizera a ele.

Mas aquele pensamento estava realmente enterrado muito fundo, na superfície de sua mente não havia espaço para mais nada além de Eneias.

Estavam se aproximando dos grandes portões, um sacerdote estava ali para guardar a entrada e saída, e ela parou e se virou para que ele não a visse.

— Não podemos entrar ali — ela disse. — Se o levar para dentro e não o trouxer para fora imediatamente...

Ele entendeu na hora.

— Não, de fato — ele concordou. — Precisa cuidar de sua reputação, não vou colocá-la em perigo, Cassandra. Talvez devêssemos ter permanecido no palácio esta noite...

— Não — ela disse em voz baixa —, não iria querer isso. Não estou envergonhada... não é isso...

— Mas não pode causar um escândalo — ele ponderou, e andou na direção do muro baixo, no ponto em que ele descia para as ruas abaixo.

Cassandra sentiu-se desconfortável, não tinha pensado nisso até aquele momento. Pentesileia e suas mulheres tinham deixado o palácio mais cedo, e Cassandra não vira ninguém nas ruas. Tinha trazido Aquiles e Odisseu com mantos de sacerdotes noviços, mas não poderia fazer isso com Eneias, mesmo se botasse as mãos em um manto. Ela franziu o cenho, tentando pensar num jeito de colocá-lo para dentro sem ser visto; deixá-lo partir pela manhã não era um problema em particular. Ela disse em tom baixo:

— Há um local em que o muro caiu no grande terremoto, até as crianças pequenas conseguem subir. Não foi arrumado porque todos os trabalhadores estão consertando os portões da cidade, lá embaixo. Por aqui — ela chamou, e o levou pela muralha externa.

Ela não era muito alta, e um dia houvera uma porta do lado, que tinha sido bloqueada havia uma ou duas gerações somente, e, quando o velho arco ruíra, deixara uma pilha de destroços fáceis de escalar que ninguém tinha achado necessário proteger ou observar. Mesmo de saias longas, Cassandra achou fácil subir, embora as pedras que se viravam sob seus pés e os de Eneias fizessem um barulho alto.

Achou que provavelmente não era a primeira mulher do templo a levar um amante para dentro desse jeito, era o tipo de coisa que teria esperado de Criseida. Não queria pensar em si mesma nos mesmos termos que a menina gata de rua, mas precisava aceitar: ela não era melhor.

Deu a mão para Eneias para equilibrá-lo quando ele desceu, e ela sentiu a respiração ficar presa na garganta. Tinha ralhado com Criseida tantas vezes em sua mente por esse tipo de coisa.

Se Creusa não se opõe – e se o senhor Apolo não fala para impedir –, então não há ninguém, homem, mulher ou deus, para ser ofendido, ela disse a si mesma com firmeza. Ela o levou por entre as sombras profundas na beira do muro, e, em vez de conduzi-lo pela porta dos dormitórios das sacerdotisas e pelo corredor até o quarto dela, levou-o até a janela que se abria da rua e entrou.

Dentro estava escuro e quieto, uma só vela de junco ardia num prato – o suficiente para que vissem a cama dela e a esteira de palha em que Mel normalmente dormia. Ao se aproximar da cama, Cassandra viu a cabeça morena da menina no travesseiro. Conforme se curvou para levantá-la, uma longa forma rombuda se desenrolou para cima, olhos brilhando como dois pedregulhos chatos. Ela viu Eneias se encolher e disse em voz baixa:

— Ela não vai lhe fazer mal, não é venenosa.

— Eu sei — respondeu Eneias. — Minha mãe foi sacerdotisa de Afrodite e dividia a cama com coisas mais estranhas que cobras. Seu bicho de estimação não vai me perturbar.

— Posso colocá-la na cama da criança, se quiser — disse Cassandra, levantando Mel e colocando-a sobre a esteira; a menina choramingou, e Cassandra sentou-se com ela, cantarolando suavemente para fazê-la adormecer de novo.

— Não importa para mim — respondeu Eneias —, mas sou um estranho para ela, talvez ela passe uma noite mais tranquila na cama da criança.

Cassandra sentiu o calor subir pelo rosto ao se levantar e pegar a serpente, colocando-a perto de Mel; a serpente deslizou, enrolando os anéis em torno da cintura da menina. Reassegurada pelo toque conhecido, Mel dormiu, e Cassandra voltou, tirando o manto de Eneias e colocando-o de lado.

— Não sabia que sua mãe foi sacerdotisa de Afrodite — ela disse, e Eneias respondeu:

— Quando era criança, me disseram que minha mãe era a própria Afrodite. Mais tarde, soube quem ela era de fato e a conheci como mãe. Não fico surpreso que ela tenha parecido a deusa em pessoa para meu pai, ela era muito bonita. Acho que as sacerdotisas de Afrodite são escolhidas por sua beleza;

— E, se elas servem à deusa — ponderou Cassandra —, ela certamente lhes emprestaria a beleza dela.

— Não pode ser só isso — respondeu Eneias —, ou você teria sido escolhida para servi-la há muito tempo.

A observação a fez tremer. Ela estava, então, sendo enganada ao serviço daquela deusa que enfiava a adoração desordeira do amor carnal na vida dos homens e das mulheres? A deusa desprezada agora tentava pousar a mão sobre ela para desviá-la da promessa que fizera a Apolo?

Ela já tinha visto como Afrodite perturbava a vida daqueles que a adoravam. Eneias era filho dela. Ele também a adorava?

Não podia perguntar essas coisas a ele. Eneias sentou-se na beirada da cama estreita dela, tirando as sandálias. Ela se aproximou dele, e Eneias estendeu os braços, com um só gesto puxando o grampo do cabelo dela e deixando-o livre para esconder o rosto dela e todas as suas perguntas. Não tinha mais importância. Todas as deusas, fossem quais fossem seus nomes, eram uma, e ela deveria servi-las como toda mulher as servia.

Ela ouviu o barulho da serpente conforme ela deslizava os anéis. Eneias a tocou, o braço em torno de sua cintura.

— Não é de espantar que tenha permanecido virgem por tanto tempo com uma guardiã dessas para sua castidade — ele murmurou, rindo. — Todas as donzelas da casa do Senhor do Sol têm companheiras assim para protegê-las?

— Ah, não — ela disse, rindo, e deitou-se de novo nos braços dele.

Então ela se levantou para apagar a vela de junco. A escuridão encheu o cômodo e ela o ouviu rir de novo, baixo. Além do riso ela ouvia, muito longe, um som de trovão, depois o batuque súbito da chuva lá fora.

— Afrodite Brilhante, se devo servi-la como todas as mulheres, depois de tantos anos recusando seu serviço, então pouse alguns de seus dons em mim — ela sussurrou, e sentiu um brilho bruxuleante em torno dela – ou era apenas o brilho dos relâmpagos lá fora enquanto Eneias a tocava no escuro?

***

Ao amanhecer, ela deslizou em silêncio da cama para sentar-se na janela, recordando e saboreando cada detalhe da noite. Logo os ventos no pico dissipariam as brumas peroladas na cidade abaixo.

No ponto mais alto da casa do Senhor do Sol, o vento já rugia barulhento em torno das paredes, e Eneias estava de pé, ainda não armado.

— Não há motivo para me armar, se vou competir em luta e pugilato — ele disse. — Vou enfrentar qualquer oponente, a não ser pelo próprio Aquiles. Sonhei a noite passada...

Cassandra perguntou:

— O deus lhe enviou um sonho de sorte?

— Se é de sorte ou de azar, não sei — respondeu Eneias. — Minha boa fortuna, me parece, já ganhei.

Ele se curvou e a beijou.

— Prometa: você não tem nenhum arrependimento, minha amada?

— Nenhum — ela disse.

Já não tinha importância para ela. Tinha esperado tantos anos para se entregar, recusando até mesmo, como achava, o próprio Senhor do Sol; e ali, em meio à guerra, na sombra da morte, tinha encontrado amor e sabia que não poderia durar. Quando Mel, do outro lado do quarto, se mexeu e gritou com algum pesadelo, ela correu rápido para acalmar a criança. Confortou-a gentilmente, balançando, cantando para ela, e viu os olhos de Mel se virarem para a figura desconhecida no quarto; ela de repente ficou feliz de um jeito confuso porque a menininha era jovem demais para dar voz à sua surpresa ou curiosidade.

Agora que estavam perto, ela pensava em todas as outras mulheres de Troia que, por todos esses anos, apertaram as armaduras dos maridos e os mandaram para lutar – *ou para morrer* –, e percebeu que pela primeira vez partilhava das preocupações e dos medos dessas mulheres.

Ela o ajudou a afivelar a última tira do peitoral, o resto da armadura seria colocado no campo. A trombeta que tocava ao nascer do sol para reunir os homens ainda não tinha soado, e naquela manhã era incerto se ela seria ouvida. Somente aqueles que competiam nos jogos funerários de Pátroclo precisavam levantar ou sair naquele dia, embora uma vigia cerrada estivesse mantida para o caso de os aqueus tentarem quebrar a trégua.

— Venha, beije-me, amor, preciso ir — ele disse, apertando-a forte em um último abraço, mas ela protestou:

— Ainda não. Devo pegar um pouco de pão e vinho para você?

— Preciso tomar o desjejum com os soldados do meu rancho, querida, não se preocupe. — Ele hesitou e pressionou o rosto no dela. — Posso vir encontrá-la de novo?

Ela não sabia o que dizer, e ele entendeu o silêncio dela errado.

— Ah, eu não deveria... Seus irmãos são meus amigos, e seu pai é meu anfitrião...

— Quanto a meu pai ou meus irmãos, não há um só homem em toda Troia a quem deva dar conta do que faço — Cassandra disse, com rispidez. — E sua esposa, minha irmã, me contou quando nos despedimos que não guardaria rancor de nada que o fizesse feliz.

— Creusa disse isso? Eu me pergunto... Bem, então sou grato a ela. Poderia ter lhe dito isso, mas é melhor que tenha ouvido dela.

Impulsivamente, ele a tomou nos braços de novo.

— Deixe-me vir — ele implorou. — Podemos não ter muito tempo... E quem sabe o que pode acontecer com cada um de nós? Mas, nesses dias de trégua...

Por toda Troia, ela pensou, mulheres recém-saídas das camas de seus homens apertavam armaduras, usando esses últimos momentos de atraso e beijos, tentando não pensar na vulnerabilidade da carne que acariciavam.

Eneias acariciou o cabelo dela.

— Nem com Afrodite tenho agora qualquer rixa, pois foi ela, acho, que a trouxe para mim. Vou sacrificar um pombo para ela assim que puder.

Havia pombos o suficiente no santuário de Apolo, mas Cassandra sentiu certa relutância em sugerir que ele comprasse um. Eneias, de certo modo, tinha roubado algo que pertencia a Apolo – embora ela não soubesse agora e nunca tivesse entendido por que deveria pertencer a qualquer um além dela mesma. Então disse a si mesma com rispidez para não ser tola, com certeza não era a primeira donzela do Senhor do Sol a levar um homem para a cama, e não seria a última. Ela ficou na ponta dos pés para beijá-lo e disse:

— Até esta noite, então, meu querido.

Ela foi para o parapeito alto para observá-lo enquanto ele descia pela cidade. Não estava totalmente claro, as nuvens sopravam pela planície diante de Troia, e havia apenas algumas figuras em movimento nas ruas: soldados, reunindo-se para a refeição da manhã.

Ela estava exausta. Iria voltar para a cama. Mas imaginava quantas das mulheres da cidade que acabaram de enviar seus amantes e maridos para a batalha – ou nas batalhas falsas dos jogos – poderiam voltar com tranquilidade para a cama e dormir. Ela entrou em seu quarto, encontrando Mel ainda enterrada nas cobertas, e se vestiu rapidamente. Não queria andar pelos pátios. Por alguma razão, tinha certeza de que encontraria Crises, e sentia que ele perceberia instantaneamente o que tinha acontecido, e que não suportaria o olhar dele. Nos últimos tempos havia permitido que Phyllida tomasse conta dos cuidados com as serpentes, então não havia motivos para ir ao pátio dos animais.

Com surpresa, percebeu que o que sentia era solidão. Sempre tinha sido tão solitária, e em geral tão acostumada a esse estado que era raro desejar companhia. Então lembrou que agora havia uma pessoa na casa do Senhor do Sol a quem de fato poderia dizer tudo o que estava no seu coração.

Algumas das mulheres de Pentesileia tinham recebido um quarto não longe do aposento de Cassandra; a maior parte delas estava em um pátio por perto, onde dormiam em cobertas enroladas. Uma ou duas estavam acordadas, tomando o desjejum de pão e o novo vinho grosseiro feito dentro do templo. Pentesileia, como cabia a uma rainha, estava sozinha em um quartinho no fim do salão. Cassandra atravessou o mosaico ancestral de conchas e espirais, andando na ponta dos pés em silêncio para não acordar quem dormia. Ela bateu de leve à porta; a velha amazona a abriu e a puxou para dentro.

— Bom dia, criança querida. Ora, como você parece cansada e insone!

Ela estendeu os braços, e Cassandra foi para dentro deles, chorando sem saber o motivo.

— Não precisa chorar — disse Pentesileia. — Mas, se *vai* chorar, diria que tem motivos suficientes; sei que saiu do banquete com Eneias a noite passada. Aquele safado a seduziu, criança?

— Não, não foi nada assim — retrucou Cassandra, com raiva, e se perguntou por que Pentesileia sorria.

— Ah, bem, se é um caso de amor, por que chora?

— Eu... não sei. Imagino que seja porque sou uma tola, como sempre soube que eram tolas as mulheres que jogam esse tipo de jogo com os homens, e falam de amor, e choram...

E agora, ela pensou, *não sou melhor que nenhuma delas.*

— O amor pode tornar qualquer um de nós um tolo — disse Pentesileia. — Para você foi mais tarde do que para a maioria, é só isso; a época para chorar por casos de amor é quando você tem treze anos, não vinte e três. E, porque aos treze você *não* estava chorando e berrando por causa de algum pedaço jovem de masculinidade, achei que fosse como as que buscam amantes entre as mulheres, talvez...

— Não, não pensei nisso — respondeu Cassandra. — Soube o que é desejar mulheres — ela completou, pensativamente —, mas achei que talvez fosse apenas por tê-las visto através da mente e dos olhos de Páris.

Ela se recordou de Helena e Enone, e de como estivera profundamente consciente delas. Algo nela, não importava o que acontecesse, sempre sentiria uma forte afeição por Helena. Aquilo era algo totalmente diferente e nem um pouco bem-vindo: sentia raiva por fazer papel de boba por causa de um homem que jamais poderia se juntar à sua vida.

Estava chorando de novo, dessa vez de raiva. Tentou colocar algo em palavras, mas Pentesileia disse:

— É melhor ficar com raiva do que sofrer, Cassandra. Haverá tempo suficiente para sofrer se essa guerra continuar. Venha, me ajude a me armar, Olhos Brilhantes.

O velho apelido a fez sorrir entre as lágrimas.

Cassandra pegou a armadura, feita de escamas de couro fervido e endurecido que se sobrepunham e eram reforçadas com placas de bronze, era decorada com espirais e rosetas douradas. Ela a puxou sobre a cabeça da velha amazona, virando-a gentilmente para prender os laços.

— Se algum mal me acontecer nessa guerra — disse Pentesileia —, me prometa que minhas mulheres não serão escravizadas ou forçadas a se casar; isso quebraria o coração delas. Prometa-me que serão livres para partir ilesas, se sua cidade sobreviver.

— Prometo — murmurou Cassandra.

— E, se eu morrer, quero que esse arco seja seu. Veja, até tenho umas flechas de centauro, aqui no fundo da aljava. A maioria das minhas mulheres agora usa hastes com pontas de metal, porque elas conseguem furar armaduras como a minha, mas as flechas dos centauros... sabe o segredo da magia delas, Cassandra?

— Sei... sei que usam veneno...

— Isso: venenos poucos conhecidos da pele de uma rã — disse Pentesileia —, e matam até mesmo com um ferimento leve. Poucos de seus inimigos vão usar armadura da cabeça aos pés, mesmo entre os aqueus. Elas são – vamos dizer – um modo de nivelar a desvantagem que as mulheres têm em tamanho e força.

— Eu vou me lembrar disso — respondeu Cassandra. — Mas rezo aos deuses que não herde suas mulheres nem seu arco, e que você leve suas armas até que elas sejam colocadas em seu túmulo.

— Mas meu arco não fará bem a ninguém em minha cova — disse Pentesileia. — Quando eu me for, pegue-o, Cassandra, ou o coloque no altar da Donzela Caçadora. Prometa-me.

SETE

OS AQUEUS NÃO FIZERAM NENHUM ESFORÇO PARA QUEBRAR A TRÉGUA durante os sete dias de jogos funerários para Pátroclo, nem durante os três dias seguintes, que foram devotados a um banquete no qual os prêmios foram distribuídos. Cassandra não participou dos jogos nem do banquete, mas soube deles por Eneias, que tinha vencido o arremesso de zagaia e ganhado uma taça de ouro. Heitor estava decepcionado porque havia entrado na competição de luta e sido vencido pelo capitão aqueu chamado Grande Ajax, mas ficou um pouco reconfortado porque o filho, Astíanax, venceu a disputa de corrida a pé dos meninos, embora fosse menor do que qualquer outro na disputa.

— O que ele ganhou? — perguntou Cassandra.

— Uma túnica de seda do Egito, tingida de vermelho. É grande demais para ele, e muito fina para ser cortada para uma criança, mas ele poderá usar quando crescer — disse Eneias. — E, no final do banquete, eles nos agradeceram pela companhia nos jogos e disseram que vão nos encontrar no campo de batalha pela manhã. Então vamos dormir, amor, pois vão tocar a trombeta para nos acordar uma hora antes do amanhecer.

Ele a puxou para seus braços, e ela o envolveu com alegria. Mas, depois de um momento, ela perguntou:

— Aquiles estava lá?

— Estava. A morte de Pátroclo o deixou ainda mais furioso do que qualquer insulto de Agamemnon — respondeu Eneias. — Deveria ter visto como ele encarou Heitor, era como se ele fosse a Górgona e pudesse transformar seu irmão em pedra. Sabe que não sou covarde, mas é bom que meu destino não seja lutar com Aquiles.

— Ele é um louco — disse Cassandra, estremecendo, então interrompeu a conversa puxando a cabeça de Eneias para a dela e o beijando.

Eles adormeceram abraçados, mas, depois de um tempo, Cassandra teve a impressão de que tinha acordado e se levantado... Não, pois, olhando para trás, podia se ver ainda na cama, ainda enrolada nos braços de Eneias.

Leve como um fantasma, ela atravessou o templo, pairando onde as amazonas ainda se sentavam acordadas em seus aposentos, afiando as armas; flutuou para o palácio, para dentro do quarto onde moravam Páris e Helena, ele dormindo profundamente, ela com o rosto manchado de lágrimas, andando pelo quarto em que seus filhos tinham morrido. *Ela ainda tem Páris, mas isso basta? Se formos derrotados, o que será dela? Menelau vai arrastá-la de volta a Esparta só para matá-la?* Por um momento, Cassandra teve a impressão de ver os capitães aqueus selecionando as mulheres conquistadas, arrastando-as para os navios negros que enchiam o porto de tanta sujeira e pavor...

Não, aquilo não era mais que um sonho, poderia nunca acontecer, afinal. A morte de Pátroclo e o retorno de Aquiles haviam mudado algumas marés nas correntes do que poderia acontecer, ela sabia disso; agora até os deuses precisavam fazer novos planos. A noite parecia cintilar com brilhos de luar, e ela tinha a impressão, enquanto planava como fantasma na direção do acampamento aqueu, de que grandes formas flutuavam no escuro. Nenhuma coisa mortal, ela sabia, poderia vê-la na forma presente, mas os deuses poderiam vê-la enquanto espiava naquele mundo de fantasmas...

Ela não tinha ideia de para onde ia, mas, por alguma razão desconhecida, era dirigida por um forte senso de propósito. Parou um minuto na tenda de Agamemnon, onde ele dormia. Ele não era realmente maior que o comum – apenas um homem de constituição estreita e aparência malvada com uma expressão perturbada no rosto. Aquele homem era casado com a irmã de Helena, e havia oferecido a própria filha como sacrifício por um bom vento... Os deuses dos aqueus realmente exigiam coisas horrendas assim ou tinham sacerdotes que diziam tais coisas para acomodar as próprias intenções corruptas? Imaginava que um homem mau era mau em todo lugar, e entre os aqueus deveria ser mais fácil. Enquanto ela estava lá, ele rolou sobre as costas e abriu os olhos; Cassandra teve a impressão de que ele podia vê-la – e talvez, se estivesse sonhando, pudesse.

Ele disse em um sussurro, embora ela não achasse que tenha falado de verdade:

— Foi enviada para me tentar, donzela?

Ela respondeu:

— Você só está sonhando que estou aqui. Sou o espírito da filha que enviou para a morte, e que os deuses lhe enviem pesadelos.

Ela flutuou através da parede da tenda, mas atrás dela o ouviu gemer em um despertar repentino aterrorizado. Não gostaria de ser ele naquela noite.

Ela seguiu em frente e se viu na tenda de Aquiles. O príncipe aqueu estava acordado, deitado de costas, os olhos bem abertos; e deitado em uma padiola do outro lado da tenda jazia o corpo de Pátroclo. Cassandra não entendia... ele certamente devia ter sido queimado, ou enterrado – ou até mesmo exposto aos grandes pássaros necrófagos, como era costume de algumas tribos das grandes estepes. No entanto, o corpo fora embalsamado, e Aquiles mantinha vigília ao lado dele. Seus olhos claros estranhos estavam inchados como se tivesse chorado por muito tempo, e ele soluçava de maneira perceptível.

— Ah, mãe! — ele gritou entre os soluços, e Cassandra não sabia se ele chamava sua mãe terrena ou invocava uma deusa. — Ah, mãe, você me disse que Zeus Trovejante tinha me prometido honra e glória, e veja o que aconteceu comigo: insultado por Agamemnon – e agora meu único amigo está longe de mim!

Ela pensou: *Você devia ter sido o tipo de pessoa que pode ter mais de um amigo durante a vida.* Ela o ouviu gemer sem palavras de novo e então gritar para Pátroclo:

— Como pôde me deixar? E o que direi a seu pai? Ele lhe disse para ficar em casa e cuidar das questões de seu próprio reino, mas jurei a ele que nenhum mal lhe aconteceria, e que o levaria para casa coberto de honra e glória! Sim, vou levá-lo para casa, mas não há honra nem glória para você.

Os soluços dele se tornaram incontroláveis.

Por um momento Cassandra quase sentiu pena da dor do príncipe aqueu, mas tinha ouvido demais sobre o desejo de batalha louco dele. Matava sem misericórdia, gerando o máximo de sofrimento que pudesse, mas, quando era sua vez de sofrer, tinha pouca bravura. Se tivesse saído e lutado por si mesmo, isso jamais teria acontecido. Pátroclo fora morto por estar onde Aquiles devia ter estado. De repente, ela soube o que tinha ido fazer.

— Aquiles — ela chamou em voz baixa, imitando o sotaque que ouvira no acampamento aqueu.

Ele se sentou, olhando em torno de si, os olhos virando em terror.

— Quem me chama?

— Fantasmas não têm nome — ela disse, engrossando a voz. — Estou na conta entre os mortos.

— É você, Pátroclo? Por que veio me assombrar, meu amigo? Por que fica aqui em vez de passar para seu descanso?

— Enquanto permanecer sem enterro, não posso descansar, meu espírito permanece para assombrar aqueles que alcançaram minha morte.

— Então vá assombrar o troiano Heitor — gritou Aquiles em terror, os olhos quase saltando da cabeça. — Foi a espada dele que tirou sua vida, não a minha!

— Ai de mim — uivou Cassandra —, permaneço aqui porque fui morto em sua armadura, e no lugar que deveria ter sido seu em batalha. — E então, com inspiração súbita: — Você não me ama mais porque atravessei as portas da morte?

Aquiles uivou:

— Os mortos não têm mais lugar entre os vivos. Não me repreenda, ou vou morrer de tristeza.

— Não o repreendo — Cassandra gemeu na voz sepulcral. — Deixo isso para sua consciência: sabe que morri a morte que deveria ser sua.

— Não! — gritou Aquiles. — Não! Não vou ouvir isso! Socorro! Guardas!

Que diabo!, ela pensou. *Ele realmente acha que seus guardas podem expulsar um fantasma?* Quatro homens armados entraram na tenda.

— O senhor nos chamou, meu príncipe? — perguntou o primeiro deles, evitando olhar para o corpo de Pátroclo.

— Vasculhe o acampamento — ordenou Aquiles. — Algum intruso entrou sem ser visto e me disse coisas horrendas na voz de Pátroclo. Encontre-o e o arraste para cá, onde vou colocar seus olhos no espeto para assar! Vou arrancar a goela dele e fritar na frente de seus olhos! Eu vou... mas encontrem-no para mim antes!

Ele balançou o punho, e os homens saíram apressados.

Com a missão terminada, Cassandra flutuou entre eles e ouviu um dizer:

— Eu sabia. Ele está louco desde que se fechou na tenda, e isso o deixou ainda mais sem juízo, deixou.

— Acha que há um espião?

— Eu não me cansaria procurando, rapaz — disse o primeiro, cínico. — Dentro do pobre cérebro doente dele é onde vai encontrar seu intruso.

Cassandra teria rido se fosse capaz. Como uma aparição de névoa, ela subiu a grande colina até as alturas ventosas de Troia, desceu em silêncio e se fundiu ao seu corpo, ainda envolvido pelos braços de Eneias.

Ela dormiu sem sonhos.

***

Agora que tinha um homem entre os guerreiros, Cassandra sentia com mais força do que nunca o impulso que mandava as mulheres para a muralha para assistir à luta. Deixou Phyllida para cuidar das serpentes, e as outras sacerdotisas para a tarefa de curar os feridos. Naquela manhã a fileira de carros parecia pintada e polida de modo mais brilhante, armas brilhando com uma ameaça mais terrível que antes. Heitor liderava, flanqueado por Eneias e Páris, vestindo armadura e imponentes como se fossem os deuses da guerra em pessoa. Atrás da fileira de carros vinham fileiras de soldados a pé, em suas armaduras de couro polido, com suas zagaias e lanças. Ela pensou que, se estivesse entre os aqueus e visse aquele bando admirável se aproximando, bem poderia fugir.

Os soldados argivos, já enfileirados ao longo da fortificação que tinham feito entre a planície e a costa onde os navios deles estavam, não se mexeram mesmo quando Heitor deu a ordem de ataque, e o grito de guerra troiano soou. As carruagens trovejaram para a frente, na direção da fileira argiva inquebrável. Os aqueus soltaram uma nuvem de flechas, e, num movimento combinado, os escudos troianos se levantaram; a maioria delas caiu sem causar danos no teto formado pelos escudos dos troianos. Uma segunda onda logo seguiu a primeira; um ou dois soldados nas fileiras caíram, ou cambalearam de volta na direção das muralhas, mas isso não interrompeu o ataque das carruagens.

Um grito forte se ergueu de ambas as fileiras. No topo da fortificação estava uma grande carruagem de bronze adornada com asas douradas e um sol raiado, e nela uma figura cintilante: Aquiles tinha se juntado à batalha, dominando a fileira de aqueus como um galo domina um galinheiro; todos, de ambos os lados da batalha, pareciam menores e sem cores em contraste.

Gritando, ele levantou o escudo poderoso e desceu a fortificação como uma Fúria num ataque contra Heitor. Pulando do carro, ele gritou seu desafio. Heitor estava pronto para atendê-lo. Ele jogou sua zagaia, que bateu no escudo de Aquiles; então, espada em uma mão e escudo na outra, rapidamente começou a combater com o oponente. Mesmo de onde estava, Cassandra conseguiu ver o choque daquele primeiro golpe, do qual ambos cambalearam para trás, tropeçando vários metros.

Ela sabia que Andrômaca estava ao lado dela, apertando seu braço com tanta força que suas unhas afundavam na pele de Cassandra. Aquela luta era inevitável desde o momento em que Pátroclo tinha sido morto.

Cassandra guinchou de empolgação. Atrás dos soldados a pé, que seguiam para pegar os soldados aqueus entre as carruagens, surgiram os cavalos das amazonas. As flechas e espadas delas derrubaram muitos soldados em terra. Heitor, lutando com Aquiles, agora parecia mais alto e formidável. Cassandra teve a impressão de que não era seu irmão, mas o deus da guerra em pessoa. Heitor feriu Aquiles, e o aqueu caiu. Uma celebração das fileiras troianas pareceu revitalizá-lo, e ele se levantou de novo, fazendo Heitor recuar na direção de seu carro. O príncipe troiano pulou e lutava com Aquiles do degrau do carro, então girou as rodas e derrubou Aquiles, quase o atropelando. Aquiles se recuperou e jogou sua zagaia, que bateu na armadura, mas foi seguida por um golpe poderoso de espada que atingiu o pescoço de Heitor.

Heitor se amontoou sobre o carro. Troilo agarrou as rédeas e, derrubando Aquiles de novo, correu na direção das muralhas. Então as amazonas dispararam contra Aquiles com suas lanças, mas ele estava cercado por mais de vinte de seus mirmidões, que fizeram uma barreira sólida de escudos em torno dele. As amazonas foram forçadas a recuar, pois, embora tivessem ferido de dez a doze dos homens de Aquiles, sempre havia mais.

Os mirmidões alcançaram a carruagem de Heitor quando ela já estava sob as muralhas de Troia. Então Aquiles foi atrás em seu próprio carro, com um único cavalo – ele tinha soltado o outro. Bateu deliberadamente a carruagem na de Heitor, jogando o jovem Troilo no chão. O menino caiu aos pés dele e foi engolfado pelo enxame de mirmidões. Andrômaca gritava; Cassandra se virou para aquietá-la, e, quando olhou de novo, Aquiles tinha tomado as rédeas do carro de Heitor e corria de volta na direção das linhas acaias com seu irmão – ou o corpo dele – ainda dentro.

Troilo lutava pela própria vida. Uma das amazonas correu até ele, matou três homens de Aquiles e puxou Troilo para sua sela. Páris e Eneias estavam perseguindo Aquiles, mas os homens em cima da fortificação os repeliram com o que parecia uma muralha de zagaias, que empalou os cavalos. O ataque das amazonas quebrou a muralha de zagaias e resgatou Páris e Eneias, mas as carruagens viradas deles estavam nas mãos dos aqueus. Aquiles, com Heitor e seu carro, tinham sumido da vista.

Os troianos levaram uma hora de muita luta para voltar até os portões, mesmo com a cobertura de flechas de fogo lançadas das muralhas, e Andrômaca os encontrou.

— Não conseguiram nem recuperar o corpo dele? — ela gritou. — Vocês o largaram nas mãos deles?

— Fizemos nosso melhor — disse Páris, que tinha perdido a maior parte da armadura, e estava apoiado no condutor de seu carro, sangrando de um grande corte de espada na coxa. — Mas com Aquiles liderando os homens dele…

— Aquiles! Maldito para sempre! Que seus ossos apodreçam sem cova nas margens do Estige! — Andrômaca irrompeu em gritos de lamento: — Heitor está morto! Agora, que Troia pereça!

Hécuba se juntou ao pranto:

— Ele está morto! Nosso maior herói está morto! Morto ou nas mãos dos aqueus…

— Ah, ele está morto — Eneias disse, sombrio.

— Sinto raiva em admitir, mas sem o ataque das amazonas estaríamos *todos* mortos — disse Deífobo, que tinha tirado Troilo da sela da amazona e de certa forma o carregava, examinando as feridas dele.

Hécuba correu para ele e o tomou nos braços, chamando um sacerdote curandeiro.

— Ah, meus filhos! Meu Heitor! Meu primogênito e meu caçula em uma só hora! Ah, a mais funesta de todas as batalhas! Ela começou. — Hécuba uivou e caiu sem sentidos.

Cassandra correu para se ajoelhar ao lado dela, temendo que o choque tivesse matado a mãe também.

— Não, Troilo está vivo — disse Eneias, levantando a velha senhora com gentileza. — Precisa ser forte, mãe, ele vai precisar de seus cuidados se não quiser perdê-lo também.

Ele entregou Troilo para um sacerdote curandeiro, que o fez voltar à consciência com um gole de vinho, então examinou as feridas dele. Mulheres passavam vinho ao redor. Eneias pegou uma das taças e a bebeu.

— Acho que amanhã vou mirar com cuidado em Aquiles das muralhas e tentar tirá-lo do campo antes de sairmos.

— Ele não pode ser morto desse jeito — disse Deífobo. — Aquela armadura foi forjada por um deus, as flechas batem e caem como gravetos!

— Não é forjada por um deus — corrigiu Pentesileia —, é forjada em ferro puro. Tem alguma ideia do quanto deve pesar? Nem mesmo as flechas com ponta de metal conseguem penetrá-la.

Páris disse, com repugnância:

— Há uma velha história de que Aquiles é protegido por feitiços para que nenhum ferimento feito por um mortal possa derrubá-lo.

— Deixe-me só enfiar uma arma na carne dele — exclamou Eneias. — Garanto que vai matá-lo. Mas precisamos ir dar as notícias para Príamo, as piores notícias de todo o ano.

Cassandra disse entredentes:

— Devíamos ter esperado por isso. Heitor matou Pátroclo. Aquiles estava pronto para ele no momento em que botou os pés para fora da muralha. Isso não foi guerra, e sim assassinato.

E em silêncio ela se perguntou se havia muita diferença.

— Precisamos procurar Aquiles imediatamente — apontou Eneias —, talvez antes de contarmos a nosso pai, e pedir trégua para lamentar e enterrar nosso irmão.

— Realmente acha que eles vão concordar com isso? — perguntou Páris, com sarcasmo. — Você tem uma opinião muito boa deles.

— Eles *precisam* conceder a trégua — disse Eneias. — Nós concedemos trégua para os jogos funerários de Pátroclo.

— Se chegar a isso — garantiu Andrômaca —, irei em pessoa me ajoelhar diante de Aquiles e implorar que devolvam o corpo do meu marido.

— Eles vão devolver — respondeu Eneias. — Aquiles está sempre falando de honra.

— Só da própria honra, percebo — observou Cassandra.

— Bem, então, a própria honra dele vai impulsioná-lo a fazer o que é honrado — disse Eneias. — Eles me conhecem; deixe-me ir, então, com uma delegação dos guardas de Heitor para trazer o corpo dele para casa.

— Precisamos contar a nosso pai primeiro — ponderou Troilo, levantando-se dos cuidados do curandeiro, muito pálido, a cabeça envolta em curativos. — Se quiserem, digo a ele. Eu tenho culpa, pois deixei Heitor cair nas mãos de Aquiles.

Hécuba o abraçou com força.

— Nenhuma culpa cai sobre você, meu amor. Eu me alegro por não ter seguido Heitor na morte. — Ela completou: — Mas, sim, vá até Príamo. Nada poderia confortá-lo pela perda de nosso primogênito além de ver o filho que ainda temos para nos abençoar…

— Vou contar a ele — disse Páris. — Mas, primeiro, junte todos os meus irmãos, todos os vivos devem estar diante dele e prontos para confortá-lo.

— E eu — informou Cassandra — vou até o Templo da Donzela para contar a Polixena. Ela e Heitor tinham idades próximas e se amavam muito.

Tinham começado a sair para cumprir suas incumbências quando Andrômaca foi até a muralha e soltou um grito alto, selvagem.

— Ah, o diabo, o monstro! O que ele está fazendo agora?

— Quem? — perguntou Cassandra, mas ela já sabia; *o diabo, o monstro* só poderia ser uma pessoa.

Ela correu para a muralha.

O sol estava alto. Ainda não era meio-dia, fora apenas a sensação de que tinham assistido à grande batalha por metade de um dia. Havia uma grande nuvem de poeira na planície diante de Troia, que clareou um pouco e ela viu Aquiles em pé em cima da própria carruagem, conduzindo os cavalos emparelhados. E, na poeira atrás da carruagem, uma figura cuja armadura claramente revelava sua identidade.

— Heitor! Mas o que ele está fazendo? — ela perguntou.

Estava bem claro o que ele estava fazendo: arrastava o corpo de Heitor na poeira atrás de sua carruagem enquanto corria ferozmente em círculos pela planície. Os troianos observaram, congelados de pavor.

— Ora — disse Cassandra —, então ele *é* louco. Achei…

Tinha achado que o chamavam de louco de modo retórico, mas com certeza um homem que poderia abusar daquela maneira do corpo de um inimigo morto – ainda que fosse um inimigo que tinha matado seu amigo mais querido – deveria ser louco de verdade.

Ora, ele não tem condições de sair sem um tutor, ela pensou, com um tremor súbito.

Eneias disse:

— Mas isso vai além até da vingança, o homem é desumano.

— Louco de dor, talvez — disse Cassandra. — Ele amava Pátroclo além da razão, e, quando o amigo morreu, perdeu todos os laços com a sanidade.

— Ainda assim, isso precisa ser impedido — observou Eneias. — Precisamos mandar um aviso aos aqueus – Odisseu, ao menos, é um homem razoável – e trazer o corpo de Heitor de volta antes que isso caia nos ouvidos de seu pai.

— Então — disse Andrômaca, com punhos fechados —, devo ficar aqui, ver isso e não enlouquecer de dor, mas Príamo, um homem e um rei, precisa ser protegido só das palavras, sem falar da visão…

Ela jogou a cabeça para trás e gritou:

— Vou descer eu mesma, se precisar, e vou convencer aquele homem com o chicote de que não pode fazer isso diante de toda a família de Heitor!

— Não — disse Páris, abraçando-a com gentileza. — Não, Andrômaca, ele não escutaria. Eu lhe asseguro, ele é louco.

— Ele é? Ou está fingindo loucura para que ofereçamos um resgate maior pelo corpo de Heitor? — perguntou Andrômaca.

Cassandra não tinha pensado nisso.

Por fim, Troilo, junto a mais dois ou três outros filhos de Príamo, foi dizer ao rei que Heitor estava morto, enquanto Páris e Eneias se armaram e foram em uma carruagem com o arauto predileto de Príamo. Tentaram em vão fazer com que Aquiles os escutasse, mas ele simplesmente seguiu chicoteando os cavalos até o furor e se recusou a ouvir uma palavra dita pelo arauto.

Depois de um tempo, eles pararam, conversaram e foram para o acampamento principal dos aqueus para falar com Agamemnon e outros capitães. Por fim, parecendo desencorajados, voltaram para Troia.

Andrômaca correu para eles.

— O que eles disseram? — ela exigiu, embora fosse óbvio que não haviam tido sucesso. Lá embaixo na planície, a carruagem de Aquiles ainda arrastava o corpo em círculos.

Ele parecia querer continuar até o pôr do sol, talvez por mais tempo.

Eneias disse:

— Não vão fazer nada para parar Aquiles, alegaram que é o líder deles, e que deve fazer o que quiser com seus próprios cativos e prisioneiros. Ele matou Heitor e o corpo é dele, para aceitar ou não um resgate como quiser.

— Mas isso é monstruoso — disse Andrômaca. — Vocês não hesitaram em conceder trégua para lamentar Pátroclo! Como eles podem fazer isso?

— Eles não queriam — garantiu Páris. — Agamemnon não conseguia me olhar nos olhos. Sabe que estão violando todas as regras de guerra – regras que eles mesmos fizeram e que concordamos em respeitar. Mas sabem que não têm chance de vencer sem Aquiles; eles o irritaram uma vez, e não vão correr o risco de irritá-lo de novo.

O sol tinha descido consideravelmente, e a planície de Troia agora estava em parte sob a sombra longa das muralhas. Páris disse:

— Não há nada a fazer além disso, então: devemos ir lutar pelo corpo dele.

Ele chamou seu armeiro e começou a vestir a armadura.

— Chamem as amazonas. O ataque e as flechas delas podem nos dar cobertura. São guerreiras ferozes, mais ferozes do que qualquer homem — descreveu Eneias. — Vou prometer meu melhor cavalo para o deus da guerra se ele nos permitir recuperar o corpo de Heitor.

— Vou prometer mais que isso se ele me conceder Aquiles — disse Páris. — Heitor e eu não fomos sempre próximos, mas ele era meu irmão mais velho, e eu o amava; mesmo se não amasse, obrigações de família me proibiriam de ficar de lado e ver seu corpo ser desonrado. Nem Aquiles pode ter uma rixa com os mortos.

Cassandra disse:

— Eu me lembro de que Heitor contou que ele e Pátroclo teriam muita coisa para conversar no Além-Mundo.

— Isso — disse Eneias, sombrio. — Se Aquiles parasse para pensar, saberia que Heitor e seu amigo banqueteariam lado a lado como camaradas nos salões do Além-Vida.

— Não acho que seja vontade de nenhum deus que me encontre com Aquiles como camarada do outro lado da morte — ponderou Páris, soturno. — Ou juro, a não ser que descubra algo que não me foi dado saber nesta vida, vou perturbar a vida daquele mundo quando encontrar Aquiles lá.

— Ah, quieto — disse Eneias. — Nenhum de nós sabe o que vamos pensar ou fazer além daquele portal, mas, neste mundo, todos fomos ensinados que a inimizade termina com a morte, e o que Aquiles faz agora é um ultraje e uma atrocidade, assim como simplesmente falta de modos. Ele deveria demonstrar respeito por um inimigo morto; você sabe disso, eu sei disso, os outros aqueus sabem disso. E dou minha palavra: se Aquiles não sabe, ficarei feliz em dar a ele uma lição, aqui e agora. Os soldados estão armados e prontos?

— Estão — gritou Páris. — Abram os portões.

Príamo passou devagar entre as fileiras e foi para a muralha, onde estavam as mulheres. Ele próprio estava branco como a morte, pensou Cassandra, e estivera chorando.

— Se resgatar o corpo de meu filho para um funeral honrado — ele disse, quando Eneias passou por ele a caminho do portão —, não preciso dizer que pode pedir a recompensa que quiser.

Eneias se ajoelhou por um momento e beijou a mão do velho.

— Pai, Heitor era meu cunhado e irmão de armas, não quero recompensa por fazer por ele o que bem sei que ele seria o primeiro a fazer por mim.

— Então que as bênçãos de todos os deuses que sei invocar estejam contigo — disse Príamo, e Eneias se levantou, o abraçou rapidamente e o beijou no rosto.

Então ele o soltou, e os homens desceram até o portão.

Quando Troilo foi se juntar a eles, Hécuba gritou:

— Não! Não você também! — E agarrou a túnica dele, mas Troilo a afastou, e Príamo fez um gesto para que a rainha o deixasse ir.

Hécuba caiu chorando:

— Velho cruel! Pai inatural! Perdemos um filho hoje, vai perder outro?

— Ele não é nenhuma criança — disse Príamo. — Ele quer ir, não vou proibi-lo. Não o obrigaria a ir se ele quisesse alguma desculpa para ficar, mas deveria ter orgulho dele.

— Orgulho! — ela vociferou, olhando para as carruagens que passavam pelos portões. — Há mais de um louco aqui!

OITO

Cassandra tinha visto as amazonas lutarem muitas vezes antes e desejou estar cavalgando com elas. No entanto, se tinha achado a luta da manhã feroz, aquilo não tinha sido nada diante da ferocidade dessa batalha pelo corpo de Heitor.

Os soldados troianos faziam repetidamente o que parecia uma corrida suicida até a carruagem de Aquiles, tentando virá-la, fazer com que batesse ou soltasse o corpo, mas as forças reunidas dos soldados de Heitor e das amazonas não conseguiam chegar perto dele. Parecia que o próprio deus da guerra seguia com Aquiles, e mais de doze soldados e sete guerreiras amazonas morreram nesses ataques antes que os carros de Agamemnon, liderados por Diomedes e os melhores arqueiros espartanos, viessem e os afastassem pela última vez.

Quando estava quase escuro demais para enxergar, por fim os troianos se retiraram, e quando Troilo foi atingido por uma flecha disparada pelo próprio Aquiles, Eneias finalmente cedeu e suspendeu o ataque, carregando Troilo para dentro das muralhas.

— Ele não quis viver. — Hécuba chorou sobre o corpo dele. — Ele se culpava... eu o ouvi... pela morte do irmão...

No poente flamejante, a nuvem de poeira atrás da carruagem de Aquiles não estava menor.

— Parece que ele quer seguir com isso a noite inteira — disse Páris. — Não há mais nada que possamos fazer.

— Eu provavelmente enxergo melhor no escuro que os cavalos deles — declarou Eneias. — Podemos tentar de novo sob o luar...

— Não há motivo para fazer isso — apontou Pentesileia. — Você agora tem outro irmão para enterrar e lamentar, amanhã haverá tempo para pensar de novo em Heitor.

Hécuba, ajoelhada diante do corpo de Troilo, levantou o rosto, inchado pelas lágrimas, de repente parecendo vinte anos mais velha.

— Se precisar, vou até Aquiles implorar a ele, pelo amor de sua própria mãe, para me deixar enterrar meu filho — ela ofereceu. — Ele certamente tem uma mãe e a honra.

— Realmente acha que alguma coisa humana pariu aquele monstro? — chorou Andrômaca. — Ele certamente nasceu de um ovo de serpente!

— Como criadora de serpentes, me ofendo com isso em nome delas — reclamou Cassandra. — Nenhuma serpente já foi cruel por vontade, só matam por comida ou para defender os filhos, e nenhuma serpente jamais fez guerra contra outra, não importa qual deus possam servir.

— Vamos deixar as coisas como estão por esta noite — pediu Andrômaca. — Talvez um novo dia traga juízo a ele.

Ela se virou da muralha, desviando deliberadamente o olhar da visão do carro de Aquiles e da nuvem de poeira que escondia o corpo de Heitor. Ela levantou Hécuba pelo braço com gentileza e, notou Cassandra, apoiou uma boa parte do peso da mulher mais velha. Juntas, elas subiram a escada íngreme em direção ao palácio.

Cassandra se curvou sobre o corpo sem vida de Troilo. Ela se recordava de quando ele tinha nascido: era um bebê lindo de rosto redondo e vermelho, guinchando e batendo os pequenos punhos. Como a mãe tinha rezado por outro filho, e como tinha ficado feliz quando ele chegara. Mas ela sempre ficara feliz com cada filho nascido no palácio, até os nascidos das concubinas; a rainha era sempre a primeira a pegar qualquer bebê no colo, não importava quanto a mãe fosse humilde.

Bem, tinha prometido avisar Polixena, então subiu lentamente as ruas íngremes da cidade em direção ao Templo da Donzela. Com os ventos naquela altura arrastando o manto e o cabelo, chegou ao pátio externo, onde ficava a estátua da Donzela.

Agora tinha passado tantos anos como sacerdotisa que quase havia parado de se perturbar sobre a natureza dos deuses ou das deusas, se eram de verdade de algum lugar além da humanidade, ou se eram de alguma alma da humanidade buscando adorar as grandes virtudes e o divino interior. No entanto, agora, olhando para o rosto sereno da Donzela, ela se perguntou de novo: alguma coisa, humana ou divina, poderia nascer sem mãe, e esse próprio conceito não era uma blasfêmia contra tudo que era divino? Ela mesma não tinha dado à luz nenhuma criança; no entanto, dentro dela, a paixão sem alimento pela maternidade trouxera Mel para seus braços, e ela sabia que iria protegê-la com a própria vida, como qualquer outra mulher faria.

Com a própria mãe ela agora partilhava um luto desesperado. Tinha subestimado Aquiles, deveria saber que a loucura dele o tornava ainda mais perigoso, como até um cão de casa pode ficar cruel e desleal.

No entanto, se tivesse avisado, não teriam lhe dado ouvidos.

Uma das atendentes do templo a reconheceu e foi perguntar com deferência como poderia servir à filha de Príamo.

— Gostaria de falar com minha irmã Polixena — ela disse, e a criada foi imediatamente buscá-la.

Pouco tempo depois, ouviu um passo, Polixena entrou no cômodo e exclamou, ao ver o rosto de choro de Cassandra:

— Irmã, você traz más notícias! É nossa mãe, nosso pai...

— Não, eles ainda estão vivos — disse Cassandra —, embora não saiba o que essa notícia vai fazer com eles.

Polixena, uma mulher alta no fim dos vinte anos, ainda tinha o rosto suave de uma criança. Ela se aproximou e abraçou Cassandra, chorando.

— O que quer dizer? Diga-me.

— Heitor... — começou Cassandra, e então sentiu que estava à beira das lágrimas — O pior — ela disse. — Não só Heitor, mas Troilo. — Sua garganta se fechou, e mal conseguia falar. — Ambos mortos em uma só hora, pelas mãos de Aquiles, e aquele louco arrasta o cadáver de Heitor atrás de sua carruagem e não quer saber de devolver o corpo para o enterro...

Polixena irrompeu em soluços, e as irmãs se apertaram, unidas como não ficavam desde que eram crianças pequenas.

— Vou imediatamente — afirmou Polixena. — Mamãe vai precisar de mim, deixe-me apenas pegar meu manto.

Ela saiu apressada, e Cassandra refletiu, triste, que aquilo era verdade, ela não poderia confortar a mãe. Até mesmo Andrômaca era mais próxima de Hécuba do que ela. Toda a sua vida tinha sido assim: de todos os filhos, Heitor era o mais querido no coração dos pais, e Cassandra, a menos amada. Era apenas por ter sido sempre tão diferente dos outros?

Ficava de coração partido porque nem mesmo naquele momento pavoroso poderia se voltar para a mãe. Porque sempre conseguia manter a compostura e porque não ficava fora de si de dor, ninguém jamais pensava que ela mesma tivesse necessidade de consolo. Sua tristeza sem fim e sem lágrimas parecia para a mãe, ela sabia, fria e desumana, um tanto diferente do aspecto de uma mulher.

Polixena voltou usando o manto pálido de sacerdotisa, com algo preso em um pano na cintura. Seus olhos estavam vermelhos, mas tinha parado de chorar. De qualquer modo, Cassandra sabia que ela iria chorar de novo ao ver as lágrimas da mãe.

Gostaria que eu *conseguisse. Heitor é digno de todas as lágrimas que possamos derramar por ele.* E se perguntou, em desespero: *O que há de errado comigo, que, com toda a minha dor, não consigo chorar por meus irmãos queridos?*

Porém, em seu coração, uma voz racional dizia: *Heitor era um tolo, ele sabia que Aquiles era um louco que não respeitaria nenhuma regra civilizada de guerra, e ainda assim, por algo que chamou de honra, correu para a morte. Sua honra tinha mais valor para ele do que a vida, ou Andrômaca, ou o filho, ou o pensamento da dor que os pais sentiriam.* E, com todo o horror daquilo, não conseguia sentir nenhum pesar ou desespero adicional com o que Aquiles tinha feito com o cadáver do irmão. Heitor estava morto, e isso era ruim o suficiente. O que poderia deixar isso pior?

E vamos todos morrer, de qualquer jeito, e poucos de nós com tanta rapidez ou misericórdia. Por que não nos alegramos por ele ter sido poupado de mais sofrimento?

Polixena deu o pano a Cassandra, e ela sentiu algo duro dentro.

— As joias que tenho — ela disse. — Papai pode precisar delas para o resgate do corpo de Heitor. Aquiles tem tanta ganância por ouro como tem pelo que chama de glória, talvez isso ajude.

— Ele pode contar com as minhas também — respondeu Cassandra —, embora tenha poucas: só meus anéis e minhas pérolas da Cólquida.

Juntas, desceram a colina em direção ao palácio. Estava ficando tarde, o sol baixo se escondia atrás de uma grande massa de nuvens, e o vento frio tinha cheiro de chuva. Na planície não havia sinal da carruagem de Aquiles. Ele tinha desistido de sua vingança abominável, ao menos pela noite.

— Talvez façam uma incursão no escuro para resgatá-lo — observou Polixena. — Ou, se chover, Aquiles pode concordar com um resgate, pois não vai querer andar de carruagem o dia inteiro em meio a uma tempestade.

— Acho que não vai fazer diferença para ele — disse Cassandra. — Tenho a impressão de que o sensato seria aceitar isso e fazer o que ele não espera: deixar que fique com o corpo de Heitor, e então reunir todas as nossas forças amanhã e colocar tudo o que temos em uma tentativa total de matar Aquiles e Agamemnon, e talvez Menelau também.

Polixena olhou para ela totalmente consternada, o começo da chuva misturando-se às lágrimas no rosto dela.

— Eu lhe peço, minha irmã, não diga nada assim para nossa mãe ou nosso pai. Não imaginei que pudesse ser desalmada a ponto de deixar Heitor insepulto na chuva.

— Não é Heitor que está insepulto — Cassandra disse ferozmente —, é um corpo morto como qualquer um.

— Não sei se você é estúpida demais ou simplesmente muito maliciosa — lançou Polixena —, mas fala como uma bárbara, e não uma mulher civilizada, uma princesa e sacerdotisa de Troia.

Ela revirou os olhos, e Cassandra soube que só tinha piorado as coisas. Desviou o rosto de Polixena para esconder as lágrimas, enquanto perversamente sabia que a irmã pensaria melhor dela por causa das lágrimas. Não falaram de novo.

Quando chegaram ao palácio, uma criada (Cassandra notou que os olhos da velha mulher estavam tão inchados e vermelhos quanto os da mãe – todos, até mesmo os que labutavam nas cozinhas, amavam Heitor, e todas as mulheres do palácio se recordavam de Troilo como uma criança pequena querida) pegou seus mantos, secou seus cabelos e pés com toalhas e as levou para o salão de jantar principal.

Estava quase como sempre – um fogo alto jogando luz no cômodo e castiçais bifurcados espalhando um brilho sob o qual as pinturas nas paredes ondulavam como se estivessem debaixo da água. O banco entalhado em que Heitor tinha o costume de sentar estava vazio, e Andrômaca estava sentada entre Príamo e Hécuba, como uma criança entre os pais.

Páris e Helena estavam perto, as mãos apertadas juntas. Foram cumprimentar Polixena, que foi beijar os pais. Cassandra sentou-se em seu lugar de costume perto de Helena, mas, quando os criados colocaram comida em seu prato, não conseguiu engolir e apenas beliscou um cozido de vegetais e bebeu um pouco de vinho aguado. Páris parecia triste, mas Cassandra sabia que ele estava bem consciente de que agora era o filho mais velho de Príamo com sua rainha e o comandante dos exércitos. *Para existir qualquer esperança para Troia, alguém precisa desiludi-lo dessa noção*, pensou. *Ele não é um Heitor.* Então ficou espantada consigo mesma, pois sabia havia muito tempo que não existia esperança para Troia. Por que esses pensamentos indomados de esperança continuavam a surgir?

Isso significava que suas visões de danação eram simplesmente alucinações ou doença do cérebro, como todos diziam? Ou queria dizer apenas que de algum modo, com Heitor morto, havia uma nova esperança para Troia? *Não,* isso *certamente é loucura, ele era o melhor de todos nós*, ela pensou, e soube que alguém – Páris? Príamo? – na verdade dissera aquilo em voz alta.

— Ele era o melhor de todos nós — afirmou Páris —, mas ele se foi, e de algum modo precisamos dar conta dessa guerra sem ele. Nem tenho ideia de como vamos fazer isso.

— Essa guerra é sua na essência — respondeu Andrômaca. — Eu disse a Heitor que devia ter deixado isso para você desde o começo.

Alguém soluçou alto. Era Helena. Andrômaca se virou para ela numa raiva repentina.

— Como ousa? Se não fosse por sua causa, ele estaria vivo, e o filho dele não estaria sem pai!

— Ah, vamos, minha querida — Príamo disse em tom conciliatório —, você realmente não deve falar assim com sua irmã... Já há dor suficiente nesta casa para esta noite.

— Irmã? Nunca! Essa mulher dos nossos inimigos, de quem todos os problemas surgiram... Olhem, ela agora se regozija porque seu amante vai comandar todos os exércitos de Príamo...

— Os deuses sabem que não me regozijo — disse Helena, sufocando as lágrimas. — Sofro pelos filhos caídos desta casa, que se tornou minha casa, e pela dor daqueles que agora são meu pai e minha mãe.

— Como se atreve... — Andrômaca começou a falar, mas Príamo tomou a mão dela e a segurou, sussurrando algo para ela.

— Como quer que prove minha dor?

Helena ficou de pé e foi até o assento alto de Príamo. Seu longo cabelo dourado estava solto, descendo pelos ombros; os olhos azuis, fundos no rosto e sombreados pelo choro, eram luminosos sob a luz de velas.

— Pai — ela disse a Príamo —, se for sua vontade, vou até o acampamento me oferecer aos aqueus em retorno do corpo de Heitor.

— Sim, vá — Hécuba pediu rapidamente, quase antes que Helena terminasse de falar, antes que Príamo pudesse responder. — Não vão lhe fazer nenhum mal.

Andrômaca entrou na conversa:

— Pode ser o único bom ato em uma vida e a reparação por tudo o mais que causou a essa casa.

Cassandra estava presa no assento, embora seu primeiro impulso fosse se levantar e gritar "Não, não!". De qualquer modo, ela se lembrou do que tinha profetizado quando Páris chegou pela primeira vez aos portões de Troia: que ele era uma tocha que iria causar um incêndio para queimar a cidade toda – uma profecia repetida quando ele trouxera Helena. Aquilo tinha acontecido muito tempo antes, não culpava mais Helena pelo que iria acontecer com a cidade: era o destino ordenado pelos deuses. E o pai e os irmãos – até mesmo o próprio

Heitor – não tinham lhe dado ouvidos na época, e o que dissesse, eles certamente fariam exatamente o oposto. Melhor ficar em silêncio.

Príamo respondeu, com gentileza:

— Helena, é uma oferta generosa, mas não podemos permitir que faça isso. Você não é a única causa dessa guerra. Vamos pagar resgate pelo corpo de Heitor – com todo o ouro de Troia, se for preciso. Aquiles não é o único capitão dos aqueus. Certamente há alguém lá que vai escutar a razão.

— Não.

Andrômaca se levantou e ficou de pé, mirando Helena com um olhar sombrio. Cassandra percebeu que algumas pessoas pensariam que ela era mais bela que Helena, embora sua beleza fosse de um tipo diferente – morena, quando Helena era loira, e esguia, quando Helena era curvilínea.

— Não, pai, deixe-a ir, eu imploro. O senhor também me deve algo, eu pari o filho de Heitor. Eu imploro, deixe-a partir, e, se ela não for, expulse-a com chicotes. Essa mulher nunca foi nada além de uma maldição para todos nós em Troia.

Páris ficou de pé.

— Se expulsar Helena — ele declarou —, eu vou com ela...

— Vá, então — Andrômaca gritou com selvageria. — Isso também seria uma bênção para nossa cidade! Você não é menos uma maldição que ela! Seu pai fez bem quando quis mandá-lo embora.

— Ela está delirando — disse Deífobo, rude. — Helena não partirá de nossa companhia enquanto viver. A deusa enviou Helena para nós, e nenhum outro teto vai abrigá-la enquanto meus irmãos e eu estivermos vivos.

Príamo olhou para o salão:

— O que devo fazer? — ele perguntou, em voz quase alta. — Minha rainha e a mulher de meu Heitor nos disseram...

— Ela deve ir — gritou Andrômaca. — Se ficar aqui, parto de Troia esta noite – e chamo todas as mulheres da casa de Príamo para seguirem comigo. Vamos ficar sob o mesmo teto que ela, que jogou nossa cidade ao pó?

— E, no entanto, as muralhas de Troia permanecem firmes — disse Páris. — Nem tudo está perdido.

Ele se levantou e foi até Andrômaca, tomando a mão dela com gentileza e levando-a aos lábios.

— Não tenho nenhum rancor a seu respeito, pobre menina — ele declarou. — Está angustiada com sua dor, e não é de espantar. Respondo que Helena não terá más intenções a seu respeito.

Andrômaca se afastou num solavanco.

— Mulheres de Troia, eu as conclamo, saiam do teto amaldiçoado que abriga aquela falsa deusa que vai nos levar à ruína e à escravidão...

Ela pegou uma tocha e, com a voz alta e histérica, gritou:

— Sigam-me, mulheres de Troia...

Príamo se levantou de seu assento e trovejou:

— Basta! Temos problemas o suficiente sem isso! Minha filha — ele disse a Andrômaca —, entendo sua dor, mas peço, sente-se e nos escute. Nada vai se resolver se mandar Helena embora. Soldados morrem em batalha desde muito antes do nascimento de Heitor, ou do meu.

Ele esticou os braços para abraçar Andrômaca, e depois de um momento ela caiu no peito dele, soluçando. Hécuba se aproximou para abraçá-la.

— Paz — ela disse, sombria. — Temos que lamentar e enterrar Troilo antes do nascer do sol, e vocês, mulheres, recolham suas joias para oferecer para o resgate de Heitor.

Cassandra, juntando-se às outras mulheres enquanto se reuniam ao lado do corpo de Troilo, viu-se imaginando se a atitude de Andrômaca tinha sido justificada. Apenas Andrômaca entre as mulheres não seguiu Hécuba; permaneceu aos pés de Príamo, chorando desconsolada.

— Não tenho nem mesmo um corpo para velar.

Então ela levantou a voz e gritou:

— Não deixe que Helena toque no corpo de Troilo, mãe! Não conhece a velha história: um corpo vai sangrar se for tocado por seu assassino? E resta pouco sangue a ele, pobre menino!

NOVE

POR TODA A NOITE CASSANDRA OUVIU A CHUVA E O VENTO BATENDO E rasgando em torno do palácio alto de Príamo, enquanto as mulheres da casa real choravam por Troilo. Lavaram e vestiram o corpo dele, cobriram-no com temperos preciosos e queimaram incenso para encobrir o cheiro malsão da morte. Na calmaria entre a escuridão e o nascer do sol, interromperam os lamentos de uma noite inteira para beber vinho e ouvir uma canção de uma das trovadoras presentes no cômodo. Ela louvou a beleza e a coragem do jovem morto, cantando que ele tinha caído porque o deus da guerra o desejava, e tomara a forma de Aquiles para possuí-lo.

Quando a canção terminou, Hécuba chamou a musicista e deu a ela um anel como lembrança de sua elegia nobre, e uma das mulheres a convenceu a se sentar, descansar e a beber uma taça de vinho aquecido com temperos. Helena, que também tinha aceitado uma taça, foi sentar-se ao lado de Cassandra.

— Vou me sentar em outro lugar se não quiser ser vista falando comigo — ela disse —, mas parece que não sou mais bem-vinda em nenhum lugar entre as mulheres agora.

O rosto dela parecia magro, emaciado até, e pálido – tinha perdido peso desde a morte dos filhos, e Cassandra notou mechas desbotadas no dourado do cabelo.

— Não, fique aqui — disse Cassandra. — Acho que sabe que sempre serei sua amiga.

— Ainda assim — respondeu Helena —, minha oferta foi sincera, vou voltar para Menelau. Ele provavelmente vai me matar, mas posso ter a chance de ver a única filha que me resta antes de morrer. Páris acha que teremos outros filhos, e, de fato, eu tinha esperanças, mas é tarde demais para isso. Acho que ele queria que nosso filho governasse Troia depois de nós.

Ela olhou para Cassandra meio em questionamento, e Cassandra assentiu, com a sensação chocante de que, ao concordar com o que Helena tinha dito, era como se ela desejasse que a destruição acontecesse.

Nos últimos anos tinha se acostumado com aquele sentimento, e sabia que era tolice. A culpa, se deveria haver culpa, era apenas dos deuses, ou de quaisquer que fossem as forças que faziam os deuses agirem como agiam. Ela levantou a taça para Helena e bebeu, sentindo o peso do vinho atingi-la com força naquele horário em que não costumava beber, e tinha comido pouco no dia anterior. Helena pareceu ecoar seus sentimentos, dizendo:

— Eu me pergunto se a rainha é sábia ao servir um vinho tão forte sem água, quando estamos todas quase desmaiando de dor ou de fome. Essas mulheres estarão totalmente bêbadas em meia hora.

— Não é questão de sabedoria, mas de costume — disse Cassandra. — Se ela servisse menos que o melhor, questionariam seu amor e respeito pelo rapaz morto.

— É estranho — ponderou Helena — o jeito como as pessoas pensam, ou se recusam a pensar, sobre a morte. Páris, por exemplo... parece que ele acha que, já que nossos filhos morreram, talvez os deuses aceitem o sacrifício da vida deles e poupem a nossa.

— Se um deus fosse aceitar os inocentes para expiar os pecados dos culpados, não conseguiria ter nenhuma reverência por ele, e, no entanto, há algumas pessoas que acreditam em deuses que aceitam o sacrifício de sangue inocente — disse Cassandra.

Ela completou, quase num sussurro:

— Talvez seja uma ideia que os deuses – ou demônios – colocaram na cabeça de todos os homens; Agamemnon não sacrificou a própria filha no altar da Donzela para ventos bons que trouxessem sua frota para Troia?

— É verdade — disse Helena, em voz baixa —, embora Agamemnon agora não admita ouvir isso em voz alta, e diga que o sacrifício era coisa da mulher – minha irmã –, um sacrifício para a deusa dela. Os aqueus temem as velhas deusas, dizendo que foram corrompidas. Os homens mais corajosos fogem em pavor dos Mistérios femininos.

Cassandra olhou em torno do cômodo escurecido, onde as mulheres bebiam e conversavam em grupinhos.

— Gostaria que pudéssemos de algum modo instilar esse pavor neles agora — ela disse, e se lembrou de que tinha visitado a tenda de Aquiles em um transe – ou apenas em sonho?

A memória a fez pensar que talvez ainda pudesse ter algum tipo de acesso como aquele à mente do herói aqueu; tentaria na primeira oportunidade. Ela levantou a taça em silêncio e bebeu; Helena, olhando-a nos olhos sobre a borda, fez a mesma coisa.

De repente uma corrente forte entrou no cômodo. A porta se abriu e Andrômaca estava lá, segurando uma tocha com longas chamas soprando no vento forte do corredor. O cabelo comprido dela pingava na chuva, e o vestido e o manto estavam ensopados. Ela entrou no cômodo como um fantasma que andava, cantando baixo um hino funerário. Curvou-se sobre o corpo envolto de Troilo e beijou o rosto pálido.

— Adeus, irmão querido — ela disse em sua voz clara, aguda. — Você vai antes do maior dos heróis, para falar aos deuses da vergonha eterna dele.

Cassandra foi rapidamente até ela e falou em voz baixa, porém audível:

— A vergonha cometida contra o corajoso é vergonha apenas para quem comete o crime, não para quem o sofre.

No entanto, Heitor tinha lutado com Aquiles por vontade própria, jogando aquele jogo de um acertar as contas com o outro. *Ele fez apenas o que o ensinaram fazer a vida toda.*

Ela encheu uma taça de vinho com temperos – estava pesado agora, ainda menos diluído do que estivera no jarro, quando estava mais cheio, o que talvez fosse melhor. Andrômaca sairia dali para dormir e para algum alívio de seu horror, se não de sua dor. Ela colocou a taça nas mãos da prima, cheirando no hálito dela o peso do vinho – seja lá onde ela estivera, tinha bebido.

— Beba, minha irmã — ela disse.

— Ah, sim — respondeu Andrômaca, as lágrimas caindo pelo rosto. — Com você vim para Troia quando éramos meninas, e enquanto vínhamos para cá você me contou tantas histórias de como ele era bonito e corajoso. Meu filho nasceu em suas mãos. Você é minha amiga mais querida por toda a vida.

Ela abraçou Cassandra e se prendeu a ela, balançando, e Cassandra percebeu que ela já estava bêbada. A própria Cassandra não tinha deixado de ser afetada pelo vinho que havia bebido, pois sentia a inquietação e a busca de Andrômaca.

Andrômaca curvou-se de novo para beijar o rosto morto de Troilo. Ela disse a Hécuba:

— A senhora tem sorte, minha mãe, por poder adornar o corpo dele e chorar. Meu Heitor jaz mofando na chuva, sem luto, insepulto.

— Não sem luto — disse Cassandra, com gentileza. — Todos nós aqui sofremos por ele. O espírito dele vai ouvir nossas lágrimas e lamentos, esteja o corpo dele aqui ou lá com os cavalos de Aquiles.

A voz dela parou, ela pensava em um dia logo depois que Andrômaca chegara a Troia, quando Heitor a proibira de usar armas e ameaçou bater nela. Tinha falado para tentar confortar Andrômaca, mas de repente imaginou se tinha piorado as coisas. Os olhos da amiga estavam frios e sem lágrimas. Cassandra a guiou para o assento, mas, quando Andrômaca viu Helena ali, foi para trás, os lábios mostrando os dentes em uma careta horrenda como máscara que transformou o rosto dela quase numa caveira.

— Você, aqui, fingindo luto?

— Os deuses sabem que não finjo nada — disse Helena, em voz baixa —, mas, se preferir, vou embora... Você tem mais direito a estar aqui.

— Ah, Andrômaca — pediu Cassandra —, não fale assim. Vocês duas vieram para esta cidade como desconhecidas e aqui encontraram um lar. Você perdeu seu marido, e Helena, os filhos, pelas mãos dos deuses; deveriam partilhar a tristeza, não se engalfinhar. As duas são minhas irmãs, e amo vocês.

Com uma mão, ela puxou Helena para perto, e com o outro braço, abraçou Andrômaca.

— Você está certa — disse Andrômaca. — Estamos todos indefesos nas mãos deles.

Ela fungou e bebeu o resto do vinho. A voz dela estava instável quando disse, bêbada:

— Irmã, somos as duas vítimas dessa guerra. Que a deusa proíba que a loucura dos homens nos sep-separe.

A língua dela tropeçava desajeitada nas palavras, e ambas choravam quando se abraçaram. Hécuba veio envolver as três nos braços, e ela também chorava.

— Tantos se foram! Tantos se foram! Seus filhos preciosos, Helena! Meus filhos! Onde está o filho de Heitor, meu último neto?

— Não o último, mãe, se esqueceu? Creusa e os filhos foram enviados para um local seguro, não correm nenhum risco — Cassandra a lembrou. — Estão fora do alcance da loucura de Aquiles e dos exércitos aqueus.

Andrômaca disse:

— Astíanax está crescido demais para os aposentos das mulheres. Não posso nem confortá-lo, nem buscar conforto vendo o pai dele em seu rosto.

A voz dela era mais triste que lágrimas.

— Quando perdi… os pequeninos — Helena disse, trêmula —, eles me trouxeram Nikos para me confortar. Eu vou, Andrômaca, e trarei seu filho para você.

— Ah, abençoada seja — gritou Andrômaca.

Cassandra disse:

— Deixe-me levá-la para seu quarto, não o quer aqui no meio de todas essas mulheres bêbadas.

— Isso, vou levá-lo para lá — disse Helena. — Você ainda tem seu filho, e esse é o maior de todos os presentes.

Uma a uma, ou em duplas e trios, as mulheres, exaustas pela dor e pelo vinho forte, escapavam para suas camas. Apenas Hécuba e Polixena, em suas vestes de sacerdotisa, tomaram seus lugares na cabeça e aos pés de Troilo, para permanecer ali até que viessem aqueles que levariam o corpo dele para a terra. Cassandra se perguntou se também deveria ficar, mas não tinham pedido, nem mesmo para fazer o serviço de sacerdotisa purificando o cômodo da morte. Andrômaca e até mesmo Helena precisavam mais dela, sabia que era uma estranha entre as mulheres de Troia como eram as mulheres da Cólquida e de Esparta.

Ficou com ela até que Helena fosse até os aposentos de Páris e encontrasse Nikos e Astíanax. Ambos tinham chorado. O rosto de Astíanax estava sujo e manchado de lágrimas: alguém tinha evidentemente contado a ele sobre a morte do pai e tentado oferecer algum conforto. Helena levou os dois meninos bem para o centro do pátio e limpou o rosto deles com a ponta do véu.

Astíanax caiu grato nos braços da mãe, então pediu, desnorteado:

— Não chore, mãe. Eles me disseram que não deveria chorar porque meu pai é um herói. Então por que *você* está chorando?

Helena aconselhou, com gentileza:

— Astíanax, precisa ajudar a secar as lágrimas de sua mãe; agora é sua obrigação cuidar dela, já que seu pai não pode mais.

Com o toque da criança, Andrômaca se dissolveu em lágrimas bêbadas de novo; Helena e Cassandra a levaram para seu quarto, colocaram-na na cama e aninharam o menino ao lado dela.

— Nikos vai ficar comigo — disse Helena. — Ah, por que eles são tirados de nós tão jovens?

Mas, quando ela pegou Nikos nos braços, ele a empurrou, parecendo indignado.

— Não sou um bebê, mãe! Vou voltar para os homens.

Sufocando os soluços, Helena respondeu:

— Como quiser, criança, mas me abrace primeiro.

Emburrado, Nikos obedeceu e saiu correndo. Com lágrimas correndo pelo rosto, Helena o viu sair, sem protestar.

— Páris não fez melhor por ele do que Menelau — ela observou. — Não gosto do que os homens fazem dos meninos... eles os fazem ficar como eles. Graças aos deuses Astíanax ainda não se envergonha de ficar com a mãe — ela disse, olhando para a chuva pesada e cinzenta que uivava fora do palácio. — Cassandra! — ela exclamou de súbito.

A voz dela estava tão cheia de medo, e ela apertou a outra mulher de modo tão abrupto que Cassandra quase derrubou a tocha.

— Se cairmos nas mãos dos aqueus, o que será de meu filho? Talvez os troianos não tenham limites para se certificar de que Menelau não pode exigi-lo!

— Está dizendo que acha que meu pai ou meus irmãos vão matar a criança para evitar que seja levada de volta a Esparta? — Cassandra mal podia acreditar no que ouvia.

— Ah, não consigo realmente acreditar, mas...

— Se acha isso, então talvez de fato devesse voltar para Menelau e levar a criança em segurança — disse Cassandra. — Certamente ele a acolheria se fosse com o filho dele...

— Eu achei que Nikos estaria tão melhor em Troia, que Páris seria um pai melhor para ele do que Menelau — apontou Helena, com tristeza. — E ele era, Cassandra, ele era, mas agora... parece odiá-lo porque está vivo enquanto nossos próprios filhos morreram...

A voz de Helena se interrompeu por um momento e, agarrada a Cassandra, ela chorou.

— Então você vai?

— Não posso — disse Helena, apática. — Não consigo me convencer a deixar Páris, digo a mim mesma que é a vontade dos deuses que eu fique até que tudo isso tenha acabado entre nós. Ele já não me ama, mas prefiro estar em Troia a estar em Esparta…

Ela deixou sua voz se extinguir num silêncio, então falou:

— Cassandra, está exausta, não devo mantê-la mais fora da cama. Ou vai voltar e velar Troilo?

— Não, acho que não me querem lá — disse Cassandra. — Vou voltar para a casa do Senhor do Sol.

— Nessa chuva? Ouça a tempestade — observou Helena. — É bem-vinda para dormir aqui se quiser. Pode dormir na minha cama… é improvável que Páris venha agora, vão ter bebido tanto em honra ao espírito de Heitor que se perderiam pelas escadas. Ou peço para as criadas fazerem uma cama para você no outro quarto.

— É bondade sua, irmã, mas as criadas estarão todas dormindo agora, deixe-as descansar — disse Cassandra. — A chuva vai clarear minha cabeça.

Ela pegou o manto e puxou o capuz sobre a cabeça, então abraçou e beijou Helena. Ela garantiu:

— Andrômaca não quis dizer todas aquelas coisas.

— Ah, eu sei disso. No lugar dela, me sentiria da mesma maneira — disse Helena. — Ela está com medo; o que será dela agora, e de Astíanax? Páris já decidiu que vai suceder Príamo, e não vai deixar lugar para o filho de Heitor, e se Páris de algum modo conseguir um bom fim para essa guerra…

— Não há chance disso — disse Cassandra. — No entanto, não deve sentir medo, Helena. Menelau não lutou todos esses anos por vingança.

— Sei disso, falei com ele — disse Helena, surpreendendo Cassandra. — Não sei por quê, mas parece que ele me quer de volta.

— Falou com ele? Quando?

Ela começou a perguntar como, mas se lembrou de que, como mulher de Páris, Helena podia ir e vir como desejasse, até mesmo para o acampamento dos aqueus. Mas por que ela iria conversar com os capitães dos inimigos, Cassandra pensou, com suspeita, então absolveu a amiga de traição. Era razoável que Helena quisesse barganhar o próprio destino e o do filho.

Ela disse:

— Se falar com ele de novo, pergunte se há algo que possamos fazer para influenciar Aquiles e ter o corpo de Heitor devolvido para nós.

— Acredite em mim, eu tentei e vou tentar de novo — respondeu Helena. — Ouça, a chuva está amainando um pouco, se for agora, talvez chegue em casa antes que comece a cair forte de novo.

Ela beijou Cassandra de novo, e desceu até o portão pesado na frente do palácio com ela. Cassandra saiu na chuva gelada. Antes de ter subido metade do lance das longas escadas, as gotas começaram a cair com fúria renovada, e o vento puxava seu manto como as garras de um animal selvagem.

Ela pensou por um momento, arrependida, que deveria ter aceitado a oferta de Helena de uma cama. Eneias estaria bebendo e banqueteando com os homens, e não deveria se juntar a ela naquela noite. Mas não adiantava voltar agora, então seguiu em frente contra a tempestade.

Ao virar na rua da casa do Senhor do Sol, ouviu um passo leve atrás dela. Depois de tantos anos de guerra, ficava nervosa com estranhos, e se virou para ver, sob a luz pálida das tochas presas no portão, o rosto e a forma de Criseida envolta num manto. Mesmo sob a luz das tochas ela via que o vestido da menina estava amarrotado e manchado de vinho, e os cosméticos no rosto dela estavam borrados. Ela suspirou, imaginando em que cama estranha a garota tinha passado metade da noite, e por que tinha se importado em deixá-la numa tempestade daquelas. *Ela parece um gato depois de uma noite de andanças – exceto que o gato teria lavado o rosto.*

O vigia nos portões da casa do Senhor do Sol as cumprimentou com surpresa ("Estão fora tarde nesse tempo cruel, senhoras"), mas ninguém jamais tinha demonstrado curiosidade pelas andanças de Cassandra; ela refletiu que poderia ter tido tantos amantes quanto Criseida, e ninguém teria sabido ou se importado. Enquanto subiam o pátio íngreme na direção de seus quartos, perto da parte mais alta do templo, ela diminuiu os passos para emparelhar com a garota.

— Está tão tarde que é quase cedo — ela disse. — Quer vir para meu quarto e lavar o rosto antes de ser vista assim no templo?

— Não — respondeu Criseida —, por que deveria? Não tenho vergonha de nada que faço.

— Eu pouparia seu pai de vê-la assim — disse Cassandra. — Iria quebrar o coração dele.

O riso de Criseida era quebradiço como vidro que se partia.

— Ah, vamos, ele não pode ainda ter ilusões de que voltei virgem da cama de Agamemnon!

— Talvez não — respondeu Cassandra. — Ele não pode culpá-la pelos azares da guerra, mas vê-la assim o atormentaria.

— Acha que me importo com isso? Estava bem contente onde estava, e gostaria que ele tivesse cuidado da própria vida e me deixado lá.

— Criseida — Cassandra disse, com gentileza —, tem alguma ideia de que ele sofreu horrivelmente por você? Ele quase não pensava em mais nada.

— Então é ainda mais tolo.

— Criseida…

Cassandra olhou para a garota, imaginando o que estava no coração dela, ou se, de fato, ela tinha um. Por fim perguntou, com curiosidade:

— Não sente nenhuma vergonha, estar diante de todos os homens de Troia e todos a reconhecerem por ter sido concubina de Agamemnon?

— Não — Criseida respondeu em desafio —, não mais que Andrômaca se envergonha por todos os homens saberem que ela é de Heitor, ou Helena por ser de conhecimento público que ela pertence a Páris.

Havia uma diferença, Cassandra sabia, mas não conseguia organizar os pensamentos para dizer àquela garota confusa o que era.

— Se a cidade cair — disse Criseida —, todas nós seremos dadas nas mãos de um homem ou de outro, então eu me entrego para quem escolho enquanto ainda posso. Cassandra, vai manter sua virgindade para que ela seja tirada à força por um conquistador?

Disso não posso discordar dela. Cassandra não falou, apenas se virou e entrou no próprio quarto.

Dentro, algum criado negligente tinha deixado as persianas bem abertas, a chuva e o vento entravam pelas janelas. A esteira de Mel estava ensopada, e a criança tinha rolado para fora das colchas e para o chão de pedra, contra a parede, para escapar da chuva. Mesmo assim, estava encharcada.

Cassandra fechou as persianas e levou a criança para a própria cama. Mel estava fria como um sapinho e gemeu quando Cassandra a levantou, mas não acordou. Cassandra a enrolou em cobertores e a embalou, segurando-a junto ao peito até que sentiu os pezinhos e as mãozinhas gelados começando a esquentar, e por fim Mel dormia o sono pesado de qualquer criança saudável.

Ela colocou a menininha na cama e se deitou ao lado dela, enrolando as duas em seu manto quente. O barulho da tempestade fora das janelas fechadas estava abafado, mas ainda chacoalhava as persianas com sua força. Ela fechou os olhos, tentando mover o espírito para adiante de onde se deitava.

Para sua surpresa, assim que tinha se livrado do corpo, movendo a consciência para longe da cama e através da janela, não tinha conhecimento da tempestade, apenas de um silêncio profundo; no nível em que seu espírito se movia agora não havia tempo. Rápida como o pensamento, ela desceu a colina sob o luar claro, voando sobre a planície entre os portões de Troia e as fortificações que protegiam o acampamento aqueu.

Debaixo daquele luar impossível, as sombras eram nítidas e negras sobre a planície silenciosa e desocupada, exceto por um único vigia noturno que cochilava. Páris estava certo, ela pensou, deveriam ter jogado todas as forças deles sobre o acampamento à noite. Então ela se lembrou de que no mundo físico a fortificação dos aqueus era mais bem guardada pela chuva torrencial do que por todos os vigias do mundo. Via uma estrutura sob sombras escuras que reconheceu como a carruagem de Aquiles, e uma forma borrada que deveria ser o corpo amarrado de Heitor. Seu primeiro pensamento foi gratidão, porque, naquele lugar análogo ao Além-Mundo – e como tinha começado a andar com tanta facilidade naquele mundo dos mortos quando ainda estava entre os vivos? –, o corpo de Heitor não era castigado pela chuva e pelo vento uivante. E, conforme pensou nele, ele estava de pé ali diante dela, sorrindo.

— Irmã — ele disse —, é você. Deveria ter esperado vê-la aqui.

— Heitor. — Ela parou de falar. — Como você está?

— Ora... — Ele parou e pareceu considerar. — Melhor que jamais esperei — ele disse. — A dor sumiu, então imagino que esteja morto. Eu me lembro apenas de ser ferido, e de achar que deveria ser o fim, então acordei, e Pátroclo veio e me ajudou levantar. Ele ficou comigo por um tempo, então anunciou que precisava ficar com Aquiles e foi embora. Depois disso, fui ao palácio esta noite, mas Andrômaca não podia me ver. Tentei falar com ela, e depois com nossa mãe, dizer a elas que estava bem, mas nenhuma delas pareceu me ouvir.

— Quando estava vivo, alguma vez ouviu a voz dos mortos?

— Bem, não, claro que não, nunca aprendi a escutá-la.

— Bom, então, é por isso que não o ouviam. O que posso fazer por você, meu irmão? Quer sacrifícios, ou...

— Não imagino que bem isso faria — disse Heitor. — Mas diga a Andrômaca para não chorar; é muito estranho não poder confortá-la. Diga a ela para não sofrer e, se puder, diga a ela que logo vou voltar e levar Astíanax comigo. Gostaria de deixá-lo para cuidar ela, mas me foi dito...

— Por quem?

— Não sei — respondeu Heitor —, parece que não consigo me recordar; talvez tenha sido Pátroclo... mas agora sei bem que meu filho logo virá comigo, e nosso pai, e Páris. Mas não Andrômaca, ela vai ficar lá por um bom tempo.

Ele avançou para ela, e Cassandra sentiu o toque leve dos lábios dele na testa.

— Vou me despedir de você também, irmã — ele informou —, mas não tenha medo, haverá muito a sofrer, mas prometo, tudo ficará bem com você.

— E Troia?

— Ah, não, já caiu — ele disse. — Vê?

E ele a virou ao redor, com mãos gentis insubstanciais, e atrás dela ela viu uma grande pilha de escombros, com chamas subindo, onde Troia um dia estivera. Mas o som de tamanha destruição... Como podia não ter ouvido?

— Não há tempo aqui — disse Heitor. — O que é, o que vai ser, é tudo uma coisa só. Não entendo todas essas coisas — ele comentou em tom ansioso —, pois esta noite andei nos salões do palácio de meu pai onde estavam banqueteando, e agora olhe, a cidade caiu há muito tempo. Talvez quando eu estava na terra devesse ter perguntado aos que sabem dessas coisas, porém lá nunca parecia haver tempo. Mas agora vejo Apolo e Poseidon – veja, estão lutando um contra o outro pela cidade — ele disse, e apontou para onde, sobre as muralhas caídas, parecia que duas figuras monstruosas lutavam, abarcando as nuvens, a carne deles brilhando como relâmpagos.

Ela estremeceu com a visão do rosto amado do Senhor do Sol, coroado com cachos dourados brilhantes; ele iria se virar e vê-la caminhando pelos reinos proibidos? Resoluta, ela se virou de volta para a forma sombreada de Heitor.

— E Troilo? Ele está bem?

— Ele estava comigo por um tempinho, veio correndo bem atrás de mim — disse Heitor. — Mas permaneceu no palácio com nossa mãe, estava tentando dizer a ela para não sofrer. Ele não acreditava que não conseguia fazer com que ela o ouvisse. Talvez ela escute se você disser a ela, pois sabe que você é sacerdotisa e sábia nessas coisas.

— Ah, não sei se ela vai me escutar também, querido irmão — respondeu Cassandra. — Ela tem as próprias opiniões e não tem espaço para as minhas. Mas, para o bem de nossos pais e a paz de espírito deles...

Ela parou para considerar.

— Vim aqui para tentar assustar Aquiles e fazê-lo devolver seu corpo em resgate, talvez seja melhor que eu nisso.

— Acha que ele vai ter medo de fantasmas? Ele matou tantos, deve viver com eles ao redor o tempo todo — disse Heitor —, mas vou ver o que posso fazer. Volte, irmã, para seu lado da muralha que agora se ergue entre nós, e diga a nosso pai e nossa mãe que não devem perder tempo sofrendo, logo estarão comigo. E certifique-se de dizer a Andrômaca para não sofrer: estarei aqui esperando pelo nosso filho, e diga a *ele* para não ter medo: estarei pronto para recebê-lo. Ela não iria querer que ele vivesse nos dias que agora chegam.

Heitor se virou e foi na direção da tenda de Aquiles. Depois de um momento ele se virou de novo, e já, ela pensou, parecia distante e estranho, um homem que não conhecia.

— Não, não me siga, irmã, nossos caminhos se separam aqui. Talvez possamos nos encontrar de novo e nos entender melhor.

— Não vou me juntar a você e Troilo, e a nosso pai e nossa mãe?

— Não sei — ele disse. — Você serve a outros deuses, acho que, se passar a morte, pode ir para outro lugar. Mas me é permitido saber que aqui nossos caminhos se separam, por um longo tempo, se não para sempre. Que tudo esteja sempre bem com você, Cassandra.

Ele a abraçou, e ela ficou surpresa ao sentir a força do abraço dele. Aquele não era um fantasma, mas tão real quanto ela mesma. Então ele desapareceu, até mesmo sua sombra sumindo da planície.

DEZ

PERTO DA MANHÃ A CHUVA PAROU E FOI SUBSTITUÍDA POR VENTOS fortes. Cassandra acordava e caía no sono, quando de novo sonhava que tentava seguir o fantasma de Heitor na direção da tenda de Aquiles, onde os aqueus se levantavam para olhar e balbuciar em horror ao ver Heitor andando para dentro e para fora das paredes da tenda, rindo dele, ou se via dentro da tenda de Agamemnon. O rei a encarou com ar de louco e tentou pegá-la, mas ela saiu dos braços dele como se fosse feita de névoa, e ele gritou de raiva e lançou-se contra ela, uivando de frustração.

Quando por fim acordou, a luz fraca do sol entrava pelas persianas, e Mel olhava para ela, pasma. Ela se perguntou se tinha falado ou gritado enquanto dormia. Raramente dormia até tão tarde, mas é claro que havia ficado acordada até quase amanhecer. Vestindo-se rapidamente, tentou memorizar as mensagens que Heitor pedira que passasse; sabia como essas experiências desapareciam rápido, como sonhos meio lembrados. Estava amarrando o cinto do vestido quando Phyllida entrou.

— Cassandra, venha imediatamente; as serpentes...

— Não posso. Tenho uma mensagem para entregar — disse Cassandra. — Sei que pode fazer o que precisa ser feito.

— Mas...

— Bem, rápido, então… Elas fugiram ou entraram todas em suas casas? — ela perguntou, subitamente com medo de que isso fosse o temido aviso de terremoto, que certamente viria rápido, mas, pelos deuses, não hoje, não hoje!

— Bem, não, mas…

— Então não me perturbe, tenho questões de peso na mente e não posso ficar para conversar. Leve Mel com você, vista a menina e dê o desjejum – vou voltar e cuidar dela quando puder — ela disse, e saiu correndo do quarto para descer a colina.

Enquanto descia, parou brevemente para olhar sobre a muralha: o carro de Aquiles de novo fazia círculos na planície, os cavalos chicoteados para alcançar a velocidade máxima. O embrulho inerte do corpo de Heitor era arrastado atrás; no entanto, sua Visão entre os mundos estava tão clara agora que ela o via, uma sombra brilhante de pé na beira do campo de batalha, rindo da tolice que o capitão aqueu tentava fazer. Sabia o que ele achava tão engraçado, e ao descer até os pais, de pé na muralha no local de costume sobre os portões, ela riu alto.

Os olhos de Hécuba, quase fechados de tão inchados de choro, se viraram para ela com raiva.

— Como pode rir?

— Mas não percebe, mãe querida, que isso tudo é tolice? Veja, ali na sombra do aterro de proteção: Heitor está rindo da tolice de Aquiles, olhe para o sol brilhando no cabelo dele.

Hécuba deu a Cassandra seu olhar resignado de "claro, ela é louca e não se pode esperar que sinta algo como uma pessoa normal", mas Cassandra pegou os braços da mãe.

— Mãe, o que digo é verdade: na noite passada, falei com Heitor na Terra Além-Morte, e lhe digo que tudo está bem com ele.

— Você sonhou isso, querida — Hécuba disse, com gentileza.

— Não, mãe querida, eu o vi como a vejo, e o toquei.

— Queria conseguir acreditar em você…

Lágrimas se formaram devagar e caíram dos olhos da velha senhora.

— Mãe, de verdade, precisa acreditar em mim! E ele me mandou dizer que a senhora não deve sofrer…

— A noite passada eu quase teria acreditado… pensei uma hora ter ouvido a voz de Troilo…

— A senhora ouviu, mãe, eu lhe digo que a senhora ouviu! — Cassandra gritou empolgada, tomada por sua mensagem. — Não vi Troilo nem falei com ele porque Heitor disse que ele ficou com a senhora, tentando confortá-la, tentando fazer com que a senhora o ouvisse.

Hécuba disse devagar:

— Quando Polixena e eu estávamos cansadas demais para seguir com a vigília – o sol já nascia –, saí um pouco no jardim e achei que senti Troilo tocar meu cabelo como ele fazia quando ficou alto demais para me beijar em qualquer lugar a não ser no topo da cabeça. Ele era um menininho tão doce, o mais querido de todos os meus doces meninos...

Os olhos dela se encheram de lágrimas que rolaram de novo, e Cassandra abraçou a mãe com força.

— Ele certamente estava ao seu lado — ela disse. — Eu juro.

— E Heitor... você diz que ele também está em paz... mas como o espírito dele pode estar livre quando não temos seu corpo para fazer um funeral decente e honrar seu espírito? — perguntou Hécuba. — E, se for assim, então por que temos ritos funerários ordenados pelos deuses?

— Só sei o que vi, mãe.

— Não adianta — disse Hécuba, desesperançada, depois de considerar a questão por um tempo. — Não consigo achar que o espírito dele está livre até que veja seu pobre corpo... Veja como a poeira se levanta, mesmo depois de uma noite de chuva forte! — ela exclamou, e começou a chorar de novo.

Cassandra tentou secar as lágrimas da mãe com o véu, censurando-a:

— Heitor ficaria de coração quebrado ao vê-la chorando assim. Aquiles não pode feri-lo agora, não importa o que ele faça. Mesmo se ele cortasse o corpo de Heitor e o lançasse aos cães, isso não machucaria a parte de Heitor que conhecíamos, de modo algum.

Hécuba se encolheu e pareceu enojada.

— Como pode dizer coisas assim, Cassandra?

— Jurei por Apolo dizer a verdade; para os que não querem escutar, só posso dizer que isso não me dispensa de dizê-la — respondeu Cassandra, imaginando por que só a mãe conseguia deixá-la tão brava mesmo – ou especialmente – quando não tentava dizer nada que pudesse feri-la.

— Mas estava dizendo que poderíamos dar nosso Heitor aos cães...

— Mãe, eu não disse nada disso! — Cassandra estava furiosa agora, mas manteve a voz firme e calma com esforço. — A senhora não me ouviu bem! Falei apenas que, se Aquiles, em sua loucura, fizesse algo assim, não faria diferença para Heitor, apenas para nós.

— Mas você estava dizendo – eu a ouvi – que não precisávamos dar ritos funerários a ele — lançou Hécuba, e Cassandra suspirou como se levasse um grande peso por uma subida íngreme.

— Mãe, acho que os ritos funerários não importam para Heitor ou para os deuses, apenas para nós — ela repetiu, como se tentasse explicar a Mel por que ela não podia comer uma dúzia de bolos.

Hécuba levantou o queixo.

— E eu digo que essa é uma de suas noções selvagens — ela disse, e se virou.

— Sim, bem provável, mãe — respondeu Cassandra, sufocando a raiva.

Ela é velha, não posso esperar que compreenda nada que é novo para ela.

— Mas imploro que não diga nada assim para Andrômaca, Cassandra, ela já carrega muita dor sem isso.

— Sem o quê? — perguntou Andrômaca, subindo na muralha a tempo de ouvir as últimas palavras.

— Eu dizia a ela — Cassandra começou, e Hécuba lançou um olhar raivoso de "não se atreva"; Cassandra percebeu que a discussão com a mãe a tinha feito esquecer as palavras exatas que desejava falar.

Ela disse, exausta:

— Apenas que, em uma visão na noite passada, falei com Heitor e ele pediu que se conforte, pois ele está contente e em paz, não importa o que façam com o corpo dele.

Havia mais. Heitor lhe pedira para dizer a Andrômaca – o quê? Que ele viria pegar o filho... *mas não! Não posso dizer a ela que o filho deles logo vai morrer, quando ela também perdeu Heitor... ela... o que era... que ela não iria querer que o filho vivesse nos dias que viriam...*

Andrômaca a encarava com as sobrancelhas arqueadas em ceticismo, então Cassandra disse:

— Ele me pediu para dizer que... ele ficaria para zelar pelo filho.

— Muito bem isso faz para nós dois — disse Andrômaca, com os olhos arregalados de lágrimas sufocadas —, quando ele nos deixou.

— Mas ele não quer que você chore e sofra — insistiu Cassandra. — Isso não pode ajudá-lo agora.

— Todo vidente e adivinho diz isso — lançou Andrômaca, e ela soava amarga. — Tinha esperado algo melhor de você, Cassandra, se de fato consegue ver além da morte.

— Falo como os deuses me pedem nas palavras que as pessoas desejam ouvir — disse Cassandra, virando-se.

No campo, Aquiles seguia chicoteando os cavalos em uma fúria ainda mais maníaca.

Aquilo seguiu por todo o dia, enquanto o sol se levantou e caiu sobre Troia. Por duas vezes Páris liderou um grupo para tentar capturar o carro de Aquiles e o corpo de Heitor, e por duas vezes foram expulsos pelos soldados de Agamemnon; três filhos de menor status de Príamo com mulheres do palácio foram mortos, e por fim perceberam que Aquiles estava simplesmente muito bem protegido.

— Chega — disse Príamo, depois do terceiro ataque. — O sol está se pondo, quando estiver escuro, eu mesmo vou descer até Aquiles e negociar com ele um resgate para o corpo de meu filho.

Que tolice, pensou Cassandra, *e que inutilidade. Heitor não é aquele pedaço de carne apodrecida ali amarrado atrás de Aquiles e sua maldita carruagem.* Por que ela deveria ver aquilo quando os pais não viam? Eles não deveriam ser mais sábios que ela? Que não fossem era algo que a assustava.

Sentia-se mal e fraca, tinha ficado o dia todo de pé ao lado da mãe e nem mesmo partilhara do pão duro e do azeite separados para os soldados ao meio-dia. Foi comer um pouco de pão, acompanhando com alguns goles de vinho aguado, então foi com Hécuba, que ajudava os criados de Príamo a vesti-lo em suas túnicas mais ricas.

— Se for encontrar Aquiles sem me vestir com o meu melhor — ele disse —, ele pode pensar que não acho que ele seja digno de honra. Não acho, é claro, mas não quero que pense isso.

— Não tenho tanta certeza, pai — observou Páris, ao lado do pai, aparando meticulosamente as barbas dele com as tesouras que Helena usava na tapeçaria. — Talvez a vaidade do louco ficasse mais lisonjeada se fosse com vestes simples de luto, como suplicante.

— No entanto, mostrar a ele o ouro de Troia pode atiçar a cobiça dele, se não podemos apelar para a honra — observou Andrômaca.

— Não podemos apelar para a honra dele — respondeu Páris. — Para mim é óbvio que ele não tem nenhuma. A questão é como persuadi-lo a nos dar Heitor para ser enterrado.

— Vou até ele como suplicante — disse Príamo.

Ele já começava a arrancar as túnicas com energia.

— Tragam-me as vestes mais simples que tenho. Além disso, irei vê-lo sozinho.

— Não! — Hécuba gritou, caindo de joelhos diante dele em uma agonia de desespero. — Já vimos que ele não respeita a honra comum, ou Heitor estaria agora em sua tumba! Se chegar ao alcance dele, ele certamente vai matá-lo ou maltratá-lo, e talvez faça com seu corpo o mesmo insulto que faz com o de Heitor. Não pode ir vê-lo sem guardas.

— Se precisar, primeiro vou encontrar nosso velho amigo Odisseu, que me levará em segurança até Aquiles — disse Príamo —, e sabemos que ele quer a boa opinião de Odisseu, não vai me insultar na presença dele.

— Isso não é suficiente — declarou Hécuba, apertando-se aos joelhos dele com força. — Se seguir com essa tolice, não vai dar um só passo, pois não permitirei que vá.

Príamo tentou afastá-la, mas ela não saía. Ele ficou de cara feia, com raiva.

— Vamos, minha senhora — ele por fim disse —, o que então quer que eu faça? Se for até Aquiles com homens armados, ele só vai pensar que eu o desafio para o combate individual. É isso o que deseja?

— Não! — gritou Hécuba, mas ela ainda se recusava a soltá-lo.

— Bem, então, o que quer que eu faça? Por que uma mulher não pode nunca ser razoável? — perguntou Príamo.

— Não sei, meu senhor e meu amor, mas não vai encontrar aquele louco sozinho!

— Deixe-*me* ir — disse Andrômaca, com uma dignidade quieta. — Deixe que ele explique para a viúva e para o filho de Heitor por que não vai devolvê-lo.

— Ah, minha querida — começou Príamo, mas Hécuba se levantou com indignação.

— Se acha que vou deixá-la levar meu neto a menos de uma légua daquele demônio…

— Tenho uma ideia melhor — ponderou Helena. — Leve um sacerdote – ainda que apenas como testemunha perante os deuses. Aquiles teme os deuses…

— Melhor ainda — disse Príamo —, vou levar duas sacerdotisas, Cassandra e Polixena. Uma serve a Apolo, e outra à Donzela, para que qualquer imortal que Aquiles tema possa testemunhar a impiedade dele.

Ele se virou para Cassandra.

— Não tem medo de ir com seu velho pai até a presença de Aquiles, tem, garota?

— Não, pai, e irei desarmada se desejar, ou armada. O senhor se esqueceu de que fui treinada como guerreira?

— Não — disse Polixena, em sua voz infantil —, nada de armas, irmã, vamos descalças, com os cabelos soltos, rezando pela misericórdia dele. Vai envaidecê-lo ver as duas ajoelhadas aos pés dele. Vá vestir uma túnica branca sem bordados ou faixas, e penteie os cabelos – ou, melhor ainda — ela completou, pegando as tesouras de Páris —, corte-os em sinal de luto.

Ela atacou com vigor seus longos cachos avermelhados, desconsiderando os gritos de protesto da mãe. Então ela começou a cortar o cabelo de Cassandra, e, enquanto a irmã olhava, chocada, para as madeixas longas até a cintura sobre o chão, ela exclamou:

— Você se ressente de dar sua vaidade por Heitor?

Não me ressentiria se fosse fazer o mínimo de diferença para Heitor, pensou Cassandra, mas teve o juízo de não dizer as palavras em voz alta.

Ela deixou Polixena tirar os anéis e o colar de pérolas que usava, a irmã então tirou as próprias joias. Príamo manteve apenas um anel de esmeralda grande e magnífico no dedo – um presente para Aquiles, ele disse – e removeu as próprias sandálias. Cassandra pegou uma tocha, e Polixena outra, e, com o pai, elas desceram do palácio. Nos portões de Troia, Príamo pediu aos criados que voltassem.

— Sei que não querem me abandonar — ele disse —, mas, se não posso fazer isso sozinho, provavelmente não é possível ser feito. Se Aquiles não der ouvidos a um pai e irmãs de luto, não vai ouvir todas as forças armadas de Troia. Voltem, minhas crianças.

A maioria deles chorou e gritou de dor e medo por ele, mas, por fim, um a um, eles se viraram, e os três suplicantes passaram pelos portões abertos e começaram a se mover deliberadamente, sob a luz das próprias tochas, através da planície.

O chão ainda estava lamacento das chuvas da última noite, e estava muito escuro, pois o céu estava coberto com nuvens grossas que se abriam aqui e ali para mostrar uma lua minguante. Cassandra tremeu em sua túnica simples, o frio subindo pelos pés enlameados, e se perguntou se o céu iria se abrir para mais chuva. Uma incumbência tão inútil, e, no entanto, se desse paz de espírito ao pai, como poderia recusar?

Príamo se movia devagar, ela notou, com dor no coração, como se as pernas dele mal o carregassem e ele fosse levado apenas pela força de sua vontade. Essa será, então, a morte dele? *Ah, maldito Heitor, por ter tido a má sorte e o mau juízo de ser morto!*, ela pensou, tropeçando atrás de Polixena, com os olhos tão cheios de lágrimas que mal conseguia ver para onde ia.

Heitor ainda estava ali na planície, de algum modo preso àquele pedaço de carne apodrecida amarrado atrás do carro de Aquiles? Por que ele não vinha falar com eles, proibir o pai de se humilhar para Aquiles? Não, Heitor tinha se despedido e dissera que não se encontrariam de novo. Se Cassandra tivesse dito ao pai e à mãe que tinha visto a ruína de Troia, eles teriam acreditado nela? Ou isso os deixaria ainda mais ansiosos para que todas as coisas fossem feitas corretamente enquanto ainda havia tempo?

Um vigia solitário os questionou:

— Quem vem aí?

A voz de Príamo soava fina e trêmula. Cassandra nunca tinha percebido quanto ele parecia velho e frágil.

— É Príamo, filho de Laomedonte, rei de Troia. Busco uma audiência com o senhor Aquiles.

Houve um murmúrio de vozes, e depois de um tempo uma lamparina os iluminou.

— Meu senhor de Troia, é bem-vindo, mas se tem um guarda armado precisa deixá-lo aí.

— Nenhum guarda, armado ou desarmado — disse Príamo. — Venho apenas como suplicante a Aquiles, e minha única companhia são minhas duas filhas jovens.

Aquilo fazia parecer, pensou Cassandra, que eram menininhas, não mulheres acima dos vinte anos. Como se explicasse isso, Príamo completou:

— São duas sacerdotisas consagradas: uma a Apolo, e outra para a Donzela. Não são esposas de guerreiros.

— Por que estão aqui, então?

— Apenas para apoiar nosso pai para o caso de ele tropeçar no caminho — disse Polixena, conforme a tocha iluminava os rostos deles.

Cassandra completou:

— Sou conhecida dos capitães acaios, estava presente na negociação para o retorno de Criseida, filha do sacerdote de Apolo.

Depois de ter dito isso, ela pensou se deveria ter mencionado o fato. Aquiles não tinha se saído daquele encontro tão bem para querer ser lembrado dele.

Mas o vigia evidentemente nunca tinha tido conhecimento ou se informado daquilo. Ele disse:

— Que elas venham, então. — E baixou a tocha, dizendo: — Sigam-me.

Ele liderou o caminho pelo chão sulcado por rodas de carros, na direção da luz que saía da tenda de Aquiles. Dentro estava quente e havia até um certo grau de conforto: cadeiras cobertas com peles e pelegos, tapeçarias penduradas e uma mesa com frutas e vinho. Aquiles estava sentado no centro da tenda, parecendo ter se arrumado para conceder uma audiência. No canto da tenda, nas sombras entre as luzes de meia dúzia de lamparinas, jazia a figura amortalhada e mumificada de Pátroclo, exatamente como Cassandra vira em sua visão. Mais perto da porta estava Agamemnon, e ao lado dele, Odisseu com uma taça de vinho na mão; pareciam ter sido arranjados para um quadro vivo. Aquiles aparentemente tinha acabado de tomar banho, pois parecia muito limpo, a pele rosada como a de uma criança pequena; o cabelo, que tinha sido cortado curto, louro prateado sob a luz, era penteado por uma escrava, que Cassandra reconheceu como Briseida, mulher de sua mãe. Conforme o olhar dele caiu em Príamo, ele levantou a mão para parar o penteado, e a mulher se afastou.

— Bem, meu senhor de Troia — ele disse, esticando os lábios finos no que Cassandra pensou ser um esgar de desdém —, o que o traz aqui numa noite como essa?

Como se ele não soubesse perfeitamente bem! Mas estava óbvio para todos eles que Aquiles estava decidido a desfrutar daquilo. Príamo se adiantou para a luz da lamparina; Cassandra e Polixena se juntaram, observando-o. Príamo ajoelhou-se desajeitadamente, estendendo as mãos em um gesto de súplica na direção do homem mais jovem.

— Ah, meu senhor Aquiles, tenho certeza de que não preciso lhe dizer por que vim. Eu lhe imploro para me ceder o que é apropriado e de costume, e me entregar o corpo de meu filho Heitor para o sepultamento adequado.

Os músculos faciais de Aquiles mal se torceram em um leve sorriso. Príamo continuou:

— O senhor é muito valente, lutou por muito tempo, mas, em todos esses anos de batalha, devolvemos os seus mortos para que seus corpos fossem entregues ao fogo, e seus espíritos enviados do modo adequado para o Além-Mundo.

— Heitor me enfureceu — disse Aquiles. — Ele realmente não devia ter tido a arrogância de se colocar contra mim, a quem os deuses juraram proteger.

Príamo parou e engoliu em seco, não conseguia pensar numa resposta para aquilo. Cassandra apertou os punhos sob as mangas compridas.

E ele ousa falar em arrogância?

Príamo por fim disse:

— Meu senhor Aquiles, um guerreiro desafia o melhor oponente que puder. E ele foi derrotado. O senhor, que é tão poderoso, não pode ter misericórdia da esposa e do filho de Heitor?

— Não — respondeu Aquiles —, não posso.

Ele parou, e Cassandra conseguia ouvir todos esperando as próximas palavras, mas Aquiles ficou em silêncio por tanto tempo que ela achou que ele quisesse parar por ali. Mas então ele disse:

— Jurei que me vingaria como pudesse.

Príamo se inclinou para a frente e colocou as mãos nos joelhos de Aquiles. As palavras escaparam dele.

— Príncipe Aquiles, deve ter tido um pai um dia; não pode, pela honra de seu próprio pai, ser misericordioso? Heitor era meu filho mais velho, tinha orgulho dele como seu pai deve ter tido orgulho do senhor. E, quando o galante Pátroclo caiu em batalha, Heitor não quis ficar com o corpo dele, mas honrou um grande adversário caído! Ele veio aos jogos funerários para Pátroclo, porque, ele disse, Pátroclo não se ressentiria dele por um bom jantar, e afirmou que esperava ter muito a conversar com Pátroclo no Além-Vida. Eram os dois guerreiros, e, quando as batalhas deste mundo tivessem acabado, tinham certeza de que seriam amigos como companheiros guerreiros. Permita-nos colocar Heitor para descansar, assim como vai enterrar Pátroclo.

Aquiles olhou na direção do canto escurecido da tenda, e Cassandra viu que os olhos dele subitamente se encheram de lágrimas. Ela via emoções perseguindo umas às outras no rosto dele: ódio, desdém, pena, tristeza, mas a tristeza predominava. O pai evidentemente tinha encontrado a única coisa que poderia penetrar a arrogância e o desdém. Aquiles disse devagar:

— Está correto, meu senhor de Troia. Pátroclo então tem um amigo no Além-Vida. Guarda! — ele gritou. — Vá e nos traga o corpo de Heitor, membro da realeza.

O soldado se curvou até o chão e saiu.

Aquiles prosseguiu:

— E o resgate? Que resgate me oferecem, então?

Príamo murmurou:

— Isso é para o senhor, nobre Aquiles, determinar. — Ele tirou o anel do dedo e o colocou no dedo de Aquiles. — Eu primeiro ofereço isto como presente com meus agradecimentos.

Aquiles o acariciou, considerando. Ele disse, com seu sorriso cruel:

— Imagino que Heitor valha mais que algumas carruagens capturadas.

O louco está gostando disso. Para Cassandra, era óbvio que ele contemplava algo ultrajante. Príamo murmurou:

— Jurei que vou pagar sem regatear o que me pedir, príncipe Aquiles.

Aquiles coçou o queixo, evidentemente com a intenção de arrancar o máximo de drama que pudesse da cena.

— Agamemnon… o que pediria em resgate?

— Peça um bom — disse Agamemnon, descuidado. — O rei de Troia pode pagar qualquer coisa que pedir, a cidade tem metade das riquezas do mundo dentro de suas muralhas.

Odisseu interrompeu e disse claramente:

— Sua nobreza será medida por sua generosidade, Aquiles. Vai permitir que um troiano o ultrapasse em generosidade?

O rosto dele estava virado; Cassandra achou que ele estava envergonhado. Ela desejou que pudessem ter negociado apenas com Odisseu.

— É fácil ver o amigo que sempre foi dos troianos, Odisseu — afirmou Agamemnon. — Não me esqueci de que mal conseguimos convencê-lo a lutar do nosso lado.

— Metade das riquezas do mundo — murmurou Aquiles, olhando com cobiça para o anel. — Ainda assim, não quero ser ganancioso demais. O que faria com metade da riqueza do mundo? Vou pedir, então, apenas o peso do corpo de Heitor em ouro.

— O senhor o terá — disse Príamo, impassível. — Eu prometi.

Mas isso é intolerável, pensou Cassandra, *um resgate assim jamais tinha sido pedido ou pago em toda a história das guerras*. Somente Aquiles ousaria algo assim. Odisseu fez um movimento brusco, como se estivesse a ponto de protestar, mas ele não falou. Cassandra sabia o motivo: uma palavra errada poderia provocar a loucura de Aquiles, e então não haveria nenhum resgate.

Príamo disse:

— Será pesado diante de seus olhos ao nascer do sol na frente das muralhas de Troia, príncipe Aquiles, até o último grama.

Príamo se curvou, de modo que Aquiles não podia ver a expressão de raiva em seu rosto.

Aquiles sorriu: tinha conseguido o que queria, e diante de seus aliados.

— Vai beber comigo para celebrar o negócio, então, meu senhor de Troia?

— Obrigado — disse Príamo; era muito óbvio que ele preferiria cuspir no rosto de Aquiles, mas ele levantou a taça que o príncipe colocou em sua mão e deu alguns goles, e depois a passou para Polixena, e então para Cassandra, que levou a taça aos lábios sem beber, pois sabia que sufocaria.

— Posso então receber o corpo de Heitor, para que a mãe e as irmãs dele possam prepará-lo para o enterro?

— Ele será devolvido lavado e decentemente amortalhado, untado com óleo e temperos, no amanhecer diante das muralhas, quando o resgate for pago — disse Aquiles.

— Aquiles, em nome de Zeus Trovejante! — Agamemnon explodiu. — O rei de Troia não está fazendo um negócio trivial! Entregue o que ele veio buscar!

— Não acho que um pai gostaria de olhar para o corpo como ele está agora — disse Aquiles, deliberadamente observando o rosto de Príamo enquanto falava. (*Uma criança cruel, puxando as asas de passarinhos em ninhos.*) — Eu o prepararia para que a sua mãe pudesse olhar para ele.

— Meu senhor Aquiles é tão bondoso como sempre acreditamos que era nobre — acrescentou Cassandra rapidamente.

Sim, exatamente como acreditamos.

— Que assim seja. Ao amanhecer, então, senhor Aquiles. — Ela puxou a manga do pai.

A cabeça de Príamo pendia, e ele chorava. Ela o apoiou, e Polixena pegou o outro braço enquanto saíam da tenda rapidamente, para que Príamo não ouvisse o riso de Aquiles atrás dele.

ONZE

Assim que voltaram a Troia, Príamo colocou todos da casa real em uma atividade frenética, arrancando ornamentos de ouro do palácio, exigindo colares, brincos e anéis de ouro das mulheres e taças de ouro das mesas, antes mesmo de abrir o cômodo do tesouro, e mandou carregar o ouro até as muralhas.

Príamo mandou chamar um sacerdote do Templo do Senhor do Sol para preparar uma balança. Era Crises, e por uma vez ele estava realmente ocupado demais para prestar a menor atenção em Cassandra enquanto trabalhava com polias e pesos. Ela o observou trabalhando, entendendo os princípios do que ele fazia, mas sabendo que não tinha a habilidade com as mãos ou o conhecimento para fazer sozinha. Quando ele havia preparado a balança de aparência estranha, pediu que ela se deitasse em uma das plataformas para que pudessem testá-la.

— Finja que é um peso morto — ele disse.

— Como quiser.

Ela tomou seu lugar, observando enquanto as pessoas do palácio empilhavam ouro na outra parte da balança. Ela ficou surpresa com o tamanho pequeno da pilha que a equilibrou, levantando-a lentamente no chão. Ele viu o olhar dela e disse:

— Ouro é mais pesado do que as pessoas pensam.

Ela tinha certeza de que Aquiles sabia exatamente quanto ouro receberia. Ela se sentou enquanto tiravam o ouro e o empilhavam.

— Seu peso em ouro, Cassandra — disse Crises. — Se fosse meu, daria tudo a você como dote de noiva.

Ela suspirou:

— Não comece de novo, meu irmão.

Ele parecia desanimado.

— Você precisa sempre destruir qualquer esperança de felicidade que eu possa ter neste mundo?

— Ah, se o que quer é uma esposa — ela disse, com um riso raivoso —, há mulheres o suficiente e de sobra em Troia.

— Sabe que para mim — respondeu Crises — não há outra mulher a não ser você.

— Então temo que vá viver e morrer solteiro — Cassandra disse com firmeza —, mesmo se o ouro ali fosse seu e se você *pudesse* me pagar um dote com ele.

Ela ficou de pé, olhando para a pilha de ouro equivalente a seu peso. Jamais dera muita importância a joias, e só podia se espantar que aquela coisa fria despertasse tanta ganância em tantas pessoas. De algum modo, mesmo conhecendo Aquiles como conhecia, não achava que ele podia ser persuadido só com ouro, imaginava que ele poderia tentar alguma humilhação adicional à casa real de Troia.

Acima deles, iluminando o topo das pedras, o sol nascia; ela foi para cima da muralha e estendeu os braços em silêncio na saudação matinal ao Senhor do Sol.

— Cante o hino matinal, Cassandra — pediu Crises. — Sua voz é bonita, mas hoje em dia raramente a ouvimos, até por Apolo.

Ela balançou a cabeça com teimosia. Se cantasse, ele a acusaria de novo de tentar seduzi-lo.

— Prefiro cantar apenas na presença do deus — ela murmurou, e ficou em silêncio.

Príamo, vindo com seus criados com outro cesto cheio de ouro – embora o material precioso mal cobrisse o fundo do cesto, era tão pesado que precisava ser carregado por dois homens –, disse:

— Bem, sacerdote, a balança está pronta?

— Está disposta a seu prazer, meu senhor.

— Meu prazer? Idiota, pensa que tenho algum prazer nisso? — Príamo perguntou, com rispidez.

Ele ainda usava a túnica branca de suplicante, manchada do barro do aterro de proteção, e seus pés descalços estavam cobertos de lama.

Polixena sussurrou para ele, mas Príamo falou em voz alta:

— Está dizendo que para aquele vilão do Aquiles eu deveria tomar banho, pentear os cabelos e colocar belas vestes, como se isto fosse um casamento e não um funeral? E não me importo se esse é o chefe dos sacerdotes do Senhor do Sol, ele não é menos idiota por isso.

Cassandra cobriu a boca com as pontas dos dedos, pois seria inapropriado sorrir naquele momento. Certamente havia pouca coisa que motivasse um sorriso a não ser o embaraço no rosto de Crises, e ela teve a impressão de que o pai havia falado com o som rabugento da senilidade.

Príamo fez um gesto para que os criados colocassem o cesto com o resto do ouro.

— Agora esperamos a vontade de Aquiles. Seria condizente com ele fazer um negócio degradante como esse e então nos obrigar a esperar o dia todo – ou não aparecer.

— Ele fez o negócio diante de testemunhas — Polixena lembrou o pai. — *Elas* vão fazê-lo vir. Estão ansiosos para seguir com essa guerra agora que não precisam enfrentar Heitor.

Houve silêncio enquanto os membros da casa de Príamo se juntavam lentamente na muralha, Hécuba e Andrômaca uma de cada lado do rei.

Cassandra não sabia exatamente o que esperava: talvez o carro de Aquiles galopando com a velocidade arriscada de costume na direção das muralhas. Olhou para o sol nascente até que seus olhos doeram.

Crises ficou ao lado de Cassandra e colocou o braço debaixo do dela como se para dar apoio. Ela ficou exasperada, mas não queria chamar atenção para si mesma ao se mover. O sacerdote disse:

— Estão de pé no acampamento argivo. O que estão esperando?

— Talvez humilhar mais meu pai ao vê-lo desmaiar de exaustão por causa do calor — ela murmurou. — Crises, comparado a Aquiles, Agamemnon é com certeza nobre e bondoso.

— Sei pouco dele — disse Crises —, mas sei o suficiente para saber que não colocaria por vontade o destino de Troia nas mãos dele, e a saúde e a força de Príamo agora são toda a esperança que temos para Troia.

Isso é pouca esperança, ela pensou, mas ficou em silêncio. Não tinha vontade de discutir seus medos pelo pai com ninguém, e certamente não com um homem em quem não confiava.

— Olhem — Polixena disse e apontou, mal levantando o braço.

Figuras se moviam bem ao longe na planície. Conforme se aproximavam, Cassandra distinguiu Aquiles, o cabelo loiro brilhando sob o sol ofuscante. Ele andava à frente de uma pequena procissão; atrás dele, oito de seus soldados carregavam um corpo em uma padiola – só podia ser o de Heitor –, e atrás deles vinha meia dúzia de capitães aqueus, de armadura completa, mas sem armas.

Ao menos por uma vez Aquiles manteve a palavra. Ela soltou o fôlego, percebendo só agora que, até ter visto o corpo de Heitor, não esperara que Aquiles fizesse isso.

Agora eles estavam mais perto; ela podia distinguir o rosto de cada um e até ver os detalhes do bordado na mortalha que cobria o corpo de Heitor. Aquiles se curvou diante de Príamo e disse:

— Como prometi, meu senhor de Troia, veja o corpo de seu filho.

— O resgate o espera, príncipe Aquiles — respondeu Príamo, indo até a mortalha e dobrando a cobertura pesada para expor o rosto.

— Primeiro deixe-me ter certeza de que é de fato o corpo do meu filho…

Hécuba foi para o lado de Príamo enquanto ele colocava de lado a mortalha, com Pentesileia por perto para o caso de ela precisar de apoio.

Cassandra estava preparada para ouvir a mãe começar a uivar ou gritar, mas ela simplesmente assentiu com gravidade e se curvou para beijar a testa branca e fria de Heitor. Príamo disse:

— A balança foi montada por um sacerdote de Apolo Senhor do Sol que tem conhecimento em tais coisas. Se desejar verificar os pesos...

— Não, não — disse Aquiles, com uma simpatia bizarra —, sei muito pouco de tais coisas, meu senhor.

Conduzindo Aquiles para a beira da balança, Crises disse:

— Trabalhou contra si mesmo quando permitiu que o corpo de Heitor ficasse tão estraçalhado; em condições perfeitas, teria lhe trazido mais ouro.

A brincadeira pareceu grosseira e inapropriada. Cassandra se perguntou, vendo as mãos trêmulas e as pupilas muito brilhantes nos olhos de Crises, se ele tinha bebido vinho sem água, ou vinho feito de semente de papoula, tão cedo no dia a ponto de se esquecer de quem estava na presença.

Príamo ficou pálido e disse, rigidamente:

— Vamos seguir com isso.

Ele fez um gesto, e o corpo de Heitor foi levantado para ser colocado na plataforma. Os escravos de Príamo começaram a colocar ouro na outra plataforma, poucas peças de cada vez. Aquiles observava, mal sorrindo, quando a plataforma com o corpo de Heitor tremeu e começou a se levantar do chão. Cassandra se perguntou se os outros observadores achavam a cena tão grotesca quanto ela.

A balança estremeceu e, por um momento, tremeu forte, de modo que o corpo deslizou para um lado, mas não caiu. Nas alturas acima de Troia, o vento aumentava, mas ali, abaixo das muralhas, o ar estava agonizantemente parado – parado o bastante para sufocar a respiração. Cassandra percebeu que em nenhum lugar da cidade ela ouvia o canto de um só pássaro. Era parte do aviso como os que tinha recebido antes? Poseidon estava a ponto de atacar? Que ele atacasse, então, e acabasse com aquela obscenidade, aquela paródia de decência e honra. Ela fixou o olhar com firmeza em uma das cordas da polia e não conseguia desviar os olhos. A corda tremia enquanto ela olhava, e alguns ornamentos de ouro caíram. *Ah, vamos, Poseidon, é o melhor que pode fazer por Heitor?*

Um dos escravos de Príamo pegou os ornamentos e os substituiu. Ele adicionou um peitoral pesado de ouro, e a plataforma com o ouro baixou, agora obviamente mais pesada que o corpo.

— Pesado demais — disse Príamo, e a removeu, substituindo-a por um colar de ouro de fios múltiplos.

— Um fio de cabelo leve demais — disse Aquiles, os olhos pousados com cobiça no peitoral.

Polixena foi para a frente, tirou os longos brincos de ouro das orelhas e os jogou na plataforma. A balança tremeu e então parou imóvel, na mesma altura.

— Pronto — ela disse —, se for o suficiente. Pegue seu ouro e vá.

Aquiles desviou o olhar do ouro para Polixena, os olhos se iluminando.

— Pelo ouro, uma garota dourada seria suficiente — ele disse. — Rei Príamo, desisto de metade do resgate por essa mulher, mesmo se ela for uma de suas escravas ou concubinas.

— Sou filha de Príamo — disse Polixena —, e sirvo à Donzela, que não é amiga da luxúria mesmo para um rei ou para o filho de um rei. Fique contente com seu ouro e sua palavra dada, príncipe Aquiles, e nos deixe com nossos mortos.

Aquiles apertou os lábios com força, e Cassandra viu uma veia pulsando na testa dele. Ele disse entre os dentes apertados:

— É mesmo? Então a dará para mim – com honra, em um casamento legal – em retorno de três dias de trégua para enterrar seu filho? Caso contrário, a guerra recomeça ao meio-dia.

— Não! — A voz de Odisseu ribombou entre o silêncio dos capitães aqueus. — Isso é demais. Aquiles, honre sua palavra, como jurou, ou vai se ver lutando comigo ao meio-dia. Prometemos a Príamo três dias de trégua para o funeral de Heitor, e assim será.

Aquiles olhou furiosamente, mas apenas disse:

— Assim seja. — E levantou a mão para seus homens.

Eles distribuíram o ouro em cestos, cada homem carregando um, e foram embora marchando pela planície da mesma maneira que tinham vindo.

Cassandra não ficou para ouvir o planejamento dos jogos funerários, alegando obrigações no templo; precisava ir imediatamente ver o que as serpentes pressagiavam. Aparentemente ninguém mais notara o toque da mão – ou da ponta do dedo – de Poseidon. Ela subiu rapidamente o caminho longo e íngreme em direção à casa do Senhor do Sol. Depois de um momento, percebeu que Crises a seguia. Bem, que a seguisse, ele tinha tanto direito de entrar na casa do Senhor do Sol quanto ela. Mas ele não se aproximou dela ou falou até terem passado pelos grandes portões.

— Sei o que está em sua mente, princesa — ele disse. — Eu também senti. O deus está zangado com Troia.

Ele parecia pálido e extenuado; o que ele *tinha* bebido tão cedo? Algo, talvez, para aguçar suas visões, se não seu juízo comum?

— Não tinha certeza de que tinha sentido — ela começou. — Não sabia se tinha sonhado ou imaginado.

— Se sonhou, então também sonhei — ele respondeu. — É questão de tempo, quanto tempo Apolo Senhor do Sol consegue atrasar a fúria total do golpe de Poseidon? Eu também os vi lutando por Troia...

Recordando-se de sua própria visão, ela disse:

— É verdade. Nenhum mortal pode quebrar as muralhas de Troia. Mas se um deus as rompesse...

— Lá fora há um exército mais poderoso que toda a força de Troia — disse Crises. — E nosso maior campeão espera seus ritos funerários, enquanto eles têm ao menos três guerreiros melhores que nosso melhor.

— Três? Concordo com Aquiles, mas...

— Agamemnon, que pode vencer Páris e Deífobo juntos se precisar, e Odisseu e Ajax são do mesmo cacife que Heitor, embora nenhum nunca o tenha vencido.

— Bem — disse Cassandra, imaginando aonde aquilo ia levar —, enquanto nossas muralhas estiverem de pé, isso não importa, e se foi predeterminado que elas devem cair... Bem, vamos encontrar esse destino quando ele chegar.

— Não quero ficar e ver a cidade cair. Se eu fosse um guerreiro, iria ficar e lutar, mas nunca fui treinado para usar armas, e não seria de grande ajuda nem para me defender, muito menos aqueles que amo. Você iria embora comigo, Cassandra? Não quero que morra quando a cidade cair.

— Gostaria de ter apenas a morte a temer.

— Quero ir para Creta no primeiro navio que conseguir encontrar, e ouvi dizer que há um navio fenício partindo abaixo da enseada — afirmou Crises. — Venha comigo e não precisa temer nada.

— Nada, a não ser você.

— Nunca vai me perdoar por aquele momento de estupidez? — Crises exigiu. — Tenho toda a honra por você, Cassandra, vou me casar com você se desejar, ou, se ainda estiver decidida a não se casar, farei a promessa que desejar e viajaremos como irmã e irmão, e não encostarei um dedo em você.

Mas eu não confiaria em sua promessa, nem mesmo se jurasse pela virtude de sua própria mãe, ela pensou, e balançou a cabeça, não sem bondade.

— Não, Crises. Acredite em mim, sou grata pela lembrança. Mas os deuses decretaram que eu tenho algo mais a fazer em Troia. Ainda não sei o que me ordenaram, mas não tenho dúvidas de que vão me dizer quando estiver diante de mim.

— Com certeza não será útil como mais uma lança quando a cidade cair — disse Crises. — Está ficando para confortar sua mãe e sua irmã quando elas forem levadas como cativas dos capitães argivos? Que bem isso fará a elas?

Cassandra olhou bem para Crises. Ele parecia não tocar em comida fazia um bom tempo, e no entanto não tinha a aparência apenas da fome. O coração dela doía por ele: não o amava como ele queria, mas o conhecia havia muito, e já não desejava mais o mal dele.

Um momento do toque do deus agora o mataria, ela pensou, e entristeceu.

— Se essa é a única tarefa que os deuses me dão — ela respondeu com firmeza —, então é a que vou cumprir.

— Mal parece valer a pena ir sozinho para Creta ou Tera — disse Crises. — Poderia vir comigo como foi para a Cólquida, para estudar a sabedoria das serpentes; ou para o Egito, onde sacerdotisas são sempre bem-vindas. No Egito sempre há muitas construções, e sempre há trabalho – como em Cnossos – para um homem habilidoso com pesos e medidas. Ouvi dizer que vão reconstruir o palácio que foi reduzido a ruínas com o último toque de Poseidon, Sacudidor da Terra.

— Então não vá sozinho — respondeu Cassandra. — Leve Criseida com você. Ela nunca foi feliz aqui. E não quer que ela seja levada cativa para a cama de Agamemnon de novo, quer?

— Não é Criseida que Agamemnon quer — afirmou Crises —, e sabe disso tão bem quanto eu.

Cassandra estremeceu, ouvindo o som da verdade na voz do sacerdote, mas ela disse:

— Cumpro meu destino como você, meu irmão. Cumpra o seu, vá, então, para Cnossos ou para o Egito, ou para onde seu destino o levar, e que os deuses o mantenham em segurança lá. — Ela mexeu as mãos em um gesto de bênção. — Não lhe desejo nada além do bem, mas nos separamos aqui, Crises, e para sempre.

— Beije-me ao menos uma vez — ele implorou, caindo de joelhos na frente dela.

Ela se curvou de leve e pousou os lábios na testa enrugada dele, como uma mãe beijando uma criança pequena.

— Que você siga com a bênção do Senhor do Sol por onde for e lembre-se de mim com bondade — ela disse.

Ela subiu na frente dele, deixando-o ainda de joelhos e mudo na rua. *Seu juízo já não está mais no lugar,* ela pensou, *talvez seja misericordioso. Ele vai sofrer menos quando seu destino o atingir, não pode demorar muito agora. Não para nenhum de nós.*

***

No Salão das Serpentes, ela encontrou as sacerdotisas todas semivestidas numa correria, esforçando-se para recapturar as cobras; naquela manhã um grande número delas tinha abandonado seus lugares apropriados e se refugiado no jardim. Uma ou duas das mais dóceis, ao serem pegas e levadas de volta para seus lugares, tinham picado as cuidadoras. Cassandra ficou consternada. Phyllida tinha de fato tentado avisá-la disso, mas ela não dera ouvidos. O presságio era realmente ruim, mas o tempo de sentir medo tinha passado.

— O Senhor do Sol não enviou um alarme falso a seu povo — ela disse. — A mão de Poseidon Sacudidor da Terra de fato nos atingiu, mas apenas o golpe mais leve. Escutem, os pássaros voltaram a cantar. O perigo passou, ao menos por hoje.

De qualquer modo, algumas delas pareciam perturbadas.

— A grande cobra, a Mãe das Serpentes, não sai para comer faz três dias — disse Phyllida. — Nós a tentamos com camundongos e coelhinhos recém-nascidos, então um pombo pequeno, e até mesmo com um pires de leite de cabra fresco. — (Este último era uma iguaria rara agora em Troia, onde tantas cabras tiveram de ser mortas por falta de comida; o leite que restava era guardado apenas para bebês, ou para mulheres no começo da gravidez que não conseguiam tolerar outro alimento.) — O que esse presságio significa, Cassandra? A Mãe está zangada conosco? E como podemos afastar a ira dela?

— Não sei — ela respondeu. — Não recebi nenhuma mensagem da Deusa para dizer que ela está zangada conosco. Acho que talvez devêssemos todas vestir nossas túnicas rituais e cantar para ela. — (Aquilo ao menos não podia fazer nenhum mal.) — E então vamos todas descer para fazer uma dança de devoção no banquete do funeral de Heitor.

Aquilo arrancou exclamações de prazer das mulheres; como ela imaginara, rapidamente afastou os medos delas sobre o presságio. Mas Phyllida, que aprendera com Cassandra muito da sabedoria das serpentes da Cólquida, esperou por um momento enquanto as outras foram trocar suas túnicas.

— Está tudo muito bem, minha querida, mas e se a Grande Serpente se recusar a comer de novo?

— Imagino que precisemos simplesmente aceitar isso como o pior dos presságios — disse Cassandra. — Até a Mãe das Serpentes é apenas um animal, afinal, e nenhum animal passa fome sem motivo. Já alimentei serpentes menores à força, mas não me sinto à altura de alimentar essa assim, e você?

Phyllida balançou a cabeça em silêncio, e Cassandra assentiu.

— Então tudo o que podemos fazer é oferecer a comida mais apetitosa para ela, e rezar para que ela ache adequado recebê-la.

— Em resumo, exatamente o que faríamos com um dos imortais — disse Phyllida, com um sorriso cínico. — Cada vez penso mais nisso: que bem fazem os deuses?

— Eu também não sei, Phyllida, mas peço que não diga isso às outras garotas — respondeu Cassandra. — E imagino que seja melhor irmos vestir nossas túnicas de dança também.

Phyllida deu um tapinha no rosto dela.

— Pobre Cassandra, não pode estar com muita vontade de dançar e banquetear quando Heitor está morto.

— Heitor está melhor que a maioria de nós ainda vivos na cidade — disse Cassandra. — Acredite em mim, minha querida, eu me alegro por ele.

— Ninguém da minha família está lutando — declarou Phyllida —, e já faz tanto tempo que não vou a um banquete que me alegraria mesmo se o banquete fosse em honra do meu próprio pai. Então vamos dançar para a Mãe Serpente e em memória de Heitor, e espero que uma receba o melhor disso tanto quanto o outro.

Ela saiu, e Cassandra se curvou diante da caverna artificial que tinha sido construída para a grande serpente.

Ela hesitou para ter certeza de que Apolo não falaria proibindo sua entrada, então se arrastou para dentro com uma tocha acesa na mão para investigar. A serpente ancestral conhecia o cheiro dela e não lhe faria mal, mas também não estaria disposta a se aproximar de uma tocha acesa. Dentro da caverna, na semiescuridão, Cassandra aspirou o cheiro ancestral que trazia o medo para o centro dos ossos da humanidade, mas tinha sido treinada para ignorá-lo.

Ela seguiu rastejando, evitando um pedaço de sujeira na caverna. Serpentes eram mais limpas que gatos em condições normais, essa não teria sujado a própria morada se tudo estivesse bem. Ela começou a distinguir a grande pilha de anéis escamados, e, murmurando em tom reconfortante, seguiu em frente. Estendeu uma mão hesitante e tocou com gentileza, mas, em vez das escamas mornas que esperava, tocou o que parecia cerâmica fria. Ela apertou com mais força. Imóvel sob sua mão, a Grande Serpente estava morta.

Então foi por isso que ela não saiu para comer. O presságio era pior do que as garotas imaginavam, pensou Cassandra, suspirando e ficando por um momento em silêncio ao lado da criatura morta. Ela se viu imaginando: se saísse na planície cinzenta da morte onde Heitor permanecia esperando o filho, encontraria a Mãe Serpente lá, e a serpente falaria com sua sacerdotisa com voz humana?

Bem, não fazia diferença, se tivesse a chance de cruzar aquela planície de novo, talvez descobrisse. Havia tantas questões a serem respondidas sobre a morte, jamais tinha entendido por que alguém deveria temê-la ou enfrentá-la com qualquer coisa além de uma curiosidade ávida.

Ela saiu da caverna e colocou a tocha acesa em um suporte acima dela, um sinal para não perturbar a ocupante. Phyllida voltou e perguntou:

— Você entrou na caverna? Está tudo bem com ela?

— Muito bem — disse Cassandra, com a voz firme. — Ela trocou a pele e não deve ser perturbada.

Phyllida ficou aliviada.

— Ah, mas você não trocou a túnica... nem calçou as sandálias de dança.

— Ah, Heitor não vai se importar com minha túnica — ela respondeu —, e posso dançar descalça tão bem quanto com minhas sandálias.

Conforme as garotas se juntavam no santuário, ela as fez repassar os passos da dança, que era mais antiga que Troia. No fim, soltou o grito lamentoso final, murmurando uma reza para a velha serpente, então se perguntou: era apropriado rezar pela alma de um animal que provavelmente não tinha uma? Bem, se ela tivesse uma alma, podia receber a prece, e, se não, ao menos não lhe faria nenhum mal.

— E agora, ao banquete — ela disse, e desceu com as mulheres até o palácio.

Príamo não as esperava, mas foram bem recebidas de qualquer modo, e Hécuba ficou feliz por terem ido para aquele tributo a Heitor. Cassandra ficou no meio da dança, observando enquanto a longa espiral de mulheres, com suas túnicas brancas esvoaçantes, se enrolava em torno dela, e então liderou o desenrolar dos anéis da antiga dança do labirinto. Quando a dança e a música chegaram ao fim, Cassandra fez um gesto para que as sacerdotisas ajudassem enchendo as taças dos convidados antes de se sentarem, e ela mesma serviu uma taça de vinho e a levou para Pentesileia. Cansada e de coração partido, sentiu que não havia mais ninguém naquele salão com quem pudesse falar, a não ser a velha amazona. Nem mesmo com Eneias, embora ele sorrisse e a chamasse com um gesto, ela suportava falar.

Pentesileia não a perturbou com perguntas, simplesmente a puxou no divã ao lado dela e partilhou a taça de vinho. Só então perguntou:

— O que foi, pequena? Você parece tão exausta. Não é só o luto por Heitor?

Cassandra sentiu lágrimas brotando em seus olhos. Para todos os outros em Troia ela era uma sacerdotisa, a carregadora de fardos, a respondedora a quem todas as perguntas deviam ser feitas. Jamais ocorria a ninguém que ela pudesse ter os próprios medos ou as próprias questões.

— Há momentos em que também desejo que tivesse escolhido ser guerreira — ela deixou escapar. — Não vejo que utilidade tenho para ninguém sendo sacerdotisa.

A voz de Pentesileia era severa.

— Nossas vidas muitas vezes são escolhidas para nós, Cassandra.

— Então por que algumas pessoas são capazes de escolher?

— Acho que talvez alguns tomem as escolhas feitas para nós como escolhas que já fizemos – se não nesta vida, então na outra — respondeu Pentesileia.

— Realmente acredita nisso? — perguntou Cassandra.

— Ah, minha querida, não sei no que acredito. Só sei que, como todos nós, faço o melhor que posso com as escolhas que me são oferecidas em devido momento — disse Pentesileia —, e você também. Mas não deveria sentar-se aqui discutindo os detalhes dos caprichos da vida com uma velha. Olhe, Eneias fica tentando chamar sua atenção. Alguns minutos com seu amante farão mais para alegrá-la do que toda a minha filosofia.

Poderia ser verdade, pensou Cassandra, mas ela estava frustrada. De qualquer modo, olhou para Eneias e devolveu o sorriso dele. Ele se levantou, foi até ela e aceitou mais uma taça de vinho – embora notasse que estava tão diluído que era mais água que vinho.

— A dança foi linda, nunca tinha visto nada como aquilo — ele disse. — É uma das velhas danças de Troia?

— Sim, é muito antiga — ela respondeu. — Mas acho que talvez seja de Creta, é a dança labirinto – a espiral e os anéis da Serpente da Terra. É dançada na casa do Senhor do Sol desde antes que ele matasse a Grande Serpente, dizem.

E mais uma vez a Grande Serpente jaz morta, e o Senhor do Sol não nos deu aviso ou presságio, ela pensou, tomada pelo medo... O que aquilo poderia significar? Com certeza a morte de Heitor era apenas o começo de uma procissão de males...

Eneias se curvava sobre ela ansioso, perturbado por seu sofrimento. Não queria assustá-lo também; com ele, até poderia encontrar algum alívio desse desespero sem fim.

— Deixe-me trazer alguma coisa para você — ele disse. — Mal provou o banquete, e há carne de cabra e de carneiro. Príamo não poupou custos, e Heitor não gostaria de vê-la infeliz, seja lá onde nosso querido irmão estiver, podemos ter certeza de que está tudo bem com ele, e não estaremos melhor por nosso luto.

Aquilo parecia tão próximo do que tinha tentado dizer que ela se alegrou. *Ao menos Eneias entende quando falo, não preciso tentar abrir caminho entre uma montanha de medo e besteiras supersticiosas sobre a morte!* O rosto dele parecia brilhar sob a luz das tochas. Ela se recordou de que o vira saindo ileso das ruínas de Troia, ele iria viver, e a luz no rosto dele era simplesmente a luz da vida, enquanto a palidez da morte cobria todos os outros.

— Não quero nada para comer — ela disse, embora tivesse sentido fome um momento antes.

— Bem, então vamos sair deste salão de luto. Todos os deuses podem testemunhar que você amava Heitor, mas não entendo como o destino dele ou nosso entendimento disso pode ser melhorado por pessoas sentadas comendo até que mal consigam se mover, e bebendo até o estupor — ele afirmou, e passou o braço em torno dela.

Abraçados, eles saíram para a sacada e olharam para a grande extensão escura do acampamento argivo; havia algumas luzes espalhadas, mas todo o resto estava escuro.

— O que estão fazendo lá embaixo? — perguntou Eneias.

— Não sei, posso ser uma profetisa, mas não consigo enxergar tão longe — ela disse. — Construindo um altar para Poseidon, imagino. Mas é tarde demais para isso, e eles deveriam saber.

— Talvez os adivinhos deles não sejam tão bons quanto você — ele apontou, abraçando-a forte. — Cassandra, deixe-me ir para seu quarto...

Ela hesitou, mas por fim disse:

— Venha, então.

No dia seguinte haveria tempo suficiente para lidar com serpentes mortas e cidades moribundas.

Enquanto subiam a rua íngreme, caiu uma estrela, com um movimento tão desnorteante pelo céu que por um momento era como se a Terra tivesse se inclinado; e ela apertou o braço de Eneias, recordando-se de que ela e Andrômaca observaram estrelas cadentes na Cólquida quando ela era menina. Desde aquela noite, embora tivesse observado os céus com diligência, não tinha visto outra estrela cadente até aquele momento. Era um augúrio de algum tipo? Ou não significava nada?

— O que foi? — perguntou Eneias, curvando-se sobre ela e falando com grande ternura.

— Só a estrela.

— Estrela? — ele perguntou. — Não vi nada, meu amor.

Agora estou imaginando coisas. Basta, então, por esta noite, ela disse a si mesma com firmeza, e levou Eneias para o quarto, sabendo com uma pontada súbita de dor que seria a última vez.

DOZE

A TRÉGUA, PARA SURPRESA DE CASSANDRA, NÃO FOI QUEBRADA PELOS aqueus. Nenhum deles combateu nos jogos funerários de Heitor – exceto por um mirmidão anônimo que participou das lutas, derrubou quatro oponentes sucessivos (terminando com Deífobo imobilizado no chão), ganhou a taça de ouro dada como prêmio e desapareceu sem revelar seu nome. Os boatos na cidade mais tarde diziam que tinha sido um dos imortais disfarçado, mas não era verdade. Páris o vira nas fileiras, e ele era apenas um soldado comum. Troianos e aqueus ficaram juntos assistindo aos eventos variados e aplaudindo os vencedores com espírito esportivo.

Pentesileia insistiu em competir pelo prêmio de tiro com arco, o que causou algum problema quando ela ganhou com facilidade de todos os candidatos, incluindo Páris, que obviamente tinha demarcado aquele prêmio para si. Ele protestou, mas ninguém defendeu a objeção dele, já que Páris tinha dito com frequência que nenhum homem vivo conseguia ganhar dele no tiro com arco, vários dos filhos mais jovens de Príamo (que não estavam nem um pouco chateados por verem o irmão vencido ao menos uma vez) insistiam que ele não tinha direito de reclamar por ter sido derrotado por uma mulher.

Na terceira manhã, Cassandra acordou cedo, ouvindo com alívio os sons dos muitos pássaros que cantavam nos jardins da casa do Senhor do Sol; ao menos não haveria nenhum terremoto substancial naquele dia.

Ela foi cedo ao palácio – Pentesileia tinha se mudado dos aposentos na casa do Senhor do Sol – e ajudou a amazona a vestir a armadura de couro endurecido com placas de metal.

— Todas nós vamos lutar, e hoje – nós amazonas, digo – vamos jogar todas as nossas forças contra Aquiles — ela disse. — Lutamos por muitos anos. Um guerreiro, por mais feroz que seja, não pode derrotar todas nós.

— Gostaria que fossem atacar alguém menos formidável — respondeu Cassandra, perturbada. — Há inimigos o suficiente, homens como Menelau e Idomeneu precisam ser mortos também. Por que não ir contra Agamemnon? Por que precisa desafiar o orgulho dos aqueus?

— Porque, se Agamemnon ou Menelau for morto, Aquiles ainda estará lá para inspirar os soldados, mas se Aquiles estiver morto, vão ficar como uma colmeia de abelhas quando a rainha se vai — disse Pentesileia. — Os mirmidões, ao menos, vão ficar totalmente desmoralizados, lembre-se de que, quando Aquiles ainda estava emburrado, eles mal lutavam, e certamente não lutavam como o exército bem disciplinado que são agora.

— Ah, entendo por que se sente assim — disse Cassandra —, mas essa não é nem a sua guerra. Gostaria que fossem todas embora antes da luta do dia.

Pentesileia a olhou diretamente nos olhos.

— Teve um presságio, Olhos Brilhantes?

— Não de fato — respondeu Cassandra, então percebeu que devia ter dito que sim, e talvez a amazona acreditasse nela. Então jogou os braços em torno de Pentesileia e começou a chorar.

— Gostaria que você não fosse. — Era tudo que conseguia dizer.

Ela apertou a mulher mais velha, chorando, e Pentesileia fez uma careta.

— Venha aqui. Onde está a guerreira que eu mesma treinei? — ela perguntou. — Está se comportando como uma mulher fraca criada dentro de casa! Isso, tudo bem, seque esses olhos brilhantes, meu amor, e me deixe ir.

Cassandra a soltou com relutância, tentando sufocar os soluços.

— Mas Aquiles é invulnerável, dizem que um deus o protege e que nenhum homem pode matá-lo.

— Bem, Páris se gabava de que nenhum homem poderia vencê-lo no tiro com arco — disse Pentesileia, com um sorriso divertido. — Talvez isso só queira dizer que a morte dele está reservada para uma mulher. E se não fui ordenada a fazer isso, talvez outra das minhas mulheres o faça para me vingar. Querida, nenhum homem mortal é invulnerável; e, se algum deus protege aquele monstro, então ele deveria se envergonhar. Nós demos poder demais a Aquiles, ele é um como qualquer outro.

De qualquer modo, ele matou Heitor, pensou Cassandra, mas não havia nada a dizer, porque Pentesileia estava certa. Elas andaram juntas, cercadas pelas outras amazonas, até onde os cavalos e carros estavam em formação para a batalha.

Pentesileia passou o braço em torno da cintura de Cassandra.

— Ora, criança, ainda está tremendo!

— Não consigo deixar de sentir medo pela senhora — Cassandra disse em uma voz abafada.

Pentesileia franziu o cenho para ela, então a voz dela se alterou para ternura.

— Isso não pode ser parte da vida de uma guerreira, Olhos Brilhantes. Não quero que ninguém a veja chorando assim. Venha, querida, deixe-me ir.

Não suporto vê-la partir! Ela nunca vai voltar... Mas Cassandra soltou com relutância os braços da cintura da parenta. Pentesileia a beijou.

— Cassandra, aconteça o que acontecer, saiba que foi para mim mais que uma filha, e mais querida que qualquer um dos meus amantes. Você foi minha amiga.

Cassandra ficou de lado, olhando por um borrão de lágrimas enquanto a tia subia na sela. As amazonas fechavam as fileiras em torno dela, falando sobre estratégias de batalha em tons baixos, então o portão se abriu, e elas saíram.

Cassandra sabia que deveria encontrar a mãe no palácio, ou ir para o templo supervisionar as serpentes – tudo era uma confusão agora que se sabia da morte da Grande Serpente; mas, em vez disso, subiu na muralha para observar enquanto Pentesileia e seu grupo seguiam contra os aqueus. Meia dúzia de carros troianos iam na frente, lutando diretamente com a massa de soldados com lanças e espadas. Então, como um trovão, o ataque dos cavalos das amazonas desceu contra Aquiles e seus homens.

Eles se juntaram com um choque de espadas claramente ouvido pelas mulheres na muralha. Quando a poeira baixou, duas amazonas estavam deitadas no chão, os cavalos caídos. Uma ficou de pé e cortou o agressor com a lança; a outra jazia imóvel, o cavalo lutando e rolando, tentando se levantar. Um soldado aqueu viu o sofrimento e cortou a garganta dele rapidamente, então se ajoelhou sobre a mulher caída para arrancar sua armadura fina. Cassandra viu que Pentesileia tinha sobrevivido ao primeiro ataque, e o cavalo dela tinha sido ferido com uma lança, mas ainda estava de pé.

A rainha amazona virou a montaria e atacou diretamente um grupo de soldados de Aquiles, jogando-os de lado, matando mais de um com golpes de lança. Cassandra viu o momento em que Aquiles a percebeu: quando ela golpeou um homem que deveria ser um dos guarda-costas pessoais dele. Ela viu o pulo dele, de frente para a amazona como se a convidasse para lutar face a face.

Pentesileia desmontou para enfrentá-lo, espada contra espada. Ela na verdade era mais alta que ele, e tinha um alcance maior com a arma. Eles se chocaram com uma enxurrada de golpes de espada rápidos demais para acompanhar. Aquiles cambaleou e, por um instante, caiu de joelhos. Ele fez um sinal, de modo que seus homens correram e imediatamente começaram a lutar com todas as outras guerreiras. Então, rápido como o bote de uma cobra, ele estava de pé, a espada movendo-se quase rápido demais para ver. Pentesileia recuou alguns passos até encostar no flanco de seu cavalo. Então a espada inquieta dele a pressionou até que ela caísse. Cassandra ouviu a respiração sair dela quando Aquiles caiu ao lado da amazona. O que o louco estava fazendo? Ele arrancou as roupas dela, num frenesi, se inclinou e, conforme observavam em horror, estuprou violentamente o corpo.

Monstruoso, ela pensou. *Se eu tivesse meu arco!* Aquiles havia terminado e lutava com as quatro amazonas que tinham ido atacá-lo. Ele derrubou duas delas de uma vez, então atingiu outra com uma lança, ferindo-a de modo que, cambaleando para longe, ela foi morta por um dos soldados dele. As mulheres restantes fizeram uma tentativa desesperada de recuperar o corpo de Pentesileia, mas estavam em número muito menor, e em poucos minutos, não restava uma só amazona viva. Os soldados capturaram e levaram embora os cavalos sobreviventes delas. Em uma hora de batalha, o restante de uma tribo, com toda a sua cultura e suas memórias, tinha sido apagado, e aquele demônio Aquiles havia cometido o insulto final contra uma guerreira que ousara desafiá-lo. Cassandra não acreditava por um segundo que ele tivesse sido tomado pela luxúria, tinha sido um ato de desdém cometido a sangue-frio.

Seria adequado, ela pensou, se Apolo tivesse deixado sua flecha voar bem naquele momento, para levá-lo bem no ato de orgulho presunçoso. O deus que odiava excesso na vingança até em guerra teria sido o vingador perfeito. Aquiles, Cassandra percebeu, não se qualificava mais como um oponente honrado em batalha, ele era como um cachorro louco.

Mas os deuses ficam de lado e não fazem nada. Se Aquiles fosse de fato um cachorro louco, ela refletiu, *alguém viria matá-lo, não para vingar os mortos, mas para proteger os vivos, e para tirar o pobre animal enlouquecido de seu sofrimento.*

E, se Apolo não vai agir, não foi por acaso que jurei servi-lo – mesmo se apenas fazendo o que um sacerdote mais inocente esperaria o deus fazer. Pela primeira vez desde que tinha ajoelhado e rezado para o Senhor do Sol aceitá-la quando criança, ela percebeu claramente por que tinha ido para a casa do Senhor do Sol. Ela olhou uma última vez para o corpo de Pentesileia, que jazia vergonhosamente desnudado no campo, então se virou; tinha chorado tudo o que podia naquela manhã, implorando que Pentesileia não fosse, e não tinha mais lágrimas.

Ela foi até a casa do Senhor do Sol e entrou em seu quarto. Da arca pegou o arco, um presente de Pentesileia, com pinturas elaboradas de ouro e incrustado com marfim como o do próprio Senhor do

Sol. Ela prendeu nele uma flecha comum – poderia precisar dela para alcance –, e no alforje colocou as últimas flechas envenenadas feitas pelo velho centauro Quíron.

Cassandra percebeu que tremia dos pés à cabeça. Desceu até as cozinhas e achou um pouco de pão velho e mel, forçando-se a comer. As mulheres estavam reunidas ali assando pão fresco para o banquete funerário da Grande Serpente, e pediram que Cassandra esperasse os que eram feitos, mas ela recusou tudo, a não ser uma caneca de vinho aguado. Estavam todas pasmas por verem a sacerdotisa armada, mas não fizeram perguntas; na posição dela como sacerdotisa antiga, seus atos eram vistos como tendo um bom propósito, não importava quanto fossem misteriosos ou obscuros, e não poderiam ser contestados em nenhuma circunstância.

Então, deliberadamente, ela desceu até o cômodo mais secreto do templo, e, de uma arca da qual poucos sacerdotes e sacerdotisas superiores tinham a chave, tirou certa túnica adornada com ouro e a máscara dourada do Senhor do Sol. Com mãos ensinadas a ter firmeza, ela os colocou e apertou as tiras.

Ela não tinha certeza se o que tinha feito era o maior dos sacrilégios – pensou em Crises colocando aquelas coisas para tentar convencer uma garota inexperiente a servir a uma luxúria que ele não conseguia satisfazer de outra maneira – ou se servia à honra de Apolo ao fazer o que o deus deveria estar fazendo e não fazia.

As sandálias, que faziam parte do traje, eram douradas e tinham pequenas asas de ouro presas no calcanhar. Ela as calçou, desejando que fossem realmente aladas, para que pudesse voar até o acampamento aqueu. Subiu em silêncio até a sacada que dava para o campo de batalha, recordando-se de como Crises ficara ali no aspecto de Apolo para disparar as flechas de praga no acampamento aqueu. Ele tinha gritado, também, com a voz de Apolo.

Os corpos das amazonas estavam no centro de nuvens de moscas. Os cavalos tinham desaparecido; os condutores de carruagens e soldados troianos que tinham marchado naquela manhã haviam recuado para dentro das muralhas de Troia. Aquiles andava no meio de seus próprios guardas, aparentemente esperando alguém chegar para desafiá-lo a uma luta. Os próprios soldados dele não percebiam que o homem tinha quebrado qualquer limite da sanidade e da decência? No entanto, eles ainda o respeitavam como líder!

Ela não gritou como Crises fizera, e Apolo não lhe dera nada a dizer, embora fosse o deus da música. Talvez outra pessoa fosse fazer uma canção sobre isso, mas não seria com suas palavras. Ela simplesmente colocou a flecha no arco, mirou com cuidado em Aquiles e a soltou. A flecha caiu um pouco antes, mas agora ela tinha o alcance. O herói aqueu não tinha visto a flecha e continuou a andar entre as carruagens. Agora, onde atirar quando a armadura de ferro cobria tanto do corpo dele? Ela o examinou de cima a baixo para ver que, embora o elmo cobrisse o cabelo e o rosto de Aquiles, nos pés ele usava sandálias que não tinham mais que um par de tiras finas de couro. Que assim seja, então; ela mirou nos pés dele.

A flecha acertou o calcanhar nu dele. Ele evidentemente achou que não era mais que uma picada de inseto, pois ela viu quando se curvou para espantá-lo, então ele tirou o cabo e olhou em torno para ver de onde tinha vindo. Um a um, os soldados troianos olharam para o templo para ver para onde os mirmidões de Aquiles olhavam e apontavam. Cassandra estava imóvel; provavelmente estava fora do alcance de arcos comuns, sendo necessário mirar diretamente para cima, mesmo se alguém tivesse coragem de atirar uma flecha no que poderia ser o deus. Ela se sentia completamente invulnerável, e, mesmo se uma flecha saísse do sol ofuscante, havia conseguido cumprir o que tinha a fazer.

Aquiles ainda estava de pé, olhando para o local de origem da flecha, aparentemente inconsciente da natureza de seu ferimento, mas, depois de um tempo, ela o viu abaixar-se e apertar o pé, fazendo um gesto para que um de seus homens o enfaixasse. Bem, que tentassem; ela sabia que, mesmo se agora cortassem fora o pé dele – e isso tinha sido tentado para pequenos ferimentos localizados como aquele –, o veneno tinha entrado no sangue, e Aquiles já era um homem morto.

Ele andou com ar arrogante pelo campo por mais alguns minutos, então tropeçou e caiu. Agora convulsionava no chão. Havia confusão no acampamento aqueu, e então um grande grito de raiva se ergueu, parecido com o grito de morte por causa de Pátroclo. Lá embaixo, nas muralhas da cidade, onde as outras mulheres observavam, houve gritos de júbilo, e por fim um grande berro de graças a Apolo. Mas, a essa altura, Cassandra tinha descido da muralha e estava no cômodo secreto devolvendo a máscara e a túnica à arca trancada. Quando voltou, o povo de Troia se aglomerava nas muralhas, empurrando e dando cotoveladas para descobrir o que tinha acontecido.

— Um dos líderes aqueus morreu — alguém disse a ela. — Pode até ser Aquiles. O próprio Apolo apareceu, dizem, sobre as muralhas acima de Troia, e atirou nele com suas flechas de fogo.

— Ele apareceu? — ela respondeu, parecendo cética, e, quando a história foi repetida, respondeu simplesmente: — Bem, já estava na hora.

TREZE

AGORA QUE AQUILES ESTAVA MORTO, UMA SENSAÇÃO DE CONFIANÇA se espalhou por Troia, e todos esperavam um fim rápido para a guerra. Não houve período formal de luto nem jogos funerários. Cassandra suspeitava de que havia pouca dor genuína entre os aqueus, embora alguns lamentos ritualizados se erguessem em torno da pira funerária. Ela se lembrou de Briseida, que fora ficar com Aquiles por vontade própria, e imaginou se a garota lamentava o amante que tinha idealizado. Ela quase esperava que sim. Até mesmo Aquiles teria alguém para lamentar sua morte.

No entanto, Agamemnon, que tinha tomado o comando de todos os soldados aqueus, e até ordenara que os mirmidões continuassem lutando, parecia não ter dúvidas sobre o resultado da guerra. Os aqueus começaram a construir uma enorme plataforma de proteção para o sul, de onde poderiam atacar a muralha que tinha caído parcialmente no último terremoto. Demorou algumas horas até que os troianos percebessem o que estavam fazendo, e, quando perceberam, Páris ordenou que todos os arqueiros disponíveis fossem para a muralha mais alta para derrubar os soldados. Os aqueus trabalharam por um tempo considerável sob a proteção de escudos grandes segurados sobre as cabeças, mas, à medida que os escudeiros eram derrubados, um depois do outro, mais rápido do que podiam ser substituídos, os aqueus finalmente desistiram e retiraram os construtores.

Cassandra não tinha visto a pira funerária de Aquiles, nem a batalha dos arqueiros, embora as mulheres da casa do Senhor do Sol lhe contassem cada movimento. O templo estava de luto pela Grande Serpente, e continuaria assim por um bom tempo. Serpentes daquela variedade não eram encontradas nas planícies de Troia, e precisavam mandar alguém para o continente, para a Cólquida ou até mesmo para Creta buscar outra. Em seu íntimo, Cassandra acreditava que a morte da serpente era um presságio não apenas da morte de Aquiles, que precedera tão rápido, mas da queda de Troia, que não poderia demorar muito agora.

Ela falou disso uma noite no palácio, quando tinha ido visitar a mãe.

Hécuba nunca tinha se recuperado de verdade da morte de Heitor. Ela agora estava assustadoramente frágil e magra, as mãos como um monte de gravetos. Não queria comer, sempre dizendo "guarde minha parte para as crianças pequenas, os velhos não sentem tanta fome como eles", o que de fato parecia sensato, mas havia momentos em que Cassandra achava que a mãe tinha perdido o juízo. Ela sempre falava de Heitor, mas não parecia perceber que ele estava morto, falava como se ele estivesse em algum lugar da cidade, supervisionando os exércitos.

— O que os aqueus estão fazendo agora? — Cassandra perguntou a Polixena.

— Eles derrubaram várias árvores ao longo da costa, e estão fazendo tábuas. Falei com a mulher que vende bolos de mel para os soldados aqueus e ela disse que falavam de um plano de construir um grande altar para Poseidon e sacrificar a ele muitos cavalos.

Poseidon de fato seria amigo daqueles aqueus, se eles o convencerem a quebrar nossas muralhas; e os videntes deles sabem disso, se convenceram os agressores a invocar o Sacudidor da Terra.

Ela se levantou do lado de Polixena e foi falar com Helena. Sabia havia muito tempo que Páris não a escutava, mas poderia ser alcançado por meio da esposa. Helena a cumprimentou com seu abraço afetuoso de costume.

— Alegre-se comigo, irmã, a deusa soube de minha dor e nos enviou outra criança por aquelas que perdi no golpe de Poseidon.

Quando Cassandra não sorriu, ela pediu:

— Ah, fique feliz por mim!

— Não é que não esteja feliz por você — Cassandra disse devagar —, mas, neste momento em particular, é sensato?

O belo sorriso de Helena era cheio de covinhas.

— A deusa nos manda filhos como ela deseja, não como queremos — ela lembrou Cassandra. — Mas você não é mãe, então talvez ainda não entenda isso.

— Mãe ou não, acho que tentaria escolher um momento melhor do que o fim de um cerco — disse Cassandra —, mesmo se isso significasse mandar meu marido dormir entre os soldados quando a lua está cheia ou o vento sopra do sul.

Helena corou e respondeu:

— Páris precisa ter um filho, não posso pedir a ele que tome Nikos como herdeiro e coloque o filho de Menelau no trono de Troia.

— Tinha me esquecido desse ponto fraco em particular — disse Cassandra —, mas achava que o filho de Andrômaca iria governar Troia depois de Heitor. Páris, então, resolveu usurpar o trono?

— Astíanax não pode governar Troia aos oito anos — alegou Helena. — Qualquer terra em que o rei é criança vai mal, Páris precisaria governar por ele por muitos anos, ao menos.

— Então talvez fosse melhor que Páris não tivesse nenhum filho — disse Cassandra —, assim não ficaria tentado a derrubar o herdeiro legítimo.

Helena pareceu indignada, então Cassandra completou:

— De qualquer modo, Páris já tem um filho com a sacerdotisa do rio, Enone, que morou com ele como esposa até que você viesse de Esparta. Não é certo que ele se recuse a reconhecer o primogênito dele.

Helena franziu o cenho.

— Páris falou dela. Ele diz que não tem como ter certeza de que é pai do filho de Enone.

Cassandra observou o olhar de Helena e decidiu não insistir no assunto.

— Não foi isso o que eu vim dizer. Eles têm mais cavalos no acampamento aqueu do que é preciso para puxar a carruagem de Agamemnon e as dos outros reis?

— Ora, não tenho ideia, não sei nada de coisas assim — Helena disse, e se inclinou sobre a mesa para tocar a mão de Páris.

Ela repetiu a questão para ele, e Páris ficou olhando.

— Ora, não, acho que não — ele disse. — Eles tentaram capturar os cavalos dos nossos carros, mesmo arriscando deixar ouro ou os próprios carros.

Cassandra disse com urgência:

— Se estão construindo um altar para Poseidon, acho que os reis não vão sacrificar os cavalos que puxam suas carruagens, você acha? Peço que coloque o dobro de vigilância em todos os cavalos de Troia, estejam onde estiverem.

— Nossos cavalos estão dentro de nossas muralhas — disse Páris, despreocupado —, e os aqueus têm tanto acesso a eles quanto aos estábulos do faraó do Egito.

— Tem certeza? Odisseu, por exemplo, é engenhoso, ele pode armar alguma artimanha para atravessar as muralhas e soltar os cavalos — ela apontou, mas Páris apenas riu.

— Acho que ele não conseguiria passar por nossos portões mesmo se fosse capaz de se disfarçar de Zeus Trovejante — respondeu Páris. — Aqueles portões não vão se abrir nem para homens nem para imortais, mesmo o rei Príamo e eu teríamos dificuldade de convencer qualquer um a abri-los depois do anoitecer. E se ele entrasse de algum modo, como acha que iria sair? Se Agamemnon quer um sacrifício de cavalos, vai precisar sacrificar os dele, pois não vai conseguir os troianos.

Cassandra achou que ele estava desconsiderando a possibilidade sem pensar muito, mas não havia como continuar; Páris não admitiria a falha de suas defesas, certamente não para a irmã. Se ele fosse o único a sofrer por causa daquela atitude despreocupada, ela não precisaria dizer mais nada, mas, se estivesse errado, toda Troia iria sofrer; então ela pediu:

— Eu lhe peço, coloque guardas extras em torno dos cavalos pelo menos por um tempo. — E ela repetiu o que Polixena lhe dissera.

— Irmã — Páris disse, não totalmente sem bondade —, com certeza há muito trabalho de mulher para se ocupar antes de se preocupar com a condução da guerra.

Cassandra apertou os lábios, sabendo que Páris com certeza iria ignorar qualquer coisa que ela pudesse dizer.

Cassandra não poderia vigiar os cavalos ela mesma, mas falou com os sacerdotes da casa do Senhor do Sol, e eles concordaram em montar vigia nos estábulos reais.

Tarde naquela noite soou o alarme nas muralhas, e os soldados de Páris, acordados, capturaram meia dúzia de homens, liderados pelo próprio Odisseu, saindo dos estábulos reais. Os guardas, que não tinham reconhecido o general argivo, disseram que ele entrara no estábulo com um sinete real e uma ordem para levar meia dúzia de cavalos ao palácio. Tinham acreditado que era um mensageiro do próprio Príamo, e entregaram os cavalos sem protesto. Somente quando tinham ido embora um dos sacerdotes de Apolo notou as sandálias acaias que usavam, suspeitou de um truque e soou o alarme.

Páris ordenou que o guarda enganado fosse enforcado, e, quando Odisseu foi levado até a frente dele, disse:

— Há algum motivo pelo qual não devesse enforcá-lo na muralha mais alta de Troia por ser um ladrão de cavalos?

Odisseu disse:

— No meu país, enforcamos ladrões de mulheres, troiano. Se não tivesse nos mostrado como corre rápido, não seria nada agora além de ossos pendendo do lado de fora das grandes muralhas de Esparta, e nenhum de nós teria precisado sair de casa e vir lutar aqui por todos esses anos.

Príamo tinha sido acordado às pressas; ele olhou com infelicidade para seu antigo amigo e disse:

— Bem, Odisseu, você ainda é um pirata, percebo. Mas não vejo motivo para enforcá-lo. Sempre estivemos dispostos a aceitar resgate por cativos.

— Que resgate quer? — perguntou Odisseu, olhando apenas para Príamo e ignorando Páris.

— Uma dúzia de cavalos — disse Páris.

Odisseu abanou uma mão.

— Ali estão eles — ele respondeu, e Páris fez cara feia para o desaforo dele.

— Aqueles cavalos já são nossos. Vamos ficar com uma dúzia dos seus.

Odisseu disse:

— Não tem piedade, amigo? Aqueles cavalos já foram dedicados a Poseidon. Não são meus para devolver, eles já pertencem ao Sacudidor da Terra.

Páris ficou de pé, pronto para acertar um soco nele; Odisseu o evitou com facilidade.

— Príamo, seu filho não tem as maneiras da diplomacia, preciso tratar com você. Pode pegar os cavalos de volta se estiver disposto a correr o risco de irritar Poseidon Sacudidor da Terra com sua mesquinharia, mas jurei sacrificar aqueles cavalos a ele. Realmente acha que ele vai favorecer Troia se roubar o sacrifício dele?

Príamo respondeu:

— Se prometeu aqueles cavalos para Poseidon, são dele. Não vou ser mais mesquinho que você com um deus. Aqueles cavalos são para Poseidon, então, e mais uma dúzia dos cavalos do seu pessoal como resgate.

— Que assim seja — concordou Odisseu, e Príamo chamou o arauto para enviar a mensagem para o exército aqueu.

Agamemnon, porém, não ficaria feliz, pensou Cassandra. Ela não queria mal a Odisseu, apesar de seu lugar no exército inimigo, ela não conseguia deixar de pensar no velho pirata como um amigo – como ele tinha sido na infância dela. E ainda tinha, em uma de suas caixas, o belo fio de contas azuis que ele lhe dera anos antes.

Quando Odisseu saiu para arranjar a troca de fato e a entrega do resgate, Páris disse ao pai:

— Seu tolo! Vai realmente entregar esses cavalos para um sacrifício? O que são as promessas de Odisseu para você? Não acreditou que ele iria sacrificá-los, acreditou?

— Bem pode ser — retrucou Príamo. — E o que temos a perder? Também precisamos da boa vontade de Poseidon e vamos receber mais doze como resgate de Odisseu, então não teremos perdido nada.

— Acho que eles não vão fazer ao deus metade do bem que fariam a nossos exércitos — Páris ainda resmungou, mas Príamo tinha decidido e não havia nada a ser feito.

Na manhã seguinte, diante das muralhas de Troia, os cavalos foram sacrificados a Poseidon. Cassandra observou a morte, perturbada; Príamo mal parecia ter força suficiente. Ela se recordou de sacrifícios assim na infância, quando Príamo era forte e vigoroso o suficiente para arrancar a cabeça de um touro com um só golpe. Agora suas mãos trêmulas mal conseguiam se fechar em torno do machado, e, depois que ele abençoou a arma, um jovem sacerdote pegou o machado e completou o sacrifício, cantando invocações para o Sacudidor da Terra.

Quando a marca da metade tinha sido alcançada e o sexto cavalo caiu no chão, houve um pequeno som como uma trovoada ao longe, e o chão debaixo deles tremeu de leve. Cassandra se perguntou se era um presságio. Ou era Poseidon simplesmente reconhecendo o sacrifício?

Apolo Senhor do Sol, ela implorou, *não podes salvar essa cidade que é tua há tanto tempo, ainda que a tenhas tomado da Mãe Serpente antes?*

O brilho do sol era forte em seus olhos, e a voz bem conhecida pareceu bater em seus ouvidos como ondas distantes.

Nem eu posso contestar o que o Trovejante decretou, criança. O que vai acontecer precisa acontecer.

O sacrifício continuou, mas ela não estava mais assistindo. Para que fazer sacrifício a Poseidon se ele estava comprometido com o Trovejante – *que não é deus meu, nem deus de Troia* – a destruir o povo que fazia sacrifícios a ele, e Apolo Senhor do Sol ficava de lado, impotente, enquanto o Sacudidor da Terra destruía a cidade – *a cidade dele?*

Se tudo aquilo tinha sido ordenado de algum modo, por que fazer sacrifícios e petições aos imortais? O desafio lutava nela, para jamais ficar totalmente em silêncio, o velho grito ainda sem resposta: *Que bem fazem esses deuses?*

Agora parecia que bem acima da cidade, como ela havia visto uma vez em visão, duas figuras poderosas feitas de nuvem e tempestade estavam frente a frente como lutadores, brigando e trocando golpes de relâmpagos e trovões. O som parecia golpear a consciência dela. Cassandra oscilou, os olhos fixos nos imortais em batalha.

Então ela tropeçou e caiu, mas perdeu a consciência antes de tocar o chão.

Quando acordou, estava deitada com a cabeça no colo da mãe.

— Deveria ter saído do sol do meio-dia — Hécuba censurou, com gentileza. — Não foi certo criar uma perturbação nos sacrifícios.

— Ah, acho que os deuses não se importam muito — disse Cassandra, levantando-se apesar da dor lancinante atrás dos olhos. — A senhora acha?

Mas vendo o olhar levemente confuso no rosto da mãe, teve certeza de que a rainha não entendia do que ela falava; ela mesma não tinha certeza.

— Desculpe, não tive a intenção de desrespeitar os deuses, é claro. Estamos todos aqui para honrá-los. Acha que eles vão se sentir obrigados pela honra a retribuir a cortesia?

Mas o que ela viu nos olhos de Hécuba foi o velho olhar – o que dizia "não entendo você".

— O que, em nome de todos os deuses, estão fazendo lá fora? — perguntou Helena.

— Polixena ouviu dizer que estão construindo um altar para Poseidon — respondeu Cassandra.

Lá embaixo, no espaço aberto que fora campo de batalha por tanto tempo, o que parecia ser todo o exército aqueu puxava madeira, sob a proteção de uma verdadeira muralha de escudos de couro amarrados juntos, martelando e serrando freneticamente.

— Os sacerdotes deles fizeram os esboços — disse Crises, indo se juntar às mulheres.

Páris foi até eles e se curvou para beijar a mão da mãe.

— Não se parece com nenhum altar que já tenha visto — ele disse. — É mais como algum tipo de máquina de cerco. Olhem, se construírem até essa altura, poderiam atirar flechas para dentro das muralhas, ou até entrar na cidade, como quem aborda um navio.

Hécuba pareceu perturbada com o tom da voz dele. Ela perguntou:

— Falou com Heitor sobre isso?

Páris baixou a cabeça e se virou, mas não antes de Cassandra ver que seus olhos estavam cheios de lágrimas.

— Como consegue aguentar quando ela fala assim? — ele murmurou.

— A questão não é como conseguimos aguentar, e sim do que ela precisa — Cassandra respondeu com rispidez. — Você ao menos pode sair e vingar os males que destruíram a mente de nossa mãe e estão destruindo a de nosso pai. Diga-me, eles realmente podem construir aquele negócio em uma altura suficiente para pular para a cidade?

— Provavelmente, mas não farão isso enquanto eu estiver vivo — disse Páris. — Preciso mandar reunir todos os condutores de carruagem e arqueiros que restam.

Ele beijou Helena e desceu as escadas. Logo depois, ouviram um grito de batalha enquanto Páris e as carruagens que restavam corriam perigosamente na direção da estrutura, disparando ondas de flechas que quase escureciam o céu. O ataque selvagem na verdade derrubou um dos cantos da estrutura, fazendo-a despencar com um estrondo, e meia dúzia de homens caiu gritando no chão.

Os soldados aqueus se dispersaram e começaram a correr, com os troianos perseguindo seus carros, derrubando-os o mais rápido que podiam. Quando estavam em recuo total e pareciam tentar correr até os navios, Páris suspendeu o ataque e voltou para a estrutura desprotegida. Encontrando um barril de piche no local e jogando a substância ao redor, ele incendiou a construção inteira. Enquanto ela queimava, os troianos ouviram os gritos de Agamemnon tentando em vão reunir seus homens, e voltaram para dentro das muralhas antes que o capitão pudesse reunir os aqueus de novo para mais um ataque.

Os troianos sobre as muralhas celebravam com selvageria. Tinha sido a única batalha que haviam claramente vencido desde que os navios aqueus tinham sido queimados. Páris subiu e se ajoelhou diante de Príamo.

— Se querem construir um altar a Poseidon, não vão construí-lo em solo troiano, senhor.

— Bom trabalho — disse Príamo, abraçando-o com afeto, e Helena veio ajudá-lo com a armadura.

— Você está ferido — ela apontou, vendo que ele se encolhia quando retirou a braçadeira.

Páris deu de ombros, e o movimento o fez se encolher de novo.

— Um ferimento de flecha. Não tocou nenhum osso — ele disse.

— Cassandra — chamou Helena —, venha ver isto. O que você acha?

Cassandra se aproximou e dobrou a manga da túnica de Páris. Era uma ferida superficial, uma pequena depressão um pouco acima do cotovelo. Roxa e estufada, como lábios fazendo bico, já tinha fechado, e dela saíam uma gota ou duas de sangue.

— Acho que não é muito sério — ela disse —, mas deve ser lavada com vinho e banhada com água bem quente e ervas, se uma ferida aberta fecha muito rápido, pode ser sério. Precisa ser mantida aberta a todo custo e sangrada livremente para limpá-la.

— Ela está certa — disse Crises, trazendo um odre de vinho, que ele começou a derramar sobre a ferida, mas Páris agarrou o odre.

— Um desperdício de vinho bom — ele apontou, e o derramou dentro da boca, retorcendo o rosto. — Urgh, não presta nem para isso. Pode ser bom para lavar meus pés.

Crises deu de ombros.

— Há vinhos melhores para beber na casa do Senhor do sol, príncipe Páris; esse é de uma safra ruim, guardado para lavar feridas. Venha e tome uma safra melhor enquanto cuido da sua ferida.

— Melhor ainda, venha para nossos aposentos no palácio e me permita cuidar de você — disse Helena. — Já lutou o bastante por um dia, e não sobrou ninguém com quem lutar.

— Não — retrucou Páris, indo até a muralha. — Ouço Agamemnon, ele colocou alguns daqueles arqueiros dele ao ataque de novo. Vamos descer e espantá-los. Eles já dizem que passo tempo demais em seus aposentos sendo mimado, minha Helena, e estou cansado da reputação de covarde. Aqui, enfaixe com sua echarpe e deixe-me ir.

Ele puxou a armadura sobre a ferida enfaixada e saiu pelas escadas. Eles o ouviram gritar com seus homens.

— Ah, por que ele precisa ter um maldito ataque de heroísmo bem agora? — disse Helena, irritada. — E se fosse realmente um altar para Poseidon, acha que o deus vai ficar zangado porque ele o queimou?

— Não vejo o que ele poderia ter feito, esteja o deus zangado ou não — respondeu Cassandra. — Talvez o Sacudidor da Terra vá se lembrar de todos aqueles cavalos gordos que demos a ele por cortesia de Odisseu algumas horas atrás.

— Rezo para que isso não o atrapalhe para andar de carruagem e disparar — disse Helena. — Quando ele voltar – se sobreviver a esse ataque –, vou levá-lo para ser cuidado pelos melhores curandeiros.

— Vou mandar nossos melhores sacerdotes curandeiros para o palácio para ele, senhora Helena — Crises disse, e subiu a colina.

Cassandra assistiu ao ataque. Páris lutou como um louco, como se o deus da guerra em pessoa o habitasse, e ela perdeu a conta de quantos soldados aqueus ele derrubou e deixou sangrando no chão.

— Nunca o vi lutar assim antes — disse Helena.

Reze para que nunca mais veja, pensou Cassandra.

— Talvez o ferimento seja leve como ele diz, ele não parece estar deixando de usar o braço.

— Ele anda de carruagem como o próprio Heitor — disse Príamo, observando-o da muralha. — Todos nós fomos injustos com o menino, achando que ele era menos heroico que o irmão.

Helena fechou os olhos quando uma espada foi para cima de Páris, que aparou o golpe no exato momento em que parecia que iria arrancar a cabeça dele dos ombros. Era o último golpe, um momento depois, os homens de Agamemnon se separaram e correram. Páris gritou como se fosse persegui-los até a água, mas logo chamou seus homens.

— Se há um boi, mande-o matar para o jantar dos homens — ele disse a Hécuba quando subiu as escadas até as mulheres que esperavam. — Nunca vi uma luta assim.

Helena se apressou para abraçá-lo.

— Graças a Afrodite você ainda está em segurança!

— Sim, ela cuida de todos nós e não a trouxe aqui para Troia para nos abandonar agora.

Páris olhou para as cinzas da estrutura que os aqueus tinham tentado construir.

— Se isso é dedicado a algum deus, rezo para que ele me perdoe. Agora, se encontrar algum curandeiro, minha Helena, ficaria feliz pelo bom trabalho dele, pois meu braço dói.

Ele se apoiou nela enquanto desciam para o palácio, e Cassandra olhou para ele com pavor.

— É melhor você ir — disse Crises.

Ela não tinha ouvido Crises voltar.

— Você é uma curandeira tão boa quanto qualquer um na casa do Senhor do Sol.

Cassandra não tinha tanta certeza disso, mas não sabia como dizer.

— Viu a ferida mais de perto que eu, sabe o quanto é ruim — ele completou. — Não gosto desse tipo de ferimento, mesmo quando eles parecem inofensivos.

Ela correu para os aposentos de Páris e Helena apenas para que dissessem que seus serviços não eram necessários.

Aquela noite foi quieta, mas pela manhã os andaimes tinham sido erguidos novamente, e os aqueus martelavam e serravam como se nunca tivessem sido interrompidos.

— Bem, vamos encurtar esse trabalho, como fizemos ontem — disse Deífobo, que tinha saído naquela manhã com Príamo.

O velho se apoiava pesadamente no ombro do filho.

— Onde está o dom de Afrodite para as mulheres esta manhã? Ainda escondido nos babados das saias de Helena?

— Quieto — disse Príamo, com rispidez. — Ele foi ferido ontem, talvez tenha piorado, ou tomado friagem na ferida.

Ele chamou um dos mensageiros mais jovens e disse:

— Vá até o príncipe Páris e pergunte por que ele não está com seu exército.

— Um ferimento — disse Deífobo, com desdém. — Eu vi esse ferimento, um arranhão de gato, ou, mais provável, um chupão.

O menino saiu correndo e voltou parecendo pálido. Ele se curvou para Príamo e disse:

— Meu senhor, a senhora Helena pede que a sacerdotisa Cassandra vá olhar a ferida do irmão, está além do poder dela curá-la.

— Meu pai — disse Deífobo —, tenho sua permissão para sair com os carros e espantar essas formigas como Páris fez ontem?

— Vá — concordou Príamo —, mas quando Páris estiver curado ele vai comandá-lo de novo, nada que é dele vai pertencer a você.

— Veremos — disse Deífobo.

Ele saudou Príamo e saiu.

Cassandra desceu até o palácio através dos salões, que pareciam, naquela manhã, úmidos, frios e quietos, com fiapos de névoa marítima no ar. Nos cômodos designados a Páris e Helena, Páris, semivestido e muito pálido, estava deitado em uma esteira, murmurando. Helena, ao lado dele, tentando banhar a ferida com água quente aromatizada com ervas, se levantou e foi até Cassandra.

— Graças a Afrodite você veio. Ele não me escuta, mas talvez a escute — ela disse.

Cassandra se aproximou e afastou o véu com que a ferida tinha sido enfaixada. Toda a parte superior do braço estava grosseiramente inchada, a perfuração ainda obstinadamente fechada e soltando fluido claro; o braço parecia arroxeado, com manchas vermelhas descendo na direção do punho.

Cassandra tomou fôlego, nunca tinha visto uma ferida de flecha como aquela. Ela disse:

— Os sacerdotes de Apolo viram isso?

— Estiveram aqui duas vezes durante a noite. Eles me disseram para banhá-la com água quente, e que provavelmente deveria ser queimada com ferro quente, mas não tive coragem de fazê-lo sofrer assim, já que não podiam me prometer que isso iria curá-lo — disse Helena. — Mas na última hora ele parece pior, e agora não me reconhece, até uns minutos atrás ele estava gritando para os criados trazerem sua armadura, ameaçando bater neles se não o ajudassem a se levantar e vesti-la.

— Isso não é bom — disse Cassandra. — Já vi ferimentos piores se curarem...

— Devo permitir que o queimem?

— Não. Se eu estivesse aqui, teria dito para untá-la com vinho e azeite, e às vezes o uso de um cataplasma de pão mofado, ou teias de aranha, limpa uma ferida de perfuração — ela disse. — Os curandeiros são rápidos demais com seus ferros quentes, eu poderia ter cortado a ferida a noite passada para que sangrasse mais fácil, mas nada além disso. Agora é tarde demais. A infecção tomou conta, e ele vai viver ou morrer. Mas não se desespere — ela completou, rápido. — Ele é jovem e forte, e como lhe disse, já vi ferimentos piores se curarem.

— Não há nada que possa ser feito? — perguntou Helena, descontrolada. — Sua magia...

— Infelizmente não tenho magia de cura — disse Cassandra. — Mas vou rezar, não posso fazer mais.

Ela hesitou e apontou:

— A sacerdotisa do rio, Enone... ela era habilidosa em magia de cura.

Helena se levantou empolgada.

— Não pode mandar chamá-la? — ela implorou. — Peça a ela para vir curar meu senhor! O que ela pedir será dela, prometo.

Mas a única coisa que ela deseja você já tirou dela, pensou Cassandra. Ela disse:

— Vou enviar uma mensagem a ela, mas não posso prometer que virá.

— Se ela o amou um dia, poderia ser cruel o suficiente para se recusar a ajudá-lo, se isso significasse a morte dele?

— Não sei, Helena, ela estava muito amargurada com ele quando foi embora do palácio — disse Cassandra.

— Se for necessário, eu, rainha de Esparta, me ajoelho diante dela com cinzas no cabelo — afirmou Helena. — Devo ir procurar Enone, então?

— Não. Eu a conheço, eu vou — respondeu Cassandra. — Você reze e faça sacrifícios a Afrodite, que a favorece.

Helena a abraçou e se prendeu a ela.

— Cassandra, certamente não me quer mal? Tantas dessas mulheres de Troia me odeiam, vejo em seus olhos, ouço em suas vozes...

A voz de Helena soava quase como a de uma criança que implorava, e Cassandra tocou o rosto dela com gentileza.

— Não lhe desejo nada além do bem, Helena, isso eu juro — ela respondeu.

— Mas quando cheguei a Troia você me amaldiçoou...

— Não — disse Cassandra. — Eu previ verdadeiramente que você traria tristeza para nós. O fato de que vi o mal não significa que o causei. Foi obra dos imortais, e não é mais culpa sua que minha. Ninguém escapa do funcionamento do Destino. Agora vou até a nascente do Escamandro encontrar Enone e implorar que ela venha curar Páris.

Crises a cumprimentou quando ela saiu do palácio. Ela o encarou com surpresa, naquela manhã tinha esquecido e simplesmente desprezado a presença dele.

— Achei que a esta altura estaria em um navio a caminho de Creta ou do Egito — ela disse. — Por que não foi?

— Ainda pode haver alguma coisa que eu possa fazer pela cidade que me abrigou, ou por Príamo, que foi meu rei — respondeu Crises —, ou quem sabe até por você.

— Não deveria ficar por mim — disse Cassandra. — Ficaria feliz de saber que está seguro do que vai ocorrer.

— Não quero nada — ele respondeu em um tom estranhamente sóbrio — a não ser que você saiba, por fim, antes que o fim chegue para todos nós, que meu amor por você é verdadeiro e altruísta, sem desejar nada além de seu bem.

Ora, isso é verdade, ela pensou, e disse com gentileza:

— Eu acredito em você, meu amigo, e peço que vá para um lugar seguro assim que puder. Alguém precisa se lembrar e dizer a verdade sobre Troia para os que vêm depois, me perturba que nas lendas os filhos de nossos filhos venham a pensar em Aquiles como um grande herói ou um homem bom.

— Não é provável que isso nos faça nenhum mal, tampouco nenhum bem a Aquiles, seja lá o que possam dizer ou cantar sobre nós nos tempos que virão — respondeu Crises. — No entanto, se viver, prometo que direi a verdade a qualquer um que queira escutar.

Cassandra subiu rapidamente até a casa do Senhor do Sol e tirou sua túnica formal; vestiu uma velha túnica escura, com a qual poderia ir e vir sem ser notada, sandálias de couro sólidas e um manto pesado que a protegeria de vento ou chuva. Então ela saiu em silêncio até o pequeno portão lateral abandonado e pegou o caminho na direção do Monte Ida, ao longo do curso que secava do Escamandro. A trilha agora tinha sido transformada em estrada, muitos homens e cavalos tinham passado por aquele caminho, e a água que um dia correra forte e limpa agora estava enlameada e suja. Quando tinha feito aquele caminho pela última vez – fazia quantos anos agora? –, a água era limpa, e o caminho, quase intocado.

Mesmo agora, se sua incumbência fosse menos urgente e desesperada, ela teria gostado da viagem. O sol estava oculto por nuvens, os topos das colinas cobertos de árvores se perdiam em rolos grossos de névoa, e os ventos leves prometiam chuva e provavelmente trovões. Ela subiu rapidamente; mas, embora fosse uma mulher forte, a inclinação era tão íngreme que logo ficou sem fôlego e precisou parar para descansar. Enquanto subia, o que tinha sido um rio corria mais estreito e mais limpo, e nenhum homem ou cavalo tinha poluído o caminho ou a água. Ela se ajoelhou e bebeu, pois, apesar das nuvens e do vento, estava quente.

Por fim ela chegou ao lugar em que a água brotava da rocha, protegido por uma imagem entalhada de Pai Escamandro. Ela bateu o sino que chamava as ninfas do rio, e, quando uma mocinha apareceu, ela perguntou se poderia falar com Enone.

— Acho que ela está aqui — a menina disse. — O filho dela estava com febre de verão, ela não foi para o festival da tosa das ovelhas com as outras.

Cassandra tinha esquecido que estava tão perto da época de tosa.

A criança saiu, e Cassandra sentou-se em um banco perto da fonte e aproveitou o silêncio, talvez quando Mel fosse mais velha pudesse vir para aquele lugar para servir com as ninfas do Deus Rio. Um lugar agradável para uma jovem crescer – não, talvez, tão agradável quanto cavalgar com as amazonas, mas isso não era mais possível. Cassandra começou a entender que mal tinha começado a sentir seu luto por Pentesileia. Tinha estado tão ocupada com vingança e outras mortes que seu luto precisara ficar de lado, esperando tempo para o sofrimento.

Vai levar muito tempo até conseguir sofrer por meu irmão, ela pensou, então se perguntou o que queria dizer com isso.

Ela ouviu um passo atrás de si e se virou; de início, mal reconheceu Enone. A moça esguia tinha se tornado uma mulher alta e pesada, de seios grandes, os cachos escuros caindo pelo pescoço. Somente os olhos fundos eram iguais, mesmo assim, Cassandra hesitou ao dizer o nome.

— Enone? Mal a reconheci.

— Não — disse Enone —, não somos mais jovens e bonitas como éramos. É a princesa, não é... Cassandra?

— Isso — ela disse. — Imagino que também tenha mudado.

— Mudou — respondeu Enone —, embora ainda seja bela, princesa.

Cassandra sorriu de leve. Ela disse:

— Como está o filho de meu irmão? Ouvi dizer que ele estava doente.

— Ah, nada sério, só uma daquelas pequenas desordens que atingem as crianças no verão. Ele vai se recuperar em um dia ou dois. Mas como posso servi-la, senhora?

— Não é para mim — disse Cassandra —, mas para meu irmão Páris. Ele está morrendo de um ferimento de flecha, e você tem tanta habilidade para curar... Pode vir?

Enone levantou uma sobrancelha.

— Senhora Cassandra, seu irmão morreu para mim no dia em que deixei o palácio e ele não disse uma palavra para reconhecer o filho. Por todos esses anos, para mim, ele esteve morto. Não desejo trazê-lo de volta à vida.

Cassandra sabia no fundo que deveria ter esperado essa resposta, que ela não tinha nenhum direito de ir ali pedir nada a Enone. Ela curvou a cabeça e se levantou.

— Entendo sua amargura — ela disse. — E, no entanto... ele certamente está morrendo, sua raiva pode ser assim tão grande? Diante da morte?

— Morte? Não acha que foi como a morte para mim, mandada embora sem uma palavra, como se fosse uma prostituta barata nas ruas de

Troia? E nem uma palavra para o filho dele por todos esses anos? Não, Cassandra, a senhora pergunta se minha raiva é tão grande? A senhora nem começou a saber nada da minha raiva, e não acho que queira saber. Volte para seu palácio e lamente a morte de seu irmão como eu lamentei todos esses anos.

A voz dela se suavizou.

— Minha raiva não é da senhora, sempre foi boa comigo, assim como sua mãe.

— Se não vier pelo bem de Páris, ou pelo meu — pediu Cassandra —, não viria pelo bem da minha mãe? Ela perdeu tantos filhos...

A voz dela se interrompeu e ela mordeu o lábio, sem querer chorar na frente de Enone.

— Se fosse fazer alguma diferença... — Enone começou. — Mas agora, com a cidade a ponto de cair nas mãos de um deus raivoso... Ah, a senhora fica surpresa por eu saber disso? Eu também sou sacerdotisa, senhora. Agora, volte para casa e cuide de sua filha... mande-a para um lugar seguro, se puder; não vai demorar muito. Não tenho rancor nem da rainha de Esparta, mas não posso fazer nada por Páris. Quando ele me abandonou, ultrajou Pai Escamandro, que é um só com Poseidon.

Nunca tinha ocorrido a Cassandra que o Deus Rio, Escamandro, fosse um aspecto de Poseidon Sacudidor da Terra. Mas Páris tinha abandonado a sacerdotisa do Deus Rio pela filha de Zeus Trovejante – e ele ousara julgar uma controvérsia entre os imortais, abandonado os deuses do próprio país para servir a Afrodite acaia.

— Não tenho culpa pela morte dele — Enone continuou. — O destino dele cabe a ele, assim como o nosso nos cabe. Que os deuses a protejam, senhora Cassandra.

Ela levantou a mão em um gesto de bênção, e Cassandra se viu descendo a colina, sentindo-se uma camponesa dispensada da presença real.

Descendo, a volta levou menos tempo, e quando voltou ao palácio ouviu o som de lamentos. Páris tinha morrido. Bem, tinha esperado aquilo. Apesar de suas palavras de encorajamento para Helena, estivera certa de que ele não conseguiria viver muito tempo com aquele ferimento.

Indo para a sacada para olhar para a planície onde os exércitos aqueus se reuniam, ela agora via o contorno do que os andaimes cobriam. Erguia-se, imenso, malfeito, inequívoco: uma grande forma de cavalo em madeira.

Então esse é o altar deles, ela pensou: *a própria forma de Poseidon Sacudidor da Terra. Eles acham que esse cavalo vai derrubar as muralhas de Troia ou que vai invocar o deus para fazer isso por eles? Que infantil.*

Então, sem saber por quê, ela foi tomada por uma onda forte de calafrios, de modo que precisou se envolver no manto apesar da luz do sol. A figura do cavalo – ou do deus – a encheu de terror, embora não tivesse certeza do motivo.

CATORZE

ANTES AINDA QUE OS RITOS FUNERÁRIOS DE PÁRIS FOSSEM FEITOS, Deífobo foi até Príamo exigir o comando dos exércitos troianos; quando Príamo protestou, ele disse:

— Que escolha tem, senhor? Há algum outro em Troia, a não ser talvez Eneias? E ele não pertence à casa real de Troia nem nasceu em Troia.

Príamo apenas olhou, envergonhado, para o chão.

— Talvez queira dar seus exércitos para sua filha Cassandra, que foi amazona um dia? — perguntou Deífobo, zombando.

Hécuba falou com clareza e quase alto pela primeira vez desde a morte de Heitor.

— Minha filha Cassandra não se sairia pior que você no comando dos exércitos de Troia — ela disse. — Você foi uma criança cruel e gananciosa, e é um homem orgulhoso e ganancioso. Meu senhor e rei Príamo, eu lhe peço que encontre alguma outra pessoa para comandar as forças de Troia, ou será pior para todos nós.

Mas todos eles sabiam que não havia outra pessoa. Nenhum dos filhos sobreviventes de Príamo tinha idade suficiente, ou experiência suficiente, para liderar os exércitos. Quando Deífobo foi chamado diante dos soldados e Príamo entregou formalmente o comando, Deífobo disse:

— Vou aceitar esse comando apenas se receber a viúva de Páris, Helena, como minha esposa.

— Você está louco — respondeu Príamo. — Helena é rainha de Esparta por direito, não um prêmio para ser dada de um homem para outro como uma concubina.

— Não é? — perguntou Deífobo. — Não está farto do problema que uma mulher pode causar quando a deixam escolher com que homem vai dividir a cama? Helena vai se casar comigo e ficar alegre o bastante com isso, não vai, senhora? Ou preferiria voltar para Menelau? Posso arranjar isso, se é o que prefere.

Cassandra viu Helena estremecer, mas ela apenas disse a Príamo em voz baixa:

— Eu me caso com Deífobo se o senhor desejar.

Príamo parecia envergonhado. Ele disse:

— Se houvesse qualquer outra maneira, não pediria isso a você, filha.

Ela se jogou nos braços do velho e o abraçou.

— Basta que seja o que quer para mim, pai — ela disse.

Ele a abraçou gentilmente, com lágrimas nos olhos, e afirmou:

— Você se tornou uma de nós, criança. Não há mais nada a dizer.

— Bem, se isso está decidido — Deífobo disse em voz alta —, preparem o banquete de casamento.

Hécuba protestou:

— Esse é o momento de banquetear, com Páris morto e ainda sem ter sido colocado para descansar?

— Pode não haver tempo para banquetear depois — insistiu Deífobo. — Serei o único de todos os filhos de Príamo a se casar sem banquete e honras?

— Há bem pouca honra aqui — Príamo disse entre os dentes, apenas Hécuba e algumas das outras mulheres o escutaram.

De qualquer modo, ele chamou os criados e ordenou que fossem trazidos os estoques de vinho e que um cabrito fosse abatido e assado, e comidas que pudessem ser preparadas rapidamente.

Cassandra foi com as mulheres do palácio, incluindo a mãe de Deífobo, escolher as frutas prontas para colheita e arranjá-las em bandejas. Ela concordava com Hécuba que não era hora de banquetear, mas, se o casamento precisava acontecer, deveria parecer uma questão de escolha em vez de coerção. Se Helena conseguia parecer contente, quem era ela para reclamar?

Mas, apesar de toda a comida e dos menestréis chamados às pressas, o casamento foi um tanto triste. O conhecimento de que Páris jazia morto acima jogou uma melancolia sobre o palácio. Bem antes que a noiva e o noivo fossem colocados juntos na cama, Cassandra se desculpou e se retirou. Olhando para as luzes abaixo, ela achou que talvez o povo comum de Troia, desfrutando dos presentes de comida e vinho enviados do palácio de Príamo, acreditasse que era um festejo genuíno. Se criticavam Helena, era apenas por sua disposição em ser dada de novo em casamento quando o marido ainda não tinha sido enterrado. Bem, ela pensou, que aproveitassem. Poderia não haver muito mais para aproveitar.

E, de fato, os ritos funerários de Páris foram realizados pela manhã – Helena velada, grave e pálida, e Nikos, de nove anos, pequeno e sério ao lado dela. Ele tinha insistido em cortar o cabelo pelo luto.

— Sei que ele não era meu pai — ele disse —, mas foi o único pai que conheci, e ele era bondoso comigo.

A tentativa dele de não chorar apertou o coração de Cassandra.

Quando a cerimônia tinha terminado, Deífobo, com um olhar de alívio, disse brevemente:

— Agora que foi feito, vamos descer e lidar com aquele cavalo como fez Páris. Começamos com um bom barril de alcatrão quente, ou betume de pinheiro, e algumas flechas de fogo. Vamos transformar aquilo num trabalho curto. O que acha disso, minha esposa?

A voz de Helena era quase inaudível.

— Deve fazer como lhe parecer melhor, meu marido.

Ela parecia quieta e submissa, como a esposa de qualquer soldado troiano, com poucos traços da beleza concedida pela deusa que todos vieram a menosprezar. As palavras também eram submissas, as mesmas que poderia ter dito a Páris, mas ocorreu a Cassandra que, com aquela obediência, ela zombava dele. Deífobo não parecia pensar que sim, olhava para ela com satisfação e prazer: agora tinha o que sempre invejara, a esposa e o comando de Páris. Bem, se aquele casamento trazia felicidade a ao menos uma pessoa, não era de todo mau.

Isso não tinha sido exigido de Andrômaca, que tinha recebido um tempo decente para lamentar a morte de Heitor. Por que Helena não podia receber aquele mesmo privilégio?

No entanto, Helena tinha agido para mostrar a todas as mulheres que elas poderiam fazer o que ela fazia, deveriam ser gratas e admirá-las.

Deífobo reunia seus condutores de carruagem, discutindo brevemente estratégia com eles. Cassandra viu Helena se despedir dele e pedir que tomasse cuidado na batalha, exatamente como tinha feito com Páris.

Helena estava tão acostumada a atender a vontade de um homem que não fazia diferença quem ele fosse? Ou estava tão abalada pela dor que nada mais importava? *Se eu tivesse amado como ela amou Páris, e se ele fosse tirado de mim – olhe Andrômaca! Amo Eneias, mas quando ele está longe de mim eu permaneço eu mesma. Se ele morresse, em vez de me deixar para voltar para o lado de Creusa, lamentaria muito a morte dele, mas não me destruiria como a morte de Heitor destruiu Andrômaca.* Andrômaca sofria por Heitor, então, ou apenas a perda de seu lugar como esposa de Heitor?

Os condutores de carruagem seguiram em frente, num ataque contra os trabalhadores que desmontavam os andaimes em torno do cavalo de madeira monstruoso; eles se espalharam e correram, cerca de meia dúzia deles caindo sob as rodas dos carros. Um cheiro amargo estranho que Cassandra não conseguiu identificar tomou o ar, e, à medida que as carruagens se aproximavam do cavalo, suas flechas de fogo seguiam na direção dele, mas não incendiavam.

Os soldados de Agamemnon atacaram das sombras dos andaimes. Os troianos em suas carruagens lutaram com força, mas foram empurrados de volta até as muralhas. Conforme os portões se abriram para que voltassem para dentro de Troia, houve uma batalha para impedir que os homens de Agamemnon e o que parecia um bando dos mirmidões de Aquiles, agora sem líder, entrassem e tomassem as ruas. Alguns forçaram o caminho, mas foram derrubados nas ruas estreitas, e os homens de Deífobo fecharam os portões.

— Parece que teremos um sítio de novo — declarou Deífobo. — Precisamos mantê-los fora da cidade a todo custo, o que significa que esses portões não podem ser abertos. Aquela monstruosidade lá fora nos impede uma boa visão do que está acontecendo no acampamento deles e no campo. Não podemos sequer queimá-la; eles a ensoparam com alguma coisa para que não queime, talvez uma mistura de vinagre e alume. Queimar os andaimes talvez tenha sido um erro, isso os avisou de que seria a primeira coisa que tentaríamos fazer.

— Se tem a intenção de ser nosso deus Poseidon — disse Hécuba —, não seria um ato de sacrilégio queimá-lo?

— Acho que o queimaria primeiro e faria as pazes com o Sacudidor da Terra depois — respondeu Deífobo. — Mas não vai queimar agora.

— Mas poderemos queimá-lo, por fim? — perguntou Príamo.

— Bem, senhor, certamente farei meu melhor — respondeu Deífobo. — Podemos tentar disparar flechas cobertas de piche e esperar que o material grude o suficiente para queimar. Fico imaginando se colocaram essa coisa ali para nos dar algo em que pensar, para que não notemos o que mais possam estar fazendo, como tentar fazer um túnel debaixo de nossas muralhas do lado da terra, ou subir até o Templo da Donzela e atacar de lá de cima.

— Acha que poderiam fazer isso? — perguntou Hécuba, temerosa.

— Tenho certeza de que vão tentar, senhora. Cabe a nós ficarmos um passo à frente de qualquer truque em que o Mestre Sorrateiro, Odisseu, possa estar pensando enquanto colocamos olhos e mentes naquela *coisa* desgraçada lá fora.

Ele olhou para o cavalo com aversão e chacoalhou o punho para ele.

A imagem do cavalo de madeira vagou pelos sonhos de Cassandra naquela noite. Em um pesadelo ele criou vida, empinando como um garanhão e batendo as patas no chão; então deu um coice, e o golpe de seu casco poderoso derrubou o portão principal de Troia, enquanto do cavalo descia um exército, assolando e pilhando a cidade. A cabeça dele se levantou para trás, negra e parecida com a de um dragão, sobre as chamas que consumiam a cidade. Quando acordou, o sonho tinha parecido tão real que Cassandra saiu de camisola na sacada, de onde olhou para a planície lá embaixo e viu o cavalo sólido de madeira e sem vida como sempre sob o luar pálido. Não era nem de perto grande como tinha parecido no sonho. *É apenas uma coisa de madeira e piche*, ela pensou, *inofensiva como aquela estátua ao lado do Escamandro*. Algumas tochas pálidas ardiam diante dele – homenagem a Poseidon? Ela se lembrou da imagem que vira de Apolo e Poseidon lutando corpo a corpo pela cidade, e foi para dentro do santuário para se ajoelhar e rezar.

— Meu senhor Apolo — ela implorou —, não podes salvar teu povo? Se não podes, por que és chamado de deus? E, se não queres, que tipo de deus és?

E então, aterrorizada com a forma da prece, ela deixou o santuário. Subitamente teve consciência de que tinha feito a última pergunta que qualquer pessoa jamais fizera a um deus, e aquela que jamais seria respondida. Por um momento temeu ter cometido blasfêmia, então ela pensou: *Se ele não é um deus, ou se não é bom, o que há para blasfemar? Dizem que ele ama a Verdade; e, se não ama, então tudo o que me foi ensinado é falso.*

Mas, se ele não é um deus, o que foi que vi batalhando pela cidade? O que foi que tomou Crises, ou Helena?

Se os imortais são piores que os piores homens, pequenos, mesquinhos e cruéis, então, seja o que forem, não são para serem venerados pela humanidade. Ela se sentia desamparada. Tanto de sua vida tinha sido gasto na paixão intensa pelo Senhor do Sol. *Não sou melhor que Helena, mas escolhi amar um deus que não é melhor que o pior dos homens.*

Ela voltou para as muralhas e ficou lá, entorpecida de terror, enquanto o sol se levantava pela última vez sobre a cidade condenada.

QUINZE

Diante dela estendia-se a planície de Troia ao alvorecer. Dentro da cidade ninguém se movia; fora, algumas tochas ardiam fracas contra o nascer do sol.

O silêncio era absoluto. Até mesmo a linha distante do mar atrás do aterro de proteção dos aqueus estava calma e derretida como se a própria maré tivesse parado de subir sobre a terra. O nublado avermelhado do céu era como chamas ao longe engolindo o que restava da penumbra da descida da lua. Novamente era como em seus sonhos: o cavalo de madeira diante da muralha parecia empinar, batendo cascos monstruosos na cidade.

Ela gritou, ouvindo a própria voz morrer na garganta sem ser ouvida, e então gritou de novo, lutando contra o silêncio até que por fim podia ouvir a própria voz como se ela rasgasse sua garganta:

— Ah, cuidado! O deus está zangado e vai golpear a cidade!

Era como se por trás do silêncio mortal ela pudesse ouvir grandes ondas de som, como se Apolo e Poseidon, em sua luta pela cidade, tivessem avançado no impasse, e Poseidon tivesse derrubado o Senhor do Sol.

Os gritos dela não tinham deixado de ser escutados, mulheres já desciam das construções em todos os estágios de nudez.

— O que foi? Qual o problema?

Cassandra tinha uma leve consciência do que diziam.

É Cassandra, filha de Príamo. Não dê ouvidos a ela, é louca.

Não, escute o que ela diz. Ela é profetisa, ela vê...

— O que é, Cassandra? — disse Phyllida, calma, falando com ela em tom reconfortante. — Não pode nos dizer mais baixo o que viu?

Ela ainda gritava as palavras. Tentou ouvir a si mesma – pois estava tão confusa quanto quem a ouvia, e tinha a impressão de que a cabeça tinha sido aberta com um machado –, e pensou: *Se estivesse ouvindo, também iria achar que sou louca.* No entanto, apesar da confusão, uma parte de sua mente estava límpida, com a clareza gelada do desespero, e ela se esforçava para se concentrar nessa parte e ignorar a que era um caos de pânico e terror.

Ela se ouviu gritar:

— O deus está furioso! Apolo não consegue vencer o Sacudidor da Terra, as muralhas da cidade serão destruídas! Nosso próprio deus fará o que os aqueus não conseguiram em todos esses anos! Estamos perdidos, estamos destruídos! Ouçam e fujam!

Mas para que servia aquele aviso? Ela sabia que ninguém escaparia, que só conseguia ver morte e desastre... Teve consciência de que lutava contra as mãos restritivas de Phyllida e de que a amiga dizia gentilmente a uma das outras sacerdotisas:

— Dê-me sua faixa para amarrá-la, para que ela não se machuque. Olhe, o rosto dela está sangrando onde se arranhou.

Ela passou o pano com cuidado em torno das mãos de Cassandra.

Cassandra disse, com desespero:

— Não precisa me amarrar, não vou machucar ninguém.

— Mas temo que se machuque, minha querida — respondeu Phyllida. — Vá, Lykoura, me traga vinho misturado com xarope de semente de papoula, vai acalmá-la.

— Não — disse Crises, indo na direção delas.

Ele empurrou Phyllida para o lado bruscamente e tirou a faixa das mãos de Cassandra.

— Ela não precisa de drogas, nenhuma bebida calmante pode acalmá-la agora. Ela teve uma visão. O que foi, Cassandra?

Ele colocou as mãos na testa de Cassandra e disse com uma voz forte, severa, olhando com ar persuasivo nos olhos dela:

— Diga o que os deuses lhe deram para dizer. Juro, por Apolo, ninguém vai colocar as mãos em você enquanto eu viver.

Mas você é tão impotente agora quanto o Senhor do Sol, ela pensou freneticamente.

— Escutem, então — ela disse, tentando silenciar o coração disparado com a pressão das mãos juntas no peito. — O Sacudidor da Terra derrubou o Senhor do Sol como vai derrubar nossa cidade. Vamos sentir a raiva do Sacudidor da Terra com mais força do que nunca. Nem uma parede, nem uma casa, nem um portão, nem o próprio palácio vai escapar. Digam às pessoas para fugir, até mesmo para os braços dos aqueus! Cubram os fogos de cozinhar, certifiquem-se de que nenhuma lamparina está perto dos estoques de piche ou de azeite. Não permitam que ninguém fique dentro de casa, para que seu corpo não seja quebrado pelas pedras que caem.

Crises disse com severidade, virando-se para as mulheres:

— Ainda podemos ter um pouco de tempo. Vão rápido e soltem as serpentes, qualquer uma que não tenha fugido ainda. Depois, sigam duas de vocês até o palácio e informem o rei e a rainha de que recebemos maus presságios e peça a eles que saiam para uma área aberta. Eles podem não dar ouvidos, mas precisamos fazer o que podemos.

— Não vai adiantar nada — gritou Cassandra, tentando se impedir enquanto falava. — Ninguém pode escapar da ira de Poseidon! Que as mulheres se abriguem no Templo da Donzela, ela pode ter pena de nós.

— Sim, vão — Crises disse às mulheres. — Levem as crianças para lá, e permaneçam em área aberta até que o terremoto passe, lá talvez consigam se esconder de nossos inimigos se eles invadirem a cidade. Há grandes espólios em Troia, e eles podem não subir tão longe.

Ele segurou Cassandra conforme ela começava a recuperar os sentidos; sentia uma dor aguda e uma sensação de afogamento na cabeça, como se olhasse para o mundo do fundo da água.

— Preciso ir, Cassandra, e fazer o que posso para espalhar o aviso. Quer aquela bebida calmante? Vai se abrigar nos pátios da casa do Senhor do Sol ou vai descer para a cidade? O que posso fazer para ajudá-la?

Ela sentia que a voz de Crises chegava a ela como se através das planícies e das legiões de mortos, mas, quando falou, sua própria voz era calma.

— Obrigada, irmão mais velho, não preciso de nada. Vá e faça o que precisa fazer, eu vou cuidar da segurança da minha filha.

Crises se afastou, e Cassandra foi para seu quarto. Mel dormia ali, ainda enrolada nas cobertas, mas Cassandra notou que a serpente tinha sumido. Mais sábia que os humanos, tinha buscado refúgio em algum lugar secreto conhecido apenas pelas serpentes. Cassandra se curvou e chacoalhou a menina com gentileza, acordando-a. Mel estendeu os braços para ser levantada, e Cassandra a vestiu rapidamente. De algum modo ela precisava tirar a criança de Troia em segurança antes que os invasores entrassem pelas muralhas.

Ela disse:

— Venha querida. — E tomou a mão de Mel. — Precisamos ir rápido.

Mel parecia confusa, mas andou obedientemente ao lado de Cassandra enquanto cruzavam o complexo. Apressando-se na direção do Templo da Donzela segurando a mão de Mel, ela tropeçou, e mãos fortes a pegaram.

— Cassandra — disse Eneias —, chegou. Esse foi seu aviso?

— Achei que tivesse ido embora da cidade — ela respondeu, tentando firmar a voz.

— Certamente não podem ficar agora — ele disse. — Venham comigo, vou encontrar um navio indo para Creta...

— Não — ela respondeu. — Vamos... rápido. Os deuses abandonaram Troia.

Ela o levou rapidamente para o santuário mais interno do Templo da Donzela, onde estavam algumas sacerdotisas, e ela gritou para todas:

— Rápido, apaguem todas as tochas... Isso, até a chama sagrada! Os deuses nos abandonaram!

Ela mesma, soltando Mel, pegou a última tocha e apagou o fogo que ardia diante da Donzela, e, enquanto as sacerdotisas corriam para fora, ela rasgou a cortina.

— Eneias, esse é o objeto mais sagrado de Troia, pegue. — Ela puxou uma estátua antiga, o Paládio, e a envolveu no véu. — Leve-o através do mar, para onde for. Construa um altar para a deusa e acenda o fogo sagrado. Conte a verdade de Troia.

Ele se mexeu como se fosse tirar o véu e olhar para o objeto sagrado, mas ela parou a mão dele.

— Não, nenhum homem deve olhar para ele — ela disse. — Jure que vai levá-lo para um novo templo e lá delegá-lo a uma sacerdotisa da Mãe. Jure! — ela repetiu, e Eneias a olhou nos olhos.

— Eu juro. Cassandra, não pode ter mais nenhum motivo para ficar. Venha comigo, uma sacerdotisa deveria levá-lo pelos mares.

Ele se curvou para abraçá-la; ela o beijou desenfreadamente, então recuou.

— Não pode ser — ela disse. — Meu destino está aqui. Cabe a você sair de Troia ileso e vivo. Mas vá de uma vez, e todas as nossas esperanças e todos os nossos deuses vão contigo.

— Não pode ficar aqui — ele começou.

— Eu lhe peço, devo sair de Troia antes que o sol se levante de novo — ela disse. — Não é a morte que me aguarda, mas não sou livre para seguir com você. Os deuses determinaram outra coisa.

Ele a beijou de novo e pegou o embrulho.

— Juro pela minha própria linhagem divina — ele disse. — Farei sua vontade – e a dela.

Os olhos de Cassandra se embaçaram com lágrimas enquanto ele saiu correndo do templo.

Ela mal tinha cruzado o pátio quando ouviu um grande rugido dentro da cabeça. O chão balançou sob seus pés; ela tropeçou e caiu com Mel nos braços, e ficou imóvel, o corpo pressionado contra a terra subitamente instável que ondulava e pulava debaixo dela. *Mãe Terra, por que deixas teus filhos brincarem desse jeito com o que fizeste?*

O movimento parecia continuar para sempre, sob os soluços apavorados da criança em seus braços. Então amainou, e ela percebeu que o sol ainda estava apenas uma fração acima do horizonte, o terremoto mal podia ter durado mais que alguns momentos. O choro de Mel se transformara em um leve soluçar.

Cassandra olhou para trás e viu que o som que ouvira tinham sido as muralhas da casa do Senhor do Sol caindo para dentro. Mal havia uma construção de pé dentro da área cercada. Do prédio principal onde moravam não restava mais que uma pilha de escombros. Certamente nada poderia ser salvo dali. Ouviu gritos abafados, alguém tinha ficado preso debaixo das pedras caídas. Cassandra olhou impotente para a pilha – não conseguiria, nem com toda a sua força, mover uma só pedra –, e logo o som parou.

Em algum lugar no jardim, um pássaro começou a cantar.

Isso queria dizer que tinha acabado?

Como se em resposta, o chão pareceu tremer e balançar de novo, e então ficou quieto. Pasma, Cassandra foi até o lugar alto de onde tinha olhado para a planície na noite anterior.

O grande portão e a muralha da frente de Troia tinham caído, e, no meio dos escombros de ambos, Cassandra viu o cavalo de madeira deitado, uma perna levantada grotescamente, como se de fato tivesse derrubado a muralha com os grandes cascos; as tochas tinham incendiado os andaimes, que queimavam ferozmente, mas o cavalo em si as chamas lambiam em vão. Erguiam-se labaredas da parte mais pobre da cidade, com suas casas de madeira. Era a visão que tivera primeiro como criança, a visão em que ninguém acreditara: Troia estava em chamas.

Os soldados aqueus já entravam em fluxos pela abertura da muralha caída, correndo para as casas que ainda não tinham ruído e saindo com tudo que conseguiam carregar. Onde poderia se esconder? Mais importante, para onde poderia levar Mel? Uma construção dentro do complexo da casa do Senhor do Sol ainda estava de pé: o santuário. Poderia haver comida ali, os restos das oferendas do dia anterior. Estava consciente, de modo chocante, de uma súbita fome feroz. Então viu que a estátua do Senhor do Sol tinha caído e que debaixo dela, esmagada, estava uma figura humana. Aproximando-se com uma curiosidade entorpecida – não havia nada a ser feito –, viu que era Crises quem jazia ali.

Por fim, ela pensou, *agora o deus de fato o atingiu.* Ela se ajoelhou ao lado do homem caído, fechando seus olhos arregalados, e então se levantou e seguiu em frente.

No cômodo atrás da estátua, onde as oferendas eram guardadas, encontrou pães – um tanto duros, mas ela comeu um, dividindo-o com a menininha, que parecia atordoada e não chorou. Ela colocou outro na dobra da túnica – poderia precisar – e parou para considerar. Os aqueus já pilhavam a parte baixa da cidade. O palácio tinha caído? E eles todos tinham sido mortos – seus pais, Andrômaca, Helena? Havia algum soldado troiano vivo para parar o saque? Ou ela e a criança eram as únicas que tinham permanecido vivas para ver a devastação?

Ela ficou atenta a qualquer som que a fizesse pensar que mais alguém permanecia vivo na casa do Senhor do Sol, mas só havia silêncio. Talvez as pessoas ainda estivessem vivas no palácio abaixo. Eles tinham ouvido os avisos para sair para os pátios e jardins?

Embora o sol agora estivesse quente, ela estremeceu. Seu manto – cada peça de roupa a não ser a camisola que usava agora – estava debaixo das ruínas do Templo do Senhor do Sol.

Ela deveria descer até o palácio, embora estivesse consciente dos soldados aqueus na cidade, estava desesperadamente ansiosa para saber se a mãe ainda estava viva. Ela pegou Mel no colo e começou a descer correndo a rua.

O caminho estava bloqueado por escombros e destroços de casas parcialmente caídas. As pessoas que encontrou eram em sua maioria mulheres que pareciam estar num estupor, semivestidas e descalças como ela, e alguns soldados meio armados que tinham se levantado cedo para se juntarem a Deífobo. Quando a viram indo para o palácio, a seguiram.

O palácio não tinha caído. As portas da frente e alguns entalhes estavam no chão, mas as paredes permaneciam de pé, e não havia sinal de fogo. À medida que se aproximava, ouviu um lamento alto e, reconhecendo a voz da mãe, começou a correr. Nas pedras do pátio, agora levantadas e desiguais, viu Príamo deitado – morto ou sem sentidos, ela não sabia. Hécuba estava curvada ao lado dele, chorando; Helena, enrolada em um manto, Nikos ao lado dela, e Andrômaca, apertando Astíanax nos braços, estavam com ela.

Andrômaca levantou os olhos para Cassandra e disse ferozmente:

— Está contente, Cassandra, porque a destruição que profetizou chegou a nós?

— Ah, cale a boca! — disse Helena. — Não fale como uma tola, Andrômaca. Cassandra tentou nos avisar, é tudo. Tenho certeza de que ela teria preferido deixar tudo sem dizer. Fico feliz em ver que está ilesa, irmã.

Ela abraçou Cassandra, e depois de um momento Andrômaca fez o mesmo.

— Como está nosso pai? — perguntou Cassandra.

Ela se curvou sobre a mãe, levantando-a com gentileza.

— Vamos, mãe, precisamos nos refugiar no Templo da Donzela.

— Não! Não, vou ficar com meu senhor e rei — protestou Hécuba, seus lamentos virando soluços.

Andrômaca a abraçou, e então Astíanax se aproximou e colocou os braços em torno de Hécuba, dizendo:

— Não chore, vovó, se algum mal aconteceu ao meu avô, o rei, eu cuidarei da senhora.

— Quieto, amor — disse Helena, e Cassandra se ajoelhou ao lado do pai, pegando a mão fria dele, e levantou uma pálpebra fechada.

Não houve o menor sinal de movimento ou vida, os olhos já estavam recobertos por uma película. Ela sabia que devia se juntar a Hécuba no pranto ritual, mas apenas suspirou e deixou a mão dele cair da dela.

— Sinto muito, mãe — ela disse. — Ele está morto.

Os gritos de Hécuba recomeçaram. Cassandra disse com urgência:

— Mãe, não há tempo para isso, os soldados aqueus estão na cidade.

— Mas como pode ser? — perguntou Hécuba.

— As muralhas caíram no terremoto — explicou Cassandra, pensando desesperada se todos estavam sem juízo, ou estúpidos com o choque – não tinham escutado nada? — Já estão pilhando as ruas, e certamente não vão perder tempo para subir até aqui. Onde está Deífobo?

— Acho que ele pode estar morto — disse Helena. — Ouvimos o grito da mãe dizendo que o pai tinha tido um ataque, ou um desmaio. Viemos no mesmo instante, e Deífobo o carregou para fora do quarto até o pátio aqui, então voltou correndo atrás da mãe dele. Aí veio o primeiro choque e o chão afundou, e acho que um pedaço do teto também. Eu tinha agarrado Nikos e corri com ele atrás de Deífobo.

— Então somos seis vivos — disse Cassandra —, mas precisamos nos esconder em algum lugar, para não cair nas mãos dos soldados. Não sei qual é o costume dos aqueus com mulheres cativas, e acho que não quero saber.

— Ah, Helena não tem nada a temer deles — disse Andrômaca, olhando fixamente para a mulher argiva. — O marido dela logo estará aqui para reclamá-la, tenho certeza, e colocar nela todas as joias de Troia para levá-la para casa em triunfo. Que sorte Deífobo ter morrido bem a tempo, não que você se importe.

Cassandra ficou chocada com o despeito dela.

— Isso não é hora de brigar, irmã, devemos ficar felizes se uma de nós não precisa temer a captura. Vamos nos refugiar na casa da Donzela? Foi para onde mandei as mulheres da casa do Senhor do Sol, e tenho certeza de que ainda está de pé. — Ela colocou o braço em torno de Hécuba e disse: — Vamos, vamos em frente.

— Não, eu fico com meu rei e senhor — disse a velha, teimosa, caindo de joelhos novamente ao lado do corpo de Príamo.

— Mãe, a senhora realmente acha que nosso pai desejaria que ficasse aqui para ser capturada por algum senhor aqueu? — Cassandra perguntou, exasperada.

— Ele foi um soldado até a morte, não vou abandoná-lo no momento em que caiu — insistiu Hécuba. — Você é uma mulher jovem, vá e se abrigue onde não vão encontrá-la, se há um lugar assim em Troia. Eu fico com meu senhor. Helena vai ficar comigo. Nem os aqueus insultariam a rainha de Troia. Caímos para um deus, e não para eles.

Cassandra quis ter a mesma certeza. Mas já ouviam os soldados se aproximando, e ela pegou a mão de Mel. Astíanax estava nos braços de Andrômaca, protestando, lutando para descer, mas a mãe não lhe deu atenção.

— Vamos nos esconder em uma daquelas casas pobres ali, nunca vão pensar em olhar lá, onde não haveria nada para pilhar — Andrômaca sugeriu, mas Cassandra balançou a cabeça.

— Vou me colocar e colocar minha filha nas mãos da Donzela de Troia. Se nossos deuses nos abandonaram, talvez as deusas não nos abandonem.

— Como quiser — murmurou Andrômaca. — Não acredito mais em nenhum deus. Adeus, então. Boa sorte para vocês.

Ela se enfiou na menor e mais suja das casas, e Cassandra, com Mel, subiu correndo a colina até o ponto mais alto de Troia, onde o Templo da Donzela estava intocado, a estátua no pátio da frente ainda de pé. Cassandra colocou Mel no chão rapidamente e se jogou aos pés da estátua; certamente nenhum homem, nem mesmo um aqueu bárbaro, ousaria tomar liberdades com uma mulher que buscasse refúgio ali.

Ela ouviu as vozes das outras mulheres em um dos cômodos internos. Em um momento se juntaria a elas.

— Ah, ali está ela!

Era um grito de triunfo na língua bárbara dos soldados. Dois homens de armadura entraram pela porta.

— Eu me perguntei para onde todas as mulheres tinham ido.

— Essa aqui serve para mim, é a princesa, filha de Príamo. Ela é profetisa e virgem de Apolo – mas se Apolo quisesse proteger suas virgens teria feito isso. Quer olhar se há mais delas no cômodo interno?

— Não — respondeu o outro. — Vou pegar a pequena. Quando as pessoas acham que elas estão grandes o suficiente, estão velhas demais para o meu gosto. Venha aqui, menininha. Tenho uma coisa legal para você.

Cassandra se virou horrorizada para ver um soldado gigante chamando Mel.

— Não! — ela guinchou. — Ela é só um bebê! Não, não…

— Eu gosto delas assim — disse o grande soldado, rindo, atacando a criança, rasgando o vestido dela.

Cassandra voou sobre ele, usando unhas e dentes para arrancar Mel dos braços dele, um chute selvagem a jogou voando semiconsciente para um canto do cômodo. Ela ouviu Mel gritar, mas não conseguia se mover: seus membros estavam tão pesados que não conseguia mexer um dedo. Ela sentiu o outro homem tomá-la e lutou violentamente; um soco do homem a jogou para trás, enquanto todas as forças saíam dela como areia sai de um saco rasgado.

Ela continuou ouvindo os gritos indefesos de Mel até que, ainda mais terrivelmente, eles cessaram. Ela estava consciente – embora não pudesse se mexer nem falar – quando o homem rasgou sua camisola e a jogou no chão de mármore.

Deusa! Vais permitir que isso aconteça dentro do teu próprio santuário, diante de teus olhos?, ela implorou, e então, em choque, se lembrou: ela não honrava mais os imortais, por que a Donzela deveria protegê-la?

Mas Mel não fez nada de errado, e ela é um bebê! Se a Donzela vê isso e não consegue impedir, então não é nenhuma deusa. E se ela pode e não vai…

Então uma dor feroz a rasgou enquanto o homem a penetrava violentamente, e Cassandra sentiu a escuridão se fechar sobre ela.

Sentiu que saía de seu corpo tomado pela dor, consciente do homem que ainda se sacudia sobre sua forma inerte, de Mel nua e rasgada, sangrando na pedra, ainda se movendo um pouco, gemendo entre lábios machucados. Ela se levantou e se afastou, saindo para olhar a planície achatada e monótona. O sol tinha se apagado em um cinza que era tudo o que havia ali. Ela andou pela planície que era, e *não* era, a cidade de Troia, onde o cavalo de madeira tinha derrubado as muralhas, e, embora não estivesse mais de pé, ainda se erguia inteiro e apavorante sobre a cidade morta.

Ela viu outros naquela planície: soldados aqueus, alguns troianos. Pareciam confusos, procurando um líder. Então viu Deífobo, seminu, ainda carregando a mãe nos braços. O rosto e as mãos chamuscados. Então tinham morrido juntos, como Helena suspeitara.

Ele tentou chamá-la, mas ela não queria falar com ele. Ela se virou e correu para o outro lado, imaginando o que tinha acontecido com Andrômaca.

Ali estava Astíanax, a cabeça sangrando, as roupas rasgadas. Ele parecia atordoado, mas, enquanto ela olhava, o rosto dele se iluminou, e ele começou a correr pela planície, gritando de alegria. Ela o viu ser envolvido pelos braços de Heitor e sufocado em beijos. Então Heitor tinha reivindicado o filho; não ficou surpresa que os soldados aqueus não tivessem permitido que ele vivesse. Andrômaca iria sofrer, ela não sabia que o filho estava com o pai, como Heitor tinha prometido. Cassandra esperou que a criança não tivesse conhecido muito terror antes de encontrar seu fim numa lança acaia – ou o tinham jogado de cima das muralhas?

Então viu Príamo, de pé, alto e imponente como se lembrava dele de quando era menina. Ele sorriu para ela e disse:

— A cidade se foi, não é? Imagino que estejamos todos mortos, então?

— Isso, acho que sim — ela disse.

— Minha querida, onde está sua mãe? Ainda não chegou? Bem, vou esperá-la aqui — ele disse, recompondo-se para olhar em torno. — Ah! Ali estão Heitor e o menino...

— Sim, pai — ela respondeu, sentindo um nó na garganta; ele parecia tão feliz.

— Acho que vou me juntar a eles. Se sua mãe vier, diga a ela, sim, amor?

Mas estar morto não pode ser só isso, ela pensou. *Precisa haver mais...*

Ela olhou e viu Pentesileia de pé diretamente diante dela, sem ferimentos, sorrindo, o rosto brilhante, cercada de meia dúzia das mulheres guerreiras que lutaram com ela naquele último dia. Rindo de alegria, Cassandra correu para os braços da amazona. Ela ficou surpresa ao descobrir que a parenta parecia sólida e quente como estivera no dia em que a abraçara antes de lutar diante de Troia e morrer pelas mãos de Aquiles. Cassandra exprimiu sua surpresa em voz alta.

— Então imagino que Aquiles também esteja aqui em algum lugar.

— Acho que sim — disse Pentesileia —, mas ele parece ter ido para seu próprio lugar, seja isso onde for.

Atrás de Pentesileia, a planície dos mortos se apagava, e Cassandra via o que parecia uma luz cegante – duas vezes o brilho do Senhor do Sol como o vira em sua primeira visão avassaladora, e através da luz ela distinguiu a forma de um grande templo, maior que aquele em que servira na Cólquida, e ainda mais bonito.

Ela sussurrou maravilhada:

— É para onde devo ir?

Além da luz, começou a ouvir música: harpas e outros instrumentos, aumentando e tomando o ar com harmonia como uma dúzia, não, uma centena de vozes, todas unidas em uma canção clara, alta e chegando mais perto. Aquilo era o que achava que a casa do Senhor do Sol seria. Crises estava de pé na porta, chamando-a, o rosto dele estava livre da insatisfação e da ganância que vira nele, então por fim era o que ela sempre achara que fosse. Ele estendeu os braços, e ela estava pronta para correr para dentro deles, como Astíanax tinha corrido para Heitor.

Mas Pentesileia estava no caminho dela – ou era a Donzela Guerreira em pessoa, usando a armadura da amazona? Ela segurava a mão de Mel, rindo e sem ferimentos. *Então ela também está morta.*

— Não — disse Pentesileia. — Não, Cassandra. Ainda não.

Cassandra se esforçou para formar palavras. Era o lugar que tinha visto em seus sonhos, o lugar ao qual sempre soubera que pertencia. E não apenas Crises, mas todos os que tinha amado estavam ali, esperando por ela, esperando que a voz dela tomasse o lugar aberto naquele grande coral misto.

— Não. — A voz de Pentesileia estava triste, mas era inflexível, e ela segurou Cassandra como alguém restringe uma criança pequena. — Ainda não pode ir, há algo que precisa fazer entre os vivos. Não pode ir embora com Eneias, não pode vir comigo. Precisa voltar, Cassandra, não é a sua hora.

O rosto lindamente moldado sob o elmo brilhante começava a se partir em centelhas brilhantes de um clarão de sol. Cassandra lutou para manter a concentração.

— Mas quero ir… a luz… a música… — ela disse.

A luz se apagava, e em torno dela havia escuridão, tomou consciência de um cheiro horrendo, como de morte, como vômito. Estava deitada no chão sujo de algum tipo de abrigo grosseiro. *Então não estou morta, afinal de contas.* Sua única emoção foi um desapontamento amargo. Lutou para manter a lembrança da luz, mas ela já desaparecia. Estava consciente da dor em seu corpo. Sangrava, e parte do que cheirava era seu próprio sangue em seu rosto e cobrindo a camisola. O homem que a estuprara jazia na metade de seu corpo. Era o vômito dele que ela cheirava, e lentamente, como se saindo de um transe muito profundo, ouviu uma voz conhecida e viu um rosto – nariz aquilino, barba preta – que tinha assombrado seus pesadelos por anos.

— Eu disse que era ela quem eu queria — disse Agamemnon. — Veja, está respirando de novo. Se a tivesse matado, eu o esfolaria vivo, sabia que ela ficou comigo na distribuição, mas precisou tentar antes de mim. Você sempre foi desdenhoso, Ajax.

Cassandra sentiu agonia no corpo inteiro; agonia misturada a desespero.

Então não estou morta, por fim. A Donzela me salvou. Para isso!

DEZESSEIS

ELA JAZIA IMÓVEL, INFELIZ DEMAIS PARA TENTAR SE MOVER.

— Mel? — sussurrou dolorosamente através da carne viva em sua garganta.

Mas não houve resposta. Ela se lembrou de ver o pobre corpinho, quebrado e sangrando, jogado de lado pelo homem que a tinha usado.

Ela deve estar morta agora. Espero que esteja morta agora. Sim, ela está com Pentesileia.

Ela vai procurar por mim lá.

Não quero viver. Quero estar lá de volta com Pentesileia, e meu pai... e a música...

Mas ela conseguia ouvir a própria respiração, a batida alta e intrusiva do próprio coração. Iria viver. O que Pentesileia tinha dito? "Há algo ainda que precisa fazer entre os vivos"... *Se fosse para cuidar de Mel, eu teria voltado – não por vontade, mas sem reclamação. Mas ela se foi. Não posso ajudá-la agora. Por que estou aqui e todos os que amo se foram antes de mim?*

Ela percebeu, confusa, que estava deitada no chão de uma pequena construção, e em torno dela havia caixas, pacotes e fardos de bens pilhados: sedas, ricos mantos, tapeçarias, vasos e cerâmicas, sacos de cereal e jarras de azeite – todas as riquezas da cidade saqueada. Andrômaca estava deitada ao lado dela, de rosto para baixo, coberta com um cobertor grosseiro. Cassandra distinguiu o rosto dela na penumbra. Os olhos dela estavam vermelhos e inchados de chorar. Ela os abriu e olhou para Cassandra.

— Ah — ela disse —, você está acordada, quando a trouxeram, disseram que estava morta, e que Agamemnon não queria admitir.

— Tinha certeza de que estava morta — disse Cassandra. — Queria estar morta.

— Eu também — respondeu Andrômaca. — Eles levaram Astíanax.

— Sim, eu sei, eu o vi correndo para os braços do pai.

Andrômaca considerou aquilo por um momento. Ela disse:

— Sim, se alguém pode ver além da morte, imagino que seria você.

— Acredite em mim, ele está livre e feliz, com o pai — Cassandra repetiu.

A voz dela engasgou com a memória.

— Eles estão melhor que nós. Gostaria de estar onde eles estão agora.

Depois de um momento, ela disse:

— Por que estamos presas aqui? O que vai ser de nós? Que lugar é este?

— Não tenho certeza, acho que é onde os capitães aqueus estão se preparando para carregar os navios — disse Andrômaca.

— Ouça — disse Cassandra, encolhendo-se. — Alguém está vindo.

Ela ouvia passos pesados no chão. Mas tinha perdido a Visão sobrenatural do estado de transe, e sentia-se embotada e enjoada, presa em seus sentidos mortais ordinários. Havia um gosto ruim em sua boca.

— Há alguma água aqui?

Andrômaca suspirou e se mexeu, então sentou-se ereta. Esticou o braço para pegar um jarro e carregou com cuidado até Cassandra, que bebeu até matar a sede. Ela precisou sentar-se para beber, e teve a impressão de que a cabeça fosse cair e sair rolando. Ajudou Andrômaca a recolocar o jarro no lugar e deitou-se de novo, exausta com apenas aquele pequeno movimento.

Cassandra disse, num sussurro:

— Mel também está morta. Eles a arrancaram de mim no próprio santuário da Donzela e a estupraram, o bebê que ela era… — A voz dela se interrompeu.

As mãos de Andrômaca se fecharam sobre as dela.

— Sei como deve se sentir, mesmo que ela não fosse sua própria filha.

Cassandra disse de maneira monótona:

— Ela era minha como qualquer criança poderia ter sido.

— Você diz isso porque nunca pariu um filho — disse Andrômaca. Ela puxou o manto sobre o rosto de novo.

— Você está bem? Foi ferida? — insistiu Cassandra, tentando atravessar o desespero inerte de Andrômaca.

Andrômaca virou o rosto para ela.

— Não, não colocaram um dedo em mim. Imagino que me pegaram porque ajuda o orgulho deles pensar na esposa de Heitor como escrava — ela disse. — Quanto a meu filho... se ele tivesse sido filho de um homem menor, talvez pudessem tê-lo deixado vivo...

Depois de um momento, ela perguntou:

— Mas e você? Você foi ferida... — Ela esticou a mão, parando um pouco antes de tocar o corte sangrando na testa de Cassandra. — Você foi... espancada e também...

— Estuprada? Fui — ela disse. — Achei... esperei que estivesse morta. Mas, por um motivo ou outro, fui mandada de volta.

Ela se lembrou dolorosamente das palavras de Pentesileia: "Há algo ainda que precisa fazer entre os vivos". Mas o quê? Não a teriam mandado de volta simplesmente para confortar Andrômaca e dizer a ela que seu filho estava em segurança com o pai. O que mais? Ela poderia de algum modo se vingar de Agamemnon? Ridículo; nem todos os exércitos de Troia conseguiram derrubá-lo, e ela era apenas uma mulher, ferida e desonrada.

Uma forma escura bloqueou a luz na porta, e uma voz grosseira disse:

— Certo, você, ali dentro com as outras.

Alguém foi empurrado para dentro, tropeçou e caiu ao lado de Cassandra: uma mulher, pequena e frágil, que gemeu e levantou a cabeça dolorosamente.

— Cassandra? É você?

— Mãe! — Cassandra sentou-se e a abraçou. — Achei que estivesse morta...

— E eu soube que Agamemnon a tinha levado...

— Ele me reivindicou — disse Cassandra, tentando falar com firmeza —, mas ainda não carregaram os navios, então ao menos temos alguns momentos para nos despedirmos.

— Ainda estão discutindo sobre os espólios — Andrômaca disse com amargura, sentando-se para abraçar Hécuba. — Incluindo nós.

— Não sei para onde vou — declarou Hécuba —, nem para que vou servir, velha como sou, como escrava.

— Pelo menos, mãe, não precisa temer ser transformada em concubina — disse Andrômaca.

Hécuba riu um pouco.

— Nunca pensei que fosse encontrar algo para rir de novo. Mas vocês duas são jovens, mesmo como escravas, ainda podem encontrar algo de bom na vida.

— Nunca — disse Andrômaca. — Ah, não vamos começar a discutir quem sofreu mais!

Cassandra congelou, sussurrando:

— Alguém está vindo.

Era Odisseu, seu corpo largo parecia encher toda a porta. O guarda na entrada perguntou:

— O que deseja, meu senhor?

— Uma das mulheres aqui me pertence. Perdi na divisão, mas talvez não seja nenhuma perda; minha esposa, Penélope, ficaria brava comigo se levasse para casa uma escrava jovem e bonita.

— Ah, infelicidade — Hécuba sussurrou, apertando a mão de Cassandra. — E ele foi um hóspede ao lado de nossa lareira tantas vezes. Não consigo aguentar essa humilhação.

Odisseu veio e se curvou sobre as mulheres. A voz dele tinha bondade.

— Bem, Hécuba, parece que a senhora vem comigo. Não tenha medo, não tenho nenhum problema com a senhora, e minha mulher muito menos.

Ele deu a mão para ajudá-la a se levantar, o que ela fez rapidamente. Então ele se curvou sobre Cassandra e sussurrou:

— Não tema por sua mãe. Vou cuidar bem dela, jamais vai ficar sem lar enquanto eu viver. Quis levá-la para casa também, Cassandra, mas Agamemnon estava determinado a ficar com você, então parece que vai ser amante de um rei.

— Quem vai levar Andrômaca? — Cassandra perguntou.

— Ela vai para o país de Aquiles, para o pai dele, como parte de sua propriedade.

— Poderia ser pior — disse Andrômaca, sombria.

Hécuba perguntou:

— E Polixena?

Odisseu baixou os olhos.

— Ela é uma companheira do próprio Aquiles.

— O que isso pode significar? — exigiu Hécuba, mas Odisseu baixou o olhar e não a olhava nos olhos.

Cassandra, porém, tinha visto no olhar dele e soltou:

— Ela está morta, sacrificada, a garganta cortada e o corpo jogado na pira de Aquiles como se fosse algum animal...

Odisseu se encolheu, e Hécuba indagou:

— Isso é verdade?

Odisseu disse:

— Eu a teria poupado desse conhecimento. Aquiles tinha se oferecido para se casar com ela, então eles a enviaram para se juntar a ele no Além-Mundo.

Cassandra falou com gentileza em meio ao choro de Hécuba:

— Não sofra, mãe, ela está melhor que a maioria de nós, e logo estará com ela.

Hécuba secou os olhos no vestido.

— Sim, melhor do que qualquer uma de nós — ela disse. — O Além-Mundo só pode ser melhor que isso, e logo estarei com meu senhor e rei e pai de meus filhos. Bem, siga, Odisseu.

Ela parou rapidamente para abraçar Cassandra.

— Adeus, minha filha. Que possamos nos encontrar logo.

— Não pode ser rápido o bastante para mim — respondeu Cassandra, enquanto se separavam.

Ela se deitou, tentando repousar a cabeça dolorida em um monte de lona. Sabia que não veria a mãe de novo deste lado da morte, e Hécuba não estaria sozinha lá.

A luz se movia lentamente pelo chão, devia passar do meio-dia. Tinha sido apenas naquela manhã que a cidade caíra? Parecia que havia semanas – não, anos.

A luz estava ficando mais fraca quando ela ouviu uma voz acaia dizer, pedindo desculpas:

— Não precisa esperar aí dentro com elas, senhora. — E um protesto suave, cordial, em uma voz conhecida.

Então uma forma esguia entrou no abrigo, dizendo em voz baixa:

— Quem está aqui?

— Helena? — Cassandra sentou-se. — O que está fazendo aqui?

— Prefiro ficar aqui a ser levada a bordo do navio de Menelau para todos os marinheiros olharem — disse Helena. — Ele virá me buscar quando o navio estiver pronto para sair.

Cassandra deitou-se de novo. Sabia que deveria sentir algum ressentimento daquela mulher, mas Helena tinha apenas seguido o próprio destino como ela, Cassandra, seguira o dela. Helena olhou, alarmada, para a cabeça de Cassandra, que ainda sangrava.

— Ah, que horror!

— Está tudo bem, não estou muito ferida — disse Cassandra.

— E você, que merece o pior de tudo, não foi tocada — observou Andrômaca, com amargura. — Ora, está até vestida de modo apropriado.

Ela olhou com ressentimento para o vestido cor de ferrugem fresco, o manto preso com cuidado com broches dourados e cinto.

O sorriso de Helena era fraco.

— Menelau insistiu. E ele mandou Nikos embora com os soldados, dizendo que eu não servia para cuidar de uma criança.

— Ao menos seu filho ainda está vivo — murmurou Andrômaca.

— Mas ele está perdido para mim — disse Helena. — E Menelau jurou que, se este viver — e Cassandra se lembrou de que Helena havia confidenciado a ela que acreditava estar grávida de novo —, vai abandoná-lo para morrer. Acredite em mim, Andrômaca, preferiria ir para as mãos de um estranho, mesmo se os homens me disputassem nos dados. Menelau sem dúvida vai me fazer sentir a fúria dele pelo resto da minha vida, teria preferido ser enterrada em paz ao lado de Páris, a quem amei.

— Não acredito nisso — Andrômaca disse, sombria. — Tenho certeza de que iria preferir ter algum homem novo para cativar com sua beleza.

Ela se virou de Helena e não falou mais.

Cassandra estendeu a mão para Helena, e a outra mulher a apertou. Ela disse:

— Eu me pergunto se todas as mulheres de Troia me consideram responsável…

— Eu não — respondeu Cassandra.

— Não. E encontrei amigos em Troia — disse Helena, curvando-se para beijar Cassandra. — Gostaria de jamais ter vindo para cá para destruir vocês todos…

— Foi Poseidon quem fez isso — afirmou Cassandra. Elas ficaram em silêncio, de mãos dadas como meninas pequenas.

Não demorou muito até que soassem passos do lado de fora e Menelau se abaixasse para entrar pela porta baixa.

— Helena? — ele disse.

— Estou aqui — ela disse, submissa, e Cassandra olhou para o clarão que pareceu encher a pequena cabana. O cabelo de Helena era dourado brilhante, e em torno dela havia a radiância que ela havia carregado quando ficara de pé nas muralhas de Troia: a própria aura da deusa.

Menelau piscou como se os olhos estivessem ofuscados. Então, com ar relutante, ele se curvou e murmurou:

— Minha senhora e minha rainha.

Como se tivesse medo de se aproximar dela, ele ofereceu o braço, e ela pisou devagar na direção dele.

Eles saíram da cabana, Menelau seguindo Helena meio passo atrás.

Escurecia lá fora quando por fim Cassandra viu a forma conhecida de Agamemnon enfiar a cabeça dentro da cabana.

— Filha de Príamo — ele disse —, deve vir comigo, o navio está pronto para partir.

Agora o que devo fazer? Submeter-me? Lutar? Não há como mudar isso. É o Destino.

Ela se levantou e Agamemnon pegou o braço dela, não com força, com certo orgulho de proprietário. Ele disse, com um sorriso hesitante:

— Pedi apenas você, de todos os espólios de Troia. Acredite, não vou tratá-la mal, Cassandra. Não é pouca coisa ser a amada de um rei de Micenas.

Ah, eu acredito, ela pensou. Ocorreu a ela que Príamo poderia, se Agamemnon não fosse já casado com a irmã de Helena, muito bem tê-la dado em casamento para aquele homem. O que estava diante dela agora, exceto por alguns ritos formais e a bênção dos parentes, não seria muito diferente disso. Uma esposa de um aqueu não era menos escrava do que qualquer escrava de Troia. Ela estremeceu; ele se virou para ela, solícito.

— Está com frio? — ele perguntou.

O homem se curvou e pegou um manto de uma pilha de vestes saqueadas que estavam estocadas na cabana, uma azul que ela jamais tinha visto antes.

— Vista isso — ele disse, magnânimo, colocando o manto em torno dos ombros dela.

Ele a guiou pelo chão áspero até a beira da água e segurou a mão dela enquanto ela subia no navio. O deque balançava enquanto ele o atravessava com ela; era maior do que tinha parecido das muralhas de Troia. Os remadores em seus remos olhavam para Cassandra com curiosidade enquanto ela tentava andar sem tropeçar no manto. No deque havia uma pequena tenda, algo como as tendas em que os aqueus tinham acampado durante a guerra. Ele levantou a abertura para que ela entrasse. Havia tapetes macios e uma lamparina acesa.

— Aqui vai ter privacidade — ele disse, com cerimônia. — Vamos partir com a maré, duas horas antes do amanhecer.

Ele a deixou, e ela se permitiu cair nos tapetes, sentindo o balanço suave para cima e para baixo. Ela se perguntou se poderia deslizar até o outro lado do navio, escorregar para dentro da água e se afogar. Mas não, com certeza era vigiada, e a pegariam antes que chegasse até a água. Além disso, tinham lhe dito que ela não iria morrer, então seria apenas mandada de volta.

Ela se deitou de costas, tentando se resignar ao momento em que Agamemnon iria até ela.

Ele não poderia ser pior que Ajax. E ela tinha sobrevivido àquilo. Iria sobreviver a isso também.

DEZESSETE

Pelo menos ela não sentia mais ânsia de vômito. Cassandra se arrastou para fora da tenda no deque, para o ar fresco da noite. Ainda não conseguia suportar pensar em comida, a simples ideia lhe causava um espasmo de aviso, mas conseguiu ficar ereta dessa vez, de joelhos – o movimento do navio tornava impensável ficar de pé sem uma queda indigna –, e olhou com curiosidade para a linha da costa e as pequenas ilhas rochosas pelas quais passavam.

Parecia que estavam no mar desde sempre. Na noite anterior vira a lua nova, fina, pálida e bem-vinda, pois sabia que ela aparecia no sudoeste e dava alguma direção – agora que sabia notar direções – ao mar sem rastros e sem orientação. Achava que sua confusão piorava o enjoo, não havia nada além de um corpo enjoado e girando no centro de um vórtice de oceano subindo e descendo e do deque que balançava. No começo tinha ficado tão doente que nada importava – nem os cheiros do mar ou o som dos remadores, nem o uso de Agamemnon de seu corpo indiferente, nem a comida que recusava com regularidade. No começo, tinha achado que era na maior parte consequência do golpe que tinha levado de Ajax, já que ferimentos na cabeça muitas vezes causavam tanto náusea quanto confusão, e, quando não melhorou em um tempo razoável, achou que era o movimento do navio.

Agora – contando o tempo da lua –, começava a imaginar, com desespero e repulsa, se poderia estar grávida. Quando levara Eneias para a cama pela primeira vez, não tinha pensado muito nisso. As sacerdotisas aprendiam maneiras de evitar essas coisas se quisessem, mas essas artes muitas vezes falhavam, e a bordo do navio tinha estado enjoada demais para prestar atenção. Tinha se resignado ao fato de que mais cedo ou mais tarde se veria grávida de Eneias, mas a possibilidade de que pudesse ser o filho dele era realmente muito pequena. Desde o golpe na cabeça, tinha um certo problema para se recordar com exatidão de quando ele estivera com ela pela última vez, ou da última vez que vira evidência de que não estava grávida. Então era provável que fosse filho de Agamemnon – ou, pior, de Ajax, que a tomara primeiro. Cassandra raramente escutava a conversa das garotas, mas as tinha ouvido dizer com alguma frequência que era improvável engravidar na primeira vez com qualquer homem. Mas tinha visto evidência, não importava no que acreditavam ou o que esperavam, de que uma vez era suficiente. Se precisasse escolher, esperaria que fosse filho de Agamemnon: ela o detestava, mas não tinha sido ele quem a tomara à força sobre o corpo da filha. O fato de que era reconhecida como escrava e prêmio de guerra dele não a agradava. *Tive medo dele por toda a vida,* ela pensou, recordando-se da primeira visão quando era criança, mas ao menos ele não tinha se comportado pior do que o costume permitia em tais ocasiões.

Era certamente um costume maligno, mas ele não o inventara, e não seria razoável culpá-lo por seguir sua tradição. Se ela tivesse sido dada pelos pais em casamento àquele homem, ele não a teria usado de maneira pior, e provavelmente não de maneira melhor.

Ele não era, imaginava, mais repreensível do que qualquer outro aqueu. Do modo como eram considerados, ela supunha que ele fosse visto como um bom homem. Até percebeu que ele tinha ficado realmente assustado com seu enjoo contínuo e, no começo, tinha tentado tirá-la daquilo com gentileza, reassegurando que era sempre assim no começo de uma viagem e que ela se acostumaria com isso, encorajando-a a sair ao ar fresco; quando não melhorou, ele a deixava sozinha por muito tempo, pelo que ficava vagamente grata.

Às vezes achava que ele poderia estar tentando demonstrar bondade a ela. Uma vez, quando tinha vomitado em cima dele (sem desculpas, não tinha pedido, nem dado permissão a ele para levá-la naquela viagem), ele não havia batido nela, como de certa forma havia esperado (ela o vira bater em um dos criados por derrubar sua água limpa para fazer a barba), mas sim mandado trazer água fresca para lavar a boca dela e a abraçado, cobrindo-a com um manto limpo e tentando fazê-la dormir de novo.

Aquilo tinha sido no começo da viagem, quando ainda estava em uma confusão louca de raiva e ódio, ela se recusava a olhar para ele ou lhe dirigir a palavra, e logo ele desistiu de tentar conversar com ela sobre as terras pelas quais passavam. Agora ela desejava que o tivesse encorajado a falar, pois poderia ser útil se fosse escapar algum dia. Não podia voltar para Troia, não havia nada para o que voltar, mas poderia ir para a Cólquida, onde a rainha Imandra, ou qualquer sacerdotisa da casa da Mãe Serpente, a receberia bem, ou para Creta, e nas ilhas havia muitos templos nos quais uma sacerdotisa com habilidade nas artes de cura e na sabedoria das serpentes poderia encontrar abrigo.

Ela não era vigiada de perto, talvez porque no começo estivesse tão óbvio que, com o ferimento na cabeça e o enjoo, era incapaz de andar, sem falar de tentar qualquer tipo de rebeldia ou fuga.

Agora, deitada no deque iluminado pelo sol do lado da tenda que dividia com Agamemnon, ouvindo as batidas lentas de tambor que dava o ritmo aos remadores, ela pensou: *É mais que isso. Eles jamais pensariam que uma mulher poderia pensar em escapar.* Uma semana antes, quando aportaram em uma pequena ilha atrás de água potável, deixaram-na sem vigilância. Não tinha tentado escapar naquele dia: a ilha era tão pequena que não poderia ter se escondido em algum lugar ou encontrado abrigo. Se alguém vivia ali, pedir abrigo seria desencadear a ira de Agamemnon sobre o camponês infeliz que pudesse sentir pena dela. Somente se houvesse um santuário da Donzela – ou do Senhor do Sol – teria ousado pedir refúgio.

Ela ainda poderia fazer isso, se conseguisse encontrar um desses santuários, embora imaginasse que Agamemnon poderia reivindicá-la de modo legítimo como prêmio justo de guerra. Escravos fugidos recebiam pouca simpatia, e ela não podia mais dizer que era uma princesa, já que Troia tinha caído. Todos os que falavam dela (tinha ouvido soldados e criados de Agamemnon) pareciam achar que não havia motivos para que ela não ficasse contente com ele para o resto da vida.

Ela percebeu que tinha permitido a mente voar para não pensar com seriedade que provavelmente carregava um filho de Agamemnon. Deveria contar a ele? Não imediatamente; ele ficaria muito feliz, e poderia achar que ela estava inventando para conseguir empatia ou bondade dele. Agamemnon estava na popa do navio, de pé ao lado do homem que segurava o remo de direção. Ele estava vestido, assim como todos os seus homens, com uma tanga simples de linho grosseiro alvejado, mas o torque de ouro em torno do pescoço e os ornamentos que ele usava, não menos que o porte militar e o ar de comando, deixavam óbvio quem era o rei e quem eram os servos.

Ele a viu sentada na sombra da vela e atravessou o deque.

— Bem, Cassandra, fico feliz que esteja acordada — ele disse. — O mar está calmo, e o sol vai lhe fazer bem. Quando fomos para a terra buscar água potável hoje de manhã — ela estava dormindo e só levemente consciente da parada do movimento —, meus homens colheram uvas frescas, talvez queira algumas.

Sem esperar pela resposta dela, ele gritou para as quatro criadas que passavam a maior parte do tempo juntas na popa conversando.

— Vocês aí — disse ele. Cassandra não tinha ideia dos nomes das mulheres porque Agamemnon nunca as chamava pelo nome, a não ser por "garota" ou "você" —, tragam um pouco daquelas uvas. Vocês, bichos gulosos, não comeram todas, comeram?

— Ah, não, meu senhor — a mais alta delas murmurou e se levantou.

De um cesto enorme ela tirou quatro ou cinco cachos de pequenas uvas silvestres, colocou-as em uma bandeja de prata (Cassandra a tinha visto no palácio, Hécuba a usava para uvas também porque tinha vinhas gravadas) e as levou através do deque.

A garota se ajoelhou diante de Agamemnon, que fez um gesto para que ela as oferecesse a Cassandra primeiro. Ela parecia conhecida; a teria visto nas ruas de Troia um dia naquela outra vida?

— Princesa...— ela sussurrou, os olhos baixos com humildade.

Isso fez Cassandra imaginar o que tinha acontecido com Criseida quando a cidade caiu. Ela esticou a mão, tirou algumas uvas de um cacho e mordeu uma. A acidez sumarenta era agradável, e ela engoliu, hesitante, talvez esperando o enjoo voltar. Agamemnon tinha pegado um punhado e comia com prazer. Seus dentes eram grandes, brancos e fortes – *como os de um cavalo*, pensou Cassandra, com uma repulsa fascinada. Ela precisou se virar para evitar um espasmo convulsivo, mas conseguiu engolir algumas uvas e não se sentiu impelida a vomitar imediatamente.

— Fico feliz em vê-la comendo de novo — observou Agamemnon. — Enjoo marítimo raramente dura tanto tempo, e, quando estiver saudável, vai ficar bonita como na primeira vez em que a vi e a desejei.

Ela percebeu que ele achava que isso fosse agradá-la, estava tentando ser amigável. Bem, ela parecia estar presa a ele por algum tempo, ao menos. Certamente se estivesse grávida, precisava afastar todos os pensamentos de escapar até que a criança nascesse. E seria tolice forçá-lo a considerá-la uma inimiga e talvez vigiá-la mais de perto, como certamente faria se achasse que ela considerava fugir.

Mas ele realmente acha que eu o amo e o obedeço como marido quando ele matou meus confrades, meus pais e minha cidade?

Parecia ser exatamente o que ele achava.

— Vai comer mais uvas? — ele perguntou, e selecionou um punhado da travessa.

Ela assentiu e comeu mais algumas. Depois de um momento, ela começou a falar, mas não tinha dito uma palavra desde que subira a bordo, e agora sua voz a abandonava. Ela precisou limpar a garganta duas vezes antes de falar.

— Mais quanto tempo ficaremos a bordo do navio?

Ele pareceu assustado, como se tivesse se acostumado tanto à recusa dela de falar que de certa forma acreditasse que não *conseguia* falar. Mas ele respondeu com amabilidade:

— Bem acredito que esteja cansada de viajar. Nunca é possível dizer quanto tempo a viagem vai durar. Se tivermos bons ventos e bom tempo, podemos chegar antes de mais duas luas cheias. Se tivermos tempo ruim e os ventos estiverem contra nós, podemos não chegar antes do pior do inverno.

Ela desejou não ter perguntado. Pensar em mais dois meses a bordo a amedrontava. E o que aconteceria com ela quando chegassem a Micenas?

O pensamento deve ter passado visivelmente por seu rosto, pois ele disse, em tom tranquilizador:

— Não precisa ficar assustada. Minha esposa, Clitemnestra, é uma senhora graciosa, e jamais trataria mal alguém que foi princesa em Troia. Ela não acha que precisa provar a própria realeza tratando os outros como inferiores. Todos em nossa casa, criado ou escravo, são tratados como exige o costume, nem melhor, nem pior.

Não teria ocorrido a Cassandra sentir medo de Clitemnestra. Ela era gêmea de Helena, e Cassandra amara Helena e a considerava uma amiga. Agora percebia que o próprio Agamemnon estava com medo da esposa, e por isso tinha achado que ela poderia estar.

Ele estava com medo porque ela era a rainha da terra e ele tinha se tornado rei apenas como consorte dela? Ela ainda poderia guardar ódio dele pelo truque maligno que tinha feito ao sacrificar a filha Ifigênia ao deus dos ventos, afinal, Ifigênia era a primogênita, e Clitemnestra teria pensado nela como sua herdeira.

Cassandra se lembrou das piadas grosseiras sobre megeras do interior do país recebendo maridos falhos ou bêbados com golpes na cabeça com uma joeira ou um rolo de massa. Agamemnon temia uma recepção assim?

Ela olhou para ele e percebeu que o medo era mais profundo e escuro que isso. Por um instante teve a impressão de que o rosto dele estava manchado por sangue que jamais seria lavado, e disse a si mesma que era apenas o sol se pondo. E, se tivesse de fato visto sangue, qual o espanto? Ele era um homem sangrento, um guerreiro que tinha matado centenas em sua longa carreira.

Ela colocou as uvas de lado e se ajeitou. A náusea encrespada, que tinha parado por um tempo, havia voltado. Ela suspirou e se arrastou de volta para a tenda no deque, feliz por estar descansando de novo. Não, não havia como esconder isso agora. Estava grávida, fosse de Agamemnon ou de outro, e mais cedo ou mais tarde ele precisaria saber.

Naquela noite o tempo virou, o vento norte soprou e castigou tanto o navio que, mesmo depois que a vela foi baixada, grandes ondas engolfavam a tenda no deque, e Agamemnon deu ordens para que tudo fosse amarrado. Cassandra estava enjoada demais com o balanço e os arremessos do navio até mesmo para ficar apavorada, ela se deitou apertando uma corda de segurança que Agamemnon tinha colocado perto dela, vomitando e desejando em intervalos que o navio fosse jogado contra as pedras, ou a tenda jogada no oceano, para que pudesse se afogar em paz.

A tempestade continuou por muitos dias, e mesmo depois que passou ela não queria nada além de se deitar no deque e fingir que estava morta. Sua única esperança era que a violência ao seu redor causasse um aborto. Isso não aconteceu. A raiva se alternava ao desespero: o que faria com uma criança como cativa? Criá-la como outro escravo de Agamemnon?

Chegou finalmente o dia, como ela sabia que ele faria, que Agamemnon olhou para ela e disse:

— Você está grávida.

Ela assentiu, emburrada, sem olhar para ele, mas ele sorriu e acariciou o cabelo dela.

— Minha bela, você se esqueceu da minha promessa, de que não é minha escrava, mas minha consorte legal? — Ele realmente tinha dito algo assim, mas ela não prestara mais atenção àquilo do que em tudo mais o que ele dissera enquanto ainda vomitava a cada hora. — Não deve temer por nosso filho, dou minha palavra que não será um escravo, mas será reconhecido e criado como meu filho. Não confio nos filhos de Clitemnestra. Nosso filho vai ver como valorizo a mãe dele, que era uma princesa de Troia.

Ela tinha uma leve consciência de que ele tentava agradá-la, que se considerava muito generoso e indulgente. Ele realmente achava que ela agradeceria porque a tratava como um ser humano?

Imaginava que algumas mulheres poderiam ficar gratas por não serem tratadas com mais brutalidade, já que o poder dele era ilimitado. Levantou os olhos e disse sem sorrir.

— Isso é bondade de sua parte, meu senhor.

Pela primeira vez, com medo do que ele poderia fazer, disse as palavras que tinha prometido a si mesma que jamais diria.

Elas o deixaram contente, como ela sabia que deixariam; os homens eram iludidos e bajulados com tanta facilidade. Ele sorriu e a beijou. Indo até um dos grandes baús em que guardava os espólios de Troia, ele tirou dele um colar de ouro de quatro fios, cada um formado por vários pequenos elos e placas gravadas.

Ele se inclinou e o colocou no pescoço dela.

— Isso condiz com sua beleza — ele disse. — E, se seu filho for menino, terá outro para combinar.

Ela teve vontade de jogar o colar na cara dele. Que arrogância, dar a ela como presente alguma pequena parte do tinha sido roubado de sua família! Então ela pensou: *Se escapar dele, esse colar, com os elos arrancados e vendidos um de cada vez, me levaria até a Cólquida, ou até Creta. Creusa está lá, e talvez Eneias: ele só tem filhas e pode ficar feliz com um filho, mesmo se tiver sido gerado por Agamemnon.*

Como ele se sentiria se, em vez do filho que ele quer, só tiver uma filha? Isso quase a deixaria feliz, ela pensou, *dar a ele o que ele não quer,* mas então ela se perguntou: *Quem escolheria ter qualquer criança nascida mulher neste mundo, para sofrer nas mãos dos homens o que todas as mulheres sofrem?*

E então, com o pensamento em uma menininha como Mel, até uma gerada por Agamemnon, o coração dela amoleceu. Se a criança fosse menina, ela a levaria para a Cólquida, para que ela pudesse ser criada onde jamais precisaria ser escrava.

Dias se passaram, e como tinha visto em outras mulheres nas mãos das Forças de Vida, ela ficou lenta e pesada sobre as pernas, sem querer se levantar, embora Agamemnon, agora que sabia de sua gravidez, fosse gentil com ela. Todos os dias, quando o tempo permitia, ele a acompanhava pelo deque, insistindo que ela precisava de ar e exercício. Um dia ele expressou uma esperança de que fossem chegar a Micenas antes que ela tivesse dado à luz.

— Temos parteiras excelentes lá, e você estaria segura nas mãos delas — ele disse. — Não sei se qualquer uma das mulheres no navio sabe algo dessas coisas.

Uma delas tinha sido aia de sua mãe e chefe das parteiras do palácio, mas não disse isso a Agamemnon. Ela agiu em segredo, porém, para falar com a mulher e contar a ela o que tinha acontecido.

— Ah, bem, princesa — disse a mulher —, se der um filho a ele, ele vai valorizá-la ainda mais, estará segura em Micenas como mãe de um filho do rei.

Em segredo, Cassandra tinha esperado que a mulher fosse compartilhar de seu ultraje, e tivera a intenção de perguntar se a velha poderia arranjar para ela uma poção de ervas que a faria abortar. Aquilo confirmou sua crença de que as mulheres em todos os lugares conspiravam com seus opressores.

Uma vez, quando Agamemnon estava sentado ao lado dela, falando do filho deles, ela perguntou:

— Mas o senhor não tem um filho com Clitemnestra? E, sendo o mais velho, ele não tem precedência?

— Ah, sim — Agamemnon disse, com um sorriso maligno —, mas minha rainha só dá valor às filhas; fingiu acreditar que uma delas a sucederia como rainha. Ela até enviou nosso filho para ser criado longe do palácio, para que eu não o ensinasse a ser rei.

Aquilo, Cassandra pensou, era a melhor coisa que já havia escutado sobre Clitemnestra. Ela se perguntara como a irmã de Helena havia conseguido, até por questões políticas, se casar com um homem como Agamemnon. Mas talvez a família dela não tenha lhe dado escolha, ou quisesse um rei, que comandava o ferro, para governar seus exércitos.

— Nosso filho, Cassandra, pode governar a cidade de Micenas depois de mim — ele disse a ela. — Isso não a agrada?

Me agrada?

Mas ela apenas sorriu para ele: tinha aprendido que, se sorrisse, ele entendia como concordância, e ficava mais satisfeito do que se falasse.

Estavam em uma estação sem tempo bom no mar, só chuvas e vento intermináveis, e a cada vez que navegavam um pouco na direção que queriam seguir, os ventos se erguiam e os jogavam para trás, de modo que estavam sempre correndo o risco de serem atirados contra as rochas.

Agamemnon com frequência precisava sair para o mar aberto a fim de evitar ser levado para uma costa que destruiria o navio; parecia que, com dias e meses de navegação, não estavam mais perto de onde queriam ir. Um dia, depois de um vento intenso e temeroso que os soprou para uma distância de muitos dias sem avistar terra, uma manhã calma os deixou à deriva. Um marinheiro foi até Agamemnon dizendo que tinham avistado um curso de água verde como se fosse uma corrente separada no mar. Agamemnon foi para o deque xingando, e ela o ouviu gritando com seus homens. Quando ele voltou, estava furioso, o rosto fechado e escuro de raiva.

— Qual o problema? — ela perguntou.

Ela estava deitada no deque, tentando desesperadamente não vomitar o pouco de pão e frutas que tinha comido no desjejum.

Ele fez uma careta e disse:

— Avistamos os jorros do Nilo, o grande rio no país dos faraós. Poseidon, que governa os mares e também os terremotos, nos levou para longe de casa, para a costa do Egito.

— Isso não parece uma catástrofe — ela disse. — Estava dizendo que precisávamos muito de comida e água potável frescas. Não podemos consegui-las aqui?

— Ah, sim, mas a notícia da queda de Troia foi espalhada por todo o mundo agora, e vão esperar muito ouro por suprimentos — ele murmurou. — E cada um disse uma história diferente sobre o que aconteceu...

— As pessoas não sabem que Troia não caiu pelo poder das armas e das habilidades dos soldados, mas por causa do terremoto — disse

Cassandra. — Pode dizer a eles a história que quiser, e não serão grosseiros o suficiente para duvidar.

Ele fez cara feia para ela, mas naquele momento veio um grito do vigia na proa dizendo que terra tinha sido avistada. Agamemnon saiu e logo voltou para dizer que de fato tinham chegado ao Egito.

Alguns dos homens foram enviados para terra e por fim retornaram, trazendo convites do faraó para um jantar no palácio. Cassandra tinha esperado ficar deitada sozinha na tenda, simplesmente apreciando o fim do movimento do mar, mas não era para ser. Agamemnon tirou dos baús uma variedade de túnicas de seda.

— Use qualquer um destes que a agradar, minha querida. Vou mandar uma das mulheres para vesti-la e trançar seu cabelo com joias. Deve estar linda, sim, linda como a própria Helena, para me honrar na corte do faraó.

Pela primeira vez, ela pediu a ele:

— Ah, não, eu rogo, estou enjoada, não me peça isso. Não pedi nada do senhor, mas, pelo bem da criança que vou dar à luz, me poupe disso. Será fácil dizer a eles que estou doente, não me exiba como escrava diante desse monarca estrangeiro.

— Eu disse repetidamente — ele afirmou, soando menos zangado que triste — que você não é minha escrava, mas minha consorte. Clitemnestra nunca me agradou. Quando você tiver dado à luz meu filho, será minha rainha.

Ela chorou em desespero, ele argumentou, bajulou e por fim saiu do quarto dizendo em tom de comando:

— Não vou mais discutir com você, vista-se imediatamente, e vou mandar uma mulher para ajudá-la.

Ela ficou deitada chorando, impotente, e levantou-se apenas quando a mulher que tinha sido parteira de Hécuba entrou na tenda.

— Ora, ora, princesa, não pode seguir chorando assim, vai fazer mal ao bebê. Eu lhe trouxe isto. — Ela estendeu uma taça de argila com uma poção que fumegava perfume. — Beba, vai assentar seu estômago, e estará linda para jantar no palácio.

— Você é uma mulher perversa. — Cassandra se virou contra ela. — Por que Agamemnon precisa conseguir o que quer sempre? Por que começou a ser a criada mais leal dele? Não pode me dar algo que vai me deixar tão doente que até ele vai perceber que não posso ir?

A mulher parecia chocada.

— Ah, não, não poderia fazer isso, o rei ficaria muito bravo — ela disse. — Não pode deixar o rei bravo, senhora.

Enraivecida, mas sabendo que não tinha remédio para aquilo, Cassandra permitiu que a mulher a vestisse; ela se recusou a escolher uma veste e deixou que a mulher lhe enfiasse um vestido de seda listrado de vermelho e dourado que tinha visto a mãe usar em banquetes do palácio. Ela bebeu a poção, que a fez se sentir melhor – ou talvez fosse apenas a raiva dela. Deixar Agamemnon exibir sua princesa cativa, por que isso importava? Se o faraó – que, tinha ouvido dizer, tinha bem mais de mil esposas – sabia alguma coisa sobre a queda de Troia, saberia que não estava ali por vontade própria; e, se não sabia, não tinha importância.

DEZOITO

— NÃO HÁ COMO CONFIAR NOS VENTOS NESTA ESTAÇÃO — DISSE O homem careca que se autodenominava faraó e era considerado um deus encarnado por sua corte. — Ficaríamos felizes se fossem nossos hóspedes até que a estação mude e os ventos possam levá-los até Micenas, ou para onde queiram ir.

— O Senhor das Duas Terras é gracioso — Agamemnon objetou —, mas eu esperava chegar em casa antes disso.

— O faraó deu seu conselho ao nobre Odisseu quando ele foi nosso hóspede, e Odisseu o ignorou — disse um dos cortesãos. — Agora vem a notícia de que pedaços do navio de Odisseu foram jogados nos rochedos de Ea, jamais vamos saber dele de novo.

— Bem, imagino que seja melhor voltar tarde para casa do que chegar cedo à costa de lugar nenhum — disse Agamemnon —, e aceito seu convite gracioso, para mim e meus homens.

Cassandra sabia que ele estava irritado. Aquilo significava que precisaria saquear seus baús atrás de presentes de hóspede dignos do faraó, e, se ficassem muito tempo, não levaria nada de sua pilhagem para casa. Não eram os primeiros de Troia a serem jogados naquela costa: o salão do faraó já exibia espólios identificáveis da cidade, incluindo a estátua do Senhor do Sol do santuário.

Nos dias seguintes, Cassandra descobriu que alguns sacerdotes e sacerdotisas do Templo de Apolo tinham se refugiado ali, embora nenhum de seus amigos mais próximos, a quem poderia ter feito um apelo. Teria ficado jubilante por saber que Phyllida, ou até mesmo Criseida, estava viva.

O Egito era quente e seco, e cheio de ventos fortes do deserto, que podiam apagar todos os sinais de vida se as pessoas não se abrigassem logo. O dano podia ser visto até no grande palácio de pedra do faraó.

De qualquer modo, ao menos era terra firme, e melhor que ser castigado diariamente pelo vento e pelo mar.

Cassandra ficou feliz pela pausa. Os egípcios falavam de Agamemnon, e uma das criadas disse a ela em segredo que todos no Egito sabiam que, depois da morte de Ifigênia, Clitemnestra tinha jurado vingança e tomado abertamente um amante, um primo dela chamado Egisto, e vivia com ele no palácio em Micenas.

A atitude de Cassandra foi apenas:

— Bem, por que não deveria? Agamemnon, em Troia, não era bom para ela como marido.

Mas aqueles egípcios também adoravam deuses homens e achavam que a esposa de um homem precisava fazer o que ele pedia, e a pior coisa que poderia acontecer era uma esposa se deitar com qualquer um além do marido. Se fosse a esposa de um rei, então o comportamento da rainha traria desgraça a todo o país. Cassandra só poderia esperar que Agamemnon não escutasse a história e tivesse outra queixa. Ele falava sempre de afastar Clitemnestra e tornar Cassandra sua rainha por lei, e aquilo era a última coisa que Cassandra desejava.

Ela até ouviu dizer que Clitemnestra, sentindo-se jovem de novo quando levara Egisto para a cama, tinha basicamente deserdado a filha restante, Electra, ao casá-la com um homem de origem humilde que cuidava dos porcos do palácio ou algo assim. As pessoas que veneravam rainhas em geral achavam que uma soberana que tinha passado da idade de ter filhos deveria abdicar em favor da filha, e as pessoas de Micenas achavam que Clitemnestra deveria ter casado Electra com Egisto e permitido que a filha tomasse seu lugar como rainha. Todos concordavam que Electra se casara com um homem que não tinha possibilidade de ser aceito como rei.

Agamemnon por fim ouviu a história, não sobre o amante de Clitemnestra, todos tinham cuidado para que isso não chegasse aos ouvidos dele, mas sobre o casamento de Electra. E ele ficou zangado com aquilo.

— Clitemnestra não tinha o direito de fazer isso, foi como se ela presumisse minha morte. Eu deveria fazer o casamento de Electra, um casamento dinástico que me traria aliados. Odisseu tinha falado de casar o filho Telêmaco com ela, e, agora que o navio dele se perdeu, o menino vai precisar de aliados poderosos para defender Ítaca daqueles que querem tomá-la.

— Ou eu poderia tê-la casado com o filho de Aquiles, ele nunca se casou formalmente com a prima Deidâmia, mas soube que seduziu a menina e ela lhe deu um filho depois que ele partiu para lutar em Troia. Bem, quando voltar para casa, Clitemnestra vai saber que quero colocar minha casa em ordem e que seu governo chegou ao fim — ele continuou. — Electra como viúva terá o mesmo valor em negociação de casamento, a menina não pode ter mais do que quinze anos. E é seu filho, e não Orestes, filho de Clitemnestra, quem vai se sentar no Trono do Leão quando eu partir.

Cassandra tinha notado que os aqueus pensavam muito nos filhos vindos depois deles, parecia ser como lidavam com o pensamento da morte, pois não pareciam ter conceito de uma vida depois dela. Não era de admirar que não tivessem nenhum código de decência, não pareciam acreditar que seus deuses fossem responsabilizá-los na próxima vida por algo que tivessem feito nesta.

***

Os dias na calma terra egípcia eram tão parecidos que Cassandra mal se dava conta da passagem do tempo, só pelo crescimento da criança dentro dela tinha consciência dos dias que passavam. Por fim a estação avançou o bastante para que o faraó dissesse que poderiam partir, mas naquela mesma noite Cassandra entrou em trabalho de parto, e ao nascer do sol deu à luz um menino pequeno.

— Meu filho — disse Agamemnon, pegando o bebê e olhando-o com cuidado. — Ele é muito pequeno.

— Mas é forte e saudável — disse a parteira, ansiosa. — Na verdade, senhor Agamemnon, crianças assim muitas vezes ficam do mesmo tamanho daquelas que eram maiores no nascimento. E a princesa é uma mulher estreita, teria sido difícil para ela parir um filho com o tamanho adequado para ser do senhor.

Agamemnon sorriu e beijou o bebê.

— Meu filho — ele disse para Cassandra, mas ela desviou o olhar e disse:

— Ou de Ajax.

Ele fez cara feia, não gostando de ser lembrado dessa possibilidade.

— Não, acho que ele parece comigo.

Bem, espero que goste de achar que sim, ela pensou, *isso não vai deixar a pobre criança mais bonita.*

— Vamos batizá-lo de Príamo, em homenagem a seu pai, então? Um Príamo no Trono do Leão?

Ela respondeu:

— Isso cabe ao senhor dizer.

— Bem, vou pensar nisso — disse Agamemnon. — Você é profetisa, talvez possamos pensar em um nome cheio de bons presságios.

Ele se curvou e colocou o bebê de volta no seio dela.

Mas não há bons presságios para um filho de Agamemnon, ela pensou, lembrando-se de que Clitemnestra e seu novo rei o esperavam em casa. Esse filho, assim como Orestes, filho de Clitemnestra, jamais se sentaria no Trono do Leão de Micenas.

Ela sentiu um zumbido distante conhecido na cabeça e o sol cegou seus olhos. O menino parecia pesar menos em seus braços – ou seus braços o tinham soltado? Havia achado que a Visão a tinha abandonado para sempre, nunca tinha conseguido salvar seu povo ou as pessoas que amava com suas profecias, e tinha achado que por fim estava livre delas.

Agora via o grande machado de duas lâminas que partia a cabeça dos grandes touros em Creta, e Agamemnon cambaleando, com os olhos cheios de sangue.

Ela apertou as mãos sobre os olhos para impedir a visão.

— Sangue — ela sussurrou —, como um dos touros de Creta. Não vá ao sacrifício...

Ele se inclinou para acariciar o cabelo dela.

— O que disse? Um touro? Bem, por esse belo presente sem dúvida deveria dar um touro a Zeus Trovejante. Mas não aqui no Egito, vamos esperar até chegarmos ao meu país, onde tenho muitos touros e não preciso pagar a quantidade ultrajante de ouro que os sacerdotes aqui pedem para animais de sacrifício. Acho que Zeus pode esperar até lá para os sacrifícios devidos, mas, quando conseguir se levantar, pode levar um par de pombos para a Mãe Terra daqui como agradecimento por um belo filho.

Talvez seja isso o que eu vi, ela pensou, *um sacrifício que deu errado de algum modo*, mas de repente sua maldade havia sumido. Ela o odiara e desprezara, mas agora o via entre os mortos e imaginava se depois da morte ele precisaria enfrentar todos os homens que tinha matado em batalha. Heitor tinha dito que, quando cruzou o portão da morte, o primeiro a cumprimentá-lo foi Pátroclo. Mas seria diferente para Agamemnon, como tinha sido diferente, ela sabia, para Aquiles.

Ela se demorou na cama, sabendo que, logo que pudesse andar, Agamemnon partiria para o porto de Micenas. E ela havia estado tão enjoada a cada dia da viagem que os levara até ali que tinha pavor do mar.

Por fim decidiu chamar o filho de Agatão. Antes do nascimento dele, não conseguia imaginar amar uma criança concebida como essa fora, e tinha começado a suspeitar de que boa parte de seu enjoo durante a gravidez fora apenas repulsa ao próprio pensamento de que esse parasita do estupro tinha aderido a ela por dentro e não seria expulso.

Se ele tivesse sido envenenado por sua repulsa, com duas cabeças ou um rosto desfigurado, teria achado que era apenas adequado.

E, no entanto, ele estava deitado em seu peito tão pequeno e inocente que não conseguia ver nada nele que fosse como Agamemnon. Ele era apenas como qualquer outra criança recém-nascida, de fato muito pequeno, mas tudo nele era perfeitamente formado, até as mãos com belas pequenas unhas, e unhas minúsculas em cada dedo do pé.

Como era estranho que aquele pequeno ser macio que podia se deitar no meio do escudo grande do pai e ainda deixar espaço para um cachorro de bom tamanho poderia crescer para derrubar uma cidade poderosa. Mas por ora ele era apenas maciez e fragrância leitosa, e, quando procurava seu seio, ela não conseguia deixar de pensar em Mel indefesa em seus braços. Por que essa criaturinha perfeita precisava ser culpada pelo que o pai tinha feito?

Mas ela sabia que, assim como Clitemnestra tinha feito, ela se asseguraria de enviar o filho para longe, para que Agamemnon não pudesse ensiná-lo a ser rei. Ela não sentia prazer em pensar que o filho poderia um dia sentar no Trono do Leão. Não queria que o filho fosse criado como os aqueus criavam os filhos.

Imaginava que àquela altura Helena tinha parido o último filho de Páris, e se perguntou se Menelau tinha cumprido a ameaça de abandonar a criança. Era o tipo de coisa que ele faria; aqueles aqueus pareciam se importar apenas com os próprios filhos, como se uma criança pudesse ser de alguém além da mãe que o tinha parido.

Mesmo Agamemnon não sabia se aquele menino era dele ou de Ajax – ou, a esse respeito, de Eneias. Tomaria cuidado para não o lembrar disso de novo. Esse era o filho *dela*, não de nenhum homem. Mas ficaria quieta e deixaria Agamemnon pensar que era dele se quisesse, por sua segurança.

Ela pegou o bebê nos panos de enfaixar que tinham sido providenciados no palácio do faraó e andou pelas ruas da cidade com uma das mulheres da casa real que tinha dado à luz no dia anterior. No Templo da Deusa – uma estátua repulsiva de uma mulher com seios imensos como uma vaca e a cabeça de um crocodilo –, sacrificou um par de pombos jovens, e, ajoelhando-se diante da imagem, tentou rezar.

Ela era uma estrangeira naquela terra e uma estranha para aquela deusa. Imaginava que não havia muita diferença entre a deusa dos crocodilos e a deusa das serpentes, mas nenhuma prece vinha, nem ela podia olhar um pouco no futuro e ver se tudo ficaria bem com seu filho.

Ela iria procurar a casa do Senhor do Sol. Ali no Egito, o Senhor do Sol era o maior dos deuses, e era chamado pelo nome de Re. Mas ela ainda desconfiava do deus que tinha sido incapaz de – ou não quisera – salvar sua cidade, e não o abordaria.

Se ele não podia nos salvar, não é um deus; se podia e não quis, que tipo de deus ele é?

No dia seguinte os bens de Agamemnon tinham sido preparados e embarcados, e ele deu seus últimos presentes de hóspede ao faraó, e partiram.

Cassandra tinha sentido pavor de um enjoo renovado, mas dessa vez sentiu apenas uma leve ânsia na primeira noite em que os marinheiros levantaram âncora. Na manhã seguinte sentia-se perfeitamente bem. Comeu frutas e o pão duro do navio com bom apetite, e sentou-se no deque com o bebê no peito. A doença, então, fora um efeito colateral do ferimento na cabeça e depois da gravidez.

Não sabia nada de navios e de navegação, mas Agamemnon parecia feliz com os ventos fortes que dia após dia os levavam pela água azul limpa. O bebê se mostrou um bom marinheiro como o pai. Ele mamava com força, e ela tinha a impressão de que o via crescer a cada dia, as mãozinhas ficando mais formadas, o nariz e o queixo, antes meras manchas, tomando forma real. Achava que talvez, considerando o formato do queixo, pudesse ser filho de Agamemnon, por fim. O pai gostava de segurá-lo nos braços e sacudi-lo, tentando fazê-lo rir. Isso era a última coisa que tinha esperado. Bem, Heitor e até mesmo Páris gostavam de brincar com os filhos. Por mais doloroso que fosse admitir isso, os aqueus não eram muito diferentes dos outros homens.

Numa manhã, assim que começou a clarear, ela subiu ao deque para enxaguar os panos do bebê em um balde de água do mar e estendê-los para secar. O navio estava em silêncio, a não ser por um único timoneiro na popa, pois os ventos eram fortes o suficiente para que não precisassem de remadores, a não ser para manobrar perto da terra.

Ela olhou de horizonte para horizonte, o mar estava calmo, e passavam entre duas costas. Uma era uma montanha alta subindo íngreme sobre eles, a sombra quase atingindo o navio. No outro lado havia um longo promontório baixo, sem árvores. De repente, do lado da montanha, um fluxo de fogo subiu para o céu, como uma flor de chamas desabrochando ali. O timoneiro soltou um grito de exultação e gritou para um de seus companheiros ir conduzir.

Agamemnon apareceu no deque e gritou para a equipe:

— Ali está, meus camaradas valentes! O farol em nosso promontório! Depois de todos esses anos, por fim voltamos para casa! Um touro para Zeus Trovejante!

O sol brilhou nos olhos dele – *vermelho como sangue*, pensou Cassandra. Sentia os próprios olhos cansados e secos, e percebeu que ele mal deveria estar tão feliz em voltar para casa: quem sabia o que encontraria ali?

Ela foi até o parapeito, a criança nos braços, e ficou ao lado dele.

— O que é isso?

— Quando saí de casa — ele disse —, dei ordens para que uma grande pilha de madeira fosse erguida no promontório, e que um vigia ficasse ali o tempo todo. Quando partimos no navio, mandei uma mensagem por um mensageiro rápido dizendo que deveriam ficar de vigia para meu navio. Agora fomos avistados, e a notícia será levada ao palácio, então um banquete e uma recepção serão preparados para nós. Será bom estar de novo em casa. Estou ansioso para lhe mostrar minha terra e o palácio onde será rainha, Cassandra.

Ele pegou a criança dela, curvando-se sobre o rostinho.

— Seu país, meu filho, o trono de seu pai. Você está silenciosa, Cassandra.

— Não é o meu país — ela respondeu —, e é certo que Clitemnestra não terá uma recepção alegre para mim, por mais que possa estar ansiosa para vê-lo de novo. E tenho medo pelo meu filho. Clitemnestra...

— Não precisa temer nada assim — ele disse, com arrogância. — Entre os aqueus, nossas mulheres são esposas dedicadas. Ela não vai ousar dizer uma palavra de protesto. Ela teve liberdade enquanto estive fora, logo vai aprender o que espero dela, e vai fazer o que mando ou será pior, acredite em mim.

— Está frio — ela disse. — Preciso pegar meu manto.

— Parece quente e bom para mim — ele disse —, mas talvez porque esse é o porto da minha cidade natal. Olhe, agora se pode ver o palácio na colina, e as muralhas, erguidas por titãs séculos atrás. O porto aqui é chamado de Náuplia.

Ela foi pegar um manto e ficou ao lado de Agamemnon na proa, deixando a mulher que tinha sido a parteira de sua mãe pegar o bebê.

A grande vela fora baixada, e os remadores tinham tomado seus lugares para manobrar o navio no porto, ele deslizava suavemente nas águas protegidas pelo abrigo do promontório.

Agora ela conseguia ver um número de pessoas ao longo do píer. Conforme o navio chegava perto, um homem levantou uma saudação, e os soldados de Agamemnon, aglomerados do lado do navio, começaram a acenar e gritar para as pessoas que reconheciam na costa.

Em sua maior parte, porém, os observadores estavam em silêncio quando o navio se aproximou do píer. Para Cassandra, o silêncio pareceu agourento. Ela estremeceu, embora o manto rico que usava fosse quente, e pegou o bebê de volta da criada para apertá-lo junto ao corpo.

A proa do navio bateu suavemente contra a terra. Agamemnon foi o primeiro a pisar em terra e imediatamente caiu no chão e beijou as pedras do píer, gritando em voz alta:

— Agradeço ao Senhor do Trovão que me devolveu em segurança ao meu próprio país!

Um homem alto e ruivo com um torque de ouro na garganta foi até ele e disse, com uma reverência:

— Meu senhor Agamemnon, sou Egisto, parente de sua rainha. Ela me enviou com esses homens para acompanhá-lo com grande honra até o palácio.

Os homens cercaram Agamemnon e saíram marchando. Cassandra teve a impressão de que ele era um prisioneiro vigiado em vez de um rei recebendo uma escolta de honra. Agamemnon fazia cara feia, ela percebia que ele não estava gostando daquilo. De qualquer modo, ele seguiu com eles sem protestar.

Um dos homens no píer subiu a bordo e foi até Cassandra.

— A senhora é a filha de Príamo de Troia? A rainha avisou que viria, e deve receber todos os cumprimentos — ele disse. — Temos uma carruagem para a senhora, seu bebê e sua criada.

Ele deu a mão para ela e a ajudou a descer a terra, acomodando-a na carruagem com o bebê nos joelhos e a criada agachada aos seus pés.

Apesar do luxo – e a estrada até o palácio era tão íngreme que tinha sentido pavor de subi-la a pé –, Cassandra sentia-se inquieta. As muralhas de pedra do grande palácio, quase tão imensas quanto as muralhas caídas de Troia, pareciam franzir o cenho acima dela, em sombras profundas. Passaram por um grande portão sobre o qual duas leoas, pintadas em cores brilhantes, vigiavam face a face. Conforme a carruagem seguia pelo Portão do Leão, ela se perguntou se elas representavam os deuses antigos ou se eram o emblema particular de Agamemnon. Mas eram leoas, não leões, e, de qualquer modo, Agamemnon tinha chegado até ali como consorte da rainha, da maneira antiga. Era o símbolo de Clitemnestra, então?

Na frente da carruagem marchavam Agamemnon e sua guarda de honra com Egisto. Bem depois do Portão do Leão havia uma cidade construída numa encosta no mesmo padrão que Troia: palácio, templos, jardins, uns sobre os outros, as muralhas subindo em muitos terraços e varandas. Era lindo, no entanto, parecia escura de sombras, as profundezas delas caindo sobre Agamemnon enquanto ele andava no centro dos soldados.

Nos degraus do palácio apareceu uma mulher, alta e preponderante, o cabelo, elaboradamente arrumado em anéis recém-saídos de um ferro de enrolar, ouro flamejante no sol da manhã. Estava ricamente vestida no estilo de Creta, um corpete atado com decote profundo, uma saia de babados multicolorida, uma cor para cada babado.

Cassandra viu imediatamente a semelhança próxima com Helena. Essa era Clitemnestra, irmã dela. A rainha atravessou a escolta e fez uma mesura profunda diante de Agamemnon, a voz dela era bela e clara.

— Meu senhor, uma grande alegria recebê-lo nesta costa e ao palácio onde um dia governou ao meu lado — ela disse. — Esperamos muito por esse dia.

Ela estendeu as duas mãos para ele, que as tomou cerimoniosamente e as beijou.

— É uma alegria voltar para casa, minha senhora.

— Preparamos uma celebração e um grande sacrifício apropriado para a ocasião — ela disse. — *Mal posso esperar para matá-lo.*

Não, pensou Cassandra em choque, *aquilo não pode ter sido o que ela disse, mas foi o que ouvi.*

O que Clitemnestra tinha dito de verdade era: "Mal posso esperar para levá-lo ao lugar que preparamos para o senhor".

— Tudo está preparado para seu banho e o banquete — disse Clitemnestra. — *Estamos totalmente prontos para vê-lo morto entre os sacrifícios.*

Mais uma vez Cassandra ouviu o que Clitemnestra pensava, não o que seus lábios tinham dito de verdade. Então de novo o pressentimento indesejado havia descido sobre ela.

Clitemnestra fez um gesto para Agamemnon na direção dos degraus do palácio.

— Tudo está preparado, meu senhor, entre e presida o sacrifício.

Ele se curvou e começou a subir os degraus. Clitemnestra o observou com um sorriso que fez Cassandra estremecer. Ele não conseguia *ver*?

Mas o rei se moveu sem hesitação. Assim que chegou às grandes portas de bronze no topo das escadas, Egisto, armado com um grande machado sacrificial, abriu-as e o colocou para dentro. As portas se fecharam atrás dele.

Clitemnestra desceu as escadas até a carruagem. Ela disse:

— Você é a princesa troiana, filha de Príamo? Minha irmã mandou me avisar que foi a única amiga que ela encontrou em Troia.

Cassandra se curvou, não tinha certeza de que o movimento seguinte de Clitemnestra não fosse enfiar uma faca em seu coração.

— Sou Cassandra de Troia, e na Cólquida fui feita sacerdotisa da Mãe Serpente — ela disse.

Clitemnestra olhou para o bebê no peito dela. Ela perguntou:

— É filho de Agamemnon?

— Não — respondeu Cassandra, sem saber de onde veio a coragem para falar com tanta ousadia —, ele é *meu* filho.

— Ótimo — disse Clitemnestra —, não queremos nenhum filho do rei nesta terra. Ele pode viver, então.

Naquele momento, um grande grito se levantou dentro das portas de bronze, alguém as abriu de dentro, e Agamemnon apareceu em fuga no topo das escadas, com Egisto atrás dele, com o grande machado sacrificial de duas lâminas nas mãos. Ele o girou no alto e o baixou no crânio do rei em fuga. Agamemnon vacilou e tropeçou sobre a beira da escadaria, caindo e rolando pelos degraus quase até os pés de Clitemnestra.

Ela gritou:

— Testemunhe, povo da cidade: assim a senhora vinga Ifigênia!

Houve uma tremenda celebração e gritos de triunfo; Egisto desceu com o machado ensanguentado e o passou para ela. Alguns dos soldados de Agamemnon começaram a gritar, ultrajados, mas a guarda de Egisto rapidamente os derrubou.

Clitemnestra disse com ferocidade a Cassandra:

— Tem algo a dizer, princesa de Troia que talvez pensou em ser rainha aqui?

— Apenas que gostaria de ter segurado o machado — respondeu Cassandra, arquejando em uma felicidade selvagem.

Ela se curvou para Clitemnestra e disse:

— Em nome da Deusa, a senhora vingou as ofensas feitas a ela. Quando uma mulher é prejudicada, ela também é.

Clitemnestra se curvou para ela e pegou suas mãos. Ela disse:

— Você é uma sacerdotisa, e sabia que entenderia essas coisas.

Olhando para o rosto da criança adormecida, ela declarou:

— Não tenho rancor de você. Vamos ver os antigos costumes voltarem aqui. Helena não tem coragem de fazer isso em Esparta, mas eu tenho. Vai ficar aqui e ser sacerdotisa da senhora, então? Pode entrar no templo dela, se quiser.

Cassandra ainda respirava forte, o coração disparado com a rapidez de sua libertação. Através dos traços de Clitemnestra, viu fome de destruição; aquela mulher tinha vingado uma desonra à Deusa, mas Cassandra ainda a temia. A Deusa tomava muitas formas, mas naquela forma ela não a amava. Nunca antes tinha ficado frente a frente com uma mulher tão forte: princesa e sacerdotisa. Por uma vez, tinha encontrado uma força maior que a própria.

Ou ela quase via em Clitemnestra o poder ancestral da Deusa como ela havia sido antes que deuses e reis invadissem aquela terra? Ela não podia servir àquela Deusa.

— Não posso — ela disse, com calma, o máximo de calma que conseguia. — Eu… este não é meu país, ó, rainha…

— Vai voltar para seu país, então?

— Não posso voltar para Troia — respondeu Cassandra. — Se me der permissão para partir, senhora, vou procurar minhas parentas na Cólquida.

— Uma viagem como essa, com um bebê ainda no peito? — Clitemnestra perguntou, perplexa.

Então veio uma mudança curiosa no rosto de Clitemnestra. Uma paz sobrenatural relaxou os traços nítidos, e ela parecia brilhar por dentro. Uma voz que Cassandra conhecia bem disse: *Sim, eu a chamo para casa. Vá embora desse lugar imediatamente, minha filha.*

Cassandra se curvou até o chão, o aviso tinha chegado. Ainda não tinha ideia de como iria viajar ou o que seria dela, mas de novo estava sob a proteção da Voz que a chamara pela primeira vez quando ainda era criança.

Verdadeiramente, a sacerdotisa da Cólquida tinha dito: "Os imortais entendem uns aos outros".

— Peço permissão para partir imediatamente — ela disse.

E Clitemnestra respondeu:

— Não devemos deter aqueles que foram chamados por um deus. Mas não vai descansar, receber roupas limpas, comida para você e para o bebê?

Cassandra balançou a cabeça.

— Não preciso de nada — ela respondeu, sabendo que, com o ouro que Agamemnon lhe dera, estava bem provida.

Não queria aceitar nada de Clitemnestra – ou da deusa daquele lugar.

Ela partiu em menos de uma hora.

Com o filho amarrado no xale, foi até o porto, onde encontraria um navio para levá-la com o bebê ao primeiro passo da jornada árdua até a metade do fim do mundo, que a levaria até a última de suas parentas, Imandra, e aos portões de ferro da Cólquida. E, acima de tudo, não estava mais cega e desprovida da Visão: era ela mesma de novo, e depois de todo o sofrimento, sabia que a Deusa ainda não a tinha abandonado.

Nas docas, uma mulher se aproximou dela, vestida com uma túnica cor de terra rasgada, o rosto coberto por um xale esfiapado.

— A senhora é a princesa troiana? — ela perguntou. — Estou indo para a Cólquida, e soube que está indo para lá.

— Sim, sou, mas por que…

— Também busco a Cólquida — disse a mulher. — Um deus me chamou para lá. Posso ter sua companhia?

— Quem é você?

— Eu me chamo Zaquintia — disse a mulher.

Cassandra olhou para ela e não conseguia ver nada. Talvez a mulher estivesse presa a ela pelo Destino, de qualquer modo, nenhum deus proibira. E até mesmo Clitemnestra tinha duvidado da habilidade dela de fazer essa longa viagem sozinha com uma criança que ainda mamava no peito. Com um suspiro de alívio, ela soltou o xale no qual tinha amarrado o filho, e o passou.

— Aqui — ela disse. — Pode carregar o bebê até que eu precise alimentá-lo de novo.

EPÍLOGO

A MULHER TINHA A FALA MANSA E ERA OBEDIENTE, ATÉ SUBMISSA; cuidava do bebê, balançando-o e mantendo-o quieto. Cassandra, de novo vítima de enjoos marítimos, teve pouca oportunidade para prestar muita atenção ao filho ou à mulher, embora tivesse observado sem ser vista por vários dias para ter certeza de que a criada – sobre a qual, afinal, não sabia nada – não trataria mal ou negligenciaria o bebê quando ninguém olhava. Mas ela parecia conscienciosa, atenta ao bebê, cantando para ele e brincando como se realmente gostasse de crianças. Depois de alguns dias, Cassandra decidiu que tinha tido sorte por encontrar uma boa criada para cuidar de seu filho, e relaxou um pouco a vigilância.

Porém, começou a suspeitar de que a companheira não era quem dizia ser. Sob as vestes puídas, a mulher parecia forte e saudável; Cassandra não conseguia adivinhar sua idade – talvez trinta ou até mais. Quando Cassandra estava perto, ela era modesta nos modos, mas a voz era grosseira e rouca, e o comportamento dela com os marinheiros e a equipe era livre como o de uma amazona. Então um dia, no deque, Cassandra viu uma rajada de vento soprar as vestes de Zaquintia contra o peito dela, e teve a impressão de que seu colo era chato demais para ser feminino. As pernas, Cassandra notou, eram peludas e musculosas; e o rosto parecia jamais ter conhecido cosméticos ou óleos hidratantes. Cassandra pensou que talvez fosse possível Zaquintia não ser mulher, e sim homem.

Por que qualquer homem, ela se perguntou, a teria procurado disfarçado de mulher? Porém, se fosse um homem, ela pensou, poderia se forçar sobre ela – embora, vislumbrando o próprio reflexo em uma bacia d'água, não conseguisse imaginar que qualquer homem fosse desejá-la como estava: pálida de enjoo, vestida com roupas esfarrapadas, o corpo ainda sem forma depois do parto. Ainda assim, começou a dormir com Agatão nos braços; se a criança mamando em seu peito não fosse impedir um estuprador, provavelmente nada iria, exceto sua faca.

Numa noite de tempestade, quando o navio era jogado como uma rolha nas ondas pesadas, Zaquintia estendeu o cobertor perto de Cassandra e se ofereceu para levar o bebê para a própria cama. As ondas jogaram os cobertores delas juntos, deslizando-os primeiro para cima e depois para baixo na cabine abarrotada, até que, por fim, Zaquintia, que era maior e mais pesada, pegou Cassandra nos braços.

Cassandra, enjoada e exausta, não sentiu nada além de alívio pelo abrigo que o corpo da companheira oferecia contra o solavanco constante. Depois desse incidente, perdeu um pouco do medo; com certeza nenhum homem comum teria ignorado aquela oportunidade. Começou a considerar outras possibilidades. Talvez fosse um eunuco, ou um sacerdote curandeiro que fizera votos de castidade. Mas por que, então, usava roupas femininas e dizia ser mulher? Por fim, decidiu que não tinha importância, e depois de um tempo percebeu que já não se importava se a companhia era mulher ou homem; ela ou ele era simplesmente uma pessoa amiga em quem Cassandra confiava e que começava a amar. O bebê amava a companhia também, e queria deixar os braços da mãe para ser segurado e embalado por Zaquintia.

Quando o navio por fim chegou à costa e desembarcaram, ela procurou cavalos no mercado.

— Mas com certeza, senhora — disse o mercador —, não vai viajar por terra com um bebê e uma só criada no país dos centauros.

— Não sabia que ainda havia centauros vivos — respondeu Cassandra. — E não tenho medo deles.

Ela esperou que encontrassem alguns membros daquela raça desaparecida durante a viagem. Trocou um único elo de ouro por cavalos e comida para a viagem; também comprou um manto que podia ser usado como cobertor ou tenda.

— Também precisamos comprar outra túnica para você, Zaquintia — ela disse, virando na mão um retalho de tecido que poderia servir de manto para a criança. — Está tão esfarrapada que parece uma varredora de rua. Quanto a mim, estou pensando que talvez devesse cortar o cabelo e usar roupas de homem antes de partirmos. O bebê logo poderá ser desmamado, e com certeza criam cabras por aqui. Pode ser mais seguro para viajar neste país selvagem. O que acha disso? Você é mais alta e forte que eu; talvez ficasse mais convincente como homem.

A companheira ficou imóvel, mas ela ouviu a respiração sendo interrompida pela consternação antes que a outra mulher dissesse, em voz baixa:

— Faça como desejar, senhora; mas eu não posso me vestir de homem nem viajar como um.

— Por quê?

Zaquintia não a olhou nos olhos.

— É uma promessa. Não posso dizer mais.

Cassandra deu de ombros.

— Então viajaremos como mulheres.

***

Cassandra olhou para os portões da Cólquida e se recordou da primeira vez que os vira, como uma jovem garota no bando das amazonas de Pentesileia. Ela tinha mudado, e o mundo tinha mudado; mas os grandes portões estavam iguaizinhos.

— A Cólquida — ela disse em voz baixa para a companheira. — Os deuses nos trouxeram para cá, afinal.

Ela colocou Agatão aos pés. Ele enfim começava a dar os passinhos. Se a viagem não tivesse sido tão longa, Cassandra pensou, ele poderia estar andando de verdade; mas ela havia sido forçada a carregá-lo por boa parte do tempo em vez de deixá-lo engatinhar ou dar passos. O filho tinha quase dois anos agora, e ela via no desenvolvimento forte do queixinho, nos olhos escuros e no cabelo escuro e cacheado que ele era filho de Agamemnon.

Bem, ao menos ele não seria treinado na versão de Agamemnon da masculinidade.

Tinha sido uma longa estrada, mas, agora sabia, não sem fim como tinha parecido. Viajaram por terra quase sempre à noite, escondendo-se de dia em matas e valas. Tinham gastado vários pares de sapato, e as roupas que usavam eram farrapos, tiveram pouca oportunidade de substituí-las.

Houve encontros com soldados na estrada – veteranos do saque de Troia –, mas não tinha visto nenhum centauro, nem ouvido nada sobre eles; a maioria das pessoas com quem conversara sobre eles acreditava que eram apenas uma lenda e a acusavam francamente de contar histórias ou sorriam secretamente com desdém.

Tinham se escondido de bandos de homens errantes, pagado pela liberdade, usado a inteligência e, às vezes, facas para sair do perigo. Tinham sentido frio e fome – às vezes não havia como comprar comida nem por ouro –, e tinham parado uma vez ou duas para encontrar trabalho como fiandeiras ou tratadoras de animais.

Haviam viajado por um tempo com um homem que exibia serpentes "dançarinas". Uma vez ou duas haviam se juntado a outros viajantes solitários, e tinham perdido o caminho por longas distâncias.

E, depois de tantas aventuras que Cassandra sabia que jamais ousaria tentar contar, tinham chegado em segurança à Cólquida.

Ela pegou a criança no colo de novo enquanto atravessavam os portões. Sabia que parecia uma pedinte. O manto era o mesmo com que Agamemnon a cobrira a bordo do navio dele – um dia tinha sido vermelho, mas havia desbotado até uma falta de cor acinzentada. O vestido era uma túnica disforme de lã sem tingimento, o cabelo preso frouxamente com um pedaço de couro que um dia tinha sido usado para amarrar uma sandália. Zaquintia estava ainda pior, se possível; menos pedinte do que algum tipo de rufião. As sandálias dela estavam quase totalmente gastas, e ela precisaria achar outro par na Cólquida mesmo se não tivesse sido seu destino.

Mas tinham conseguido manter a criança bem e com roupas quentes. A túnica de Agatão, embora estivesse ficando pequena demais para ele, era feita de um bom pedaço de lã comprado duas cidades antes e ficava presa com um alfinete feito de um de seus últimos pedaços de ouro, e as sandálias eram robustas e fortes. Às vezes achava que ele se parecia menos com Agamemnon e mais com seu irmão Páris.

— Agora estamos no fim da viagem — disse à companheira.

Ela perguntou a uma passante o caminho até o palácio e se a rainha Imandra ainda reinava ali.

A mulher disse:

— Reina, embora esteja envelhecendo; houve um rumor do palácio de que ela estava mortalmente doente, mas não acredito nisso. — Ela olhou para o manto esfarrapado de Cassandra e perguntou: — E o que tipos como vocês podem querer com nossa rainha?

Cassandra apenas agradeceu à mulher pela ajuda e não respondeu, saindo na direção do palácio. Zaquintia pegou o menino e o carregou.

Subindo as escadas do palácio, Cassandra alisou nervosamente o cabelo com os dedos. Talvez devesse ter parado no mercado e providenciado roupas adequadas para visitar a rainha.

Ela falou com a guarda – uma velha mulher que na verdade reconhecia da estadia na Cólquida muito tempo antes.

— Gostaria de uma audiência com a rainha Imandra.

— Tenho certeza de que gostaria — disse a mulher, desdenhando —, mas ela não atende qualquer ralé que a procura.

Cassandra chamou a mulher pelo nome.

— Não me reconhece? Sua irmã foi uma de minhas noviças na casa da Mãe Serpente.

— Senhora Cassandra! — a mulher exclamou. — Mas ouvimos dizer que estava morta... que tinha morrido em Micenas; que, quando Agamemnon morreu, Clitemnestra a tinha assassinado também.

Cassandra soltou uma risadinha.

— Como vê, estou aqui, viva e bem, mas peço que me leve até a rainha.

— Certamente; ela vai se alegrar ao saber que a senhora sobreviveu à queda de Troia — a mulher disse. — Ela lamentou sua morte como se fosse a própria filha.

A mulher queria levá-la para um cômodo de hóspedes para prepará-la para a audiência; mas Cassandra se recusou. Ela pediu que Zaquintia a esperasse, mas a companheira negou com a cabeça.

— Eu também fui chamada até aqui pela mão da Deusa — a companheira disse. — E só posso revelar para Imandra o motivo pelo qual vim.

Ansiosa para saber a história da companheira de viagem, Cassandra concordou. Alguns momentos depois, estava nos braços da parenta.

— Achei que estivesse morta em Troia — disse Imandra. — Como Hécuba e os outros.

— Achei que Hécuba tivesse seguido com Odisseu — respondeu Cassandra.

— Não; uma das mulheres dela chegou até aqui e disse que Hécuba morreu – de coração partido, ela disse – quando estavam carregando o navio. Foi melhor assim; Odisseu naufragou e ninguém soube dele desde então, e isso já faz quase três anos. Andrômaca foi levada de volta para um dos reis aqueus; não consigo me lembrar do nome bárbaro dele, mas soube que ela está viva. E esse é seu filho? — Imandra pegou o menininho e o beijou. — Então alguma coisa boa saiu de todas as suas tristezas?

— Bem, eu sobrevivi e cheguei até aqui — disse Cassandra, e começaram a conversar sobre os outros sobreviventes de Troia.

Helena e Menelau ainda reinavam em Esparta, parecia, e a filha de Helena, Hermíone, fora prometida ao filho de Odisseu. Clitemnestra havia morrido no parto um ano antes, e seu filho, Orestes, tinha matado Egisto e tomado de volta o Trono do Leão de Agamemnon.

— E soube alguma coisa de Eneias? — perguntou Cassandra, recordando-se com uma doçura triste das noites estreladas no último verão condenado de Troia.

— Soube, as aventuras dele são muito contadas; ele visitou Cartago e teve um caso de amor com a rainha. Dizem que, quando os deuses o chamaram para longe, ela se matou de desespero, mas não acredito. Se qualquer rainha foi tola o suficiente para se matar por causa de um homem, pior para ela; não poderia ser muita coisa como mulher, e muito menos como rainha. Então os deuses o chamaram para o norte, para onde, dizem, ele levou o Paládio do Templo da Donzela de Troia, e lá fundou uma cidade.

— Fico feliz em saber que ele está seguro — disse Cassandra.

Talvez devesse ter ido com Eneias para o mundo novo dele; mas nenhum deus a tinha chamado. Eneias tinha o próprio destino, e não era o dela.

— E Creusa?

— Temo que não saiba o destino dela — respondeu Imandra. — Ela chegou a escapar de Troia?

Cassandra começou a pensar. Ela se lembrava de se despedir de Creusa, mas tinha sido tanto tempo antes que se perguntava se tinha sonhado aquilo. Todas as coisas cercando a queda da cidade eram como sonhos para ela agora.

— E você se lembra de minha filha Pérola — disse Imandra. — Venha para cá, criança, e cumprimente sua parenta.

A criança se aproximou e cumprimentou Cassandra com tanta postura que não a beijou como teria feito com qualquer outra criança da idade dela.

— Ela está com quantos anos? — perguntou.

— Quase sete — respondeu Imandra —, e vai governar a Cólquida depois de mim; ainda seguimos os velhos costumes aqui. Com boa sorte, isso nunca vai mudar.

— Não resta muita boa sorte no mundo — disse Cassandra —, mas isso não vai mudar amanhã ou depois.

— Então ainda tem o dom da Visão?

— Não o tempo todo, não para muitas coisas — respondeu Cassandra.

— Então, o que quer de mim, Cassandra? Posso lhe dar ouro, roupas, abrigo – você é minha parenta e é bem-vinda para permanecer em minha casa como uma filha; isso me deixaria muito feliz. Sei que o Templo da Mãe Serpente a celebraria como chefe das sacerdotisas.

Clitemnestra tinha feito uma oferta semelhante; mas ela sabia que era tarde demais para passar a vida entre paredes.

— Ou, se quiser — continuou Imandra —, faço como seu pai deveria ter feito há muito tempo e encontro um marido para você.

Cassandra disse, ferozmente:

— Sigo pouco inclinada a ser propriedade de algum homem. Em menos de um ano com Agamemnon, tive o suficiente disso para uma vida.

Zaquintia de repente as interrompeu; ela se aproximou e caiu prostrada diante de Imandra.

— Ó, rainha — suplicou a voz grossa —, a Deusa me ordenou que viesse até a cidade para sua ajuda. Os deuses me pediram para fundar uma cidade, e não posso fazer isso sozinho. No começo, achei que a Deusa tivesse me enviado para cá para saber se as amazonas sobreviviam, pois ela me mandou uma visão de que apenas uma mulher assim poderia me ajudar em minha tarefa.

— E quem é você? — perguntou Imandra.

— Meu nome é Zaquintos — disse a pessoa que Cassandra conhecera como Zaquintia. — Não resta nenhuma mulher amazona que possa me ajudar a fundar uma cidade onde a Deusa seja servida sem deuses ou reis? Não gostaria de ter uma esposa comum no costume dos aqueus, mas alguém que possa servir como sacerdotisa na cidade. No entanto, ouvi dizer que não restam mais essas mulheres.

— Não — disse Cassandra —, nenhuma amazona sobreviveu àquela última batalha, na qual morreu Pentesileia.

— Não posso aceitar isso — disse Zaquintos, colocando de novo o véu que usava como mulher. — Agora que cumpri minha promessa, vou procurar no mundo todo se for preciso.

— Qual foi sua promessa? — perguntou Imandra.

— Viver como mulher até que chegasse à Cólquida, para saber a vida que uma mulher precisa viver — ele disse. — Antes de ter passado três dias usando roupas femininas, entendi por que as mulheres andam com medo, então busquei a proteção da princesa troiana – e, na companhia dela, enquanto viajamos, descobri por que as mulheres querem estar livres dos homens. Ela não precisou da proteção ou da ajuda de nenhum homem.

— Porém — Cassandra disse com afeto —, a proteção que você me deu, dividindo minha viagem e meus fardos…

— Mas não foi porque eu era um homem — disse Zaquintos —, e jurei repetidamente que iria procurar o mundo inteiro, se fosse preciso, uma mulher na qual o espírito das amazonas ainda vivesse.

— E então — disse Imandra —, ainda não encontrou uma?

— Encontrei — ele disse, e se virou para Cassandra —, e terminei por conhecê-la bem.

Cassandra riu e disse:

— Há muito tempo deixei de lado qualquer desejo por armas, Zaquintos. No entanto… como vai fundar sua cidade?

— Vou navegar longe para oeste no grande mar e lá vou encontrar um lugar em que é possível construir uma cidade — ele começou. — Fora dessas ilhas amaldiçoadas onde os homens adoram deuses de ferro e opressão…

Ouvindo isso, Cassandra não conseguiu deixar de se lembrar de Eneias; esse também tinha sido o desejo dele. Ela o teria ajudado a consegui-lo por vontade própria, e Zaquintos parecia ter sido tomado pelo mesmo espírito.

— Busco um mundo em que a Mãe Terra será adorada como os velhos costumes — ele disse, com entusiasmo. — Foi ela quem me deu essa visão, um sonho de uma cidade onde as mulheres não são escravas, e onde os homens não passam a vida em guerras e batalhas. Deve haver um jeito melhor de viver para homens e mulheres do que essa grande guerra que consumiu toda a minha infância e que levou a vida de meu pai e de todos os meus irmãos…

— E dos meus — disse Cassandra.

— E dos seus.

Zaquintos se virou e se ajoelhou de novo diante de Imandra.

— Eu lhe peço, como parenta dessa mulher, a permissão para tomá-la em casamento.

Imandra disse:

— Mas o casamento é um dos males que vieram com os novos costumes; quem sou eu para dá-la a você, como se ela fosse uma escrava?

Zaquintos disse, com um suspiro:

— A senhora está certa. Cassandra, viajamos longe juntos; você me conhece bem. Vai continuar viajando comigo para construir um mundo melhor que Troia?

Cassandra, pensando na longa viagem que fizeram, disse devagar:

— Mas, como outros homens, vai querer um filho…

— Carreguei seu filho nos braços por pelo menos metade dessa longa jornada — ele disse. — Se posso ser uma mãe para seu filho, duvida que posso ser um pai para ele também? Pois acho que, se procurasse no mundo inteiro, não encontraria uma mulher mais adequada para o meu propósito. E acho que talvez eu possa ser adequado aos seus propósitos — ele completou, sorrindo. — Quer ficar aqui na corte de Imandra fiando?

— Você não fica perturbado por eu ter sido forçada a ser concubina de Agamemnon e ter tido um filho dele? Todos os homens vão saber — ela disse.

Ele sorriu com muita gentileza, e Cassandra de novo pensou em Eneias.

— Somente o quanto isso a perturba — ele disse. — E, quanto ao menino, ele é *seu* filho, e viu como eu o amo. Algum dia poderemos ter outros para quem poderei ser pai e mãe também… — A voz dele era muito terna quando completou: — Gostaria de ter uma filha como você.

Ela passara a vida com a ideia de que nunca poderia se casar; no entanto, aquela guerra havia levado todos os seus parentes, e ela não tinha um lar. E as amazonas tinham desaparecido, assim como Troia.

A nova cidade deles poderia ser um lugar em que homens e mulheres não precisavam ser inimigos, onde deuses não eram os inimigos implacáveis das deusas…

Se Troia não podia durar para sempre, não havia nenhuma garantia de que a nova cidade iria durar. Mas se, pelo trabalho de sua vida, pudesse ter parte de um prédio em uma cidade onde homens não deformavam os filhos em lutadores, de modo que não precisassem seguir deuses cruéis em batalha, ou as filhas em brinquedos de homens, então sua vida teria sido bem gasta.

Ela se lembrou da jovem menina que tinha sido, sentada na casa do Senhor do Sol e entregando sabedoria aos peticionários. O que ela teria dito então?

Dou as respostas que eles poderiam saber se conseguissem se importar em usar a inteligência que os deuses lhes deram, lembrou. Mas ela tinha completado: *Antes de falar, sempre faço uma pausa e espero para o caso de o deus ter outra resposta a ser dada.*

Ela escutou com o coração, mas houve apenas silêncio e a memória do sorriso ardente do deus. Poderia chegar o dia em que, como qualquer esposa dedicada, ela veria o rosto do deus no marido? Ela olhou para Zaquintos. Não era nenhum Senhor do Sol, mas o rosto dele era honesto e bondoso. Mal podia imaginar um deus falando através dele, mas ao menos o que ele diria não seria cruel ou caprichoso. Agamemnon não fora pior que Poseidon; Páris tinha incendiado Troia a pedido de uma deusa mais cruel e caprichosa do que qualquer homem. O pior dos homens em sua vida não fora pior que o melhor dos deuses. E o mal que tinham feito fora a pedido de deuses transformados na própria imagem.

Ela ouviu, mas nenhuma voz do deus falou para proibi-la; ela soube naquele momento qual seria sua resposta, e seu coração já estava disparado sobre o grande mar para um novo mundo que, se não fosse melhor que o velho, ao menos seria o melhor que homens e mulheres poderiam fazer.

— Vamos, Zaquintos, procurar nossa cidade. Talvez um dia aqueles que virão depois de nós saibam a verdade sobre Troia e sua queda — ela disse, e pegou a mão dele.

Em algum lugar, uma deusa sorriu. E ela não achava que fosse Afrodite.

Pós-escrito

A *Ilíada* não tem nada a dizer sobre o destino de Cassandra de Troia. Ésquilo, em seu *Agamemnon*, apresenta-a como partilhadora da morte dele pelas mãos de Clitemnestra; era considerado totalmente permissível introduzir personagens da *Ilíada* se o destino deles não tivesse se tornado parte do poema. Eurípedes mostra Cassandra como um dos cativos troianos. É interessante notar que ela é a única mulher que sugere vingança contra seus captores, mas também fica claro que é insana. Porém, outra aparição dramática mostra Cassandra liderando as mulheres de Troia em um heroico suicídio em massa.

No entanto, a tabuleta 803 no Museu Arqueológico de Atenas diz o seguinte:

ZEUS DE DODONA, OLHAI ESTE PRESENTE
MEU E DE MINHA FAMÍLIA –
AGATÃO, FILHO DE EKHEPHYLOS,
FAMÍLIA DE ZAQUINTOS,
CÔNSULES DOS MOLOSSOS E SEUS ALIADOS,
DESCENDENTES POR TRINTA GERAÇÕES
DE CASSANDRA DE TROIA.

Acreditamos
nos livros

Este livro foi composto em Garamond Classico e impresso pela Lis Gráfica para a Editora Planeta do Brasil em outubro de 2025.